Alexandre Malagoli est né en 1976 et vit actuellement à Saint-Nazaire. En 1999, il se fait connaître avec le cycle de *La Pierre de Tu-Hadj*, une saga de fantasy initiatique où il conte le destin exceptionnel d'un apprenti assassin, jouet des dieux au cœur d'un monde vaste et périlleux où la magie est omniprésente. Il a publié depuis d'autres romans de fantasy ainsi que des livres pour la jeunesse. La puissance de son imaginaire et la fraîcheur de son style l'ont imposé comme l'un des piliers de la génération d'auteurs francophones de fantasy.

Paru dans Le Livre de Poche :

LA PIERRE DE TU-HADJ, 1

ALEXANDRE MALAGOLI

La Pierre de Tu-Hadj

2

MNÉMOS

ISBN : 978-2-253-12230-2 – 1re publication LGF

Livre Trois

CELLE-QUI-DORT

Sultanat de Thulé

Golfe d'Arazät

Le Worsh

Détroit de Kn

Youbengrad

Domaine Impérial

Mossiev

Duché de Crombelech

Saint-Quernal

Vassalité du Baârn

Marais du Deuil

Baronnie de Greyhald

Cités-états des mille-colombes

Cité de Fraugield

La Terre d'Arion

Fael

Baronnie d'Arrucia

L'... Sh

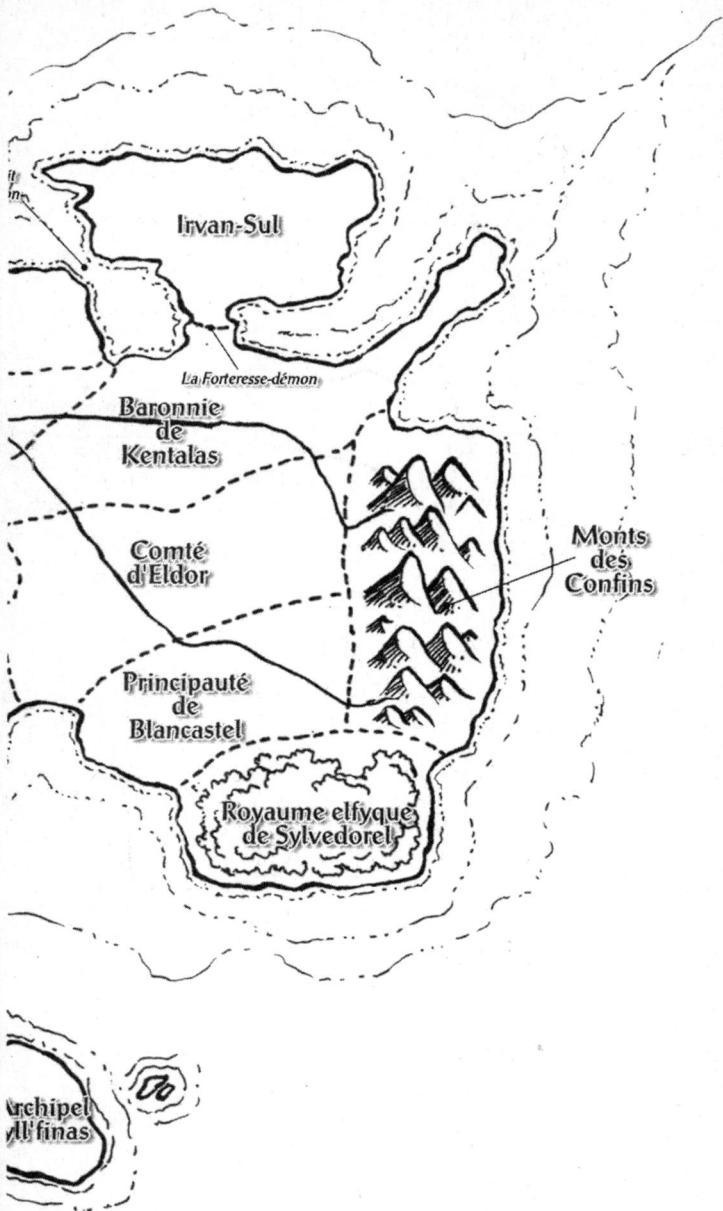

Irvan-Sul

La Forteresse-démon

Baronnie
de
Kentalas

Comté
d'Eldor

Monts
des
Confins

Principauté
de
Blancastel

Royaume elfyque
de Sylvedorel

rchipel
Il'finas

PREMIÈRE PARTIE

JAY-AMRA

1

Wilf et Lucas laissèrent leurs destriers dans la cour du palais. Fael… Lieu de départs et de retours, Fael que l'ancien moine était le seul à découvrir pour la première fois.

Par souci de discrétion, ils avaient demandé à leur monture marine – une Vieille Voix – de les déposer un peu plus au sud, le long d'une côte déserte. Si les deux garçons avaient loué des chevaux pour la fin du trajet, Pej avait renoué avec sa coutume en les suivant à pied. Depuis le temps, Wilf supposait que le Tu-Hadji répugnait tout simplement à soumettre une autre créature vivante à sa volonté.

Tous trois avaient faim et auraient eu besoin de se débarrasser de la couche de poussière accumulée pendant leur chevauchée. Pourtant, après un simple regard et sans qu'un mot eût été prononcé, ils prirent ensemble la direction des appartements de Djulura.

Dans l'escalier, Wilf ferma les yeux en tentant d'imaginer comment avait évolué l'état de la duchesse. Il se sentit pâlir d'appréhension.

Une servante d'un certain âge les accueillit en haut des marches. Notant la mine résignée et inquiète des nouveaux venus, elle se contenta de les saluer d'un sourire et les conduisit directement à la chambre ducale. Wilf remarqua aussitôt la courbe fatiguée des épaules de la femme, la pâleur de son sourire et ses rides de lassitude au coin des lèvres. Tout ça n'était pas très bon signe...

Sur le palier, la domestique sortit de son tablier une lourde clé en bronze, qu'elle fit tourner dans la serrure avec un bruit grinçant.

Lucas, qui marchait en tête, s'immobilisa soudain sur le pas de la porte. La servante se tenait un peu en retrait, hochant la tête avec tristesse. Approchant à son tour, Wilf vit l'expression horrifiée sur le visage de son ami. Il tourna lentement la tête vers l'intérieur de la pièce, et comprit la cause de son air bouleversé.

La diseuse de bonne aventure les fixait sans les voir. Elle s'était levée à leur entrée, mais ses mouvements étaient gauches. Son corps était prisonnier d'un carcan de métal, camisole aux allures de vierge de fer. Le harnachement enserrait tout son corps, plaques de métal lui plaquant les bras contre le torse, chaînes aux poignets et aux chevilles, collerette de bronze pour l'empêcher de mordre... Debout, sans esquisser un mouvement, la duchesse restait simplement là où elle se tenait : aucune joie ne semblait l'animer à l'idée de ces retrouvailles. Son regard était flou, comme si elle était la proie de quelque hallucination.

– Par pitié ! s'écria Lucas en courant vers elle, l'instant de surprise passé. Ôtez-lui ça immédiatement ! Djulura, je t'en prie, dis-moi quelque chose...

La vieille femme avança d'un pas, ses mains usées échouant à replacer la mèche qui s'était échappée de son chignon gris. Pourtant, malgré sa nervosité, elle ne baissa pas les yeux en s'adressant à l'ancien moine :

– C'est que… elle ne parle plus depuis longtemps, messire…

Wilf serra les poings en entendant cela. Djulura devenue muette, ayant sombré dans la folie… Ce n'était pas l'accueil ni les retrouvailles chaleureuses qu'il avait espérées après ces mois de péril et d'humiliation. Il songea que, tout ce temps, la diseuse avait elle aussi été esclave, à sa manière.

– Quant à ses entraves, poursuivit la domestique, elles sont hélas nécessaires pour l'empêcher de se blesser… Ou de blesser autrui.

Lucas haussa les sourcils avec inquiétude.

– A-t-elle fait du mal à quelqu'un ?

– Oh, rien de grave, le rassura la servante. Mais lors de ses crises de nerfs, il fallait parfois plusieurs gardes pour la maîtriser… et certains y ont récolté de vilains hématomes.

Wilf vit son ami reporter un regard embué de larmes sur la duchesse.

– Oh, Djulura, cher amour… murmura l'ancien moine avec désespoir.

Le son de la voix de son amant parut cette fois éveiller une étincelle d'intérêt chez la jeune femme. Elle essuya l'écume qui maculait ses lèvres et tenta une pathétique parodie de sourire.

– Pauvre, pauvre Lucas, dit-elle d'une voix enrouée qui tira un hoquet de surprise à la vieille servante.

Djulura leva un bras amaigri, le tendit autant que le lui permettaient ses chaînes, et parvint à caresser la joue du spirite aux boucles blondes.

– Pauvre Lucas, répéta-t-elle. En l'oubliant, je l'ai tué une seconde fois…

– Mais je ne suis pas mort! s'exclama Lucas en saisissant les mains de la diseuse et en les baisant avec ferveur. Je suis de retour! – sa voix se brisa. – Regarde, je suis revenu pour toi…

Pej avait rejoint la femme de chambre et Wilf dans un coin de la pièce. Tous trois gardaient un silence gêné face à ce spectacle, mais étaient trop préoccupés par l'état de la duchesse pour s'éclipser.

– Inutile d'insister, mon joli fantôme, répondit Djulura d'un ton plus gai. Tu n'es plus dans le cœur de ta Djulura… Vas-t'en hanter quelqu'un d'autre!

Son regard se fit subitement très tendre.

– Sais-tu, à propos de cœur, que j'ai toujours conservé le tien? Un vieux morceau de chair pourrie, que j'adore! fit-elle d'un air à la fois dégoûté et amusé. – Elle chuchotait, à présent, sans doute de peur que la domestique n'entende et ne lui reprenne son trésor. – Est-ce que tu veux le voir?

Sans répondre, Lucas tourna la tête, le regard terrifié, vers ses compagnons. Lentement, il lâcha les mains de son aimée.

Wilf détailla la camisole de fer. Il avait une furieuse envie de pleurer, et n'osait pas imaginer ce que pouvait ressentir Lucas.

Ce dernier inspira longuement, puis ferma les yeux avec résignation. Lorsqu'il les rouvrit et se tourna vers ses compagnons, toute trace d'émotion avait déserté son regard. Wilf aurait donné cher pour savoir par quel miracle l'ancien moine pouvait obtenir ce calme surnaturel en pareille circonstance. D'une voix cette fois parfaitement maîtrisée, le spirite déclara alors:

– Mes amis, je voudrais que vous nous laissiez seuls, Djulura et moi. Vous pouvez disposer également, ajouta-t-il à l'intention de la servante.

– Tu es sûr ? fit Wilf, un peu irrité. C'est aussi mon amie…

Lucas lui adressa un sourire sans joie.

– Je sais, Wilf. Mais j'ai besoin d'être seul avec elle pour le moment. Il me faut l'interroger pour déterminer la profondeur de son mal, et cela se fera plus aisément dans l'intimité. – Il croisa les mains devant lui dans un geste paisible. – Lorsque j'étais novice au monastère de Saint-Quernal, j'ai appris de nombreuses leçons sur le fonctionnement de l'esprit humain… Si je parviens à diagnostiquer correctement les troubles de notre Djulura, peut-être pourrais-je mettre au point un traitement.

– Tu prétends guérir les maux de l'âme comme on soignerait ceux du corps ? intervint Pej, l'air à la fois sceptique et intéressé.

Wilf fixait pareillement le spirite, une lueur d'espoir sombre dans les yeux.

– Je sais que c'est possible, en théorie, répondit Lucas. Je sais aussi que c'est très difficile… Mais je suis prêt à tout tenter pour elle.

Le jeune homme aux cheveux noirs opina.

– Très bien. Viens avec moi, Pej. – Puis, à l'intention de Lucas : – Nous allons nous rafraîchir et nous restaurer, ensuite nous essaierons de mettre la main sur Oreste et Andréas. Retrouve-nous quand tu en auras terminé.

* * *

– Nous avons deux ennemis, déclara Pej pour conclure le récit de leurs aventures.

Wilf et le géant Tu-Hadji avaient été conduits aux appartements d'Andréas sitôt leurs ablutions terminées, et on leur avait servi un repas copieux tandis qu'ils narraient les nombreuses péripéties traversées depuis l'année passée. L'adolescent raconta comment ils avaient été faits prisonniers par les Thuléens, combien ils avaient souffert en tant que galériens avant d'être vendus comme esclaves à un noble Trollesque. Puis comment ils s'étaient trouvés mêlés à une tentative de rébellion contre le clergé, et de quelle manière ils s'étaient enfuis après avoir échappé à Poignard-Gauche, le maître-tueur envoyé par la congrégation pour éliminer Wilf. Comment ce dernier avait été plongé dans le feu d'un Soleil souterrain et irradié d'une énergie telle que tout son corps en conservait encore une partie de la chaleur brûlante. Comment, enfin, Lucas les avait sauvés d'une mort certaine et reconduits jusqu'à Fael. Andréas pâlit à la mention des Orosians, ces mystérieux surhommes qui semblaient tirer les ficelles de l'Église trollesque et viser le pouvoir par cet intermédiaire. Cela ressemblait un peu trop à ce qui s'était passé dans l'Empire, et de là à imaginer ces mêmes Orosians derrière Redah et la Théocratie…

Lorsqu'elle parviendrait à renaître de ses cendres, la Monarchie du Cantique aurait fort à faire, menacée comme elle l'était. À l'intérieur, par la Théocratie, peut-être soutenue par des êtres supérieurs et mystérieux… Tandis qu'aux frontières attendait toujours le Roi-Démon, préparant à coup sûr ses Hordes pour la curée, dès que les humains du continent se seraient suffisamment affaiblis entre eux…

– Oui, deux ennemis puissants… acquiesça donc le Ménestrel barbu.

– Peut-être même plus, ajouta Wilf après s'être éclairci la voix.

Andréas leva sur lui un regard interrogateur :

– Peux-tu t'expliquer ?

L'adolescent chassa une mèche corbeau de ses yeux et le barde remarqua combien ses cheveux avaient poussé durant sa captivité. Il avait déjà noté que le garçon nerveux parti quelques mois plus tôt était devenu un grand jeune homme athlétique, ressemblant toujours davantage au fameux Arion.

– Eh bien, commença Wilf, je n'ai pas souhaité compliquer notre récit en entrant trop dans les détails, mais j'ai également fait un certain nombre de rêves très symboliques pendant toute cette période. Des songes qui, je crois, m'ont été inspirés par la Skah.

« L'un d'entre eux, en particulier, mérite sans doute que je vous le rapporte :

« J'étais au centre d'une étoile à six branches. – Il fronça les sourcils dans sa tentative pour se souvenir avec précision. – Il y avait des gens sur chacune des branches. Certains étaient des amis, d'autres des ennemis. J'ai vu le Prince-Démon Ymryl et ses sbires. J'ai également vu Redah et d'autres serviteurs de la Théocratie… Cachées derrière ces derniers, il y avait des silhouettes indistinctes, que j'aurais tendance à identifier comme étant celles d'Orosians – à la lueur de ce qui s'est passé plus tard…

« Mais parmi les quatre branches restantes,

19

demeurent deux autres factions que j'aurais plus de peine à reconnaître. J'ai vu la Monarchie du Cantique et les Tu-Hadji – nos deux camps alliés, fit-il en échangeant un regard entendu avec le Ménestrel et le guerrier du clan. – Quant aux autres, les choses sont moins claires. Des femmes vêtues de bleu et portant des éventails; peut-être des Sœurs Magiciennes. J'avoue ignorer si elles sont nos alliées ou nos adversaires. Et puis une nuée d'ombres informes, parmi lesquelles j'ai cru apercevoir le visage de mon ancien maître, Cruel-Voit.

– Sans doute la Skah voulait-elle te dire par-là que la congrégation des maîtres-tueurs avait encore un rôle à jouer dans ta destinée… l'interrompit Pej.

– C'est aussi ce que j'ai pensé. Mais je ne préfère pas savoir lequel, ajouta l'adolescent avec un sourire ténébreux.

Andréas se leva pour leur resservir à boire.

– Ce que tu viens de dire à propos des Sœurs Magiciennes me semble intéressant, dit-il tout en remplissant les coupes d'un breuvage sombre. J'ai moi-même peu d'informations sur elles, et pourtant il serait utile de savoir quelle est leur position au cœur des conflits qui se préparent… Je sais qu'Oreste a fréquenté leur place forte à plusieurs reprises, mais il est actuellement en Arrucia, où il donne des représentations pour la baronne Esabel. Dommage…

Wilf haussa les épaules.

– Quoi qu'il en soit, s'il avait su quelque chose d'important au sujet de la Sororité, il vous en aurait certainement déjà fait part, Andréas.

– Oui… Oui, tu as sans doute raison, admit le violoniste en lissant sa moustache argentée.

– Il y a autre chose dont nous n'avons pas parlé, intervint alors le Tu-Hadji. Quelque chose d'important, je pense... Wilf, te souviens-tu des gardes étranges que nous avons combattus dans le palais du sultan ?

– Si tu veux parler de ces humains en costume noir et pourpre, répondit le garçon, je m'en souviens bien, et je n'ai pas cessé de m'interroger sur leur compte depuis lors.

Il expliqua brièvement pour Andréas la présence un peu incongrue de soldats à l'apparence humaine dans le palais du monarque trollesque, et rapporta la grande difficulté que lui et Pej avaient eue à s'en débarrasser.

– En vérité, avoua l'adolescent, j'ai reçu une aide extérieure sans laquelle je ne m'en serais pas sorti. Maintenant que j'y pense, il y a fort à parier que ça ait été Lucas, utilisant ses pouvoirs mentaux à distance... – S'adressant au Tu-Hadji : – Il faudra penser à le remercier : nous lui devons une fière chandelle.

– En tous les cas, reprit Pej, ces hommes se battaient beaucoup mieux que tous les *nedaks* que j'ai pu voir à l'œuvre. En fait, bien que j'aie peine à l'admettre... Ils se sont montrés à l'égal des meilleurs guerriers de mon peuple...

Le Ménestrel lâcha un soupir bruyant, mais non pas nonchalant. Ses yeux luisaient d'intérêt lorsqu'il questionna ses hôtes :

– Vous n'avez pas la moindre idée de *qui* ils pouvaient être ?

– L'un des Orosians a parlé de Seldiuks, je crois, fit un Wilf songeur. Il les a appelés avec la garde lorsqu'il a sonné l'alarme. Peut-être s'agissait-il de ces soldats…

Andréas hocha la tête.

– Alors vos adversaires quasi invincibles seraient de simples serviteurs pour les Orosians… rumina-t-il. Cela laisse présager de la puissance de leurs maîtres…

– Nous avons été surpris de rencontrer une telle résistance, se défendit Pej. Bien préparés, nous serions capables de les vaincre.

– *Toi*, peut-être, nuança Wilf, dubitatif. J'ai affronté leur capitaine, et je suis persuadé qu'il m'était objectivement supérieur. – Il ne put réprimer un frisson au souvenir de cette scène. – J'avais ce sentiment d'être pris au piège… C'était horrible.

– Bien, coupa le musicien, inutile toutefois de perdre espoir.

Tandis qu'il souriait, sa voix experte se fit onctueuse et puissante :

– Si nous avons du courage, des épées et de la magie, le Cantique nous apportera toutes les réponses dont nous aurons besoin.

En entendant parler ainsi le troubadour aux larges épaules, Wilf ricana intérieurement. Entre un guerrier Tu-Hadji hermétique à la politique des *nedaks* et lui-même, adolescent hostile depuis toujours à la foi aveugle des Arionites, le pauvre Andréas n'aurait pu trouver plus mauvais public pour ce genre de discours réconfortant…

Les semaines suivantes furent bien remplies, que ce soit pour Wilf ou pour Lucas. Ce dernier se consacra exclusivement au rétablissement de Djulura, entamant une patiente thérapie au chevet de la diseuse. L'ancien moine désapprouvait farouchement que sa bien-aimée ait été mise ainsi à l'écart du monde. Selon lui, elle avait au contraire besoin d'être placée au cœur de la vie pour voir son état s'améliorer. Dès les premiers jours, il mit sa théorie en pratique, menant la jeune noble par la main à travers le castel, lui faisant abondamment prendre le soleil de ce début d'été et écouter les rires des enfants. Il l'avait débarrassée de son harnachement inhumain et veillait à ce qu'elle bénéficie chaque matin d'une toilette soignée. Wilf admirait une fois de plus son compagnon semi-humain, s'enthousiasmant devant l'abnégation dont celui-ci faisait preuve. Le spirite aux boucles blondes ne quittait pas la duchesse d'une semelle, lui parlait sans cesse, évoquant de tendres souvenirs pour tenter de la faire réagir. Il ne se décourageait jamais, alors même que Djulura ne semblait généralement pas s'apercevoir de sa présence, le suivant comme un zombie et semblant ne rien voir des jardins féeriques où il la conduisait. Ayant refusé que son amante soit de nouveau entravée, Lucas s'imposait une surveillance de tous les instants, et vivait dans la crainte de quelque acte suicidaire de sa part.

Les domestiques du palais s'étaient peu à peu habitués à cet étrange couple déambulant de-ci, delà, main dans la main. Si beaucoup semblaient sceptiques quant à la guérison de leur duchesse par ce jeune homme inconnu, un espoir secret couvait dans tous les cœurs. Et cet espoir devenait souvent poème ou bien chanson accompagnée à la cordeline. On fleurissait de nouveau les appartements ducaux. Wilf avait le sentiment que le peuple de Fael, peut-être aigri d'avoir été laissé orphelin par sa maîtresse, chassait peu à peu sa rancœur en revoyant enfin la duchesse au grand jour. Non sans cynisme, l'adolescent songeait que si l'entreprise de son ami ne portait pas ses fruits thérapeutiques, elle aurait au moins eu quelque vertu politique. La cité des ducs renouait avec l'amour de sa noblesse.

Pendant ce temps, seul Pej était resté un peu désœuvré, bien que son séjour dans une ville de *nedaks* lui paraisse de toute évidence moins pénible après les mois de captivité endurés chez les Trollesques. Le Tu-Hadji savait à présent apprécier sa liberté toute relative au sein de la cité humaine, même si Wilf se doutait que les étendues sauvages lui manquaient toujours. Ce dernier, quant à lui, avait repris les leçons de magie avec son mentor Ménestrel. Tous deux s'étaient mis d'accord après une courte discussion : rien d'autre n'était à espérer pour le moment. Avant de pouvoir lutter contre la Théocratie, l'héritier d'Arion devait être certain de mener tous les peuples du sud derrière lui. Andréas n'avait pas perdu son temps, dissimulant un peu partout des foyers de résistance qui se préparaient au combat, entraînant les guerriers et forgeant les armes. Mais ils ne suivraient Wilf que lorsque celui-ci serait couronné, ressuscitant l'ancienne Monarchie du Cantique. Et l'héritier ne serait jamais couronné sans le symbole sacré de sa lignée : la Lame des Étoiles. Tout restait donc subordonné au rétablissement de Djulura. Tant qu'elle ne serait pas guérie, apte à guider Wilf vers l'épée mythique, la situation était enlisée. Quant à ce que les Tu-Hadji attendaient de l'adolescent, qu'il s'agisse de sauver la Skah ou cette Pierre de Tu-Hadj dont Pej avait fait mention, le géant tatoué ne paraissait plus disposé à aborder le sujet pour le moment. Wilf, qui pouvait ainsi poursuivre ses études de magie à loisir, s'en estimait soulagé.

Une année passée sans pouvoir s'entraîner avait avivé sa soif de maîtriser la Skah. Il fut surpris de constater qu'il n'avait rien oublié des leçons précédentes, retrouvant aussitôt son intimité avec l'âme extérieure. Il avait craint que la présence de l'énergie du So Kin en lui n'entrave ses facultés à manipuler la Skah, mais il n'en était rien.

Le So Kin, pouvoir purement mental, né de l'intention et de l'esprit, ne pouvait rien contre le développement de la Skah. Le So Kin était l'apanage de la pensée, tandis que la Skah était l'âme du vivant: leur cohabitation n'offrait pas le moindre soupçon d'interdépendance.

Sans bien s'en rendre compte, le jeune homme avait traversé un âge de mutation, et l'étude lui renvoyait le reflet de ses propres changements. Plus mûr, peut-être un peu plus patient, il éprouvait une aisance toute neuve dans l'apprentissage et le lancement des sortilèges. En quelques semaines, il fut capable de maîtriser plusieurs charmes simples mais utiles de la magie de bataille. Andréas n'était pas peu fier, et Wilf se sentait gorgé de pouvoir, lui-même plus sain et plus entier que depuis longtemps. Lorsqu'il utilisait la Skah, c'était toujours cette semblable impression de retrouver quelque membre de sa famille, une redécouverte plutôt qu'un apprentissage. À la grande perplexité du violoniste, il ne se produisait jamais l'habituelle résonance, la *diphonie* entre l'âme de son élève et celle de la Skah. Tous deux ne semblaient former qu'une seule et même âme. Si le phénomène pouvait être prodigieusement étonnant aux yeux d'un magicien académique comme Andréas, il n'inquiétait pas Wilf outre mesure, aussi longtemps que cela n'altérait en rien ses facultés.

* * *

À de nombreuses reprises depuis qu'il pratiquait la magie de la Skah, Wilf s'était demandé quels étaient les liens exacts des Tu-Hadji avec ce pouvoir. L'épouse de Jih'lod lui avait dit bénir les armes du clan, et les soins prodigués par les *konols* semblaient bien au-delà des résultats qu'aurait obtenus un apothicaire humain, mais quelle était la proportion réelle de magie dans tout ça ? Puisqu'il estimait la Skah *souillée* et comptait sur Wilf pour la guérir, le peuple des chasseurs de Hordes osait-il encore utiliser l'âme extérieure ?

Un matin qu'il se trouvait seul avec Pej, au retour d'une nuit studieuse en compagnie d'Andréas, Wilf eut l'impulsion d'aborder enfin le sujet. Il redoutait depuis longtemps de le faire, tant le guerrier se montrait laconique au sujet des secrets de son peuple. Toutefois, ce dernier ne refusa pas la discussion, à la surprise de son protégé. Ils étaient assis en tailleur dans un jardin qui longeait les douves du castel. Un endroit où ils avaient pris l'habitude de s'isoler à l'aube, pour éviter le bourdonnement de la journée naissante qui agitait le palais des ducs. Le géant tatoué prit une grande bouffée d'air et posa sur Wilf un regard sérieux.

– Notre race a vécu pendant une éternité en côtoyant la magie. En des temps très anciens, bien avant l'apparition des premiers *nedaks*, la Skah était pour nous aussi naturelle que le vent ou l'océan. Nous la pratiquions couramment, à l'instar de la chasse ou de n'importe quelle chose de la vie quotidienne. C'est de cette époque que viennent nos rites tels que la bénédiction des lances ou les tatouages que nous arborons. Tout ça était imprégné de magie alors, mais aujourd'hui il ne s'agit que de simples traditions…

Wilf garda le silence. Il observait son ami dont des dessins bleu foncé ornaient les bras et le torse, qui portait sur le crâne la nouvelle coiffe d'andouillers qu'il s'était confectionnée. Le connaissant, l'adolescent aurait imaginé beaucoup plus d'amertume dans cette évocation d'un art perdu. Mais peut-être le géant Tu-Hadji avait-il été changé, lui aussi, par leurs aventures. Peut-être était-il devenu capable d'accepter certaines choses plus aisément…

– De même, poursuivit le guerrier, notre science de la guérison peut sembler spectaculaire à vous autres *nedaks*, mais j'ai été l'apprenti du *konol* de mon clan, et je peux t'affirmer qu'il n'y a aucune magie là-dedans… C'est le fruit d'une connaissance ancestrale en matière d'herbes et d'onguents qui fait notre art.

– Alors vous ne vous servez plus du tout de la Skah ? l'interrogea Wilf.

Le Tu-Hadji hocha la tête négativement.

– Elle a été souillée, répondit-il avec gravité. Cela se passait il y a des siècles, durant les Guerres

Elfyques. Depuis, plus aucun représentant de ma race ne fait appel à l'âme extérieure. Pour nous, ce serait l'équivalent d'une grave hérésie.

– Mais vous n'avez jamais ressenti l'envie de courir le risque? s'étonna Wilf. La Hargne guette également les humains, hélas, et l'utilisation de la Skah ne se fait jamais sans danger... Ça ne nous empêche pas de former des magiciens.

Pej ricana, retrouvant un peu de l'amertume que Wilf lui connaissait.

– Oui, et l'on sait ce que ça a donné...

Devinant qu'il faisait allusion à la Grande Folie des mages, le garçon se mordit la lèvre avant de revenir à la charge:

– Malgré tout, il y a toujours moyen de se prémunir contre la Hargne. Il suffit de prendre ses précautions et de ne pas se laisser gagner par l'ambition... Songe à ce que la magie aurait pu apporter aux tiens dans leur lutte contre les Hordes! J'ai peine à croire qu'aucun Tu-Hadji ne s'y soit jamais essayé...

Le regard de Pej se fit lointain. Le soleil se levait pour de bon et jetait des scintillements safran dans l'eau qui remplissait les douves.

– C'est parce que la Skah a pour nous une valeur mystique. Nous sommes un peuple de la nature originelle, expliqua-t-il, nous sommes liés à elle par le sang et l'esprit... Bien plus fortement que vous, *nedaks* humains ou trollesques, qui êtes apparus plus tard... et n'avez pas connu l'osmose parfaite avec l'âme extérieure. Je ne pense pas que cela soit très facile à comprendre pour toi, mais j'ignore comment t'expliquer ce qui est si évident à nos yeux.

Le jeune homme acquiesça, tout en songeant qu'il comprenait sans doute mieux ce rapport à la Skah que son compagnon semblait l'imaginer.

– En dépit de ce respect viscéral, poursuivit Pej, tu n'as pas tort en disant que certains d'entre nous ont osé faire appel à la Skah souillée. C'est une légende, qui s'est répandue dans les clans sans qu'on en sache bien l'origine. J'ignore même si elle est fondée sur une réalité…

Wilf, attentif, l'invita d'un geste à poursuivre.

– Cela se serait produit peu après la contamination de la Skah, alors que les dangers de la Hargne n'étaient pas encore connus de tous. Un clan de Tu-Hadji, dont le nom est aujourd'hui oublié, dut se défendre contre un ennemi puissant, vraisemblablement un groupe de Qanforloks…

« N'ayant d'autre choix, ils firent appel à la magie de la Skah, répétant les rites qu'ils avaient maintes fois prononcés avant qu'elle ne soit souillée. C'est là que se joue toute la différence entre ta race et la mienne, Wilf. Il semblerait que nous n'ayons pas la même empathie avec la Skah, ni surtout la même réaction face à la Hargne…

« La légende dit que le clan tout entier tomba dans un profond sommeil, pendant que le sortilège appelé par les chamans pour détruire les Qanforloks provoquait un véritable cataclysme. Les terres furent transformées en désert sur des lieues à la ronde, et le clan imprudent oublié.

– J'espère au moins que ces maudits Qanforloks ont dégusté l'apocalypse de plein fouet, conclut Wilf en riant.

– La légende n'en parle pas, mais on peut supposer que oui, sourit le Tu-Hadji. En tout cas, je partage bien ton souhait.

– C'est une histoire curieuse, admit le garçon. Si elle est vraie, j'ignore où peut se situer ce désert peuplé de Tu-Hadji déchus… Ça ferait sans doute une belle chanson pour la cordeline d'Oreste.

Machinalement, l'adolescent caressait depuis le début de leur entretien les longues feuilles spiralées et bleutées d'une variété de thé locale. Il les lâcha alors et fronça les sourcils. Quelque chose qui lui avait souvent trotté dans la tête venait de lui revenir à l'esprit.

– Pej?

Le Tu-Hadji lui fit signe de continuer.

– Je me rends compte que je n'ai jamais su ni quand ni comment la Skah avait été souillée. Non pas que cela m'ait énormément taraudé jusqu'à présent… Mais maintenant que j'étudie la magie et que je suis confronté au péril de la Hargne, j'aimerais beaucoup que tu m'en dises plus…

Pej soupira, l'air contrarié, mais il répondit:

– Ce n'est pas un épisode dont il est plaisant de se souvenir, commença-t-il. Vois-tu, il y a des siècles, mon peuple fut en guerre contre les Elfyes, pour des raisons que j'ignore… – Il faut m'excuser, mais je ne suis qu'un simple guerrier, et il te faudrait demander à Jih'lod si tu veux tous les détails. – C'était donc la guerre, et tout le continent était embrasé. Les Elfyes tenaient une grande partie du continent, alors boisé, tandis que nous avions encore de splendides Refuges dans les côtes de l'Est.

Wilf se souvenait avoir lu quelque chose de ce genre à Mossiev, lorsqu'il étudiait l'histoire avec

Nicolae et Lucas. Ce séjour à la capitale lui semblait vieux de dix ans.

– Nous n'avions pas le dessus, hélas, poursuivait Pej, et le puissant Galn'aji d'un clan du Nord décida de procéder à un rituel qui nous assurerait la victoire. Il se rendit à cette fin sur l'Île de Tu-Hadj, où se dressait notre Pierre sacrée, la seule représentation physique de la Skah. Il comptait drainer l'énergie de la Pierre pour déchaîner sur nos ennemis un sortilège qui les terrasserait.

– La fameuse Pierre de Tu-Hadj?

Le géant tatoué opina. Il déglutit, mal à l'aise, avant de reprendre :

– Mais le Galn'aji de ce clan n'avait pas de bonnes intentions. Il avait entrepris ce rituel par ambition et par haine, car la guerre avait chassé toute pureté de son cœur. Lors de son osmose avec la Pierre de Tu-Hadj, il apporta donc la corruption sur la Skah... C'est ce que nous appelons la Souillure. Ainsi naquit la Hargne dont vos magiciens doivent se méfier.

– Qu'est devenu ce Galn'aji ? questionna Wilf.

Pej s'assombrit encore un peu plus.

– Eh bien, son rôle dans la corruption de l'âme extérieure eut un effet majeur sur lui, ainsi que sur les guerriers et chamans de son clan qui l'accompagnaient. Ils furent corrompus à leur tour, résultat de leur proximité avec la Hargne naissante. Ils devinrent différents, des créatures de la Souillure.

Le Tu-Hadji avait craché ces derniers mots avec mépris.

– Tu sais à présent comment furent créés les premiers Qanforloks... Oui, tu as bien entendu... À ma grande honte, ils appartenaient à notre peuple.

Wilf se souvint alors de la ressemblance qui l'avait frappé entre les acolytes d'Ymryl et ses compagnons Tu-Hadji. Mais le plus choquant pour lui était encore à venir :

– Quant au Galn'aji de ce clan mille fois maudit, il est toujours de ce monde, bien que tu le connaisses à présent sous un autre nom : Fir-Dukein, le Roi-Démon.

Wilf tressaillit. Le Roi-Démon, un ancien Tu-Hadji ! Il comprenait mieux à présent la rage que mettait le peuple nomade à traquer les créatures d'Irvan-Sul...

– Et, pour des raisons que j'ignore, vous croyez que je serai capable de rendre à votre Pierre sacrée sa pureté originelle ? s'enquit-il. Je ne sais même pas où se situe cette île de Tu-Hadj.

Pej soupira.

– J'ai moi-même longtemps été sceptique à ton sujet, tu sais. Mais tu m'as convaincu que tu étais celui que nous attendons. Le sauveur que mes ancêtres avaient cru trouver en Arion. *Un enfant né des humains, devenu le roi des siens*, récita-t-il. C'est ce que la Skah, l'âme du monde, a murmuré aux chamans de mon peuple... Une prophétie... – Il marqua une courte pause. – Sans doute est-ce assez proche de ce que nos alliés Arionites nomment le Cantique, je dois l'admettre.

Le Cantique... songea Wilf. Ce mot qu'Andréas et les siens utilisaient pour parler de la destinée. Cela signifiait l'inspiration du monde, son inclination vers un futur qui préserverait son harmonie. Un avenir auquel aspirait la Skah, et vers lequel *tendraient* les événements tissés par l'univers. Réseau de prophéties influentes, mais qui pouvaient être déjouées par les volontés individuelles, comme celle de Fir-Dukein ou des Orosians…

– Au sujet de l'île, c'est encore plus compliqué que tu ne l'imagines… continua le Tu-Hadji. À l'époque de la corruption, elle était encore notre mère patrie, notre bastion principal et le sanctuaire de notre peuple. Mais les bouleversements provoqués par la Souillure affectèrent également le paysage alentour : l'île devint alors la place forte des Qanforloks.

« Eux qui venaient de renaître par la Hargne revendiquèrent notre ancienne nation pour berceau. Ils entreprirent de la remodeler, usant de leur nouvelle magie souillée. Le relief et la végétation subirent d'affreuses conséquences : ce qui avait toujours été un paradis devint un pays de cauchemar…

– L'Irvan-Sul ? devina Wilf.

Le géant acquiesça.

– Symbole de l'ambition de Fir-Dukein et de sa soif de conquête, une langue de terre noire se lança bientôt vers la côte la plus proche, agrippant le continent avec avidité. L'Île de Tu-Hadj était devenue une péninsule, à l'entrée de laquelle l'ancien Galn'aji bâtirait sa Forteresse-Démon.

– *D'où son œil scrute les terres libres avec convoitise*, cita Wilf en se souvenant d'un poème macabre lu à Mossiev. Si la Pierre de Tu-Hadj est en plein cœur du royaume de Fir-Dukein, c'est folie d'avoir pensé que je pourrais guérir son mal…

Pej sourit, ce qui lui arrivait rarement. Il s'adossa précautionneusement au tronc d'un saule en calant ses larges paumes sur ses genoux.

– C'est bien toi, le garçon qui a juré la mort d'Ymryl ? Qu'est-ce qui te paraît le plus insensé : rejoindre l'endroit le plus gardé d'Irvan-Sul après la Forteresse-Démon, ou bien vaincre le plus puissant guerrier du monde connu ? Pour moi, il s'agit de deux pareilles gageures... Mais des folies réalisables, conclut-il avec un ton presque glacial de détermination.

« Songe aux conséquences, si tu soignes la Pierre. Le pouvoir de Fir-Dukein s'effondrerait avec la Souillure.

– Et tous les humains pourraient apprendre à manipuler la Skah sans aucune crainte de la Hargne... renchérit Wilf. On pourrait imaginer les générations futures utilisant quotidiennement la magie, comme vous le fîtes autrefois. Les Rois-Magiciens seraient là pour les guider...

Le Tu-Hadji sursauta :

– On dirait que tu te laisses enfin gagner par les utopies arionites, remarqua-t-il.

– En ce qui concerne la magie, j'ai toujours trouvé l'attitude de Ceux de l'Étoile admirable, lâcha Wilf après qu'une expression irritée se fut peinte sur son visage. Et, après tout, c'est peut-être mon sang qui parle, capitula-t-il.

Haussant ses épaules musculeuses, Pej posa sur son protégé un regard satisfait.

– De toutes les façons, si je n'ai pas tenu à aborder le sujet ces derniers temps, c'est que le moment n'est pas encore venu. Je ne voudrais pas que tu vives dans la crainte, alors que ces dangers sont pour l'instant lointains...

L'ancien voleur se leva d'un coup de rein, fidèle à son habitude de ne pas tenir en place.

– Ne te fais pas trop de souci pour moi, répliqua-t-il un peu sèchement. Si je t'ai donné l'impression d'être un garçon rongé par la peur, il y a peut-être erreur…

« D'ailleurs, c'est toi qui dis que l'heure n'est pas encore venue. J'aimerais savoir ce qui nous retient : à mon avis, cette entreprise ne sera pas moins périlleuse plus tard.

– Si tu tiens à le savoir, reprit Pej avec une gravité vexée, Jih'lod a laissé un message pour moi lorsqu'il est passé à Fael, il y a quelques mois. Il me fait dire que tu échoueras dans ta tâche si tu ne peux compter sur un soutien particulier, un soutien qu'il est parti quérir en ce moment même. Donc, je trouve plus sage que nous ne tentions rien avant son retour.

Wilf opina du chef. Jih'lod lui manquait souvent, et il lui faisait une totale confiance. En fait, il était légèrement blessé que Pej ne lui ait parlé plus tôt des nouvelles qu'il avait eues du paisible Tu-Hadji.

La curiosité le piquait au vif. Quel soutien pouvait bien briguer le sage Tu-Hadji ?

– Tu connais la nature de la quête de Jih'lod ? demanda-t-il donc à son ami.

– Comment ça ?

L'adolescent fronça le nez avec impatience.

– Eh bien, quelle aide est-il parti quérir pour moi ?

– Ah, quelle aide ? fit le géant. Ce n'est peut-être qu'une légende…

– Je veux savoir, insista le garçon.

Pej haussa les épaules.

– Il s'agirait du premier des Tu-Hadji, le père de notre race. D'après Jih'lod, il est le seul à pouvoir t'indiquer comment restaurer la Pierre de Tu-Hadj…

Wilf soupira.

– Attendre que Djulura soit rétablie, attendre le retour de Jih'lod… se plaignit-il à voix haute.

– *Anash'til!* Tu n'es pas satisfait de prendre un peu de repos? Je croyais que tu aimais étudier la magie, fit Pej.

– C'est vrai, admit le garçon aux cheveux noirs. Et je serais serein s'il n'y avait cette diablesse de question pour me tarauder: de quelle manière nos ennemis, eux, mettent-ils tout ce temps à profit?

2

Wilf rentrait d'une leçon avec Andréas, arpentant d'un pas tranquille les couloirs du vieux castel. Il venait de déboucher sous la voûte de l'aile nord lorsqu'il croisa un page à bout de souffle. L'air affolé, celui-ci se jeta à sa rencontre :

– Messire, je vous cherchais ! Un drame est arrivé…

Subitement inquiet, le jeune homme pressa le domestique de lui en dire plus.

– C'est affreux, continua le page. La duchesse et votre compagnon… Ils se sont battus ! Je crois que votre ami va mourir !

Wilf sentit ses poils et ses cheveux se hérisser.

– De quel ami parles-tu ? demanda-t-il d'un ton tendu.

L'autre le regarda un instant comme s'il n'avait pas compris, puis :

– Ce jeune homme, Lucas… Nous l'avons entendu appeler à l'aide, mais je crains…

– Où est-il ? le coupa Wilf, autoritaire.

Le page fit des yeux ronds et répondit craintivement :

– Dans ses appartements de l'aile ouest, messire.

Et la duchesse folle a été maîtrisée, mais que doit-on…

Wilf ne l'écoutait plus. En courant, il traversait le château des ducs.

Quelques instants plus tard, il serrait dans ses bras le corps de son ami inanimé. Des larmes de fureur et d'inquiétude menaçaient de poindre aux coins de ses yeux. Lucas était d'une pâleur cadavérique, et son visage cerné de boucles figurait celui d'un ange peint sur quelque vitrail décoloré par les intempéries.

Djulura… Djulura la courageuse, la douce, la généreuse… Comment avait-elle pu sombrer dans de tels abîmes ? Le jeune homme aux cheveux corbeau le savait bien : tout était la faute d'Ymryl, le Prince-Démon. À cause de lui, celle qui les avait tant inspirés et guidés n'était plus aujourd'hui qu'une dangereuse aliénée…

Malgré tout, Wilf n'aurait jamais cru qu'elle s'en prendrait à son ancien amant. Aguerrie sous l'identité de Caïus, la duchesse folle restait une combattante redoutable, et Lucas n'avait dû sa survie qu'à ses ressources psychiques. Tandis que sa patiente tentait de l'étrangler à mains nues, le spirite l'avait ainsi propulsé dans les airs grâce à ses dons de télékinésie. Djulura avait heurté un arbre et avait été assommée. Juste après, l'ancien moine s'était évanoui à son tour.

Wilf, prévenu dans la minute, le veilla jusqu'à ce qu'il se réveille. Andréas et Pej étaient restés chacun quelque temps avec lui, mais il était seul quand Lucas ouvrit les paupières. Sa respiration était calme et son regard assuré. Wilf supposa que son compagnon était conscient depuis quelques instants déjà.

– Nous étions sous les grands chênes, près de l'aile est, dit le spirite sans introduction. Elle m'a pris par surprise : ça a été si subit… Un instant, elle m'écoutait en souriant, les yeux dans le vague ; la seconde suivante elle avait bondi sur moi. – Un long silence – Je crois hélas que cela pourrait se reproduire n'importe quand, avoua-t-il.

– Alors, que comptes-tu faire ? demanda Wilf.

Tranquillement, Lucas s'assit dans son lit et laissa à son regard le temps de parcourir la pièce. La décoration de sa chambre était en parfaite adéquation avec sa personne. Sobre, paisible, laissant un vide spacieux et propice à la concentration.

– Tu sais Wilf, j'ai vraiment fait tout ce qui était en mon pouvoir… J'ai mis en évidence les raisons de sa folie : le fait qu'elle m'ait cru mort, les années d'imposture sous un masque de métal, son amour coupable pour Ymryl… Mais le remède dépasse mes connaissances, je dois bien l'admettre.

Wilf nota que la voix de son ami n'avait pas tremblé lorsqu'il avait évoqué le Prince-Démon. Pourtant, quel choc cela avait dû être pour lui de s'apercevoir que la démence de Djulura avait modifié jusqu'à ses sentiments les plus intimes… Wilf ignorait où il avait trouvé la force de ne pas baisser les bras.

– Et avec le So Kin ? suggéra-t-il. Tes pouvoirs mentaux ne pourraient-ils rien pour elle ?

Le regard bleu de Lucas perdit un léger degré dans sa sérénité surnaturelle.

– Non, hélas. J'ai déjà essayé. Une seule fois, le So Kin m'a ouvert les portes de son esprit embrumé. Ce fut un voyage de cauchemar ! Je pensais pénétrer dans son inconscient pour en réparer les maillons brisés, mais la complexité des dégâts était pire que ce à quoi je m'attendais. J'ai été pris dans des tourbillons d'images affolées. Il y avait des milliers de visages hurlants : nous, ses amis, mais aussi ses victimes de guerre, son frère disparu... Tous se reflétaient à l'infini comme dans de gigantesques miroirs brisés. Son esprit était sale et collant comme de la boue... De plus, le So Kin exige une concentration exemplaire. Je suis trop impliqué intimement, et la soigner par le biais de la télépathie est au-delà de mes capacités. Il faut l'accepter, ma thérapie est un échec total.

– On ne peut pas la laisser ainsi ! s'indigna l'adolescent. Je refuse de baisser les bras, parce que... parce que les véritables amis sont trop rares, finit-il dans un chuchotement.

Lucas se leva, fit quelques pas dans la chambre. Il portait toujours son ample robe blanche donnée par les Voix de la Mer, et ses cheveux dorés tombaient en cascade sur ses épaules minces.

– Je n'abandonnerai jamais, dit-il en regardant par la fenêtre. Je l'aime toujours, tu sais. Plus que jamais. Les épreuves traversées m'ont fait comprendre combien ce que nous avons vécu était précieux.

Wilf lui coula un regard reconnaissant.

– Alors ?

– Alors, j'ai dit que sa guérison dépassait mes connaissances. Pas qu'elle était impossible.

« Je connais... j'ai connu quelqu'un, quelqu'un qui saurait peut-être guérir Djulura. Il s'agit de celui qui m'a tout enseigné de l'âme humaine.

– Faisons appel à lui sans tarder, décréta Wilf.

L'ancien moine acquiesça.

– En espérant qu'il accepte de nous aider… murmura-t-il. Il le faudra : lui seul peut venir en aide à ma bien-aimée. En vérité, je ne crois pas qu'il y ait de plus grand expert dans ce domaine.

* * *

Monseigneur l'abbé Yvanov leva les yeux vers son visiteur. L'aide de camp à la figure chevaline se posta face à lui, au rapport. Le recteur nota bien sûr la détermination qui pointait sous son air respectueux.

Encore la même vieille querelle, songea-t-il avec lassitude.

– Père Yvanov, deux nouvelles unités de nos Lanciers viennent d'entrer dans Saint-Quernal, déclara le caporal dès que l'abbé lui eut fait signe de parler.

– J'étais informé de leur arrivée, répliqua-t-il sèchement. Qu'ils trouvent de la place dans les baraquements de l'aile nord.

– Ça ne sera pas facile, monseigneur… mais il en sera selon votre volonté, ajouta l'aide de camp en notant l'expression bougonne du solide recteur. Et pour leurs chevaux ?

La bouche du religieux se pinça dans un pli mauvais. Jamais, au cours des années durant lesquelles il avait œuvré en secret pour l'Ordre de Saint Mazhel, il n'aurait cru que son monastère en paierait de telles conséquences. Comme Saint-Quernal avait changé, depuis le départ de Lucas… Chaque jour, sans exception, Yvanov pensait au novice, ce jeune homme qui avait presque été son fils. Où était-il, à présent ? Pangéos seul le savait…

Des rumeurs l'avaient dit compagnon du rebelle

Caïus, mais l'abbé ignorait ce qu'il fallait en croire. Ses prières quotidiennes le voulaient vivant et, autant que possible, à l'abri des tumultes du continent.

– Les chevaux ? En les serrant un peu, ils tiendront dans les stalles. Ne les mélangez pas avec les vôtres, mais choisissez parmi les bêtes qui se connaissent celles qui pourront partager le même box.

La colère et l'orgueil blessé firent une brève escale sur le visage du caporal, mais il reprit son expression sobre et avenante pour s'exprimer :

– Monseigneur, nous avions pensé que peut-être...

– Non ! cria l'abbé en cognant du poing sur son bureau. Pas question ! Combien de fois devrais-je vous dire que j'ai besoin de ce dispensaire ? C'est le seul refuge à des lieues à la ronde pour les enfants malades et affamés. Fermons-le, vous serez bien avancé : qui soignera vos mauvais coups reçus à l'entraînement, vos engelures et vos toux de l'hiver prochain ?

L'aide de camp s'était raidi.

– C'était une suggestion du capitaine Ygor, siffla-t-il comme une menace.

Le religieux sentit sa colère fondre soudainement, remplacée par une profonde fatigue.

– Dois-je vous rappeler que je tiens mes prérogatives du cardinal Redah lui-même ? para-t-il. Peu m'importe de qui provient cette idée, je maintiens que le dispensaire conservera sa fonction première. C'est bien clair ?

Il chassa le caporal d'un geste las de la main.

– Maintenant, disposez, voulez-vous ? J'en ai assez entendu...

L'aide de camp au visage ingrat claqua des talons et fit disparaître sa silhouette dégingandée en refermant la porte derrière lui. Resté seul, Yvanov lâcha la plume qu'il avait tenue en main tout au long de la discussion et ferma le lourd livre de comptes sur lequel il s'affairait.

Ses doigts forts et carrés se saisirent de son sablier fétiche, toujours présent quelque part sur sa table de travail. Il commença à jouer avec machinalement.

La désillusion naissante qu'il ressentait était chaque jour plus douloureuse. Il avait fait don de sa vie à cette cause. *La Théocratie...* Mais le continent souffrait toujours des mêmes maux, pensait-il, auxquels il fallait ajouter la terreur inspirée par les Lanciers Saints. Tout d'abord perçus comme des sauveurs, ramenant l'ordre après les troubles causés par Caïus et la mort du jeune empereur Nicolæ, ils étaient peu à peu devenus de vrais tyrans. Le respect de la foi pouvait-il justifier les exactions auxquelles ils se livraient? L'abbé commençait à en douter. Même les fameux Objecteurs, dont il avait fait partie bien des années plus tôt, n'avaient jamais fait preuve d'une telle férocité.

Et si l'Ordre de Saint Mazhel, symbole à ses yeux du renouveau d'un rêve politique qui l'avait toujours hanté, n'avait eu pour seul but que d'asseoir le pouvoir d'une poignée de manipulateurs comme Redah? De plus en plus, Yvanov se sentait trompé. Trahi. Le lien mystérieux entre les Csars et l'Église Grise était à présent dévoilé: la religion avait toujours été la seule maîtresse, et les empereurs ses jouets. Pour un patriote comme l'abbé, le constat était bien pénible.

Par ailleurs, d'autres doutes le taraudaient. Des indices, quelques faux pas... autant de détails qui n'avaient pas échappé à son intelligence. Ses soupçons s'étaient finalement mués en certitude, même s'il ne possédait aucune preuve de sa théorie. Il en était persuadé : une main invisible guidait Redah. Le rusé, le puissant cardinal était dirigé par un pouvoir plus grand, dissimulé derrière lui.

Il se croit plus malin que tout le monde, pensait Yvanov, *mais lui aussi n'est qu'un pantin agité au bout de ficelles.* Curieusement, cette petite revanche ne lui apportait aucun réconfort. Car quelle que soit l'autorité cachée au revers des agissements du cardinal et de ses fidèles Lanciers, l'existence d'une telle toute-puissance secrète ne parvenait qu'à lui inspirer de la frayeur.

* * *

Le soleil était haut dans le ciel et les fers des chevaux résonnaient avec un claquement musical. Le trio de compagnons, une fois de plus sur les routes, goûtait à la douceur estivale et à l'ombre bienvenue des peupliers sous lesquels serpentait le sentier. Leurs montures se montrant d'humeur à prendre le trot, Wilf et Lucas devaient réfréner leur vitalité pour ne pas forcer Pej à courir. Pour l'instant, les grandes enjambées du Tu-Hadji lui avaient permis de rester au niveau des deux cavaliers même quand leurs bêtes accéléraient l'allure.

Wilf avait accepté d'accompagner Lucas vers le monastère de Saint-Quernal, où celui-ci devait retrouver son ancien maître et mentor, le Père Yvanov.

D'après le jeune spirite, c'était le dernier à pouvoir tenter quelque chose pour Djulura.

Pej, quant à lui, avait sauté sur cette occasion de courir la campagne de nouveau. De toutes les façons, Wilf savait qu'il ne l'aurait pas laissé partir seul, même si la perspective du voyage ne l'avait pas autant enchanté.

C'était l'après-midi et l'adolescent prenait plaisir à rêvasser sur son cheval pie, se réjouissant de la simplicité gaie de leur périple. L'hospitalité tranquille des fermiers de la Terre d'Arion n'y avait sans doute pas été étrangère. Maintenant ils arpentaient les terres de la baronnie d'Arrucia, puis ils prendraient cap au nord pour éviter les Marais du Deuil par l'est. Malgré sa bonne humeur, Wilf ne put s'empêcher d'être ému par un souvenir douloureux : celui de Liránda, son amoureuse de Mossiev, dont il traversait la patrie. Tous ces paysages lui rappelaient la fierté suave et farouche de la jeune fille, dont la triste fin ne cesserait sans doute jamais de le hanter.

La terre était noire et dure, craquelée par le soleil. Cette chaleur sèche, ce ciel de plomb… Jusqu'à la monotonie du relief, à peine nuancée par les lointains sommets enneigés qu'ils apercevaient lorsque les arbres s'espaçaient, tout parlait du combat des hommes pour arracher à ce pays orgueilleux leur subsistance. Les Arrucians qu'ils avaient croisés étaient basanés comme Liránda et son frère Djio, yeux et cheveux sombres. Les femmes portaient des jupes larges, rouges ou noires, qui leur permettaient de monter à cheval. Les hommes des ponchos de laine sur des pantalons serrés, et des chapeaux sombres à larges bords. Chaque Province avait sa réputation légendaire; celle de l'Arrucia était faite de duels et de romances passionnées, de vendettas familiales centenaires et de filles au tempérament de feu, qui dansaient sur des musiques exprimant la douleur et la fièvre de leur terre exigeante. L'héritier d'Arion songea que ce peuple du Sud ferait partie de ceux qui le suivraient dans sa lutte contre la Théocratie, lorsque l'heure serait venue... Il en était fier.

Tout à coup, un sifflement suivi d'un bruit mat tira les trois voyageurs de leurs rêveries respectives.

Une flèche venait de manquer Lucas, lequel chevauchait en tête, se fichant dans le tronc d'un jeune peuplier.

Trois regards se concertèrent en une fraction de seconde. Lancer les chevaux au galop équivaudrait à laisser Pej en arrière, aussi Wilf et Lucas se laissèrent chuter à terre pour attendre leurs adversaires.

– Qui va là? cria l'ancien gredin en tirant sa lame de son fourreau.

S'accordant silencieusement avec Wilf sur cette stratégie, Pej contourna les chevaux pour défendre les arrières de ses deux compagnons. Il pointait vers le rideau d'arbres une lance d'aspect sommaire, qu'il s'était fabriquée récemment à Fael.

En guise de réponse, plusieurs autres traits sifflèrent à leurs oreilles. L'un d'eux vint se planter dans le cuir d'une selle, les autres se perdant dans la végétation derrière eux. *De piètres tireurs*, songea Wilf.

Il commença néanmoins à modeler la Skah autour de ses amis, érigeant une barrière immatérielle contre la prochaine volée de flèches. Mais à la place, ce fut une voix d'homme qui se fit entendre.

– Abandonnez vos chevaux et votre or, ordonna le

brigand d'un ton qui se voulait assuré. Nous vous laisserons la vie sauve.

Comme les trois voyageurs n'esquissaient pas un geste, une demi-douzaine d'Arrucians quittèrent les fourrés qui leur servaient de cachette.

Wilf nota leurs vêtements en loques et leur air famélique. Les arcs à présent en bandoulière, ils étaient armés de gourdins rudimentaires. L'un d'eux fit un pas en avant, l'expression menaçante.

– Vous avez entendu ? gronda-t-il.

Un concert de grognements se fit entendre derrière lui. Comme il sentait la détermination des autres s'affermir, sa face se fendit d'un large sourire.

– Allons, un beau geste, messires… Nous sommes le peuple, et le peuple doit se nourrir.

Lucas joignit les mains devant lui, dans un geste paisible.

– Si vous acceptez de nous laisser les chevaux, nous pouvons peut-être faire un effort pour l'or, déclara-t-il d'une voix apaisante. Nous ne voulons guère d'ennuis.

Mais Wilf, les pupilles rétrécies et la main serrée sur la garde de son glaive, ne l'entendait pas de cette oreille.

– Non, Lucas. Je n'aime pas leur manière de se livrer à la mendicité…

– Méfions-nous, intervint alors Pej. Je crois que…

Sa phrase fut interrompue par une clameur venue des deux côtés du sentier. D'autres brigands surgirent par dizaines d'un peu partout, brandissant gourdins et outils de ferme.

Dans la fraction de seconde, Wilf les toisa tous avec mépris. S'ils avaient espéré les faire paniquer, c'était raté. Sinon, ils avaient gâché un possible effet de surprise.

Rendus soudain courageux par le nombre, les Arrucians qui s'étaient approchés les premiers avancèrent sur leurs victimes. Lucas, sans la moindre trace de nervosité, écarta les mains avec un ample mouvement. Son visage reflétait la concentration du So Kin.

Comme soufflés par un vent invisible, les malandrins furent lentement soulevés du sol, puis propulsés vers lui avec une force qui les laissa sans connaissance.

Wilf, ayant jugé l'adversité trop nombreuse pour recourir à sa magie encore balbutiante, profita de l'effet de panique provoqué par Lucas pour attaquer. Sautant par-dessus les corps des brigands jetés à terre, il atterrit au beau milieu de ceux qui constituaient le rang suivant. Ses pieds n'avaient pas encore touché terre que sa lame dessinait déjà des sillons sanglants dans son environnement immédiat.

À en juger par les cris d'agonie qui s'élevaient dans son dos, il devina que Pej s'était lui aussi lancé dans l'offensive.

Il y eut plusieurs morts, le temps pour les malandrins de réaliser leur erreur.

Surpassant infiniment leurs ennemis en vitesse et en habileté, Wilf et Pej avaient tracé des coupes sombres tout autour d'eux. Les manches brisés des fourches et des faux jonchaient le sol en compagnie d'Arrucians mutilés. Agenouillés ou allongés, tenant contre eux leurs membres sanguinolents ou contemplant avec épouvante leur ventre se vider de ses entrailles, les brigands comprenaient un instant trop tard qu'ils s'étaient heurtés à quelque insecte mouvant et tranchant. Leur esprit parvenait difficilement à accepter cette idée incroyable : ils n'étaient pas, pourtant, en train de se battre contre une armée… Jamais ils n'auraient imaginé que deux combattants isolés soient capables d'opposer une telle résistance.

En quelques secondes seulement d'affrontement, la plupart de ceux qui le pouvaient encore prirent leurs jambes à leur cou pour fuir ce cauchemar. Les autres avaient lâché leur arme ou la tenaient mollement, atterrés par ce spectacle.

– Ce sont des démons ! gémissaient-ils en dessinant dans l'air les signes censés protéger de la malédiction.

Puis, l'instinct de survie ayant raison de la peur qui les immobilisait, ils se replièrent également dans un désordre des plus complets. Laissés en arrière, les blessés étaient piétinés dans la cohue.

C'est à ce moment, tandis que les Arrucians se bousculaient autour de lui pour s'échapper, que Wilf fut frappé au flanc. Il avait eu tort de relâcher sa vigilance, nota-t-il en se pliant en deux sous l'effet de la douleur. Sa main libre se referma néanmoins sur le poignet qui tenait encore le poignard fiché dans son côté.

Un jeune homme à peine plus âgé que lui le fixait avec frayeur. Leurs yeux se croisèrent un long instant, tandis que le vide se faisait autour d'eux. Du coin de l'œil, l'héritier des rois vit Pej et Lucas se rapprocher. Le jeune brigand d'Arrucia tordit le bras pour tenter de se libérer, mais Wilf resserra son étreinte et projeta violemment son propre crâne en avant. Le nez de l'autre cassa dans un craquement d'os alors qu'il tombait à la renverse.

Ne prenant même pas le temps d'arracher la lame toujours plantée dans son flanc, l'adolescent vint se dresser au-dessus de son adversaire, la pointe de son épée sur sa gorge.

Un regard circulaire lui apprit que tout autre danger était écarté. Au sol gisaient une dizaine de corps, des morts et des blessés, faiblement conscients ou évanouis. Lucas contemplait cette scène avec un visible malaise. Pej, qui n'arborait pas la moindre estafilade, avait fait quelques pas pour vérifier l'absence de péril.

– Aucune gloire pour ce massacre de *nedaks*, déclara-t-il en parvenant au niveau de Wilf. C'est triste, mais il fallait bien nous défendre…

Le géant essuya la pointe de sa lance dans les haillons du malandrin tenu en respect par Wilf, comme s'il se fut agi d'un simple cadavre.

Ce dernier arrondit les yeux d'horreur.

– Je vous en supplie… glapit-il. Pitié!

De sa main gauche, Wilf retira enfin le poignard de son côté. La blessure était assez profonde et saignait abondamment. Lançant le couteau un peu plus loin, il reporta son attention sur le malandrin. Une expression mauvaise se dessina sur ses lèvres alors qu'il levait son arme. Le jeune Arrucian leva les bras devant son visage en sanglotant tout bas.

Alors que l'ancien apprenti de Cruel-Voit allait frapper, la voix calme de Lucas s'éleva.

– Attends, Wilf. Comment va ta blessure?

Le jeune homme s'immobilisa le temps de répondre.

– Ça fait un mal de chien, sourit-il. Mais je n'ai pas la tête qui tourne. Ça ne doit pas être si grave…

L'ancien moine s'était approché tout près

– Laisse tout de même Pej y jeter un œil, conseilla-t-il. Et il faut faire un bandage.

– Une seconde, répliqua Wilf. J'ai d'abord quelqu'un à tuer.

La main du spirite se posa sur son épaule

– En es-tu bien sûr, mon ami ? C'est un natif d'Arrucia… un membre de ton peuple.

Le regard bleu de Lucas courut parmi les corps inanimés.

– Tu vois bien que ce sont de simples villageois, jetés sur les routes par la misère… C'est la faim qui les pousse au crime.

Wilf avait remarqué, bien entendu. À sa grande surprise. Que de tels troubles soient parvenus aussi loin dans le Sud l'emplissait d'inquiétude et de colère. Si la tyrannie des Lanciers s'exerçait déjà sur l'Arrucia et condamnait les pauvres gens à voler pour se nourrir, alors la situation était bien plus critique qu'il ne l'avait pensé. La Terre d'Arion n'était plus en sécurité pour longtemps, et très bientôt il faudrait choisir entre se battre ou accepter les mêmes brimades. L'héritier d'Arion aurait alors besoin de sa Lame des Étoiles, ce qui rendait leur mission actuelle d'autant plus pressante.

Mais tout cela ne changeait rien au fait que ce brigand l'avait poignardé, provoquant une blessure qui aurait bien pu le tuer. Wilf se sentait furieux, et avait besoin d'une tête pour chasser son irritation. S'il avait été seul ou simplement accompagné de Pej, il ne se serait même pas posé la

question, mais il connaissait les convictions profondes de Lucas…

– Je vous en prie, supplia de nouveau l'Arrucian,
reprenant espoir. – Il s'adressait à Lucas, maintenant.
– Ne le laissez pas me tuer… Si vous voulez, je serais
votre écuyer, messire. Je connais bien le pays…

Lucas regarda son compagnon dans les yeux.

Offre-moi la vie de cet innocent, disait son silence.
Wilf, qui commençait parfois à ressentir une pointe
de jalousie envers l'assurance nouvelle de son camarade, fit encore semblant d'hésiter un instant. Il
considéra le brigand.

Celui-ci avait un visage juvénile mais un corps
vigoureux, avec des épaules puissantes. Le fait qu'il
soit parvenu à le toucher prouvait qu'il avait quelque
talent pour le combat. Peut-être ferait-il un bon serviteur. S'il tentait de les trahir, il serait toujours temps
de le tuer à ce moment-là.

– D'accord, acquiesça donc Wilf, mais à une condition…

Le malandrin esquissa vers lui un regard attentif.

– Parmi ceux que nous avons tués, avais-tu un
parent ou un ami ?

L'autre fit non de la tête.

– Je ne suis pas du même village qu'eux, dit-il
d'une voix tremblante. Je les avais rejoints récemment, après que ma précédente bande avait été déci-
mée par les gardes de la baronne.

Wilf éclata de rire.

– Eh bien, on dirait que tu vas nous porter chance !

Le jeune homme se releva enfin, époussetant ses
loques. Il se tourna vers Lucas :

– Merci, messire. Je vous dois la vie.

« Mon nom est Guajo, et vous pouvez avoir confiance en moi. Je… je n'ai plus aucune famille : je vous servirai si vous le souhaitez.

Lucas opina.

– Si tu sais t'occuper des bêtes, tu n'as qu'à nous accompagner, dit-il d'un ton aimable. Tu pourras nous quitter lorsque ta dette te semblera remboursée.

Soudain Wilf, qui rangeait son épée au fourreau, s'interrompit au beau milieu de son mouvement.

Il posa une main sur sa plaie, le visage fermé.

– Pej, haleta-t-il, ma blessure me brûle. Corbeaux et putains, c'est intenable !

Le grand Tu-Hadji, un pli soucieux lui barrant le front, vint poser un genou à terre pour examiner le flanc de son protégé.

Bientôt, la mine incrédule, il releva les yeux vers ses compagnons.

– Je ne comprends rien, avoua-t-il. Wilf, ta plaie est en train de cicatriser à vue d'œil…

L'adolescent, les dents serrées de douleur, baissa le regard pour s'apercevoir que le géant tatoué disait vrai. Là où le poignard s'était enfoncé dans ses chairs, il ne restait plus qu'une coupure superficielle, elle-même en train de se résorber.

– Ça brûle, en tous les cas, se plaignit-il tandis que de grosses gouttes de sueur perlaient jusqu'à son menton.

Lucas s'approcha de lui et l'observa avec attention.

– Je crois que je sais à quoi est due cette guérison miraculeuse, déclara-t-il à mi-voix.

– L'énergie du Soleil souterrain ? hasarda Wilf en s'épongeant le front avec sa manche.

Le spirite acquiesça.

– Le So Kin, confirma-t-il. Le pouvoir trouve toujours le moyen de s'exprimer…

– Qu'est-ce que tu veux dire ? l'interrogea Pej.

– L'énergie de son âme intérieure est *figée* en Wilf, prisonnière de son corps, expliqua l'ancien moine. Cela explique l'apparition de facultés physiques nouvelles… Puisque Wilf ne peut former le cercle parfait avec son esprit, le So Kin se manifeste d'une autre manière.

Le Tu-Hadji émit un sifflement.

– As-tu une idée des autres prouesses qui seront à sa portée ?

– Non, répondit Lucas. À ma connaissance, le cas ne s'est jamais produit avant. En revanche, la situation est assez proche de celle des malheureux qui possèdent le pouvoir du So Kin sans avoir reçu l'éducation psychique adéquate.

– Vous voulez parler des Impurs ? intervint avec effroi Guajo, qui avait bu les paroles de chacun depuis le début.

– Silence ! lâcha un Wilf exaspéré. Continue, Lucas…

Le jeune homme aux boucles blondes médita un instant et reprit :

– Vois-tu, le problème de ces gens est qu'ils ne savent pas comment domestiquer leur pouvoir. Celui-ci leur échappe donc, provoquant les mutations horribles que tu sais, tant sur le plan du physique que de l'âme. Tu es confronté à un problème similaire, mon ami. À défaut de pouvoir former le cercle parfait, puisque le So Kin semble s'être solidifié en toi, tu devras apprendre à canaliser le pouvoir, à le diriger dans la direction choisie pour l'empêcher de faire de toi un monstre.

– Que veux-tu dire par là? demanda Wilf avec anxiété, se souvenant des rumeurs qui avaient couru sur les dernières heures de Bjorn de Baârn, un noble de l'Empire victime de son So Kin non maîtrisé.

Lucas prit un ton rassurant:

– Sculpter les mutations, au lieu de laisser le So Kin te les imposer aléatoirement. Voilà où je souhaitais en venir. Auprès des Voix de la Mer, j'ai reçu l'éducation psychique qui te fait défaut. Grâce à mon aide, tu pourras transformer l'énergie chaotique de ton âme intérieure en qualités physiques. Cela suffira à contenir le pouvoir jusqu'à ce que nous trouvions un moyen de le libérer pour de bon de ton enveloppe corporelle.

Wilf hocha la tête pour exprimer son assentiment.

– Ne me laisse pas finir comme Bjorn, Lucas...

– Nous prendrons une heure tous les jours pour que je t'apprenne à méditer et à canaliser ton énergie, répondit son camarade.

La discussion close, les voyageurs entreprirent de rassembler leurs affaires. Mieux valait ne pas s'attarder sur le lieu de l'affrontement. Il fallut rattraper les montures, qui avaient fui pendant le combat. Wilf, constatant avec satisfaction que sa blessure s'était entièrement refermée, aida Lucas à porter les brigands inconscients sous les arbres. Ceux qui n'étaient pas morts suite à leurs blessures n'étaient en général qu'assommés, et l'ancien moine ne tenait pas à ce qu'ils demeurent en plein soleil.

Pendant que Pej regardait ce qu'il pouvait faire pour le nez brisé de Guajo, des bruits de sabots résonnèrent. Presque aussitôt, à un tournant du chemin, apparurent cinq silhouettes de cavaliers armés jusqu'aux dents.

Leurs chevaux étaient fins et hauts sur jambes. *De belles bêtes, sans doute habiles à la course*, admira Wilf.

Les hommes à cheval approchèrent encore un peu à contre-jour, puis l'ombrage du sentier permit aux voyageurs de les distinguer plus clairement.

Wilf haussa alors les sourcils avec surprise. Les cavaliers étaient en fait des cavalières. Cinq femmes en armes.

Celles qui montaient ces splendides chevaux arboraient des robes bleues sous leurs plastrons métalliques, et portaient de grands éventails accrochés à la ceinture, qui pendaient parallèlement au fourreau de leur épée.

Wilf avait entendu parler de ces éventails, armes redoutables faites de toile et de lames de fer coupantes comme des rasoirs. Il ne parvint pas sur le coup à se souvenir dans quelle circonstance il avait déjà vu des femmes en bleu armées de tels objets.

Déjà en selle, Wilf et Lucas firent faire quelques pas à leurs chevaux pour les mener à la rencontre des dames.

– Nous avons été informées de troubles, par ici, fit une voix glaciale.

C'était la cavalière de tête qui avait parlé. Une grande femme aux cheveux d'un blond si pâle qu'ils en paraissaient presque blancs. Un fin diadème bleu ceignait son front, la chaînette qui le retenait se perdant dans sa crinière diaphane. Wilf grinça des dents. Le visage peu amène de la femme, dans lequel brillaient des yeux d'oiseau de proie, lui faisait froid dans le dos.

– Nous sommes des voyageurs, déclara Lucas. Les problèmes locaux ne nous concernent pas vraiment, vous le comprendrez…

– Une attaque de brigands? insista-t-elle en indiquant les cadavres abandonnés sur le bord du sentier.

– Nous en avons repoussé la plupart, expliqua Wilf. Tout va bien maintenant. Pourrions-nous savoir qui vous êtes?

L'inconnue le transperça du regard.

– Je suis Sœur Lintra, et voici mes disciples, fit-elle en désignant les autres cavalières. Nous avons croisé les rescapés de l'attaque que vous prétendez avoir subie. Ils n'auraient pas fui plus vite s'ils avaient eu Fir-Dukein aux trousses…

Des Sœurs Magiciennes! jura Wilf intérieurement. Il avait presque oublié que l'Arrucia était aussi le siège de leur ordre. Si elles œuvraient pour le compte de la Théocratie comme elles l'avaient fait pour celui de l'Empire, lui et Lucas étaient bel et bien en danger.

Il se souvint alors où il avait pu observer des dames de ce genre, avec leurs robes bleu sombre et leurs éventails de guerre… C'était dans le rêve si étrange qu'il avait fait lors de sa captivité chez les Thuléens.

– Nous sommes honorés de rencontrer des membres de la Sororité, déclara-t-il après avoir dégluti. Mais je croyais que votre rôle se limitait à la chasse aux Impurs. Quel rapport avec des brigands?

– Nous aimons l'ordre, répliqua froidement la

nommée Lintra. Et eux, qui sont-ils ? interrogea-t-elle en pointant du doigt Pej et Guajo.

Les deux hommes à pied arrivaient au niveau des interlocuteurs. Wilf espérait que le costume et les tatouages du Tu-Hadji ne leur attireraient pas la suspicion des Sœurs.

– Notre ami Pej nous accompagne depuis Fael, répondit Lucas. Quant à Guajo, il s'agit de notre guide… Il pourra vous confirmer notre version de l'attaque.

La Sœur Magicienne fronça les sourcils mais hocha la tête.

– Ainsi, vous venez de Fael ? Un long trajet…

– Plus longue encore est la route qui nous reste à faire, répondit Lucas avec courtoisie. C'est pourquoi nous apprécierions de prendre congé, mesdames…

– Ne soyez pas si pressé ! trancha Lintra avec sécheresse. Ici, nous sommes sur nos terres, et ceux qui empruntent ces chemins nous doivent des comptes. – Elle prit un instant pour réfléchir. – Je vous convie à Jay-Amra, notre forteresse, pour passer la nuit. Nous pourrons éclaircir cette histoire de brigands et vous en profiterez pour nous donner des nouvelles de la cité des ducs.

Les quatre compagnons fixaient la nonne avec perplexité. Le cerveau de Wilf travaillait à toute allure, cherchant une façon de refuser l'invitation sans déclencher le courroux de la cavalière. Il n'en trouva pas. Un soupir presque inaudible de la part de Lucas lui apprit que son ami était face à la même impuissance.

La mort dans l'âme, ils se mirent donc en marche à la suite des Sœurs Magiciennes. Ils ne pouvaient prendre le risque de froisser celles dont ils auraient sans doute besoin comme alliées lorsque l'heure des conflits serait venue. Pej approuva leur décision d'un regard compréhensif, tandis qu'un Guajo anxieux emboîtait le pas du géant.

Wilf flatta l'encolure de son cheval pie. Ironie de son subconscient, il lui revenait en mémoire toutes ces histoires égrillardes qui circulaient dans les tavernes, racontant le séjour de visiteurs masculins dans quelque couvent isolé. L'escorte froide et armée de ces nonnes-là rendait cependant leur invitation légèrement plus inquiétante. Le jeune homme songea en souriant qu'il souhaitait avoir le moins possible d'anecdotes à raconter lorsqu'il quitterait leur monastère.

* * *

La fumée noire et épaisse des forges camouflait la lueur des étoiles. Une chaleur malsaine irradiait de la place forte. Dans la nuit, retentissaient les hurlements des prisonniers mis au supplice.

Jih'lod, pourtant d'un naturel serein, sentait les battements de son cœur s'emballer à chaque nouveau cri, et ne parvenait pas à trouver le sommeil. Les appels à l'aide des captifs lacéraient sa conscience comme autant de griffures infligées par le Roi-Démon. Mais il ne pouvait rien faire : sa mission sacrée exigeait qu'il survive.

Le Tu-Hadji avait quitté les siens cinq semaines auparavant. Les signes s'étaient faits de plus en plus précis, jusqu'à ce qu'il ne puisse plus choisir de les ignorer. C'était bien à lui que revenait cette lourde tâche. Ses ancêtres directs, des millénaires auparavant, avaient été de grands chamans de la Skah. Puis l'âme extérieure avait été souillée ; mais la lignée demeurait.

Cette nuit marquait le véritable départ de sa quête. Parvenu aux abords de la Forteresse-Démon, il allait maintenant s'enfoncer dans le territoire maudit d'Irvan-Sul. Le guerrier n'avait eu aucune peine à tromper la vigilance des créatures qui rôdaient en lisière du fief démoniaque. Il avait traversé la frontière, marquée par le noircissement de la végétation et la disparition des traces de civilisation. À présent, tout serait plus difficile. Et il ne pourrait compter que sur lui-même…

Allongé sur le dos pour tenter de prendre quelque repos, dissimulé par les plis de collines, il contemplait ce ciel obscurci tout en se promettant de ne jamais faillir.

Là-bas, quelque part dans ce pays dédié au mal, l'attendait le Premier. Celui par qui le jeune Wilf obtiendrait le don de soigner la Pierre de Tu-Hadj. *Le Premier*… Fondateur mythique de la race des nomades.

Nul ne savait pour quelle obscure raison celui-ci avait choisi l'Irvan-Sul comme retraite – peut-être simplement parce qu'il avait toujours vécu ici, bien avant que l'endroit ne soit souillé par son nouveau maître – mais tous les prophètes Tu-Hadji s'accordaient sur ce lieu. Le pèlerinage qui conduirait Jih'lod à la rencontre du père de leur peuple devait se dérouler dans les paysages honnis de la nation malfaisante.

Voyager à travers les terres de l'ennemi, où celui-ci était tout puissant… Il y avait de quoi emplir d'effroi le chasseur de Hordes le plus endurci. Mais Jih'lod avait promis aux siens qu'il réussirait. Pour sa femme et son fils, pour son peuple tout entier. Pour l'âme extérieure, avant tout.

Il pensait souvent à Pej, son frère d'armes. À sa place, lui n'aurait connu aucune peur. Le descendant des chamans prendrait donc exemple sur son vieil ami, dont le souvenir lui inspirait courage et détermination.

Et, malgré ses appréhensions, Jih'lod devait avouer que le voyage initiatique qui l'attendait le faisait frémir d'un plaisir mystique. Il serait le premier Tu-Hadji depuis des millénaires à rencontrer le fondateur de leur race. L'être mythique dont on disait qu'il avait été le guide des choses inertes sur le sentier de la vie... Le premier-né de la Skah, grand aîné qui avait enfanté tout son peuple...

3

Wilf contemplait le paysage à travers un vitrail en mosaïque qui entourait la salle à manger. Il était absorbé par l'image de la lune, décroissante et bleu pâle.

Lucas et Guajo étaient assis en face de lui, Pej à sa gauche. Une douzaine de Sœurs partageaient également leur table. Cette pièce de taille modeste était réservée à l'accueil des invités, devinait Wilf. Quelque part, un grand réfectoire commun devait abriter les autres membres de la Sororité dans une tradition plus monastique.

Sévères et silencieuses, les Sœurs; sombre et fraîche, leur place forte. Cette salle était sans doute rarement utilisée, nota Wilf à quelques détails subtils. Leurs hôtesses ne s'y comportaient pas comme dans un lieu fréquenté quotidiennement, lorsque personnes et décor deviennent indissociables. Pas d'habitudes, ici, rien pour faire chuter la tension entre les convives. Chacun s'observait, l'œil vigilant. Les nonnes, pour le moment, semblaient savourer la manière dont leur réputation inquiétante mettait les visiteurs mal à l'aise.

Jay-Amra était une forteresse glaciale et nue, aux

murs de roche brute. Peu d'ouvertures y étaient ménagées, ce qui la rendait plus facile à défendre mais diminuait considérablement la luminosité à l'intérieur. Les nouveaux venus pouvaient ressentir quelque difficulté à s'y habituer, une claustrophobie naturelle sous ces tonnes de pierre oppressantes. Certainement fallait-il y voir la raison d'être de ce salon ouvert sur un grand vitrail circulaire.

Wilf quitta la lune des yeux et laissa son regard parcourir les expressions de leurs hôtesses. Il éprouvait un sentiment mitigé à leur égard, trouble renforcé par le fait que le visage de certaines Sœurs lui semblait vaguement familier. Lintra, la grande dame à la chevelure blond pâle qui les avait escortés jusqu'ici, était de celles-là. Durant tout le trajet, Wilf s'était interrogé sur la cause de cette impression. Mais la cavalière n'était pas la seule à lui évoquer des réminiscences, et il se souvenait à présent : le rêve qu'il avait eu à Orkoum… Ces femmes en robe bleue entrevues en songe dînaient à présent en face de lui. Aux yeux de Wilf, cela n'était pas anodin : par ce biais onirique, la Skah avait tenu à lui signaler que les nonnes tiendraient une place importante dans son avenir…

Les cinq sorcières que Lintra avait présentées comme ses disciples faisaient partie des convives. Il s'agissait de jeunes filles à peine plus vieilles que Lucas, mais qui arboraient déjà le charisme hors du commun des Sœurs Magiciennes. Les autres femmes qui assistaient au dîner étaient d'âge variable. Si toutes portaient la même robe bleue à capeline, Wilf fut étonné de constater la diversité évidente de leurs origines. Malgré la discipline de fer qui animait la

Sororité, et derrière une uniformité de façade, les particularités Provinciales étaient manifestes.

L'une des nonnes n'hésitait pas à afficher quelque orfèvrerie discrète à ses poignets pour indiquer sa parenté avec la noblesse de Blancastel. Sa voisine proclamait par une tresse serrée sa provenance du Kentalas. Telle autre, à l'accent colombin, s'était souligné les yeux d'un trait de maquillage noir, ligne courbe qui venait finir en boucle sur sa joue comme c'était la coutume dans la cité-État d'Escara. L'une des jeunes adeptes de Lintra, quant à elle, avait un teint pâle et des cheveux noirs qui la désignaient comme une native du Nord. Wilf reconnaissait dans les intonations de sa voix, un peu heurtées, celles du Domaine Impérial où il avait grandi : aucun rapport avec l'indolence suave qui caractérisait la langue de son homologue originaire des Mille-Colombes...

Cette fille pâle du Nord avait quelque chose de triste dans le regard, une carence suffisante pour intriguer Wilf. Il se souvint que certaines fillettes dont la famille avait été déportée par la Sororité étaient parfois recueillies par ses membres, et éduquées pour devenir des Sœurs. Peut-être était-ce le cas de cette jeune adepte, ce qui justifiait sans doute une propension à la mélancolie.

Il y avait aussi une sorcière qui ressemblait à un vieux faucon ridé. Ses yeux d'oiseau de proie, brillants d'acuité, rappelèrent à Wilf des souvenirs de Cruel-Voit. Celle-ci semblait malade, toussant fréquemment dans un pan de sa cape bleu nuit. Elle s'appelait Sœur Ilyen. L'ancien gredin avait frissonné lorsqu'elle s'était présentée, car elle faisait partie de celles qu'il avait clairement vues dans son rêve mystique.

La nonne à sa droite était une femme immense et musclée, avec un cou râblé et des épaules saillantes. Sa robe à voile bleu lui allait aussi bien qu'un gant de velours sur la patte griffue d'un Grogneur. Si cette dernière arborait deux obscènes rouleaux de tresses rousses, les trois Sœurs restantes avaient en revanche le crâne entièrement rasé.

L'une d'elles, le menton haut levé, semblait être la supérieure hiérarchique des dames présentes. En bout de table, présidant visiblement au moindre souffle des autres Sœurs, elle déployait un sourire au pli ambigu, renforcé par son rouge à lèvres noir. Même l'héritier d'Arion était impressionné par cette curieuse combinaison de séduction et de menaces. La lumière des chandeliers luisait légèrement sur sa tête chauve, et aurait pu la rendre ridicule. Mais ce n'était pas le cas, tant chacun pouvait percevoir l'énergie intérieure qui couvait en elle.

Toutes les sorcières avaient donné leur nom tandis que de jeunes garçons au visage voilé amenaient les entrées. C'étaient des plats de légumes crus, frugaux mais nourrissants. Wilf et ses compagnons s'étaient présentés à leur tour. À la mention de son nom, l'adolescent avait senti une étincelle refroidir dans le regard de plusieurs Sœurs, comme s'il leur apportait ainsi sa confirmation à quelque soupçon.

– J'espère que notre hospitalité vous sied, malgré son caractère improvisé, dit la Sœur supérieure lorsque tout le monde eut commencé à se restaurer.

– Il est notoire que peu d'hommes ont franchi l'enceinte de Jay-Amra, acquiesça poliment Lucas. C'est donc un honneur pour nous autres, simples voyageurs...

La femme au crâne chauve marqua un silence, l'observant d'un œil gourmand.

– On m'a rapporté vos ennuis avec cette bande de brigands, reprit-elle. Nous faisons ce que nous pouvons pour aider les soldats de la baronne à endiguer ce fléau, mais depuis que la misère s'est tellement répandue sur notre Province...

– Ce n'est certainement pas tâche facile, j'en conviens, la coupa l'ancien moine en sentant que c'était ce qu'elle attendait. Et votre traque des Impurs doit également en être perturbée, j'imagine ?

– Nous faisons notre possible pour que cette mission première de la Sororité ne subisse pas les conséquences des troubles qui agitent le continent, assura-t-elle.

Corbeaux et putains... Ainsi elles chassent encore, nota Wilf, remerciant intérieurement Lucas d'avoir éclairci ce point.

– Heureux d'entendre que la Théocratie n'a pas remis en question les accords que vous aviez avec l'Empire, mentit le spirite blond.

La vieille Sœur malade émit un son étranglé qui pouvait tenir du hoquet de rire ou bien du sursaut d'agonie.

– À vrai dire, la situation de notre ordre n'a pas été vraiment discutée, nuança la nonne supérieure. Pour l'instant, les autorités religieuses ne nous font pas de problèmes, et nous souhaitons que cela continue ainsi...

Wilf se rappela combien l'avait surpris le concept de la Sororité, la première fois qu'il en avait entendu parler. Ces magiciennes autorisées à pratiquer leur art dans un Empire où toute magie était

normalement prohibée, cette tolérance exceptionnelle des Csars à leur égard, en échange du service
que les Sœurs leur fournissaient. Elles avaient pour
mission de chasser les autres mages, les Impurs,
comme on les appelait. Ceux qu'elles débusquaient
brûlaient sur le bûcher, avant que toute leur famille
soit enfermée dans les bagnes qui avaient été bâtis
autour du domaine des nonnes en Arrucia. Les
Sœurs préféraient toujours prendre le risque d'arrêter un innocent plutôt que celui de laisser un
Impur en liberté. C'était cette intransigeance qui
leur avait valu une réputation de cruauté et de fanatisme.

– Mais revenons-en aux brigands, continua la
femme à tête rasée. Vous vous êtes montrés très
valeureux en mettant en déroute un groupe aussi
nombreux. Quatre, c'est peu, contre une trentaine
d'hommes en embuscade…

Wilf sourit intérieurement. *Une trentaine ? Cin-
quante pour le moins…* Toutefois, il s'abstint bien de
détromper la sorcière.

– Vous savez, ils étaient faibles et mal armés, expliquait Lucas. Il a suffi d'en mettre une poignée hors
de combat pour que leurs camarades prennent peur.

Sur un coup d'œil de la Sœur supérieure, Lintra
intervint :

– Pour avoir peur, ils avaient peur… murmura-
t-elle de sa voix glaciale. *Paniqués* serait un mot plus
approprié. Curieux, tout de même, cette fuite désordonnée, de la part d'hommes sans foi ni loi…

Un froid silencieux envahit l'assistance, gelant les
conversations comme les appétits. Le soupçon qui
perçait dans le ton de la nonne était trop criant pour

que quiconque l'ait laissé échapper. Quelques jeunes disciples qui s'entretenaient à voix basse tournèrent des regards surpris vers leur consœur, mais la magicienne chauve en bout de table se contenta d'ébaucher un sourire prédateur. Tout ça était orchestré de façon un peu trop lisse au goût de Wilf.

– Que voulez-vous dire, Sœur Lintra ? intercéda-t-il.

– Rien du tout, répondit-elle lentement, en plombant sa réplique d'intonations qui suggéraient le contraire. Je me demandais seulement ce qui avait pu les terroriser à ce point…

Sœur Hod, la dirigeante au crâne rasé et au rouge à lèvres noir, planta ses deux coudes dans la table et ses yeux dans ceux de Wilf.

– Lintra a raison, dit-elle alors qu'un sourire étrange flottait toujours sur ses lèvres charnues. Nous qui luttons contre les brigands quotidiennement, nous vous serions très reconnaissantes de nous faire partager votre secret… Car vous en avez un, bien entendu, pour être venus à bout d'adversaires aussi nombreux ?

Lucas, qui s'apprêtait à répondre, fut interrompu par le retour des pages, qui apportaient le plat principal. La tension retomba quelque peu et Wilf en profita pour attaquer son assiette à belles dents, sa faim réveillée par le fumet musqué du gibier.

– Hélas, nous n'avons aucune ruse particulière à partager avec vous, dit-il enfin entre deux bouchées. Les brigands ont fui parce que nous étions plus forts, c'est tout…

Sœur Hod hocha lentement la tête, sans se départir de son expression presque goguenarde.

– Quels adversaires redoutables vous semblez faire…

– Nous savons nous battre, confirma Pej, visiblement à l'intention de Lintra.

Le sourire de la Sœur supérieure s'élargit.

– Et si vous étiez en train de nous mentir ? Ou de nous cacher quelque chose… émit-elle d'un ton faussement badin.

Lucas haussa les épaules en écartant les paumes, l'air parfaitement étonné.

– Il semble qu'un aspect de cette conversation nous ait échappé, dit-il avec son sourire le plus honnête. Vous faites manifestement des suppositions erronées à notre sujet.

Lintra se leva et fit traîner sur les quatre visiteurs un long regard couleur d'iceberg.

– Vous mentez, affirma-t-elle. Vous avez fait appel à des capacités d'Impurs.

À ces mots, Pej s'essuya les mains et se tint plus raide dans son siège. Plus tôt, Wilf avait noté avec étonnement qu'on leur avait laissé leurs armes à l'intérieur de la citadelle. Les Sœurs allaient peut-être bientôt avoir l'occasion de le regretter.

– L'un des brigands en fuite nous a tout raconté, expliqua Lintra. Entre autres, le maléfice par lequel ses compagnons ont été soulevés du sol.

Lucas soupira doucement.

– Alors pourquoi cette mascarade ? demanda-t-il calmement. Si vous le saviez, il était inutile de nous livrer à cet interrogatoire…

Wilf lança un coup d'œil coléreux à son camarade. Personnellement, il aurait préféré prendre le parti de nier jusqu'au bout.

– Ne nous fâchons pas, intervint Sœur Hod. Vous avez raison sur ce point, jeune Lucas : en temps normal, nos soupçons auraient été suffisants pour vous remettre aux gardiennes d'un de nos bagnes. Elles se seraient chargées d'apprendre tout le reste et de retrouver votre famille...

Wilf eut une vision fugace de femmes masquées, de braseros et de pincettes, qu'il chassa tant bien que mal de son imagination.

– Mais dans votre cas, c'était différent, continua la sorcière. Nous avions formulé quelques suppositions, et j'ai préféré confirmer votre identité par le biais d'un dîner. J'ose croire que ma décision suscite vos suffrages...

Lucas opina.

– C'est évident, dit-il avec sérieux. Mais... que nous voulez-vous, au juste ?

– À vous, jeune homme, pas grand-chose. En vérité, nous tenions particulièrement à nous entretenir avec votre ami Wilf...

Celui-ci regarda la Sœur avec lassitude. Il aurait aimé être plus surpris par son souhait. Tout au moins, Lucas était-il parvenu à leur cacher ses pouvoirs du So Kin. Sinon, il aurait sans nul doute été inquiété, l'immunité dont semblait jouir Wilf – par raison politique ? – ne s'étendant certainement pas à ses compagnons.

– Pourquoi ça ? questionna-t-il en réprimant un soupir.

Sans fuir le regard de Wilf, la sorcière prit le temps de porter sa coupe à ses lèvres. Elle but une gorgée et la reposa lentement avant de sourire à nouveau.

– Nous avons plusieurs sujets à débattre, dit-elle

enfin. Le principal concerne... ah, le collier des peuples, l'art séculier, le souci majeur... – Une froideur toute neuve vint remplacer l'amusement dans ses yeux. – La politique. Car vous serez bientôt roi, n'est-ce pas ?

Comment ont-elles su qui j'étais ? pesta Wilf intérieurement. Il repassa mentalement les conversations de la soirée. En admettant qu'elles ne l'aient pas su par avance, à quel moment l'avaient-elles découvert ?

– Vous ignorez peut-être nos pouvoirs en matière de divination, continua la magicienne comme si elle avait lu dans ses pensées. Sœur Ilyen, ici présente, a prévu votre venue : j'ai aussitôt envoyé des cavalières à votre rencontre. Il fallait toutefois nous assurer de votre identité, d'où l'ambiance soupçonneuse de ce dîner. Vous nous pardonnez, j'en suis sûre.

L'ancien voleur ne savait s'il fallait se réjouir de la tournure que prenait leur visite chez les Sœurs. En un sens, il avait enfin l'opportunité de savoir si la Sororité se montrerait amicale ou bien si elle constituerait un adversaire de plus. Mais il devait avouer que le soutien des Ménestrels ne lui aurait pas été superflu pour régler pareille affaire. Il ignorait encore trop de choses, et la cause Arionite ne lui tenait pas assez à cœur pour qu'il puisse la défendre avec toute la passion nécessaire.

– Ainsi, vous reconnaissez en moi l'héritier des Rois-Magiciens, entra-t-il en matière.

La vieille Ilyen gloussa.

Après avoir réprimandé son homologue du regard, la Sœur supérieure répondit :

– C'est exact. Nous sommes bien placées pour le savoir.

La remarque laissa Wilf songeur. *Bâtard des Sœurs,* l'avait un jour appelé le prince Ymryl. Voilà encore un point qu'il lui faudrait élucider.

– Alors, jeune Wilf, quels sont vos projets ?

La question était directe, mais l'adolescent aimait autant ça. De toutes les façons, il avait pris la décision de n'en dire que le minimum.

– Je ne suis pas encore prêt à monter sur le trône, dit-il. – Il tenait également à éviter tout mensonge, ignorant si la magie des sorcières pouvait les en avertir. – L'ancienne Monarchie doit être restaurée, je pense, pour de nombreuses raisons… Mais cela ne se fera pas dans l'immédiat.

La nonne eut une moue indéchiffrable.

– Et quelles sont ces raisons que vous invoquez ? interrogea-t-elle. À mes yeux, la Théocratie est un régime stable…

Wilf lui lança un coup d'œil étonné. Il aurait payé cher pour connaître les réelles connivences de la Sororité.

– La Théocratie est un surtout un régime tyrannique, répondit-il sans ambages. Elle étouffe les peuples et vit de sa propre corruption comme le faisait l'Empire. Elle se montre pire que lui car elle épuise ses forces contre de prétendus ennemis de l'intérieur, oubliant la menace de l'Irvan-Sul… La Monarchie du Cantique saura mieux lutter contre ce terrible adversaire. Et rendre enfin leur liberté aux nations, avant qu'elles aient disparu.

Lucas et Pej restèrent un instant interloqués. Jamais ils n'auraient cru que leur camarade tiendrait un jour ce genre de discours. Sa tirade semblait tout droit sortie de la bouche d'un Ménestrel…

Sœur Hod, de son côté, laissa fuser un rire.

– La liberté des nations ! s'exclama-t-elle. Vous prô-
nez donc le morcellement de ce continent : la corruption à petite échelle et les tyrannies au niveau
local ?

Wilf, toujours aussi sérieux, lui planta ses yeux
noirs droit dans les siens.

– Vous pouvez vous moquer, ma Sœur. Tout
dépend de la valeur que vous accordez à la survie de
notre civilisation. Le continent tout entier appartien-
dra aux Qanforloks plus tôt que vous ne le pensez si
la Théocratie poursuit ce gâchis. En pliant les
peuples sous son joug, elle leur ôte leurs crocs. En
faisant régner le pouvoir sans partage d'une poignée,
elle enlève aux populations la volonté de défendre
leur terre.

– Pardonnez-moi de vous opposer mon scepti-
cisme, répliqua la magicienne, mais la restauration
de votre Monarchie… ce serait bien la forme d'un
pouvoir central ?

Le jeune homme hocha la tête négativement.

– Pas au sens où vous l'entendez, Sœur Hod.
L'union n'est pas l'anéantissement… Bien sûr, le seul
espoir de victoire contre le Roi-Démon réside dans
la fusion des forces. Mais on ne peut unir des nations
qui n'existent plus : la Théocratie, elle, efface peu à
peu les peuples. Elle n'a pas d'âme. Et sans âme,
croyez-moi, un pays ne survit pas.

Quelques Sœurs remuèrent sur leur chaise. Lucas
nota qu'elles étaient captivées par le discours du garçon. *Bonne idée, Wilf,* songea-t-il. *Même au sein de la
Sororité, les Provinces sont encore bien vivantes dans les
cœurs de leurs enfants…*

– Quelle pugnacité envers l'Irvan-Sul… murmura la Sœur supérieure. N'auriez-vous pas tendance à dramatiser un peu ?

Wilf lui adressa un sourire à l'indulgence calculée.

– J'ai effectivement des raisons personnelles de haïr Irvan-Sul et ses maîtres, avoua-t-il. Mais si je prône la lutte contre cet ennemi, c'est avant tout parce que son pouvoir me terrifie…

La Sœur garda le silence, les yeux dans le vague. L'adolescent sut qu'il venait de marquer un point.

Lucas, de son côté, découvrait avec surprise la nouvelle maturité de son ami. Il se souvenait du jeune gredin de Mossiev… comme il avait changé ! Sa voix était sincère et sûre d'elle alors qu'il défendait la cause arionite. L'héritier des rois paraissait avoir brutalement accepté le poids de ses responsabilités. Toutefois, Lucas conservait quelques doutes sur l'engagement du garçon. Lui-même maniait trop bien les masques pour se laisser abuser facilement. Wilf avait-il vraiment fini par croire en ce rêve utopique, ou bien, en l'absence d'Oreste et d'Andréas, se sentait-il simplement le devoir de parler en leur nom ? À moins qu'il ait seulement souhaité porter le débat sur ces idées généralistes pour éviter d'avoir à révéler leurs projets concrets ?

– Et quelle place tiendrait notre confrérie dans ce royaume Arionite, en admettant que vous parveniez à vos fins ? questionna la sorcière au crâne chauve.

Wilf sourit.

– Comment vous fournir une réponse ? Si l'on excepte les rumeurs populaires, j'ignore tout de vous. – Il soupira. – Quelle attitude aurez-vous eue envers nous ? Nous aurez-vous aidés, ou le contraire ? Par ailleurs, reste un principe qui me semble évident : vous chassez les Impurs, or l'ancienne Monarchie est celle des Rois-Magiciens…

La Sœur toussota pour l'interrompre.

– Eh bien… Ce dernier point peut ne pas être un réel problème, confessa-t-elle. La Sororité a déjà fermé les yeux sur cette mission pour atteindre un objectif supérieur. Comme vous l'avez reconnu vous-même, vous n'en savez pas beaucoup sur notre ordre… Votre conseiller Oreste a longuement été en rapport avec nous. Nous connaissions ses pouvoirs, bien sûr, mais cela n'a jamais fait obstacle à notre coopération…

Wilf ne comprenait pas très bien. Toutefois, malgré son désir d'en savoir plus, il avait noté le léger embarras de la nonne sur ce sujet, et décida donc de se renseigner auprès d'Oreste lorsqu'il le reverrait. Le musicien à la tresse blonde paraissait en savoir plus qu'il n'en avait avoué à propos des Sœurs Magiciennes, et Wilf s'interrogeait soudain sur les raisons de son silence.

Les jeunes domestiques entrèrent de nouveau. Sœur Hod leur laissa le temps de débarrasser et d'apporter les desserts avant de poursuivre.

– Finissons-en, déclara-t-elle dès qu'ils eurent quitté la pièce. Nous sommes entre personnes de confiance : je réponds de mes acolytes comme vous de vos compagnons. Jeune messire Wilf, voici donc quelles sont les intentions de la Sororité à votre égard. Nous n'interviendrons ni en votre faveur, ni dans le but de vous nuire. Notre ordre possède ses propres objectifs. Et même s'il est fort possible que vous en partagiez certains, nous ne pouvons prendre le risque de nous aliéner la Théocratie. Aussi ne devrez-vous pas compter sur notre soutien lors de votre prise de pouvoir. En revanche, je vous souhaite de réussir, et je peux vous faire cette promesse : la Monarchie du Cantique restaurée, jamais plus les utilisateurs de la Skah n'auront à souffrir de nos persécutions.

Le garçon aux cheveux aile de corbeau leva un regard perplexe sur son interlocutrice. Décidément, la Sororité cultivait le mystère... Il tenta de prendre son air le plus royal pour répondre.

– J'avoue ne pas comprendre, articula-t-il soigneusement. Mais j'accepte par avance ce marché... Nous ne serons pas ennemis.

4

– *Messire Lucas ?*
  – *Qui… ?*
– *Je suis Sœur Enna. N'ayez crainte…*
– *Je n'ai pas peur. Que voulez-vous ?*
– *Il faut que nous parlions. Certaines Sœurs ici présentes n'en doivent rien savoir. Je masque actuellement notre lien télépathique à leurs sens psychiques, mais je ne pourrai pas continuer longtemps. Prolonger cette conversation protégée me demande trop d'efforts : retrouvons-nous discrètement à la fin du dîner…*
– *Je veux bien, mais pourquoi ?*
– *C'est très important… Je vous en prie. Vous comprendrez bientôt…*

* * *

Les événements d'après dîner avaient, lentement mais sûrement, entraîné Wilf dans une situation qu'il ne souhaitait pas le moins du monde. Les Sœurs étaient expertes en manipulation, à l'évidence. Le jeune homme n'avait pas compris tout de suite par quel enchantement il s'était retrouvé dans ce boudoir, seul avec trois Sœurs Magiciennes à l'air redoutable. S'il avait pu revenir en arrière et changer un ou deux détails dans l'enchaînement des choses, il ne s'en serait certes pas privé.

Face à lui, les nonnes sorcières arboraient des sourires polis. Et des regards de fauve prêt à bondir sur sa proie.

Wilf se recroquevilla dans son sofa confortable, notant à part lui que la petite pièce était la plus agréable de celles qu'il avait traversées à Jay-Amra. Une théière gracieuse et quatre tasses de thé fumant, posées sur un guéridon, embaumaient d'un parfum suave le minuscule salon.

Tout d'abord, ça avait été Pej, qu'une Sœur avait enlevé juste après le dessert. Le guerrier du clan avait visiblement été reconnu pour ce qu'il était : avec courtoisie, la jeune fille avait tenu à le mener à la bibliothèque de la citadelle, afin qu'il l'éclaire sur certains textes traitant de son peuple natal. Le Tu-Hadji n'avait pas caché sa réticence à la suivre, mais Wilf ne tenait pas à mettre en péril le pacte fraîchement approuvé, et lui avait donc fait signe d'obtempérer.

Ensuite, ce fut le tour de Lucas, qui s'éclipsa sans un mot alors que les convives se quittaient en se souhaitant bonne nuit. Wilf l'avait vu disparaître avec la jeune Sœur aux cheveux noirs et à l'air triste qu'il avait remarqué un peu plus tôt. Quant à Guajo, des domestiques l'entraînèrent à leur suite pour lui montrer l'emplacement des chambres qui leur avaient été réservées.

Les autres sorcières s'étaient éparpillées après un bonsoir. Et avant que le garçon ait pu s'en rendre compte, ces trois-ci l'avaient conduit jusqu'ici. Pour se détendre autour d'un thé… avaient-elles dit. Wilf jugea diplomate de ne pas leur avouer combien il aurait été plus *détendu* à quelques lieues de leur place forte et de leurs bagnes.

Il porta sa tasse brûlante à ses lèvres et avala quelques gorgées. C'était un des avantages de sa troublante chaleur corporelle. Depuis son immersion dans ce Soleil thuléen, les températures élevées n'avaient plus beaucoup d'effet sur lui.

– Mes Sœurs… Peut-être allez-vous pouvoir satisfaire ma curiosité sur un point de l'histoire de la maison Arionite, engagea-t-il, l'air pensif.

Non pas que les nonnes lui soient foncièrement sympathiques, mais il avait enfin la chance d'entendre certains récits par une autre voix que celle des Ménestrels, et il songeait qu'il eût été regrettable de rater cette occasion.

Par ailleurs, il avait à cœur de briser la glace, avant que le regard silencieux des trois femmes ne l'ait entièrement dévoré.

– Si vous croyez que nos lumières pourraient vous éclairer… répondit Lintra, toujours légèrement monocorde. À quel sujet vouliez-vous nous interroger ?

Assises de part et d'autre de leur homologue, se tenaient Sœur Ilyen, la vieille sorcière malade, et Sœur Bovdana, la montagne de chair aux tresses rousses. Toutes deux scrutaient invariablement Wilf avec cette intensité qui le mettait mal à l'aise.

– On m'a dit que c'était l'une des vôtres qui avait fait don à mon ancêtre de sa fameuse Lame des Étoiles, exposa-t-il. Cela m'a étonné à l'époque et, quand on pense à l'importance symbolique que tint cette arme dans la vie d'Arion, au point qu'il en rebaptise l'ordre de magie dont il était issu... Je trouve cela curieux que ce soit la Sororité, réputée hostile aux magiciens, qui lui ait fait ce cadeau. Qu'en savez-vous ?

Ce fut la voix croassante de Sœur Ilyen qui lui répondit :

– Avant le cataclysme qu'on baptisa la Grande Folie, notre ordre n'avait pas pour but de pourchasser les Impurs, expliqua-t-elle. Sa mission était... autre. Nous n'avons jamais appartenu à aucun des quatre Dogmes de la Skah, mais à cette époque nos relations avec Ceux de l'Étoile étaient tout à fait cordiales. En revanche, le rôle exact de cette épée légendaire s'est perdu dans les méandres du temps, et je ne peux hélas vous en dire plus...

Instinctivement, l'adolescent sut qu'elle lui mentait sur ce dernier point. La vieille sorcière savait que la Lame était destinée à imposer sa volonté aux Dragons Étoilés ; peut-être même savait-elle par qui celle-ci avait été forgée, et où trouver les créatures mythiques qu'elle contrôlait...

Il aurait bien voulu savoir comment lui soutirer ces informations.

Mais soudain, il se rendit compte que quelque chose d'autre lui chatouillait l'esprit. Un détail...

Un goût. Un goût sur sa langue. La saveur épicée et exotique du thé le dissimulait presque totalement, mais quelqu'un avait versé un peu de *dzeng* dans sa tasse. Le *dzeng* : un puissant soporifique. Sans l'enseignement approfondi de Cruel-Voit, jamais il ne s'en serait aperçu.

Du calme... Ne pas montrer que je sais...

Il avait peu de temps avant que le somnifère ne commence à faire effet. Il tâcha de se souvenir s'il avait vu qui avait préparé le thé. C'était Lintra elle-même, si sa mémoire était bonne.

S'en aller. Retrouver les autres le plus vite possible...

– C'est amusant que vous évoquiez ce sujet, continuait Ilyen. La fondatrice de notre Sororité, dans les prophéties qu'elle a laissée derrière elle, semblait nourrir de grands projets pour votre aïeul Arion... Dommage que les événements en aient décidé autrement...

Wilf se racla la gorge. Sa tête commençait à lui paraître lourde. Il devait se concentrer...

– Oui, nul doute que ce grand homme aurait pu œuvrer pour le bien commun de notre ordre et de son peuple, s'il n'avait pas succombé à cette folie meurtrière... acquiesça la blonde Lintra.

Les paupières du jeune homme se fermaient presque seules.

– J'ai été ravi de partager votre compagnie, mes Sœurs, mais le voyage m'a fatigué plus que je ne l'aurais cru. Si vous le permettez, je vais prendre congé, à présent...

Il avait réussi à dire cela d'une traite, sa voix juste un peu amollie.

Les trois nonnes l'observèrent étrangement.

– Nous allons vous raccompagner à vos appartements, suggéra d'un ton ferme la colossale Bovdana.

– Non! fit Wilf. Non, ce n'est pas nécessaire... Je vais demander mon chemin à un page. Je vous assure...

Il se leva, tentant en vain de ne pas chanceler sur ses jambes.

– Bonsoir, se courba-t-il avant de se diriger vers la porte.

Les Sœurs s'étaient levées de concert. Il s'engagea dans le couloir.

Des murs de pierre, des portes… Un plancher qui flottait dangereusement, dans des diagonales troublantes, disparaissant par grandes taches noires lorsque les yeux de Wilf se fermaient malgré lui.

En dépit de ses vertiges, il traversa le corridor d'un pas résolu, et tourna à droite au bout. Il prit plusieurs embranchements à ce même étage, espérant semer les trois nonnes si elles avaient décidé de le suivre. Un escalier en colimaçon le conduisit au niveau inférieur.

Encore un couloir, aux nombreuses portes de bois noir. L'ancien assassin savait que son errance ne le menait nulle part. Bientôt ses pieds refuseraient de le porter davantage, et il s'écroulerait sur place, à même le sol… Une étincelle d'idée vint le secourir, l'empêchant de sombrer dans les ténèbres.

S'il trouvait une cuisine, il pouvait peut-être y dénicher les ingrédients nécessaires pour confectionner un antidote. Il se rappellerait la recette… Son regard se posa sur la première porte à sa portée. Au deuxième essai, il parvint à saisir la poignée et à la baisser.

Un salon, plus spartiate que celui où l'avaient conduit les Sœurs, mais néanmoins confortable. Quatre jeunes femmes en robe bleue lui jetèrent un regard étonné, interrompant leur conversation paisible. Il bredouilla une excuse et referma la porte.

Quelques pas, titubant. La pièce suivante abritait un spectacle moins sage. Deux nonnes presque nues s'enlaçaient sur un canapé de velours violet. Leurs lèvres se touchaient avec une drôle de nonchalance, une langueur qui s'accordait à merveille avec leurs postures superbement paresseuses. L'une des deux caressait lascivement les seins blancs de sa Sœur, doigts bruns et fuselés sur la chair pâle et tendre. L'autre, les yeux mi-clos, murmurait des choses douces que Wilf n'entendait pas.

Le garçon, toujours vacillant, ébaucha un sourire incrédule. C'est à ce moment que son regard croisa celui des amantes.

Unanimes, elles poussèrent un cri de stupeur. Au même instant, Wilf entendit la porte de la pièce précédente s'ouvrir, et les quatre Sœurs venir vers lui. Il tenta de s'éloigner, mais ses pieds étaient comme collés dans une épaisseur de boue. Il trébucha.

Sa tête heurta la paroi de pierre froide.

* * *

– Alors, Sœur Enna, pourquoi m'avoir conduit ici ?

Comme prévu, Lucas et la jeune disciple au regard mélancolique s'étaient retrouvés pour une discussion en privé. Le salon qui les abritait étonnait l'ancien moine par sa relative coquetterie. Les Sœurs Magiciennes vivaient à Jay-Amra dans un dénuement moindre qu'il ne l'aurait imaginé.

– Eh bien… à votre approche, Sœur Ilyen ne fut pas la seule à bénéficier de visions, répondit la jeune fille du Nord. J'ai moi-même été sujette à de fortes images psychiques vous concernant… renchérit-elle d'un ton énigmatique.

Lucas fronça légèrement les sourcils.

– Concernant mon ami Wilf, c'est ça ?

Son interlocutrice fit non de la tête.

– Il s'agissait bien de vous, messire Lucas. C'est pourquoi mes supérieures m'ont conseillée de m'entretenir avec vous.

Lucas resta un instant songeur. Comme souvent, il demeurait si parfaitement immobile que c'en était déconcertant pour ceux qui n'y étaient pas accoutumés. Sœur Enna, pourtant, ne semblait pas intimidée outre mesure.

– Vous disiez que c'était très important, lui rappela le jeune homme aux boucles blondes.

La jeune fille baissa un instant les yeux.

– En effet. Mais, rassurez-vous, il n'y a pas urgence… Faisons connaissance, vous voulez bien ?

Lucas prit note mentalement d'un tremblement embarrassé dans la voix de son interlocutrice. Cette fille lui mentait. Et elle n'était pas très douée. Il la dévisagea tranquillement.

– J'ai tout mon temps, assura-t-il de son ton le plus courtois. Et il y a de nombreuses questions que je me pose sur la Sororité… Peut-être est-ce là l'occasion rêvée d'y répondre ?

Enna hocha la tête. Sourire gêné. *Qu'est-ce qui te donne si mauvaise conscience, petite dame ?*

– Au sujet de votre ordre, continua-t-il paisiblement, il est certaines choses que je sais, et quelques autres que je soupçonne… Mais finalement, la Sororité reste pour moi très mystérieuse.

– Que voulez-vous savoir ? demanda la jeune nonne avec son accent du Domaine Impérial.

Lucas continua d'observer son visage pâle de poupée de porcelaine, encadré d'une chevelure de jais.

Ses yeux étaient noirs comme ceux de Wilf, et animés de la même détermination au-delà de leur rideau de mélancolie. Elle était très séduisante, l'ancien moine dut le reconnaître.

– Tout d'abord, dit-il, je me demande depuis longtemps ceci : comment se fait-il que votre confrérie n'accepte pas les hommes ?

La jeune fille rougit.

– En fait, c'est la même raison que celle qui nous conduit à faire vœu de chasteté, dit-elle très sérieusement. Voyez-vous, contrairement à l'idée reçue, cette loi n'a pas toujours existé… À une autre époque, les Sœurs étaient même autorisées à porter des enfants. Mais… c'était à leurs risques et périls. Si le nouveau-né s'avérait être un garçon, il devait être émasculé, lorsque ce n'était tout simplement tué, le plus souvent… Peu de mères peuvent accepter un tel sort, vous vous en doutez, aussi la Sororité a-t-elle définitivement interdit la maternité à ses membres.

Et, par la même occasion, toute relation amoureuse avec un homme, pensa Lucas.

– Je comprends, dit-il. Pas de mâles… Mais vous ne m'avez toujours pas dit pourquoi.

– C'est un problème d'hérédité, et de contrôle des naissances. Pour le comprendre, il faut que je vous explique quelque chose : étant magiciennes, nous contenons en nous un certain pouvoir. Et ce pouvoir est différent de celui manipulé par les autres mages… Le nôtre est, dans une certaine mesure, héréditaire.

Le So Kin, pensa Lucas. Il l'avait senti dès leur première rencontre, lorsque Enna, Lintra et quelques autres les avaient abordés. Ici, à Jay-Amra, le So Kin était omniprésent. Il pouvait lire l'énergie intérieure qui palpitait en chacune de ces femmes. Mais curieusement, l'inverse ne semblait pas vrai. À aucun moment les Sœurs n'avaient paru déceler en lui la trace de ce pouvoir, et il s'en félicitait. Même si un accord de non-agression avait été formulé avec Wilf, il n'était pas certain que celui-ci s'étende jusqu'à lui… Et même lorsqu'il avait été question du futur, Sœur Hod n'avait bizarrement parlé d'amnistie que pour les mages de la Skah.

Quoi qu'il en soit, le spirite avait noté sans vanité que sa maîtrise du So Kin devait être supérieure à celle des nonnes. Son sang de Voix d'Argent semblait lui donner un contrôle infiniment plus souple et efficace qu'elles sur les applications subtiles de l'âme intérieure.

– Il ne se transmet pas à coup sûr, avait poursuivi Enna. Mais c'est bien souvent le cas, même s'il s'agit d'un niveau très faible. C'est la raison pour laquelle nous attachons de l'importance à arrêter les familles entières, lorsqu'un cas d'Impur nous est signalé.

À ces mots, son visage prit une expression poignante. De mauvais souvenirs se lisaient malgré elle sur ses traits, et Lucas ne put s'empêcher d'en être profondément attendri. Sa compassion s'exprima sous la forme d'un regard silencieux, une pause où ils n'étaient plus qu'eux-mêmes, pas les représentants de telle faction politico-mystique. Ils se comprirent.

Mais l'instant fut bientôt écoulé, et Lucas reprit:

– Votre explication soulève un point intéressant, ma Sœur. Si votre pouvoir est héréditaire, et si, comme je l'ai cru comprendre, Wilf en dispose…

– Qu'est-ce qui vous fait croire cela ? l'interrompit la jeune fille.

Lucas soupira intérieurement.

– Eh bien, la rumeur circule que son ancêtre, Arion, aurait bénéficié du même pouvoir que les membres de la Sororité, en plus de ses dons dans la maîtrise de la Skah. J'en déduis donc que mon camarade en a hérité… Mais il y a plus frappant : c'est l'idée que la lignée des Rois-Magiciens tout entière ait été marquée par ce pouvoir. Ceux que l'on considère comme les hérauts de la Skah auraient également été une famille sous le sceau de… cet autre pouvoir. Étonnant, n'est-ce pas ?

La nonne au visage de porcelaine le regarda avec un léger étonnement.

– Vous êtes bien renseigné sur toutes ces choses… souffla-t-elle. Un étrange conseiller pour un étrange héritier… Vous nous avez octroyé à toutes quelques maux de têtes, sourit-elle, lorsque nous tentions de suivre vos aventures et de déterminer quels pouvaient être vos objectifs… Mais en ce qui concerne la lignée d'Arion et notre pouvoir, certaines informations vous manquent. Ce sont de vieux secrets enfouis dans nos archives, mais je suppose que j'ai le droit de vous en parler… La mère d'Arion, l'épouse du Roi-Magicien Marwin, était l'une des nôtres. Sœur Sithra quitta la Sororité pour porter le fils du monarque, et c'est de cette manière que le… que notre pouvoir investit la famille des Rois du Cantique.

Lucas opina.

– Je vois, dit-il. Merci pour cet éclaircissement. – Un rire amical s'échappa de sa gorge. – Mais je crois bien que nous nous sommes vraiment éloignés de notre sujet…

– Le refus de notre ordre à accepter les mâles, acquiesça la Sœur.

« Comme tout le monde, vous avez entendu les histoires qu'on raconte sur les Impurs. Si elles ne sont pas toujours authentiques, certaines ont néanmoins un fond de vérité. Ce pouvoir est dangereux, messire Lucas. Vraiment dangereux. Nous autres ne le maîtrisons qu'à travers une longue formation, une éducation mystique aux rites complexes et connus de nous seules… Un être humain, homme ou femme, doté de ce pouvoir, *doit* recevoir cette éducation.

Lucas baissa légèrement les paupières.

– Et alors ? Je ne suis pas sûr de saisir le rapport.

– Plus le pouvoir est présent chez une personne, plus il y a de chances pour que sa descendance en bénéficie, expliqua Enna. Hors de question, donc, de laisser dans la nature les rejetons de personnes qui auraient suivi *l'éducation* dont je vous parlais…

– Je commence à comprendre… murmura l'ancien moine.

La jeune Sœur acquiesça.

– Oui. Comment contrôler la descendance des hommes ? Partons du principe que l'on ne peut jamais s'assurer totalement le contrôle de la sexualité d'autrui. Dans le cas de femmes, nous avons la certitude que leur descendance sera connue de la Sororité… Pour des hommes, ce serait impossible. Il y aurait toujours le risque qu'ils enfantent de futurs Impurs au pouvoir monstrueux. Et l'ordre n'aurait absolument aucun moyen de le savoir.

Le spirite blond demeura quelques secondes pensif, étudiant les sous-entendus de cette façon de voir.

– Il s'agirait d'une simple mesure de précaution, si je vous ai bien suivie. Mais ne croyez-vous pas que cette attitude, au sein d'un ordre monastique replié sur lui-même, a pu avoir sur la Sororité quelque effet pervers ?

– À quoi faites-vous allusion ? demanda la nonne.

– Il m'a semblé, poursuivit Lucas d'une voix douce, que votre confrérie versait dans un certain… fondamentalisme. N'est-il pas possible que cette prudence à l'égard des hommes se soit muée peu à peu en une mystique féministe déplacée, aboutissant au rejet et au mépris de toute masculinité ?

– Vous croyez ? fit Enna en souriant.

« Peut-être… ajouta-t-elle, soudain pensive.

L'ancien moine lisait l'indécision sur son visage. Lui-même avait acquis la certitude qu'un voile de conservatisme, de fanatisme même, avait recouvert la Sororité au fil des décennies. Il était heureux d'avoir aidé la jeune fille à ouvrir les yeux. Si son analyse était exacte, l'ordre des Sœurs Magiciennes avait eu pour mission première d'étudier le So Kin. La chasse aux Impurs, ainsi que cette curieuse animosité envers les hommes, n'étaient que des dérèglements exercés par le temps et les événements.

– Une dernière question, ma Sœur…

– Oui ?

– Je cherche des renseignements sur une ancienne adepte de la Sororité. Sœur Hédione. Vous êtes trop jeune, hélas, pour l'avoir connue : je crois qu'elle a quitté Jay-Amra il y a un peu moins de vingt ans. Mais peut-être en avez-vous entendu parler ? demanda-t-il, plein d'espoir.

La jeune sorcière arrondit des yeux étonnés.

– Sœur Hédione ? répéta-t-elle. Comment se fait-il que…

– Son nom vous dit quelque chose ? la coupa le spirite.

– On m'a souvent raconté son histoire… Ce fut une de ces femmes qui fuirent l'ordre pendant leur grossesse. Elle était tombée enceinte, bravant le règlement de la Sororité, et elle savait que son enfant serait mis à mort s'il s'avérait être un garçon.

Ce fut un garçon… Lucas avait appris de la bouche de Léthen, son père, le prénom de cette femme qu'il n'avait jamais connue. Sa mère, décédée peu après lui avoir donné le jour. Le presque-humain des abysses avait parlé à son fils de femmes proches du So Kin, auxquelles appartenait celle qu'il avait aimée. L'ancien moine avait bien sûr fait le rapprochement dès qu'il avait rencontré les Sœurs.

– Certaines, qui ont connu cette époque, laissent entendre qu'Hédione avait de bonnes raisons de porter cet enfant, continua la magicienne. Mais d'autres ne l'entendaient pas de cette oreille. Je crois… Peut-être que certaines Sœurs jalousaient sa beauté et le fait qu'elle se soit permis une romance, chose à laquelle elles ne goûteraient jamais.

Enna s'interrompit d'un coup, comme surprise par l'irrévérence de sa propre déclaration.

– Ce que je sais, c'est qu'elle fut traquée, l'ordre voulant faire un exemple. On suppose qu'elle et son bébé ont succombé à l'hiver de la Mort Blanche.

Lucas ne répondit rien. Il se souvenait de sa discussion avec Yvanov, deux ans plus tôt. Il se remémora les circonstances de la mort tragique de sa mère, et la manière dont il avait été sauvé par Frère

Pietro. Lorsqu'on l'avait trouvé dans la neige, il n'y avait hélas plus rien à faire pour la dame en robe bleue… L'abbé Yvanov avait tenu tout un discours sur les origines nobles de son pupille, s'appuyant sur la description de sa mère, son apparence aristocratique et sa toilette. *Souviens-toi de cette robe bleue,* avait conseillé le religieux. S'il avait su que c'était le vêtement symbole des Sœurs Magiciennes…

L'étreinte des souvenirs amena Lucas à reconsidérer son interlocutrice avec émotion.

– Et vous, Sœur Enna ? À quel passé doit-on la tristesse de votre regard ?

La jeune fille, déroutée, baissa les yeux.

– Ce n'est pas facile, messire, d'être élevée parmi celles qui ont massacré toute votre famille…

Les bagnes… comprit Lucas. C'était à son tour d'être étonné, par la facilité avec laquelle se livrait la nonne. Mais sans doute était-ce la première fois qu'elle pouvait s'entretenir avec une personne étrangère à l'ordre. Elle n'avait peut-être jamais eu d'autre occasion de révéler ce qu'elle avait sur le cœur… songeait le jeune homme, réalisant à quel point la vie au sein de la Sororité devait parfois être pénible.

Elle releva les yeux vers lui, et une ombre de culpabilité y était réapparue.

– Soyons honnêtes l'un avec l'autre, voulez-vous ? proposa Lucas avec un léger soupir. Vous n'avez rien de si important à me dire. Alors, vous déciderez-vous à me révéler pour quelle véritable raison vous m'avez fait venir ici ? Et pourquoi en secret ?

Un air désolé se peignit sur le visage de porcelaine de la sorcière, et Lucas crut un instant qu'elle allait se mettre à pleurer.

– Vous êtes quelqu'un de bon, dit-elle comme un aveu, et sa voix tremblait. Je le sens.

Le spirite aux boucles blondes resta silencieux, comprenant qu'il s'était établi entre eux une complicité improbable et toute neuve, qui allait conduire la jeune fille à lui faire quelque confession.

– J'ai parfois honte d'obéir, continua-t-elle. Mais ce sont les ordres…

– Quels ordres ? la pressa l'ancien moine, soudain inquiet.

– Celui-ci venait de Sœur Lintra. Elle a tenu à ce que je vous entraîne à part, dans le seul but de vous éloigner de messire Wilf…

La nonne ferma les yeux.

– Il était bien précisé que Sœur Hod devait tout ignorer : je crois que certaines, ici, ne sont pas d'accord avec l'indulgence qu'elle a promis à votre ami. Je crois qu'elles veulent lui faire du mal…

Lucas s'était déjà levé, conservant un calme efficace en faisant appel à ses ressources psychiques.

– Menez-moi à Sœur Hod, ordonna-t-il d'un ton ferme. Il est peut-être encore temps d'empêcher cette félonie…

Enna croisa son regard sans le fuir. Le spirite pouvait y lire ce courage étrange qu'il avait toujours admiré chez Wilf.

Et aussi autre chose. Une tendresse toujours présente dans les yeux de Djulura, lorsqu'elle était encore amoureuse de lui. Troublé, il détourna la tête.

– Suivez-moi, acquiesça la jeune sorcière.

5

Les soldats en noir et pourpre arpentaient Saint-Quernal sous l'œil désapprobateur de son abbé. *L'armée personnelle de Redah...* ruminait-il. Ils visitaient régulièrement l'ancien orphelinat, devenu camp d'entraînement pour les Lanciers Saints. Yvanov se demandait souvent s'ils étaient aux ordres du cardinal, ou bien à ceux des supérieurs invisibles qu'il lui soupçonnait.

La petite enquête qu'il avait menée l'avait conforté dans cette hypothèse, et convaincu que Mossiev était le cœur d'une situation politique inédite, dont il avait été volontairement écarté. Redah avait-il des raisons de se méfier de lui ? Ses prises de position en faveur des orphelins et ses réticences à laisser pervertir son monastère l'avaient-elles desservi à ce point ?

À moins que le cardinal ne le traitât simplement par le mépris, maintenant que son pupille Lucas avait trahi leur cause.

Un groupe de Seldiuks – comme étaient baptisés les étranges soldats aux couleurs noir et pourpre qui formaient cette garde prétorienne – vint à sa rencontre, interrompant du même coup le cours de ses pensées.

– Abbé, salua leur capitaine en ôtant son casque à cimier rouge.

Yvanov lui rendit son salut d'un signe de tête.

– Nous sommes actuellement sur la trace d'un jeune homme nommé Wilf, condamné pour haute trahison par la Théocratie. D'après des informatrices que nous avons au sein de la Sororité, il vient de quitter leur place forte en Arrucia.

L'abbé exprima du regard ce qui pouvait se rapprocher le plus d'un haussement d'épaules.

– Il était… en compagnie de votre ancien pupille, Père Yvanov, insista l'officier. Le jeune moine Lucas, que vous avez formé.

Le recteur du monastère s'empourpra.

– J'ai déjà été blâmé pour mon échec avec ce garçon, rugit-il, et par le cardinal Redah ! Lucas a trahi, c'est une question réglée, à présent. Va-t-on me le reprocher jusqu'à la fin de mes jours ?

Le capitaine ne montra aucune trace d'émotion, pas plus qu'aucun de ses hommes.

– Je ne voulais pas vous offenser, mon Père, répondit-il simplement. En revanche, je pense que vous pouvez nous aider à retrouver ce Wilf, puisque vous connaissez bien celui qui partage sa route.

L'abbé ressentit comme une piqûre dans son humeur déjà échauffée. Si ce bellâtre croyait qu'il allait leur livrer Lucas…

– Vous savez, expliqua-t-il, si je le connaissais si bien… j'aurais su le faire rester fidèle.

Le Seldiuk ne broncha toujours pas.

– Êtes-vous certain de ne détenir aucune information qui pourrait nous être utile ? Les habitudes de votre ancien élève, les endroits qu'il affectionne... Une idée de leur destination...

Yvanov n'hésita qu'un instant avant de répondre.

– Si, fit-il. Une chose, peut-être. Lucas a toujours été fasciné par l'exotisme de l'Archipel Shyll'finas, mentit-il effrontément. Il m'en rebattait sans cesse les oreilles, et dévorait tous les ouvrages qui en faisaient mention.

Se lissant machinalement un sourcil, il fit mine de mûrir quelque réflexion avant de poursuivre.

– Il m'avait toujours affirmé que s'il devait un jour quitter ce monastère, ce serait pour rejoindre les îles du sud... Vous dites qu'il a été vu en Arrucia. L'endroit idéal pour embarquer incognito sur un esquif de pêcheur ! Oui, c'est ça. Je suis prêt à vous parier qu'il vogue déjà vers l'Archipel...

Tout en disant cela, le religieux adressait une prière silencieuse à Pangéos, pour qu'un hasard fâcheux n'ait pas fait de son mensonge une réalité. Mais il ne le pensait pas : Lucas était un garçon courageux, ayant toujours fait preuve d'intérêt pour le devenir du continent. Il ne fuirait pas au-delà de la mer tandis qu'une situation aussi pénible persistait sur ces côtes-ci.

– Je vois, dit l'officier, son casque sous le bras et la posture toujours droite. Nous allons envoyer une partie de nos hommes sur cette piste. Merci du conseil, Père abbé.

Quelle crédulité, pensa ce dernier. *J'aurais aussi bien pu l'envoyer dans la lune...*

– Je suis toujours prêt à aider les serviteurs de la Théocratie, grinça-t-il alors que les soldats tournaient déjà les talons.

* * *

Le contact glacé du granit. Le murmure des harpies.

Wilf se sentait ankylosé. Il tenta de s'étirer, mais remarqua qu'il était attaché. Des bracelets de métal aux chevilles et aux poignets le maintenaient allongé sur une table de pierre rugueuse. Il était nu.

Un coup d'œil dans la pièce à travers ses paupières entrouvertes confirma ses craintes : des chevalets de torture, des fouets, et divers ustensiles dont il ne voulait pas imaginer la vocation. Une torche chevrotante qui ne suffisait pas à éclairer la pièce. Lintra, Bovdana et Ilyen étaient toutes trois présentes.

Cette dernière s'approcha de l'adolescent, sa vieille ombre aux bords tremblants le plongeant dans l'obscurité. Seuls les yeux de la Sœur, des yeux d'oiseau de proie, brillaient dans les ténèbres.

– Il est réveillé, murmura-t-elle.

– Tant mieux, répondit la voix grave et sinistre de Bovdana.

Wilf lui trouva un ton de jouissance cruelle qui le fit frissonner, et regarda de nouveau les instruments de torture tout autour. Il sentit une partie de lui céder à la panique. Ses bras et ses jambes tirèrent sur leurs entraves par réflexe. En vain.

– Si vous devez me tuer, aboya-t-il, cessez de pérorer et finissons-en ! Allez, un peu de courage, vieille femme !

Sa voix était plus aiguë qu'il ne l'aurait voulu. Ses dents claquèrent.

– Hélas… soupira Ilyen, je ne peux te tuer… Tu

ignores à quel point il me serait tentant de t'occire à l'instant, d'éliminer pour toujours le danger que tu représentes… Mais mes supérieures ne me le pardonneraient pas.

– Quel danger? grogna Wilf. Qu'est-ce que je vous ai fait, bon sang?

Ilyen glapit un rire cassé.

– Tu as failli détruire le monde, pauvre fou! siffla-t-elle tandis que ses doigts se crispaient comme des serres.

C'est toi qui es une vieille folle, pensa l'ancien gredin.

– Si c'était le cas, je m'en souviendrais, maugréa-t-il.

Lintra s'avança à son tour.

– Je préfère te mettre en garde, fit-elle d'un ton plus glacial que jamais. Nous n'allons pas te tuer pour l'instant… mais je n'aurai aucun remords à le faire plus tard, s'il le faut. Je serai même prête à désobéir pour ça… Il faut que tu saches une chose, continua-t-elle. Tu décideras ensuite si tu veux prendre le risque de continuer à vivre…

Le jeune homme tordit le cou pour l'interroger du regard.

– Tu crois être Wilf, reprit la sorcière aux cheveux blond pâle, mais c'est faux. Tu n'es pas ce garçon. Tu es Arion, le pire monstre humain que le monde ait connu.

Ces femmes étaient des démentes, pensa Wilf. Et il était entre leurs mains, nu, attaché, dans une salle de torture… *Corbeaux et putains…*

– Tu as initié la Grande Folie, le blâma Ilyen, tu as livré ce continent à mille maux… Mais peut-être doutes-tu que ce soit la vérité? Laisse-moi te raconter... Les prophéties de Zarune disaient que tu serais notre champion, que tu conduirais les Dragons Étoilés sus à nos ennemis...

Quels ennemis ? se demanda le garçon.

– Lorsque tu es mort, certaines ont perdu espoir. Mais pas toutes. Quatre cents ans de disputes au sein de la Sororité pour finalement en arriver à cette folie. La résurrection d'Arion...

Wilf sentit son cœur s'emballer. Et si les magiciennes disaient vrai ?

– C'est une fable ! dit-il néanmoins. Comment vous y seriez-vous prises ?

La vieille sorcière soupira.

– Des rêveuses, des idéalistes... siffla-t-elle avec mépris. Elles avaient conservé une coupe de ton sang après la dernière bataille. – Elle haleta, reprit son souffle. – L'œuf-lune fut utilisé. Quel gâchis ! Un artefact inestimable, que Zarune avait dérobé à nos éternels ennemis, des siècles plus tôt.

« Je ne connais pas les détails du processus, avoua la Sœur. Le sang fut *traduit* par le précieux œuf-lune, et tu naquis de nouveau, sous la forme d'un nourrisson...

– Non ! hurla l'adolescent. Vous mentez !

Il ne pouvait supporter l'idée d'être une simple réplique. D'avoir en fait toujours été un autre, créé à partir de quelques gouttes de sang. Le sang d'un homme dont le cadavre nourrissait les vers depuis quatre siècles.

Pourtant, il avait l'intuition que les nonnes lui disaient la vérité.

La fraîcheur devenait suffocante. Wilf gémit malgré lui. La sueur perlait sur son visage.

– J'espère que cette révélation te donnera à réfléchir, mon garçon, dit Lintra.

– En attendant, il y a une précaution que nous devons prendre… intervint Bovdana.

Wilf les entendait vaguement. *Voilà pourquoi je ressemblais tant aux portraits du monarque !* se souvint-il, entre ironie et désespoir. *Et Andréas, et Oreste : les salauds ! Ils avaient toujours su… Quand ils disaient que j'étais* de son sang… *Ô tous les démons d'Irvan-Sul ! Comme on s'est joué de moi…*

– Nous ne pouvons prendre le risque que tu transmettes ce sang, continua la Sœur à tresses rousses en rejoignant ses homologues au-dessus de la table. Le mélange des deux pouvoirs, qui t'habite, a déjà failli causer la destruction du monde. Nous voulons être sûres que cela finira avec toi.

Avec inquiétude, Wilf remarqua qu'elle avait saisi une courte lame, parfaitement aiguisée.

– Et cela t'aidera à te souvenir des dangers que tu représentes, termina-t-elle.

Une décharge de terreur remonta le long de sa colonne vertébrale lorsque le jeune homme comprit ce qu'elle s'apprêtait à faire.

Sans douceur, Bovdana empoigna ses parties génitales. Il émit une plainte étouffée.

La lame brillait à la lueur de la torche. Les deux autres nonnes ne le quittaient pas des yeux. À cet instant précis, il prenait toute la mesure des menaces voilées qu'il avait pu lire dans les regards froids des Sœurs Magiciennes.

Toutes des folles ! Des déviantes perverses…

– Je risque de mourir, si vous faites cela ! s'écria-t-il.

– Nous veillerons à ce que…

Sœur Ilyen n'eut pas l'occasion de finir sa phrase.

Les mains attachées, Wilf ne pouvait faire appel à la Skah, mais il avait senti le So Kin enfler en lui, par un réflexe de préservation.

Toutes les molécules de son être s'étaient agitées d'une manière incroyable, lui faisant presque perdre conscience. Il était dans un état second, percevant chacun de ses atomes un par un, ressentant chaque goutte de son sang s'écouler dans ses artères avec une accélération prodigieuse.

Lorsque ses globes oculaires furent accoutumés, il remarqua qu'il était debout. Il ne semblait s'être passé qu'un instant, les Sœurs n'ayant pas encore esquissé le moindre geste. Sur la table de pierre, les bracelets de métal avaient fondu.

Wilf avisa un débris de fer ramolli qui chutait vers le sol. *Corbeaux et putains…* Il tombait avec une lenteur impossible. Les nonnes avaient commencé de se tourner vers lui, mais elles se mouvaient au ralenti.

L'ancien gamin de Youbengrad fit un pas vers Bovdana. Avec un rictus méchant, il saisit la main qui tenait sa courte lame, et la guida d'un mouvement sec vers le visage de la sorcière. Un liquide pâle gicla dans une éclaboussure presque statique lorsque le couteau pénétra dans son œil. Le monde était devenu si lent… Wilf ne perdit pas de temps à admirer ce décor surréaliste : d'un enlacement gracieux et mortel, il rompit le cou de la grande nonne.

Se dirigeant vers les deux autres, il sentit soudain son cœur s'emballer. La porte de la pièce s'ouvrit, toujours au ralenti. Wilf tomba à genoux, saisi d'un malaise. Le temps reprit son cours normal tandis que

Sœur Hod, Sœur Enna et Lucas pénétraient dans la salle de torture.

Wilf, agité de spasmes et de tremblements, n'entendit pas vraiment l'explication entre les deux castratrices survivantes et leur supérieure. Il lui sembla toutefois que celles-ci étaient violemment réprimandées.

Quelques dizaines de minutes plus tard, l'adolescent se sentait déjà beaucoup mieux. Il avait reçu et accepté les excuses de Sœur Hod, représentant l'autorité de la Sororité. Lucas lui avait expliqué que son tour de force et le malaise qui l'avait suivi seraient sans conséquence. D'autre part, ce n'était pas le monde qui avait ralenti, lui avait-il expliqué, mais lui qui avait acquis momentanément une vitesse phénoménale. Encore un pouvoir physique prodigieux qu'il lui faudrait apprendre à maîtriser pour domestiquer son étrange So Kin.

La Sœur Magicienne au crâne rasé comprit que son invité ne souhaitait plus passer la nuit à Jay-Amra, après ces derniers événements. Aussi accepta-t-elle de bonne grâce de faire préparer leurs chevaux et de les accompagner tous dans la cour. En compensation des manières peu hospitalières de ses adeptes, elle fit même cadeau d'une belle monture à Guajo. Pej, quant à lui, avait bien entendu refusé.

Wilf dut encore patienter un peu avant de pouvoir dire adieu à cette sinistre forteresse. À l'entrée des écuries, Lucas conversait avec Sœur Enna, la jeune sorcière originaire du Nord.

Celle-ci semblait habitée par plus de flamme qu'au cours du repas. Ses joues avaient rosi et ses yeux tristes étincelaient de détermination. Si Wilf n'entendait pas les paroles échangées, leur discussion paraissait plutôt animée. Lucas parlait calmement, comme à son habitude, s'étant visiblement lancé dans un long récit. Mais des expressions de surprise et de déception alternaient sur le beau visage pâle de la nonne. Lorsque l'ancien moine sembla en avoir terminé, la jeune fille eut soudain l'air humble et dépité, la flamme de son regard de nouveau éteinte. Wilf, saisi malgré lui d'un pincement au cœur, pesta intérieurement contre son ami. Il se demandait quelle histoire celui-ci avait bien pu raconter à la Sœur pour la plonger dans ce désespoir silencieux.

Le spirite enfourcha enfin son destrier. En plus de Hod, quelques Sœurs présentes au repas étaient descendues dans la nuit pour saluer leurs hôtes et leur souhaiter bon voyage. Aucune trace de Lintra ni d'Ilyen. Les Sœurs sentinelles, avec leurs casques d'acier, observaient d'un regard étonné ces visiteurs qui prenaient congé au milieu de la nuit.

– Que vos projets connaissent la réussite, s'inclina Sœur Hod face à Wilf.

« Et vous autres, veillez bien sur lui, dit-elle en s'adressant à Pej, Lucas et Guajo. S'il monte sur le trône, il est possible que cette Sororité redevienne un jour plus humaniste que ces derniers siècles l'ont connue. C'est ce que je souhaite profondément.

– Merci, ma Sœur, lui répondit le jeune homme.

Sortant de l'ombre, emmitouflée dans sa cape bleu nuit, Enna rejoignit le petit groupe des adieux. Ses traits étaient redevenus sereins.

– Bonne chance à tous, murmura-t-elle.

Puis, prenant les mains de l'ancien moine entre ses doigts pâles :

– Souviens-toi de Sœur Enna, Lucas des Abysses...

– Je ne vous oublierai jamais, l'assura ce dernier en portant les doigts de la nonne à ses lèvres.

– Moi non plus, grommela Wilf pour lui-même. Aucun risque que cette nuit s'efface de ma mémoire...

Il aurait été curieux de savoir l'étendue de ce que son compagnon avait révélé à la Sœur. Mais, après tout, cette dernière paraissait avoir gagné la confiance de l'ancien religieux, et l'adolescent ne sous-estimait pas son jugement.

Les cavaliers se mirent finalement en route. Pej et Guajo poussèrent un soupir de soulagement unanime une fois les grilles de la citadelle franchies.

Curieusement, Wilf ne ressentit guère de soulagement à laisser derrière lui la place forte des Sœurs. Ce qu'il avait appris ici, il l'emmenait avec lui sur son cheval pie. Son identité n'avait été qu'une farce... Ce que chacun pouvait considérer comme acquis – être une personne unique et à part – cela lui était refusé. Il était un roi dément et mort depuis quatre cents ans. Il n'était personne.

Deuxième partie

L'ÉTOILE DU CSAR

1

Pénétrer dans Saint-Quernal ne devrait pas nous poser trop de problèmes, conclut Wilf pour lui-même après un rapide tour d'horizon. Leur poste d'observation était une crête rocheuse, fracture ouverte dans la plaine, dont les franges irrégulières dissimulaient de loin leurs silhouettes. Avec la fonte des neiges, des coulées de boues s'étaient produites, qui rendaient l'endroit glissant et salissant. Mais c'était néanmoins le point le plus stratégique pour épier le monastère sans être vu.

Wilf, qui s'était avancé à plat ventre, fit signe à Lucas d'approcher en se baissant. Pej cachait son quintal de muscles derrière une grosse dent granitique, et Guajo était resté plus loin avec les chevaux.

– Je propose que nous attendions la nuit, dit l'héritier des rois.

Lucas acquiesça en silence. Lentement, ils reculèrent tous deux vers la cachette de Pej, puis redescendirent la crête avec moins de précautions.

Wilf, ancien voleur, savait qu'il lui serait facile de se faufiler entre les tentes des Lanciers Saints puis à travers les couloirs du monastère jusqu'aux appartements de l'abbé. Lucas était loin d'être aussi habile à se mouvoir silencieusement, mais il connaissait les lieux comme sa poche. De plus, sa présence était nécessaire lors de la rencontre avec Yvanov.

– Il vaudrait mieux que Lucas et moi y allions seuls, suggéra le garçon à Pej. À trois ou quatre, nous risquons de nous faire repérer.

Le Tu-Hadji émit un grognement de protestation, pour la forme, mais Wilf savait déjà qu'il lui donnerait raison.

– Je resterai à proximité, au cas où les choses tourneraient mal avec ces Lanciers, affirma le guerrier alors que les trois éclaireurs arrivaient en vue de leur campement de fortune.

Ils dînèrent silencieusement, chacun perdu dans ses pensées. Lucas ressassait ses arguments pour convaincre son ancien mentor de l'aider à guérir Djulura. L'occupation de son monastère par les Lanciers lui avait fait un choc. Il n'arrivait toujours pas à croire que ce refuge où tant d'orphelins avaient connu des jours heureux était devenu un sanctuaire voué à la guerre.

Pej pensait à Jih'lod et à son mystérieux pèlerinage, à son grand-père le *konol*, et à tous les siens qui continuaient la lutte contre les Hordes.

Quant à Guajo, l'air vaguement absent, peut-être songeait-il à son pays, laissé derrière lui, ou bien appréhendait-il les aventures dans lesquelles allaient l'entraîner ses nouveaux compagnons.

Wilf, lui, ne cessait de ruminer la même idée. Le mensonge de ses origines et de son identité l'emplissait de désespoir. Il avait pourtant bien eu l'impression d'exister, toutes ces années, de ne pas être seulement l'extension à travers les siècles d'un héros de légende…

Lorsque Pej et Guajo se furent un peu éloignés pour panser les chevaux, il décida de s'en ouvrir à Lucas. Dès qu'ils avaient quitté Jay-Amra, il avait révélé à ses compagnons ce qu'il avait appris des Sœurs dissidentes. Mais il n'avait toujours pas eu l'occasion de discuter de l'effet que cette révélation avait eu sur son équilibre.

– Je me sens si perdu, se confia-t-il dans un murmure.

Le spirite hocha la tête avec tristesse, faisant frémir ses boucles blondes.

– Dans une moindre mesure, j'ai partagé ce genre de sentiment, répondit-il. Apprendre que je n'étais qu'à moitié humain, moi qui avais toujours tout misé sur l'humanité et sa religion… J'ai été très désorienté pendant les premiers temps.

Wilf sourit.

– Ça ne me console pas beaucoup… Mais je te remercie de me comprendre.

Il lâcha un long soupir, sincère et sans complexe comme en face d'un ami de longue date. Ses yeux ne quittaient pas sa main, qui jouait machinalement avec une dague.

Lucas savait que ce regard baissé, fuyant, témoignait d'un profond malaise chez son compagnon.

– Je n'aime pas te voir aussi malheureux, Wilf, se risqua-t-il. Je crois… Enfin, il ne faut pas que les paroles de ces sorcières te posent un tel problème d'identité. C'est précisément ce qu'elles recherchaient… Tu es *Wilf*, quoi que tu puisses croire. Ton expérience propre te rend unique, tu comprends ? Arion n'a jamais vécu dans les ruelles de Youbengrad, il n'a pas traversé toutes les aventures que nous avons connues. – L'ancien moine posa une main réconfortante sur le bras de son camarade. – Tu lui ressembles peut-être physiquement, et dans ta personnalité primitive… mais je suis certain que les gens évoluent suivant ce qui leur arrive. Arion et toi êtes deux personnes différentes.

Wilf haussa les épaules.

– Deux personnes différentes… répéta-t-il pensivement. Mais avec le même sang, les mêmes pouvoirs… la même âme !

Il leva les yeux au ciel, et Lucas aurait juré y voir luire des larmes naissantes.

– À moins que l'âme ait tout entière été à mon prédécesseur, et que je n'en aie, moi, aucune. J'y ai pensé, figure-toi. Pourquoi bénéficierais-je d'une âme ? Je n'appartiens pas à l'harmonie du monde ; je n'ai pas été créé par deux parents, dans le respect de la nature et de la Skah. Je ne suis qu'une copie… Est-ce que l'œuf-lune qui m'a créé de toutes pièces pouvait aussi faire des copies d'âme ? Je ne le crois pas.

Il passa ses mains dans ses cheveux aile de corbeau, tirant la peau de son front en arrière. Son visage était peint de chagrin et d'angoisse mêlés.

– Tu vois, reprit-il, tandis que son ami se gardait bien de l'interrompre, c'est comme si mon existence… comme si je n'avais aucune légitimité. Et on voudrait me faire œuvrer pour le bien de ce monde ? Bon sang, je ne sais même pas si j'ai le droit d'y vivre !

L'ancien moine, ému, inspira longuement en se concentrant pour masquer son trouble. Wilf ne s'était jamais livré ainsi auparavant, aussi nu dans son affliction. Ce n'était pas son genre, et le fait qu'il en arrive là démontrait bien l'ampleur du problème. Lucas ne l'avait encore jamais vu tourmenté à ce point.

Il croisa les doigts en chapiteau et dit d'un ton particulièrement grave :

– Nous participons tous deux à l'avenir du monde, et le choix de cette situation ne nous revient pas. C'est justement ton destin si particulier qui te rend irremplaçable dans les quêtes qui sont les nôtres. Dans ce combat entre le Bien et le Mal. Sincèrement, j'en suis persuadé. Pose-toi toutes les questions que tu veux, mais ne doute pas de ton utilité dans les événements qui vont se jouer… Sinon, tout est perdu d'avance.

L'ancien gredin éclata soudain d'un rire sinistre.

– Au moins aurais-je pu être la réincarnation d'un homme plus fréquentable ! expliqua-t-il. Je n'arrête plus d'y penser : la Grande Folie, la quasi-destruction du continent, c'était Arion… C'était moi ! Et ses pouvoirs, ce mélange de la Skah et du So Kin qui a provoqué sa perte, j'en ai hérité également !

Lucas leva une main, en un geste de protestation paisible.

– Tu sais bien que nous en avons déjà parlé. Arion était seul pour affronter ses pouvoirs. Je suis à tes côtés : à nous deux, nous tirerons le meilleur de ton potentiel, au contraire du monarque maudit.

Sa voix se fit plus autoritaire :

– Rien n'est semblable.

Wilf opina en adressant un regard reconnaissant à son ami. L'esprit et le cœur trop fatigués, il acceptait pour le moment de se laisser convaincre.

La nuit tombée, l'ancien gamin des rues et son compagnon spirite se glissaient dans les ombres de Saint-Quernal. Ils avaient rampé depuis la crête rocheuse qui leur avait servi de poste d'observation jusqu'aux écuries du monastère. De solides destriers s'ébrouèrent à leur passage, et des caparaçons d'acier poli reflétèrent les rais lunaires. *Ici, c'était une remise pour les outils agricoles*, pesta Lucas intérieurement. Entrés par un interstice entre deux planches pourries, ils traversèrent le bâtiment à quatre pattes et firent une pause à l'entrée.

Wilf, accroupi, scruta l'obscurité d'un œil expert. Des sentinelles bloquaient l'accès à toutes les entrées du monastère. Des Lanciers Saints, avec leur robe grise et leur calotte noire. À la porte principale, un officier montait la garde avec ses hommes : Wilf pouvait l'identifier à son surcot noir frappé d'une croix ansée.

Ce rapide tour d'horizon arracha un soupir à l'ancien voleur. Pas un qui ne fasse mine de relâcher sa vigilance…

– Ces foutus moines fanatiques ne badinent pas avec la discipline, souffla-t-il à Lucas.

– Nous savions à quoi nous attendre, murmura ce dernier en retour. Mais j'ai peut-être une idée.

Wilf lui lança un regard interrogateur.

– On voit que tu n'as jamais fait le mur pour aller chiper de l'eau-de-vie dans la réserve des moines, chuchota l'ancien novice en souriant.

– Toi, tu as fait ça ? s'étonna Wilf, incrédule. Je n'arrive pas à le croire, ajouta-t-il d'un ton taquin.

Le sourire de Lucas s'élargit.

– Que pensais-tu ? Je ne suis pas un saint… L'ancien moine dut se faire violence pour étouffer un rire face à l'expression outrée qui s'était peinte sur le visage de son compagnon. Il reprit, goguenard :

– Bon, tu as raison : je ne me suis jamais livré à ce petit jeu. Mais je ne pourrais pas en dire autant de certains de mes camarades de chambrée… L'important, c'est que je sache comment entrer, non ?

Il désigna à Wilf un puits, au fond de la cour, dont les vieilles pierres s'étaient peu à peu déchaussées de la margelle.

– Ce puits est à sec depuis des années, expliqua-t-il. Il y a une échelle qui permet de descendre au fond. – Il sourit de nouveau, amusé par quelque souvenir d'enfance. – Une ouverture le relie au sous-sol du bâtiment. C'est par là qu'ils sortaient.

« Un secret qui ne se transmettait que de bouche à oreille parmi les orphelins : je crois que les moines plus âgés n'en ont jamais rien su…

– Bien, allons-y, fit l'adolescent aux cheveux noirs, redevenu sérieux. Fais exactement comme moi.

Ils quittèrent leur cachette et longèrent le mur de la chapelle à quatre pattes, retenant leur souffle. Lucas admirait le silence avec lequel son compagnon se mouvait. Souple comme une anguille, ce dernier atteignit le puits sans sortir de l'ombre une seule fois, et se glissa à l'intérieur la tête la première. Le spirite l'imita tant bien que mal. Un dernier regard aux gardes avant de pénétrer à son tour dans le puits le rassura sur leur entreprise. Les Lanciers étaient toujours aussi immobiles.

Les deux intrus descendirent par l'échelle rouillée. Elle était cassée un peu avant le fond, si bien qu'ils durent se laisser chuter d'une hauteur d'homme.

113

L'ancien moine atterrit un peu moins lestement que son compagnon. Il faisait très sombre.

Après quelques instants de tâtonnement, Wilf laissa échapper un juron. Lucas se tourna vers lui, l'air tout aussi dépité.

– Où est-elle, l'entrée de ton passage ? demanda l'ancien voleur, un peu bougon.

L'autre haussa les épaules dans l'obscurité.

– Je suis sûr qu'il y en avait une ! Sans doute les soldats de la Théocratie l'auront-ils découverte… et rebouchée.

Les deux amis soupirèrent à l'unisson.

– Ils ne laissent vraiment rien au hasard… grommela Wilf.

– Qu'est-ce que tu proposes, maintenant ?

Le spirite fit la moue.

– Je ne vois plus qu'une seule solution, dit-il. J'espère que ça n'aura pas d'effets néfastes sur ton métabolisme.

– Mais de quoi est-ce que tu parles ?

Pour toute réponse, l'ancien moine saisit son ami par les épaules, sans brutalité mais fermement. L'adolescent sentit aussitôt comme une décharge électrique parcourir ses membres.

Le regard bleu de Lucas était vide d'émotion. Son visage reflétait la paix absolue d'une intense concentration. Wilf perçut bientôt la vague brûlante qui agita son sang et sa chair. Cela lui rappelait son expérience récente, à Jay-Amra, lorsque ses gestes avaient subitement accéléré.

– Tous tes atomes sont esprit, murmurait Lucas à son intention. Nous sommes sous le sceau du cercle parfait. Nous sommes sans consistance…

À sa grande surprise, Wilf remarqua alors que l'image de son compagnon se troublait légèrement, désépaississant jusqu'à devenir translucide. C'était aussi son cas, réalisa-t-il à la vue de ses propres bras fantomatiques.

Il serra les dents.

– Suis-moi, ordonna le spirite blond.

Et il fit un pas vers la paroi. *À travers* la paroi, en réalité. Wilf tenta inconsciemment de se persuader que ses sens lui mentaient, mais la main transparente de Lucas se tendit vers lui, sortant de la pierre. L'héritier d'Arion cligna des yeux et avança, sans réfléchir. Toutes ses perceptions lui signalaient qu'il allait se cogner contre la paroi, mais il parvint à rejeter cette réaction instinctive de recul, et se retrouva soudain de l'autre côté. Légèrement désorienté, il s'appuya à Lucas pour ne pas perdre l'équilibre. Très rapidement, son corps reprenait une apparence tangible.

Ils se trouvaient dans une cave sombre, à peine éclairée par la torche qu'on avait laissée allumée à l'angle d'un escalier. Lucas, silencieux, observait son acolyte avec circonspection.

– Je craignais que l'usage du So Kin ne produise sur toi quelque nouvelle étrangeté… Tu te sens normal ? demanda-t-il, une pointe d'inquiétude dans la voix.

L'héritier des rois fit signe que oui.

– Dans ce cas, ne nous attardons pas.

Et l'ancien novice se mit en route sans autre explication. Wilf lui emboîta le pas en se demandant une fois de plus quelle était l'étendue exacte des pouvoirs de son ami.

Yvanov ne dormait pas lorsqu'ils parvinrent à ses appartements : de la lumière filtrait sous sa porte. Cela n'étonna pas Lucas outre mesure, l'abbé ayant toujours eu l'habitude de veiller tard en étudiant telle ou telle monographie religieuse. Ils entrèrent sans frapper, et refermèrent la porte derrière eux avant de se tourner vers leur hôte. Tout se jouait à présent.

Ce dernier demeura un instant sans voix, sous le coup de la surprise. La plume qu'il tenait s'était immobilisée à mi-chemin de l'encrier et du feuillet sur lequel il travaillait. Wilf et Lucas savaient qu'il lui suffisait de pousser un cri pour les condamner.

– Bonsoir, Père abbé, fit Lucas, et sa voix était paisible.

– Je t'ai connu plus soigné, répondit celui-ci laconiquement, en désignant la toge blanche maculée de boue de son ancien pupille.

Lucas nota que le religieux avait vieilli, en si peu de temps. Son front chauve et ses joues glabres s'étaient creusés de rides. Mais ses yeux vifs lançaient toujours cette même expression de ténacité et d'intelligence. Le spectacle du solide abbé, derrière son robuste bureau de chêne, émut l'ancien novice plus qu'il ne l'aurait imaginé. Cette image de Saint-Quernal était toujours là, indestructible, port d'attache auquel il pourrait toujours accoster. Mais, dans le même temps, il était conscient de se bercer d'illusions : tout avait changé, ici, et le monastère qu'il avait connu avait disparu à jamais. Quant au Père Yvanov, il allait bientôt pouvoir juger ce qu'il était advenu de sa bienveillance à son égard.

– Nous avons dû ramper pour arriver jusqu'ici, s'excusa l'ancien élève quant à l'état de sa tenue. Et s'il y a une chose que j'aie apprise depuis que j'ai quitté ces murs protecteurs, une chose que vous ne m'aviez, hélas, pas enseignée, c'est la suivante : le blanc, c'est salissant.

L'abbé eut un regard triste à l'intention de son pupille. Intérieurement, Wilf riait un peu jaune. Si lui-même versait dans la sensiblerie en s'apitoyant sur son sort, si Lucas commençait à manier cet humour cynique qu'il considérait jusqu'alors comme son apanage, dans ce cas l'équilibre de leur collaboration était peut-être menacé…

– Je vous présente mon ami Wilf, continua le spirite en désignant l'adolescent. Vous avez probablement entendu parler de lui…

Le recteur acquiesça.

– J'ai su récemment qu'il était recherché par la Théocratie, en effet. Mais j'ignore pour quel motif.

« Peut-être vous déciderez-vous à me dire ce que vous faites là ?

– Vous n'allez pas avertir les Lanciers ? interrogea Wilf avant que Lucas ait pu poursuivre.

Yvanov sourit.

– Ces imbéciles seraient capables de m'accuser de vous avoir fait entrer… Je ne les appellerai que si je le juge vraiment nécessaire.

– Ce sera inutile, intervint Lucas. Nous ne vous voulons aucun mal. En vérité, nous sommes ici pour demander votre aide, mon père. – Comme ce dernier lui faisait signe de poursuivre, le jeune homme en vint au sujet qui l'obsédait depuis des semaines. – J'ai rompu mes vœux, comme vous vous en doutez certainement… Et j'ai aimé une femme, Père Yvanov.

« Aujourd'hui, j'ai besoin de vous pour la sauver.

La sauver d'elle-même, mon père : car elle a traversé de terribles épreuves, et son cœur en a gardé d'inextricables séquelles.

– Pourquoi faire appel à moi ? demanda le religieux d'une voix égale.

– Parce que vous êtes le seul à pouvoir soigner les blessures de son âme, avoua Lucas. J'ai essayé et j'ai échoué. Peut-être étais-je trop impliqué…

Il baissa la tête, dans une attitude à la fois honteuse et implorante.

Yvanov se massa les tempes quelques instants.

– Je ne sais pas… dit-il enfin.

– Nous avons fait tout ce trajet, s'indigna Wilf, pris tous ces risques pour venir jusqu'à vous ! Vous ne pouvez pas nous refuser votre aide ! Bon sang, Lucas avait confiance en vous, même après tout ce qui s'était passé ! Faites au moins un geste, en souvenir du passé…

L'abbé regarda vraiment Wilf pour la première fois.

– Inutile de parler aussi fort, répondit-il. Sinon, je n'aurai pas besoin de vous dénoncer…

« Ma position est délicate, Lucas, comprends-le. Je n'ai pas renié le culte de Pangéos, moi, dit-il avec une pointe de rancune, et je suis toujours le serviteur de la Théocratie, malgré ses failles.

– Vous savez que la Théocratie n'a rien à voir avec les principes de Pangéos, contre-attaqua le spirite. Elle ne sert que le cardinal Redah, et ceux qui l'ont suivi.

Un mépris voilé s'était glissé dans son ton, qui n'avait bien sûr pas pu échapper à l'abbé.

– Je n'ai retiré aucun avantage de mon soutien à

l'ordre de Saint Mazhel, répliqua celui-ci. Regarde autour de toi : mon monastère livré aux fous de guerre, mes moines dispersés et mon éloignement du pouvoir… Non, je ne crois pas appartenir à ceux qui ont tiré profit du coup d'État de Redah.

– Mais toi… Toi, tu m'as abandonné. Tu as trahi la confiance infinie que j'avais mise en toi…

– Vous savez que j'avais mes raisons ! Vous savez que je suis dans le vrai, en reniant Pangéos… Alors rejoignez-nous ! supplia Lucas en posant ses deux mains sur le bureau de l'abbé, ses yeux bleus brillants de confiance. Adoptez notre cause pour renverser ce régime tyrannique !

Le religieux resta un instant figé. Sa voix était rauque lorsqu'il parla :

– Quel genre d'aide es-tu venu briguer, à la fin ? grogna-t-il. Tu me demandes tout d'abord de guérir la folie de ta maîtresse, puis carrément de participer à une rébellion contre la Théocratie…

Il tempêtait tout en tâchant de maîtriser le volume de sa voix. De toutes les façons, ce n'était que l'ombre des rugissements qu'il poussait lorsqu'il se savait dans son bon droit, et Lucas devinait qu'il ne pouvait laisser sa colère exploser de peur d'avertir les sentinelles.

– Mon père, il est vrai que vous m'aideriez en soignant ma bien-aimée, si vous avez jamais eu quelque affection pour moi… reprit-il. Mais en vous joignant à la cause arionite, croyez-moi, c'est *vous-même* que vous aideriez.

Le religieux posa sur les deux jeunes hommes – presque encore des enfants – un regard fatigué.

– Est-ce seulement possible ? dit-il enfin, sans

s'adresser à personne en particulier. Puis-je espérer me racheter après avoir participé à autant de mal? – Il baissa les yeux. – Par Pangéos, qu'avons-nous fait? Ce continent n'est plus qu'une plaie sanglante, une terre qui résonne sous les pleurs des innocents. Et nous le devons pour une bonne part à la Théocratie. Si seulement j'avais pu prévoir…

Lucas étreignit le poignet de son ancien mentor.

– Redah s'est joué de vous, mon père, le consola-t-il. Mais il n'est pas trop tard pour défaire ce que vous avez fait.

Leurs regards se croisèrent. Lucas avait toujours cet air si paisible et si sûr de lui qu'il arborait depuis son séjour chez les Voix de la Mer.

– Comme tu as changé, mon enfant… médita à voix haute le religieux.

– Alors, vous acceptez? questionna Wilf sèche-ment.

Yvanov saisit un sablier argenté sur son bureau, le contempla quelques instants, l'air pensif. Puis il hocha la tête négativement.

– Je finirais de me mépriser, mon fils, en reniant la parole donnée à mon ordre… Bonne ou mauvaise, je dois suivre la voie que j'ai choisie il y a longtemps. Je ne trahirai pas les miens, ainsi que tu l'as fait sans remords…

– Abbé Yvanov… implora Lucas.

– Non, mon fils! tonna le recteur. Tu n'es plus celui que j'ai connu. Je ne sais pas quelle raison me retient de vous livrer tous deux aux Lanciers… Mais une chose est sûre: je ne vous aiderai pas davantage. – Il serra la mâchoire et les poings, le front barré par les plis nés de son dilemme. – Ressortez discrètement pendant que je détourne l'attention des Lanciers, ordonna-t-il. Un dernier geste, en souvenir de l'enfant que j'ai aimé, ajouta-t-il dans un murmure. Parce que je ne veux pas assister à ton exécution... Mais ne reviens plus jamais !

Lorsque les deux compagnons se furent éloignés du monastère, Lucas se laissa tomber le long d'un chemin, saisissant sa tête entre ses mains. Wilf s'assit également, et passa un bras amical autour des épaules de son vieil ami.

– Djulura... se lamenta ce dernier à voix basse.

Un grand pin qui avait été frappé par la foudre les surplombait. Lucas leva sur l'arbre un regard étonné.

– Je me souviens de cet endroit, dit-il, de façon presque inaudible. Un orage y avait allumé un incendie, l'année de mon départ. Cet arbre doit être le seul survivant du bosquet...

Il garda le silence quelques instants. Wilf, gêné, ne savait que dire.

– Que de dangers affrontés depuis ce temps-là... continua l'ancien religieux. – Il sourit. – Parfois j'avais Djulura à mes côtés ; d'autres fois j'étais seul... Mais elle ne m'a jamais vraiment quitté, tu comprends ? dit-il en posant une main ouverte sur son cœur.

– Nous allons trouver une solution, je te le promets, fit Wilf.

Lucas hocha la tête avec une vigueur retrouvée.

– Nous devons nous rendre à Mossiev, décréta-t-il. Il s'y passe des choses graves, et Redah n'est pas le seul à diriger cette tyrannie ignoble... Nous devons le percer à jour, si nous voulons avoir une chance de convaincre Yvanov. Oui, Mossiev... C'est là-bas que tout prend naissance, j'en suis sûr, et il nous faut en savoir davantage.

Wilf renâclait à l'idée de retourner dans la capitale de la Théocratie.

– Ne pourrions-nous pas plutôt contraindre ton abbé de nous aider, par la force ?

Lucas haussa les épaules en souriant.

– Tu le connais mal, rétorqua-t-il. De toute façon, ses soins n'auront aucun succès s'ils ne sont pas administrés de plein gré.

Lucas se releva. Sa décision était prise.

– Je connais bien Yvanov. S'il lui reste une chance de se racheter, alors il devra la saisir à tout prix. Prouvons-lui que Redah est corrompu par le mal : c'est la seule manière de le convaincre de sauver la femme que j'aime. Il est notre dernier espoir…

* * *

Des soupçons, mais pas de preuves. Depuis des semaines, Andréas rongeait son frein.

Sa duchesse recevait des visites régulières, il en était presque certain. Les détails convergeaient par dizaines pour l'en convaincre. Tout d'abord, des changements subtils dans l'ordonnancement des objets de la chambre, remarqués par les domestiques. Un rideau tiré alors qu'on l'avait laissé ouvert la veille au soir, le tissu d'un fauteuil froissé… La maîtresse des lieux, attachée sur son lit, ne pouvait y être pour quelque chose. Et puis il y avait les longs gémissements terrifiés de la duchesse. Qu'est-ce qui pouvait la tirer ainsi du sommeil ? Andréas avait posté un garde en faction devant la porte de ses appartements, mais ce dernier n'avait rien remarqué d'étrange. La chambre était toujours vide lorsqu'il y pénétrait, alerté par les plaintes de sa maîtresse.

Pour autant, l'intuition d'un visiteur mystérieux ne quittait pas le Ménestrel. Peut-être Wilf ou ce Lucas avaient-ils jugé bon de placer dans l'entourage de la diseuse un protecteur secret en qui ils auraient toute confiance, mais Andréas ne voyait vraiment pas qui… Et c'était à lui qu'ils avaient confié le soin de veiller sur Djulura : il n'appréciait guère qu'un autre se charge de chaperonner ses nuits. Même s'il savait que le jeune Wilf avait hélas bien des raisons de réserver la confiance qu'il plaçait en son professeur de magie…

Certaines nuits, le violoniste était resté au chevet de la jeune noble, mais alors personne ne s'était montré. Le mystère demeurait entier et le poussait à s'inquiéter pour la sécurité de sa suzeraine. Lui voulait-on du mal ? Un assassin aurait accompli son forfait dès la première fois, se rassurait le baladin. Mais n'existait-il pas d'autres moyens de nuire à quelqu'un que le meurtre ?

* * *

Les amants étaient enlacés, essoufflés et couverts de sueur. Le prince avait détaché Djulura afin qu'elle puisse profiter de sa visite. Mais ils demeuraient immobiles, à présent. La duchesse avait cette expression de gamine attardée qui le dégoûtait. Il croisa son regard vide. Comme il méprisait ce qu'elle était devenue !

– Tu étais ailleurs, encore une fois, maugréa-t-il.

Elle eut un hoquet de rire, qui rendit plus troublant encore son visage sans émotion.

– Mais je suis folle, rappelle-toi. Complètement folle, mon chéri…

Sa voix se fit chuchotante :

– Mais j'aime quand tu es là, beau prince. Tu es le seul qui me comprenne…

Ymryl lui lança un regard écœuré.

– Non, je ne comprends rien à ces enfantillages ! explosa-t-il en couvrant sa voix du mieux possible. Tu n'es plus que l'ombre de toi-même ! Tu t'es laissé briser par la vie… regarde-toi !

Djulura ne sembla pas remarquer le pli dédaigneux de ses lèvres et la colère qui couvait dans son regard.

Elle ne remarqua pas non plus combien, au-delà de la méchanceté de ses paroles, le prince était sensible à la déchéance de celle qu'il avait autrefois admirée.

En un geste impérieux, le lieutenant de Fir-Dukein lui saisit la nuque et la força à le regarder alors que lui-même la dévisageait froidement.

– Je ne te laisserai pas t'enfuir de cette façon, siffla-t-il. – Sa prise se fit plus ferme, cruelle. – Tu m'appartiens ! articula-t-il consciencieusement.

La diseuse resta sans réaction, ce qui arracha un soupir à son amant.

– Je t'ordonne de guérir, commanda-t-il. Ensuite, tu guideras Wilf jusqu'à la Lame, puis jusqu'à mon maître… Tu sauras le convaincre de nous servir. Je te fais confiance, n'oublie pas.

Il darda un regard sombre dans sa direction. Cette fois, la duchesse baissa les yeux, docile et résignée.

Mais lorsque le guerrier d'Irvan-Sul eut disparu dans un halo de lumière mauve, sans même un adieu, Djulura s'assit dans son lit, pensive. Et tandis qu'elle refermait les chaînes qui faisaient d'elle une prisonnière dans son propre palais, elle songea aux dernières paroles du Prince-Démon. Le premier sanglot d'un long concert de gémissements angoissés s'échappa de sa gorge. Un torrent de larmes se déversa sur ses joues jusqu'au matin.

2

La salle du trône, dans le grand palais de Mossiev, donnait une impression glaciale à toute époque de l'année. Les architectes qui l'avaient imaginée ne l'avaient pas voulue seulement gracieuse, mais aussi intimidante et austère. Assis sur le trône, qui avait accueilli des générations de Csars avant lui, le cardinal Redah lissait sa robe carmin en prêtant oreille à son visiteur.

Le jeune chevalier Luther d'Eldor narrait ses dernières recherches infructueuses sur la trace des rebelles Wilf et Lucas. Malgré ses efforts dévoués, il n'avait pu obtenir la moindre information sur eux depuis plus d'un an. Il les supposait morts, ou bien enfuis à l'étranger comme les lâches qu'ils étaient.

Redah sourit intérieurement en songeant que le fidèle Luther croyait encore pourchasser les acolytes du duc Caïus. Le chevalier ignorait que cet épisode n'avait plus la moindre importance : si le seigneur Mazhel désirait leur capture, c'était pour des raisons bien plus mystérieuses, qui ne concernaient que lui.

Pour preuve de l'importance extrême que l'Orosian accordait à cette mission, le cardinal avait récemment reçu l'ordre d'en charger également les membres de sa garde seldiuk. Le chef séculier de la Théocratie pestait encore contre les deux jeunes gens : par leur faute, il avait dû se séparer de ses meilleurs soldats. Des militaires au talent exceptionnel, directement fournis par Mazhel, il n'avait pu conserver qu'une poignée pour assurer sa propre sécurité et entraîner ses troupes de Lanciers Saints.

À cet instant où il conversait avec l'héritier du comté d'Eldor, quatre Seldiuks encadraient l'estrade sur laquelle reposait son trône. Redah se sentait rassuré par leur présence. Lorsqu'ils l'accompagnaient, le cardinal pouvait enfin respirer, sans craindre quelque nouvel attentat organisé par les nombreux résistants à son régime. Sa confiance en leur compétence était telle qu'il avait même congédié les Lanciers qui gardaient habituellement la salle du trône. En tête à tête avec Luther, il serait plus à même de distiller l'effroi chez son interlocuteur. Le religieux savait que le jeune noble redoublerait d'efforts après quelques manœuvres d'intimidation.

Seul un autre ecclésiastique complétait la scène, mais il demeurait immobile et muet. Sa silhouette trapue se tenait debout à la droite du Haut-Père. L'abbé Yvanov, petit recteur de monastère. Yvanov le franc, Yvanov le benêt, comme le songeait Redah depuis le début de leur longue collaboration. Yvanov qui était venu à Mossiev pour l'avertir que les jeunes Wilf et Lucas étaient passés à Saint-Quernal... et expier sa faute de les avoir laissés s'enfuir. Le cardinal lui réservait quelque plan mineur, à la mesure de son talent, pour lui permettre de se racheter aux yeux de la Théocratie... Mais pour le moment, il s'intéressait au cas du jeune chevalier d'Eldor, qu'il lui fallait pressurer encore et encore afin d'en obtenir le meilleur...

– Je ne vous cache pas mon mécontentement, répondit-il donc au rapport du noble. Les deux rebelles ont été vus sur les terres d'Arrucia, à Jay-Amra précisément, il y a peu. La nouvelle est remontée jusqu'à moi... Dois-je en déduire que tous vos hommes sont sourds et aveugles ?

Luther, subitement empourpré, s'inclina profondément.

– Nous allons nous remettre en chasse immédiatement, Excellence. À la lumière de ce renseignement, nos recherches devraient progresser beaucoup plus vite.

– Je l'espère, fit Redah, chassant son vassal d'une main impatiente. Je l'espère...

L'espace d'un instant, un éclair de colère passa dans les yeux de l'orgueilleux seigneur d'Eldor. Mais il s'inclina de nouveau, plus bas que la fois précédente, en ravalant sa fierté.

– Je suis votre humble serviteur, cardinal, assura-t-il avant de traverser la pièce à grandes enjambées, vers les portes toujours gravées de l'ours impérial.

Non loin de là, dans cette même pièce froide et imposante, quatre silhouettes encapuchonnées avaient épié toute la scène. Dissimulés derrière l'une des lourdes tentures violettes qui bordaient les murs de la pièce, ces intrus retenaient leur souffle.

– C'est le moment ! souffla Wilf à ses compagnons.

– Tu es fou, rétorqua Pej. Ces gardes, ce sont des Seldiuks, comme ceux que nous avons combattus en Thulé. Et ils sont quatre, petit...

Le garçon se contenta de sourire à son aîné en entrouvrant le rideau qui lui servait de cachette :

– Nous en discuterons un peu plus tard, Pej ! lança-t-il tout bas.

Puis, avant que le guerrier Tu-Hadji ait pu faire le moindre geste pour le retenir, il bondit hors de l'ombre en direction du chevalier d'Eldor.

Dès leur arrivée à Mossiev, l'ancien voleur avait penché pour une action décisive plutôt que pour une longue et ingrate enquête. L'urgence dans laquelle les plaçait l'état catastrophique de Djulura n'y était bien entendu pas étrangère.

Il avait été beaucoup moins difficile que prévu de pénétrer jusqu'ici. Cachés sous d'amples capes d'ecclésiastiques – Wilf avait choisi une méthode qui avait fait ses preuves par le passé – ils s'étaient introduits à travers les mailles d'une garde trop sûre d'elle. Jamais les nouveaux locataires de la demeure des Csars n'auraient pu se croire menacés dans leur propre palais, au sein d'une capitale plus policée que jamais. Seul Redah, vivant dans la crainte de l'attentat rebelle, continuait de s'entourer d'une paranoïa perpétuelle.

Leur entreprise avait tout de même été périlleuse, mais finalement couronnée de succès par une chance que Wilf voulait continuer à exploiter. Pas question de renoncer maintenant, alors qu'ils avaient parcouru presque tout le chemin…

Le premier réflexe du chevalier fut de vouloir saisir son épée. Mais alors qu'il s'apprêtait à dégainer, il se rendit compte que cette silhouette encapuchonnée, surgie de nulle part, avait déjà tranché le ceinturon qui retenait son arme. Cette dernière venait de toucher le sol de marbre avec un fracas métallique qui fit sursauter Redah.

– Lâchez vos épées ! cria l'héritier des rois alors que sa propre lame frôlait d'ores et déjà la carotide de Luther.

Ce dernier s'immobilisa, le regard chargé de haine. Yvanov, bien qu'impassible, ne quittait pas l'intrus du regard. Les Seldiuks, eux, n'avaient pas esquissé le moindre geste, attendant visiblement les ordres du cardinal.

Mais le religieux se contentait pour l'instant d'observer la scène. Lentement, ses doigts vinrent caresser sa courte barbe noire, tandis que ses sourcils se fronçaient.

De sa main libre, Wilf repoussa son capuchon, révélant son visage encore un peu juvénile et ses cheveux noirs.

– Vous ! s'exclama Luther d'Eldor dans un glapissement de rage.

Le visage de Redah se fendit d'un sourire.

– Dans la gueule du loup… murmura-t-il. Et c'est toi, mon garçon, qui nous as donné tant de fil à retordre ?

« Saisissez-vous de lui ! ordonna-t-il à ses quatre gardes.

– Je te préviens, Redah : je vais le tuer ! menaça Wilf alors que les soldats en pourpre et noir avançaient à sa rencontre.

Le principal intéressé se raidit et lança avec fureur :

– Vous pouvez essayer de me tuer si vous en avez le courage ! Un chevalier d'Eldor ne craint pas la mort, scélérat !

Le cardinal émit un ricanement cynique.

– Voilà qui tombe fort bien… dit-il dans sa barbe, sans faire mine de rappeler ses hommes.

Wilf, quant à lui, haussa les épaules.

– Comme vous voudrez…

D'un mouvement vif, il plongea la pointe de son glaive dans la gorge de Luther d'Eldor, sans laisser à celui-ci l'occasion de réagir.

Les yeux du chevalier s'écarquillèrent d'horreur et de stupeur.

– Mais nous… nous n'avons même pas combattu… gargouilla le malheureux en s'étouffant dans son sang.

« Vous… êtes un lâche…

– Pour les réclamations, voyez avec mes conseillers, grinça l'ancien gamin des rues.

Luther tenta de colmater son hémorragie avec un pan de sa belle cape argentée. C'était peine perdue. Il s'écroula à genoux, puis sur le côté, tandis que son sang se répandait sur les dalles noires et roses. Wilf faisait déjà face aux Seldiuks.

Derrière lui, Pej et les autres venaient à leur tour de quitter leur cachette. Guajo se tenait un peu en retrait à la suite du géant tatoué, mais Lucas s'était délibérément placé à découvert.

– Père Yvanov ? s'exclama-t-il. Vous… ici ?

L'abbé ne broncha pas, posant un regard vide d'émotion sur son ancien pupille.

Wilf s'avança à son tour.

– Nous ne sommes pas venus pour nous battre, Redah ! tonna-t-il. Du moins, pas pour l'instant… Ce que nous voulions, c'était des réponses ! Voir révélée la noirceur du cardinal, afin de vous convaincre enfin, Yvanov !

– Il est encore temps de vous joindre à nous, mon père! implora Lucas.

Mais le recteur demeurait impassible. Ce fut pourtant d'un ton chargé d'amertume qu'il répondit enfin:

– Je ne trahirai pas comme toi... mon fils.

Le cardinal eut un petit rire narquois.

– Bien. Voyez-vous, je n'ai pas envie de faire la conversation... Tuez tous les autres et emparez-vous du garçon, commanda-t-il presque tranquillement à ses Seldiuks.

Wilf jeta un coup d'œil en direction de Pej, qui lui rendit un regard fulminant. Le guerrier du clan vint néanmoins se planter au côté de son protégé, sa lance à la main. Tous deux firent bientôt face ensemble aux Seldiuks, comme lorsqu'ils étaient esclaves des Trollesques.

Deux des soldats en pourpre et noir étaient venus à leur rencontre, avançant du pas sûr et maîtrisé qui les caractérisait. Les deux autres les contournèrent à bonne distance, se dirigeant vers le groupe formé par Lucas et Guajo.

Wilf s'attendait à ce que le premier coup vise sa tête, mais il ne parvint pourtant à l'esquiver que de justesse. Il savait que ses chances étaient minces, contre de tels bretteurs. Toutefois, il avait Pej à ses côtés, et pour autre avantage le fait que ses assaillants veuillent le prendre vivant. Tandis qu'ils devraient s'évertuer à l'assommer, lui ne se montrerait pas aussi magnanime...

Pej avait engagé le combat contre un Seldiuk, mais la charge de ce dernier les avait déjà tous deux entraînés plus loin. Ils ferraillaient dans le vide écrasant de l'immense salle, virevoltant seuls sur le damier de dalles comme un couple ouvrant le bal. Chaque coup du colosse Tu-Hadji aurait propulsé un homme ordinaire à plusieurs mètres, mais le soldat des Orosians semblait défier les lois physiques élémentaires.

Wilf se trouvait donc seul face à son ennemi. Il reculait sous les assauts de ce dernier, valsant lui aussi en cercles aléatoires, parant et esquivant tant bien que mal. Entièrement absorbé par sa défense, il n'aurait pas une seule fois songé à attaquer. Leurs adversaires appartenaient à l'élite, même parmi les Seldiuks. L'ancien apprenti de Cruel-Voit avait l'impression d'être de retour sur les sentiers du Domaine Impérial, lorsque son maître borgne lui dispensait ses leçons d'escrime. À présent, dans la salle du trône de Mossiev, il était face à la même supériorité impitoyable. Rien de ce qu'il pouvait tenter, lui semblait-il, ne pourrait donner de résultat satisfaisant contre un épéiste aussi expérimenté.

Un bref regard en direction de ses autres compagnons lui apprit que le petit groupe qu'ils formaient s'était dispersé sous l'effet de la charge des Seldiuks. Lucas avait été mis hors combat avant même de pouvoir faire un geste. Le soldat qui lui avait asséné ce coup expéditif l'avait regardé s'écrouler, la tête en sang, avant de rejoindre son homologue qui luttait avec Pej. Le dernier Seldiuk s'en prenait à Guajo.

Un cri s'était élevé de l'estrade impériale lorsque Lucas était tombé. Yvanov avait juré, et se tenait à un accoudoir du trône, les yeux baissés et le souffle haletant.

La peur s'insinuait comme un venin en Wilf. Peu à peu, il perdait le contrôle de son souffle devant les diverses urgences qui sonnaient l'alarme dans son esprit. *Parer ce coup, puis le suivant, trouver une solution pour contre-attaquer, parer ce coup, pourvu que Lucas ne soit pas mort...* Son adversaire en profita pour lui porter un assaut vicieux, destiné à lui trancher le talon d'Achille. Wilf dévia sa lame au dernier moment et en fut quitte pour une profonde entaille au mollet.

L'ancien gredin essayait de se concentrer, utilisant les méthodes que lui avait enseignées son ami spirite. Il cherchait à rassembler assez de calme pour reproduire volontairement l'incident qui l'avait sauvé à Jay-Amra. Chaque cellule de son corps devait être sous ses ordres. Il fallait qu'il perçoive l'écoulement de la moindre goutte de son sang. Alors seulement il pourrait se mettre en résonance, créer ce que Lucas appelait le cercle parfait.

Les yeux de l'autre n'exprimaient aucune haine, sous son casque noir à panache pourpre. Pas même l'excitation naturelle qui s'empare toujours des combattants. Appliqué, presque absent, on aurait dit l'expression de Lucas lorsqu'il faisait appel à ses ressources So Kin. Pas le moindre grognement d'effort, pas de dents découvertes ni de sourcils froncés, aucun signe de férocité en dehors de l'habileté de ses attaques. *Pas une goutte de sueur non plus...* remarqua enfin Wilf, ce qui ne fut pas fait pour amoindrir son sentiment de panique.

– À moi, messires ! Au secours, par pitié ! hurlait le pauvre Guajo, pourchassé par son adversaire invincible.

Pej, lui, avait été acculé par ses deux assaillants à l'estrade où reposait le trône. Son flanc gauche saignait abondamment.

Quelque chose n'allait pas sur l'estrade impériale. Des cris et des mouvements agités, aperçus subrepticement... Wilf ne réalisa pas tout de suite que cette forme grise qui dominait la silhouette recroquevillée de Redah était celle du Père Yvanov. Il aurait voulu y jeter un œil de nouveau, mais les aléas du combat avaient fait que la scène n'était déjà plus dans son champ de vision.

Il se força à inspirer lentement après que l'épée de son adversaire avait une nouvelle fois sifflé à ses oreilles. Le Seldiuk cherchait à le distraire et à le fatiguer par ces assauts, pour mieux lui asséner un choc à la tempe ou au plexus dès que son attention se relâcherait. Au prix d'un immense effort de concentration, Wilf parvint à oublier le reste de la salle, ses amis qui se battaient, et même la peur que lui inspirait son assaillant. Il parvint à détendre son esprit comme on délasse un muscle noué, sans vraiment avoir besoin d'y prêter attention. La paix se faisait en lui tandis qu'il se battait. Il commençait à sentir la vibration caractéristique, son corps s'échauffait sous la tension de ses atomes qui entraient en transe. Bientôt, il pourrait accélérer son métabolisme...

La voix d'Yvanov s'éleva, forte et claire, bien qu'il s'adressât au seul cardinal:

– Tu l'as tué! Tu as tué mon enfant!

– Réponds-moi, maintenant! ordonnait-il. De qui tiens-tu ton pouvoir? Qui est derrière tout ça?

Le cardinal eut l'air à peine surpris.

– J'ai toujours été persuadé que tu finirais par me

trahir, mon vieil ami...Beaucoup trop idéaliste, ajouta-t-il avant de se mettre à rire lugubrement.

Puis il resta muet, mais l'abbé de Saint-Quernal ne parut pas se satisfaire de son silence. Il saisit son supérieur par le col de sa robe rouge et le traîna au bas de l'estrade. D'une poigne de fer, il le souleva jusqu'à ce que leurs regards se croisent de nouveau.

– Tu vas parler? rugit-il.

Pour la première fois, les Seldiuks parurent indécis, hésitant visiblement à secourir leur maître ou à poursuivre l'exécution de son dernier ordre. Le guerrier Tu-Hadji, qui était monté sur l'estrade pour mieux tenir en respect ses deux adversaires, profita de leur distraction pour reculer encore un peu. Puis, d'un coup d'épaule puissant, il renversa l'imposant trône des Csars sur l'un d'eux.

Le soldat des Orosians s'écroula sous le poids, lâchant son épée. Pej bondissait déjà de nouveau sur son adversaire restant.

À quelques mètres de là, Yvanov et Redah en étaient vraiment venus aux mains. Le mutisme du cardinal avait eu raison de la patience d'Yvanov. L'heure n'était plus aux questions, de toute évidence, et leur seul but semblait maintenant de s'entre-tuer.

Une énergie farouche, née du désespoir, illuminait le regard du religieux. Wilf comprit que rien ne le ferait plus changer d'avis. Pour la première fois de sa vie, l'abbé s'affranchissait de l'autorité qui l'avait si longtemps tenu ligoté, et prenait conscience que son idéal politique pouvait encore survenir, quoique sous une autre forme.

Plus loin, Guajo était toujours aux prises avec son

Seldiuk, et avait dégainé son gourdin de détrousseur entre deux gémissements de terreur. Il s'évertuait tant bien que mal à maintenir son assaillant à distance.

Wilf sentait sa conscience flotter. Il était prêt à agir. Du coin de l'œil, il vit que Pej était soudain à terre, éreinté par ses trop nombreuses blessures. Il ne parvenait plus qu'à parer médiocrement les attaques du Seldiuk debout au-dessus de lui.

Le jeune homme laissa le pouvoir affluer en lui. Il sentit son corps physique entrer en vibration, et chacune de ses particules accélérer la vie qui l'animait. Le monde ralentit, exactement comme à Jay-Amra.

À ceci prêt que le ralentissement était beaucoup moins sensible… nota Wilf avec un début d'inquiétude. Les attaques de son adversaire lui semblaient plus évidentes, mais il était loin de la quasi-immobilité qui avait frappé les Sœurs Magiciennes. Pourtant, le reste de son environnement paraissait bien plongé dans une étrange stase… Yvanov et Redah roulaient à terre avec une lenteur qui rendait leur chute presque imperceptible. La lame qui s'abattait sur Pej descendait maintenant comme si elle avait dû trancher à travers la pierre jusqu'à sa cible. Soudain, Wilf comprit avec un frisson d'horreur : le Seldiuk contre qui il se battait l'avait imité, faisait appel à la même faculté que lui !

Il inspira pour se calmer, et se concentra sur le combat. Le Seldiuk était rapide, par rapport au reste de la salle, mais tout de même beaucoup moins que lui… Chassant l'angoisse qui polluait son sang, il se fendit en un geste épuré. La pointe de sa lame rata l'œil, mais atteignit le soldat au niveau de la bouche. Elle brisa ses dents et s'enfonça profondément dans sa gorge. Wilf repoussa de la main la contre-attaque instinctive du Seldiuk, puis l'acheva en lui perforant le cœur.

Haletant, il se tourna vers Pej. La lame de son adversaire s'abattait toujours vers lui. Et le mouvement de ce Seldiuk-ci commençait à accélérer à son tour. Même en courant, Wilf comprit qu'il n'aurait pas le temps de parvenir assez près pour parer le coup de grâce infligé à son vieil ami. Sa vue se troubla et il dut fermer les paupières très fort pour chasser ses émotions perturbatrices.

Serrant les dents sous l'effet d'une intense concentration, il leva son glaive devant son visage, visa, et le projeta de toute sa force.

La lame vint se ficher droitement dans le ventre du Seldiuk, qui tomba à genoux.

La violence du choc lui avait fait lâcher son arme, mais il ne s'avouait pas vaincu. D'un geste sec, il arracha le glaive de Wilf à ses propres entrailles, et avança vers lui, délaissant Pej. Il chancelait à peine, une main tenant l'arme, l'autre pressant sa plaie ensanglantée.

L'ancien voleur sortit son couteau et se mit en garde. Derrière le Seldiuk, il vit que Pej se relevait péniblement. Le Tu-Hadji, à quatre pattes, saisit sa lance et s'en servit pour se remettre debout. Il avança dans le dos du Seldiuk, alors que celui-ci se fendait en direction de Wilf.

Le garçon n'eut aucune peine à parer ce coup maladroit, mais il remarqua que sa vitesse surnaturelle avait disparu. Sans doute sous l'effet de sa concentration absolue, lorsqu'il avait lancé son glaive pour sauver le guerrier Tu-Hadji, pensa-t-il. Impossible d'imposer à son corps une nouvelle prouesse dans un laps de temps aussi court : il devrait se débrouiller ainsi...

Tandis qu'il ferraillait pied à pied avec son adversaire blessé, il prenait la mesure des extraordinaires ressources des Seldiuks. Le soldat avait toujours une main plaquée sur sa blessure, mais n'avait perdu qu'une faible part de son habileté. Au bout de quelques instants, alors que Pej les avait presque rejoints, Wilf aperçut un mouvement suspect à la limite de son champ de vision.

L'autre Seldiuk... comprit-il. Celui sur lequel Pej avait poussé le trône. Il venait de s'extraire de son fardeau de chêne et chargeait en direction du colosse Tu-Hadji.

Wilf cria, mais il savait que c'était trop tard. Pej n'aurait pas le temps de se retourner pour faire face à l'ennemi qui le menaçait.

Cette fois, Wilf ne pourrait rien pour son ami...

Le Seldiuk fut alors stoppé par miracle, juste avant de pouvoir plonger son épée dans le flanc du guerrier tatoué. Une force invisible le propulsa en arrière, et le traîna sur plusieurs mètres à même le sol. Le marbre explosa sous l'impact, le corps du soldat laissant une tranchée dans les dalles et expulsant des débris à la ronde.

Wilf devina que c'était là l'œuvre de Lucas, et tourna la tête dans sa direction. Malgré l'âpreté du combat qu'il menait, un sourire de soulagement illumina son visage quand ses yeux se posèrent sur le spirite blond, meurtri à la tempe mais manifestement pas grièvement touché. Lui aussi revenu à la conscience, il se tenait debout, les bras en croix, étirant les pans de sa robe blanche de chaque côté.

Bizarrement, Guajo s'en sortait bien face à son Seldiuk. Ce qui ne l'empêchait pas de hurler des appels à l'aide aussi pitoyables que si on était en train de l'égorger. Un instant plus tard, Wilf vit avec surprise que le Seldiuk de l'écuyer gisait à terre, empalé sur sa propre lame.

Yvanov et Redah continuaient de donner corps à leur haine si longtemps refoulée. Toujours à même le sol, ils s'étaient mutuellement saisis à la gorge. Les yeux du cardinal étaient poussés hors de leurs orbites par l'effort et l'étouffement. À genoux sur lui, Yvanov serrait de toutes ses forces. Bientôt, les bras de Redah lâchèrent le cou de l'abbé et se mirent à ballotter mollement. Sa langue sortait de sa bouche, pointant vers le ciel, raidie comme le reste de son corps. Le Père Yvanov finit d'étrangler son ennemi, et continua à serrer sa gorge plusieurs instants après que tout souffle de vie avait quitté sa poitrine. Il semblait dans un état second.

Lorsqu'il se laissa enfin aller sur le côté, jetant un regard à la dépouille de celui qui, dix minutes plus tôt, était encore l'homme le plus puissant de la Théocratie, une expression écœurée s'était peinte sur ses traits.

Ce fut Pej qui acheva le Seldiuk contre lequel se battait Wilf. Il le transperça de part en part avec sa lance, laissant son imposante poitrine exhaler un hurlement guerrier. La pointe de la lance ressortit de l'autre côté du corps du soldat, et Wilf dut faire un brusque pas de côté pour l'éviter. Puis le Tu-Hadji s'écroula sur le cadavre de sa victime, soufflant comme un cheval après des lieues de galop.

– Avant, Wilf, j'étais meilleur que toi, haleta-t-il, perplexe.

Parmi ses blessures, plusieurs avaient l'air plutôt graves, mais le garçon connaissait le Tu-Hadji depuis assez longtemps pour faire confiance à sa solide constitution.

– Il te faut un peu de repos, déclara-t-il en l'aidant à se relever.

– Il… il a trébuché, bredouillait un Guajo incrédule, répétant cette phrase comme un exorcisme à sa peur. Il s'est embroché sur sa propre lame…

L'Arrucian semblait ne pas en revenir d'être toujours vivant. L'incrédulité se disputait au soulagement sur son visage basané.

Wilf ne put s'empêcher de sourire, puis d'éclater de rire, songeant qu'il aurait bien voulu voir ça de ses yeux. Un Seldiuk maladroit… C'était bien le premier de cette sorte !

Dans son coin, Yvanov se releva lentement, comme un vieillard perclus de rhumatismes.

– J'ai tué un homme, constata-t-il d'une voix neutre que démentait son regard hagard.

Lucas s'approcha de lui et du cadavre au visage bleu du cardinal.

– Il s'agissait de Redah…

– Tu es vivant, mon garçon… soupira l'abbé avec soulagement. – Puis, revenant à son geste meurtrier : – Ô Pangéos, qu'ai-je fait ?

– Redah, votre plus cruel ennemi, même si vous ne le comprenez que maintenant… insista Lucas.

– C'est vrai, répondit Yvanov. Malgré moi, j'avais

141

souvent rêvé ce geste. Et j'avais pensé que je me sentirais alors libéré d'un poids immense…

* * *

Jih'lod avait échoué dans sa quête.

L'appel silencieux du Premier Tu-Hadji l'avait pourtant guidé presque jusqu'à lui. Pendant plusieurs semaines, Jih'lod avait marché en évitant brillamment les patrouilles du Roi-Démon. Sa conviction et l'importance de son pèlerinage avaient eu raison de la fatigue et de la peur. Mais toute la volonté du guerrier Tu-Hadji n'avait rien été face à la malchance qui l'avait conduit droit dans une embuscade de Qansatshs.

Il avait été pris au terme d'un terrible combat. Les monstres à crête de plumes avaient interrompu sa course dans le nord de la péninsule, alors qu'il était parvenu à traverser sans encombre la quasi-totalité de ces terres maudites. Jih'lod s'était battu avec toute la virtuosité de ceux de son peuple. Vers la fin, il avait farouchement espéré recevoir un coup fatal. Mais les sbires d'Irvan-Sul avaient pris soin de ne pas l'achever, et ses geôliers avaient ensuite soigné ses blessures. À présent, il se demandait pour quelle vengeance cruelle du Roi-Démon on l'avait laissé en vie. Curieusement, peu lui importait d'être livré à la torture des Qanforloks, maintenant que tout était perdu. Sans le savoir mystérieux du Premier Tu-Hadji, Wilf ne parviendrait pas à neutraliser la corruption de la Skah, et ni la famille ni le peuple de Jih'lod ne lui survivraient longtemps.

Le géant aux bras couverts de tatouages bleus se

leva avec lassitude pour faire le tour de sa cellule. Ses yeux, habitués à l'obscurité des forêts, s'étaient faits au peu de lumière lunaire qui filtrait par l'unique lucarne. D'un regard à travers cette dernière, il comprit qu'on l'avait ramené à la Forteresse-Démon. Il reconnaissait ce paysage nocturne, au-delà des barreaux qui scellaient l'ouverture. Le guerrier serra les mâchoires. Il comprenait mieux l'origine des gémissements pathétiques qui lui parvenaient des cellules environnantes.

Comme pour lui donner raison, le hurlement d'un supplicié s'éleva soudain dans la nuit.

– Un frontalier kentalasien, grommela une voix non loin. L'ont pris ce soir…

Jih'lod sursauta et se tourna en direction du coin d'où provenait la voix. Séparé de lui par une rangée de barreaux, son voisin de cellule était allongé contre le mur sud. Sa respiration avait été si ténue, et son immobilité si parfaite, que le Tu-Hadji n'avait même pas remarqué sa présence jusqu'à ce qu'il parle.

Il s'approcha autant que possible, arrêté par les barreaux. L'homme, un vieillard, portait de longs cheveux blancs et sales. Ses loques étaient élimées jusqu'à la corde. Jih'lod fut saisi d'un frisson en réalisant tout à coup que les sbires du Roi-Démon pouvaient bien ne pas le tuer.

Le laisser ici et l'oublier, jusqu'à ce qu'il soit devenu semblable à ce vieil homme, était sans doute la pire torture pour un fils de Tu-Hadj, élevé dans les grands espaces et le culte de la liberté. Le Tu-Hadji prit la résolution spontanée de se tuer plutôt que de connaître un tel sort.

– Lui, au moins, l'aura pas le temps de pourrir

dans cette foutue cellule… continua le prisonnier, faisant écho aux pensées du guerrier.

Au son de sa voix, Jih'lod remarqua alors que son compagnon d'infortune n'était peut-être pas aussi âgé que son aspect pouvait le laisser croire.

– Depuis combien de temps es-tu ici ? osa-t-il en baissant un regard apitoyé sur la carcasse inerte de l'inconnu.

L'autre lui répondit d'un rire rauque.

– Je suis pas fou, dit le prisonnier. Pas encore tout à fait. Si ça me fait rire, c'est parce que mes yeux sont asséchés depuis trop longtemps pour pouvoir encore pleurer.

Il parlait curieusement, avec une lenteur inhabituelle, comme s'il avait perdu toute notion du temps.

– Je ne sais plus depuis combien de temps je suis là, fit-il. Des années, certainement. J'ai tenu un compte au début, mais… – Il soupira de façon presque inaudible. – En tous les cas, il y a une très longue période qui s'est écoulée depuis la dernière fois où j'ai eu l'occasion d'en discuter avec quelqu'un…

Jih'lod se contenta de lui adresser un sourire compatissant, décidé à le laisser poursuivre. Il pouvait comprendre que l'homme éprouve un certain plaisir à entendre le son de sa propre voix et à profiter d'un peu de compagnie.

– Ça me fait tout drôle de parler avec toi, grand gars. – Le prisonnier sourit à son tour, révélant une dentition sur laquelle les coups et l'anémie avaient visiblement prélevé leur dîme. – Avant d'être ici, j'avais travaillé presque dix ans comme esclave, dans les souterrains des Hommes-Taupes. J'ignore toujours pourquoi on m'a amené à la Forteresse-Démon. Et toi ?

– Je suis Jih'lod, du peuple Tu-Hadji, répondit le guerrier. J'ai été pris alors que j'étais en mission pour les miens.

– Ah. Je m'appelle Holm, répondit le prisonnier.

aissant derrière eux les cadavres encore chauds du cardinal Redah, de Luther d'Eldor et des quatre Seldiuks, Wilf et ses compagnons quittèrent la salle du trône. Ils avaient jugé avec sagesse que l'entrée principale était trop dangereuse pour eux, aussi lui préférèrent-ils une porte dérobée découverte derrière l'estrade où s'était tenu le trône.

Un couloir sombre et étroit les mena jusqu'à une cour intérieure. Une fontaine en ornait le centre, et quelques arbustes bleus bordaient ses murs. Wilf étouffa un juron en remarquant qu'il n'y avait pas d'autre issue. D'un œil avisé, il passa en revue ses camarades : le spectacle n'était pas des plus encourageants.

Pej survivrait mais était encore très faible. Il ne pouvait pas se déplacer très facilement, sans parler de combattre. Lucas avait une croûte de sang séché au niveau de la tempe droite, mais paraissait en bonne santé. Guajo, quant à lui, était encore livide de terreur mais ne portait aucune trace de blessure. L'abbé présentait un visage épuisé et hagard. Sa Grise avait été déchirée en plusieurs endroits pendant sa lutte contre le cardinal. Tout comme son âme, semblait-il. Wilf avait d'abord pensé le blâmer pour avoir tué Redah avant qu'ils ne puissent l'interroger, mais à présent, il était plutôt tenté de le prendre en pitié... Inutile d'ajouter au sentiment de culpabilité qui paraissait hanter le pauvre homme. Pour l'instant, il valait mieux que le religieux les accompagne.

Il devait néanmoins se rendre à l'évidence. Lui et ses amis étaient éreintés. Tous cinq n'en savaient pas plus qu'en entrant dans le palais impérial, et ils avaient malgré tout réussi à se mettre dans de beaux draps. Aux grands cris qui retentissaient de toutes parts, les corps avaient été découverts, et l'alerte donnée. Comment ressortir dans le chaos qui s'était emparé du palais ? Voilà une question à laquelle l'ancien voleur aurait aimé être capable de répondre.

Alignées le long du mur opposé, dans la cour, se trouvaient une dizaine de sphères cristallines, qui réfléchissaient sous forme d'étincelles les rayons du soleil. Les étranges sculptures étaient imposantes, peut-être deux mètres de diamètre chacune. Le garçon laissa filer sur elles un regard étonné. Non pas qu'il y eut à douter de leurs vertus décoratives, mais Wilf trouvait néanmoins leur présence peu adaptée au reste de l'architecture.

Les autres se pressaient derrière lui pour mieux voir, et Wilf allait se déplacer pour leur dégager l'entrée, lorsqu'un crissement de pierre le fit battre en retraite.

Réfugié avec ses compagnons à la sortie du couloir, il leur fit signe de rester silencieux et osa un œil vers l'origine du bruit.

– *Anash'til*... murmura Pej, qui venait probablement de découvrir que la cour formait un cul-de-sac.

Wilf réitéra son geste et observa avec surprise un morceau du mur ouest coulisser en un son rugueux. Le pan de mur se rabattit lentement vers l'intérieur, révélant une ouverture et deux soldats seldiuks. À leur vue, Wilf se fit encore plus petit dans sa cachette. Il n'avait aucune envie d'affronter ces terribles adversaires si tôt après sa difficile victoire sur leurs semblables.

Les deux gardes avancèrent dans la cour dès que l'entrée secrète leur eut livré passage. Wilf sentit les autres tressaillir derrière lui. D'un geste un peu fébrile, il sortit son glaive, lame au clair. Les soldats n'avaient pas d'autre choix que d'emprunter le couloir où les compagnons se dissimulaient. *Nous aurons pour nous l'effet de surprise...* se dit le garçon avec philosophie. Mais étant donné l'état de Pej, il savait qu'il pouvait se préparer au pire.

Pourtant, les Seldiuks ne se dirigèrent pas vers eux. Retenant un soupir de soulagement, Wilf les vit s'approcher des sphères de verre, et en caresser la surface de leurs mains gantées d'acier.

– Séraphins... commanda l'un des deux soldats.

Comme en réponse à un ordre, les deux sphères en contact avec les Seldiuks s'animèrent soudain. Leur partie supérieure s'ouvrit en forme de triangle, étendant ses pans comme les pétales d'une fleur, et laissant suffisamment de place pour que passe un homme de taille moyenne.

Les soldats pénétrèrent à l'intérieur des sphères, où ils s'assirent en tailleur en tâchant de conserver leur équilibre sur cette surface courbe. Les pétales de cristal se refermèrent délicatement, puis chaque sphère fut de nouveau une, sans qu'aucune trace ne subsiste des ouvertures. Si Wilf n'avait pas assisté de ses yeux à la scène, et vu comment les Séraphins avaient livré passage aux Seldiuks, il se serait sans nul doute étonné de la manière dont ils pouvaient se trouver dans ces sculptures hermétiques.

Un léger vrombissement se fit alors entendre, tandis que les deux soldats semblaient doucement ballottés par quelque force invisible. Sans s'inquiéter, les Seldiuks adoptèrent une position fœtale, et se laissèrent stabiliser au centre de leur sphère respective. Wilf sourit en songeant que, quelques années plus tôt, il aurait été sidéré de la manière dont ces engins se jouaient des lois de la gravité. À présent, avec toutes les magies qu'il avait vues à l'œuvre, il ne s'en étonnait pas outre mesure.

Les deux sphères furent enveloppées d'un halo laiteux, et commencèrent leur ascension dans les cieux. Bientôt, Wilf remarqua que leur teinte se confondait avec celle du ciel, si bien qu'on ne pouvait déceler leur présence une fois franchie la hauteur des murs du palais. Il tenta de deviner la suite de leur trajet, mais ses yeux demeurèrent impuissants à retrouver leur trace.

– Ça alors… s'exclama Guajo.

– J'ai ressenti une forte présence du So Kin, nota calmement Lucas. C'est certainement la source d'énergie qui les alimente.

Wilf se retourna vers ses camarades. L'ouverture dans le mur ouest était déjà en train de se refermer, et il leur fallait prendre une décision rapide.

– Nous pouvons nous enfuir par ce passage secret, et voir s'il nous permet de quitter le palais, proposa-t-il. – Sans s'attarder sur les acquiescements de certains, il poursuivit : – Ou bien nous pouvons tenter de faire fonctionner ces machines, les *Séraphins*... Et apprendre où elles mènent.

Guajo hochait la tête négativement, mais gardait le silence, n'osant pas contredire son maître. Il dévisageait les autres en espérant que l'un d'entre eux le ferait à sa place.

Ce fut Pej qui vint à son secours :

– Ne crois-tu pas avoir pris assez de risques pour la journée ? fit-il. Nous avons décapité la Théocratie et tué l'un de ses plus fidèles partisans : estimons-nous satisfaits et cherchons un moyen de sortir d'ici...

Lucas se taisait, indécis. Yvanov, lui, avait retrouvé une certaine présence. L'épisode des sphères était parvenu à ranimer une lueur d'intérêt dans son regard, et il paraissait prêt à tenter l'expérience.

– Je pense que ces Séraphins nous conduiront droit aux Orosians, insista l'adolescent d'un air buté. C'est une chance unique de savoir enfin qui ils sont vraiment. Peut-être notre seul moyen d'identifier une fois pour toutes la menace qu'ils représentent !

– Ça vaut la peine d'essayer, se décida soudain Lucas. Je suis de l'avis de Wilf : nous n'aurons peut-être pas d'autre occasion.

Pej et Guajo soupirèrent en duo, mais le Tu-Hadji finit par opiner du chef.

– Je ne te serai pas d'une grande aide, si nous devons nous battre, précisa-t-il tout de même d'un ton neutre.

Wilf s'autorisa un sourire. Une fois de plus, tous se rangeaient à son opinion. S'ils avaient pu deviner que c'était son profond désarroi qui le poussait à tant de témérité...

Il se jura intérieurement qu'aucun d'eux n'aurait à pâtir de sa déconvenue de n'être qu'un clone d'Arion. Puisqu'il devait les entraîner dans les dangers, alors il ferait tout en son pouvoir pour prendre soin d'eux.

– J'ai une idée, déclara-t-il. Retournons sur nos pas et voyons si la salle du trône est toujours en effervescence. Dans le cas contraire, je voudrais délester les Seldiuks de leurs armures, qui nous feront de parfaits déguisements.

Les quatre autres se regardèrent un instant, puis lui emboîtèrent le pas. Sur le trajet, Pej murmura à son oreille :

– Il n'y avait que quatre Seldiuks, Wilf. Or nous sommes cinq... D'ailleurs, ces armures ne seront jamais à ma taille.

Wilf le regarda par-dessus son épaule, un sourire de loup sur les lèvres.

– Bien sûr, dit-il. Ça fait partie de mon plan...

Ils parvinrent alors à la porte dérobée qui donnait derrière l'estrade du trône impérial. Wilf l'entrouvrit avec précaution et glissa un œil par la fente.

– C'est bien ce que je pensais, murmura-t-il à l'intention de ses amis. Ils ont fouillé l'endroit en vitesse et se sont dispersés dans le reste du palais pour nous donner la chasse. Tout est encore tel que nous l'avons laissé. Il y a juste un garde qui vérifie derrière les tentures.

– Laisse-moi m'occuper de lui, intervint Lucas. Il ne faut pas qu'il donne l'alerte.

Discrètement, Lucas se glissa hors du couloir, et

fixa le Lancier d'un regard tranquille. Le spirite leva lentement les doigts à son front et le garde tressaillit, tandis que ses jambes se dérobaient sous lui. Avec une plainte étouffée, il porta ses mains autour de son crâne, vacilla, puis s'écroula. Le choc mat de son armure d'acier résonna un peu sur les dalles de marbre, mais pas assez pour s'entendre bien loin.

Les cinq compagnons firent leur besogne avec précision et rapidité. L'urgence de la situation les empêcha de ressentir trop de répulsion à manipuler les cadavres encore souples. Les bras chargés de pièces d'armure et des capes pourpres des Seldiuks, ils réintégrèrent leur couloir secret pour se vêtir.

Une fois qu'ils eurent terminé, Wilf promena un regard évaluateur sur les siens. Lucas avait particulièrement belle mine, sous ce casque à cimier rouge, mais le garçon jugea inutile de le lui faire remarquer. Guajo et Yvanov feraient quant à eux des Seldiuks convenables, ayant tous deux une stature assez imposante pour que le port de l'armure semble naturel.

Restait Pej, qui commençait visiblement à s'inquiéter de ce que son protégé avait prévu pour lui.

– Il est hors de question que je ne t'accompagne pas, je te préviens, grommela-t-il sans attendre plus d'explications.

– Je sais, dit Wilf. Pourtant, ça aurait peut-être été préférable, étant donné tes blessures. Mais… tu seras notre prisonnier. J'imagine, poursuivit l'adolescent en réponse à l'expression outrée du guerrier tatoué, que les deux Seldiuks que nous avons surpris à utiliser les Séraphins avaient de bonnes raisons pour ça. Si, comme je le suppose, ces engins sont censés les conduire auprès de leurs maîtres Orosians, peut-être allaient-ils les prévenir de la mort de Redah… À nous aussi, il faudra bien une excuse d'avoir emprunté la voie des Séraphins, comme conduire un prisonnier…

Le Tu-Hadji hocha la tête, ne pouvant qu'adhérer à la logique du discours de Wilf.

– Je ne tiens pas à être entravé, demanda-t-il en revanche, on ne sait jamais… La gravité de mes blessures expliquera que vous ne l'ayez pas fait.

– Bien, fit Wilf. Lucas, tu as dit que ces sphères fonctionnaient à l'aide du So Kin : as-tu une idée pour les mettre en marche ?

L'ancien moine s'approcha des Séraphins, pénétrant dans la cour intérieure.

– J'ai l'impression que les passagers n'ont rien de particulier à faire, dit-il au bout d'un moment. L'énergie de ces artefacts est autonome. Essayons de répéter le processus employé par les Seldiuks.

Wilf acquiesça et s'approcha à son tour. Du bout des doigts, il frôla le cristal d'une des sphères.

– C'est tiède… murmura-t-il, ôtant sa main sous l'effet de la surprise.

« Ça a plus la texture du métal que du verre, à ceci près que ça semble *vivant*…

– Oooh… gémit Guajo. Pangéos nous vienne en aide…

Après un dernier regard pour les autres, Wilf toucha de nouveau l'artefact.

– Séraphins… ordonna-t-il, alors que ses compagnons posaient à leur tour une main sur la surface transparente des sphères.

Les engins s'ouvrirent comme ils l'avaient fait

pour les soldats seldiuks. Pej dut un peu se contorsionner pour pénétrer à l'intérieur, mais ils furent bientôt tous en place, et les pétales translucides se refermèrent sur eux.

Wilf éprouvait un bizarre sentiment de malaise, enfermé ainsi. Lorsque son corps commença de flotter sans but à l'intérieur de la sphère, il faillit paniquer. Mais il se souvint de la réaction des passagers qui l'avaient précédé, et adopta la position du fœtus, genoux repliés contre son menton.

Une lumière douce, entre blanc et bleu, le nimba. Les contours du Séraphin disparurent à ses yeux tandis qu'il s'élevait soudain vers les hauteurs. Wilf avait l'impression d'être enveloppé dans un nuage, mais il ne parvenait pas à trouver ça agréable. Son appréhension dominait le calme de ce voyage à travers les cieux.

Au bout d'un moment qui lui parut interminable, une masse titanesque apparut dans son champ de vision. C'était un vaste plateau de métal et de lumière, flottant entre deux nuages. La lueur grise et opaque qui s'en dégageait rappelait quelque chose au jeune homme, mais il n'eut pas le temps de se demander quoi. C'était vers ce lieu qu'ils se dirigeaient. À mesure qu'ils approchaient, le Séraphin prenait de la vitesse et sa courbe se faisait plus elliptique. Bientôt, Wilf jugea plus sage de fermer les yeux.

Un choc presque imperceptible le ramena à la réalité. L'univers avait fini de tournoyer, et un jardin paisible l'entourait à présent. Non loin de là, Pej, Yvanov, Lucas et Guajo venaient aussi d'atterrir au centre de leur sphère de verre.

Les Séraphins s'ouvrirent sans qu'aucun ordre n'ait été nécessaire, et les cinq compagnons posèrent un pied chancelant sur l'herbe rose. Il leur fallut quelques instants pour retrouver tout leur équilibre.

Autour d'eux, un verger paradisiaque, mais aux teintes si curieuses qu'il s'en dégageait un sentiment d'étrangeté plus que d'harmonie. Les Séraphins étaient alignés le long d'un roc de couleur mauve, et le parc qui s'étendait au-delà arborait des espèces de plantes inconnues. Les arbres aux fruits mûrs, d'un orange et d'un rouge criants, se découpaient par contrastes sous les feuilles molles et pâles de saules gigantesques.

– Par la Pierre de Tu-Hadj… murmura Pej.

Un muret de briques mauves ceignait le jardin, dont l'unique sortie donnait sur une large allée pavée. Wilf jeta un coup d'œil au ciel. Le crépuscule n'allait pas tarder.

– Allons-y, déclara-t-il. Pej, marche bien au centre de nous quatre. Et… essaie d'avoir l'air d'un prisonnier, s'il te plaît, ajouta le garçon en souriant.

– Où nous rendons-nous, messire Wilf ? demanda Guajo, à l'évidence peu à son aise.

L'abbé Yvanov émit un rire sec, qui tenait plutôt de l'aboiement.

– Comme s'il pouvait le savoir ! rabroua-t-il l'écuyer arrucian.

Sur ces paroles, le petit groupe de faux Seldiuks et leur non moins faux captif franchirent l'arche du parc.

L'allée était bordée de champs, ou c'est du moins ce que crut Wilf dans les premiers instants. Bientôt, il comprit que les vastes étendues n'étaient pas vouées à l'agriculture mais à quelque entreprise artistique dont le sens lui échappait. Des miroirs avaient été placés çà et là, de tailles diverses, parfois gigantesques, isolés ou bien regroupés en véritables forêts de verre. Le sol était couvert d'une herbe rase et sombre, tandis que l'air était chargé d'une brise artificielle qu'alimentaient plusieurs grosses souffleries. Par le jeu des miroirs, la lumière ambiante était focalisée en des points précis où les grandes glaces luisaient de mille feux. Le vent léger faisait parfois basculer certains mobiles sur leur axe, déplaçant les miroirs et changeant ainsi la donne pour une nouvelle répartition de la lumière.

C'était un spectacle inhabituel et, à sa manière, assez dérangeant pour un œil inaccoutumé. Wilf sentit son estomac protester contre cette vision courbe et troublante, aussi se concentra-t-il sur les pavés de la route. Tout au bout, sur l'horizon, une tache colorée était en train de devenir – à mesure que les intrus s'en approchaient – une rue animée.

L'adolescent de Youbengrad commençait de transpirer sous son casque, et ce n'était pas seulement le fait du port de l'armure… Par chance, la petite procession qu'il dirigeait ne parut pas attirer le regard des quelques habitants et gardes seldiuks qu'ils croisèrent. Au bout de quelques minutes, il s'autorisa un long soupir de soulagement.

Si de loin, le quartier semblait plein de vie, c'était en vérité le fait des nombreux mobiles qui décoraient les rues. Tout ce qui pouvait bouger par soi-même était pendu ici et là, monté sur tel piédestal ou fixé aux murs des bâtiments. Des pendules, des éoliennes, des fontaines et d'autres objets plus mystérieux hantaient le vide de cette cité. Il semblait que les architectes avaient cherché à compenser le manque d'habitants en créant cette impression artificielle de mouvement. Car les autochtones rencontrés jusqu'alors n'étaient décidément pas légion : une dizaine, tout au plus, surtout des gardes, déambulant dans une ville trop vaste pour eux.

Les édifices qui bordaient les rues paraissaient vides. Il s'agissait de grands monuments semblables à des temples, sans véritable fonction quotidienne. Tout était tenu en ordre et visiblement nettoyé avec soin, mais la vie était presque aussi absente que dans une ville fantôme.

Pej baissait la tête à chaque fois que leur groupe croisait des Seldiuks, et leurs déguisements semblaient fonctionner parfaitement. D'ailleurs, les gardes, préoccupés par leurs propres missions, leur adressaient parfois à peine un regard. Wilf et ses compagnons atteignirent bientôt le cœur de la cité sans avoir croisé plus de trois habitants, si l'on exceptait les soldats. Mais ces rencontres avaient suffi à persuader le garçon que le lieu qu'ils arpentaient était bien le fief des Orosians. Si les êtres qui avaient traversé leur chemin étaient d'apparence humaine, leur aura à la fois terrible et envoûtante les dénonçait comme les semblables de Fyd et Jâo, les deux Orosians connus en Thulé. La courbe prononcée de leurs puissantes épaules, sans doute destinée à leur permettre d'exécuter des tâches requérant une grande force physique, était également caractéristique de la race orosiane.

Alors qu'ils passaient le long d'un bâtiment de pierre beige, continuant d'avancer jusqu'à ce qu'une meilleure idée ne leur vienne, Lucas fit signe aux autres de s'arrêter.

– Tu as besoin d'une pause ? lui demanda Wilf, songeant au poids de l'armure seldiuk et à la carrure fine de son ami.

Lui-même commençait à se sentir un peu essoufflé, mais plus par manque d'habitude que pour autre chose.

– Non, répondit le spirite à voix basse. Je sens plusieurs présences. Imbibées de So Kin, tout comme les trois citadins que nous avons croisés…

– Plus encore que les Seldiuks ? interrogea Wilf, qui avait pu se rendre compte que les soldats d'élite savaient user de ce pouvoir.

– Bien plus… avoua Lucas. C'est sans commune mesure. L'énergie So Kin qui est présente chez les gardes est à peine perceptible, et je l'imagine tout juste destinée à des applications martiales… Tandis que ces êtres… me semblent constituer des maîtres dans son maniement.

La note d'inquiétude dans la voix de l'ancien moine embarrassa Wilf et lui fit une fois de plus remettre en question le bien-fondé de son idée.

– Peut-être que nous n'aurions pas dû monter jusqu'ici à bord de ces sphères, susurra Guajo en écho à ses réflexions.

L'adolescent haussa les épaules.

– Maintenant que nous sommes là, tentons d'en apprendre le plus possible. Nous redescendrons dès que le danger se fera trop grand… Les Orosians dont tu sens la présence, tu crois qu'ils sont à l'intérieur ? demanda-t-il à Lucas en désignant l'édifice qu'ils longeaient.

Le jeune homme aux boucles blondes hocha affirmativement la tête.

– Allons voir, ordonna Wilf, entraînant les autres à sa suite.

Une entrée de la grande construction s'ouvrait juste après l'angle de la rue. Un hall orné de fontaines servait d'antichambre à une pièce gigantesque, qu'on apercevait au-delà d'une rangée de colonnes en marbre.

Le hall était vide, aussi les cinq compagnons s'y introduisirent-ils sans trop d'appréhension. De l'autre côté de la colonnade, s'étendait une vaste mosaïque de bains et de jardins artificiels, où les plantes en pots et les pierres artistement disposées s'étalaient sur des tapis somptueux. Certains bassins fumaient, le liquide qui les remplissait était parfois coloré tandis que d'autres, à l'eau parfaitement claire, laissaient entrevoir les dalles qui tapissaient leur fond.

Pas de gardes seldiuks, ici, mais une petite dizaine de personnages aux corps luisants d'huiles de beauté. Les Orosians, hommes et femmes, se prélassaient nus dans les bains d'eau chaude ou les jardins carrés qui les séparaient. D'aucuns bavardaient, d'autres nageaient une brasse paisible pour délasser leurs muscles bien découplés. La vapeur blanche qui s'élevait des bassins les plus brûlants était vite dispersée à l'aide de souffleries, si bien qu'elle n'emplissait pas la vue et la gorge comme c'était la coutume en Thulé. L'endroit évoquait une atmosphère de santé et de fraîcheur.

Comme les intrus avaient déjà pu s'en rendre compte, la plupart des Orosians affichaient un ou

159

plusieurs signes particuliers qui faisaient qu'on ne pouvait les confondre avec des humains. Celui-ci avait les yeux uniformément noirs, sans iris ni blanc, celui-là présentait des pieds et des mains palmés d'une membrane violette... Il y avait même un nain à longs cheveux turquoise, qui rappela à Wilf que les Orosians, à l'instar de Fyd, n'arboraient pas tous une taille humaine.

Pourtant, tous avaient en commun une véritable et étrange beauté. Physiquement aussi bien que par leur charisme, ils respiraient l'énergie et une séduction brutale. Wilf se souvint avoir déjà remarqué ce trait chez ceux qu'il avait rencontrés au Sultanat. Il sourit en observant le père Yvanov s'empourprer à la vue des poses somptueuses adoptées par les Orosianes dévoilées.

Voilà donc les surhommes orgueilleux qui menaçaient le continent... pensa le garçon. Il comprenait, qu'à l'image de cette cité improbable et de ces thermes placides, la domination que ces princes fainéants essayaient d'imposer aux religions terrestres devait leur apparaître comme un art dissolu de plus. Aucun d'eux, Wilf en était persuadé, n'aurait pu imaginer que des humains oseraient se dresser contre leurs projets. Et, tout en admirant leur nonchalance aristocratique, l'héritier du Cantique se dit à lui-même que c'était peut-être là que résidait leur plus grand espoir de les vaincre.

– Reculons un peu, suggéra Pej. Ils risquent de nous voir...

Le garçon acquiesça et entraîna ses amis plus loin dans le grand hall.

– Bien, fit-il. S'il existe un endroit où nous pouvons trouver des réponses aux questions que nous nous posons sur ces Orosians, c'est certainement ici. Je donnerais cher pour pouvoir écouter leurs conversations discrètement...

C'était une proposition ouverte aux idées de tous, aussi les cinq hommes restèrent un moment silencieux, chacun cherchant une solution pour découvrir les secrets des êtres mystérieux sans risquer d'être démasqués.

De toute évidence, l'accès aux thermes était réservé aux maîtres, et la présence de Seldiuks escortant un prisonnier serait aussitôt perçue comme singulière. Wilf soupira. Pendant leur traversée de la cité, le soleil s'était couché, laissant sa place à une luminosité artificielle, autre nouveau miracle de la magie orosiane. Cette lueur grisâtre qui baignait la cité continuait de chatouiller la mémoire de Wilf, sans qu'il parvienne à déterminer ce qu'elle lui évoquait.

D'ailleurs, un problème plus grave l'accaparait; il devait parvenir à se glisser dans les thermes sans être découvert. Malgré tout, la lumière pâteuse qui enveloppait tout ne cessait de se rappeler à lui, et il comprit qu'il ne pourrait se concentrer efficacement sur un autre sujet tant qu'il n'aurait pas élucidé celui-ci. Il massa ses paupières en essayant de rassembler ce qu'il savait. Voyons, lui et ses amis s'étaient envolés à bord des Séraphins, ils avaient traversé les cieux jusqu'ici. Cette cité sertie entre deux nuages avait donc la particularité de voler, ce qui était en soi assez incroyable pour qu'il n'ose encore être sûr de ce qu'il avait vécu. Mais cette lueur grise, illuminant la ville suspendue de ses nuances stellaires...

Il se tourna brusquement vers ses compagnons de voyage. L'idée l'avait traversé avec la fougue irrépressible d'un étalon sauvage. Elle n'était pas plus folle que le reste de cette journée.

– Je crois, balbutia-t-il, que je sais exactement où nous nous trouvons...

Lucas, Pej et les autres tendirent leur regard vers lui avec curiosité :

– Rappelez-vous où vous avez déjà connu cette lumière, suggéra-t-il. Nous foulons le sol de ce que les Mossievites nomment l'Étoile du Csar.

4

– Il y aurait bien une solution… avança Lucas. Mais je ne sais pas si j'en serai capable.

– Qu'est-ce que tu veux dire ? l'interrogea Pej, las de leur immobilité.

Le spirite glissa machinalement ses pouces dans la ceinture de sa robe blanche.

– Le So Kin est tellement puissant en eux… murmura-t-il comme pour lui-même. Je pourrais abuser la conscience d'êtres humains sans trop de difficultés, mais quant à brouiller les perceptions de telles créatures…

– Tu insinues que tu pourrais nous rendre invisibles à leurs yeux ? demanda Wilf avec une lueur d'espoir.

Lucas haussa les épaules.

– Peut-être. Il y a de fortes chances pour que cela ne fonctionne pas. Je n'ai encore jamais tenté l'expérience, même sur de simples humains. Alors dans une salle pleine d'Orosians…

Wilf frappa doucement l'épaule de son camarade, dans un petit cliquetis d'armure.

– C'est la seule idée que nous ayons eue, déclara-t-il d'un ton plein d'énergie, et il avait bien l'air de croire que la discussion était close.

Pej, ayant peu à peu renoncé à faire changer d'avis son jeune protégé, se contenta d'approcher encore davantage afin que leurs murmures n'alertent pas les occupants des thermes.

– Voilà, expliqua Lucas, presque à contrecœur, je pense être en mesure d'ériger autour de nous une barrière invisible qui bloquera les perceptions d'autrui. Nous ne pourrons ni être vus, ni être entendus ; en revanche, les traces de notre passage seront perceptibles.

– Comment ça ? fit Guajo, soucieux de ne pas commettre d'impair.

Lucas inspira, hésitant à poursuivre.

– Nos pas dans l'eau pourront provoquer des éclaboussures visibles, un courant d'air créé par nos mouvements peut très bien soulever le pan d'un rideau, et ainsi de suite…

– Bien, nous serons vigilants, nota Wilf.

Une fois n'est pas coutume, le regard de Lucas témoignait de son manque d'assurance :

– Mais… Ce n'est pas une affaire réglée, Wilf. Je suis presque persuadé que je n'aurai pas assez de pouvoir pour me jouer de dix Orosians. Leur So Kin percera à jour mon petit tour comme on tire un jeune enfant de sa cachette…

– Peut-être que si nous n'y allions pas tous… proposa Yvanov.

Mais Lucas hocha la tête.

– Non, cela ne changerait rien. Le nombre importe peu, ce sont les personnes que je dois priver de leurs sens qui comptent.

Depuis quelques secondes, Wilf avait baissé la tête en fronçant les sourcils. Lorsqu'il croisa de nouveau le regard de ses compagnons, un sourire victorieux éclairait son visage.

– Ne me dis pas que tu as encore une idée, jeune homme… soupira l'abbé avec un mélange d'amusement et d'exaspération.

Sans accorder la moindre importance à cette remarque, Wilf saisit le regard de Lucas dans le sien.

– Dis-moi, je possède bien le pouvoir du So Kin, tout comme toi ?

Après un instant d'étonnement, le spirite répondit précautionneusement :

– Oui… Tu le sais bien. Ton énergie est même étonnamment puissante, pour un humain. Mais dois-je te rappeler que tes facultés sont figées dans ton corps physique, t'interdisant l'accès à une utilisation efficace ?

– Je sais, le coupa Wilf. Je suis incapable de puiser à la source de mon énergie. Mais ne pourrais-tu pas, toi, te servir de moi comme une réserve de pouvoir supplémentaire ?

Un peu abasourdi par l'idée, Lucas considéra son ami quelques secondes sans ouvrir la bouche. Puis, un demi-sourire au coin des lèvres :

– Tu tiens vraiment à ce que les Orosians nous livrent leurs secrets, n'est-ce pas ? On dirait que le dernier roi du Cantique devient peu à peu plus conscient de ses responsabilités… le gourmanda-t-il. Bien, je suppose que c'est toi qui as raison… En effet, je pourrais envisager de puiser en toi si mon énergie n'est pas suffisante pour endormir la vigilance des Orosians. Mais, même ainsi, notre succès n'est pas assuré.

Wilf rejeta la tête en arrière en souriant à son tour.

– Si j'avais dû m'abstenir à chaque fois que les chances de réussites n'étaient pas totales ! Allons, vous êtes tous prêts ? Marchons un peu parmi les princes de cette cité volante...

Lucas se positionna au milieu du groupe. Il ferma les yeux et son visage perdit toute expression. Lentement, il étira les bras pour englober symboliquement ses quatre compagnons. Une ride d'inquiétude apparut un instant sur son front, mais se dissipa aussitôt. Lorsqu'il rouvrit les paupières, ses camarades avaient l'impression déconcertante que rien n'avait changé.

– Les Orosians ne nous voient ni nous ne entendent, dit le spirite blond d'une voix normale. Wilf, donne-moi ton bras : cela facilitera les choses si je dois faire appel à tes ressources psychiques.

– Bien, dans ce cas... approchons-nous, décréta l'adolescent en adoptant lui aussi le ton naturel de la conversation. Faites bien attention à éviter les Orosians : rappelez-vous que nous ne sommes qu'invisibles...

Ils marchèrent le long des bassins en se dirigeant vers un couple d'Orosians qui s'était allongé au bord d'un bain orangé. Un drap de soie sous eux, ils bavardaient calmement. La femme affichait une chevelure d'un magnifique vert-bleu, semblable par sa texture à des algues, et son corps longiligne arborait la grâce déliée d'une danseuse. Adossé en face d'elle à un rebord en céramique, l'homme avait un visage qui paraissait en permanence courroucé, avec des arcades sourcilières très prononcées, et un nez en bec d'aigle. La couleur de sa peau était à mi-chemin entre l'ambre brun et le miel d'abeilles rouges.

Tous deux étaient en pleine discussion, et n'émirent aucun signe pouvant être interprété comme un indice de suspicion lorsque Wilf et ses compagnons s'accroupirent non loin d'eux. Par réflexe et non par nécessité, les cinq intrus retinrent leur souffle en commençant de tendre l'oreille.

Le hasard leur était favorable. Alors que les deux patriciens auraient pu partager n'importe quelle conversation banale, ils semblaient précisément en train de débattre de la politique agitée qui se jouait actuellement au sein de leur peuple. Wilf se frotta les mains mentalement et se prépara à boire leurs paroles. S'il avait été davantage au courant des mœurs orosianes, toutefois, il ne se serait pas étonné de les trouver occupés à aborder ce genre de sujet... La politique et ses méandres formaient le quotidien de cette race subtile, et rares étaient les discussions qui pouvaient les tenir éloignés de ce thème.

– Les partisans de Pangéos se font de plus en plus discrets, notait la femme.

Son interlocuteur sourit largement.

– Es-tu certaine qu'il existe encore parmi nous des partisans de Pangéos ? ironisa-t-il. Cela se saurait...

– D'une certaine manière, je ne suis pas mécontente, murmura-t-elle en lui rendant son sourire. Bien sûr, je suis loin d'approuver l'ascension fulgurante de Mazhel... Si personne à Uitesh't n'a le courage de se mettre en travers de sa route, cet ambitieux nous mènera tous à notre perte !

– Mais ? ... s'amusa l'homme.

– Voyons, est-ce qu'un seul d'entre nous peut prétendre qu'il n'a pas pris plaisir à voir évincer Pangéos par son vieux rival ? Après des siècles d'hégémonie, le fier, le puissant Pangéos, qui n'avait de cesse de nous faire la morale... le voilà supplanté par plus machiavélique que lui ! C'est un plaisir raffiné pour nous tous que d'assister à sa chute, et celui qui le nierait serait un vil menteur.

L'homme à la peau cuivrée se tourna paresseusement sur un avant-bras.

– Je dois te concéder ça... admit-il plissant les yeux avec malice. – Son regard se fit soudain mélancolique. – Je me souviens de l'époque où nous étions vénérés par les peuples dispersés... Il y avait autant de divinités mineures que de peuplades vivant sur ce continent. Oui, avant la grande entreprise de Pangéos, nous étions encore des dieux, et cela me manque. Comme toi, je savoure sa disgrâce, et je regrette qu'elle ne soit pas survenue plus tôt. La jalousie qui nous anime a eu des centaines d'années pour enfler... l'ignorer serait coquetterie de l'âme. Mais la victoire de Mazhel m'inquiète néanmoins : il va trop loin, trop vite. La domination que nous avons mis des siècles à établir n'était pas destinée à servir ses rêves de grandeur. Si nous n'y prenons garde, il mènera les peuples à la révolte au lieu d'en faire des esclaves dociles...

Un soupir s'échappa des lèvres de la femme.

– Pourtant, sous le Dôme, son influence est grande... Il a déjà gagné à sa cause certains des plus puissants d'entre nous.

– Tu veux parler de Fyd, par exemple ? À ta place, je ne prendrais pas son soutien à Mazhel trop au sérieux. C'est une manœuvre diplomatique, je pense. Crois-tu que Fyd serait prêt à perdre son ascendant sur les Trollesques en suivant la politique de Mazhel ?

La femme à cheveux vert-bleu haussa légèrement les épaules.

– À moins qu'il ne le prenne vraiment au sérieux… Mazhel a très bien pu le convaincre qu'il était temps d'imposer un joug définitif aux races inférieures…

L'homme fronça les sourcils, demeurant quelques secondes silencieux. Il arborait une moue un peu perplexe.

– Non, je ne crois pas, dit-il enfin. Fyd est bien trop intelligent pour ça.

– Je le connais mieux que toi, le coupa la femme. C'est vrai qu'il est perspicace. Et impatient… Tellement impatient…

L'homme se contenta de hocher la tête, troublé mais pas totalement convaincu.

– Tout était tellement plus simple lorsque les humains n'étaient pas aussi civilisés… soupira-t-il. C'était un jeu d'enfant d'en faire nos adorateurs…

– Mais quel intérêt ? le taquina la femme. Ce qu'ont recherché Pangéos et Mazhel, ce n'est pas simplement d'être vénérés par les humains. Ils voulaient disposer d'une armée puissante… d'où leur nécessité de fédérer ces peuples primitifs.

L'homme ne donna pas signe d'avoir écouté. D'un doigt, il dessinait des vaguelettes dans l'eau du bassin.

– Ce que je crois, dit-il au bout d'un moment, c'est qu'ils nous ont ravi notre pouvoir, non pas pour le bien commun, mais par ambition. Je n'ai pas plus d'affection pour Mazhel que j'en avais pour Pangéos. Parfois, je me demande si Jâo et Zarune n'étaient pas dans le vrai en prônant la liberté pour ces sous-races…

La femme eut un rire cristallin, comme s'il s'agissait d'une bonne plaisanterie. Après avoir baissé fugitivement les yeux, l'homme rit à son tour.

Wilf saisit Pej et Lucas par l'épaule. Aucun des cinq compagnons n'avait desserré les mâchoires depuis plusieurs minutes.

– Corbeaux et putains, grinça l'adolescent, mes craintes sont confirmées. Les amis, nous sommes en guerre contre les dieux eux-mêmes…

Yvanov avait blêmi, réalisant subitement que tout ce en quoi il avait cru dans sa vie était faussé à la base. Même Guajo, le simple écuyer, s'était senti bouleversé par ces révélations. Son regard s'embrasait dans un bel orgueil humain, et il avait perdu pour un moment son air placide.

– Je ne comprends pas… ruminait Wilf. Les miracles… Ils doivent pourtant bien exister, avec le nombre d'histoires que j'ai entendues à leur sujet…

– En as-tu jamais vu de tes yeux ? intervint Pej, sceptique.

Lucas les interrompit en levant la main.

– Il me semble que leur réalité n'est pas remise en cause par cette supercherie divine, déclara-t-il. D'une certaine manière, on peut considérer que les Orosians n'ont pas complètement abusé les peuples de l'humanité : à peu de choses près, ils sont bien proches de l'idée que l'on peut se faire des dieux… Presque tout-puissants…

« Vous souvenez-vous du tremblement de terre qui a rasé Citadelle-de-Greyhald, après la chute de Mossiev ? La légende l'attribue à la colère de Pangéos, et je pense qu'elle a raison.

Wilf lui jeta un regard étonné.

– Il ne faut pas sous-estimer le pouvoir du So Kin, poursuivit Lucas. Les miracles pourraient être tout simplement des manifestations de cette énergie. Les Orosians les plus puissants sont certainement capables de guérir les maladies incurables, de déclencher des tempêtes de lumière mortelle sur les ennemis de leurs prêtres… Ce que nous avons toujours pris pour des œuvres divines n'étaient en fait que l'expression de la volonté des Orosians. Finalement, tout ça ne change pas grand-chose…

L'abbé eut un hoquet de fureur et de peine.

– Tu dois effectivement avoir perdu la foi, mon fils, pour oser dire cela… Et la dimension spirituelle, qu'en fais-tu ? Crois-tu que des générations de fidèles auraient prié les dieux s'ils avaient su que ceux-ci étaient sourds à leurs appels, et qu'il ne s'agissait en vérité que d'une race vaniteuse décidée à nous réduire tous en esclavage ?

« Il n'y a rien du mystère divin dans ces aristocrates décadents ! cracha-t-il avec mépris.

– Oui, concéda Lucas, repensant aux années pas si lointaines durant lesquelles il avait partagé ces croyances. Comme ils se sont joués de nous…

À ce moment, Wilf interrompit leurs méditations en se raidissant subitement.

– Attention, Lucas ! Je crois qu'il y en a une qui regarde dans notre direction.

Tous les cinq rivèrent leurs yeux à l'Orosiane désignée par le garçon. Si le couple à leurs pieds n'avait pas bougé depuis leur discussion terminée, une autre femme s'était approchée de ce bassin et semblait scruter quelque chose.

– Elle a un doute… haleta Lucas. Restons calmes…

Wilf sentit soudain la poigne du spirite se raffermir sur son avant-bras, et bientôt une partie de son énergie commença à s'écouler lentement de lui. C'était une sensation de don et de légèreté, qui n'avait rien de désagréable.

L'Orosiane fronça le nez avec un reste de suspicion, puis hocha la tête en souriant. Elle se détourna enfin et rejoint un autre groupe de baigneurs. Cinq soupirs de concert se fondirent en un seul, expression du soulagement général.

Leur répit, toutefois, fut de courte durée. Presque aussitôt, un nouvel Orosian pénétra dans les thermes et se dirigea à peu près vers l'endroit où ils se trouvaient. Il marchait d'un bon pas et ne semblait pas apprêté pour les bains. Chacun retint son souffle.

– Je crois qu'il ne nous voit pas, dit Lucas à voix basse.

Le trajet de l'Orosian pour traverser la grande salle jusqu'au couple qui se tenait aux pieds des intrus leur parut interminable. Finalement, le nouveau venu s'arrêta en effet face à ses deux semblables.

Ces derniers s'étaient levés entretemps, suivant d'un regard inquiet la silhouette de leur frère de race.

– Se passe-t-il quelque chose ? lui demanda l'homme quand l'autre fut parvenu assez prêt.

– Pourquoi es-tu vêtu comme au Dôme pour venir ici ? s'inquiéta la femme presque en même temps.

– J'arrive directement de Uitesh't, s'expliqua l'Orosian. Une nouvelle vient de tomber, qui je pense vous intéressera…

Il arborait un sourire suffisant, visiblement fier de détenir la primeur d'un renseignement. Rassurés par cette expression, les deux autres Orosians se détendirent un peu.

– Nous t'écoutons, le pressa néanmoins la femme aux cheveux d'algues.

– Eh bien, les humains viennent de porter un mauvais coup à notre cher Mazhel… fit le nouveau venu avec un grand sourire.

– Continue, bon sang! s'impatienta l'homme aux sourcils proéminents.

L'Orosian en livrée pinça la bouche, l'air vexé.

– Redah, prononça-t-il de but en blanc. Son plus fidèle Blafard, vous vous rendez compte? Assassiné en plein palais impérial…

La femme émit un petit sifflement.

– L'homme qu'il avait placé à la tête de sa Théocratie… – Elle rit. – Il doit être dans une colère…

«Mais il a bien d'autres Blafards à ses ordres. Ce n'est qu'une question de temps avant qu'il ne trouve un remplaçant à son cardinal. Il offrira bientôt une nouvelle tête à la Théocratie décapitée…

– En fait, justement… commença l'Orosian. Mazhel a tenu des propos bizarres à ce sujet sous le Dôme de Uitesh't… Si bien que… Enfin, le sénat a décidé d'organiser une session exceptionnelle pour statuer sur la validité de son nouveau projet.

– Quel projet? demanda l'homme à la peau cuivrée, à nouveau tendu.

Le nouveau venu, de toute évidence jeune et peu sûr de lui, hésita un instant. Puis:

– Mazhel a déclaré qu'il prenait le pouvoir en personne. Je crois qu'il a l'intention de se proclamer dieu vivant…

L'homme et la femme laissèrent échapper un chapelet de jurons dans une langue incompréhensible, à laquelle Lucas reconnut néanmoins des similitudes avec l'ancien Impérial. Puis ils ramassèrent leurs affaires et se mirent en marche vers la sortie des thermes.

– Il n'y a pas de temps à perdre, ordonna la femme en s'éloignant. Préviens tous les autres ! Chacun doit être présent pour siéger si l'on veut éviter cette folie…

Wilf et Lucas se regardèrent en silence.

– Il se montre enfin à visage découvert, remarqua Pej. Ce sera plus facile si on veut lutter contre lui.

– Peut-être… grommela Wilf. Ou peut-être pas. À Mossiev, il aura des hordes de Seldiuks pour assurer sa protection.

– Je n'ose pas imaginer ce que pourra donner la présence sur le trône d'un être encore plus cruel que Redah, intervint Guajo, soutenu par un acquiescement reconnaissant de Lucas.

Le jeune homme aux cheveux aile de corbeau baissa les yeux en fronçant les sourcils.

– Vous avez raison. On ne peut pas laisser faire ça. – Il jeta un regard à la ronde. – Je vais aller le tuer maintenant. Vous autres, regagnez les sphères et disparaissez avant que la situation ne devienne vraiment périlleuse.

Pej, comme ses trois camarades, resta une seconde bouche bée avant de s'exclamer :

– Est-ce que tu ne t'arrêteras de prendre des risques absurdes que lorsque tu seras mort ? aboya-t-il, furieux comme Wilf l'avait rarement vu. *Anash'til !* Tu n'es qu'un petit *nedak* inconscient qui n'a pas encore assez combattu pour respecter le danger !

Le garçon lui rendit son regard hostile.

– Parfois, Pej, je me demande si nous sommes amis ou bien si tu me considères comme un simple fardeau qu'il te faut garder en vie jusqu'à ce que j'aie accompli mon petit miracle pour les tiens ! Tu... Tu me fais penser aux Ménestrels ! cracha-t-il.

Lucas s'approcha d'eux et posa une main apaisante sur le bras du Tu-Hadji.

– Laisse-le vivre son destin, dit-il calmement. Je ne souhaite pas non plus sa mort, mais si l'un de nous peut réussir cet exploit, c'est bien lui.

– Je l'accompagne, insista le géant.

Les autres hochèrent la tête simultanément.

– Tu es blessé, lui rappela Wilf. Tu me gênerais. Retournez aux sphères, commanda-t-il. Vite !

– Attends, le rappela Lucas. Nous allons rester là-bas jusqu'à ce que tu reviennes. Je pense être capable de diriger l'énergie de ces artefacts pour les faire atterrir ailleurs qu'au palais. Ce serait trop dangereux d'y retourner si tôt.

Wilf acquiesça.

– Très bien. Mais si je ne suis pas revenu dans deux heures, ne m'attendez plus. Sauvez vos vies, c'est compris ?

– Si tu ne reviens pas, déclara gravement Pej, il ne nous servira à rien de sauver nos vies. Dans un mois, dans un an, Fir-Dukein aura fait de ce continent un champ de cendres...

5

*D*es jours avaient passé… Dans sa cellule de la Forteresse-Démon, Jih'lod ruminait de noires idées.

Lui et Holm avaient fait plus ample connaissance, et une compassion mutuelle était née entre eux. Pour tromper l'ennui, le Tu-Hadji avait évoqué quelques souvenirs de sa famille et de son clan, tandis que le malheureux en loques lui avait raconté l'histoire de sa vie. C'était ainsi qu'ils s'étaient aperçus avoir tous deux en commun le jeune Wilf et sa destinée mouvementée.

– Ma femme voulait tellement un enfant… s'était expliqué Holm.

« Elle ne pouvait pas en avoir elle-même, tu sais. Une fausse couche dans le temps, et puis un mauvais remède d'apothicaire…

« Alors quand ce petit chanteur du Sud nous a demandé de prendre soin du bébé, j'ai accepté. Le troubadour devait revenir le chercher un peu plus tard… – Il avait baissé les yeux, l'air coupable. – Mais ma Kasël ne l'entendait pas de cette oreille, avait-il avoué en riant. Elle m'a forcé à déménager dans l'ouest, à Youbengrad… C'est là que j'ai quitté ma

profession de maréchal-ferrant pour devenir soldat…

« Et puis j'ai été fait prisonnier…

– Ce jeune saltimbanque, l'avait interrompu
Jih'lod, je crois que je l'ai déjà rencontré. C'était à
Fael, dans le sud. J'étais avec Wilf…

– Ah? avait fait Holm. Je me demande ce qui
poursuivait ce blondinet, mais il avait l'air terrifié.
Peut-être les parents du marmot… C'est drôle:
qu'est-ce qu'il a bien pu penser quand il est revenu
à Vinsk pour constater que ma femme et moi étions
partis… En tous les cas, on ne l'a jamais revu.

Devant l'ignorance de son compagnon de cellule
au sujet du garçon qu'il avait élevé comme son fils,
Jih'lod s'était senti le devoir de lui conter son histoire. Du moins, ce qu'il en savait.

Et Holm, découvrant l'identité véritable de son
fils adoptif, avait tenu à son tour à lui révéler un
secret:

– Il y a quelque chose qui m'inquiète depuis longtemps, avait-il déclaré. Et si le petit est directement
mêlé à tout ça, c'est d'autant plus ennuyeux…

– De quoi parles-tu?

– Les Hordes. Je sais comment elles font pour apparaître aussi mystérieusement. – Il avait pris une longue
inspiration. – C'est nous, les esclaves, qui avons permis ça… Les tunnels: il y en a partout. Dans tout l'Empire… Les Hommes-Taupes creusent et font creuser
leurs prisonniers depuis des dizaines d'années! C'est
une véritable fourmilière, là-dessous…

« Lors de la conquête du continent, le Roi-Démon
pourra frapper où il le souhaitera et quand bon lui
semblera…

– Alors il nous faudra neutraliser ces souterrains avant la bataille finale contre Fir-Dukein, avait décrété le guerrier du clan – Il avait regardé le vieux soldat. – C'est une information précieuse...

Qui me redonne la volonté, sinon l'espoir, de m'évader de cette geôle, avait pensé le géant.

Le destin devait lui répondre quelques jours plus tard.

Une cacophonie terrible monta vers les geôles en fin de matinée. Ce n'était pas à proprement parler inhabituel, la forteresse résonnant toujours des cris des suppliciés et des bagarres des créatures, mais cette fois-ci l'ampleur était sans comparaison. Bientôt, il apparut évident que l'on se battait dans la citadelle du seigneur des ténèbres.

Accroché à sa lucarne, Jih'lod pouvait observer deux unités de Qansatshs fort occupées à s'étriper. Il n'avait vue que sur une petite partie de la cour, en contrebas, mais des rugissements jaillissaient de toutes parts. Un affreux Cyclope traversa la mêlée comme une flèche, écorchant vif plusieurs guerriers Qansatshs sur son passage. Jih'lod remarqua qu'il avait totalement échappé au contrôle de son maître-Cyclope, lequel était traîné à la suite de la gigantesque créature, le poignet toujours attaché à la chaîne qui les reliait.

– Ils sont devenus complètement fous, murmura le Tu-Hadji.

– C'est vrai, fit une voix.

Jih'lod, qui avait d'abord cru que c'était Holm qui lui répondait, se retourna soudain d'un geste brusque.

Le vieux soldat, comme lui, était bouche bée.

À l'entrée de leur cellule, arc-bouté contre la herse qui la scellait, leur souriait un géant aux cheveux immaculés. Ses tatouages rituels et ses vêtements rappelaient le peuple Tu-Hadji, à ceci près que ses peintures corporelles étaient blanches et non pas bleues. Quant aux traditionnels bois de cerf, ils poussaient de façon naturelle à la base de son front. Une lance de bois et silex, au manche orné de runes ivoirines, était calée contre le mur tandis qu'il tentait de soulever la herse.

Jih'lod tomba à genoux et baissa le front vers sol :

– Le Premier... murmura-t-il, entre idolâtrie et effroi. Grand *duük*, tu es venu pour nous sauver...

La grille céda, puis monta lentement tandis que les muscles du nouveau venu se bandaient sous l'effort.

– *Te* sauver, rectifia-t-il avec un sourire triste. Nous allons employer un moyen que seuls les Tu-Hadji, enfants de la Skah, peuvent emprunter... soupira-t-il. Pour l'instant, je ne peux rien faire au sujet des autres prisonniers.

Jih'lod eut un regard plein de compassion pour Holm, qui était devenu son camarade.

– Je ne peux pas rester avec toi, s'excusa-t-il. Je dois accomplir ma mission et transmettre tes informations à Wilf...

Dans les escaliers, face à la cellule, gisaient les dépouilles ensanglantées de nombreux sbires de Fir-Dukein. Qansatshs, Grogneurs et même Qanforloks étaient renversés pêle-mêle sur les marches.

– Mon sort n'a pas suffi à tous les distraire, fournit le Tu-Hadji à tatouages blancs pour seule explication.

Sans perdre une seconde, il décrivit un cercle avec son doigt. L'instant suivant, un portail s'était ouvert au centre de la cellule, sa surface ondulant comme l'eau d'un étang.

– Je suis désolé pour toi, *nedak*, dit le Premier à Holm. Ce passage est une porte magique de la Skah : nous y suivre te tuerait…

– Mais je te promets que je reviendrai te chercher, s'engagea Jih'lod.

Il étreignit les mains déformées de son camarade dans ses immenses paumes.

– Je sais que tu ne me laisserais pas si tu n'avais cette mission à remplir, dit simplement Holm, et le Tu-Hadji put lire la sincérité dans ses yeux.

Un son rythmé et oppressant, comme un titanesque battement de cœur, commença de se faire entendre. Il s'élevait des profondeurs de la forteresse.

– Il sait que je suis ici… déclara le Premier. Il me cherche…

– Le… Fils de la Souillure ? osa Jih'lod, la voix un peu tremblante.

Le Premier acquiesça.

– Nous sommes ennemis depuis bien longtemps, dit-il, et il sait qu'il peut me vaincre. Allons, fuyons !

Le fondateur du peuple Tu-Hadji disparut dans le cercle miroitant de magie. Jih'lod adressa un dernier regard à Holm, puis s'y engagea à son tour.

Il aurait préféré ne pas apercevoir cette larme de chagrin et de terreur rouler sur les lèvres craquelées de l'ancien soldat.

* * *

Toujours déguisé en garde seldiuk, Wilf se mêla à un groupe d'Orosians qui se dirigeaient vers le Dôme de Uitesh't, siège de leur sénat. Les demi-dieux avaient accouru de toutes parts, interrompant leurs activités éclectiques à l'annonce de cette tribune exceptionnelle.

Parvenus sur une petite place ronde où chantait un orgue à eau, les quatre Orosians que Wilf avait accompagnés s'arrêtèrent. Face à l'orgue, un large disque de cuivre et de bronze était posé sur le sol. Divers motifs géométriques le décoraient, sur toute sa surface. Les patriciens prirent place au centre du cercle, et l'un d'eux leva le bras droit dans un geste de commande silencieux.

Wilf, encadré de deux autres Seldiuks qui les avaient rejoints dans l'agitation générale, eut bientôt la surprise de sentir le disque se soulever du sol. Lentement, ils s'élevèrent au-dessus des bâtiments, au-dessus des tours et des amphithéâtres, soudain seuls dans la nuit étoilée. De loin en loin, on pouvait apercevoir d'autres petites embarcations du même genre, sur lesquelles patientaient tant bien que mal des passagers Orosians.

Lorsque le disque de métal eut pris suffisamment d'altitude, Wilf put enfin le voir. Le Dôme de Uitesh't, tout en vitrail violet et or. Construction cyclopéenne, dont les proportions étaient bien à l'égal de l'arrogance orosiane, elle se bombait comme un bulbe prêt à éclore, ou exploser, jusqu'à sa flèche sculptée qui figurait quelque jeune tige taillée dans l'or pur.

L'ancien voleur de Youbengrad retint son souffle devant un tel spectacle. Même à Mossiev, il n'avait jamais vu de monument exprimant une telle puissance, une architecture à la fois si brutale et raffinée... L'ellipse décrite par le disque les conduisait droit vers le Dôme, et Wilf devina qu'ils y accéderaient par le sommet.

– L'assassinat de ce Blafard, Redah... murmura l'un des Orosians à son compagnon. Quelle honte...

L'autre acquiesça.

– Quand on pense que c'est nous qui les avons créés de toutes pièces... soupira-t-il. Ces esclaves font preuve d'une ingratitude sans bornes... Aujourd'hui les humains de l'Empire : demain, les Trollesques, les Shyll'finas, les Enus ?

– Des insoumis dans l'âme, incapables de servir, renchérit son interlocuteur. Nous aurions dû les détruire tous lorsque les Tu-Hadji les ont menés à la première rébellion, voilà mon avis !

L'ancien gamin des rues tressaillit à l'écoute de cette brève conversation, tâchant d'en reporter l'analyse à plus tard. Mais les implications en étaient trop nombreuses et trop primordiales...

Ainsi, les Orosians étaient les créateurs de toute vie sur cette planète... *Toute vie ?* songea l'adolescent. Non, ils ne semblaient pas revendiquer la paternité des Tu-Hadji... Ni celle des Voix de la Mer, pas même évoquées. Le garçon se mordit la lèvre sous son heaume : *toujours est-il qu'ils ont enfanté plusieurs races, dans le seul objectif de se constituer un gigantesque vivier d'esclaves...* L'étendue de cette révélation le laissait un peu penaud, et insinuait le doute en lui quant à son projet d'assassiner Mazhel. Serait-il dans son bon droit en commettant cet acte parricide ?

La flamme de révolte, qui n'avait jamais cessé de couver au fond de lui, répondit aussitôt par l'affirmative. Nul homme, nul dieu, ne ferait de lui un esclave! Quand bien même toute son espèce avait été créée dans ce but... La donne avait changé, finit-il de se convaincre. Des siècles s'étaient écoulés depuis le début de l'humanité, et les Orosians n'avaient plus aucune légitimité de domination: ils représentaient l'ennemi, simplement.

Le cercle de métal qui les transportait était à présent tout proche du Dôme, et Wilf pouvait discerner le quai en forme de jetée suspendue où accostaient les disques qui les avaient précédés. Un flot continu d'Orosians et surtout de soldats seldiuks se déversait sur le toit du dôme avant de disparaître dans ses entrailles. Wilf songea que cette animation inhabituelle lui serait utile pour passer inaperçu et se glisser parmi d'autres gardes. Bientôt, enfin, ce fut à leur tour de débarquer.

Une pièce circulaire tapissée de velours pourpre jouxtait l'embarcadère. Une myriade de couloirs et d'escaliers en partait dans toutes les directions. Sans un signe pour ses compagnons de traversée, Wilf s'écarta pour rejoindre un coin de la salle où étaient regroupés une dizaine de Seldiuks. Il se fondit parmi eux et leur emboîta le pas lorsqu'ils se dirigèrent vers le plus imposant des escaliers. Pas un mot ne fut échangé tandis que l'unité se laissait happer par les profondeurs du bâtiment. L'officier de tête fit une pause sur le premier palier, puis prit à droite en suivant un large couloir.

Wilf hésita alors à continuer seul la descente des escaliers, pressentant que la salle d'audience du sénat devait se trouver quelque part en dessous, mais se séparer du groupe ici risquait de soulever des questions. Mieux valait, songea-t-il, les accompagner encore pour l'instant. Il les quitterait à la prochaine intersection où ils croiseraient d'autres Seldiuks…

Sur ces pensées, un contact fugace frôla soudain sa conscience. L'adolescent frissonna et se raidit par réflexe. Mais la caresse mentale se reproduisit, toujours sans la moindre agressivité.

– C'est moi, Lucas, fit une voix qu'il reconnut aussitôt. N'essaie pas de me répondre…

Wilf obtempéra, sentant se calmer graduellement la panique qui s'était emparée de lui. Seul un léger sentiment de malaise subsista lorsque son ami reprit:

– Je te parle en esprit, mais tu dois te contenter d'écouter, pour ne pas éveiller les soupçons des Seldiuks ou des Orosians, expliqua-t-il. Nous sommes parvenus aux sphères… Prends garde à toi, et rejoins-nous vite !

Wilf acquiesça mentalement. Puis il laissa les sens spirituels de Lucas le quitter.

Le fils des abysses s'inquiétait apparemment pour son ami. Mais le danger de son entreprise n'alarmait pas Wilf comme cela aurait dû être le cas. Pour lui, ce qui importait n'était pas sa propre sécurité, mais l'accomplissement de sa tâche. L'élimination du danger représenté par Mazhel et les siens était devenue pour lui une nécessité qui le dévorait tout entier. Il se sentait aussi juste et serein dans cet acte que lorsqu'il manipulait la Skah. Les Orosians formaient une force contre-nature, il en était intuitivement persuadé, et la décision de les détruire ne lui appartenait déjà plus. C'était la Skah de la planète, l'âme extérieure tout entière, qui lui dictait ses gestes et guidait ses pas vers la rencontre capitale…

Le groupe de Seldiuks déboucha dans un puits de lumière formé par une salle étroite et cylindrique. D'autres soldats s'y entassaient, sur plusieurs étages. Et Mazhel en personne était présent pour assister à la scène.

Wilf comprit alors que c'était un piège. Un piège qu'il avait inconsciemment deviné depuis le départ, mais dans lequel il se jetait sans remords. Car, toujours sans qu'il en ait véritablement conscience, une idée avait germé dans son esprit. Si c'était bel et bien un traquenard, il soupçonnait le maître invisible de la Théocratie de vouloir être présent pour assister à sa mort. Et, si tel était le cas, il aurait alors une belle chance de mener son projet à exécution.

Cet Orosian au regard délavé et à l'aura pourtant flamboyante ne pouvait être que Mazhel, se persuada Wilf. Et la force de la Skah, tapie en lui, confirmait cette certitude par sa rage grandissante.

– Je savais que tu arrivais, dit le patricien céleste. Pauvre enfant, les barrières de ton esprit sont misérables : je lis en toi comme dans un livre…

Le garçon aux cheveux aile de corbeau n'accorda pas un regard aux Seldiuks réunis pour la curée. Avec un mépris superbe, il s'avança vers le centre de la pièce tout en enlevant son heaume. Le métal du casque résonna de façon sinistre lorsqu'il le jeta à terre négligemment.

– Tu as toi-même créé ta mort, Mazhel, clama Wilf en faisant siffler son glaive hors de son fourreau. Je suis venu pour toi.

– Je ne suis pas personnellement à l'origine de

votre espèce, répliqua l'Orosian. – Il sourit largement, révélant une dentition carnassière. – Je ne fais
que l'utiliser…

Un cordon de Seldiuks entourait le patricien à cheveux rouges. D'un même geste, ils dégainèrent à leur
tour leur lame.

Wilf sentit sa pilosité se hérisser sous l'effet d'une
intense excitation. Jamais encore la perspective d'un
combat ne l'avait plongé dans une telle ivresse. Il souriait de plaisir lorsque les soldats se jetèrent sur lui.

Une gerbe de flammes emplit le puits au moment
précis de l'impact. Elles provenaient de Wilf, d'immenses langues de feu bleu et vert. Les Seldiuks les
plus éloignés furent repoussés comme des fétus de
paille. Leurs armures, dont la surface avait fondu,
résonnèrent brutalement contre les murs de la salle,
et la plupart restèrent au sol, assommés. Beaucoup
tombèrent des balcons, inanimés. Quant à ceux qui
avaient été dans l'entourage immédiat du garçon, il
n'en restait plus que quelques morceaux carbonisés.

Wilf était le premier étonné. Sa bouche s'était
arrondie et son visage arborait une expression qui
aurait pu être comique en d'autres lieux. Par un
hasard de l'esprit, il eut une pensée ironique envers
Andréas, qui avait autrefois douté de ses talents de
magicien. Mais aussitôt, il se ressaisit et contempla
son œuvre.

Des valeureux soldats en pourpre et noir, il ne restait qu'une poignée, rassemblée tant bien que mal
devant l'Orosian Mazhel. Celui-ci avait froncé les
sourcils avec un mélange de surprise et de courroux.
Sa toge était roussie par l'explosion, mais il ne semblait pas porter la moindre blessure.

Poussant un cri de guerre à gorge déployée, Wilf se rua en avant. Une telle charge, contre une demi-douzaine de soldats seldiuks, lui aurait paru suicidaire encore une minute plus tôt. Mais il ne réfléchissait plus. Le stade de la stratégie et de l'intelligence était dépassé.

Les épées des gardes se croisèrent dans leur course vers Wilf. Ce dernier frappa, sachant qu'il serait transpercé de part en part au même moment. Il rassembla toute sa force, toute son énergie – bien au-delà de ses seuls muscles, et asséna un coup de taille à travers le cordon de soldats.

Son glaive, lancé à l'horizontale, se nimba d'un halo argenté. Tandis qu'un bruit d'impact terrible emplissait la pièce, la lame toucha l'armure du premier Seldiuk. Elle pénétra dans le métal, pénétra dans la chair, et continua son trajet mortel en découpant par le milieu les autres gardes. Wilf savait que ça n'était pas rationnel. Plus que son glaive, c'était sa volonté qui mordait dans l'acier des plastrons et qui éviscérait ses victimes. Le pouvoir de son âme extérieure, plus tranchant que n'importe quelle lame... Dans une explosion de sang outrancière, il termina son mouvement. L'air était tout entier peint de gouttelettes rouge sombre en suspension.

Les murs mêmes de la salle avaient été tranchés, le bâtiment soufflé sur plusieurs mètres à la ronde... Des ruines s'amoncelaient tout autour de la scène, sous les chutes de poussière et de gravats. La visibilité était presque nulle.

Reprenant son souffle, Wilf regarda là où auraient dû se trouver ses blessures. Lentement, il baissa les yeux, s'attendant d'un instant à l'autre à ressentir la terrible douleur. Mais à l'endroit où les épées l'avaient frappé, il ne portait pas la moindre trace de plaie. Son regard étonné suivit la courbe de son torse, puis ses jambes, jusqu'au sol où reposaient en miettes les débris des lames seldiuks. Quelque sortilège de défense lancé par pur instinct, conclut l'adolescent en soupirant de soulagement. Il lui semblait que son emprise sur la Skah avait été centuplée en quelques instants.

Face à lui, le nuage de sang s'était un peu dissipé. Derrière cette brume rouge, les cadavres mutilés des gardes gisaient à terre, en morceaux. Mazhel, un genou au sol, relevait la tête pour fixer son adversaire droit dans les yeux. Wilf put y lire fugitivement une admiration qui confinait presque à la complicité.

Le patricien, avec sa chevelure pourpre qui pendait de chaque côté de son visage, le bandeau gris ceignant son front et sa toge drapée avec majesté, se redressa lentement. Sans quitter des yeux le garçon, il glissa un index le long de l'estafilade qui barrait sa poitrine. Son doigt courut sur la peau pâle et soyeuse de ses pectoraux, effaçant la blessure au fur à mesure. Lorsqu'il eut terminé, il porta l'index à ses lèvres et suça la goutte de sang qui le tachait. Un sourire narquois se dessina une nouvelle fois sur ses traits.

Wilf cligna des yeux puis baissa la tête, vaincu.

Une pensée enflamma sa détermination et sa raison : ces êtres invincibles devaient être anéantis avant qu'ils prennent le contrôle de toute la planète. Il fallait qu'ils le soient, en ce jour ou bien plus tard…

Il recula, retroussant involontairement les lèvres comme un fauve acculé. Tout était dévasté autour d'eux. Son regard tomba sur un orifice dans la paroi, révélant un sombre et étroit couloir. Un curieux rideau d'énergie le barrait, parcouru de vaguelettes fantomatiques.

– Tu ne pourras jamais franchir la barrière de So Kin, ricana Mazhel. Son seul contact te détruirait immédiatement…

Wilf observa le rideau protecteur du Dôme, et prit deux courtes inspirations.

– Dans ce cas, rendez-vous en enfer ! cria-t-il à l'Orosian.

Et il se jeta à travers le voile de So Kin brut.

Comme il s'y était attendu, cela n'eut pas pour effet de le détruire. Mazhel devait ignorer l'épisode du soleil souterrain de Thulé. En revanche, le garçon eut la surprise de constater qu'il se retrouvait à l'extérieur du dôme, glissant à toute vitesse le long des pentes de verre.

Les vitraux sont illusoires, comprit le jeune homme. *Le Dôme de Uitesh't est bâti à partir de So Kin cristallisé…* Son cœur battait de plus en plus fort à mesure que sa chute devenait vertigineuse. *Rien pour s'accrocher !* jura-t-il en son for intérieur.

Alors que ses mains glissaient, impuissantes, sur le vitrail du dôme sans parvenir à révéler la moindre aspérité, il se souvint des prodiges dont il avait été capable quelques instants plus tôt. Se concentrant avec soin, malgré sa situation mouvementée, il parvint à atteindre la source de la Skah. Il modela l'âme extérieure avec moins de facilité que lors de son combat contre l'Orosian, mais il demeurait en lui un peu de cet étonnant et fulgurant pouvoir qui l'avait submergé. Assez, en tout cas, pour lui permettre d'appeler un souffle puissant qui ralentisse sa glissade.

Épuisé, il chevaucha ce vent magique jusqu'au sol, où il tomba à genoux. Il s'était posé un peu à l'écart du dôme, là où par chance aucun regard indiscret ne l'épiait. Avec un peu de chance, Mazhel le croyait mort, se dit-il, mais cela ne l'empêcha pas de courir tout le long du trajet jusqu'au parc d'atterrissage des sphères de voyage. L'adolescent se dissimula autant que possible, mais pas un seul Seldiuk ne semblait être à sa poursuite.

Il arriva enfin, hors d'haleine mais sauf, au jardin où l'attendaient ses compagnons. Une minute plus tard, les Séraphins décrivaient leur arc majestueux dans le ciel nocturne.

Troisième partie

LA COUR ELFYQUE

1

Yvanov ressortit des appartements de la duchesse de Fael. Lucas et Wilf, inquiets, attendaient dans le corridor le résultat de ce premier entretien.

– Alors ? demanda aussitôt Wilf.

L'abbé fronça les sourcils.

– Il va falloir se montrer patient… dit-il. Je ne pense pas que son rétablissement se fera en quelques jours.

– Mais il y a un espoir, n'est-ce pas, mon père ? l'interrompit Lucas.

Le solide ecclésiastique hocha son crâne chauve.

– Je ne peux encore rien affirmer… mais en effet, la guérison est possible.

«Allez donc prendre un peu de repos, leur conseilla-t-il, je vais rester à son chevet encore quelque temps…

Un nouveau froncement de sourcils indiqua à Lucas qu'il était inutile d'insister. D'ailleurs, celui-ci devinait que cette décision concernait autant son propre équilibre que la tranquillité de la patiente. Dès leur retour, quelques heures plus tôt, il avait tenu à monter dans les appartements de la maîtresse des lieux : hélas, son état ne s'était pas amélioré, et le jeune spirite en avait une fois de plus été bouleversé.

Il acquiesça donc et emboîta le pas à Wilf vers les hauteurs du castel. Tous deux étaient épuisés, mais aussi trop excités pour dormir après leurs aventures dans la cité des Orosians. Ils allèrent s'asseoir dans le vieux repaire de Wilf, au sommet des remparts, pour observer le lever du jour sur l'océan.

En bas des murailles, dans les rochers battus par les vagues, se dressaient les formes incongrues des deux Séraphins qui les avaient ramenés des cieux. Wilf admirait encore l'habileté avec laquelle son ami les avait parfaitement maîtrisés. Seul l'atterrissage avait été un peu mouvementé, si bien que les sphères de verre ne pourraient sans doute plus leur servir.

– J'ai entendu quelque chose d'épouvantable, sous le Dôme de Uitesh't... commença Wilf, sachant qu'il ne pourrait retrouver une certaine sérénité qu'après s'être libéré de ce savoir. Des Orosians discutaient entre eux, et ils disaient que... – Il adressa à Lucas un sourire accompagné d'un grincement de dents – Ils disaient que nous étions leurs créatures... Qu'ils nous avaient tous créés, humains et Trollesques.

Lucas émit un juron étouffé, ce qui choqua presque Wilf, tant c'était une réaction inhabituelle de sa part.

– Ce n'est peut-être pas si étonnant, dit enfin le spirite blond. Quand j'étais parmi les Voix... Enfin, on m'a raconté l'histoire des peuples cadets, comme les humains de l'Empire, les Shyll'finas, les étranges Enus de l'Est ou encore les Trollesques. Ces races étaient toutes apparues spontanément il y a quelques milliers d'années, sans que nulle explication ne permette de le comprendre. Et puis il y a eu les Guerres Elfyques, et chaque être vivant sur ce continent a dû choisir son camp : dans le chaos qui a suivi, les peuples ont conquis leur légitimité et plus personne ne s'est posé de question sur leur origine...

Wilf hocha la tête.

– Tu veux dire que les Voix de la Mer existaient bien auparavant les humains ?

– Oui, c'est exact. La naissance de leur peuple se perd dans la nuit des temps, tout comme celle des Tu-Hadji.

– Je comprends, fit l'adolescent aux cheveux de jais. Mais si les Orosians ont créé les races cadettes... d'où viennent les Orosians ?

Lucas sourit :

– Je n'en ai pas la moindre idée... Peut-être leurs origines sont-elles également trop anciennes pour le savoir... – Il écarta les mains en un geste évasif.

« Les Voix nageant dans l'océan, les Tu-Hadji foulant la terre, et les Orosians arpentant les cieux... Cela ne paraît pas invraisemblable.

– Tu as peut-être raison, admit Wilf. Pourtant... Comment dire : malgré l'impression de puissance qui se dégage d'eux, ils m'ont semblé investis d'une arrogance et d'un mépris qui n'en font pas des créatures profondément naturelles, comme tes ancêtres les Voix ou encore les fils de Tu-Hadj...

– Je ne les ai pas approchés autant que toi, mais je vois ce que tu veux dire. Qui peut savoir ? soupira l'ancien moine. Après tout, l'important est de connaître une façon de les vaincre, pas d'écrire la genèse de leur peuple.

L'expression de Wilf s'assombrit.

– Bien d'accord avec toi ! rugit-il entre ses dents. Par bien des aspects, ces Orosians me semblent encore plus dangereux et corrupteurs que le seigneur d'Irvan-Sul... Mais je crois que nous aurons vraiment besoin des Dragons Etoilés de la légende pour en venir à bout... Jamais ces demi-dieux tyranniques ne pourraient être vaincus sans leur soutien.

Il entreprit alors de lui raconter le combat qui l'avait opposé à Mazhel, la force exceptionnelle que lui avait prêté la Skah, et ses tentatives finalement réduites à l'échec.

– C'est alors que j'ai compris la nécessité de donner corps à toutes les légendes auxquelles semble mêlée ma destinée... Sans quoi, je le crains, rien ne saurait empêcher les Orosians d'ôter à jamais leur liberté aux peuples terrestres.

Lucas acquiesça.

– Il te faut la Lame des Etoiles pour contrôler les Dragons. Ensuite, avec ces armes mythiques en ton pouvoir, rien ne sera impossible, conclut-il d'un ton rassurant.

Wilf, après être resté un instant songeur, reprit le cours de sa narration.

Pendant tout le récit de son combat, Lucas écarquilla les yeux de surprise, et l'ancien voleur devina qu'il ne l'aurait pas cru s'ils n'avaient été amis depuis si longtemps.

Alors que Wilf en était à sa glissade effrénée le long des vitraux du Dôme, l'attitude de son compagnon changea radicalement. Son visage se ferma comme sous l'effet d'une intense concentration, et Wilf comprit que le spirite ne l'écoutait plus.

Vaguement inquiet, il posa une main sur l'épaule de Lucas. Celui-ci, l'expression parfaitement détendue, le corps souple et immobile, le fixait sans le voir.

196

Wilf n'osait pas le secouer de peur de briser sa concentration, mais il aurait payé cher pour comprendre ce qui se passait.

– Lucas? hasarda-t-il au bout d'un moment, sans trop élever la voix toutefois.

Le jeune homme parut sortir d'un rêve éveillé:

– Pardonne-moi, mon ami. J'étais en conversation avec Léthen, mon père…

« Il nous fait savoir que son esprit était avec nous, à l'instant, alors que nous parlions des Orosians. Leur existence est pour lui une semi-découverte, et certaines des informations que tu possèdes lui ont fait l'effet de véritables révélations.

– Continue, le pressa Wilf, impatient d'entendre ce que la Voix d'Argent pensait de tout cela.

– Selon mon père, les Orosians pourraient bien être les anciens frères perdus des Voix… Cette branche de notre race qui quitta les océans après le schisme provoqué par la lecture des étoiles, et la découverte du plan de construction d'une arme ultime…

Wilf se souvint que le sujet avait été brièvement évoqué lors de leur passage dans les abysses bleues et protectrices. Des Voix qui, aveuglées par leur quête de savoir, s'étaient séparées des autres pour mener à bien la fabrication des Dragons Étoilés…

– Ces Voix de la Mer seraient devenues les Orosians? s'exclama-t-il. Mais leurs philosophies semblent à l'opposé parfait l'une de l'autre!

Lucas acquiesça.

– De nos jours, c'est ainsi. Mais qui pourrait dire quelles évolutions ont marqué les Voix perdues après leur fuite des abysses? *Ils s'en allèrent sur la terre, nos frères,* cita le spirite. *Mais jamais sur la terre leur trace ne fut retrouvée.* Voici l'explication : c'est tout simplement parce qu'ils avaient choisi le ciel pour nouveau foyer...

Wilf resta pensif un long moment. Entre autres choses, il se demandait si Léthen veillait sur eux régulièrement, ou s'il ne s'agissait que d'un hasard. Curieusement, il faisait suffisamment confiance à l'être aquatique pour ne pas vivre cette présence comme un viol de son intimité. Savoir l'esprit de la Voix d'Argent dans les parages avait au contraire plutôt tendance à le réconforter.

– Vous avez certainement raison, au sujet des Orosians, dit-il enfin. Cela expliquerait pourquoi ils bénéficient d'une telle maîtrise du So Kin. Ce serait l'héritage des Voix...

Une moue de dégoût passa sur les lèvres du spirite.

– Quand on sait ce qu'ils en ont fait... murmura-t-il.

Wilf soupira.

– Oui, le So Kin... Quel étrange pouvoir... Contrairement à la Skah, il n'appartient pas au monde, il n'en est que l'émanation : c'est ce qui en permet un usage aussi amoral...

– Tu oublies que la Skah est corrompue, elle aussi, et soumise au péril de la Hargne, si j'ai bien compris.

L'héritier des rois eut un rire jaune.

– C'est temporaire, crois-moi. Pej et moi avons fait le rêve de voir l'âme extérieure lavée de toute souillure et offerte sans risque à l'usage des humains... Nous y parviendrons, et ce sera l'aube d'un nouvel âge d'or.

Lucas rit à son tour.

– Je crois que nous ne pouvons décidément pas avoir la même vision du monde, tous les deux… Tu parles de la destinée du monde avec aisance, mais le réel n'a pas d'existence objective pour l'utilisateur du So Kin. Il n'existe que dans la perception que nous en avons : une glaise modelée par le point de vue de chacun. Tout est affaire d'esprit…

Wilf fronça les sourcils. Il n'avait pas envie de se laisser entraîner dans un débat philosophique avec son compagnon, bien plus versé que lui dans les questions spirituelles. Pourtant, il y avait quelques points qui le dérangeaient dans l'argumentation de Lucas, et il éprouvait le besoin de les mettre au clair.

– Mais ne crois-tu pas, insista-t-il donc, que l'individualisme essentiel du So Kin pourrait être remis en question par l'existence d'une âme suprême, une conscience rudimentaire mais universelle qui engloberait toutes les pensées de la planète ? Je parle de l'âme de la Skah…

L'ancien Moine à l'Abeille fixa son ami d'un œil à la fois goguenard et admiratif.

– Je ne te savais pas si intéressé par ces concepts… ironisa-t-il. Mais ce que tu abordes est digne de réflexion. En quelque sorte, tu demandes : *Que se passerait-il si la Skah faisait usage du So Kin ?*

Wilf allait le contredire, mais referma la bouche en réalisant que c'était bien ce qu'il avait voulu formuler.

Lucas souriait à présent tout à fait.

– Eh bien, je pense que c'est ce que tu représenteras dès que nous aurons trouvé le moyen de déverrouiller tes facultés en matière de So Kin ! C'est justement ce qui fait de toi un catalyseur inédit…

– Je ne comprends pas, avoua l'adolescent.

– C'est très simple, dit Lucas. J'ai longuement réfléchi à la conversation que nous avions eue après la révélation de ton identité par les Sœurs de Jay-Amra… Tu avais peur de ne pas avoir d'âme, n'étant qu'une copie d'Arion. Ça te terrorisait. Cela m'a amené à croire en la possibilité d'un être sans âme, simple corps et esprit. Tu es cet être : je pense qu'en effet tu n'as pas d'âme, au sens habituel du terme, puisque tu n'es qu'une reproduction créée par les Sœurs Magiciennes… – Voyant Wilf pâlir davantage à chaque mot supplémentaire, le spirite blond s'empressa d'enchaîner : – Cela ne doit pas te faire peur ou te décourager, car j'ai acquis la certitude que tu ne peux vivre que grâce à la Skah, cette âme universelle. Tu comprends ?

L'ancien gamin de Youbengrad venait de prendre l'équivalent d'un coup-de-poing en pleine figure. Tout devenait clair, à présent ! Il entendait encore Cruel-Voit lui dire qu'il n'avait pas d'âme humaine, que c'était pour cela qu'il l'avait choisi… Enfin expliquée, elle aussi, l'absence de résonance mystique qui avait tant intrigué Andréas ! La *diphonie* n'avait pu se faire puisque l'âme de Wilf et l'âme extérieure étaient une seule et même chose…

Arion lui avait donné son corps, sa personnalité et ses pouvoirs, mais de l'âme, aucune copie n'était possible. Ce qu'il avait redouté depuis son séjour à Jay-Amra lui semblait soudain moins terrible. Ne pas posséder d'âme à soi, c'était en un sens les posséder toutes.

Le garçon releva les yeux et croisa le regard limpide de Lucas. Une révérence nouvelle s'y mêlait à l'amitié et à la compassion. Ce n'était plus seulement le vieux compagnon qui lui faisait face, mais le tuteur de la prophétie, l'être venu des eaux qui le guiderait dans sa tâche.

– Oui, mon ami, dit tout bas le jeune homme blond. Ton âme et celle de la planète ne sont qu'une. Et je crois que cela fait de toi une sorte de dieu…

* * *

Wilf, Lucas, Pej et Guajo chevauchaient de nouveau à travers les routes de la Terre d'Arion. Suivant les conseils d'Andréas, ils n'étaient demeurés que quelques jours à Fael avant de prendre la direction de l'Arrucia. En effet, tant que Djulura ne serait pas définitivement guérie, son cousin Oreste restait le seul dépositaire des secrets de la lignée de Fael. D'après Andréas, la Théocratie rassemblait ses forces en vue d'envahir le Sud, et la quête de l'épée ne pouvait pas attendre davantage.

Wilf et Lucas se rangèrent à son idée, après lui avoir révélé la mort de Redah, dont la nouvelle n'était pas encore parvenue en terre d'Arion, et le fait que Mazhel lui-même prendrait bientôt la tête des légions de Lanciers Saints. Situation qui ne fit bien sûr que confirmer la détermination du violoniste barbu à lancer les jeunes gens sur les traces de l'épée mythique.

Hormis Djulura, Oreste était le dernier à savoir comment trouver la fameuse Lame, aussi le petit groupe se rendait-il au palais de Soleccia, où le Ménestrel donnait actuellement des représentations pour le divertissement de la baronne Esabel. Laissant la duchesse aux bons soins de l'abbé Yvanov et la Terre d'Arion entre les mains d'Andréas, ils profitaient de la fraîcheur de leurs montures pour abandonner le plus vite possible le paysage arionite derrière eux. Wilf riait intérieurement de la tension qui habitait son ancien maître de magie : *le pauvre vieux n'en sait pas la moitié,* songeait-il, *et c'est lui qui parle d'urgence…* Wilf connaissait au moins le double de raisons de se dépêcher de retrouver cette arme. Et il avait bien l'intention de la dénicher au plus vite pour avoir enfin les moyens de lutter contre Mazhel et Ymryl…

Andréas, officieusement promu chef des sénéchaux de Djulura, avait veillé à ce que les quatre voyageurs aient de bons chevaux et assez d'argent pour dormir dans les meilleures auberges. En quelques jours seulement, ils atteignirent donc la frontière de l'Arrucia. Leur trajet vers la capitale les mena à proximité de Jay-Amra, la citadelle des Sœurs Magiciennes, mais Wilf prétexta le manque de temps pour ne pas avoir à y faire halte.

À mesure que Soleccia approchait, les routes devenaient plus sûres et la menace d'une attaque de brigands se réduisait. Les mas des nobles mineurs, s'étendant sur de nombreux hectares, étaient voués à l'élevage du bétail et des chevaux. Guajo, l'enfant du pays, fit remarquer à ses compagnons les nombreuses nuances qui différenciaient la race arruciane de celle, plus connue, des destriers du Crombelech. Contrairement à ses derniers, élevés pour la guerre, les chevaux d'Arrucia étaient destinés à la conduite des troupeaux et aux danses d'arènes. La force et le courage importaient moins que l'agilité et la grâce.

Face à l'enthousiasme de l'autochtone, Wilf s'abstint de donner son avis à voix haute : pour lui, ces bêtes-ci étaient peut-être supérieures en beauté, mais il aurait plus volontiers accordé sa confiance aux membres solides des montures natives du Crombelech. Le hongre qu'il montait actuellement était quant à lui un animal endurant mais placide, et il regrettait le fougueux pie qu'il avait dû abandonner à Mossiev.

Les derniers rayons de soleil de l'été s'enfuirent en même temps que la capitale de Province faisait son apparition. C'était la seule grande cité d'Arrucia, et elle aurait sans doute paru ridicule aux habitants des fastueuses métropoles de Mille-Colombes. Une fortification basse la ceignait, un simple mur blanchi à la chaux, tout comme les maisons aux toits de tuiles orange qui constituaient la ville. Le palais lui-même faisait plus penser à une grande hacienda qu'à la demeure d'une baronne. Seuls les étendards qui claquaient sous les assauts des premiers vents automnaux indiquaient le caractère aristocratique du lieu. Le blason de Dame Esabel ne déparait pas avec la dure réputation de sa Province : un taureau de combat arc-bouté, noir sur fond carmin, saluait les visiteurs qui s'arrêtaient au poste de garde.

Wilf et ses compagnons n'eurent qu'à présenter les lettres d'introduction rédigées par les sénéchaux arionites pour pénétrer dans le castel et se faire offrir l'hospitalité. Les chambres dans lesquelles on les conduisit étaient sobres mais agréables, et même Guajo fut autorisé à en avoir une à lui. Le chambellan chargé des invités avait jugé que cette proximité s'imposait afin que l'écuyer puisse convenablement servir ses maîtres. Wilf envoya néanmoins son domestique prendre son déjeuner dans les quartiers des serviteurs, pour que celui-ci tâche d'apprendre dans quelle partie du palais logeait Oreste.

Après un repas tardif et le déballage de leurs affaires, le reste de l'après-midi fut occupé à obtenir une audience avec le jeune Ménestrel, qui s'avéra ne pas être visible avant le soir. Par chance, les émissaires de la Terre d'Arion furent bientôt conviés à dîner avec la baronne, soirée au cours de laquelle devait se produire l'artiste faelien.

L'heure venue, Lucas fut le premier à franchir les portes de la grande salle de réception. Le rouge flamboyant des tapisseries et l'éclat ocre des dalles faisaient de la pièce un endroit chaud au regard. L'atmosphère festive qui y régnait confirmait cette première impression, des jongleurs et des musiciens se donnant en spectacle autour de la table de banquet. À la vue de ces saltimbanques et des étals supplémentaires dressés le long des murs, Lucas se douta que la soirée était donnée en l'honneur d'un événement particulier. Il se demanda s'ils étaient les seuls hôtes de la baronne, où si ces préparatifs concernaient d'autres invités de marque. Quoi qu'il en soit, l'ancien moine n'eut pas le temps d'approfondir la question avant qu'un sénéchal ne le saisisse par le bras pour le conduire vers l'extrémité de la table, où était déjà installée Dame Esabel. Wilf et Pej furent conviés du même geste, tandis qu'un maître d'hôtel faisait signe à Guajo de prendre place derrière la rangée de chaises, parmi les autres domestiques.

La baronne d'Arrucia était une femme d'une cinquantaine d'années, avec des cheveux gris tirés en chignon et une peau mate, craquelée comme un vieux cuir resté trop longtemps au soleil. Ses yeux étaient noirs et vifs, d'une grandeur presque démesurée dans ce visage maigre et sec.

Wilf et le Tu-Hadji imitèrent Lucas lorsque celui-ci élabora une courbette compliquée. Les lettres d'introduction les présentaient tous trois comme des amis et conseillers de la duchesse Djulura. La baronne s'inquiéta des rumeurs qui lui étaient parvenues au sujet de l'état de santé de son alliée, et Lucas y répondit aussi évasivement que possible, se contentant d'assurer qu'elle était à présent entre de bonnes mains. Les salutations échangées, Dame Esabel fit courir un regard soupçonneux sur tous les trois, et leur souhaita un bon séjour sur ses terres. Le sourire chaleureux qu'elle leur adressa ne pouvait suffire à dissiper l'impression inquisitrice qui s'était dégagée d'elle l'espace d'un instant.

Elle n'est pas dupe de ces lettres, songea Wilf. Leurs identités commençaient à être colportées dans les royaumes du Sud, et aussi bien leur vieux soutien à Caïus que leur présence fréquente à Fael faisaient de cet étrange trio des personnalités obscures que les puissants tenaient à garder à l'œil. Le combat final ne pourrait plus être retardé bien longtemps, se disait Wilf. Il allait devenir de plus en plus difficile de se cacher ou de passer inaperçus. Si Mazhel voulait les trouver, il les trouverait : le tout était de savoir si, alors, Wilf serait ou pas en possession des Dragons...

Ils prirent donc place à table, en face des couverts encore vides et aux endroits qu'on leur avait réservés. L'adolescent remarqua qu'il manquait encore deux hôtes parmi les convives. La table, d'ailleurs, paraissait bien grande pour le nombre de personnes qu'elle recevait : en dehors de la baronne et de quelques ministres, il y avait en tout et pour tout une demi-douzaine de nobliaux des environs, en plus d'eux-mêmes, les émissaires de la Terre d'Arion.

Alors que les présentations étaient terminées et que les conversations commençaient à s'animer, Dame Esabel fit faire silence pour l'entrée des deux dernières invitées. Escortées à leur tour par le même vieux sénéchal, les deux jeunes filles vinrent saluer d'une révérence la maîtresse des lieux. Wilf et Lucas les reconnurent aussitôt : il s'agissait des deux filles du prince Angus, le seigneur de Blancastel. L'ancien Moine à l'Abeille leur rendit leur sourire chaleureux avec un air ravi. Wilf se souvint alors l'avoir vu sympathiser avec ces jeunes dames lors d'un bal donné à Mossiev.

Une fois Léane et Hesmérine de Blancastel installées, les serviteurs vinrent porter les plats et les musiciens commencèrent de jouer en sourdine, laissant les hôtes converser à voix normale. Bientôt, ils s'interrompirent tout à fait, tandis qu'Oreste faisait son apparition, sa cordeline à la main. Tout en douceur, le Ménestrel entama une série d'airs enjoués, laissant sa main caresser avec virtuosité les cordes de l'instrument. Assis au sommet d'une estrade et vêtu de ses plus beaux atours, il s'autorisa néanmoins un bref sourire en direction de Wilf et de ses acolytes. Wilf était impatient de pouvoir s'entretenir avec son camarade musicien, tout autant parce que celui-ci lui avait manqué que pour obtenir les informations qu'il détenait. En plus de la Lame des Étoiles, Wilf désirait l'interroger sur les Seldiuks et les Orosians : à plusieurs reprises, il lui avait semblé que le Ménestrel en savait plus à ce sujet qu'il n'avait bien voulu en dire...

Pour l'instant, le garçon était condamné à attendre. Aussi se tourna-t-il vers les filles du prince de Blancastel, que la disposition de la table avait placées à ses côtés, pour les trouver déjà en grande discussion avec Lucas.

– Notre père, le Prince au Cygne, nous a envoyées ici pour nous protéger, expliquait Léane, l'aînée. Son désaccord grandissant avec les agissements des Lanciers Saints l'a peu à peu rapproché des autres Provinces du Sud, et c'est pourquoi Dame Esabel a accepté sans détours de nous accorder son hospitalité...

Ainsi Angus n'est plus dans les bonnes grâces du pouvoir, nota mentalement Wilf.

– Vous protéger ? s'étonna Lucas. Mais que craint donc votre père ?

Léane pinça les lèvres avant de répondre, et Wilf réalisa soudain que derrière la blondeur et les dentelles immaculées, la candeur avait disparu chez les deux sœurs.

– La guerre se prépare, fit la princesse à voix basse. On dit que Redah est mort, et qu'un seigneur de guerre, qui se fait appeler Mazhel, a repris la tête des Lanciers... Notre principauté n'est pas une nation militaire : à présent que ses relations avec Mossiev sont ternies, mon père redoute que les forces de la Théocratie ne choisissent Blancastel pour débuter leur conquête du Sud.

Wilf songea à la proximité du comté d'Eldor, aux nombreuses opportunités que présenterait une base arrière située dans la principauté du Cygne, et ne put qu'acquiescer au raisonnement d'Angus. Il s'en voulut un peu de considérer cette triste situation comme un répit potentiel pour la Terre d'Arion et Fael.

Hesmérine, la plus jeune des deux sœurs, leva alors une main gantée pour prendre la parole. Ses gestes à elle étaient en revanche toujours empreints d'une certaine timidité, et Wilf sourit en la voyant rougir lorsqu'elle croisa le regard de Lucas.

– Je ne voudrais pas me montrer indiscrète, mon frère, mais nous ne pouvons que nous étonner à votre sujet... Je vois que vous ne portez plus l'habit et, par Pangéos, j'aimerais aussi comprendre comment vos cicatrices se sont envolées de vos poignets ! Quant à votre voix...

Une expression amusée se dessina sur les lèvres du spirite, même si ses yeux d'un bleu limpide ne trahissaient comme à leur habitude aucune autre émotion qu'une sérénité parfaite.

– Avant tout, expliqua-t-il, je ne porte plus la Grise traditionnelle car j'ai quitté les ordres. S'il s'agissait au départ d'une décision prise dans des circonstances spéciales, c'est depuis devenu un choix personnel, sur lequel je ne désire toutefois pas m'étendre. – Son sourire fit place à une moue quelque peu embarrassée. – En ce qui concerne les marques de chaînes que j'avais conservées en stigmate, elles se sont effacées avec le temps, de façon naturelle... De la même manière, je ne souffre plus de l'asthme, et c'est ce qui explique le changement de mon timbre de voix. Dorénavant, je peux terminer une phrase sans avoir à reprendre mon souffle trois fois ! acheva-t-il avec une lueur fugitive de malice dans le regard.

Hesmérine haussa un sourcil comme si elle hésitait à rire de la plaisanterie, puis baissa le nez en sentant que le rose lui montait aux joues.

Sa sœur accourut à son secours :

– Vous nous taquinez, dit-elle à Lucas, mais nous respectons vos petits secrets… Qu'il en soit ainsi. Allons, aurons-nous au moins le plaisir d'entendre conter la façon dont vous avez traversé tous ces grands événements depuis notre rencontre à Mossiev ?

Sans se départir de son sourire ni de son assurance, Lucas entreprit alors de concocter pour elles un tissu de pieux mensonges mêlés à des demi-vérités qui conduisit ses auditrices charmées jusqu'au dessert. Wilf n'était intervenu qu'à de rares reprises, en général pour corser un peu l'entreprise de son compagnon en le reprenant ou en ajoutant un élément délicat à son histoire. Lucas n'avait pas paru prendre ombrage de ce petit jeu et s'en était même plutôt bien sorti. Pej, en revanche, ne se départissait pas de son mépris pour ce genre de compagnie, et avalait sa nourriture sans lever les yeux vers qui que ce soit. Le jeune noble installé à sa droite avait vite pris la mesure de son voisin taciturne, et abandonné toute tentative de politesse pour se plonger dans une discussion animée avec d'autres convives.

Tandis que le repas touchait à sa fin, Wilf profita de la tournure moins formelle que prenait la soirée pour s'approcher d'Oreste, qui laissait ses doigts se reposer entre deux morceaux. Pej le suivit pour saluer à son tour le Ménestrel blond. Les nobliaux s'étaient éparpillés en petits groupes entre les jongleurs et les énormes poutres de bois qui soutenaient la salle. Seuls quelques-uns, que Wilf soupçonnait d'avoir un peu trop apprécié le vin de pomme arrucian, restèrent assis à table. La baronne était en grande conversation avec Léane, et Hesmérine paraissait ravie d'avoir enfin Lucas pour elle toute seule.

Après avoir étreint chaleureusement Wilf et gratifié d'une poignée de main le géant Tu-Hadji, Oreste leur murmura :

– Quelle est la véritable raison de votre présence à Soleccia ? J'imagine que vous avez plus important à faire que des visites de politesse pour le compte de ma cousine...

Mais, sans même leur laisser le temps de répondre, il se rendit soudain à la surprise sincère de voir l'héritier des rois ici :

– Si tu savais, Wilf, comme je me suis inquiété pour toi...

Le garçon aux cheveux aile de corbeau acquiesça avec un sourire amical.

– Nous prendrons le temps de te raconter nos aventures respectives, assura-t-il. Mais la raison primordiale de notre visite était de te rencontrer. Nous devons aborder au plus vite une question qui te concerne directement... et sur laquelle tu es le seul à pouvoir nous éclairer.

L'artiste eut une moue ambiguë.

– Je vois, répondit-il à voix basse. Retrouvons-nous dans mes appartements après ma représentation. Uniquement des personnes de confiance, précisa-t-il.

– Lucas est pour moi comme un frère, lui assura l'adolescent. Quant à Guajo, notre serviteur, il en a

déjà tellement appris à nos côtés que je crois également sa loyauté acquise.

Oreste se saisit à nouveau de son instrument.

– Bien. Dans ce cas, à tout à l'heure…

Lucas sentait peser sur lui le regard de la princesse
et cela le rendait mal à l'aise. Depuis qu'il avait
avoué ne plus être moine, il l'avait surprise à plusieurs reprises en train de le dévorer des yeux d'une
façon qui l'aurait autrefois atrocement gêné. À présent, après ce qu'il avait vécu avec Djulura et le
regard particulier sur la vie qu'il avait ramené des
profondes abysses, ce n'était plus une situation aussi
délicate. La fraîcheur et l'enthousiasme naïf de la
jeune fille l'embarrassaient, mais c'était plus par peur
du malentendu que par timidité. Le regard d'Hesmérine brillait tandis qu'elle lui narrait comment sa
famille avait vécu le brutal accès au pouvoir des Lanciers Saints. Ses lèvres roses étaient ouvertes dans
un sourire charmant, et il y avait quelque chose de
presque fervent dans son attitude.

Le spirite en savait désormais assez long sur l'âme
humaine pour comprendre la situation. Il ne s'agissait pas d'une simple attirance entre deux êtres : la
jeune princesse avait pris la décision consciente de
se laisser porter par sa flamme. Arrivée récemment
à Soleccia, elle avait visiblement mal supporté les privations du voyage et les chamboulements politiques
de ces derniers mois. Sans doute avait-elle été
confrontée à des visions d'horreur sur son trajet, et à
présent le désir avide de vivre l'habitait intensément.
Tout en elle exprimait la volonté de goûter au sentiment amoureux auprès de celui qu'elle avait choisi.

Lucas n'était pas flatté par cet état d'esprit exalté de la damoiselle; il n'aimait pas se sentir objet de conquête, ni assujetti aux transports d'une petite fille découvrant la passion amoureuse.

Pourtant, même si la présence de Djulura emplissait tout son esprit, son corps lui ne pouvait rester absolument insensible aux charmes de la casteloise. Une douce chaleur l'envahissait peu à peu, à mesure qu'Hesmérine lui jouait sa scène romantique en poursuivant le récit des épreuves traversées. À Mossiev, portant encore le poids de son habit de novice, il ne l'avait considérée que comme une adorable enfant, mais les deux années passées avaient fait d'elle une jeune femme très désirable.

Tout à fait subitement, la dame de Blancastel profita du passage un peu brusque d'un domestique pour perdre l'équilibre. Elle poussa une petite exclamation, ses chevilles soudain empêtrées dans les volutes complexes de sa robe, et Lucas dut la soutenir contre lui. Comme par magie, des bras roses vinrent enlacer le torse de l'ancien moine. Une bouffée de parfum s'échappa vers ses narines alors que les cheveux dorés d'Hesmérine venaient lui chatouiller la joue.

Le jeune homme n'avait pas ressenti ce genre de contact depuis si longtemps… Il se vit soudain embrassant fougueusement la princesse au Cygne, se perdant tout entier dans l'éclat ardent de son regard amoureux. Un regard qui avait fui les yeux de Djulura depuis plusieurs années… Il se sentit submergé par le désir de connaître de nouveau une femme, qui verrait en lui un homme et non pas un fantôme. Sa lèvre inférieure fut agitée d'un frémisse-

ment d'excitation tandis que l'étreinte de la jouven-
celle se faisait plus marquée.

Puis la vision de Djulura, sa belle diseuse, s'imposa
à lui. Il imagina son grand amour enchaîné dans son
propre castel, l'expression hagarde, sans plus aucun
ami à ses côtés. Il se souvint des moments de bonheur
passés avec elle, et ces heures enfouies dans sa
mémoire le percutèrent avec la force d'un raz-de-
marée. Chancelant sous l'émotion, il se dégagea des
bras pâles d'Hesmérine.

– Pardonnez-moi, dit-il d'une voix rauque. Je vois
que mes compagnons me font signe de les rejoindre…
Si vous le voulez bien, je souhaiterais m'éclipser un
moment.

La princesse resta bouche bée une seconde, puis
reprit contenance en rajustant sa robe froissée. Elle
adressa un sourire qui se voulait amusé à Lucas. Le
spirite, pas dupe, ne put s'empêcher de s'en vouloir
de la peine qu'il lui faisait, et baissa les yeux en
l'abandonnant sur place.

Alors qu'il traversait la salle de réception en se
dirigeant vers ses amis, une image se superposa à ce
que ses yeux voyaient. Son esprit avait parcouru des
lieues en un instant. Il vit Djulura et le Père Yvanov
assis dans les Vergers de Sithra, à Fael. Il cligna des
yeux alors que la vision fugitive se faisait plus nette.

Le visage de la diseuse lui parut bientôt emplir
toute la pièce.

2

La nuit était assez douce et une fontaine chantait à leurs pieds. Wilf et ses compagnons écoutaient attentivement Oreste... La lune, pleine et pâle, avait la bouche comme arrondie d'étonnement. Elle touchait d'un doigt blanc le visage du Ménestrel et le faisait sortir de la pénombre. Ainsi marqué par l'astre, le musicien souriant, debout sous son oranger, semblait issu d'un conte de farfadets. Son expression se fit grave, toutefois, lorsque Wilf en vint aux faits.

– Je pensais bien qu'il s'agissait de cela, acquiesça le blond Oreste. Nous avons bien fait de ne pas demeurer dans mes appartements. L'emplacement de l'Épée doit rester secret...

Son regard, où perçaient l'inquiétude et un soupçon de méfiance, s'était posé tour à tour sur Lucas et Guajo tandis qu'il prononçait cette phrase.

– N'ayez crainte, le rassura l'ancien moine. Nous resterons aussi muets que les Cyclopes d'Irvan-Sul.

Le Ménestrel hocha lentement la tête, puis adressa un sourire à Lucas. Wilf fut heureux de constater qu'Oreste accordait déjà sa confiance à son ami.

– Voici donc l'histoire de la Lame des Étoiles, murmura l'artiste. Encore une fois, il serait dramatique

que d'autres en aient vent, et puissent s'emparer de l'arme avant Wilf. Le pouvoir de la Lame est trop grand pour prendre le moindre risque...

Il s'assura d'un regard que chacun avait bien entendu, puis continua de sa belle voix posée :

– Ce récit, que je vais conter pour vous, prend sa source dans les abîmes opaques du temps. Si l'on a su comment et par qui l'Épée fut forgée, cette connaissance n'est pas venue jusqu'à moi. On peut supposer que cet artefact vit le jour peu après l'entrée en sommeil des Dragons Étoilés, soit à la fin des Guerres Elfyques. Mais c'est bien après qu'on retrouve les premières traces concrètes de son existence, dans les archives des Sœurs Magiciennes.

Le silence était parfait, hormis le bruissement de la voix du Ménestrel :

– En effet, la Lame des Étoiles fut conservée à Jay-Amra pendant des siècles, obéissant ainsi aux dernières volontés de son créateur... Les membres de la Sororité sont fort discrètes à ce propos, aussi n'ai-je jamais pu en apprendre plus. Mais c'est grâce au roi Arion que l'Épée entra au grand jour sur la scène du monde. L'une des Sœurs lui offrit l'artefact, et il en fit son plus fort symbole. D'après les indices que j'ai pu rassembler au cours de ma vie, ce don fut le fruit de longs débats au sein de la Sororité, et la Sœur en question finit par agir de son propre chef en faisant cadeau de l'arme au jeune roi. Parmi ses homologues actuelles, nombreuses sont encore celles qui semblent regretter cet acte... Son Épée des Étoiles au côté, Arion vécut les grandeurs et les victoires que l'on sait, avant d'être détruit lors de la Grande Folie. La suite de l'histoire, ceux de la lignée de Fael sont les seuls à la connaître… Mon oncle, le vieux duc, nous l'a transmise, à Djulura et moi, sur son lit de mort.

Wilf et les autres étaient pendus aux lèvres du troubadour. Le regard de celui-ci se fit lointain et mélancolique, puis il reprit :

– Je me souviens comme la duchesse était forte et dynamique, à cette époque… Wilf surprit le regard compatissant que le musicien échangea avec Lucas, qui avait blêmi à la mention de sa bien-aimée.

– La suite de l'histoire… rappela le jeune homme à Oreste.

– Oui, se ressaisit l'Arionite. Mon oncle nous récita la légende qu'il tenait lui-même de son père, et ainsi de suite jusqu'à l'époque où notre famille était l'élite des Templiers du monarque. Il nous raconta comment une compagnie de Seldiuks parvint à s'introduire à Fael alors qu'on venait d'y ramener le corps sans vie d'Arion. Les soldats de pourpre et de noir attaquèrent le castel puis violèrent la sépulture du Roi-Magicien. Les serviteurs d'Arion, trop éprouvés par la Grande Folie et le décès de leur souverain, ne parvinrent pas à empêcher le vol de l'Épée. Mais notre ancêtre, un puissant mage qui n'avait pas succombé à la Hargne, se lança à leur poursuite avec quelques Templiers. Ils se mirent en route en jurant de faire rendre gorge à ceux qui avaient arraché le précieux artefact à la dépouille de leur seigneur.

– Attends une seconde, l'interrompit Wilf. Tu connais l'existence des Seldiuks ? demanda-t-il, tandis que l'étonnement s'était peint sur le visage des autres auditeurs.

Oreste acquiesça :

– Ce sont les Sœurs Magiciennes qui m'ont appris

que ces soldats se nommaient ainsi, avoua-t-il. Mais comment se fait-il que ce nom vous évoque quelque chose ? interrogea-t-il à son tour.

– Plus tard, le coupa Wilf. Les Sœurs, dis-tu… Mais toi, que sais-tu exactement de ces Seldiuks ?

Le Ménestrel haussa les épaules :

– Eh bien, j'en ai vu plusieurs de mes propres yeux, lors du sac de Syljinn… Ils m'ont semblé être des surhommes, disposant d'étranges pouvoirs. D'après les Sœurs Magiciennes, ils seraient au service de l'Empire… Mais j'ignore s'ils agissent à présent pour le compte de la Théocratie.

Wilf fronçait les sourcils, pensif.

– Andréas lui-même ignorait leur existence… dit-il. Pourquoi ne jamais lui en avoir parlé ?

– Je tenais le peu d'informations dont je disposais de la Sororité, expliqua Oreste. Lui parler des Seldiuks, c'était avouer des connaissances cachées, et accepter de lui révéler d'autres choses que mon intimité avec les Sœurs m'aurait apprises… Du fait de ma présence à Syljinn et mon appartenance à la lignée des ducs, j'entretenais alors des relations étroites avec Jay-Amra, et j'avais accès à certains de ses secrets. La plupart ne concernaient pas Andréas.

– Des secrets, comme l'origine véritable de l'héritier d'Arion… siffla l'adolescent aux cheveux corbeau. Avouez que vous étiez au courant depuis le départ !

L'expression du regard d'Oreste se ternit, comme si passait sur les yeux gris du musicien un voile de lassitude.

– Ainsi tu sais… J'aurais tant voulu que tu l'ignores toujours… Pour ton propre bien, je te le promets, se défendit-il. Je ne voyais pas pourquoi rompre ta tranquillité d'esprit avec une révélation de cette nature… Tu es ce que tu es, et personne n'y peut rien changer, alors à quoi bon…

– Je vois, le coupa Wilf, que je peux me fier à ta loyauté comme à celle d'Andréas.

Lucas s'attendait à ce que son ami crache par terre pour ponctuer sa remarque, qu'il serre les poings ou au moins darde un regard furibond autour de lui. Mais l'héritier des rois se contenta de soupirer, comme s'il avait cessé depuis longtemps d'attendre la moindre vérité entière de la bouche des Ménestrels.

– As-tu déjà entendu prononcer le nom d'Orosian ? reprit Wilf d'une voix neutre.

L'artiste blond arrondit les yeux :

– Non, jamais, répondit-il avec sincérité. De qui s'agit-il ?

– Peu importe, décréta Wilf. Sache que je ne t'en veux pas, Oreste. Je suis simplement déçu que tu n'aies pas plus de secrets à me confier… Que dirais-tu de reprendre ton récit là où je t'ai interrompu ?

Oreste hocha la tête.

– Je n'étais qu'un tout jeune garçon lorsque mon oncle nous conta cette histoire, aussi certains détails superficiels se sont depuis échappés de ma mémoire. Mais je me souviens parfaitement de l'essentiel : à la fin d'une traque sans répit, mon ancêtre et ses suivants parvinrent à rattraper les Seldiuks voleurs de l'Épée. Ils étaient en lisière de Sylvedorel, le royaume elfyque, bien que nul ne put s'expliquer ce qui les amenait dans cet endroit… Un combat eut lieu, qui vit mourir tous les Arionites à l'exception d'un seul.

C'est grâce à ce dernier, le jeune écuyer de mon ancêtre, que nous connaissons cette histoire. Sous l'emprise de la terreur, face aux ressources impressionnantes des soldats seldiuks, le garçon quitta le combat. Mais avant de prendre la fuite, il eut le temps de voir ce qu'il advenait de l'Épée... Des Elfyes sortis d'entre les arbres apparurent brusquement, et se saisirent de la Lame avant que quiconque ait pu les en empêcher. Le temps que les Seldiuks et les Templiers survivants réagissent, les créatures de Sylvedorel s'étaient évaporées dans les feuillages de leur forêt.

Tous levèrent le regard vers lui, attendant qu'il conclue.

– Donc, si la Lame peut être trouvée quelque part, c'est au royaume des Elfyes qu'il faut la chercher...

Wilf faillit s'étrangler de stupeur.

– C'est sur la foi de cette légende que sont basés tous les espoirs ? explosa-t-il. Une histoire racontée par un fuyard ? Même si elle était vraie, comment savoir si mon épée a été conservée par les Elfyes ? Corbeaux et putains, c'était il y a des siècles : aujourd'hui, elle peut être n'importe où !

Le Ménestrel sourit. Voyant l'adolescent froncer les sourcils avec colère, il s'empressa de s'expliquer :

– Tu as dit : *mon* épée... À mes yeux, cela seul prouve que nous la retrouverons et que nous vaincrons nos ennemis. J'ai confiance en toi, Wilf, comme tout le peuple de l'Étoile... Nos certitudes sont minces, je te le concède, mais par où commencer ta quête, sinon par là ? C'est le dernier endroit où la Lame a été vue...

Wilf se tourna vers ses compagnons.

– Nous n'avons pas d'autre piste… confirma Lucas. L'abbé veille sur Djulura ; et nous ne pouvons rien entreprendre de plus contre nos ennemis sans le pouvoir de cette arme… Je crois que nous n'avons guère le choix.

Lentement, l'héritier des rois acquiesça.

– Je suppose que non, murmura-t-il. Pej ?

Le Tu-Hadji sursauta, chose qu'aucun de ses camarades ne l'avait jamais vu faire. Il croisa le regard de Wilf, mais avait toujours l'air perdu dans ses pensées.

– Que se passe-t-il ? s'enquit Wilf.

Le géant tatoué soupira.

– Hélas, dit-il, si tu choisis de te rendre à Sylvedorel, nos routes se sépareront ici…

Il n'avait pas dit cela si abruptement, mais la surprise se peignit néanmoins sur tous les visages.

– Je suis confronté à un sérieux dilemme, rumina Pej. Mon clan m'a donné la mission de te protéger et de t'aider à recouvrer le pouvoir de ton ancêtre Arion… Nous arrivons au moment que je craignais depuis le départ : celui où je ne peux faire à la fois l'un et l'autre… Comme je te l'ai déjà dit, le peuple Tu-Hadji et les Elfyes furent autrefois en guerre. Cela se passait il y a si longtemps que rares sont parmi nous ceux qui savent encore les motifs de ce conflit… Malgré tout, certaines plaies ne peuvent jamais être pansées : si je vous accompagnais là-bas, je ne serais qu'une source d'ennuis pour notre groupe…

Wilf admirait avec quelle sobriété son compagnon se rendait à l'évidence. Lui qui tenait toujours à le suivre avec un tel fanatisme…

– Nous devons y aller, assura-t-il au guerrier.

Le Tu-Hadji soupira de nouveau.

– Je sais… En tant que membre du clan, je ne peux entraver ta quête, car elle passe pour nous avant même ta survie…

Pej continua à voix très basse, comme s'il avouait quelque chose de honteux :

– Mais en tant qu'ami, je tremble à l'idée de laisser une tête brûlée comme toi s'aventurer seul dans des contrées inconnues…

Lucas toussota pour attirer l'attention.

– Il ne sera pas seul, Pej. Je te promets de veiller sur lui.

– Et je serai également du voyage, les informa Oreste. Tu n'as rien à craindre : Wilf sait que je donnerais ma vie pour lui s'il le fallait.

Le Tu-Hadji engloba la silhouette du musicien d'un regard courbe et presque amusé, comme s'il redoutait que sa bonne volonté ne soit pas suffisante. Mais il s'abstint de tout commentaire vexant :

– Vous autres, Ceux de l'Étoile, êtes plus sages que les autres *nedaks*. Que votre sagesse soit profitable dans cette entreprise ! souhaita-t-il.

L'héritier des Rois-Magiciens passa en revue chacun de ses compagnons. Ils arboraient tous une expression décidée, sauf Pej qui luttait visiblement contre un sentiment d'embarras.

Guajo avait dans les yeux l'éclat de cette loyauté grandissante, qui semblait dire à Wilf et Lucas : *je vous accompagnerai où que vous alliez, fût-ce dans les geôles de Fir-Dukein…* L'ancien voleur de Youbengrad ne s'en étonnait pas outre mesure. Son écuyer n'avait plus ni famille ni ami lorsqu'il avait fait leur connaissance, quant à sa vie d'avant, elle avait dû se résumer à une alternance morne de travaux agricoles et de brigandage… Wilf songea que lui aussi, il avait autrefois choisi de préférer le danger d'une vie aventureuse à la médiocrité de sa condition.

Après avoir gratifié son serviteur d'un sourire qui se voulait rassurant, l'adolescent se tourna vers Pej :

– Nous ne serons pas séparés bien longtemps, tu peux me croire… Je n'aurai pas le loisir de m'attarder chez les Elfyes alors que, de leur côté, mes ennemis préparent leurs forces.

Le géant opina.

– Je crois que je vais en profiter pour retrouver les miens, dit-il. J'ai été absent du clan pendant si longtemps… Je te souhaite de réussir dans ta quête. Si tout se passe bien, nous nous retrouverons à Fael, une fois que tu auras accompli ce que tu as à faire au royaume elfyque…

– Comment sauras-tu que nous sommes de retour ? demanda Lucas.

Pej s'accorda un sourire :

– Si la prophétie de mes *duüks* possède un fond de vérité, alors je saurai… Sinon, je regagnerai de toute façon la Terre d'Arion au début de l'hiver.

Les adieux avaient été brefs et ceux qui continuaient vers Sylvedorel s'étaient mis en route dès le lendemain à l'aube. Tandis qu'ils chevauchaient vers la Province de Blancastel, qu'il leur faudrait traverser, Wilf contait à son compagnon Ménestrel les nombreuses péripéties qu'il avait vécues. Ayant décidé d'accorder à Oreste sa confiance malgré les multiples occasions où Ceux de l'Étoile l'avaient trompé, il n'omit presque aucun détail de ses aventures et des secrets qu'il avait découverts. Le musicien à la cordeline écouta tout son récit bouche bée, et resta encore après un long moment silencieux, comme s'il envisageait déjà toutes les chansons qu'il pourrait un jour en tirer.

Les jours passèrent tandis que l'automne s'installait peu à peu. Les voyageurs traversaient des régions faiblement peuplées, et effectuaient un trajet paisible. Nul ne semblait trop s'intéresser à eux dans les petits villages où ils faisaient halte. Bientôt, ils furent sur les terres de Blancastel, la principauté au Cygne. De façon un peu injuste, le climat y était plus doux qu'en Arrucia, et le paysage bien plus plaisant. Contrairement à ce que les cavaliers auraient pu craindre, la guerre n'avait pas encore enlaidi la région. Non seulement les combats n'avaient pas commencé, mais nulle part n'étaient visibles les stigmates habituels d'une contrée se préparant au conflit. À peine les villageois paraissaient-ils parfois un peu inquiets face à l'arrivée d'étrangers à cheval.

Le Prince Angus était unanimement soutenu dans sa politique. Wilf et les autres ne recherchaient pas la conversation sur ce sujet, mais à chacun de leurs arrêts il se trouvait quelque bourgmestre ou ancien pour laisser échapper que le peuple du Cygne ne craignait pas la guerre contre les Lanciers de la Théocratie. La rumeur des exactions des moines-soldats était parvenue jusqu'ici, et cela avait suffi à ce que le moindre paysan se sente concerné par le dédit de son prince à la cause de Mossiev.

C'était un pays de lacs et de vallons, où les forêts, à la fois nombreuses et clairsemées, n'étaient jamais assez vastes pour sembler inquiétantes. Des rivières chantantes traversaient les hameaux, et l'herbe demeurait verte malgré l'or qui s'emparait du feuillage des arbres. Pour le relief, rien de plus élevé que des collines, comme si les dieux avaient souhaité briser la monotonie du paysage sans boucher la vue ou oppresser les sens. Guajo s'extasiait sans cesse et s'exclama un matin que cet endroit était le paradis. Wilf songeait à part lui combien la Province aurait plu à sa mère adoptive. Chacun souriait à un moment ou à un autre, ému à sa manière. Les sentiers de forêt qu'ils empruntaient étaient comme des murmures respectueux de l'homme sous ces arbres majestueux. Et des oiseaux par centaines venaient nicher sous leurs branches.

En cheminant à travers ce pays, l'héritier des rois comprenait mieux pourquoi celui-ci avait de tout temps été jalousé par les autres contrées de l'Empire : il y régnait une paix et une féerie qui auraient touché l'âme la plus insensible. Wilf se prit à espérer que c'était là un effet bénéfique de la proximité de Sylvedorel, et que la patrie des Elfyes serait aussi enchanteresse que la décrivaient les contes.

Un peu plus tard, les étrangers aperçurent un château fort dressé sur la berge d'une rivière. À la bannière blanc et or qui y flottait, ils reconnurent en lui la demeure du prince Angus. Lucas resta un moment pensif en fixant le Cygne doré cousu entre deux rangés de lys. Il ne pouvait s'empêcher de songer aux filles du seigneur local, et plus particulièrement bien sûr à Hesmérine. Il s'en voulait de rêvasser parfois à l'amour heureux et à la vie paisible qu'il aurait pu goûter à ses côtés. S'il n'avait pas été Lucas, enfant des Voix de la Mer ; s'il n'avait pas été le guide spirituel de Wilf. Si le continent ne les avait pas appelés à l'aide de ses cris...

D'autres châteaux du même style architectural bordaient les cours d'eau. Les chevaliers qui constituaient l'assemblée auprès de laquelle Angus prenait conseil y vivaient avec leurs familles. Mais l'atmosphère des villes était tout sauf martiale. La part belle était faite aux arts de toutes sortes, théâtres et universités y rivalisaient de splendeur, leurs façades réalisées par les plus grands noms de tout l'Empire. Oreste expliqua que Blancastel était aussi le fief réservé de nombreux poètes courtois, héritiers d'une longue tradition qui en faisait presque les égaux des Ménestrels en matière de composition de chants. Du point de vue purement artistique, on pouvait lire dans les yeux du troubadour l'admiration qu'il portait à ces cousins éloignés.

Tout au long de leur route, Guajo avait entrepris de sculpter un fourreau dans un long morceau de bois noir. Lorsque son œuvre fut achevée, il profita d'un dîner autour du feu pour l'offrir à Wilf, en remerciement pour lui avoir laissé la vie sauve lors de leur première rencontre. Ce serait au cas où la Lame des Étoiles n'en possède pas lorsqu'ils la trouveraient enfin, expliqua-t-il. Ce soir-là, le jeune homme fut convaincu que son compagnon et serviteur lui avait définitivement pardonné d'avoir failli le tuer.

Mais le trajet en Blancastel, pour agréable qu'il fût, ne pouvait durer éternellement. Un matin de la mi-automne, les voyageurs atteignirent finalement leur destination, arrivant en vue de l'orée de Sylvedorel.

D'imposants chênes verts formaient une muraille

inextricable et jetaient leurs ombres sur la périphérie de la forêt. Ce n'était pas à proprement parler une vision menaçante, mais la forêt semblait toutefois plus sauvage et plus sombre que les bois féeriques de la Province au Cygne. Installés non loin de là pour une dernière pause avant de pénétrer en territoire elfyque, les étrangers observaient avec circonspec- tion le sentier qui les avait conduits jusqu'ici s'en- foncer sous l'arche des arbres par la seule ouverture visible dans l'impénétrable rideau de végétation.

Il n'était pas encore midi, aussi décidèrent-ils de poursuivre leur chemin immédiatement. Ils passe- raient leur prochaine nuit en Sylvedorel... Tous les quatre ressentirent un curieux mélange d'enchante- ment et d'appréhension en s'engouffrant sous les arbres centenaires. Dans leur mémoire, les contes qui narraient les splendeurs elfyques se mélangeaient aux derniers récits qu'ils avaient entendus de la bouche de Pej ou d'Oreste.

– Eh bien, prions pour que les Elfyes nous reçoi- vent comme ils l'ont fait pour Lija le Veneur, dit Guajo alors qu'il s'engageait sur l'étroit chemin, citant ce vieux conte arrucian pour se donner du cou- rage.

– Aucun de nous ne prie, railla Wilf. Mais je suis d'accord avec toi : pourvu que les habitants de ce royaume nous accueillent amicalement. Il sera déjà assez difficile de leur faire comprendre que nous sommes là pour nous emparer d'un artefact conservé par eux depuis des siècles...

– Si la Lame est effectivement toujours ici, rappela Lucas.

Wilf hocha la tête.

– Oui, si elle est là. Mais dans le cas contraire, je crois que nous n'aurions plus beaucoup d'espoir de stopper Mazhel et le Roi-Démon. Mieux vaut donc ne pas envisager cette possibilité pour l'instant.

Leur progression se fit plus lente, étant donné la sinuosité du sentier et la pénombre qui y régnait.

Bientôt, il fut presque impossible de distinguer le jour de la nuit, et les intrus durent allumer les lampes dont ils s'étaient munis dans cette éventualité. Le sentier menaçait parfois de disparaître, tant son étroitesse était par endroits étouffante. Depuis plusieurs heures, Wilf et ses amis devaient faire avancer leurs chevaux en file indienne.

Plus ils s'enfonçaient dans Sylvedorel, et plus les arbres gagnaient en altitude. Peu à peu, les branchages les plus bas montèrent à plusieurs mètres au-dessus de la tête des cavaliers. Cheminant entre les buissons de ronces et les troncs nus qui rappelaient les colonnes d'un temple, ils se félicitèrent toutefois d'avoir à présent davantage de place pour se déplacer.

Vers la tombée de la nuit, alors qu'ils allaient bientôt se décider à faire halte, un hululement strident fit sursauter les intrus. Presque aussitôt, plusieurs autres lui répondirent de plus loin. D'un signe, Wilf ordonna à ses compagnons d'immobiliser leurs montures. Dans le silence relatif de la forêt, il tendit l'oreille. Mais les cris d'oiseau s'étaient tus.

Le gredin de Youbengrad fit la grimace. Ce pouvait bien n'être que l'appel nocturne lancé par quelque rapace à ses congénères... mais la soudaineté du bruit et ses nombreux échos lui donnaient la détestable apparence d'un signal d'alarme. C'était en

tous les cas son sentiment, et il en fit part à ses camarades.

– Peut-être ne serait-ce pas une si mauvaise chose,
déclara Lucas avec philosophie. Ils nous faudra bien
rencontrer les habitants de ce royaume tôt ou tard, si
nous voulons leur prendre l'Épée des Étoiles…

Les autres acquiescèrent en silence, et le groupe
attendit encore. Plusieurs minutes plus tard, ils
allaient se remettre en route et chercher une clairière
pour la nuit lorsque qu'une voix s'éleva au-dessus
d'eux.

– Restez où vous êtes, visiteurs, et descendez lentement de vos montures.

Aussi curieux que cela puisse paraître, la voix provenait des branchages entremêlés qui s'étendaient
dix mètres plus haut. Wilf, Lucas, Oreste et Guajo
levèrent les yeux pour essayer de discerner l'être qui
se dissimulait dans les cimes, mais l'obscurité grandissante réduisit leurs efforts à néant.

– Obéissons, conseilla Oreste.

Et ils mirent tous quatre pied à terre.

– Qui êtes-vous ? cria Wilf en direction des feuillages
sombres.

– La coutume elfyque veut que ce soit l'étranger
qui se présente le premier, répondit la même voix.

Lucas s'avança vers son origine, admirant au passage la majesté de ces troncs filiformes qui s'élançaient vers les cieux noirs.

– Avant tout, sachez que nous sommes conscients
de fouler vos terres sans y avoir été invités, messire
Elfye, dit-il en modulant sa voix douce afin qu'elle
s'élève vers les feuillages. Je me nomme Lucas, et
mes compagnons sont Wilf, Oreste et Guajo. Nous

venons de Fael, dans l'Ouest... Ce fut un long voyage, et si nous nous sommes permis de pénétrer au cœur de votre royaume, c'est qu'une tâche capitale nous y appelle.

Le seul à lui répondre fut tout d'abord un écureuil malicieux, qui prit pour cible les intrus et commença à les bombarder de noisettes. Wilf pouffa intérieurement : la confiance en soi affichée par Lucas l'agaçait parfois, et l'attitude facétieuse du rongeur n'était pas pour lui déplaire. Le silence dura encore quelques instants, puis la voix masculine résonna de nouveau :

– Attendez une minute.

C'est alors que les étrangers virent apparaître le premier Elfye de leur vie. En effet, une silhouette descendit lentement du rideau de branches qui formait le plafond de la forêt. Elle semblait flotter en l'air, et Wilf crut d'abord que l'Elfye volait. Mais l'explication de ce prodige lui apparut bientôt, en l'existence de quatre gros oiseaux de race inconnue. Ils auraient pu ressembler à des faucons, en plus grands, et à ceci près que leur plumage était bleu pâle.

L'être qu'ils soutenaient au bout de cordages reliés à sa ceinture avait presque l'apparence d'un humain.

Ses vêtements étaient bruns et verts, de cuir et de laine, représentant un costume de chasse pour aristocrate. Un long arc était porté en bandoulière, croisant dans son dos un carquois empli de grandes flèches blanches. Des bottes lui montaient à mi-cuisses et une cape d'un vert très sombre enveloppait ses épaules. Sa peau était brune, bien que pas au point des Shyll'finas, et les lignes de son visage à la fois fines et viriles. Les seuls traits qui le différenciaient de l'humanité étaient ses longues oreilles effilées et pointues, ainsi que ses longs cheveux couleur lavande.

Les quatre visiteurs étaient toujours occupés à béer de stupeur lorsque les pieds de l'Elfye touchèrent le sol. Il relâcha ses oiseaux-porteurs en dénouant les cordes qui les attachaient à lui, puis fit un pas vers les étrangers.

– Voilà longtemps qu'aucun humain n'avait osé franchir la lisière de notre patrie, commenta tranquillement l'inconnu, tout en scrutant chacun d'un œil circonspect. Peut-on savoir quelle est l'affaire si importante qui vous a conduits jusqu'ici ?

Les quatre humains se regardèrent entre eux, puis tous les yeux se tournèrent vers Wilf. Ce dernier hocha la tête.

– Autant dire la vérité, murmura-t-il pour ses compagnons. Comme tu l'as dit, Lucas, il aurait bien fallu y venir à un moment ou l'autre…

Puis, à l'adresse de l'archer :

– Le motif de notre visite est de demander une faveur au peuple Elfye. Nous venons en amis, et désirons que nous soit remis un artefact dont vous auriez la garde depuis fort longtemps… La Lame des Étoiles.

À ces mots, ils purent voir l'Elfye tressaillir, sans qu'il fût possible de déterminer si c'était de colère ou de peur. Wilf se demanda un instant si son culot ne confinait pas cette fois à la naïveté, mais il savait posséder un atout dans sa manche. En effet, quelle nation refuserait de pactiser avec la puissante Monarchie du Cantique, s'il était avéré qu'elle allait renaître ?

– Au nom de quoi formulez-vous cette requête ? leur lança-t-il. Quel royaume représentez-vous pour nous demander cela avec une telle arrogance ?

– Nous sommes les émissaires de la Monarchie du Cantique, intervint Oreste. Et Wilf, ici présent, est le futur Roi-Magicien qui sera bientôt couronné.

Ainsi le musicien choisissait-il de jouer la carte que Wilf avait gardée en réserve. Malgré lui, le garçon aux cheveux corbeau fut fier d'entendre déclamer ainsi son identité, et repensa au temps où il n'était qu'un gamin des rues anonyme.

– Nous sommes prêts à nouer de solides traités d'amitié avec la nation elfyque, continua le Ménestrel, et soyez assuré que cela aura son importance lors des événements qui se préparent à bouleverser l'avenir du monde…

L'archer elfye haussa les épaules.

– Nous avons toujours été à l'écart de vos guerres, déclara-t-il. Cette fois encore, nous saurons bien nous tenir hors des conflits…

– Rien n'est moins sûr, protesta tranquillement Lucas. La guerre qui se profile à l'horizon embrasera toutes les terres de ce continent, et même au-delà, croyez-moi. Quoi qu'il en soit, nous représentons une force politique qui sera bientôt de nouveau puissante, et nous avons le droit de nous entretenir avec un représentant hiérarchique de votre peuple.

À ce moment, plusieurs autres silhouettes apparurent comme par magie autour des interlocuteurs. Wilf n'en crut pas ses yeux : une douzaine d'Elfyes se dressaient devant lui, ayant surgi des buissons, et il n'avait pas entendu le plus petit souffle d'air. Pas une branche déplacée n'avait émis le moindre bruit…

– Désolée d'avoir été aussi longs, s'excusa l'un des nouveaux arrivants, une grande et mince Elfye à la chevelure cobalt.

Sa main droite était fermée sur le pommeau de son poignard tandis qu'elle sondait les étrangers du regard. Comme tous les autres, elle portait un arc et un plein carquois de ces longues flèches empennées de plumes blanches.

Wilf remarqua avec étonnement combien les membres de cette race étaient tous séduisants. La perfection de leurs traits ne pouvait être une simple coïncidence, et il y avait même quelque chose d'assez déconcertant dans le fait qu'ils se ressemblent tous comme frères et sœurs. On les aurait cru sortis d'un moule unique, à la beauté uniforme.

L'Elfye qui s'était fait porter par les oiseaux sourit à ses congénères.

– Ces humains représentent la Monarchie du Cantique, qui devrait selon leurs dires renaître prochainement de ses cendres. Tenez-vous bien : ils sont ici pour s'emparer de la Lame des Étoiles et signer des accords d'alliance avec le royaume de Sylvedorel…

Wilf ne comprenait pas l'origine de l'ironie que l'archer avait mise dans ses derniers mots, mais il remarqua aussitôt la réaction qu'ils produisaient sur ses compatriotes. L'étonnement et la rage se lisaient sur la plupart des beaux visages bruns.

– Tuons-les ! s'exclama l'un des nouveaux venus.

Presque tous les Elfyes avaient saisi leur arc ou leur poignard. La jeune femme, elle, avait dégainé sa courte lame et était venue se poster auprès du premier autochtone à avoir entamé la conversation avec les étrangers.

Mais ce dernier fit signe aux autres de conserver leur sang-froid.

– Non, Gylias, ordonna-t-il à celui qui avait crié. Prenons le temps de réfléchir… Peut-être y a-t-il moyen de négocier leurs vies.

Mais le dénommé Gylias ne l'entendait pas de cette oreille.

– Pour que les Ravisseurs bénéficient d'un soutien à l'extérieur ? rugit-il. Certainement pas ! Tu perds la raison, Fagrid…

L'autre fronça ses sourcils lavande avec irritation. Puis il se tourna en souriant vers les humains :

– Dans vos contes, les Elfyes ne sont-ils pas toujours d'une sagesse exemplaire ? ironisa-t-il. Au risque de briser vos illusions, je dois l'avouer : cela ne s'applique pas à tous mes congénères…

Il reprit, fixant cette fois Gylias et ceux qui avaient pris position à ses côtés.

– Pour la première fois depuis des décennies, nous avons enfin l'opportunité de délivrer Celle-Qui-Dort… Nous disposons d'une monnaie d'échange exclusive… Et vous seriez prêts à laisser la peur guider vos actes ? Je ne reconnais pas les cœurs fiers qui m'ont suivi dans cette entreprise !

Wilf et ses camarades se regardaient sans rien comprendre. Le chef des étrangers ne saisissait qu'une chose : ce Fagrid tenait à les garder en vie, ce qui lui valait pour le moment toute sa sympathie.

Le problème, c'était que les autres ne semblaient pas partager son avis. Ils tenaient toujours les quatre voyageurs en joue, et Wilf avait surpris sur le visage de Lucas l'expression absente qui signifiait sa concentration So Kin. Il ignorait ce que son ami préparait, mais il espérait encore ne pas avoir besoin de recourir à la violence contre les êtres de légendes qui avaient peuplé sa petite enfance de rêves colorés.

– Bien, je suppose que nous devrions les tuer, admit l'archer sur un ton moqueur. Vous avez sûrement raison… Ensuite, nous continuerons d'attendre Son réveil, sachant très bien qu'il ne se produira jamais si l'on ne fait rien pour l'aider… Allons, combien de temps allons-nous nous mentir à nous-mêmes ? Et ces humains ne se trompent peut-être pas lorsqu'ils annoncent de proches bouleversements. Si, bientôt, il était trop tard ? Que ferions-nous si nous avions vécu toutes ces années de sacrifice pour rien ? Retourneriez-vous vivre à la manière des Ravisseurs ? Eh bien, pas moi, en tout cas ! Je préfère encore vous quitter dès aujourd'hui plutôt que de voir finir ainsi le rêve des Libérateurs…

Cette menace parut avoir beaucoup d'effet sur les Elfyes, car ils échangèrent entre eux des regards consternés. Pour donner l'exemple, la fille aux cheveux cobalt remit ostensiblement sa dague au fourreau. Finalement, ils rangèrent tous l'un après l'autre leur arc et la flèche qu'ils avaient encochée.

– Pour cette nuit, nous allons les conduire au bastion, déclara Fagrid. Demain, nous aviserons.

3

Wilf resta éveillé toute la nuit. Le campement où les Elfyes les avaient conduits était situé dans une vaste clairière, aussi les étoiles étaient-elles bien visibles. Elles brillaient comme nulle part ailleurs et le jeune homme ne pouvait décrocher son regard de ces lueurs célestes et froides.

Mais ce n'était pas ce spectacle qui le tenait éveillé. Un sentiment étranger et inconnu l'empêchait de glisser dans le sommeil malgré la fatigue du voyage. C'était comme une impression de manque, un vide en lui, une blessure sans douleur mais qui se rappelait à sa conscience de manière lancinante. Le malaise de Wilf était d'autant plus pénible et angoissant qu'il ne pouvait pas le nommer.

Pour chasser ce trouble, il se faufila à quatre pattes jusqu'au bord du plancher de bois. Ils avaient été invités à dormir en hauteur, comme les Elfyes. On leur avait laissé l'usage d'une demeure en bois recouverte de feuillage, et c'était de loin la plus belle cabane dans les arbres que Wilf aurait pu imaginer dans son enfance.

En contrebas, il aperçut un garde Elfye avec son arc, qui surveillait le moindre mouvement autour de lui. L'adolescent se demanda si ce guerrier avait été placé là à cause de leur présence au camp ou bien si c'était une habitude.

Lucas et les autres dormaient toujours profondément non loin de lui. Il laissa son regard errer sur le camp elfyque, que ses habitants nommaient le bastion.

La plupart des demeures étaient perchées dans les hautes branches au feuillage protecteur. Ces chalets suspendus, faits de bois et de toile, étaient si bien pensés qu'ils se fondaient parfaitement dans la végétation : il fallait toute la concentration des yeux habiles de Wilf pour les distinguer. Des ponts de cordes et de rondins, moins discrets, couraient entre les différents arbres qui constituaient le village. Wilf supposa que ces passerelles étaient aisément escamotables.

Des cabanes de bois... Ce paysage semblait bien loin des palais elfyques dont la magnificence était décrite dans les contes. Tout paraissait provisoire ici, songeait l'héritier du Cantique. Et il se demanda ce que pouvaient bien craindre leurs ravisseurs, dans leur propre forêt.

Lors de la soirée, ils s'étaient montrés relativement hospitaliers. Un bon nombre regardaient les nouveaux venus avec curiosité et sympathie. Seul un petit groupe, conduit par Gylias, continuait de les observer comme objet de leur animosité.

Un repas à base de fruits de la forêt leur avait été proposé, puis quelques bardes Elfyes avaient entonné divers chants antiques et inconnus, pour le plus grand plaisir d'Oreste. Un peu à part, le grand archer nommé Fagrid discutait tout bas avec plusieurs de ses congénères. Sans doute envisageaient-ils la manière dont ils allaient mettre à profit la capture des étrangers, pensèrent ces derniers.

Puis chacun avait été se coucher, et le camp était entré dans le sommeil. Sauf pour une poignée de sentinelles, et bien sûr Wilf, incapable de trouver le repos.

Lorsque l'aube se leva enfin, il n'avait pas fermé l'œil une minute. La matinée s'écoula de façon un peu tendue, car les Elfyes débattaient encore du sort de leurs hôtes forcés, et les étrangers n'étaient tenus au courant de rien. Un Elfye à cheveux rose pâle était venu leur apporter le déjeuner, mais n'avait voulu répondre à aucune de leurs questions.

Ce fut seulement dans l'après-midi, alors que l'ennui et la tension avaient été en empirant au sein des quatre voyageurs, qu'on daigna leur faire parvenir des nouvelles.

La dame Elfye qui avait pris leur défense aux côtés de Fagrid monta vers leur cabane et s'annonça en frappant le bois de son poing.

– Bonjour, étrangers, dit-elle tout en s'asseyant en tailleur face à eux. Nous avons parlé de vous longtemps, avoua-t-elle avec un léger sourire.

– Et alors ? s'enquit Wilf.

L'Elfye haussa les épaules.

– Fagrid et nos autres chefs hésitent encore sur la marche à suivre... J'ai bien peur qu'il ne s'écoule encore plusieurs jours avant qu'ils aient fini de délibérer !

Wilf fixait l'Elfye droit dans les yeux, cherchant dans son regard barré de mèches cobalt s'il pourrait obtenir d'elle des éclaircissements.

– Qu'est-ce qui leur pose problème ? osa Lucas. Nous ignorons toujours de quel marché nous sommes l'objet.

– Ce serait long à expliquer, affirma la demoiselle à la chevelure bleue. En quelques mots, vous êtes venus proposer une alliance à l'autorité de Sylvedorel : vous nous avez rencontrés et nous ne sommes pas cette autorité… Actuellement, nos dirigeants réfléchissent au meilleur parti que l'on pourrait obtenir en vous échangeant au roi des Elfyes.

– Vous voulez dire que vous êtes des rebelles ? s'étonna Guajo.

L'Elfye pouffa.

– C'est un drôle de mot, pour qualifier des Elfyes, mais je suppose que vous avez raison, jeune homme. D'une certaine manière.

Wilf écoutait d'une oreille cette discussion, mais une grande partie de son esprit était encore accaparée par son malaise de la nuit. Le lever du jour et la belle lumière qui faisait scintiller la clairière n'avait rien ôté à sa souffrance muette. Quel vide étrange… Quel affreux manque : un sentiment de profond mal-être qui lui donnait la nausée.

Comme si une partie de lui-même était à la fois lointaine et proche, nécessaire et insaisissable…

Perdu dans ces pensées, il n'avait pas vraiment remarqué que l'Elfye avait ouvert les lèvres en un demi-sourire et le lorgnait sous cape. Il sursauta presque lorsqu'elle s'adressa à lui.

– Ainsi, vous êtes Wilf, le roi sans couronne de l'ancienne Monarchie ?

L'adolescent acquiesça d'un signe de tête.

– Pardonnez ma curiosité, messire, mais nous

sommes nombreux à ignorer l'histoire des humains, et la légende d'Arion ne nous est parvenue que par bribes… Quels sont exactement les liens qui vous unissent à la Dame des Étoiles ?

Wilf la regarda enfin, levant les yeux du sol pour croiser de nouveau son regard magique d'Elfye.

– *La Dame ?* Vous voulez sûrement dire la Lame des Étoiles, la reprit-il.

L'Elfye eut un court instant l'air étonné, presque comme prise en faute, puis :

– Oui, bien entendu, la Lame…

– Eh bien, elle appartenait à mon ancêtre, qui en avait fait son emblème… Il a passé une partie de sa vie à étudier les pouvoirs de cet artefact, sans jamais pouvoir aboutir. Je compte récupérer le bien de ma maison, et poursuivre la quête de mon aïeul.

Le sourire de la dame s'élargit, révélant deux rangées de petites dents parfaites, comme celles de tous ses congénères.

– Voilà qui est parler franchement…

Wilf se demanda une fois de plus d'où provenait cette beauté idéale qui l'intriguait tant chez ses hôtes. Comment des renégats se cachant dans les bois pouvaient-ils conserver l'hygiène et l'excellente santé nécessaires à cette fraîcheur qui les caractérisait ? Tandis qu'il songeait également au fait qu'il n'avait vu ni vieillard ni enfant dans le camp, tous les Elfyes paraissant avoir exactement le même âge, son interlocutrice murmura :

– Nous ne voulons pas votre mort, vous savez. Je ne pense pas trop m'avancer en garantissant que vous pourrez bientôt rentrer chez vous…

– Alors pourquoi cette réaction de haine de la part

de vos compatriotes lorsque Fagrid nous a présentés ? interrogea le garçon.

L'Elfye soupira :

– Il ne faut pas leur en vouloir… Vous veniez marchander la Lame des Étoiles, un artefact qui nous tient beaucoup à cœur, et vous veniez le faire avec nos ennemis, expliqua-t-elle. Cela faisait deux raisons suffisantes pour éveiller la colère de certains, et les autres ont suivi…

– Vous m'avez demandé pourquoi je m'intéressais à la Lame, dit Wilf. Et vous ?

Les yeux de l'Elfye brillèrent d'amusement.

– Messire Wilf, je viens pour en apprendre plus sur nos invités, et voilà que c'est vous qui allez me faire tout révéler…

– Je comprends votre méfiance, dit Wilf en fronçant les sourcils. Mais ne vous attendez pas à ce que nous vous offrions des informations sans contrepartie…

– Attendez, se défendit la dame. Je n'ai pas dit que je ne voulais pas vous répondre…

Les autres occupants de la cabane, qui depuis quelques minutes se contentaient d'écouter en silence, se redressèrent légèrement et se tinrent soudain penchés dans une posture plus attentive.

– Cette Lame, reprit l'Elfye, appartenait à quelqu'un bien avant d'être brandie par votre ancêtre. Elle est d'abord le bien de celle qui l'a forgée.

– Qui ? s'enquit Wilf alors que Lucas ouvrait la bouche pour poser la même question.

– Celle-Qui-Dort, pour qui nous nous battons, bruissa la voix de la dame Elfye. Je peux bien vous l'avouer, puisque c'est loin d'être un secret pour nos ennemis !

– Celle-Qui-Dort ? interrogea Wilf.

L'Elfye détourna le regard.

– Je vous en ai déjà dit beaucoup, s'excusa-t-elle. Fagrid et les autres n'aimeraient pas savoir que je vous livre les secrets de notre peuple…

Wilf, comprenant qu'il ne parviendrait pas à lui en faire avouer plus, se contenta d'acquiescer.

– Dame Elfye ? insista pourtant Oreste.

– Oui ? fit cette dernière, déjà levée pour prendre congé.

– Je voulais seulement vous signaler que nous ignorons toujours votre nom…

– Ah… sourit-elle, c'est vrai. Je suis la plus jeune ici, et j'ai été baptisée selon la nouvelle tradition. Je m'appelle Siècle.

Leur visiteuse Elfye ne s'était pas trompée : les discussions au sujet des étrangers prirent plusieurs jours, durant lesquels ils eurent le droit de se promener un peu dans le camp et ses environs. Wilf remarqua que des sentinelles elfyes n'étaient jamais bien loin, et se douta que ces dernières n'auraient aucune peine à les rattraper si lui et ses compagnons s'avisaient de fuir. C'était leur forêt, et ils s'y mouvaient avec une aisance que les Tu-Hadji auraient pu leur envier.

Les quatre voyageurs avaient fait le point de la situation. Si tout se passait bien et que Fagrid les échangeait auprès du roi Elfye, ils pourraient peut-être négocier le don de la Lame avec ce dernier. Tous avaient hâte de retourner vers l'humanité, où les attendaient leurs propres soucis. L'attente actuelle en semblait d'autant plus pénible, et les compagnons s'étaient installés dans un mutisme inquiet.

Wilf avait réussi à saisir que leurs hôtes formaient une faction dissidente du royaume, baptisée les Libérateurs, et qu'ils nommaient pour quelque raison inconnue les représentants de l'ordre en place les Ravisseurs. Depuis la première fois, il avait eu plusieurs conversations privées avec Siècle, à l'écart du regard des autres Elfyes. C'est ainsi qu'il avait appris la plupart des informations dont il disposait.

Elle avait notamment assouvi sa curiosité à propos des splendeurs architecturales que décrivaient les contes dès lors qu'il y était question des Elfyes. Les hauts-palais existaient bel et bien, les temples pyramidaux et les processions somptueuses n'étaient pas que légendes… Mais ils appartenaient au paysage des Ravisseurs, inféodés au roi de Sylvedorel que Siècle considérait comme un tyran. Elle-même n'avait jamais connu la vie au sein du royaume, car elle était née après que les renégats avaient quitté les cités elfyques. L'adolescent avait cherché à se renseigner sur la façon dont se déroulait l'enfance chez les Elfyes, mais sa compagne était restée muette. Tout ce qu'il avait pu apprendre, c'était que les Libérateurs l'avaient volée à la société orthodoxe alors qu'elle était à peine née. Apparemment, il fallait croire que les dissidents n'avaient pas d'autre moyen de grossir leurs rangs, même si Siècle n'avait rien suggéré à ce propos.

Autre indice troublant aux yeux de Wilf, les Elfyes ne paraissaient avoir aucun lien de parenté entre eux. C'était même comme si ce concept leur était totalement étranger. S'il pouvait comprendre qu'il n'y ait ni grands-parents ni enfants dans un camp de retranchés, Wilf s'étonnait chaque jour davantage de constater parmi les Elfyes une absence étrange de conjoints, de frères et de sœurs. Leur communauté assumait toute l'émotion familiale de ces créatures, et aucun Elfye ne semblait pouvoir être plus proche d'un tel que d'un autre, si ce n'était à la rigueur par le jeu des affinités personnelles.

Le troisième jour, alors qu'il cheminait une fois de plus seul avec Siècle à travers les sentiers ombragés des environs du bastion, Wilf ne résista pas à la tentation de l'interroger à nouveau sur la fameuse créatrice de la Lame des Étoiles :

– Ne peux-tu vraiment me parler davantage de Celle-Qui-Dort ? demanda-t-il. J'aimerais tellement comprendre pourquoi cette Lame fut forgée, quel but et quel idéal servait cet artefact dans l'esprit de sa génitrice… Si vous nous remettez aux Ravisseurs, je finirai peut-être par réussir à m'approprier la Lame, et alors ce que tu m'auras dit pourra m'aider à mieux concevoir son usage.

Siècle sourit.

– Quoi que nous décidions, nous espérons tous que tu n'entreras pas en possession de la Lame. Elle appartient à Celle-Qui-Dort, et nous souhaiterions en avoir la garde jusqu'à Son réveil.

– Pourtant, ce sera mon unique but, si vous nous laissez partir, vous le savez…

– Nous n'avons pas le choix, soupira l'Elfye. Pour l'instant, nous n'avons ni la Lame ni sa créatrice. Toutes deux sont prisonnières des Ravisseurs. Fagrid envisage de vous échanger contre Celle-Qui-Dort. Ainsi, même si nous prenons le risque de te voir partir avec la Lame et de ne plus pouvoir la récupérer, nous aurons au moins sauvé notre maîtresse…

– Votre maîtresse ? s'étonna Wilf. Je croyais que vous étiez des renégats, et que vous n'obéissiez qu'à vous-mêmes.

Siècle hocha tristement la tête. Wilf n'avait jamais vu une expression si dépitée dans son regard.

– Non, dit-elle sur le ton des aveux, nous ne sommes pas totalement libres... C'est impossible, même si nous nous sommes révoltés contre la tyrannie des Ravisseurs. Hélas, nous ne savons qu'obéir, parce qu'on nous a façonnés ainsi. Mais nous obéissons à un autre maître...

Le garçon aux cheveux corbeau resta un moment silencieux, digérant les étranges paroles de sa compagne.

– En vous remettant au roi, continua Siècle, nous gagnons Celle-Qui-Dort et nous perdons peut-être sa Lame pour toujours. Mais ça reste à mes yeux un choix honorable.

– Tu dis qu'on vous a *façonnés* ? pensa tout haut Wilf. Mais qui ?

Depuis quelques instants, une inquiétude terrible s'était emparée de lui à l'idée que les Elfyes avaient été *créés*, ainsi que l'entendait Siècle. Cela lui rappelait beaucoup trop ses récentes expériences et les révélations qui y avaient été mariées.

– Les maîtres... souffla la demoiselle Elfye.

« Les maîtres qui ont aujourd'hui abandonné notre peuple.

– Quels maîtres ? s'enquit Wilf, tendu.

Siècle hésita à répondre, mais Wilf s'était rendu compte qu'elle éprouvait de plus en plus de difficultés à lui dissimuler ses secrets, au fur et à mesure qu'une certaine complicité avait grandi entre eux deux. Fascinée par les humains, elle était curieuse de tout à leur sujet et raffolait à l'évidence de ses conversations avec Wilf, l'un de leurs rois. L'ancien vaurien attendit donc, sachant que l'Elfye préférerait trahir encore un peu plus son devoir de réserve plutôt que risquer de contrarier son interlocuteur.

– Eh bien... Les maîtres de Uitesh't, bien sûr, murmura-t-elle. Ce sont eux qui nous ont créés et éduqués...

Wilf jura. Ses craintes s'étaient confirmées. Les Elfyes, race antique et merveilleuse, devenant si soudainement une vulgaire création de ces maudits Orosians ! Plus il en apprenait sur leur compte, et plus ces derniers lui semblaient puissants... Puissants et dignes de sa haine.

– Et tu dis qu'ils vous ont abandonnés ? questionna-t-il encore, vaguement incrédule.

– Depuis des siècles, confirma la dame. Après que nous avons échoué... Mais cela concerne plus les Ravisseurs que nous autres. Nous ne ressentons aucune honte à avoir mal servi ces monstres !

Wilf avait plusieurs questions qui lui brûlaient les lèvres. Il croisait les doigts pour que Siècle reste aussi prolixe assez longtemps pour y répondre.

– Échoué à quoi ? demanda-t-il.

– Les maîtres avaient créé notre peuple dans un but précis, expliqua la jeune Elfye, ne semblant même pas se rendre compte qu'elle s'apprêtait à révéler une partie de l'histoire elfyque à un otage. Nous étions des golems, fabriqués pour enseigner la servitude aux races cadettes, comme les humains et les Trollesques...

Des golems... Le garçon serra les poings : il aurait

dû y songer depuis longtemps. Toujours, il avait entendu les contes vantant la perfection des Elfyes. On décrivait perpétuellement ces maîtres de la forêt comme des êtres supérieurs, sans tache, avec un corps et un esprit surhumain... Ils n'avaient presque pas besoin de sommeil, ils étaient des modèles de sagesse et accomplissaient des prouesses. Parfaits, les Elfyes, comme il avait pu le remarquer de ses propres yeux. Parfaits parce que construits dans l'uniformité, formant une communauté sans âme qui méritait à peine le nom de peuple...

Wilf se rendit compte qu'il avait craché par terre, et que Siècle le regardait avec étonnement. Malgré lui, il en conçut une légère gêne.

Elle reprit où elle s'était interrompue :

– Nous avions été créés autour du seul concept de l'obéissance, et nous devions l'inculquer à ces peuples capables de se reproduire, afin que les maîtres disposent de millions d'esclaves... Nous fîmes alors la rencontre d'un autre peuple, plus ancien, qui vivait sur les rivages de l'Est.

« Ils nous saluèrent en amis, mais s'insurgèrent bientôt contre nos pratiques. Selon eux, aucune créature vivante n'avait le droit d'en inféoder une autre...

– Les Tu-Hadji ! s'exclama Wilf.

– Exact, continua Siècle. Malgré leurs intentions non-violentes, et leur désir de nous montrer la bonne voie par des moyens pacifiques, nous dûmes entrer en guerre contre les Tu-Hadji. Nos maîtres nous l'avaient ordonné. Les soldats seldiuks luttèrent à nos côtés, et il y eut beaucoup de morts, d'un côté comme de l'autre. Les Refuges des Tu-Hadji furent changés en champs de ruines; nos forêts dévastées. Finalement, les Tu-Hadji durent faire face à de nouveaux ennemis, les Qanforloks. Mais nous avions trop souffert de la guerre pour en profiter, et nous regagnâmes donc les profondeurs des bois pour panser nos blessures. Les races cadettes, livrées à elles-mêmes, obtinrent leur liberté, et les maîtres ne nous pardonnèrent jamais cet échec. Les Ravisseurs continuent de servir la mémoire de leur servitude passée avec une dévotion écœurante, mais les miens se sont choisi un nouveau maître, en la personne de Celle-Qui-Dort. Une maîtresse avide de liberté, avec des idéaux que nous pourrions suivre même si nous n'y étions pas contraints par notre nature d'esclave. Tu comprends?

Wilf fit oui de la tête, saisissant avec horreur la condition elfyque. Il aurait préféré mourir plutôt que d'être à ce point assujetti à la nécessité de servir et d'obéir...

– Mais, commença-t-il, insatiable, cette maîtresse que vous nommez Celle-Qui-Dort, qui est-ce? Ou qu'est-ce...

Siècle, embarrassée, se mordit la lèvre inférieure.

– Elle est aussi de la race de Uitesh't, avoua-t-elle. Mais elle est éprise de liberté, et s'est toujours battue contre ses pairs. C'est la raison pour laquelle ils utilisèrent leur magie pour La faire entrer dans un profond sommeil, et la cachèrent, sous la garde du peuple de Sylvedorel... Ils n'avaient pas prévu, qu'au fil des années, elle nous parlerait à travers son sommeil, qu'elle nous ferait entrevoir un autre avenir possible... Bientôt, éveillés par ses paroles, les Libérateurs firent sécession avec l'autorité royale, provoquant un schisme et le premier désaccord entre les membres de la nation elfyque.

L'héritier du Cantique fronça les sourcils dans sa réflexion. Étant donné la nature même des Elfyes, il pouvait très bien s'agir d'une vaste tentative de prise de pouvoir. Cette Celle-Qui-dort pouvait parfaitement profiter du besoin d'obéir des Elfyes pour leur mentir et prendre le contrôle de leur peuple, laissé en friche par ses pairs.

Mais il pouvait également s'agir d'une vraie rebelle orosiane, une alliée de Jâo, emprisonnée au plus profond de Sylvedorel pour que son nom soit oublié... Auquel cas Wilf devait au moins tenter de faire quelque chose pour elle. Il n'aurait jamais trop de soutien pour lutter contre Mazhel, et cette suivante de Jâo représentait une aubaine inespérée.

De plus, l'idée que les Elfyes soient affiliés aux Orosians bousculait de nombreux projets qu'il avait établis. Le roi de Sylvedorel serait-il disposé à remettre la Lame des Étoiles à un descendant de la Monarchie, de tout temps opposée à l'hégémonie de cet Empire manipulé par Uitesh't ?

Il saisit Siècle par le bras et plongea son regard noir dans le sien. Il avait encore des dizaines de questions à lui poser, et il aurait également besoin de parler aux meneurs des Libérateurs.

Mais alors qu'il ouvrait la bouche, quelque chose d'incroyable l'interrompit dans son élan. Il cligna des yeux, ne croyant pas ce qu'il voyait.

* * *

Lucas, Oreste et Guajo s'impatientaient. Wilf s'était

de nouveau absenté en compagnie de Siècle, et il était parti depuis des heures à présent.

L'ancien moine avait essayé de faire connaissance avec certains de leurs hôtes, mais hormis la jeune Elfye, aucun ne semblait vraiment prêt à leur parler. Ils se contentaient en général de répondre poliment sans donner suite à la conversation.

Après quelques tentatives et leurs échecs répétés, Lucas avait donc rejoint ses deux camarades dans la cabane qu'on leur avait allouée.

Le crépuscule était en train de noircir tranquillement la clairière lorsque des cris se firent entendre.

D'un bond unanime, les trois étrangers rejoignirent l'entrée de leur demeure suspendue pour observer la clairière. Le bastion était tout entier en effervescence : des sentinelles venaient d'accourir, porteuses de mauvaises nouvelles. Au milieu des arbres, Fagrid criait des ordres autour de lui. À écouter la scène, il semblait que des soldats du roi Elfye étaient en train de marcher sur la base secrète des Libérateurs.

– Que doit-on faire ? demanda Guajo, inquiet, à Lucas.

Celui-ci mit un doigt devant ses lèvres.

– Restons ici et cachons-nous, commanda-t-il. Ce combat ne nous concerne pas, et le continent a besoin de nous en vie… Nous ne nous battrons que pour nous défendre, le cas échéant.

Presque tous les habitants du bastion se tinrent bientôt prêts au combat, mais les ultimes retardataires n'avaient pas encore fini de s'équiper lorsque les forces des Ravisseurs firent irruption dans la clairière.

Un pan de la forêt parut soudain mouvant, agité d'ombres, puis les silhouettes de soldats Elfyes s'en extirpèrent comme par magie. Lucas, une fois de plus, se sentit admiratif devant ce contrôle qu'avaient les Elfyes sur leur environnement forestier.

Les Libérateurs avaient pour la plupart pris place dans les hauteurs des branchages, flèches encochées dans leurs longs arcs, si bien que l'unité restée à terre semblait ridiculement petite face à la légion qui venait de faire son apparition. Mais tous les archers relâchèrent alors la corde de leur arc, au même instant, et prélevèrent leur dîme funeste dans les rangs des serviteurs du roi.

Plusieurs soldats, armés de longues lances et mieux équipés que les rebelles, tombèrent sous les flèches empennées de blanc. Mais la plupart avaient vu leur cotte de mailles dorée arrêter les traits mortels. Ils continuaient d'avancer, leur cape rouge flottant derrière eux alors qu'ils engageaient le contact avec les défenseurs du bastion. Une partie des archers, jugeant qu'ils ne pourraient plus viser facilement les agresseurs sans risquer de toucher les leurs, dégainèrent leur poignard et s'apprêtèrent à descendre dans la mêlée.

Assez vite, il apparut que les soldats du roi se battaient mieux, et avec plus de discipline. Ils avançaient en ligne compacte, ne reculant sous aucun prétexte, et formaient un mur de lances et de boucliers qui progressait inexorablement sur les Libérateurs. Après avoir vu leur premier cordon de défense s'effondrer sous les coups des Elfyes orthodoxes, Fagrid et ses suivants sifflèrent des notes aiguës sur de courtes flûtes en bois, annonçant une tentative de retraite.

Lucas, Guajo et Oreste observaient la scène avec crainte et fascination. C'était un spectacle incroyable que ces Elfyes qui luttaient entre eux, utilisant chaque recoin de la forêt, chaque feuille de chaque arbre, à leur avantage. Lucas songeait qu'une armée humaine qui aurait voulu attaquer ces créatures sur leur propre territoire aurait été condamnée à l'échec, fût-elle dix fois supérieure en nombre.

Pour couvrir la fuite de leurs compagnons, une poignée de renégats se rua contre la ligne des attaquants. Parmi eux était Gylias, l'Elfye vindicatif qui avait préconisé plus tôt l'exécution des quatre humains. Tenant à deux mains une lance arrachée au cadavre d'un Ravisseur, il chargea. Ses pieds étaient légers dans sa course agile, et ses cheveux d'un violet sombre flottaient derrière lui comme un panache. Lucas frissonna en remarquant l'éclat froid de ses yeux lorsqu'il perfora l'armure d'un soldat du roi, perçant son cœur à travers la cotte de mailles.

Ceux qui le suivaient agirent avec le même courage, certains se servant des branches basses comme appuis pour bondir lestement derrière les premiers soldats. De cette manière, ils prenaient ces derniers à revers et désorganisaient la belle cohérence des agresseurs. Mais en atterrissant ainsi au milieu des troupes royales, leur survie était de courte durée.

Bientôt Gylias fut transpercé de lances ennemies, et les quelques survivants de son unité furent également repoussés ou tués. Les blessés, perdant leur sang à l'abri d'un buisson ou du corps d'un camarade, n'eurent pas de mots pour maudire leur destin lorsqu'ils comprirent que le sacrifice des leurs n'avait servi à rien.

En effet, coupant la retraite des Libérateurs menés par Fagrid, une autre légion royale investissait le bastion par le côté opposé. Des dizaines de soldats en rouge et or sortirent d'entre les arbres pour empêcher toute fuite des renégats. Mais les colonnes de soldats ne représentaient pas le plus effrayant.

Tandis que les combattants Ravisseurs prenaient les rebelles dans un étau et les repoussaient vers le centre de la clairière, Lucas vit nettement les arbres se déplacer sur le pan de la forêt par lequel ils venaient d'arriver. Un convoi les suivait de près, cortège composé de soldats dont les épaulettes dorées signifiaient sans doute quelque rang d'officier, et d'un char gigantesque tiré par quatre créatures de cauchemar.

L'engin était haut comme deux hommes et imitait la forme d'une pyramide tronquée, à la manière des temples elfyes. Il semblait entièrement constitué de métal, un alliage à la fois brun et doré.

Les monstres qui le tractaient possédaient les corps d'immenses libellules, leurs ailes s'affolant et vrombissant en sourdine mais demeurant apparemment tout à fait inutiles. C'était leurs grosses pattes de fauves, velues et musculeuses, qui leur permettaient de soutenir leur masse adipeuse et de se déplacer. Ces membres puissants arboraient une multiplicité d'articulations, qui donnait à leurs propriétaires une démarche coulée, féline et menaçante. Les bêtes fauves tendaient leurs antennes frontales de toutes parts, gigotant de façon inquiétante, et leur arrivée paraissait bien jeter l'effroi dans les rangs des rebelles.

À moins que ce ne fût la présence du conducteur

de l'attelage, Elfye en longue robe rouge et or, dont le rictus était déjà victorieux. Le personnage portait une imposante coiffe de plumes multicolores, dressées en demi-cercle au-dessus de sa tête. Il était debout au sommet de la pyramide, levant les bras avec son long fouet qu'il faisait tournoyer au-dessus de sa tête puis claquer à un cheveu de ses créatures esclaves. Il embrassait la clairière d'un regard sans pitié.

Par le sommeil de la Dame… Le général Clel ! entendit murmurer Lucas parmi les défenseurs qui étaient remontés dans les branchages.

Le combat reprit de plus belle, cependant que le général et son char restaient en arrière. Les officiers qui l'accompagnaient étaient demeurés autour de lui, garde immobile mais vigilante.

Sur un geste de leur supérieur, ils claquèrent des talons et levèrent leur lance droit devant leur visage, dans une posture curieusement méditative. Les trois humains n'allaient pas tarder à comprendre. Au bout de quelques instants, la pointe de leurs lances elfyques se mit à briller intensément. Puis le phénomène prit de l'ampleur, jusqu'à ce que des boules de lumière jaune soient visibles à l'extrémité des armes effilées. Les sphères grossirent pour atteindre à peu près la taille d'une tête, puis le général leva sa main libre dans un autre geste de commande.

Aussitôt, les officiers relâchèrent les boules lumineuses qu'ils avaient concentrées au bout de leurs lances. Les sphères mortelles vinrent frapper les plus vaillants défenseurs, qui s'écroulèrent dans un bruit sec d'explosion. Seul Fagrid parvint à éviter l'attaque dont il était la cible, en se jetant derrière un Ravisseur qui lui servit de bouclier.

Les officiers, toujours auprès du général Clel, reprirent calmement leur posture de concentration, se préparant pour une deuxième salve d'artillerie lumineuse. À ce rythme, Lucas songea qu'il ne faudrait pas longtemps avant que les Libérateurs ne soient tous décimés.

D'ores et déjà, plus du tiers de la population du bastion gisait face contre terre. L'ancien moine aurait préféré que l'avantage d'un des deux camps ne soit pas aussi écrasant, car il se sentait à présent honteux de ne pas s'investir alors qu'un véritable massacre se déroulait sous ses yeux.

C'est alors que Wilf et Siècle firent leur apparition à l'orée de la clairière.

Le garçon à cheveux noirs bondit d'entre les arbres, le glaive au clair, et embrocha sans autre forme de procès le premier soldat royal qui passa à proximité. D'une culbute, il avait déjà rejoint le centre de la mêlée, et distribuait les coups mortels avec sa dextérité habituelle. Siècle, le poignard vif, couvrait ses flancs tandis qu'il perforait le premier rang des Ravisseurs.

Lucas et les autres hésitèrent à se pincer pour être sûrs qu'ils ne rêvaient pas. C'était bien Wilf qui se battait aux côtés des rebelles. Sans aucune explication, il avait pris le parti des Libérateurs et s'était abattu comme une furie sur les lignes royales. Il soutenait à présent la contre-offensive qu'un regain de combativité au sein des défenseurs avait permise. Les suivants de Fagrid, remotivés à la surprise de cet appui inespéré, se battaient avec la nouvelle assurance qui s'était emparée d'eux.

Mais Lucas n'était pas confiant à ce point. S'il

savait Wilf capable de prouesses, il savait aussi lire une situation militaire depuis les mois passés sous le commandement de Caïus. Et celle qu'il avait sous les yeux s'annonçait très mal pour le camp que son ami avait choisi. Une fois le traumatisme de l'étonnement passé, les Ravisseurs retrouveraient leur supériorité, et l'héritier du Cantique serait alors en première ligne pour se faire tuer. *Quel diable d'idée a bien pu encore lui passer par la tête ?* jura l'ancien religieux en son for intérieur.

À l'avant de quelques Elfyes avec Fagrid, Wilf ferraillait pour déchirer par le milieu les rangs de lanciers. Les deux combattants travaillaient de concert, se protégeant l'un l'autre. Ils étaient presque parvenus à ouvrir une brèche lorsqu'ils furent coupés de leur arrière-garde par les formations ennemies. Entendant ses compagnons mourir derrière lui, Fagrid se retourna alors et commença à se battre dos à dos avec Wilf. Ils étaient isolés au centre d'une marée de rouge et d'or, tandis que Siècle était restée avec les autres Libérateurs, repoussée malgré elle par le reflux puissant des adversaires.

Décidant que le moment était venu de faire quelque chose, Lucas se dressa au bord de la cabane qui leur servait d'observatoire, aussitôt imité par Oreste.

– Je crois que le camp est choisi, commenta celui-ci. L'héritier doit avoir ses raisons…

Tandis que toute émotion disparaissait du visage de l'ancien moine, comme toujours lorsqu'il faisait appel aux ressources du So Kin, le Ménestrel se mit à jouer un air enjoué sur sa cordeline. La musique, bien que très agréable, semblait fort déplacée dans ce climat de mort, entre les hurlements des combattants.

À l'extrême ouest de la clairière, un autre groupe de rebelles avait été isolé, parmi lesquels plusieurs membres du conseil qui se réunissait fréquemment autour de Fagrid pour statuer sur le sort des prisonniers humains. Voyant cela, Guajo agrippa l'échelle de lianes qui permettait de rejoindre le sol.

– Moi aussi, je veux être utile à quelque chose, cria-t-il tout en s'éclipsant vers le chaos des combats.

Aucun des deux magiciens, plongés dans leur concentration, n'eut le temps de s'interposer pour l'empêcher de commettre cette folie.

Tandis qu'Oreste pinçait les dernières notes sur les cordes de son instrument, un halo de lumière bleutée nimba le corps de Wilf. Celui-ci, maintenant en partie protégé des coups de ses ennemis et voyant les quelques estafilades qu'il avait reçues se refermer d'elles-mêmes, prit le temps d'adresser un regard reconnaissant à son compagnon Ménestrel.

Ce dernier recommença à jouer, une mélodie discordante cette fois, destinéee à des lanciers qui menaient une charge contre les rangs des défenseurs. Soudain les Ravisseurs interrompirent leur course pour se jeter à genoux, les mains serrées autour de leur tête douloureuse. Les Elfyes rebelles se lancèrent à l'assaut, profitant de l'aubaine pour massacrer ces adversaires.

Lucas apportait également sa contribution à la bataille contre les Ravisseurs. De gestes souples de la main, comme s'il tournait les pages d'un livre invisible, il envoyait voler à plusieurs mètres des bouquets entiers de soldats royaux. Quelques-uns, qui avaient tenté de grimper le long des ponts de lierre pour atteindre les demeures suspendues, avaient été égrainés par ses soins au-dessus des rangs de leurs camarades. Ces derniers, surpris par cette pluie inhabituelle, s'étaient alors fait décimer par une troupe renégate.

Avec rythme et régularité, l'ancien moine usait de ses colossaux pouvoirs de télékinésie pour imposer aux lignes ennemies une danse involontaire qui désorganisait totalement leur défense. Les soldats, se renversant les uns les autres dans cette gigue incontrôlée, faisaient des cibles faciles pour leurs adversaires Libérateurs.

Mais la bataille ne paraissait pas gagnée pour autant. Les officiers continuaient de tirer leurs projectiles de lumière avec une constance meurtrière, et chaque fois une douzaine de rebelles s'écroulaient sans vie dans un claquement électrique. Le général Clel, semblant ronger son frein, avait toutefois perdu son sourire suffisant et suivait les aléas du combat avec gravité.

D'un geste impérieux, il désigna bientôt Wilf et Fagrid aux membres de sa garde. Les officiers Elfyes acquiescèrent sobrement et concentrèrent une nouvelle fois l'énergie lumineuse à l'extrémité de leurs lances.

Quelques instants plus tard, douze sphères de lumière jaune s'abattaient comme la foudre sur les deux infortunés combattants. Ces derniers étaient toujours submergés par les soldats royaux, mais avec l'aide de Lucas – qui faisait de temps à temps autre le vide autour d'eux –, ils s'en étaient plutôt bien sortis.

Fagrid parvint même à renouveler sa prouesse en roulant sous les jambes de ses adversaires, qui furent terrassés à sa place par les projectiles magiques. Wilf, cependant, tournait le dos aux officiers. Le cri de son acolyte Elfye avait été trop tardif pour lui permettre d'esquiver, et l'adolescent subit donc les boules de lumière de plein fouet.

Il lui parut que sa peau s'enflammait sous le choc. Il tomba à terre et sentit cette odeur électrique qui accompagnait les sphères jaunes lui envahir les narines. Mais il était vivant, grâce en soit rendue au sortilège d'Oreste.

Se relevant avec peine, il comprit que Lucas avait une fois encore éloigné ses ennemis les plus proches pour qu'il puisse prendre le temps de retrouver ses esprits. Il contempla ses vêtements en loques, tissus déchirés et brûlés, puis constata avec soulagement que toutes ses blessures étaient superficielles.

La douleur, en revanche, était à peine tolérable. Wilf grinça des dents de colère et croisa le regard des officiers Elfyes à qui il devait cette souffrance. Il ferma les yeux et laissa la Skah venir à lui.

Le combat tout entier repassa dans sa mémoire à la vitesse de l'éclair. Il se souvint avec certitude du moindre emplacement tenu par l'ennemi, prévoyant en pensée les mouvements de la bataille et dressant une carte évolutive de la clairière. Il se revit en compagnie de Siècle, dans les bois, lorsqu'il avait crié de surprise en observant les arbres de la forêt s'écarter pour livrer passage à l'imposante armée royale. Il avait alors pris la décision de secourir les Libérateurs, dans l'espoir que leur maîtresse, Celle-Qui-Dort, fût bien la suivante de Jâo qu'il paraissait. Hélas, lui et son amie Elfye étaient arrivés trop tard pour prévenir les rebelles.

Mais il avait choisi de sauver ces gens, et c'était là une entreprise de l'héritier du Cantique. Sa fureur ne connaissait plus de bornes après l'affront que venaient de commettre ces capitaines Elfyes.

Alors qu'il relevait lentement les paupières, la terre s'ouvrit sous les pieds des officiers, les engouffrant tel un animal affamé. Le général, debout sur son char, hurla sa rage et son dépit. D'un coup de fouet, il mit son attelage pyramidal en marche pour charger l'insolent Wilf.

Celui-ci, voyant que les troupes des Ravisseurs allaient se refermer de nouveau sur lui et Fagrid, serra les poings en appelant toujours plus d'énergie destructrice.

Les soldats royaux s'enflammèrent subitement par dizaines, prenant feu comme des torches et hurlant de douleur.

Wilf commençait à avoir la vision qui se troublait. Vaguement chancelant, il sentait la colère continuer de crépiter en lui, sans qu'il ne puisse maîtriser ce sentiment. Le général, sur son char, était passé près de lui sans le toucher.

Siècle l'avait rejoint aux côtés de Fagrid, ainsi que Guajo, surgi d'où on ne savait où. Lucas avait perdu de vue l'écuyer arrucian depuis quelques minutes, mais celui-ci avait bel et bien survécu. Étrangement, les soldats du roi avaient reflué peu après son arrivée, comme pris d'une terreur indicible. Observant avec des expressions médusées les lanciers qui prenaient la fuite dans la forêt, la troupe de Libérateurs que Guajo était venu soutenir avait survécu...

Profitant de la présence de ses compagnons, Wilf se laissa aller à genoux, sentant une fatigue physique comme il n'en avait plus connu depuis longtemps. Son esprit, en revanche, était toujours animé d'une fureur extrême : les yeux de nouveau fermés, il voyait en esprit la scène de la bataille évoluer, et frappait de sorts foudroyants les représentants du roi.

Sa conscience se faisait de plus en plus discrète. Bientôt, son esprit fut totalement muet, simple spectateur de sa puissance brute qui se déchaînait. Les derniers soldats royaux étaient balayés comme des poussières par ses intenses effluves de Skah. Il devenait aveugle et sourd. Il n'était plus qu'orgueil et haine.

Bientôt, toutes les forces ennemies eurent été écrasées, et ne restèrent plus en face de ses pouvoirs que ses alliés.

Il ouvrit les yeux péniblement, pour distinguer les silhouettes de ses camarades dans l'obscurité qui envahissait son regard. Il y avait Siècle et Fagrid, Oreste et Guajo. Un jeune homme blond en toge, debout devant lui, lui disait quelque chose qu'il ne comprenait pas…

D'ailleurs, qui étaient ces gens ?

Wilf sentit affluer en lui un désir de destruction sauvage qui ne reconnaissait plus ni amitié ni loyauté. Il banda sa volonté, en vain. Il n'était plus lui-même, prisonnier impuissant de la Hargne.

Il rassembla donc la totalité de sa puissance magique, et lança toute l'énergie de la Skah contre les inconnus qui lui faisaient face.

4

*U*ne épée à lame sombre emplissait l'univers de son pouvoir. Elle tranchait tous les obstacles à l'accomplissement des destinées.

Dans ses rêves, Wilf en tenait la garde blanche à deux mains. Il ne se sentait pas vindicatif, cependant. L'humeur qui l'habitait dans ce songe était paisible, un sentiment libre et vaste, comme s'il se préparait plutôt à quelque acte d'amour. Petit à petit, lui parvinrent des voix assourdies, des chuchotements qui le rappelaient à la réalité.

En s'éveillant, l'adolescent constata qu'il était la proie d'atroces souffrances. Son crâne lui donnait l'impression d'être un brasier. Mais cela n'était rien, comparé à l'affreux sentiment de manque qui venait de resurgir en lui. L'impression d'un vide immense, comme s'il avait perdu un être cher. Il en aurait pleuré.

Engourdi, sans encore ouvrir les yeux, il devina la présence de Lucas à son chevet. Il ne s'était pas trompé : sentant que son ami était revenu à lui, l'ancien moine recommença à lui murmurer des paroles réconfortantes.

– Repose-toi, dit-il. Tu as été sous l'emprise de la

Hargne, et cela t'a vidé de toute ton énergie. Tout va bien, maintenant.

Wilf voulut parler, mais ses lèvres semblaient curieusement asséchées, et le faisaient souffrir.

– J'ai eu peur de vous avoir anéantis… parvint-il néanmoins à croasser.

Lucas ne répondit pas tout de suite, sans doute pour décourager son protégé d'engager une conversation dans son état.

– Cette fois, j'ai pu t'en empêcher, finit-il par dire. De justesse. À la prochaine menace, rien ne certifie que je serai capable d'apaiser ton esprit emballé.

« Tu ne dois plus te servir de la Skah, tu m'entends ? Le danger est trop grand.

– Je ne veux pas devenir fou comme Arion… acquiesça Wilf d'une voix rauque.

– Alors fais-moi confiance et ignore l'usage de la Skah tant que tu n'auras pas remédié au problème de la Hargne.

Wilf resta silencieux, songeant qu'il devrait pour cela soigner la Pierre de Tu-Hadj de sa souillure. Il ignorait toujours la marche à suivre, et Jih'lod n'avait plus donné de nouvelles depuis son départ de Fael…

– Dans la soirée, le conseil des Libérateurs se réunira, déclara Lucas. Nous y sommes conviés. Je crois que les rebelles ont décidé de nous aider à dérober la Lame des Étoiles…

Mais l'héritier du Cantique ne l'entendait déjà plus. Cédant à une fatigue impérieuse, il avait replongé dans un profond sommeil.

Lorsque la nuit fut tombée, Wilf parvint enfin à se lever, réalisant alors qu'il avait dormi toute une nuit et toute une journée. Siècle vint le chercher alors qu'il chancelait à côté de sa couche, les bras chargés d'un costume elfyque.

– Le conseil attend que tu sois prêt pour se réunir, lui lança-t-elle joyeusement. Ces vêtements remplaceront les tiens, abîmés dans la bataille. Quel combat ça a été ! fit-elle, admirative. Nous n'avions jamais remporté si belle victoire contre les Ravisseurs.

Wilf attendit un moment, surpris que l'Elfye n'éprouve aucune gêne à le voir nu.

– Laisse-moi m'habiller, finit-il par grogner, légèrement irrité.

Siècle cligna des yeux sans comprendre et tourna les talons.

– Rejoins-nous dès que possible, dit-elle seulement en franchissant l'entrée de la cabane.

L'adolescent revêtit le costume de chasse brun et noir, saisit le fourreau où était rangé son glaive, puis descendit par un pont de lianes jusqu'au petit chalet en rondins devant lequel l'attendaient les autres.

Les quatre humains avaient été invités, en plus des six Elfyes, dont Fagrid et Siècle. Avec stupeur, Wilf nota soudain que le paysage forestier qui l'entourait avait changé. Il devina que les Libérateurs avaient déplacé le bastion durant son sommeil. Rien n'y paraissait, pourtant, hormis la forme des arbres : tout avait été disposé exactement de la même manière.

Wilf marcha jusqu'aux membres du conseil, puis les salua d'un signe de tête alors que chacun s'asseyait en tailleur à même le sol. Un simple tapis de feuilles tressées recouvrait le sol de bois. Un Elfye, dont le regard profond exprimait son âge avancé mieux que des rides ou une démarche chancelante, prit la parole :

– Je déclare le conseil des Libérateurs ouvert, en présence de notre chef Fagrid et des étrangers humains.

– Notre œuvre est le retour de Celle-Qui-Dort dans le siècle… murmurèrent religieusement les Elfyes.

Puis Fagrid se tourna vers les quatre humains :

– Vous nous avez sauvés, dit-il avec reconnaissance. Sans votre intervention, il ne resterait plus rien des Libérateurs.

« Au nom de tous les défenseurs de Celle-Qui-Dort, je vous remercie. Vous êtes libres si vous le souhaitez… bien que cette autorisation puisse vous sembler fort futile quand on songe que nous n'aurions sans doute pas les moyens de vous retenir, de toute manière…

– Nous n'allons pas partir immédiatement, décréta Wilf. Nous avons à parler, vous et moi, Fagrid.

Le silence s'était fait et le chef Elfye incita d'un signe Wilf à continuer.

– J'ai longuement discuté avec Siècle, expliqua le jeune homme. À la lumière de certaines informations que j'ai obtenues d'elle, il m'a semblé que votre quête pouvait également nous concerner.

L'ancien voleur raconta brièvement pour ses compagnons étonnés ce qu'il avait appris juste avant l'attaque.

– Nous aurions donc intérêt à voir Celle-Qui-Dort rejoindre notre combat… acquiesça Lucas.

– Le soutien d'une Orosiane n'est certainement pas à prendre à la légère, confirma Guajo. D'autant plus qu'elle pourra peut-être nous aider à reprendre contact avec Jâo…

264

Les Elfyes, un peu suspicieux, posaient de drôles de regards sur ces étrangers qui leur offraient cette aide spontanée pour accomplir leur œuvre sacrée. Ils redoutaient visiblement la façon dont Wilf et les siens semblaient s'approprier le problème, et le destin de leur maîtresse endormie.

– Nous devrons avant tout nous emparer de la Lame des Étoiles, déclara le jeune homme aux cheveux noirs, ce qui ne fut pas fait pour rassurer les Libérateurs.

L'Elfye qui avait ouvert le conseil reprit la parole.

– Je suis Winjol, se présenta-t-il, le doyen du bastion. Il n'est bien sûr plus envisagé à présent de vous utiliser comme monnaie d'échange, et vous ne pouvez plus décemment vous présenter pacifiquement auprès du roi de Sylvedorel… J'aimerais donc savoir comment vous comptez parvenir en possession de cet artefact…

– Je le volerai, bien sûr, rétorqua l'ancien gredin. C'est quelque chose que je sais faire, croyez-moi. Il suffira que vous m'indiquiez où elle se trouve, et j'en ferai mon affaire.

– Dans tous les cas, vous ne pourrez pas faire de même avec le sarcophage où repose notre maîtresse, intervint Winjol. Dites-moi, alors, où se situe notre intérêt ? Que gagnons-nous à vous laisser partir avec la Lame ? Vous pourriez très bien ne plus jamais revenir…

Lucas se mit à parler doucement, captivant aussitôt l'attention :

– Comme nous l'avons dit, Celle-Qui-Dort représente pour nous une alliée potentielle. – L'ancien moine sourit. – Vous l'ignorez peut-être, mais en matière d'alliés, nous ne sommes pas assez riches pour nous offrir le luxe de laisser passer une occasion telle que celle-ci... De plus, nous sommes des hommes de parole.

Le vieil Elfye acquiesça en hochant gravement la tête.

– Je ne sais pas ce que j'en aurais pensé en d'autres circonstances, soupira-t-il, mais vous avez de la chance : Celle-Qui-Dort m'a parlé en esprit la nuit dernière.

Fagrid expliqua brièvement que leur maîtresse à tous parvenait parfois à leur transmettre des messages sous forme de songes. Depuis le sarcophage dans lequel elle reposait, elle envoyait des visions et des paroles à ses serviteurs les plus fidèles ou les plus réceptifs, comme Winjol.

Wilf se souvint alors qu'il n'avait pas vu le vieil Elfye se battre, pendant le combat de la veille. Celui-ci devait être en train de communiquer avec l'Orosiane...

– Pourquoi avons-nous de la chance ? interrogea l'héritier des rois. Elle vous a dit de nous aider ?

– Pas exactement, se rembrunit Winjol. En réalité, elle m'a *ordonné* de vous aider, comme s'il n'y avait absolument rien de plus important à ses yeux...

« J'ignore bien pourquoi elle tient tant à ce que son épée vous appartienne...

– Mais c'est toutefois sa volonté, fit Wilf, le ton un peu taquin. Ne vous inquiétez pas, nous en prendrons grand soin... Alors, allez-vous nous dire où trouver la Lame ?

– Elle souhaite aussi que vous quittiez cette forêt en parfaite santé, dussions-nous vous protéger au

266

péril de nos vies… le coupa l'Elfye avec irritation, apparemment vexé que tous ces efforts doivent être fournis pour de simples humains. Nous vous reconduirons donc jusqu'à la lisière de Sylvedorel une fois votre tâche accomplie. De même, une escorte composée des meilleurs guerriers qu'il nous reste vous accompagnera dans le vol de la Lame.

– Merci mille fois, s'inclina Oreste. Lorsque le continent sera plongé dans des heures plus sombres, je promets que vous n'aurez pas à regretter les faveurs que vous nous faites aujourd'hui…

Winjol acquiesça, pas entièrement convaincu.

– Dalad, Retour, Siècle et moi-même vous accompagnerons dans cette entreprise, déclara Fagrid. Je connais bien les lieux, car je venais souvent y prier avant que les Libérateurs dussent s'exiler… La Lame se situe au cœur d'un parc dédié à Celle-Qui-Dort, et placé sous haute surveillance. Je ne sais pas comment vous comptez vous y prendre une fois sur place, mais je pense que nous serons capables de vous conduire jusque-là. La capitale forestière où réside le souverain de Sylvedorel est assez vaste pour que l'on ne nous reconnaisse pas, si nous empruntons les bons raccourcis.

– Parfait, murmura Wilf. – Il prit un instant pour réfléchir. – Lucas, pourras-tu nous rendre invisibles aux yeux des Elfyes comme tu l'as fait avec l'Orosian de l'Étoile du Csar ?

– Je crois, s'ils ne sont pas trop nombreux, acquiesça l'ancien moine.

– Alors nous devrions réussir, conclut l'adolescent.

« Autre question : quelqu'un sait-il ce qu'il est

advenu du général Clel ? Mes souvenirs de la fin de la bataille sont malheureusement assez flous…

– Il a pu s'enfuir, grommela Fagrid. Son char était trop rapide pour que nous l'en empêchions, et notre attention était focalisée sur le combat.

– Tant pis, fit Wilf. J'aurais bien aimé lui faire payer les brûlures que m'ont infligées ses officiers…

Fagrid répondit d'un sourire lugubre. Il reprit :

– Une dernière chose, à propos de l'attaque d'hier soir… Elle a été extrêmement subite et imprévisible. Or, nos éclaireurs n'avaient remarqué aucun mouvement de troupes royales depuis plusieurs jours. Ça s'est passé comme si les soldats des Ravisseurs savaient exactement où ils allaient : ils n'ont fait aucun détour avant de fondre sur nous, et la présence du général à leur tête confirme bien mes soupçons. Cette âme damnée du roi voulait se joindre à une victoire facile… Tout cela fait trop de coïncidences, à moins que les Ravisseurs n'aient été renseignés. – il émit un long soupir.

« Hélas, il nous faut envisager sérieusement la présence d'un traître dans nos rangs.

– Mais… la présence d'un espion ne risque-t-elle pas de compromettre notre entreprise ? s'inquiéta Guajo. Si nous arrivions sur place pour nous rendre compte qu'un comité d'accueil nous est réservé ?

– Nous n'avons pas vraiment le choix, hélas, soupira Oreste.

Wilf lui accorda un regard d'acquiescement. D'une voix déterminée, il s'exprima pour tous :

– Il suffira de nous méfier.

Le départ vers la capitale forestière avait été programmé pour le lendemain matin. Ainsi, les voleurs de la Lame arriveraient sur place à la faveur de la tombée de la nuit. Wilf, toujours hanté par ce douloureux sentiment de manque, savait qu'il ne parviendrait pas à dormir.

Il faisait pourtant des rêves éveillés, sortes d'hallucinations floues où la Lame s'imposait à lui, l'appelait de sa voix métallique. L'héritier des rois vivait chaque instant comme une torture en attendant d'être réuni avec l'artefact. Tous deux de nouveau réunis... C'était le sang d'Arion qui parlait en lui, et qui réagissait à la proximité de la Lame par un pressant besoin de combler le vide qui s'était emparé de l'adolescent.

Siècle était demeurée à ses côtés, mais elle respectait les pensées secrètes de Wilf, conservant le silence en l'observant. De même, la végétation alentour formait un écrin intimiste qui invitait à la méditation. L'héritier des rois se demanda à quel niveau son amie Elfye pouvait y être pour quelque chose...

Lucas et les autres devaient dormir, à présent. Wilf hésita un instant à aller réveiller son vieux camarade, songeant que peut-être la parole pourrait être un remède à son lancinant malaise. Il aurait trouvé un certain réconfort dans une présence amie, mais il se doutait que l'ancien moine aurait besoin de toutes ses forces le lendemain.

Siècle était immobile, on pouvait la croire endormie. Mais Wilf n'ignorait pas la faculté des Elfyes à se passer de sommeil, et il pouvait sentir le regard attentif que la dame posait sur lui à travers ses paupières mi-closes. Attentif, et bienveillant. Il décida de soulager un peu le fardeau qui l'accablait en s'en ouvrant à la fidèle de Celle-Qui-Dort. Parler lui ferait du bien.

– C'est très pénible, murmura-t-il, tandis que Siècle redressait la tête tranquillement comme si elle avait attendu patiemment le moment où il se confierait enfin. Je ne peux pas l'expliquer… mais j'éprouve un profond désarroi depuis quelques jours. Et ça ne cesse d'empirer. Je crois que c'est la Lame qui m'appelle. – Il eut un rictus tendu. – Elle me manque, tu comprends ? Aussi ridicule que ça puisse paraître. Sans doute mon… aïeul, Arion, avait-il noué une relation très forte avec cet artefact…

L'Elfye se contenta de hocher la tête, compréhensive. Wilf sourit, de manière plus naturelle, cette fois.

Il pérora plusieurs minutes sur ce même sujet, reformulant de différentes manières la cause de son anxiété.

– C'est curieux, mais je me sens soulagé d'avoir nommé mon malaise… murmura enfin l'adolescent comme s'il pensait à voix haute. Le plus angoissant a été au début, finalement, lorsque je ne savais pas ce qui m'arrivait… J'avais presque perdu tous mes repères, si tu vois ce que je veux dire, mais ça va mieux à présent. Je sais ce qui me manque et je vais me battre pour l'obtenir, continua-t-il avec la voix de quelqu'un qui cherche à se convaincre lui-même. La souffrance morale est toujours là, inexplicable, mais elle me paraît moins accablante depuis que je connais son visage.

Sa voix tremblait. Il regarda l'Elfye dans les yeux.

– Et… c'est le fait d'en parler qui m'a aidé à cerner mon problème. Tu vas me prendre pour un idiot, mais tant que je ne l'avais pas dit, ce n'était pas pareil… Merci, Siècle, de m'avoir écouté.

Lisant une sincère compréhension dans le regard de l'Elfye, une affection propre qui, sans aller jusqu'à la dévotion, était dépourvue d'égoïsme, Wilf se sentit un peu gêné. Il baissa les yeux, se faisant l'impression d'un jeune galant rougissant. Il se trouvait bête, maintenant, et s'en voulait presque d'avoir livré ainsi ses peurs intimes à une quasi-inconnue.

– C'est dans ma nature, Wilf. Pourquoi crois-tu que nous ayons de grandes oreilles ? plaisanta l'Elfye pour le mettre à l'aise.

L'ancien gredin pouffa, puis se força à croiser de nouveau le regard de Siècle.

Elle avait les yeux d'un bleu mat, de la même couleur que ses cheveux. Wilf, habituellement observateur, s'étonna de ne jamais l'avoir remarqué au cours des heures qu'ils avaient passé ensemble. Les Elfyes étaient marqués par une telle uniformité, ils affichaient une apparence si lisse, que la mémoire ne pouvait profiter d'aucune aspérité où prendre prise. Pourtant, songea-t-il en laissant son regard courir sur la dame, si elle avait été humaine, il l'aurait sans nul doute jugée somptueuse… C'était très étrange.

Siècle était trop parfaite, il émanait d'elle une aura inhumaine qui la faisait paraître froide et sans âme, malgré la bonté dont elle avait fait preuve envers lui. Depuis le départ, Wilf constatait avec surprise que nul désir ne naissait en lui pour la belle dame Elfye. C'était encore plus déconcertant maintenant qu'ils étaient proches de cœur. Fasciné par son pouvoir autant que par son ignorance, l'héritier des rois se sentait lié à Siècle par une complicité inédite. C'était une relation qui échappait aux principes habituels de l'humanité. Une chose nouvelle, vierge, qui n'avait sans doute jamais existé.

– Nous sommes des découvreurs, susurra Siècle, faisant écho à ses pensées. – face à l'expression interrogatrice de Wilf, elle ajouta : – Jamais avant nous des êtres aussi différents ne s'étaient aimés…

Wilf laissa fuser un rire grinçant, soucieux de dissimuler son trouble.

– Qui a dit que nous nous aimions ? fit-il, regrettant trop tard sa cruauté.

Mais l'Elfye ne parut pas vexée le moins du monde.

– Pas comme j'aime Fagrid ou Winjol, continua-t-elle, qui servent la même maîtresse que moi. Entre nous, c'est différent…

– Que veux-tu dire ?

– Nous avons essayé de nous comprendre, murmura-t-elle. Qui aurait pu prévoir cela ? Pas ceux qui ont créé nos races, en tous les cas.

« Ce que j'ai cru saisir à propos de l'amour chez les humains m'est totalement étranger… Et pourtant me passionne. Au sein de ma race, il n'existe pas de coutumes pour tisser des liens entre deux personnes. Rien de ce genre n'est pratiqué. Nous vivons en communauté, voués au servage, sans jamais partager de sentiments intimes comme tu l'as fait avec moi. C'est si neuf et si puissant… Je n'arrive pas à croire que mon peuple ait pu s'en passer si longtemps.

– Tu ressens de l'affection pour moi ? questionna Wilf, toujours troublé, mais moins inquiet.

– Oui, répondit l'Elfye sans hésiter. Alors même que nous ne servons pas la même maîtresse, toi et moi. C'est un territoire inconnu, à mes yeux. Et… c'est très grisant.

272

Wilf souffla bruyamment. Il avait besoin d'un instant pour savoir où il en était. L'héritier du Cantique se sentait bien, lui aussi, en compagnie de la dame Elfye. Il y avait entre eux une sincérité qui aurait été impossible entre deux êtres de la même race, animés des mêmes desseins et souffrant des mêmes lacunes.

Mais une impression de bizarrerie dominait hélas la candeur de l'affinité qui les unissait. Wilf savait qu'il ne parviendrait pas à aimer entièrement cette personne, en tous les cas pas selon des critères humains.

– D'où vient ton nom, Siècle ? demanda-t-il pour se donner le temps de penser. C'est assez surprenant...

La jeune Elfye le gratifia d'un sourire tendre, toujours sans le quitter des yeux, le regard comme animé d'une curiosité insatiable.

– Comme je te l'ai déjà dit, j'ai été baptisée à la nouvelle manière. *Notre œuvre est le retour de Celle-Qui-Dort dans le siècle...* La sentence sacrée des Libérateurs : ceux qui sont nés après l'exil ont été nommés selon chaque mot de cette profession de foi, afin de donner au vers un pouvoir concret. Je suis la plus jeune, aussi ai-je hérité de ce prénom.

– Et pour ceux qui seraient nés après toi ? interrogea Wilf.

Siècle haussa les épaules.

– Fagrid n'avait pas prévu de voler d'autres œufs-lune aux Ravisseurs, expliqua-t-elle. Dans son plan originel, nous devions avoir libéré Celle-Qui-Dort bien avant que le besoin de recruter à nouveau ne se fasse sentir...

Le jeune homme avait sursauté.

– Les œufs-lune ? s'étrangla-t-il.

L'Elfye leva un sourcil cobalt, surprise de le voir si perturbé.

– Oui, c'est ainsi que nous naissons. C'est ce que je voulais dire tout à l'heure : il n'y a pas de couples, chez les Elfyes. Pas d'histoires d'amour comme dans les chansons de vos poètes courtois, et pas d'enfants nés de deux êtres…

« Lorsque le roi décide qu'il doit y avoir une naissance, il en fait la demande aux maîtres, qui daignent parfois y répondre. Un œuf-lune se pose alors dans la clairière de son palais forestier, et un Elfye déjà adulte éclôt au bout de quelques jours.

– Déjà adulte ?

– Oui, c'est ainsi que cela se passe chez nous. Mais bien sûr, il est alors vide de tout souvenir, et il faut plusieurs mois pour faire son éducation…

Wilf était bouleversé.

– Moi aussi, balbutia-t-il, je suis né dans un œuf-lune… Mais sous la forme d'un nourrisson, dans mon cas… Sans doute était-ce nécessaire, pour un humain… Nous n'avons pas le même développement, réfléchit-il tout haut. Malgré tout, nous sommes plus semblables qu'il n'y paraît, tu vois… Et moi qui imaginais un fossé abyssal entre nos deux existences ! J'oubliais que je ne suis pas un humain tout à fait comme les autres…

Une partie de son cerveau était entièrement occupée à prendre en compte les implications de cette nouvelle information. Si les œufs-lune étaient une création des Orosians, comment se faisait-il que les Sœurs Magiciennes aient pu y avoir accès pour créer un clone d'Arion ? Étaient-elles les alliées des maîtres immortels ? Allaient-elles s'avérer de dangereuses ennemies après avoir pourtant promis leur bienveillance au futur roi du Cantique ?

Non. Wilf se souvint de ce qu'avait dit l'une des harpies décidée à le priver de sa virilité. À l'en croire, une certaine Zarune avait dérobé l'œuf-lune à ceux que la Sœur avait appelés *nos ennemis éternels*. Les Orosians… Les Sœurs Magiciennes étaient des opposantes aux Orosians, avec lesquels elles partageaient le pouvoir du So Kin… Et c'était cette lutte permanente que Sœur Hod entendait par *notre ordre possède ses propres objectifs…*

L'héritier du Cantique frissonna en constatant le destin tragique de la Sororité. Pendant des siècles, les Sœurs Magiciennes avaient soutenu l'Empire, pour subsister, sans savoir qu'elles faisaient ainsi le jeu de leurs plus grands adversaires… À l'attitude de Sœur Hod et au vu du peu de loyauté qu'elle semblait porter à la Théocratie, les dames de Jay-Amra avaient depuis eu l'occasion de comprendre leur erreur. Wilf imaginait leur déconvenue et leur colère… Elles devaient être animées d'un immense désir de vengeance, et feraient des alliées de poids dans la lutte contre les princes célestes.

Pour le moment, l'adolescent avait laissé Siècle s'échapper de ses pensées, et la jeune Elfye attendait patiemment qu'il eût achevé son intense méditation. L'ancien voleur essayait de rassembler ses souvenirs de Jay-Amra, étudiant tout sous le nouveau jour apporté par son amie elfyque. Si sa mémoire était bonne, l'une des Sœurs avait dit que la fondatrice de leur Sororité avait placé de grands espoirs en Arion. Qu'entendait-elle par là ?

Quand on envisageait le fait que cette fameuse Zarune avait pris tant de risques pour dérober l'œuf-lune – la matrice qui recréerait le souverain maudit – aux terribles Orosians, il y avait matière à s'interroger. Ne pouvait-il pas s'agir d'une seule et même personne ? songeait Wilf. Zarune pouvait-elle ne faire qu'une avec la mystérieuse fondatrice de la Sororité, qui aurait volé l'œuf-lune justement dans la perspective de redonner vie au Roi-Magicien ? Cela aurait voulu dire que c'était la créatrice de l'ordre des Sœurs Magiciennes qui aurait présidé, longtemps à l'avance, à sa naissance. Mais qu'avait-elle attendu de lui ?

Wilf s'autorisa un sourire sombre. S'il s'agissait de la fin des Orosians, la fondatrice de la Sororité en aurait pour sa peine… L'héritier du Cantique souhaitait toujours aussi ardemment mettre un terme à la suprématie de ces tyrans prétentieux.

À l'évocation des demi-dieux, une pensée qui lui avait trotté dans la tête depuis longtemps le frappa de plein fouet.

C'était quelque chose qu'il avait entendu dans les thermes de l'Étoile du Csar, de la bouche d'un des Orosians qui y prenaient du repos. Cela l'avait intrigué sur l'instant, puis les événements précipités ayant suivi lui avaient interdit d'approfondir la question. Aujourd'hui, ce détail prenait toute son ampleur.

Il avait entendu prononcer le nom de Zarune, parmi les conversations des Orosians.

Ces derniers l'avaient évoqué à propos du courant libertaire prôné par Jâo. S'il fallait en croire ce qu'il avait entendu alors, Zarune était elle aussi une représentante de la race des Orosians ! Qui plus est, partageant les idées de Jâo et partisane d'une liberté rendue aux peuples cadets…

Tout devenait clair dans l'esprit de l'adolescent, les dernières pièces du problème se mettant en place. Zarune, une Orosiane. Une suivante de Jâo.

Zarune qui avait prévu et organisé la naissance de Wilf après avoir vu ses espoirs en Arion déçus. Quel avait été son rôle exact dans le destin du monarque ? L'ancien vaurien en avait appris beaucoup auprès de son amie Elfye : c'était aussi une Orosiane, alliée de Jâo, qui avait forgé la Lame des Étoiles… C'était par l'intermédiaire des Sœurs Magiciennes que l'arme avait été remise au Roi-Magicien… La coïncidence était trop évidente : le vrai nom de Celle-Qui-Dort, Orosiane rebelle emprisonné par ses pairs, ne pouvait être que Zarune. Zarune, l'Orosiane qui avait fondé la Sororité pour lutter contre ses frères…

Bien sûr, elle avait été plongée en sommeil depuis des siècles, mais ses prophéties avaient pu être accomplies par des Sœurs zélées, en ce qui concernait la naissance de Wilf. Et si son sommeil ne semblait pas former une barrière suffisante pour l'empêcher de s'adresser à ses serviteurs Elfyes, pourquoi cela aurait-il posé le moindre problème avec les résidantes de Jay-Amra, par nature beaucoup plus réceptives ?

Plus que jamais, Wilf était décidé à libérer l'endormie de Sylvedorel, afin d'en avoir le cœur net. Il se tourna vers Siècle :

– Je viens de comprendre que ta maîtresse était également très importante à mes yeux… se confiat-il. Elle seule pourra vraiment me dire pourquoi je suis ici-bas… Ma raison d'être ; quelle explication fournir à mon existence.

Siècle avait encore arrondi les yeux, fascinée.

– Tu te poses de si étranges questions… – Elle sourit, ravissante : – Et je m'en pose, moi aussi, à ton contact. Qu'est-ce que l'on ressent lorsqu'on est enfant ? Qu'est-ce que cela fait de grandir ? Tu sais que la plupart des miens trouveraient atroce l'idée de voir leur corps se modifier avec les années… avoua-t-elle en riant. Mais moi, je ne sais plus quoi en penser… Et comment est-ce, d'être deux ? À quoi ressemblent les baisers de vos chansons ? Est-ce que c'est aussi bon que le clament vos poètes ?

Wilf souriait de concert avec son amie, à présent.

– C'est beaucoup mieux que ne peuvent le savoir les poètes… ricana-t-il. Ceux-là passent leur vie à attendre les faveurs de dames qui jouent à les ignorer ! – Il retrouva son sérieux. – Mais je vais te répondre : l'amour, pour le peu que j'en ai connu, est l'une des choses les plus fortes qui soient… Cela ne ressemble à rien d'autre, cela n'a besoin de rien d'autre… Tu comprends ?

L'Elfye fit non de la tête.

– Tu m'étonnes… railla gentiment l'ancien voleur.

Paisiblement, mû par une impulsion tranquille mais déterminée, il approcha son visage de celui de Siècle. Objectivement, il n'avait jamais admiré lèvres plus délicates ni peau plus soyeuse. D'où venaient alors cette absence totale d'excitation, ce refus de son cœur à s'emballer ?

L'Elfye cligna des yeux, surprise, lorsque leurs bouches se touchèrent. Son regard était toujours empli de bienveillance et d'affection, mais absolument aucune alchimie ne se décidait à naître de ce contact physique. Sa peau tiède n'éveillait pas les sens de l'humain, et elle-même se tenait raide, intriguée, comme si elle attendait quelque révélation qui ne venait pas. Wilf ferma les yeux, se força à enfouir ses doigts dans la chevelure cobalt, mais il se sentait totalement étranger à la scène.

– Alors, ça ressemble à ça... dit tendrement Siècle alors que leurs lèvres se frôlaient encore. C'est brûlant, remarqua-t-elle avec amusement – la température corporelle du jeune homme étant toujours demeurée très haute.

Wilf recula avec un sourire. Il n'était pas vraiment déçu.

– Tu avais raison de dire que nous nous aimions, déclara-t-il tout bas.

Ils recommencèrent à converser, mélangeant tous les sujets qui leur tenaient à cœur pendant que s'écoulaient de douces heures.

L'aube se leva sans qu'ils s'en soient rendu compte.

Fagrid vint les chercher un peu plus tard, accompagné de Dalad et de Retour, les deux Elfyes qui se joindraient à l'expédition. Lucas et Oreste étaient sur leurs talons. Pendant ce temps, Guajo devait en profiter pour préparer leurs bagages, songea Wilf. Ce qui lui rappela qu'ils ne repasseraient certainement pas par le bastion, quel que dût être le résultat de leur audacieuse entreprise.

Lui et Siècle se levèrent. Il avait lâché précipitamment la main de l'Elfye en entendant les humains approcher. Inutile d'avoir à s'expliquer là-dessus, avait-il pensé. D'ailleurs son intimité ne concernait que lui, surtout lorsqu'elle s'avérait aussi singulière... Lucas s'était aussitôt approché de lui, la mine sévère et inquiète.

– Tu as des cernes sous les yeux, commenta-t-il. Tu aurais dû m'en parler si tu n'arrivais pas à trouver le sommeil : j'aurais pu t'aider en te proposant une des méthodes de relaxation que m'ont enseignées les Voix.

Wilf mit une claque amicale sur le bras de l'ancien moine.

– Tout ira bien, claironna-t-il presque. Je ne me sens pas si fatigué…

– En tous les cas, tu es d'humeur bien joviale, pour quelqu'un qui s'apprête à pénétrer dans la gueule du loup… lança Oreste, que la perspective du danger rendait plus morose qu'à l'accoutumée.

Ce furent pratiquement les seules paroles échangées dans les minutes qui suivirent, jusqu'au départ. Les humains firent de brefs adieux à leurs hôtes, puis se mirent en route, marchant en file indienne derrière les quatre Elfyes qui leur serviraient de guides. Fagrid avait promis que leurs chevaux les attendraient en lisière de Sylvedorel, lorsqu'ils seraient prêts à quitter le royaume elfyque. Mais pour se rendre discrètement jusqu'à la capitale, la présence des imposants animaux était à proscrire.

Les heures s'égrainèrent sans qu'aucun membre de la troupe ne témoigne d'une nervosité particulière. Même Guajo, au fil des aventures vécues auprès de ses maîtres, se montrait de moins en moins craintif. Fagrid faisait preuve d'une science du déplacement et d'une connaissance du terrain qui aurait fait pâlir ce vieux Cruel-Voit, songeait Wilf, non sans une tendresse nostalgique. Le soir n'était pas tombé que le petit groupe avait déjà atteint les faubourgs de la cité forestière.

L'endroit ne ressemblait en rien à une ville humaine. Il fallait concevoir la disposition de ce lieu en trois dimensions, les demeures elfyques s'étageant dans un apparent désordre du sol jusqu'aux branches les plus hautes. Non pas semblables aux modestes cabanes du bastion, il s'agissait de coquettes petites habitations de bois blanc, reliées entre elles par un harmonieux réseau de ponts végétaux. Les clairières abondaient, aérant la cité comme cela eut été impossible au sein d'une architecture humaine. Cette organisation même était l'atout qui permettait au groupe de se faufiler jusqu'au cœur de la capitale sans être inquiété.

À intervalles réguliers, des feux magiques jetaient leurs lueurs multicolores sur les grands arbres environnants. Les feuilles des majestueux chênes et des immenses saules se paraient de teintes vives qui les faisaient ressembler au plumage de quelque oiseau fabuleux. De loin en loin, à mesure que les intrus pénétraient plus avant dans la cité forestière, ils pouvaient apercevoir les silhouettes de temples pyramidaux couverts de lierres, puis bientôt celles, habillées de lianes rouges, des quelques palais qui abritaient les favoris du roi.

Wilf, levant les yeux vers les beautés de cette ville suspendue, retrouva avec émotion les rêveries elfyques de son enfance. C'était cette fois le véritable royaume de Sylvedorel qu'il admirait, celui des contes. Même ce qu'il avait appris d'humiliant au sujet des Elfyes et de leur servitude envers les Orosians ne parvenait pas à en effacer toute la magie.

Ce sentiment parvint si bien à le distraire qu'il fut presque surpris lorsque Fagrid fit signe de s'arrêter.

– Nous sommes arrivés, déclara-t-il, puis il donna l'ordre à ses Elfyes d'aller inspecter la zone en éclaireurs.

– Déjà ? s'étonna Lucas.

Lui non plus ne semblait pas avoir vu la journée passer, se dit Wilf. Pourtant, le crépuscule était bien là, et ils avaient marché des heures sans vraiment s'en rendre compte.

– La forêt est féerique et enchanteresse pour ceux qui n'y sont pas habitués… expliqua Fagrid en souriant. Surtout par ici, au cœur de Sylvedorel. Méfiez-vous, conseilla-t-il, ce n'est pas l'heure de se laisser détourner de notre but.

Les quatre humains acquiescèrent. Quelques instants passèrent tandis qu'on attendait Dalad et Retour, puis les deux Elfyes réapparurent.

– Nous avons de bonnes nouvelles, chuchota Retour.

– La clairière de Celle-Qui-Dort est presque déserte, renchérit Dalad. Seul le minimum de sentinelles ont été laissées : sans doute le roi prépare-t-il un nouvel assaut contre le bastion et est-il en train de rassembler ses forces…

Fagrid fronça brièvement les sourcils, mais Siècle prit la parole :

– Alors, tant mieux, dit-elle, notre tâche n'en sera que plus facile… Quant aux nôtres… Il me semble bien présomptueux de la part du roi d'imaginer qu'il va retrouver le bastion aussi facilement !

Le chef des Libérateurs exprima son accord d'un signe de tête. Toute inquiétude disparue quant au sort de ses congénères, il se tourna résolument vers les humains :

282

– Voilà, messires. Nous avions promis de vous conduire jusqu'ici… À présent, la suite de l'opération est entre vos mains, même si nous tenons à vous assister. Il y a derrière ce rideau d'arbres une clairière, où repose notre maîtresse dans un sarcophage. À la tête de ce lit de pierre, est enchâssée la Lame que vous êtes venus chercher… Comme l'ont dit Dalad et Retour, trois sentinelles sont en factions à proximité. Alors, que proposez-vous ?

Wilf et Lucas se regardèrent.

– Inutile de saper ton pouvoir pour nous rendre invisibles, déclara l'adolescent à son ami. Nous aurons besoin de toutes tes forces So Kin si les choses devaient mal tourner… Je suggère que nous nous approchions discrètement : à deux ou trois par sentinelle, nous devrions pouvoir les maîtriser sans bruit.

Soudain, Oreste se mit à jouer en sourdine. Il avait saisi sa cordeline sans que ses compagnons l'aient remarqué, et sous ses doigts naissait déjà une mélodie reposante.

Ses mains continuaient à courir doucement sur les cordes, les frôlant à peine, tandis que les autres l'observaient avec étonnement. Il se mit à marcher. Le suivant avec curiosité, les intrus avancèrent vers la clairière du tombeau. Wilf détacha de leur centre d'intérêt ses yeux rivés sur les mains agiles et virtuoses du Ménestrel lorsqu'ils franchirent la frondaison.

La berceuse magique produisait son effet. Deux Elfyes étaient déjà tombés sur le tapis d'herbe moussu. Ils souriaient béatement dans leur sommeil, paisibles, comme des promeneurs faisant une simple sieste. Les dormeurs tranquilles et le cadre enchanteur ne firent pas oublier à Wilf le dernier Elfye, qui chancelait en se tenant les tempes.

Celui-ci, plus résistant au charme de la cordeline, parvint à dégainer sa dague alors même que le sort le mettait à genoux. Il ouvrit la bouche pour crier, mais l'arc de Fagrid parla le premier. L'Elfye s'écroula sans un bruit, un ruisselet rouge s'échappant lentement de sa gorge pour maculer le duvet soyeux de l'herbe.

C'était une clairière circulaire, d'une trentaine de pas de diamètre. La brise qui faisait onduler la végétation ajoutait à la magie bucolique du lieu. Des éclairs d'or, adieux du soleil couchant, frappaient des points précis du sarcophage orné et de l'épée, faisant scintiller des étoiles fugitives. Des phosphènes en chute libre ou en ascension se croisaient en voletant tout autour.

Malgré les corps des sentinelles, l'endroit évoquait une paix et une beauté rares. Toute cette atmosphère incitait au respect. Sans en avoir conscience, c'est dans un silence religieux que les intrus s'avancèrent au cœur de la clairière.

Celle-ci était vide, hormis le tombeau de pierre et la Lame qui y brillait sous les derniers assauts de l'astre jaune. Le sarcophage était d'un beau granit, gris pur. Pâle d'apparence, lisse et froid au toucher, comme Wilf le constata en laissant sa main le frôler dans une caresse songeuse.

C'était donc sous cette chape de pierre qu'était retenue prisonnière celle à qui il devait vraisemblablement le fait d'exister… La partie supérieure du sarcophage était sculptée d'un bas-relief représentant la dame endormie. De petits losanges d'ivoire, usés par le temps, rehaussaient les formes taillées dans la roche. C'était une œuvre délicate et émouvante, surtout lorsque l'on songeait que la femme représentée était toujours vivante, enfermée dans une solitude de ténèbres. La beauté gracile de l'Orosiane avait été parfaitement rendue par l'artiste, tout au moins aussi bien que l'on pouvait espérer reproduire un regard dans la matière figée, et recréer la souplesse de la chair dans la pierre.

Le visage d'ivoire semblait observer Wilf et Lucas, penchés au-dessus du sarcophage. Les autres humains n'étaient pas loin en arrière, pendant que les Elfyes scrutaient les alentours dans la crainte d'être surpris.

– La Lame des Étoiles, rappela Fagrid. C'est pour elle que nous sommes venus...

Mais Wilf, malgré la présence de l'artefact en face de lui, cette épée mythique qu'il avait si longtemps cherchée, ne parvenait pas à détacher ses yeux de la silhouette marmoréenne. Un sentiment d'impuissance et de honte le terrassait à l'idée de laisser dans cette situation la dame céleste. Lucas, le visage également témoin de l'émotion qui l'étreignait, paraissait partager à la fois ce tourment et cette fascination... Wilf en ressenti une étrange satisfaction, preuve que l'ancien moine possédait toujours cette fragilité et cette faculté à s'émouvoir. De plus en plus, il avait eu l'impression de s'affaiblir face à son vieil ami, qui devenait toujours plus fort. Cette sensibilité nouvelle qui gagnait sur sa personnalité, opposée à l'assurance tranquille du fils des abysses, l'avait parfois conduit malgré lui à nourrir un certain sentiment d'amertume... Cette fois, l'ancien moine se montrait aussi touché que lui, et cela le rassurait. Le visage froid avait, il devait en convenir, un rare pouvoir d'attirance.

La Lame… se dit l'adolescent aux cheveux corbeau. Elle avait hanté ses rêves, elle était le symbole de sa lignée, l'instrument de sa vengeance et l'espoir de ce monde… Il se força à quitter du regard le visage, immobile à pleurer, de l'Orosiane.

L'arme était sans nul doute l'épée la plus habilement forgée qu'il ait été donné de voir à Wilf. Sa garde, pointée vers le ciel, semblait faite d'or blanc. L'acier du tranchant était sombre, en revanche, presque noir, mais d'une teinte à la fois si mate et si changeante qu'il était difficile d'en déterminer la couleur exacte. C'était le noir riche et doux d'une nuit étoilée, se dit Wilf. La pointe de la lame disparaissait dans le sarcophage, plongeant à la verticale dans la pierre, scellée ainsi à quelques centimètres au-dessus du front sculpté de Celle-Qui-Dort.

Le garçon avait déjà vu cette arme, représentée dans le tombeau d'Arion, et il la reconnut pour ce qu'elle était : l'instrument de son pouvoir suprême. Un sourire de loup se dessina sur ses lèvres tandis que sa main s'approchait pour saisir la garde claire, sous le regard de ses compagnons. Lucas avait pris quelque distance en rejoignant les autres, et tous retenaient leur souffle en observant le futur Roi-Magicien du Cantique.

Mon jeune ami, quelle curieuse existence je t'ai offerte là…

Wilf s'immobilisa. La voix virile et autoritaire qui avait résonné dans sa tête avait quelque chose de tranchant et d'effilé, comme une lame tirée hors du fourreau. Avec ses consonnes brutales et majestueuses, elle lui paraissait bizarrement familière, bien qu'il ne l'eût jamais entendue de cette manière.

Il avait cru un instant que c'était l'épée elle-même qui s'adressait à lui, mais son instinct lui disait le contraire.

Si tu entends ce message, cher autre moi-même, alors c'est que ta quête touche à sa fin... L'héritier des rois inspira profondément par le nez. *Sache que je n'ai pas voulu ta souffrance : après tout, nous sommes la même personne. Mais c'était tout ce que j'avais à t'offrir, et l'avenir du monde en dépendait.*

N'aie aucune crainte, je ne t'adresse pas ces mots d'outre-tombe, continua la voix. *Ce n'est qu'un discours magique, que j'avais convoqué pour qu'il se déclenche à ce moment précis...*

Je suis Arion, comme tu dois t'en douter.

Lorsqu'une héritière de Zarune m'a remis la Lame des Étoiles, j'aurais eu le choix de la refuser. De refuser l'avenir que j'entrevoyais, et cette demi-vie qui serait la tienne... Mais l'enjeu était trop grand : tu dois accomplir ce que je n'ai pu accomplir. Les Dragons te serviront, et leur soutien te garantira la réussite dans cette immense tâche. Du moins je le souhaite...

Je m'apprête à devenir fou et à détruire la moitié du monde. Il n'y a rien à faire pour moi : tu es le dernier porteur d'espoir. Si tout s'est passé comme nous l'espérons, alors ton âme, de par ta nature même, est affranchie de toute servitude : tu es le seul maître de ton destin, un dieu vivant capable de communier avec la Skah comme aucun autre avant lui.

Je tremble à l'idée des années qui m'attendent. J'espère avoir suffisamment de courage pour accomplir tout ce qu'il

sera possible afin d'éviter le pire... Mais avant ce cata-
clysme dont je vais être l'odieux responsable, une dernière
chose : fais confiance à Zarune. Je sais qu'elle est orosiane,
mais elle m'a convaincu. C'est une visionnaire magnifique,
comme le monde en aura besoin si tu parviens à le sauver.
Je ne l'ai jamais rencontrée qu'en esprit, les rares fois où
ses appels, lancés depuis sa prison de pierre, parvenaient
jusqu'à moi... Mais sache qu'elle m'a inspiré la foi et le
respect comme aucun autre être rencontré dans cette vie.

La voix se fit flottante, s'éloignant et se dissipant
comme une nappe de brouillard.

Je vis en toi, mon successeur, et je souhaite que mes
dons aient été suffisants...

– Merci, murmura Wilf.

Ses yeux brillaient, mais il se savait forcé de revenir au présent. Sans avoir besoin de tourner le regard
dans leur direction, il devinait que ses compagnons
s'impatientaient, s'interrogeant sur son immobilité
soudaine.

Il finit son mouvement, et sa main se referma
autour de la garde de Lame. Ou plutôt *faillit* se refermer, car au moment où ses doigts allaient toucher le
métal, un concert de cris de guerre paralysèrent sur
place tous les occupants de la clairière.

Par dizaines, des soldats Elfyes du roi sortirent
d'entre les arbres, alors que Wilf se retournait, vif
comme l'éclair.

Ses compagnons avaient sorti leurs armes ou ras-
semblaient déjà leurs forces psychiques. L'adolescent
observait dans toutes les directions, constatant avec
rage que des Elfyes en cotte de mailles dorée surgis-
saient de partout, les encerclant en bondissant hors
de leurs cachettes.

– C'est un piège ! cria Dalad stupidement, ce qui arracha un sourire lugubre à Wilf.

– On dirait bien… murmura-t-il pour lui-même.

Tout autour, les colonnes de lanciers royaux s'étaient massées. Immobiles, ils attendaient les ordres. Le général Clel, sur son char infernal, s'avança vers le cœur de la clairière.

– Comme l'on se retrouve… bruissa-t-il avec un rictus sadique.

Wilf, dos au cercueil de pierre, sentit une goutte de sueur perler sur son front. *Bon sang, nous ne pouvons pas échouer si près du but !* Il savait qu'il ne pourrait pas utiliser la Skah, cette fois, le danger représenté par la Hargne étant devenu trop grand.

Les autres avaient le regard fixé sur lui, guettant sa réaction. Lucas donnait l'impression d'être ailleurs, mais le jeune homme savait que son ami restait à l'écoute de ce qui l'entourait. *Et ce foutu Clel avec son sourire victorieux...* rumina Wilf. Qui donc les avait trahis ?

Siècle, la démarche souple et les yeux tristes, vint se placer aux côtés de Wilf. Son visage exprimait une douceur extraordinaire.

– Je regrette de t'avoir conduit dans ce piège, dit-elle soudain à Wilf, abasourdi.

Le général du roi ricana de la réaction de ce dernier, savourant le dépit de l'humain à qui il devait une douloureuse et récente défaite.

– J'ai toujours été acquise aux Ravisseurs... murmura la jeune Elfye. Je n'ai pas le choix : je suis forcée *d'obéir !*

L'héritier des rois posa sur elle un regard de dégoût.

Alors qu'il restait sans voix, les soldats commençaient à resserrer leur cercle autour des intrus. Wilf serra les dents, et Siècle frissonna en continuant de le fixer.

– Les Elfyes ne peuvent pas pleurer, murmura-t-elle, mais je te promets que… Oh, si tu savais à quel point mon cœur est brisé… Je n'ai pas voulu ça !

Wilf détacha son regard de la traîtresse.

– J'ai cru en ce que nous vivions, cracha-t-il à voix basse. Maintenant, rejoins les tiens…

La lueur enfantine mourut alors définitivement dans les yeux de l'Elfye, qui fit quelques pas à reculons, la tête basse.

Wilf scruta ses nombreux adversaires en un vaste regard panoramique. Il soupira, puis leva haut les bras, mains ouvertes, en signe de reddition. Il préféra ne pas entendre le hoquet de stupeur émis par Guajo.

– Saisissez-le, ordonna Clel.

Wilf ferma alors les yeux et adressa une prière silencieuse aux dieux du culot. Pliant les coudes derrière son dos, il referma ses deux mains sur la poignée de la Lame des Étoiles. Il savait que si l'arme était bel et bien soudée à la roche et refusait de s'en extirper, tout serait fini.

Mais ce ne fut pas le cas. La lame glissa hors de sa gangue de pierre avec un léger sifflement.

Dès que les mains de l'adolescent avaient touché sa garde, l'Épée des Étoiles s'était mise à vibrer. Un éclair lumineux foudroya le parc où reposait Celle-Qui-Dort, aveuglant chacun.

Pendant la fraction de seconde qui suivit, dans l'immobilité générale, un son grave naquit de toutes parts. Puis il se propagea, feulement à glacer le sang, comme si le ciel lui-même rugissait jusqu'aux confins de l'univers.

L'écho céleste semblait devoir se répercuter à l'infini. Dans les cieux clairs et bleus du Sud, dans les nuages rouges du Worsh et dans les tempêtes de l'Ouest... Wilf comprit alors ce qu'avait voulu dire Pej, lorsqu'il l'avait assuré que la réussite de sa quête serait perceptible par tous.

C'était le chant des Dragons Étoilés qui saluaient leur nouveau maître. Graves et menaçantes, leurs voix se mêlaient pour créer cette symphonie gutturale. Wilf ne douta pas un instant que l'on pût l'entendre depuis les quatre coins de la planète. D'où elle était émise, c'était en revanche ce qu'il devrait découvrir...

Les Elfyes royaux, paralysés par l'éclat qui avait illuminé la clairière puis par ce feulement à la sonorité déroutante, reprenaient cependant leurs esprits. Le général Clel agaçait de nouveau ses créatures cauchemardesques avec la mèche de son fouet.

Il fit un signe aux porteurs de lances dorées qui l'encadraient, et ceux-ci se préparèrent à lâcher une salve lumineuse sur les intrus. Aussitôt, Lucas leva une main autoritaire, qui propagea sa puissance télékinésique jusqu'aux officiers Elfyes. Ces derniers furent repoussés en arrière par une force invisible, venant heurter les lignes de soldats qui les suivaient. Même Clel, en haut de son char, fut soufflé par ce vent psychique et jeté à terre alors que la pyramide vacillait sur ses roues.

Mais ce n'était pas des officiers que venait le vrai danger. Lucas le comprit trop tard, voyant une cage de rais lumineux se former au-dessus de la clairière. Clel, se relevant, souriait de sa ruse.

Quatre Elfyes en robe de prêtre étaient sortis des rangs, profitant de l'inattention du spirite humain. Leurs rayons de lumière magique se croisaient au zénith, striant de jaune la nuit tombante. Soudain, à leur point de jonction, apparut une sphère d'énergie plus pâle. Tout se passa si vite que Lucas n'eut pas le temps de réagir. La sphère se détacha des fils lumineux pour décrire un arc de cercle rapide et venir frapper le groupe formé par les compagnons de Wilf.

Ce dernier, la Lame des Étoiles brandie devant lui à deux mains, les vit s'écrouler à genoux. Même Lucas, qui luttait pour redresser la tête, semblait avoir du mal à encaisser le choc. Tout comme Oreste, Guajo et les Elfyes, il paraissait prisonnier d'un poids titanesque posé sur ses épaules, qui le maintenait dans cette position impuissante. Paralysés, les camarades de Wilf souffraient visiblement, et serraient les dents, dans leurs vains efforts pour se relever malgré la pression magique exercée par les mages elfyques.

Décontenancé, Wilf regarda fébrilement autour de lui, et nota que les soldats royaux avaient stoppé leur progression.

Le général Clel, à présent à pied, s'avançait seul vers le centre de la clairière. Il avait une lance dorée à la main, et souriait de toutes ses dents.

– Je te veux pour moi seul, expliqua-t-il à l'héritier du Cantique. On m'a dit que tu étais considéré comme un adversaire redoutable, parmi les humains…

Maintenant, l'ancien vaurien ricanait intérieurement. Cet Elfye qui disposait de cent soldats pour le vaincre, et qui préférait un duel... Cela aurait presque suffi à le remettre de bonne humeur. Avec des yeux froids de prédateur, il regarda le général s'approcher d'un pas confiant.

– Et si je vous tuais ? demanda-t-il tout en commençant de tourner autour de Clel.

L'Elfye en robe rouge et or répondit par un coup d'estoc en extension, qui faillit surprendre le jeune homme. Puis il se remit en garde comme un ressort, sa robe claquant dans un bruit de froissement.

Wilf fit siffler son épée au nez de son adversaire, puis la rabattit brutalement vers son bas-ventre. Clel esquiva.

Il avait des gestes coulés et surprenants, faussement désordonnés. On aurait dit quelque mortel pantin aux membres désarticulés.

Tous deux continuèrent à se battre avec vigueur et célérité. Le silence était général dans la clairière, hormis les gémissements des amis de Wilf et le son métallique des armes qui s'entrechoquaient. Les soldats royaux obéissaient aux ordres en observant une parfaite immobilité.

Lisant avec plaisir l'étonnement dans les yeux du garçon, Clel reprit la parole :

– Tu croyais qu'il serait facile de me vaincre, humain ? Petit présomptueux ! Je suis un Elfye, un être ancien comme tu ne peux même pas l'imaginer... J'entraînais les premiers des Seldiuks au combat, des siècles avant ta naissance !

Wilf ne se laissa pas distraire, ni effrayer. Il savait qu'il n'avait pas encore montré tout son jeu au géné-

294

ral. Si l'usage de la Skah lui était désormais inaccessible, le So Kin pouvait en revanche intervenir pour accélérer ses mouvements et régénérer ses blessures...

Déjà, il sentait son bras devenir plus vif, dépassant progressivement les limites de l'œil humain, si bien que son propre corps lui apparaissait flou et décalé.

L'Elfye tenait toujours bon.

Wilf fut blessé au visage, une légère estafilade qui lui brûlait néanmoins la joue et gênait sa concentration. Une seconde plus tard, la pointe de la lance déchira ses vêtements elfyques et ses chairs, au niveau d'un biceps. Clel, lui, ne portait pour l'instant qu'une entaille mineure au flanc.

Blottie dans un coin de la clairière, Siècle tremblait d'horreur. Wilf croisait son regard contrit chaque fois que le combat l'amenait à tourner la tête dans sa direction.

D'un pas en arrière, le général se mit hors de portée de l'épée de Wilf, et tenta de le frapper de la pointe de son arme, bras tendu. L'ancien apprenti de Cruel-Voit esquiva et contre-attaqua.

Dans ses mains, la Lame des Étoiles était légère et vive. Il éprouvait un sentiment d'unité très agréable, doux malgré même la situation dangereuse dans laquelle il était plongé. Le manque indicible enfin comblé, Wilf se sentait plus entier que jamais. Le vide profond, qui l'avait taraudé chaque jour davantage à l'approche de l'arme, était enfin rempli par la présence rassurante du métal entre ses doigts.

Un moulinet habile lui donna l'avantage, creusant du même coup un sillon dans la pommette de son adversaire.

– Tu es épuisé! lui lança ce dernier pour lui faire perdre confiance.

Ce n'était pas encore vrai, mais Wilf savait que l'Elfye ne connaîtrait pas non plus de faiblesse. Sa race était réputée pour ne pas souffrir de la fatigue.

À un moment, Clel bondit par-dessus l'adolescent, démontrant une capacité de détente surprenante. Wilf se prépara à parer une attaque venue d'en haut, mais son arme ne rencontra que le vide. Courant de branche en branche à une vitesse hallucinante, puis bondissant soudain à l'horizontale, au mépris le plus total des lois de la gravité, l'Elfye se mit à encercler sa victime dans un tourbillon de danger. À chaque bond, la parade de Wilf se faisait plus hasardeuse. Son adversaire était tellement rapide dans sa course en trois dimensions, tellement à l'aise dans les feuillages bas qui le dissimulaient, que l'héritier du Cantique ne pouvait jamais savoir d'où allait fondre le prochain coup.

Avant qu'il s'en soit rendu compte, son costume de chasse était déchiré en de multiples endroits, et lui-même portait plusieurs nouvelles blessures. Par chance, sans gravité. Mais il ignorait combien de temps il pourrait tenir face à ces assauts.

Spectatrice de sa situation pitoyable, Siècle s'était approchée de la scène, quittant les lignes de soldats. Son visage était une peinture fragmentée d'émotions contraires. Elle ferma soudain les paupières. À sa grande stupéfaction, Wilf vit alors rouler une larme le long de ses cils cobalt, puis sur sa joue. La principale intéressée semblait la première surprise, touchant du bout du doigt la goutte d'eau sur sa peau.

Elle se mit à sangloter en silence, inondant ses yeux d'autres larmes impossibles.

Wilf encaissa un nouveau coup de lance, frappé de côté, mais cela eut tout de même pour effet de le sonner un peu. Aussitôt, Clel fondit sur lui pour lui enfouir la pointe de son arme dans la gorge.

Wilf parvint à l'éviter de justesse, sauvé par les réflexes prodigieux que lui octroyait le So Kin figé dans son corps. La lance le toucha néanmoins avec violence, lui brisant la clavicule.

Le combat reprit au sol, Wilf prenant soin de ne plus laisser l'Elfye rompre le contact pour renouer avec son petit jeu aérien. Il se battait très serré, avec la brutalité sauvage du couteau, même si la longue Lame des Étoiles n'était pas l'outil idéal pour cela.

Cela faisait longtemps que leurs mouvements précis échappaient aux regards extérieurs, tant ils avaient gagné en vitesse.

Les lanciers Elfyes patientaient toujours, attendant la fin du duel et la victoire de leur supérieur.

Wilf eut bientôt l'occasion qu'il attendait depuis le début du duel.

Le général Clel, reculant devant la marche oppressante du jeune homme, dut se pencher en avant pour reprendre son équilibre. Wilf leva alors dangereusement les bras, espérant que son adversaire prendrait le risque de profiter de l'invite.

Malgré sa position défavorable, l'Elfye fit confiance à sa rapidité, et s'engouffra dans la brèche laissée sciemment par l'héritier des rois. Il y parvint un peu trop bien, car Wilf fut en effet touché au ventre, mais l'attention du garçon était tournée vers son attaque avant de s'occuper de sa blessure…

Imprimant un ample arc de cercle à son épée pour la ramener au-dessus de sa tête, le garçon se trouva enfin en position de porter un coup fatal au général.

De toutes ses forces, il abattit alors la lame sombre sur le front de l'Elfye, bien décidé à fendre en deux le crâne de son adversaire.

Clel plissa les yeux en voyant fondre sur lui le tranchant de l'Épée des Étoiles. Faisant appel à ses ultimes ressources, il parvint à bloquer le coup avec le manche de son arme. La lance dorée, comme par enchantement, était venue bloquer l'assaut de Wilf à un centimètre de sa tête. Les réflexes des combattants étaient aussi spectaculaires d'un côté que de l'autre. L'Elfye se dégagea d'un pas glissé sur le côté, et banda ses muscles pour se dégager de la Lame des Étoiles.

Les deux belligérants étaient maintenant engagés dans une lutte de force pure. Wilf, les deux mains serrées sur la garde de son arme mythique, tentait de faire plier le général royal, tandis que ce dernier tenait sa lance à l'horizontale, poussant vers le haut pour éloigner la menace.

L'un comme l'autre serraient les dents avec rage. Wilf sentait la sueur couler abondamment le long de ses tempes. Dans un effort surhumain, Clel réussit finalement à se libérer de la pression imposée par son adversaire. Relâchant brutalement sa poussée sur la main gauche, il laissa glisser la Lame des Étoiles sur le côté, dégageant son arme du même coup.

Sans laisser à Wilf le temps de réagir, il poursuivit son mouvement circulaire pour venir le frapper du manche de sa lance. L'extrémité non pointue de l'arme dorée heurta l'adolescent au visage, le sonnant légèrement. N'osant se risquer à prendre le temps de ressaisir sa lance dans le bon sens, Clel continua à bourrer Wilf de coups avec le mauvais bout de son arme. Tenant toujours la lance à deux mains, il martelait sans relâche le visage et le torse de son adversaire, lui arrachant des exclamations étouffées.

Wilf voyait trente-six chandelles, et sentait les assauts pleuvoir sur lui sans réagir. Alors qu'il redressait son épée en position de combat, il vit avec désespoir la pointe de la lance ennemie lui perforer la main droite. Arrachée à sa poigne, la Lame des Étoiles fit un vol plané de quelques mètres, tandis que le manche de la lance revenait aussitôt frapper à l'horizontale la mâchoire de l'ancien gredin.

Ce dernier, la tête lui tournant, cracha un peu de sang et chancela. Il savait que toutes ses blessures se régénéraient, mais le processus était un peu lent à son goût…

Clel faisait tournoyer sa lance entre ses mains, un sourire de victoire déjà dessiné sur ses lèvres. La hampe passait d'une main à l'autre lestement, dans un mouvement souple conforté par une habitude centenaire.

Péché d'orgueil… pensa Wilf, lugubre. Il observa encore un instant l'Elfye se prêter à ce petit jeu, imposer avec panache son art à une assistance admirative. Puis, vif comme le serpent, il bondit genou en avant vers le général, emprisonnant du même élan la hampe de la lance sous son aisselle.

Clel ne souffrit pas vraiment du coup de genou, mais observa d'un œil dépité son arme lui échapper, lorsque Wilf la fit voler hors de ses mains.

La pique dorée partit au hasard, lancée de toutes ses forces, pour venir se ficher avec un bruit sec dans le tronc d'un arbre situé à quelques mètres.

La mine déconfite, le général elfyque retrouva toute sa concentration pour parer les enchaînements que Wilf lui assénait déjà à mains nues. Le garçon retrouvait légèrement ses esprits, et en même temps sa confiance en lui. Une série de rapides coups de poing au visage étourdit Clel et acheva de ramener les combattants à égalité.

Wilf avait fait mouche plusieurs fois, et voyait avec satisfaction éclore des hématomes colorés sur le beau visage de l'Elfye. La lèvre fendue, celui-ci poussa un cri de pure haine et saisit son adversaire à bras-le-corps. Surpris par la manœuvre périlleuse du général, Wilf se sentit soulevé de terre puis projeté au sol, avec un choc fracassant qui laissa tous ses muscles endoloris. Se redressant d'un coup de rein, il esquiva de justesse son adversaire, qui sautait sur lui à pieds joints.

Les deux duellistes enchaînèrent tour à tour de redoutables techniques de corps à corps, se tournant autour comme des chiens de combat avant de fondre l'un sur l'autre. Leurs vêtements étaient en charpie, et leur visage ensanglanté. Wilf tenait son poignet gauche, brisé, contre son flanc, tandis que l'Elfye boitillait en tournant autour de lui.

Siècle sanglotait toujours à fendre l'âme, même si ses larmes semblaient s'être à présent taries. Elle fixait Wilf d'un regard implorant et frissonnait à chaque coup que lui portait Clel.

Bientôt, les deux combattants roulèrent à terre, agrippés l'un à l'autre et se rouant de coups avec

régularité. Wilf ne sentait pratiquement plus la douleur, et il ignorait si c'était là un effet du So Kin ou
tout simplement de l'épuisement.

Du coin de l'œil, il vit Siècle s'approcher à petits
pas de l'endroit ou était retombée son épée, la Lame
des Étoiles. Avec circonspection, la jeune Elfye
ramassa l'arme. Ses yeux cobalt revinrent sur le combat. Elle posa sur Wilf un regard chargé d'amour.

Rejetant son bras en arrière pour avoir de l'élan, la
demoiselle elfyque lança alors la Lame en direction
des combattants. Celle-ci fit plusieurs tours en l'air,
sifflant gracieusement, avant de retomber… entre les
mains de Clel.

Wilf, qui s'était tenu prêt à la réceptionner, s'était
rendu compte à l'ultime instant que c'était à son
général que l'Elfye avait destiné l'arme…

S'il avait eu le temps de lui accorder le moindre
regard, il aurait pu la voir s'effondrer à genoux, vain-
cue par une compulsion originelle, les paupières
closes sur ses yeux secs.

Mais toute l'attention de l'adolescent était tournée
vers son formidable adversaire. Clel empoignait la
Lame des Étoiles avec une évidente satisfaction.

– Depuis toutes ces années, dit-il, je la voyais sans
pouvoir m'en saisir. C'était comme si elle me nar-
guait, tu sais… Merci de l'avoir tirée de la pierre
pour moi !

Ponctuant sa phrase d'un pas résolu en avant, le
général elfyque menaça Wilf d'un coup fouetté qui
le fit reculer.

L'Elfye aimait marcher sur son adversaire, Wilf
l'avait remarqué. C'était un prétentieux qui entendait toujours mener le combat selon son rythme et sa

volonté. Hélas, en l'occurrence, il avait bel et bien l'avantage…

Un incident vint donner à Wilf quelques instants de répit supplémentaires. Guajo, ayant échappé par quelque miracle au sortilège des mages elfyques, se ruait au secours de son maître. Ce dernier le regarda traverser en courant, épaules en avant et tête baissée, les rangs de soldats royaux qui tentaient de l'empêcher de parvenir jusqu'à lui.

Dans sa course puissante, il perfora les lignes d'Elfyes, les bousculant dans tous les sens. Il en blessa même certains grièvement, comme Wilf le devinait à leurs cris de douleur, bien qu'il ne pût distinguer les détails de la progression de son compagnon.

Hélas, l'écuyer arrucian arriverait trop tard…

Wilf ne parvenait plus à éviter les coups de Clel. L'Elfye armé de la Lame des Étoiles, lui-même devant se défendre à mains nues : la situation était réellement désespérée… Lorsqu'il vit sortir Guajo de la mêlée, prêt à se jeter sur le général, Wilf eut pour lui un sourire triste. Le fidèle serviteur, maculé de sang – et ce n'était pas uniquement le sien, Wilf le devinait avec fierté –, tenait une lance elfyque et armait déjà son bras en visant Clel. *Une seconde trop tard…* pensa Wilf avec philosophie, comme si toute passion l'avait déserté à l'approche de la mort. Déjà, acculé contre le tronc d'un chêne, il voyait s'abattre sur lui l'épée d'Arion, et savait qu'il n'avait aucune chance de l'éviter.

Il ne ferma pas les paupières, tenant à rester digne jusqu'au bout. On ne dirait pas qu'il était mort dans la peur.

La lame, couleur de nuit, décrivit un arc de cercle

raffiné et meurtrier, faisant pleurer l'air qu'elle déchirait sous son tranchant.

Elle vint frapper Wilf à la gorge. L'adolescent connut une seconde d'angoisse qui lui parut durer des heures. Était-ce vrai, ce que l'on racontait sur les décapités ? Allait-il vraiment voir son corps s'effondrer et entendre ses amis le pleurer avant de sombrer définitivement dans le néant ?

Il ne devait pas connaître la réponse ce soir-là.

Le coup ne vint jamais, la Lame des Étoiles s'étant immobilisée au contact de la peau de Wilf.

Un instant de paralysie totale s'empara de la clairière tout entière, frappant de stupeur humains et Elfyes. Puis le temps recommença à s'écouler normalement. D'un mouvement brutal et gracieux à la fois, l'épée forgée par Zarune échappa au contrôle de Clel. Mue par quelque magie, elle se retourna contre son porteur et vint l'embrasser mortellement avant qu'il ait pu comprendre quoi que ce soit.

La Lame des Étoiles fichée à travers sa gorge, une main encore crispée sur sa garde, le puissant général Elfye adressa à Wilf un dernier regard stupéfait. Puis il s'écroula dans un gargouillis, le sang bouillonnant hors de sa blessure.

Wilf récupéra aussitôt son arme. Guajo s'était retourné face aux soldats elfyques, prêt à en découdre s'ils tentaient d'approcher son maître.

Les lanciers royaux firent un pas en avant. Guajo les imita, déterminé.

Wilf ne comprit rien à ce qui se passa ensuite. Son écuyer fit un nouveau pas vers les lignes ennemies, et les Elfyes eurent alors une réaction incompréhensible. Une terreur totale put soudain se lire sur leurs visages, et la plupart poussèrent des hurlements de peur. Ils se débandèrent sans ordre, se piétinant les uns les autres, lâchant sur place armes et boucliers.

Wilf, encore épuisé par son récent combat, les regarda s'enfuir d'un œil hagard. Il ignorait ce que Guajo avait fait pour les effrayer ainsi. L'intéressé, se retournant vers son maître, semblait d'ailleurs le premier surpris. Wilf se souvint qu'un incident similaire avait eu lieu pendant la bataille du bastion... Il haussa les épaules, remettant l'éclaircissement de ce nouveau mystère à plus tard.

– Ne traînons pas, parvint-il à dire, essoufflé.

Lucas et les autres, tout juste libérés du sortilège qui les emprisonnait, vinrent à la rencontre des deux jeunes hommes. Les mages elfyques, en fuite, ne devaient plus être capables de maintenir leur pression surnaturelle sur eux.

Wilf jeta un regard alentour. Il ne savait pas où était passée Siècle, qu'il avait perdu de vue après qu'elle fut venue en aide à son ennemi. Il aurait préféré être indifférent à son sort.

– D'autres soldats du roi vont venir, déclara Fagrid. Il nous faut fuir au plus vite; je saurai leur faire perdre notre piste dans la forêt...

Tous hochèrent la tête, bien décidés à profiter de cette chance inespérée. Sauf Wilf et Lucas, plongés de nouveau dans la contemplation du sarcophage de pierre pâle.

Aucun moyen de l'ouvrir... médita Wilf. Et Winjol avait raison : impossible de le transporter...

Si seulement il y avait eu une solution pour ne pas abandonner Celle-Qui-Dort à sa prison...

Croisant le regard de Lucas, il y lut un trouble aussi profond que le sien.

– Allons, fit Fagrid d'une voix émue, ne soyez pas plus fervents que nous sur ce point... Je la sers depuis toujours, et je la vénère... mais il faut malgré tout être capable d'estimer une situation.

– Nous reviendrons la chercher, assura Dalad, lui aussi d'un ton rongé par la douleur.

C'est ainsi que Wilf et les siens s'en retournèrent dans la forêt de Sylvedorel, quittant à regret Zarune et son tombeau de solitude.

Le visage de pierre et d'ivoire devait hanter chacune de leurs nuits à partir de ce soir-là...

* * *

Le navire qui ramenait Wilf et ses suivants à Fael avait été affrété dans un petit port du sud de la Principauté. Blancastel était en guerre, à présent, et cela avait été un crève-cœur pour les voyageurs de voir ce beau pays ravagé par les Lanciers Saints.

Comme promis, les Libérateurs avaient auparavant reconduit leurs nouveaux alliés en lisière de Sylvedorel, où les compagnons de Wilf avaient repris leur route après des adieux émus.

L'héritier des rois du Cantique se tenait à la proue de la goélette, appuyé à la rambarde de bois. La Lame des Étoiles pendait à son côté, dans le fourreau de bois noir laqué que Guajo avait fabriqué pour lui.

L'écuyer était debout non loin de là, laissant lui aussi le vent de la mer lui fouetter le visage. Il conversait avec Oreste, manifestement en admiration croissante devant la culture raffinée du Ménestrel.

Quant à Lucas, l'éternel compagnon, il se tenait à la droite de son ami, ses cheveux blonds flottant librement dans l'air salé.

– Nous avons de quoi lutter, maintenant, dit-il soudain.

Wilf se contenta d'acquiescer. Ils n'en avaient pas parlé jusqu'ici, assez curieusement. La perspective des luttes à venir l'excitait plus qu'elle ne l'effrayait, mais il avait laissé dans le royaume elfyque une nostalgie qui rendait sa présente humeur morose. Les déceptions infligées par la jolie Siècle n'étaient pas les seules en cause. Il s'était totalement débarrassé de son enfance, maintenant. Son épée au fourreau, arme mythique qu'il allait devoir lentement apprivoiser, lui rappelait qu'il était à présent l'un des puissants de ce monde. Il allait devoir se comporter comme tel, et de plus lourdes responsabilités qu'il n'en avait jamais souhaité allaient peser sur ses épaules.

L'adolescent sourit. Il avait seize ans, et un royaume à ressusciter. Les Dragons Étoilés devraient être localisés au plus vite. S'il n'intervenait pas, les tyrans orosians domineraient bientôt le monde, à moins que l'ombre de Fir-Dukein ne jette sur le continent un voile de ténèbres pour les mille prochaines années…

Lucas ne saurait jamais à quel point sa présence rassurante à ses côtés importait pour lui. *Ou peut-être le sait-il…* songea Wilf en souriant de nouveau. Le spirite n'était pas homme à se laisser duper par le silence. Il avait tellement changé, depuis son séjour dans les abysses…

Leurs regards se croisèrent, noir d'encre dans bleu de mer. La tâche qui les attendait ne semblait pas impossible, après tout. Pas tant qu'ils pourraient compter l'un sur l'autre.

Quelque chose attira alors leur attention. Une brume grisâtre était née entre eux et le couple formé par Oreste et Guajo. Le temps était parfaitement clair, aussi la présence de cette nappe de brouillard paraissait-elle totalement incongrue. Déjà, les marins castelois faisaient des signes contre la malédiction et reculaient en tremblant.

Guajo avait tiré son glaive, tandis qu'Oreste saisissait sa cordeline d'un geste coulé.

La forme se concentra, prit lentement plus de substance. Mais s'il s'agissait d'un sortilège, il ne montrait pour l'instant aucun signe d'agressivité.

Bientôt, le brouillard gris eut une forme presque tangible. Lucas soupira de soulagement en y reconnaissant une créature inoffensive. Il n'en avait jamais vu, mais connaissait leur description : il s'agissait d'un *leoghis*. Ces créatures immatérielles étaient utilisées en tant que messagers, et c'était l'Église Grise qui en avait fait le plus grand usage.

Si Lucas devinait bien, celle-ci venait droit de Fael.

– Du calme, dit-il donc à ses compagnons. Je crois que c'est Yvanov qui nous l'envoie…

Les autres rangèrent leurs armes, restant tout de même vigilants. Ils se détendirent toutefois, lorsqu'il fut évident que le *leoghis* était bel et bien l'émissaire de l'ancien recteur de Saint-Quernal. L'intonation carrée de l'abbé n'était pas bien rendue par la bête spectrale, mais on reconnaissait malgré tout l'énergie qui animait toujours le discours d'Yvanov.

– *J'espère que ce messager vous trouvera en bonne santé, mes enfants,* disait la voix du recteur par la bouche de la créature. La sonorité flottante qui la parasitait s'accordait bien avec l'apparence floue et ondulatoire du *leoghis. J'ai moi-même d'excellentes nouvelles... Mon cher Lucas, ta promise est désormais entièrement guérie. Cela m'a coûté des semaines d'efforts, mais elle a retrouvé toute sa raison grâce à mes soins, et c'est aujourd'hui une joie de la voir diriger son duché. Bien sûr, il faudra encore de longs mois avant que sa personnalité originelle ne soit parfaitement restituée... Si jamais c'est le cas. À mon avis, cette épreuve l'aura définitivement changée, et cela tu devras l'accepter, mon fils.*

Tous les quatre s'étaient rapprochés pour mieux entendre. D'un signe, ils avaient chassé les matelots et leur avaient dit de ne pas s'inquiéter. Ils buvaient maintenant les paroles de l'abbé avec une joie sans bornes. À la mention de Djulura et de son rétablissement, Oreste avait étreint le bras de Lucas avec ferveur.

– Quant à Pej, il est de retour depuis peu, animé d'une fougue toujours aussi flamboyante. Il voit dans ce grondement qui a déchiré le ciel il y a quelques jours le signe que vous avez connu le succès, dans votre quête de la Lame des Étoiles. J'espère pour ma part qu'il a raison. Je crois qu'il attend le retour de Wilf avec impatience, pour reprendre le combat côte à côte. Mais il y a plus important encore, à propos de vos amis Tu-Hadji. Le sauvage nommé Jih'lod est lui aussi arrivé au castel de Fael. Il était accompagné d'un membre de sa race, encore plus étrange, si je puis m'exprimer de la sorte... Celui-ci, que Jih'lod et Pej nomment le Duük, attend également le retour de Wilf pour lui livrer, semble-t-il, de précieux secrets. Je sais que ce message vous aura redonné courage, aussi je souhaite comme les autres que vous soyez promptement revenus à Fael. Votre Monarchie me semble plus prometteuse de jour

en jour, et je suis fier d'avoir pu apporter ma pierre à l'édi-
fice. Puissent les routes ou les vents vous porter rapide-
ment jusqu'à nous...

Wilf et ses compagnons attendirent quelques instants avant de réaliser que le *leoghis* avait terminé son
discours. D'ailleurs, la créature s'effilochait déjà,
éparpillant ses langues de brumes aux quatre vents.

– Enfin guérie, soupira Lucas, les larmes aux yeux.
Il ne pouvait rien m'arriver de plus beau...

– Nous sommes tous heureux, confirma Wilf. Et la
suite s'annonce sous les meilleurs auspices, puisque
Jih'lod est parvenu à ramener le Premier Tu-Hadji.
C'est lui qui doit m'enseigner la manière de soigner
la Skah de sa souillure, expliqua-t-il.

Guajo sourit de toutes ses dents.

– Si l'on m'avait dit, il y a un an, que je mènerai
une guerre aux côtés d'un Roi-Magicien, avec pour
adversaires le Roi-Démon et le chef immortel de la
Théocratie...

Oreste et Lucas sourirent à leur tour.

Wilf reporta son regard sur l'océan. De l'autre côté
de la mer, son couronnement l'attendait. Les préparatifs avaient sans doute déjà commencé. Ensuite,
viendraient la guerre et la souffrance. Il était confiant.
Secondé par ses amis, il saurait bien venir à bout de
ses invincibles ennemis...

* * *

Comme il était séduisant, ce prince noir...

Djulura tenait la longue main fine d'Ymryl dans
les siennes, et avait le regard plongé dans les iris vio-
lets du guerrier.

L'aube se levait déjà sur les remparts de Fael. Dans le jardin suspendu où ils avaient passé la nuit entière à se regarder, la fraîcheur de l'aube vint les surprendre.

Le Prince-Démon ôta sa cape de ses épaules couvertes d'acier argenté, puis en enveloppa le corps frissonnant de la duchesse.

– Tu es belle, dit-il simplement. Tu as retrouvé ce regard valeureux que j'admirais…

Elle sourit tristement. Les premiers rayons du soleil jouaient dans sa chevelure et sur l'armure de son interlocuteur.

– Pourtant, je n'ai jamais autant douté…

– Tu ne le dois pas, déclara Ymryl un peu sèchement. J'ai échoué à t'utiliser… Tout au plus avais-je réussi à te détruire. Je suis heureux que les choses aient tourné ainsi, et je suis heureux de n'être pas parvenu à te gagner à notre cause. Tu es plus à ta place auprès des tiens…

Djulura leva un sourcil, vaguement étonnée. Elle lâcha lentement la main du prince.

– Cela veut dire que nous serons ennemis, murmura-t-elle.

Ymryl hocha la tête.

– Des ennemis mortels.

« Je vais me battre pour soumettre ce continent à mon maître, et toi pour le défendre…

– Mes souvenirs sont si flous, continua la diseuse. Je ne sais plus séparer ce qui était la folie de ce qui était mes sentiments véritables.

Le prince la fixa paisiblement.

– Peut-être pourrions-nous…

Il n'acheva pas sa phrase, rendu muet par le doute.

– Oui ? l'encouragea Djulura.

– Lorsque l'heure des combats sera écoulée, lorsque la nuit sera tombée après que nous aurons passé la journée à essayer de nous entre-tuer… Peut-être pourrions-nous nous voir encore, comme nous le faisions, oubliant les champs de bataille et les camps qui nous opposent… Tu vas tellement me manquer, duchesse.

La jeune noble sursauta, choquée par les propos de son amant et ennemi.

– Tu voudrais que je sois à toi, alors que nous serons en guerre ? s'indigna-t-elle. Crois-tu que je serai capable de faire l'amour avec celui qui essaie-rait de me tuer, et de tuer mes amis ?

Le Prince-Démon haussa les épaules.

– Je n'en sais rien. Tout a toujours été étrange, entre nous.

La colère passa de nouveau sur le visage de la diseuse.

– Il n'y a pas de *nous* ! Tu as profité de ma faiblesse, tu m'as conduite dans les abîmes de la folie ! Cela n'a jamais été de l'amour ! Par l'Étoile, je devrais me jeter sur toi à l'instant même et essayer de te tuer, au lieu de te faire la conversation !

Ymryl sourit.

– Alors pourquoi ne le fais-tu pas ?

Djulura resta sans voix. Elle baissa un instant les yeux et, lorsqu'elle les releva, le prince lui tournait déjà le dos.

– Tu pars ? demanda-t-elle, au bord des larmes.

– Je retourne servir mon maître, dit Ymryl par-dessus son épaule.

La duchesse déglutit péniblement.

– Tu veux bien me faire la promesse que tu ne reviendras plus me tourmenter ? demanda-t-elle d'une voix tremblante.

– C'est vraiment ce que tu souhaites ? Que je te laisse en paix ? demanda le prince, la voix enrouée comme si lui aussi était soudain ému.

Djulura serra les poings et lutta contre ses larmes.

– Oui. Si tu reviens, je serai obligée de te tuer…

Ymryl, bien que sachant qu'un tel acte était au-delà des pouvoirs de la duchesse, ne releva pas.

– Alors j'accepte, dit-il seulement, le ton couvert par une intense émotion. Si nous nous revoyons, ce sera en tant qu'adversaires… Adieu.

Sa main, un peu trop lentement, conjura la magie mauve qui lui permettait de regagner l'Irvan-Sul.

Bouleversée, Djulura le regarda disparaître entre les sphères colorées.

Livre quatre

LES DRAGONS ÉTOILÉS

PREMIÈRE PARTIE

RÉBELLION

1

La nuit était encore jeune, mais le palais déjà silencieux. Un jeune homme aux cheveux noirs écoutait le bruit du ressac, ce grondement qui lui provenait du dehors. La musique des flots déchaînés le rendait presque toujours paisible…

À mi-hauteur de la forteresse, dans une salle que des vitraux bleutés ouvraient largement sur la mer, il s'était assis à l'extrémité d'une longue table de bois ciré. Seul. Il avait grand besoin de réfléchir, et ces dernières semaines ne lui en avaient guère laissé l'occasion.

Son long périple à travers les Provinces de l'ancien Empire l'avait mené jusque dans le royaume forestier des Elfyes. Là-bas, il avait dû livrer bataille pour s'approprier la Lame des Étoiles. Et là-bas, il avait été trahi par son amie elfye, avant de devoir abandonner à son sort la malheureuse Orosiane connue sous le nom de « Celle-Qui-Dort ».

La trahison de Siècle… l'image de Zarune la rebelle, scellée dans sa couche de pierre… il sentit son cœur se serrer à l'évocation de ces deux souvenirs. Mais aujourd'hui, Wilf, dernier héritier de la lignée des Rois-Magiciens, était de retour au castel de Fael.

Le palais côtier, qui l'avait accueilli autrefois, alors qu'il n'était encore qu'un jeune gredin, était devenu comme sa demeure. Au premier jour, le garçon était tombé amoureux de cette fière forteresse et de la cité qui l'entourait. Mais la beauté des lieux n'était pas la seule raison de son attachement à cet endroit. Ici, il était l'hôte de sa vieille amie, la duchesse Djulura, et chacune des personnes qui lui étaient chères finissait tôt ou tard par y faire halte. De plus, Fael était du Sud, et pas seulement par sa position géographique. Toujours, elle avait été le cœur de la rébellion contre l'Empire, puis contre la Théocratie. Les Gens de l'Étoile, restés fidèles aux Rois-Magiciens à travers les siècles, y vivaient en grand nombre. Fael vibrait à l'unisson du peuple de Wilf…

Peut-être, enfin, fallait-il voir dans cette affection une preuve supplémentaire des liens profonds qui unissaient la vie du jeune homme à celle du grand roi Arion. Le monarque était né à Fael, et la cité était toujours demeurée sa résidence favorite. Presque toute sa vie, le Roi-Magicien avait séjourné entre ces pierres que Wilf caressait à présent du regard. Arion, son ancêtre, dont il portait aujourd'hui l'épée éternelle…

Il toussota. Non, pas son ancêtre. Il le savait, même s'il lui était souvent plus confortable de ne pas y penser. Arion et lui-même ne faisaient qu'un… un autre lui-même, dans une autre vie oubliée. Avec un soupir, il chassa cela de son esprit.

D'autres préoccupations le tourmentaient. Sitôt ses bagages posés, le Ménestrel Andréas avait tenu à lui faire son rapport sur la situation politique. Il semblait que la Théocratie n'était pas demeurée inactive pendant leur voyage de retour… De nouvelles exactions avaient été commises dans toutes les Provinces. Plus que jamais, les troupes de Mazhel répandaient le sang et la famine. L'Orosian lui-même s'était fait sacrer pharaon par le Clergé Gris, et avait ordonné à tous qu'on l'adore en lieu et place de Pangéos, tel un dieu vivant. Les religieux qui avaient osé protester avaient été exécutés en place publique.

Le peuple ne respirait plus, ne pouvait plus en subir davantage : par dizaines, les cités affamées et meurtries élevaient des barricades, toujours réprimées avec une violence inhumaine. Pourtant, cela ne suffisait plus à dissuader les villes voisines d'en faire autant. Bain de sang après bain de sang, une colère vengeresse enflait dans les terres de la Théocratie, se propageant comme une traînée de poudre. La colère... ou bien l'instinct de survie, songea Wilf avec un sombre rictus. Bientôt, si la situation n'évoluait pas, il n'y aurait plus que les fidèles partisans de Mazhel à fouler le sol de ce pays...

Cette attitude amenait le jeune homme à s'interroger. Pourquoi ce zèle ? Quel bénéfice le seigneur orosian avait-il à pousser le peuple à la révolte ? Et pourquoi tous ces massacres, quand il aurait été si simple de réduire la population exténuée en esclavage, en lui accordant un minimum de nourriture et de sécurité ?

Wilf fit la moue. Hélas, Andréas devait avoir raison...

Car si le continent entier ployait sous les coups des Lanciers Saints, c'était maintenant les Provinces du Sud, avant tout, qui étaient visées. D'après le Ménestrel, Mazhel organisait cette tyrannie sciemment. Il espérait amener Wilf à se montrer.

Sans doute avait-il pris peur, apprenant que la Lame des Étoiles était dorénavant en sa possession. Si le jeune homme pouvait faire appel aux Dragons Etoilés, il n'était plus question de le considérer comme un simple détail...

À écouter Andréas, la sauvagerie redoublée des pillages perpétrés par ses Lanciers n'était donc qu'une ruse du pharaon pour faire sortir son ennemi de sa tanière. Cette idée laissait Wilf nauséeux : mille morts, mille viols, mille incendies, mille catastrophes... pour lui seul. Pourtant, il devait bien admettre la rationalité de la thèse du Ménestrel. Mazhel, ce fou arrogant, était certainement capable de fouler au pied tout un peuple pour retrouver un seul homme.

Le jeune héritier plaqua ses paumes sur le bois foncé de la table, pour cesser de serrer les poings.

– Tout ça à cause de moi... rugit-il. Pour me pousser au combat !

Une étincelle couvait dans son regard, où se disputaient la haine et la folie d'un homme acculé. Mais Wilf hésitait encore. Était-il prêt à mener une révolte ? Le peuple du Sud le suivrait-il comme prévu ? Les gens du Nord se résoudraient-il à s'allier avec leurs vieux rivaux pour échapper à la tyrannie de Mazhel ?

Il ne savait même pas si les troupes des Gens de l'Étoile étaient prêtes, et suffisamment armées. Sans elles, paysans et citadins n'auraient pas la moindre chance contre les Lanciers Saints. Les armées des Provinces avaient depuis longtemps été démantelées, ou bien servaient sous le commandement d'officiers acquis à la cause de la Théocratie.

Et, plus important que tout le reste : Wilf ignorait toujours où dormaient les Dragons. Dans quel lieu

oublié, dans quelles ruines du bout du monde ?...
Sans le soutien de ces bêtes fabuleuses, il ne pouvait
espérer vaincre. Son dernier combat contre Mazhel
lui en avait laissé l'amère certitude.

Quelqu'un frappa à la porte.

– Oui ? fit le jeune homme d'un ton irrité.

«J'avais pourtant demandé à ne pas être dérangé...
râla-t-il à voix basse.

Mais la porte s'ouvrit sans autre forme de procès,
révélant une silhouette haute et massive. Dès qu'il
l'aperçut, Wilf se leva d'un bond :

– Pej ! s'exclama-t-il.

Le géant Tu-Hadji lui adressa un sourire tranquille, puis il écarta avec précaution sa lance gravée
tandis que Wilf venait l'étreindre chaleureusement.

Les deux amis ne s'étaient pas revus depuis des
mois. Sitôt arrivé à Fael, le jeune homme avait
demandé des nouvelles de son fidèle compagnon,
mais on lui avait répondu que les Tu-Hadji avaient
préféré s'installer à l'extérieur de la cité.

– Le Duük ne pouvait supporter de vivre dans
cette ruche d'abeilles, expliqua Pej. Nous avons dû
le conduire à l'écart. Mais je suis venu dès que j'ai
appris ton retour !

Une main énorme serrée sur son épaule, le Tu-
Hadji observait son protégé d'un regard fier.

– Tu as encore grandi, nota-t-il. Tu es un homme,
à présent...

Son regard descendit vers le fourreau qui pendait
à la ceinture de Wilf.

– Et tu as réussi... Nous avons tous pu entendre le
chant du ciel. C'est bien la Lame des Étoiles ?

Le jeune héritier acquiesça.

– Hélas, elle ne me servira à rien si je ne sais pas où trouver les Dragons… soupira-t-il, retrouvant sa mine morose.

Pendant un court moment, Wilf avait été tout à la joie de ces retrouvailles, mais ses préoccupations reprenaient vite le dessus…

Pej haussa les épaules.

– Pour le moment, je dois te conduire quelque part. Tu me raconteras tes aventures en chemin.

Wilf leva vers lui des yeux étonnés.

– Est-ce que nous allons loin ? soupira-il. Je viens à peine de rentrer…

– Ne te fais pas de souci, sourit le géant. Tu seras de retour pour déjeuner avec les autres *nedaks* !

Sans autre question, Wilf ramassa ses gants qui traînaient sur la table. Il songea avec mélancolie qu'il avait rêvé d'une bonne nuit de sommeil dans un lit confortable… Mais Pej devait avoir de bonnes raisons pour l'en priver. Agrafant sa cape noire sur ses épaules, il lui emboîta donc le pas.

Moins d'une heure plus tard, ils se trouvaient tous deux au cœur d'un petit bois de pins, comme on en comptait des dizaines le long de la côte arionite. Les grands conifères commençaient déjà à s'espacer, et Wilf devina qu'ils ne tarderaient pas à avoir traversé ce bosquet.

Parvenu à la lisière occidentale, le Tu-Hadji marqua un temps d'arrêt. Ils devaient être tout près de l'océan : on entendait le roulement des vagues charriées par le vent nocturne.

– Nous y sommes, dit Pej en se tournant vers le

jeune homme. Ne te frappe pas de ce que tu vas voir…

Puis il se remit en marche.

Un peu perplexe quant à cette mise en garde, Wilf franchit le rideau d'arbres avec une circonspection mêlée de curiosité.

De l'autre côté, le spectacle qui s'offrait à eux parvint malgré tout à lui arracher un grognement de surprise.

Comme il l'avait soupçonné, ils se trouvaient au sommet d'une falaise. À perte de vue, l'océan remuait sous son drap bleu nuit, et on devinait à l'oreille l'écume qui bouillonnait dans la crique, en contrebas. Un paysage parfaitement typique de la Terre d'Arion.

Ce qui l'était moins, c'était le bâtiment érigé à la pointe de la falaise. Au cours de ses nombreux voyages, Wilf n'en avait jamais vu de semblable.

Un péristyle de très hautes colonnes ceignait un édifice plus bas, rectangulaire, lui-même surmonté en son centre d'un dôme ovale. Le tout était taillé dans une pierre bleu-gris, avec un art consommé qui rendait une impression d'harmonie et de perfection. Wilf sentit presque aussitôt un calme olympien l'envahir. Aux côtés de Pej, il s'avança instinctivement vers ce lieu qui invitait à la sérénité.

Les colonnes, hautes d'une quinzaine de mètres, dominaient le bâtiment central, élevé d'un unique étage. La roche, en dépit de sa teinte inhabituelle, semblait granitique. La pierre rêvée du bâtisseur, mais pas celle du sculpteur… Wilf renouvela en pensée son admiration envers celui qui avait su mettre à nu chapiteaux et cannelures à partir de cette matière coriace.

Alors qu'ils approchaient, le jeune homme remarqua qu'aucune porte ne scellait le bâtiment en lui-même. Une simple ouverture triangulaire était pratiquée sur l'un de ses côtés, laissant entrer la brise et sortir la lumière. Car l'intérieur était éclairé… mais pas par la lueur d'une torche ou d'une lampe. C'était autre chose : une lumière froide, blanche et pure, comme celle d'une étoile.

– De quoi s'agit-il ? demanda Wilf en désignant l'étrange monument.

Pej engloba la scène d'un geste de ses grands bras.

– C'est… notre campement, avoua-t-il. Jih'lod et le Duük t'expliqueront.

Le jeune homme hocha la tête sans être sûr d'avoir compris.

– Jih'lod ?… Je vais être ravi de le revoir, murmura-t-il d'un ton absent.

Puis, se tournant de nouveau vers Pej :

– Cet endroit… J'y suis bien, affirma-t-il.

Pej acquiesça et lui fit signe de le suivre.

Ils franchirent le péristyle qui entourait cet édifice de lignes claires, à l'architecture expurgée de tout mauvais goût. Il y avait dans ces formes savamment épurées quelque chose de frais et de reposant.

Ils pénétrèrent à l'intérieur.

Là, baignés par cette lumière douce, Jih'lod et le Premier Tu-Hadji attendaient. Jih'lod vint saluer Wilf, posant sur lui un regard plein de chaleur.

– Bonsoir, mon vieil ami… souffla le jeune homme en réponse.

Mais son attention était surtout concentrée sur le

Duük, cet être mythique qui était si souvent apparu dans ses rêves. Jusqu'à cette nuit, il n'avait jamais été certain de croire à son existence… Mais, à présent, le doute n'était plus permis.

Le géant immaculé, assis en tailleur au centre de l'unique salle du bâtiment, était entouré d'une meute de loups blancs. Certains s'agitaient autour de lui, reniflant en direction des nouveaux venus, mais la plupart demeuraient paisiblement couchés à ses côtés.

L'homme en lui-même était tel que Wilf l'avait vu dans ses rêves. Des bois de cerf saillaient de ses tempes, recouverts à leur base de peau duveteuse. Ses andouillers affichaient une envergure majestueuse; ils encadraient et surmontaient un visage non moins imposant. Pourtant, si une grave dignité habitait les traits de ce personnage fier, son regard trahissait également un brin de malice et de nonchalance. Son torse, son cou, étaient couverts de dessins blancs: volutes et entrelacs tribaux qui se disputaient chaque parcelle de sa peau.

Les tatouages rituels de Pej et de Jih'lod, comme ceux de tous les autres Tu-Hadji, étaient bleu marine. Mais la couleur de ceux portés par le Premier semblaient bien en adéquation avec sa nature. L'homme irradiait une pureté, une virginité des premiers jours du monde…

Pej s'inclina avant de s'asseoir à son tour, imitant Jih'lod qui avait regagné sa place auprès du Duük. Wilf resta encore une seconde immobile, scrutant le guerrier blanc.

Une lance ivoirine était posée au sol, à portée de main, mais – curieusement – le géant paraissait inoffensif. En dépit de la révérence que lui témoignaient les deux Tu-Hadji, Wilf ne parvenait pas à considérer ce personnage comme le chef de toute une race. Aucune autorité, aucune volonté de domination ne se dégageaient de lui. Uniquement de la quiétude... Le magnétisme indéniable qui l'habitait n'avait rien à voir avec celui, plus brutal, d'un roi ou d'un général.

Wilf se sentit soudain mal à l'aise, à dévisager ainsi son hôte. Mais celui-ci le fixait également, et ne semblait pas prendre ombrage de son attitude. Assis en face de Wilf, ses deux amis Tu-Hadji attendaient calmement.

– Bienvenue, dit alors le Premier.

Sa voix était paisible et profonde, telle que l'avait imaginée Wilf. Il lui fit signe de s'asseoir, et le jeune homme obéit.

Un loup fit cligner ses yeux jaunes et retroussa ses babines en matière d'avertissement, mais Wilf se sentait instinctivement en sécurité.

– Je savais que nous serions amenés à nous rencontrer, déclara-t-il. Avez-vous fait bon voyage depuis votre lointaine retraite ?

– Jih'lod m'a accompagné, répondit le Premier. C'est lui qui m'a montré le chemin jusqu'ici. Ces terres du Sud-Ouest ne sont pas si différentes de nos côtes orientales...

Son regard se perdit soudain à travers les lieues et les âges, si bien que Wilf crut que la conversation allait mourir à ce point.

Mais le voile quitta bientôt les yeux du Premier, qui se pencha imperceptiblement vers son invité :

– Alors, le voilà, celui qui guérira la Pierre de Tu-

326

Hadj… Le roi des hommes annoncé par la prophétie…

Un sourire vint planer sur ses lèvres, à la fois complice et dépourvu d'illusions. Comme si le père de la
race nomade se résignait, péniblement, à laisser le
sort du monde se jouer sur le destin d'un seul *nedak*.

Wilf, embarrassé, changea de sujet :

– Quel est cet endroit ?… questionna-t-il. Il s'en
dégage une atmosphère si bienveillante… Mais je
connais bien la région, et je parierais qu'on n'a jamais
bâti un tel édifice sur la côte arionite… Est-ce votre
œuvre ?

Le Premier hocha affirmativement la tête.

– Je l'ai fait apparaître pour nous abriter en attendant ton retour. Vos cités humaines sont invivables
pour un vieil ermite comme moi : je n'y aurais pas
tenu une heure de plus… avoua-t-il, tandis qu'un
sourire franc égayait son noble visage.

« Je l'ai bâti à l'image des forums qui occupaient
le centre des Refuges… Du temps de la splendeur de
nos royaumes côtiers, avant les Guerres Elfyques…
(Il parut brièvement perdu, une fois encore.) Avant
mon exil…

« Tu l'auras compris : cette demeure, tout comme
la lumière qui l'inonde, sont d'origine magique. Ce
sont des bienfaits de la Skah. Tu dois y être sensible,
je suppose…

Wilf parut étonné :

– Mais les Tu-Hadji ne se servent plus de la
Skah… Elle est souillée, plus encore pour eux que
pour les humains ! protesta-t-il.

– Pas pour moi.

Un instant s'écoula tandis que Wilf quémandait

une réponse dans le regard de Pej ou de Jih'lod. Mais les deux guerriers semblaient trouver cela tout à fait naturel.

– Si vous pouvez manipuler l'énergie magique sans risque, se récria le jeune homme, alors pourquoi toutes ces sornettes sur ma destinée? Pourquoi ne soignez-vous pas vous-même la Skah de sa corruption?

« Et surtout, pourquoi ne pas l'utiliser afin de lutter contre le Roi-Démon?

Le Premier fit non de la tête.

– C'est hors de mon pouvoir, répondit-il d'une voix lasse. Si, pour moi, la Skah n'est pas souillée, c'est que je ne suis pas de cette époque salie… Les combats à mener aujourd'hui ne sont pas à ma portée, l'âme extérieure ne le permettrait pas!

Il soupira:

– Je n'appartiens pas à ton siècle, jeune Wilf, ni même à ton millénaire. Et il ne m'appartient pas de conduire l'histoire de cette ère à ta place.

L'incompréhension se peignit sur le visage de Wilf.

– Comment est-ce possible? s'interrogea-t-il. Quelle créature êtes-vous pour vivre sans pouvoir agir sur le monde?…

Les épaules du géant blanc s'affaissèrent imperceptiblement.

– C'est mon lot, dit-il.

« La fin de mon âge est venue avec les Guerres Elfyques. Je ne peux pas mourir, car la mort est une chose qui m'est étrangère… mais je n'ai, malgré tout, plus ma place dans le monde des vivants.

Par son expression perplexe, Wilf signifia au Premier qu'il était à mille lieues de concevoir les idées dont il l'entretenait. Celui-ci sourit tristement et poursuivit :

– Je suis le blanc cerf, dit-il, et sa voix se mit alors à vibrer comme un chant antique. Je suis le premier-né de la Skah… J'ai fait bien plus que fonder la race des Tu-Hadji, car je suis le grand aîné ! Au matin du monde, mes andouillers frappèrent la roche vierge, tel un diapason.

« En heurtant le roc, ils le firent vibrer. Et par ce son originel, répercuté dans toute la planète, la Skah enfanta la vie. D'inerte, la matière devint alors vivante ! Les âmes des choses et des êtres furent éveillées.

Son expression s'assombrit :

– À présent, je suis l'intrus. Je suis celui qui erre… Je n'ai d'emprise sur rien. Et je pleure l'époque où le monde était nu…

Laissant ces derniers mots s'éteindre, le Premier baissa les yeux. Puis, tout bas, dans un murmure presque inaudible :

– Alors, jeune Wilf, respecte ma triste condition… Inutile de comprendre. Accepte simplement que je ne puisse pas intervenir…

Observant le masque douloureux qui avait recouvert le visage paisible du guerrier, Wilf se sentit coupable. Il n'avait pas voulu cette affliction.

– Je posais simplement la question… bredouilla-t-il.

Le Premier se leva dans le bruissement de fourrure des loups qui l'imitaient.

– Cela n'a pas d'importance, trancha l'antique Tu-Hadji. Tu viens de me rappeler combien ma place n'est pas ici.

« Accomplissons ce qui doit être, et finissons-en…

Sur ces paroles, Pej et Jih'lod se levèrent à leur tour, et se dirigèrent vers Wilf.

Fermement, ils lui saisirent chacun un bras. Wilf, après un réflexe un peu réticent, se laissa faire par ses amis. Il avait toute confiance en eux.

Tournant la tête à droite puis à gauche, il nota que Jih'lod lui adressait un coup d'œil rassurant, mais que Pej prenait soin de fuir son regard.

– Que voulez-vous ? demanda-t-il.

– Cesse de bouger, répondit simplement Jih'lod.

Et, avant même que Wilf ait eu le temps de répondre, le Premier s'avança vers lui pour plaquer ses immenses paumes contre son torse. D'un geste sec, Pej venait d'arracher la tunique de son protégé.

Sentant soudain la panique l'envahir, Wilf tenta de se débattre, mais les deux Tu-Hadji étaient bien trop forts pour lui. Très bientôt, il fut d'ailleurs incapable de penser à autre chose qu'à la décharge de magie pure qui le traversa.

Son âme lui parut s'embraser en une seconde. Chaque cellule de son corps s'anima d'une vie propre, à l'écoute du reste de l'univers. Il entendit, par chaque pore de sa peau, les cris du continent martyrisé. Il devint tour à tour chacun des êtres humains qui peuplaient la planète, puis chaque animal, chaque plante. Enfin, chaque poignée de terre qui constituait le sol et chaque goutte d'eau dans l'océan, chaque gorgée d'air dans les poumons des mortels. Il vécut tout cela, et bien plus, en un interminable battement de cœur. Pour la première fois, son union avec la Skah était vraiment totale.

Il goûtait de nouveau la sensation d'absolu qui lui

avait tant manqué depuis qu'il s'était résigné à abandonner l'usage de la magie. La même sensation, mais avec mille fois plus d'intensité et de profondeur…

Pourtant, cette fusion inespérée ne pouvait le réjouir. Car, par-dessus tout, il savait qu'il conserverait le souvenir de la souffrance. Devenu le réceptacle de toutes choses, il était témoin de la douleur atroce du continent. Pas un être n'était en paix dans ces terres gouvernées par la Théocratie. Un million de drames personnels venaient de le frapper de plein fouet, et les émotions négatives l'avaient déchiré jusqu'au plus profond de lui-même. Aux frontières de sa conscience étendue, il sentait la Hargne se tapir, la corruption de l'âme universelle. Mais son humanité parlait pour lui : c'étaient les douleurs humaines qui le bouleversaient, plus que les périls mystiques.

Il avait vu le mal s'acharner sur les siens, et il se sentait lacéré, épuisé, comme vidé de son sang. Voilà le souvenir qu'il garderait de cet instant.

Il rouvrit les yeux.

Pej et Jih'lod se tenaient penchés au-dessus de lui, de l'inquiétude dans le regard. Le Premier avait quitté son champ de vision.

– Je savais que cela serait douloureux, avoua Pej d'une voix rauque. Mais à ce point, je l'ignorais…

– On a sans doute pu entendre tes hurlements jusqu'à Fael… renchérit Jih'lod, l'air misérable. Mais il fallait en passer par là, ajouta-t-il comme pour se convaincre.

D'un geste agacé, Wilf se libéra de leur étreinte.

– Je ne me souviens pas d'avoir hurlé, grogna-t-il.

Il pouffa nerveusement, puis :

– Mes fidèles amis… vous feriez de bons Ménestrels, railla-t-il. Aussi habiles qu'eux à vous jouer de moi… Pourquoi m'avoir trahi ainsi ?

Pej se raidit comme si Wilf venait de lui enfoncer sa lame entre les côtes.

– Je ne te trahirai jamais ! rugit-il. C'était pour ton bien…

– Il aurait suffi de me prévenir, protesta le jeune homme. Je n'ai jamais redouté d'endurer quelques souffrances…

Jih'lod lui posa une main amicale sur le bras.

– Nous sommes désolés, Wilf, s'excusa-t-il. Mais les consignes du Duük étaient claires : tu devais te présenter avec l'esprit vierge, en toute innocence, pour que cela fonctionne.

« Loin de nous l'idée d'avoir voulu te trahir…

Wilf rabattit sur lui les pans de sa tunique déchirée et se leva. Son esprit était encore embrumé de sa récente expérience, mais il mit un point d'honneur à ne pas chanceler.

Un coup d'œil circulaire lui permit de localiser le Premier, debout à l'extérieur du bâtiment. Entouré par ses loups blancs, il semblait prêt à partir.

– Qu'est-ce que vous m'avez fait ? demanda Wilf d'une voix glaciale. Vous avez une idée de ce que j'ai ressenti ?

Le grand guerrier fit la moue :

– Ce que je ressens en permanence, ni plus ni moins. Les chants de la Skah peuvent être tragiques, l'ignorais-tu donc ?

« Il fallait que je t'enseigne comment guérir la Pierre de Tu-Hadj. Mon rôle est accompli.

Avant qu'il ne se détourne, Wilf bondit vers lui :

– Mais… Attendez ! Je ne comprends pas !

– Nul besoin de comprendre, jeune *nedak*. Je t'ai préparé, et j'ai laissé les solutions en toi.

« Le moment venu, tu sauras.

Wilf, encore sous le choc, ne sut que répondre. Au fond de lui, quelque chose avait changé : il sut intuitivement que le Premier disait vrai. Maintenant, il était prêt à soigner la Skah…

Autour de lui et des deux autres Tu-Hadji, les contours de l'édifice commencèrent à pâlir. Les colonnes clignotèrent un instant puis disparurent. Bientôt, la falaise fut nue, comme si aucun bâtiment n'y avait jamais été construit. Le Duük effaçait toute trace de son passage, reprenant sa magie. Comme si le monde ne devait porter aucune marque de son existence…

Tandis que la brise, à nouveau libre de souffler dans ses cheveux, venait chatouiller son front, Wilf suivit du regard le Premier des Tu-Hadji.

Il le vit s'en aller, marchant à grands pas, suivi de ses loups. L'ermite éternel s'apprêtait à redevenir une légende.

Les bêtes hurlèrent, comme dans un ultime salut, mais le guerrier ne se retourna pas.

Avec des sentiments mitigés à son égard, le jeune homme observa cette chasse sauvage s'enfoncer dans la forêt et disparaître.

2

La lumière entrait à flots par le plafond de cristal qui couvrait la terrasse. Lucas lui offrit son visage, la laissa l'inonder.

Agenouillé et assis sur ses talons, il se tenait parfaitement immobile. Depuis l'aube, ses mains étaient posées sur ses cuisses, son menton légèrement levé vers les cieux. Son dos droit, mais pas raide, n'était parcouru d'aucun signe de fatigue. Le fils des abysses savait qu'il aurait pu rester ainsi, en méditation, pendant des jours entiers. Même la vie bruyante d'un castel comme celui de Fael n'aurait pu le déconcentrer, s'il avait décidé de se noyer dans la perfection du So Kin.

Mais ce n'était pas son but. Les soucis de ses semblables, s'ils lui semblaient bien dérisoires lorsqu'il s'abandonnait ainsi à l'âme intérieure, le rappelaient pourtant au monde matériel. Il n'oubliait pas la mission qui lui avait été confiée, dès sa naissance, par le peuple des mers.

En contrebas, dans la clairière surplombée par cette terrasse, des bruits de pas et quelques mots échangés brisèrent le silence. Par un sourire – premier mouvement qu'il s'autorisait depuis des heures –, Lucas réagit à ces voix familières. Il se leva très lentement, d'un geste parfaitement souple, et se dirigea à pas mesurés vers la balustrade.

Quelques mètres sous lui, Oreste et Guajo s'installaient à l'ombre des arbres. Ils ne l'avaient pas encore remarqué.

Lucas les observa quelques instants : le Ménestrel tenait sa cordeline dans une main, et soutenait de l'autre la harpe sur pied que Guajo peinait encore à caler contre lui. Le bois lustré de l'instrument trouva enfin sa place sur le cœur de l'Arrucian, et Oreste s'assit à son tour, en face de lui.

Chaque matin, depuis qu'ils étaient de retour, les deux compagnons rejoignaient ce coin tranquille du parc. Ils amenaient leurs tabourets et leurs instruments, puis la leçon commençait... Oreste, s'acquittant d'une promesse faite à bord du navire qui les avait ramenés dans l'Ouest, enseignait la harpe à l'écuyer. Et la joie qui rayonnait sur le visage de Guajo suffisait presque à faire oublier l'ignominie de ses talents musicaux.

Alors que les premières notes s'élevaient, fraîches et gaies pour le Ménestrel, grêles et suraiguës pour son élève, Lucas toussota.

– Le bonjour, mes amis ! dit-il avec un signe de la main.

Ces derniers levèrent la tête dans sa direction. Avec un soulagement discret, Lucas apprécia que les doigts de l'Arrucian cessent de torturer le noble instrument.

Les deux hommes le saluèrent à leur tour, et l'invitèrent à les rejoindre. Le spirite ne voyait pas comment refuser...

– Je descends, capitula-t-il donc avec un sourire. Je ne voudrais surtout pas manquer les progrès de Guajo…

Descendant les marches de l'escalier, son sourire s'élargit affectueusement. Il avait pris goût à la compagnie des deux natifs du Sud. Ainsi, en dépit de quelques nuisances auditives, il se réjouissait toujours de passer un moment auprès d'eux.

Ensemble, ils discutaient de musique et de poésie, d'histoire et de littérature. Pendant quelques heures, l'art remplaçait dans leur esprit batailles et responsabilités. Tous trois échangeaient des propos futiles ou savants, oubliant pour un moment qu'il leur incombait de sauver l'humanité. Ces instants étaient importants pour Lucas. C'était sa façon de se consoler…

Car son retour en Terre d'Arion lui paraissait souvent amer, par bien des aspects. Djulura était devenue si distante… Guérie, certes, mais d'une froideur que le spirite ne lui avait jamais connue. En particulier à son égard, ce qui le plongeait dans une insondable tristesse. Lui qui s'était fait une telle joie à l'idée de retrouver enfin sa bien-aimée…

Lucas tâchait de ne pas trop montrer ses sentiments, mais il était profondément malheureux. Hélas, il ne pouvait chercher un quelconque réconfort auprès de Wilf, trop préoccupé par ses propres problèmes. Depuis qu'il avait franchi les portes de Fael, l'héritier des rois semblait plus soucieux que jamais. Son temps, il le passait avec Andréas ou Yvanov, à débattre de politique. Lucas les rejoignait parfois, mais il se rendait bien compte que ce n'était plus à lui de prendre les décisions à la place de son jeune ami.

Alors, même s'il évitait autant que possible de se morfondre, les idées noires demeuraient malgré tout son lot quotidien.

– Tu t'es encore montré matinal, à ce que je vois… le taquina Oreste alors qu'il les retrouvait dans le jardin. Tu ne te feras donc jamais à notre rythme méridional ?

– Sans doute pas… soupira l'intéressé, non sans un sourire en coin. Disons que c'est une vieille habitude de séminariste…

Il s'assit sous un arbre, à même le sol.

– Ne vous dérangez pas pour moi, fit-il avec un geste pour les encourager à continuer la leçon. Je vais vous écouter un moment…

Oreste reprit donc là où ils en étaient. Les notes s'égrainèrent, puis les partitions défilèrent, et Lucas se perdit de nouveau dans ses pensées. La fin de matinée passa sans qu'il s'en aperçoive.

– Tu n'es pas très bavard, mon ami, l'interpella Oreste au bout d'un moment. Quelque chose ne va pas ?

Tiré de ses ruminations, le jeune homme redressa la tête et ébaucha un sourire peu crédible.

– Je vais bien, assura-t-il d'un ton gai qui n'était pas plus convaincant.

Pris par surprise, le spirite n'était pas parvenu à composer ce visage serein qu'il aimait offrir à ses proches. L'indifférence de Djulura le hantait de plus en plus, et il lui devenait difficile de le dissimuler.

– Est-ce que je peux faire quelque chose pour vous, maître Lucas ? renchérit Guajo avec une mine inquiète.

Celui-ci souffla, baissant les yeux. Il venait de comprendre que ses deux camarades l'observaient sans doute depuis un moment.

– Rien de particulier, non. C'est simplement que... N'auriez-vous rien remarqué d'étrange dans l'attitude de la duchesse ?

Oreste hocha la tête avec une expression compréhensive.

– Je vois de quoi tu veux parler. Elle t'évite, n'est-ce pas ?

Lucas acquiesça.

– À ta place, je ne me ferais pas trop de souci, lui assura le Ménestrel d'un ton compatissant. Ce doit être très pénible pour elle aussi... Imagine, si tu avais été dans son cas : elle doit se sentir perdue, sans doute un peu honteuse... Moi, je serais très mal à l'aise, dans sa position. Ses blessures morales mettront encore un peu de temps avant de cicatriser totalement, si tu veux mon avis.

Lucas hocha la tête, plusieurs fois de suite.

– Mais... tu crois que cela suffit à expliquer son comportement avec moi ? demanda-t-il.

Le Ménestrel avança vers Lucas et s'assit sur ses talons pour lui faire face :

– Non, il n'y a pas que ça...

« Depuis des mois, c'est Andréas qui dirige ce duché. À présent qu'elle est rétablie, ma cousine doit se battre pour le remplacer, tu comprends ? Elle est contrainte à prouver chaque jour qu'elle est capable de reprendre les rênes : il faut qu'elle s'impose de nouveau à la tête de son peuple...

Il lâcha imperceptiblement un soupir, l'air attristé.

– Après une si longue absence, si elle n'a jamais perdu l'amour des Arionites, leur confiance à son égard s'est en revanche terriblement dégradée. Le peuple craint qu'elle ne rechute, et elle doit le rassurer en permanence. Tout son temps, toute son énergie, sont utilisés pour l'exercice du pouvoir. Il est donc compréhensible qu'elle ne veuille pas te mêler à cette période de sa vie. Votre relation risquerait de la perturber dans sa tâche, et elle ne peut se l'autoriser...

Lucas haussa les épaules.

– Mais je ne demande qu'à la soutenir! protesta-t-il. Je pourrais lui venir en aide dans la gestion de son duché...

Oreste se releva en soupirant.

– Sans doute estime-t-elle devoir s'acquitter seule de cette tâche. Et je crois qu'elle n'a pas tort, malgré tout le respect que j'ai pour toi.

Lucas comprenait. Tout cela lui paraissait logique. Malgré tout, il dut de nouveau baisser les yeux pour cacher le désarroi de son regard. Il ne pouvait s'empêcher d'imaginer que le Prince-Démon avait quelque chose à voir dans l'attitude de sa promise. N'avait-elle pas tenu de si étranges propos à son égard, durant la période de sa folie?

Le fils adoptif du seigneur d'Irvan-Sul avait hanté les pensées de Djulura, Lucas le savait. Et aujourd'hui, pourtant guérie, elle persistait à fuir la présence de son ancien amant. Leurs retrouvailles avaient été glaciales, et la jeune femme l'avait ensuite évité autant que possible... Depuis plus d'une semaine qu'il était de retour, sa bien-aimée avait quotidiennement trouvé divers prétextes pour refuser toute conversation avec lui, sans parler de rapports plus intimes. Alors, devait-il croire que le souvenir du prince l'avait chassé du cœur de la duchesse?

L'amoureux ne pouvait s'y résoudre. Mais le fils des abysses, le spirite, craignait lui que le comportement de Djulura ne dissimule quelque noir secret…

– Tout finira par s'arranger, messire, déclara Guajo.

L'expression de son visage, en tous les cas, prouvait qu'il le souhaitait sincèrement.

Lucas croisa le regard de l'écuyer. Ce jeune homme à la peau brune, aux mèches aussi noires que celles de Wilf, était décidément quelqu'un d'extrêmement attachant. Tous les jours, l'ancien moine se félicitait d'avoir persuadé Wilf de l'épargner, quelques mois plus tôt.

Il le remercia de sa sollicitude d'une petite tape sur le bras, et la figure basanée s'illumina d'un sourire.

– Votre amour ne tournera pas aussi mal que celui de Marwin et Sithra, j'en suis sûr ! s'exclama l'Arrucian, l'air un peu fier.

« J'ai lu cette histoire d'une seule traite, précisa-t-il en bombant le torse. Quand je pense qu'il reste encore des centaines d'ouvrages dans la bibliothèque de ce château… Je crois que je ne vous remercierai jamais assez de m'avoir appris à lire !

Lucas, pudique et un peu gêné par toute cette gratitude, lui rendit son sourire et se releva à son tour. Il considéra de nouveau l'écuyer.

Toujours plein d'enthousiasme dès lors qu'il s'agissait de musique et de légendes, l'Arrucian avait pris l'habitude de suivre Oreste comme son ombre. Il participait rarement à ses discussions avec Lucas, mais écoutait toujours d'une oreille attentive, buvant visiblement leurs paroles avec délice. Et il passait le reste de son temps à dévorer les livres des ducs de Fael…

Un peu amusé, le spirite songea que le jeune homme finirait par devenir plus instruit qu'eux. D'ailleurs, bien souvent, il était déjà surpris des conversations que Guajo était capable de soutenir lorsqu'on lui adressait la parole. Plus d'une fois, le domestique l'avait pris en défaut...

D'ailleurs, Lucas s'agaçait lui-même, à l'idée de cet étonnement révélateur. Pourquoi le jeune paysan arrucian n'aurait-il pas pu briller par son intelligence ? *Je suis devenu un « bon maître » plein de condescendance...* rumina le spirite. *Décidément, le pouvoir nous change d'horrible manière... Il faut que je me surveille.*

Puis ses pensées revinrent sur la personne de Guajo. *Je me demande ce qu'aurait pu obtenir Yvanov d'un tel matériau...* pensa-t-il en s'interrogeant une fois de plus sur le destin, cette force qui faisait naître tel enfant à la Cour du Csar, et tel autre dans les campagnes arides d'Arrucia.

Le fait de penser à l'abbé le ramena, sans qu'il en ait vraiment conscience, à la guérison de Djulura.

Djulura... et sa froideur cruelle.

Lucas se rembrunit. Car aucune amitié ne pouvait compenser ce manque... Rien ne pouvait faire taire la souffrance qui broyait son cœur...

* * *

– Sans les Dragons ? s'exclama Wilf. Mais c'est une pure folie !

Il ne parvenait pas à le croire : chacun de ses conseillers le poussait à la bataille. Avaient-ils donc tous perdu l'esprit ?

Cela avait été Andréas, le premier, qui l'avait incité à combattre. Selon lui, les armées de la résistance étaient prêtes, et c'était maintenant qu'il fallait frapper la Théocratie. *Quelles armées ?* avait juré intérieurement le jeune héritier. Une poignée de citadins armés de couteaux, quelques paysans brandissant leur faux ? Quant à la fameuse pugnacité de ces hommes, leur courage tant vanté par le Ménestrel, combien de temps tiendraient-ils face à une charge de Lanciers Saints ?

Si les forces du Sud laissaient Mazhel poursuivre sa tyrannie, disait Andréas, bientôt il serait trop tard. Toute volonté de lutte serait brisée à jamais... Mais le violoniste ne se rendait-il pas compte de la puissance de l'ennemi, ou bien était-il si pressé d'envoyer les siens au massacre ?

Et, à présent, c'était au tour d'Yvanov de lui tenir le même discours ! Peu à peu, le jeune homme se retrouvait acculé à une décision terrible...

– Vous ne comprenez pas, dit-il à l'abbé en retrouvant un ton plus courtois. Vous n'avez pas combattu Mazhel comme je l'ai fait...

« Rien ne peut venir à bout de son pouvoir. J'en ai eu confirmation lors de notre duel. À quoi servira-t-il de risquer la vie de milliers d'hommes, si c'est pour que l'Orosian nous balaie d'un simple revers de main ? Je n'ai qu'une certitude : avant toute chose, il nous faut faire appel aux Dragons Etoilés. Car sans leur aide, la guerre est perdue d'avance.

L'abbé leva un doigt carré pour se gratter le sourcil. Derrière lui, Wilf voyait s'étendre le port et son intense activité. Comme souvent, ils avaient choisi l'isolement des chemins de ronde, en haut de la citadelle, pour venir s'entretenir à l'abri des oreilles indiscrètes.

– Tu sais comme moi que chaque jour qui passe prélève sa dîme dans nos forces, déclara Yvanov en haussant les épaules. Tous les malheureux qui meurent aujourd'hui sous les coups des Lanciers sont certains de ne pas rejoindre nos troupes demain…

« Mais si tu te moques de mon avis, il te suffisait de ne pas le demander.

Wilf soupira bruyamment.

– Pas de ce petit jeu avec moi, Yvanov ! le rembarra-t-il. Nous n'avons pas de place pour votre orgueil froissé, à l'heure actuelle…

« Si je discute vos conseils – les vôtres tout autant que ceux d'Andréas, c'est parce que j'ai peur que vous ne preniez pas la pleine mesure des ressources de Mazhel. Je ne remets pas en question le fait que vous ayez tous deux bien plus d'expérience que moi en matière de politique et de stratégie…

« Mais vous rendez-vous seulement compte que c'est une guerre contre un dieu, que vous me préconisez ?

L'abbé détacha son regard de Wilf et le laissa planer sur le paysage, d'un mât de voilier à un autre. Tout en bas, des dizaines de fourmis minuscules s'agitaient pour décharger les marchandises sur les docks, ou encore surveiller les fortifications de la rade.

– Pour être franc… Je m'interroge sur les motivations réelles de ton attitude, dit-il enfin. Et chacune de tes phrases confirme mes soupçons…

Wilf lui adressa une moue inquisitrice.

– Que voulez-vous dire ?

– Simplement, répondit Yvanov de la même voix grave et calme, que tu n'es pas honnête avec toi-même.

« Tu ne cesses de répéter que c'est à cause de ton dernier combat contre Mazhel que tu es résolu à ne pas l'affronter de nouveau… Je pense que tu ignores à quel point cela est vrai.

Le jeune homme déglutit.

– M'accuseriez-vous d'avoir peur, l'abbé? questionna-t-il d'une voix sourde.

Ses yeux noirs brûlaient d'un feu démentiel, mais l'ecclésiastique ne se laissa pas impressionner.

– Oui, c'est ce que je dis, répondit-il d'un ton neutre. Tu te laisses dominer par tes craintes.

« Tu n'as pas supporté de devoir fuir devant un adversaire supérieur. Et, sans bien t'en rendre compte, tu es prêt à tout pour ne pas y être confronté de nouveau…

Wilf posa sur l'abbé un regard à présent hagard.

– Je…

« Même si vous avez raison, cela ne remet pas en cause la valeur de mes arguments… Prouvez-moi que notre armée de gueux peut vaincre les légions de Lanciers Saints aux ordres du pharaon…

Yvanov acquiesça, et prit son temps avant de poursuivre:

– Peu importe que Mazhel soit un puissant Orosian. C'est avant tout un tyran, et il commettra les mêmes erreurs que tous les tyrans…

Son visage glabre se fendit d'un sourire ambigu:

– Ces hommes-là, je les connais, tu peux me croire… J'ai passé ma vie à étudier leurs forces et leurs faiblesses.

– Vous avez une idée derrière la tête ? le coupa Wilf, subitement intéressé.

L'abbé écarta ses larges mains dans un geste évasif.

– Oui et non… Disons seulement que nous pouvons anticiper certaines des réactions ennemies.

« Imagine que nous rassemblions nos forces et que nous les lancions à l'attaque des bastions de la Théocratie. Très vite, Mazhel choisira vraisemblablement de venir à ta rencontre, en personne. N'oublie pas que c'est toi seul qu'il veut…

« À mon avis, il aura envie d'une grande bataille contre son ennemi, il cherchera à nous conduire jusqu'à un ultime affrontement, qui puisse lui faire honneur. Alors, quand nos armées seront face à face, nous pourrions peut-être l'amener à faire une erreur.

Wilf haussa les sourcils.

– *Nous* ferions une grave erreur en acceptant cette bataille rangée ! Voyons, Yvanov, notre seul espoir réside dans une guérilla d'usure…

Il signifia d'une main levée qu'il était fatigué des conseils de l'abbé, et ne souhaitait pas en entendre davantage… Mais Yvanov ne se démonta pas :

– Si Mazhel est bien tel que je l'imagine… poursuivit-il sans cesser de scruter la cité, il sera possible de le vaincre. Pas lui en tant que personne, non : j'ai bien compris que cela n'était pas à notre portée.

« Pas lui… mais son armée. La véritable force qui oppresse le continent, c'est elle.

Il continua, empêchant Wilf de l'interrompre.

– Comme tous les tyrans, Mazhel ne sait certainement pas s'entourer… Il est trop paranoïaque pour ça, et il a trop confiance en lui-même. Il veut être le seul à donner les ordres…

«Si seulement nous pouvions le convaincre d'abandonner le commandement de ses troupes, l'éloigner juste pour un moment... Les Lanciers Saints s'en trouveraient alors beaucoup plus vulnérables. Livrés à eux-mêmes, ils seraient incapables de réagir efficacement face à une offensive intelligente...

Wilf acquiesçait maintenant avec lenteur.

– Je crois que je commence à comprendre... murmura-t-il.

3

Guajo donna l'impression de défaillir lorsque résonnèrent les premières notes de la marche royale. Au bord des larmes, il se laissa envahir par les sonorités majestueuses qui s'élevaient de toutes parts. Les trompettes claironnaient un air victorieux, accompagnées par les voix graves des cors, les tambours un peu inquiétants, les harpes mélodieuses.

Dans un magnifique pourpoint de soie pourpre à agrafes dorées, l'écuyer arrucian se tenait à quelques pas derrière le dais royal. Non sans fierté, il portait sur ses avant-bras un épais coussin brodé. Posé au milieu de celui-ci, se trouvait un objet qui pouvait expliquer l'émotion de Guajo – et son sourire suffisant.

Il s'agissait d'une couronne de métal noir, trônant sur le velours rouge. Forgée en lignes fières et aiguës, elle était composée d'un large bandeau d'acier, sur lequel étaient montées six branches horizontales. Ces dernières, semblables à des pics menaçants, lui donnaient une forme d'étoile acérée. C'était la couronne du roi Arion… La couronne des Rois-Magiciens.

Guajo inspira profondément. Dans son dos, la mer et ses rouleaux. Face à lui, une vaste plage blanche, où étaient rassemblées plus de cent personnes de confiance.

Des fauteuils empruntés au castel avaient été installés sur le sable, côte à côte, pour accueillir les plus hauts nobles, venus rendre hommage à leur nouveau roi. Mais la majorité de l'assistance demeurait debout derrière eux. Un vent salin venait fouetter les visages des aristocrates comme ceux des roturiers.

C'était une journée nuageuse de la fin de l'hiver. Mais pas n'importe laquelle. Aujourd'hui, on couronnait Wilf Ier, successeur des Rois du Cantique. Par mesure de sécurité, la cérémonie se déroulait en pleine nature, dissimulée aux regards éventuels par une haute falaise brune. La plage choisie était loin de tout, une crique parmi des centaines d'autres… Car il était encore trop tôt pour que la Théocratie apprenne quoi que ce soit. Le Roi-Magicien ne voulait se révéler qu'au tout dernier moment…

Parmi la foule, on distinguait des notables de toutes les Provinces du Sud. Les proches de Wilf, en revanche, étaient présents à ses côtés, face à l'assistance. Lucas, Yvanov et Jih'lod se tenaient à sa droite; Djulura, Andréas et Oreste à sa gauche. Ces deux derniers, même s'ils avaient pour l'heure laissé leurs instruments de côté, n'avaient pu s'abstenir de joindre leurs voix expertes au chant entonné en l'honneur de l'héritier… Quant à Pej, enfin, il était debout sous le dais: immobile et silencieux, il veillait à moins d'un pas du trône de chêne où était installé Wilf.

Disposés de part et d'autre de ces huit personnalités, des soldats en armure rouge ajoutaient à l'allure martiale de la cérémonie. Il s'agissait de paladins imposants, armés d'espadons. Ils formaient la garde ducale de Fael.

Lorsque la musique s'acheva, Djulura se leva avec grâce. Elle avait revêtu une fine armure de mailles métalliques, qui épousait admirablement sa silhouette. Ses cheveux d'or retombaient librement sur ses épaules, et sa cape blanche voleta derrière elle tandis qu'elle avançait vers la foule.

– Chers amis, dit-elle alors d'une voix claire et forte, notre heure est enfin venue ! Je vous en fais le serment : le jour de notre victoire sur les oppresseurs est proche !

« C'est pourquoi, aujourd'hui, après quatre siècles passés à courber l'échine, la Monarchie du Cantique s'apprête à renaître...

« C'est pourquoi, nous, ducs de Fael, allons remettre à l'héritier la couronne que nous avons conservée pour lui, au péril de nos vies...

Sur ces paroles, Guajo s'avança jusqu'au dais. Avec révérence, il courba la tête et s'inclina devant la duchesse. Celle-ci se pencha pour saisir la couronne noire et la leva au-dessus de sa tête pour la montrer à la foule. Guajo sentit que l'assistance retenait son souffle.

Avec lenteur et gravité, Djulura s'approcha enfin de Wilf et posa la couronne sur sa chevelure de jais. Puis elle s'écarta pour le laisser se lever.

– Que le Roi-Magicien nous conduise à la victoire ! cria-t-elle, tandis que Wilf, debout, balayait la foule d'un regard autoritaire, savamment étudié.

Guajo vit alors son maître sortir la Lame des Étoiles du fourreau qu'il avait fabriqué pour lui, et la pointer vers le ciel. Le bras haut levé, le nouveau roi ferma les yeux, guettant fébrilement la réaction de l'assistance.

Le silence s'éternisa durant une seconde, puis quelqu'un hurla :

– Vive le roi ! Longue vie à Wilf !

Et la foule tout entière reprit ce cri.

Dix fois, vingt fois, avec la ferveur d'hommes et de femmes qui se retrouvent face à leur dernier espoir. Ceux qui possédaient une épée la levèrent à leur tour… La Lame des Étoiles captivait tous les regards, fier symbole de la lutte dressé vers les nuages. Mais pour Guajo, qui s'époumonait autant que les autres, les yeux fixés sur l'arme de son maître, c'était vers la citadelle des Orosians qu'elle était pointée…

À plusieurs reprises, l'écuyer arrucian surprit l'émotion qui étreignait certains des hauts nobles présents, comme le baron Conrad Hache-du-Soir. Et, alors que l'assemblée entonnait en cœur la dernière strophe de l'hymne aux Rois-Magiciens, Andréas pleura visiblement, les larmes venant creuser des sillons dans sa barbe majestueuse.

Bientôt, tous – à l'exception toutefois des Tu-Hadji – s'agenouillèrent aux pieds de Wilf, qui leur accorda sa bénédiction d'un ample mouvement de son épée. Puis les trompettes sonnèrent de nouveau, et se joignirent au ronflement sourd de l'océan, devenu peu à peu assourdissant. Comme si les flots tenaient, eux aussi, à saluer le nouveau maître du Sud.

Ensuite, un coup de tonnerre déchira le ciel gris. Les nuages de la matinée tenaient leurs promesses : la pluie se mit à tomber, d'abord en fines gouttelettes, puis de manière plus soutenue.

Les hôtes de Wilf furent donc prestement invités à rejoindre une grotte qui s'ouvrait dans la falaise, là où des tables avaient été dressées pour le banquet solennel. Guajo, suivant le mouvement, rejoignit Wilf pour s'assurer qu'il ne manquait de rien. Le jeune homme, encadré de gardes, le remercia avant de le congédier poliment.

L'écuyer s'engouffra alors avec la foule à l'intérieur de la caverne. Pour limiter le nombre de domestiques au courant de la cérémonie, l'Arrucian avait lui-même installé presque tout le mobilier nécessaire. Dans la grotte, éclairée par une centaine de flambeaux, se dressait une immense tablée en forme de fer à cheval, qui avait accaparé ses efforts pendant deux jours. Plus d'une trentaine de bancs avaient été disposés, et tous les convives pouvaient parfaitement y prendre place.

Les dames, que le fin tissu de leurs ombrelles protégeait tant bien que mal de la pluie, pénétrèrent dans la grotte d'un bon pas. Elles étaient suivies de près par les seigneurs, pliés en deux sous leur cape tenue à bout de bras. Seuls les Arionites, coutumiers des intempéries, prenaient les choses avec un certain flegme. Guajo, traversant la cohue d'une démarche digne, vint se poster derrière le siège du roi, où il veillerait à son bien-être pendant tout le repas. Ainsi promu échanson, il observait fièrement l'assistance, un sourire ravi sur les lèvres.

De l'autre côté du trône, Pej resterait debout, lui aussi, pour assurer la sécurité du jeune monarque. Guajo glissa un regard amical au géant Tu-Hadji, qui lui répondit d'un simple hochement de tête.

Lorsque chacun fut installé, Wilf fit un bref discours de remerciement, puis laissa ses hôtes se restaurer. Guajo se doutait que les langues se délieraient davantage quand les estomacs seraient contentés, et que les conversations politiques demanderaient alors au souverain toute son habileté. En attendant, il profita de sa position privilégiée pour dévisager un à un les convives.

Pour la plupart, il ne les connaissait pas… Mais il avait entendu parler de nombre d'entre eux.

Par exemple, ce seigneur tout de blanc vêtu était certainement le prince Angus de Blancastel. Longtemps resté fidèle au pouvoir central, le prince au Cygne n'avait toutefois pas supporté le sac de villages castelois par les Lanciers Saints. Il avait mis à profit une vieille amitié avec la baronne Esabel d'Arrucia, pour peu à peu resserrer les liens qui l'unissaient aux autres peuples du Sud. En ce jour glorieux, le vassal à la loyauté légendaire ne semblait pas honteux de prêter allégeance à Wilf. Dès le début du repas, il avait déposé au sol sa couronne et son torque dorés, gravés d'un cygne, qui brillaient pourtant de mille feux à la lueur des flambeaux. Guajo y vit une volonté de ne pas éclipser l'aura du nouveau souverain, et admira la délicatesse de ce geste.

L'écuyer ne doutait d'ailleurs pas de la sincérité du prince, ce dernier ayant récemment perdu l'une de ses deux tendres filles. Sans se réjouir de cette disparition tragique, Guajo pouvait en apprécier les conséquences : cela ne ferait qu'affermir la résolution d'Angus… En effet, si Léane avait succombé à une maladie, au cœur de l'hiver, il était notoire que le prince en tenait la Théocratie pour seule responsable.

Guajo le comprenait un peu... Comment une jeune fille, coutumière du confort paisible de la Principauté, aurait-elle pu résister aux rigueurs de la guerre menée par les Lanciers Saints ?

Sa sœur cadette, pourtant, avait survécu... Assise à la droite de son père, la jeune Hesmérine dardait autour d'elle des regards sans chaleur, scrutant parfois même les autres convives d'une manière que Guajo trouva impolie. L'écuyer nota que la Casteloise avait beaucoup changé depuis leur rencontre chez la baronne Esabel. Elle avait l'air plus aguerrie, ses traits s'étaient affinés. Devenus moins poupins, ils lui dessinaient à présent un visage volontaire, presque maigre. Silencieuse, mais désormais plus guère par timidité coquette, elle se contentait souvent d'un hochement de tête réservé, en écho aux propos de son père.

Cette image de la jeune fille attrista beaucoup l'Arrucian. Il tenta de lui sourire, mais elle ne le remarqua pas... Il haussa les épaules. L'enfant rieuse et insouciante était morte en elle, assassinée par les privations et le spectacle de la guerre. Et Guajo supposait que cette métamorphose ne s'était pas arrangée depuis que Léane avait été emportée...

Avec un soupir discret, le domestique choisit de reporter son attention sur d'autres convives. Cette petite femme replète, qui discutait avec Lucas et Yvanov, devait être la diseuse Astarté. Ses vêtements bigarrés la désignaient aux yeux de tous comme une Arionite, même si elle avait toujours voyagé aux quatre coins du continent.

Les trois hommes qui s'étaient installés non loin d'Oreste et Andréas appartenaient certainement à la noblesse faelienne. De célèbres Templiers Arionites, sans nul doute…

Quant à l'ancienne suzeraine de Guajo, la baronne Esabel, elle était en grande conversation avec la duchesse Djulura. Ses mains brunes s'exprimaient tout autant que sa voix, ce qui ne lui laissait pas beaucoup l'occasion de faire honneur aux plats.

Près d'elle, son neveu aux cheveux longs semblait renfrogné. L'écuyer avait appris qu'il se nommait Djio, et qu'un vieux différend l'avait opposé à Wilf plusieurs années plus tôt. Pour autant, le jeune général arrucian avait prêté serment avec tous les autres devant le nouveau monarque. Sans doute les querelles passées devaient être oubliées, pour faire face à la menace que représentait la Théocratie…

Le regard de Guajo poursuivit son chemin. Pour le moment, le baron Conrad de Greyhald demeurait muet, se contentant de vider consciencieusement son assiette. Il était venu seul, sans même une escorte. Ce qui était bien compréhensible : placé sous surveillance par le pharaon, le vieux soldat avait sans doute dû user de toute sa ruse pour s'absenter discrètement.

On avait raconté à Guajo l'histoire de cet homme au visage de bouledogue, et il était terrifié rien qu'à y repenser… Conrad Hache-du-Soir, autrefois puissant baron guerrier, avait été longuement emprisonné à la suite de la première révolution manquée. Celle menée par le duc Caïus, à laquelle le jeune domestique n'avait pas participé…

Les geôles de la Théocratie avaient laissé des marques indélébiles dans la chair à présent efflanquée du noble greyhalder, mais n'avaient jamais pu briser son esprit. Les rumeurs atroces qui couraient à propos des prisons mossievites, rapportant que les détenus y étaient quotidiennement passés à tabac, lorsqu'ils ne servaient pas de femmes pour certains Lanciers en permission, firent frissonner Guajo. Et le rendirent d'autant plus admiratif envers celui qui avait survécu à cela pendant plus d'un an. Là-bas, Conrad n'avait sans doute pu se nourrir que des rats qu'il parvenait à chasser : l'Arrucian ne s'étonnait donc pas qu'il dévore aujourd'hui avec une telle avidité...

Plus tard, on avait finalement choisi de le remettre à la tête de son fief, lorsque Redah l'avait jugé suffisamment maté. Depuis, le baron était censé y exercer un pouvoir fantoche. Cela assurait en principe la docilité de son peuple à la Théocratie.

Mais le cardinal avait commis une erreur... Il ignorait que son séjour en cellule, loin d'avoir rendu Conrad inoffensif, avait au contraire renforcé sa haine envers le pouvoir mossievite. La flamme de la vengeance n'avait jamais cessé de couver en lui, car il n'oubliait pas que son fils unique s'était sacrifié dans ce combat pour la liberté. Le général Frantz, que Wilf citait encore parfois comme un modèle de courage et de fidélité...

Ainsi, laissant croire que sa longue captivité avait eu raison de lui, qu'il était maintenant prêt à manger dans la main de la Théocratie, le baron de Greyhald n'avait fait que préparer sa revanche... Bien entendu, Redah ne lui avait jamais accordé sa confiance : une puissance militaire comme le Greyhald, où l'on faisait depuis toujours la guerre par métier, ne pouvait être laissée entre les mains d'un ancien adversaire. Les officiers de l'armée greyhalder avaient donc été remplacés par des Lanciers Saints, qui tenaient à présent tous les postes importants.

Guajo sourit. C'était précisément sur ce point qu'était intervenu Conrad. Peu à peu, pour chaque lieutenant de la Théocratie, il avait trouvé un sergent, un homme du peuple, qui avait autrefois servi sous ses ordres ou ceux de son fils… Un homme qui serait prêt, l'heure venue, à assassiner son supérieur pour prendre le commandement…

Le baron regagnerait alors le pouvoir en Greyhald, soulèverait son peuple, puis offrirait son armée colossale à la cause de Wilf.

Avec des gestes délicats et précis, Guajo veilla à remplir de nouveau la coupe de son maître, qui venait de la vider en portant un toast. Tout en versant le vin brun, il continuait d'observer Conrad. Il ne put s'empêcher de froncer les sourcils…

À le voir dans cette grotte, vieillard rigidement engoncé dans une armure pesante, impuissant à soulever la mythique hache qui demeurait accrochée sous son bras rachitique, on pouvait croire le baron incapable de mener un tel plan à son terme. Mais les larges lames de son arme, dont le métal imitait la couleur de la terre, luisaient pourtant comme une sombre promesse. Et l'espoir d'une victoire n'avait pas quitté le regard vengeur du vieil homme. Comme il l'avait dit la veille, en matière de salut à Wilf lorsque celui-ci était venu l'accueillir, la Hache-du-Soir pouvait encore être brandie…

Il fallait en tous cas l'espérer, songea Guajo, car l'armée de Greyhald représentait pour l'instant leur meilleure chance dans les combats à venir. Le domestique soupira malgré lui, à la perspective de ces batailles sanglantes. Hélas, il ne voyait aucun moyen de les éviter…

Encore plus loin, se chamaillaient les ambassadeurs des Mille-Colombes. Ils étaient venus nombreux, car chacune des Cités-États tenait à être représentée. La légendaire atmosphère de discorde qui régnait entre elles s'exprimait ici sous la forme de petites phrases bien senties. Néanmoins, les diplomates prenaient soin de chuchoter : pas question de faire outrage au nouveau roi par leurs querelles privées… De l'endroit où se trouvait Guajo, on n'entendait donc qu'un murmure flou, même s'il suffisait de chercher parmi eux un visage empourpré pour deviner lequel des émissaires colombins était la cible de la dernière réplique assassine…

Mais Guajo se moquait bien de cela. Ce qui attirait son attention, c'était la diversité des costumes portés par les ambassadeurs. Ces hommes et ces femmes, qui vivaient dans quelques-unes des plus somptueuses cités du continent, avaient rivalisé de soies, de broderies et de bijoux pour surpasser leurs rivaux. Les modes vestimentaires variant beaucoup d'une Cité-État à une autre, pas un seul d'entre eux ne ressemblait au suivant.

Certains se pavanaient dans des culottes bouffantes ridicules, d'aucuns affectionnaient au contraire des tenues moulantes au curieux tissu cartonné… La majorité portait des toilettes colorées, ayant choisi des pourpoints dont les crevées faisaient exploser leurs teintes vives et contrastées, mais quelques-uns préféraient visiblement le noir ou le gris uniformes.

Plusieurs fois, les maîtres de Guajo avaient évoqué devant lui les fameuses cités de Cozgliari, d'Escara ou encore de Sovdralita. Mais l'écuyer aurait été bien en peine de reconnaître leurs ressortissants dans cette cohue chamarrée. Pour lui, seule se distinguait une poignée d'hommes à l'allure martiale, se tenant soigneusement à l'écart des disputes qui éclataient entre leurs pairs.

Ces chevaliers en armure, portant chacun une cape bleue assortie au panache de leur heaume, paraissaient mal à leur aise parmi les enfantillages des autres diplomates. Ils n'avaient pas quitté leur lourd harnois d'acier pour se restaurer, et ne semblaient pas en concevoir la moindre gêne. Guajo y devina le fruit d'une longue habitude. À la plume qui était gravée dans le métal de leur plastron, il reconnut en eux les Chevaliers-Archivistes de Fraugield.

Leur présence ici, qui tenait presque du miracle, avait constitué une excellente surprise pour le camp de Wilf. Sans doute les insulaires avaient-ils enfin décidé que le moment était venu de trahir leur antique principe... En effet, la cité-bibliothèque, si elle appartenait politiquement à la Province des Mille-Colombes, n'en était pas moins renommée pour son obstination à ne jamais intervenir dans les affaires propres au continent... Pourtant, cette fois, Fraugield choisissait de faire une exception.

Guajo ne savait s'il devait en jubiler, ou bien frissonner d'horreur. Car il ne pouvait s'empêcher de voir l'interprétation négative de cette bonne nouvelle : la situation du continent avait dégénéré de façon si atroce, au fil des derniers mois, que même les paisibles bibliothécaires avaient fini par se sentir concernés…

Bien que ce ne soit pas encore officiel, on savait qu'ils mettraient bientôt des hommes sous le commandement de Wilf. À ce sujet, des conciliabules surpris parmi les colombins pendant les préparatifs du couronnement avaient permis à l'Arrucian de faire taire ses derniers doutes : Fraugield enverrait bien ses troupes d'élite au secours de la liberté… Cinq cents Chevaliers-Archivistes, ordinairement chargés d'assurer la défense de leur cité lacustre, qui rejoindraient l'armée du roi pour le soutenir dans sa lutte. Ces hommes, à la fois soldats et érudits, formaient une force sur laquelle Wilf pourrait s'appuyer, sans que Mazhel ne s'y attende.

Guajo promena un regard satisfait sur leurs carapaces d'acier, leurs épais sabres et leurs pavois marqués de la plume de Fraugield… Hélas, se dit-il, voilà qui serait, à peu de choses près, toute la contribution fournie par les Cités-États en matière d'armée de métier.

En effet, si les Mille-Colombes étaient prêtes à soutenir l'effort de guerre du Sud, elles ne pourraient malgré tout octroyer aucune autre troupe de qualité à la rébellion. Militairement, les cités colombines ne s'étaient jamais remises de la défaite de Caïus aux portes de Mossiev, et la poignée de soldats qui leur restait était réquisitionnée pour leur défense. Car, bien sûr, il n'était pas question pour elles de se faire confiance les unes aux autres…

Guajo termina enfin son tour d'horizon des convives,

observant les quelques Tu-Hadji qui avaient souhaité assister au sacre de Wilf.

Ils n'étaient pas nombreux : leur peuple ne se sentait pas concerné par la lutte contre la Théocratie. Et celle-ci, sans le moindre doute, était bien le moteur de ce couronnement, puis de tout ce qui allait en découler.

Ainsi, en dépit de leur respect – et de leurs attentes – envers Wilf, les géants nomades ne pouvaient s'impliquer dans cette guerre humaine. Pour eux, seule importait la destruction des Hordes, l'opposition armée à la menace du Roi-Démon. Ils se devaient d'utiliser toutes leurs énergies dans ce combat millénaire.

C'était du moins le discours tenu dans les clans. Pourtant, en dépit des consignes de leurs Galn'aji, certains Tu-Hadji étaient résolus à soutenir Wilf dans son entreprise. Après tout, il était le sauveur annoncé par leur prophétie, et ils ne pouvaient le laisser se faire tuer au combat… Des guerriers tatoués faisaient donc le choix de porter leurs lances à pointe de silex aux côtés du jeune monarque. Une poignée d'entre eux avait même tenu à honorer le nouveau roi des hommes en assistant à son couronnement. Attablés aux extrémités de la table, goûtant parcimonieusement aux mets présentés, ces Tu-Hadji couvraient de leur examen altier toute l'assemblée des princes et des barons.

Il aurait été impossible de les confondre avec des humains, tant ils ne s'amalgamaient pas dans cette masse bavarde. Avec leur vigilance et leur dignité caractéristiques, ils promenaient sur les visages *nedaks* des regards de tranquille assurance, comme autant de bénédictions. Pour la plupart, ils étaient de jeunes guerriers, venus de clans divers à l'appel d'Ygg'lem, le fils de Jih'lod.

Sans s'en apercevoir, Guajo fit la moue tandis que ses yeux se posaient sur Ygg'lem. Un peu plus tôt, il avait été témoin des retrouvailles entre Wilf et le jeune Tu-Hadji... Surprenant dans leur regard la joie sincère de se revoir, l'amitié d'enfance et les souvenirs qui les unissaient, il en avait conçu une légère jalousie. Mais Ygg'lem venait offrir des guerriers à leur cause, et l'écuyer savait qu'il se serait montré bien injuste en lui refusant sa gratitude.

Il contempla de nouveau l'assistance, puis cligna des yeux, tâchant d'imprimer à jamais la scène dans sa mémoire. Sans doute était-ce la première fois depuis longtemps qu'autant de nobles personnes se trouvaient ainsi réunies. Chacune d'entre elles possédait, à sa manière, une aura de pouvoir suffisante pour impressionner n'importe quel homme ordinaire... Pourtant, tous étaient aujourd'hui effacés par la présence d'un seul.

Un personnage à qui sa prestance offrait de dominer tous les autres. Un homme capable de réduire cette noble assemblée au silence, d'un simple regard. Wilf, le Roi-Magicien...

L'admiration de Guajo à son égard n'avait cessé d'enfler depuis qu'il partageait sa vie. En ce jour, le jeune monarque lui semblait plus charismatique que jamais, menaçant et terrible dans son splendide habit de pourpre et de jais. Peut-être était-ce sa royauté toute neuve qui l'auréolait ainsi... L'Arrucian jugeait en tous les cas que son maître avait acquis en cette heure une nouvelle maturité, quelque chose de puissant dans le port et l'attitude. Son regard, déjà scrutateur, s'était paré d'une autorité irrésistible. Nul, dans cette grotte, n'aurait en cet instant osé déplaire à ce jeune souverain aux cheveux noirs. En jouait-il consciemment ? Se laissait-il prendre au jeu ? Ou bien était-ce son sang ancien qui s'exprimait de cette manière ?

Difficile de reconnaître le compagnon familier, dans l'image de ce seigneur aux traits d'oiseau de proie, dont les lèvres s'incurvaient si facilement dans un demi-sourire cruel… Cette expression qui lui donnait une apparence de roi barbare…

Il captivait toute l'assistance. Le moindre de ses gestes dégageait une fermeté ordonnant la confiance absolue. Aujourd'hui, il était un faucon visionnaire et invincible, une entité meurtrière dans laquelle prenaient corps tous les espoirs bellicistes de ses semblables. Nimbé par cette heure de gloire, Wilf Ier bénéficiait d'un prestige à nul autre pareil.

Et Guajo, sans ignorer que l'acuité de son propre regard pouvait être obscurcie par sa profonde dévotion, sut néanmoins qu'en ce moment de grâce, tous contemplaient le souverain avec les mêmes yeux que lui.

Pourtant, l'Arrucian comprenait également qu'il faudrait bientôt être capable de récolter tous les fruits de cet instant d'ivresse collective. Savoir cueillir le meilleur, sur les branches de l'arbre politique, tout en prenant soin d'éviter les baies pourries. Car la réalité de la guerre, comme toujours, extirperait les péchés habituels de leur gangue d'hypocrisie : lâcheté, cupidité, mésententes et trahisons…

Malgré tout, en cette journée précise, quelque chose le poussait à placer son espoir dans la foule rassemblée ici. Il voulait inflexiblement croire en ces gens...

Guajo les regarda encore, puis réalisa enfin ce qu'il voyait. La vaste grotte rassemblait les fidèles parmi les fidèles, les gouttes d'eau qui formeraient demain le plus puissant des fleuves : celui de la liberté en marche.

Le banquet dura jusque tard dans la nuit. Maints sujets furent évoqués et débattus, chaque vassal de Wilf venant à son tour lui présenter doléances ou conseils pour la guerre à venir. On s'inquiéta notamment de l'attitude du Baârn, qui était demeuré scrupuleusement neutre depuis que la Théocratie l'avait trahi. Allait-il le rester ? Selon la plupart des avis, les mercenaires demeureraient étrangers au conflit... Mais aucun des nobles invités ne savait exactement combien d'or pouvait sacrifier Mazhel pour laver la trahison passée et s'assurer leur soutien.

Conrad de Greyhald proposa une façon simple de régler ce problème : il suffisait selon lui d'acheter les mercenaires pour le compte de la rébellion. Hélas, cela avait déjà été tenté, et tous les efforts qui avaient été faits dans ce sens s'étaient soldés par un échec. Même les fortunes offertes par les riches cités des Mille-Colombes ne pouvaient venir à bout de leurs tarifs dissuasifs. Visiblement, les Baârniens n'étaient pas décidés à s'impliquer dans une guerre d'une telle envergure... Ni d'un côté, ni de l'autre. *Dommage...* songea Guajo, qui avait eu vent de la réputation terrible de ces soldats occidentaux.

Lorsque vint son tour, Kyrôn, le capitaine des chevaliers de Fraugield, prit solennellement la parole. Il annonça, de manière officielle, la décision de la cité-bibliothèque au nouveau roi. Selon toute évidence, Wilf fut ravi d'avoir enfin confirmation des rumeurs : la présence des Chevaliers-Archivistes dans ses rangs lui permettrait de surprendre Mazhel, qui ne s'attendait certainement pas à cela. De plus, le moral des troupes se trouverait fortifié par le soutien de ces valeureux combattants. Il semblait, finalement, que la guerre ne s'annonçait plus sous des auspices si médiocres…

Vers le milieu de la nuit, tous les sujets de conversation avaient été épuisés, toutes les coupes vidées, et une certaine léthargie s'était emparée des convives. Quelques-uns, ayant bu plus que de raison, s'étaient endormis à leur place, ronflant parfois bruyamment. Guajo eut un regard admiratif pour le baron Conrad, qui aurait dû tomber ivre mort depuis des heures, et qui continuait de tenir droite sa vieille carcasse, tout en levant régulièrement sa coupe à l'honneur du Sud.

Bon nombre d'invités profitaient du relâchement général pour aller faire un tour à l'extérieur. En dépit de ses vastes dimensions, la grotte s'était peu à peu enfumée. Ajoutant à cela la chaleur dégagée par le nombre de convives, l'atmosphère était peu à peu devenue assez étouffante. Ainsi, de temps en temps, on observait de petits groupes de personnes qui entraient et sortaient de la caverne, bien que jamais en nombre suffisant pour risquer de vexer leur hôte. Toutefois, la plupart de ceux qui n'étaient pas trop anesthésiés par l'alcool, lassés d'avaler ces gorgées d'air brûlant, finissaient tôt ou tard par s'éclipser quelques instants.

Guajo, voyant que Wilf ne semblait pas avoir besoin de lui dans l'immédiat, choisit de les imiter, et se faufila discrètement vers la sortie.

Il emprunta l'étroite et courte galerie qui menait à l'air libre, réalisant trop tard qu'il aurait dû se munir d'une source de lumière. Il faisait sombre et chaud, dans le tunnel : Guajo s'imagina malgré lui dans le boyau d'un dragon.

Quelqu'un qui venait dans l'autre sens le bouscula : l'écuyer s'excusa brièvement, puis contourna cette silhouette avec empressement. Il lui tardait de respirer un peu d'air frais.

Mais l'inconnu ne le laissa pas aller plus loin. Une main se posa sur son épaule, tandis que l'ombre se penchait vers lui.

– C'est vous ? lui chuchota une voix d'homme à l'oreille.

L'écuyer plissa les yeux pour essayer de reconnaître l'inconnu, mais l'obscurité était trop profonde. Il ne distinguait que les contours d'une silhouette masculine, enveloppée dans une cape.

– Je ne sais pas… répondit-il, intrigué. Qui êtes… ?

– Ecoutez, le coupa l'homme. Je suis envoyé par qui vous savez…

« Une décision concernant ce jeune Wilf a finalement été prise : l'attentat aura lieu à l'aube. Je compte sur votre soutien.

−C omment ? faillit s'écrier Guajo.

Mais il se ressaisit au dernier moment. Se mordant la langue, il suivit la silhouette du regard, lorsqu'elle s'éloigna de lui. Il était bien décidé à découvrir ce qui se tramait contre son maître…

Il remarqua que l'inconnu repartait vers l'extérieur. Celui-ci l'avait sans doute attendu dans cette galerie depuis un moment… Guajo lui emboîta le pas. Il vit la silhouette saluer quelques personnes d'un signe de tête en arrivant sur la plage, puis s'éloigner de l'entrée de la grotte. Il accéléra l'allure, pour rejoindre l'inconnu avant qu'il ne disparaisse entre les rochers.

– Attendez ! souffla-t-il en parvenant à sa portée.

L'homme se retourna.

Guajo en profita pour l'observer, à la lueur des quelques étoiles qui perçaient le voile nuageux. L'inconnu était drapé dans une grande cape noire à capuche, si bien que son visage disparaissait dans l'ombre. Pourtant, il y avait quelque chose dans sa manière de lui faire face, dans son calme, qui lui rappelait quelqu'un. Mais, pour le moment, l'écuyer ne voyait pas qui.

Ils étaient tous deux à bonne distance des autres invités sortis sur la plage, maintenant.

– Qu'est-ce que vous voulez ? fit l'inconnu d'une voix rauque.

Trop rauque, nota Guajo… comme si on cherchait à la travestir.

Il prit une grande inspiration.

– J'ai besoin d'en savoir plus, chuchota-t-il en prenant son meilleur air de conspirateur. Si vous voulez que je vous aide, il faut que je sache comment l'attentat va se dérouler… Avant tout, combien sommes-nous ?

Son interlocuteur tiqua.

– Comment ça ?… Vous l'ignorez ?

« Nous ne sommes que tous les deux. On m'a dit que Guajo, notre homme sur place, serait au courant des détails…

L'intéressé tâcha de masquer sa surprise. Il ignorait comment démêler cette situation. Pendant quelques secondes, il demeura silencieux, face à ce conjuré qui avait reçu l'ordre d'occire son maître.

Soudain, il comprit que son attitude le trahissait. Il vit la méfiance s'installer dans la posture de l'inconnu, chez qui ses atermoiements avaient semé le trouble. Ce dernier hésitait visiblement à s'enfuir. Alors, Guajo comprit qu'il n'avait plus le choix : s'il le laissait partir maintenant, il n'aurait plus aucune chance de découvrir qui se cachait sous cette capuche…

D'un geste vif, il tira donc son glaive, et le brandit dans la direction de l'homme en noir.

– Qui êtes-vous ? s'écria-t-il. Et surtout, qui vous envoie ?

L'inconnu se figea. Guajo remarqua qu'il demeurait très calme. Pour l'instant, il ne semblait pas vouloir sortir une arme.

– Ainsi, vous nous avez trahis… murmura la voix rauque.

L'écuyer fronça les sourcils de colère.

– Qu'est-ce que vous racontez, à la fin ? Je n'ai jamais servi d'autre maître que Wilf !

« Maintenant, répondez-moi, ou bien je n'aurai aucun scrupule à vous tuer !

L'inconnu émit un long soupir.

Très curieusement, cela sonnait comme un soupir de soulagement. Guajo pencha la tête, tentant à nouveau de percer l'identité de cet homme encapuchonné.

Ce dernier lui facilita la tâche, faisant glisser d'une main la houppelande sur son col.

– Désolé, Guajo… dit-il alors d'un ton embarrassé.

Découvrant le visage de son interlocuteur, l'écuyer en resta cloué sur place.

– M… Maître Lucas ! s'exclama-t-il, stupéfait.

Le spirite, se débarrassant pour de bon de sa cape, lui adressa un piteux sourire.

– Je n'avais pas le choix, mon ami… s'expliqua-t-il. Il fallait que nous en ayons le cœur net.

Guajo sentit ses jambes trembler sous lui.

– Comment ça ? dit-il d'une voix plaintive. Vous avez cru que j'étais un traître ?… C'est ça ?

Lucas soupira encore, mais de malaise cette fois.

– Nous n'avons rien cru, Guajo… Cependant, les heures qui vont venir seront décisives, et nous ne pouvions laisser planer aucun doute sur la fidélité des nôtres.

« Un faisceau de présomptions pouvait te présenter comme un espion : en dépit de notre amitié pour toi, Wilf et moi avions le devoir de te tester. Si tu avais été à la solde des Orosians ou de Fir-Dukein, nous aurions pu le payer très cher…

L'écuyer arrucian baissa les yeux, peut-être pour cacher des larmes.

– Ne vous avais-je pas suffisamment prouvé ma loyauté, au fil de toutes les aventures que nous avons traversées ensemble ? demanda-t-il enfin, la voix brisée.

– Nous avons longuement réfléchi à cela, rétorqua le spirite. À aucun moment, tu n'aurais été en réelle position de nous nuire. Et tu pouvais très bien nous aider temporairement, dans la perspective d'un plan plus vaste orchestré par nos ennemis… Tu comprends ?

Comme l'Arrucian ne répondait pas, Lucas leva les mains, en un geste impuissant.

– Ô Guajo… se lamenta-t-il. Nous n'avons jamais vraiment cru à une trahison de ta part… Et je souffre beaucoup à l'idée de t'avoir blessé… mais il fallait que nous soyons entièrement sûrs.

« Et tu ne dois pas en vouloir à Wilf : c'est moi, le premier, qui lui ai fait part de mes soupçons. Au départ, il n'était pas d'accord pour te jouer ce vilain tour, mais j'ai fini par le convaincre. Car, malgré l'affection que nous te portons tous, trop de doutes pesaient sur toi : ta manière de sortir des combats sans une seule égratignure, ta naïveté troublante à propos de régions que tu es censé connaître comme ta poche… Je ne parle pas de l'enthousiasme avec lequel tu as épousé notre cause… il est venu un moment où tout ça m'a paru tout simplement trop bon pour être vrai ! Quant à tes dons étonnants pour de nombreuses choses qu'un jeune fermier du Sud devrait ignorer... Dis-moi quel autre paysan arrucian, n'ayant jamais étudié, en saurait à peu près autant qu'Oreste et moi réunis, sur la plupart des sujets ?

Guajo haussa les épaules.

– Je suis désolé de vous avoir vexé, fit-il, la voix chargée d'une amertume que Lucas ne lui connaissait pas. J'ai beaucoup lu, suivant vos conseils...

Puis, reprenant une attitude plus conciliante :

– Enfin, vous avez eu raison. Ça fait mal d'être soupçonné à tort, mais... Je comprends. Vous avez fait ce qu'il fallait, et il ne faut pas vous sentir coupables.

« Seulement...

Lucas l'encouragea à poursuivre.

– Est-ce que vous me faites de nouveau confiance, maintenant ?

Le spirite le regarda droit dans les yeux pour lui répondre :

– Je ne douterai plus jamais de toi, mon ami. Tu as ma parole.

Guajo laissa alors le large sourire que tous lui connaissaient reprendre place sur son visage. La figure éclairée d'un soulagement radieux, il conclut :

– Dans ce cas, n'en parlons plus. Retournons auprès du roi : il a peut-être besoin de nous...

Les deux compagnons, à nouveau soudés par leur amitié et la ferveur de leurs sentiments envers Wilf, regagnèrent ensemble l'entrée de la grotte.

Sur le chemin, Guajo laissa prendre un peu d'avance au spirite. Songeur, il posa alors dans le dos de celui-ci un regard ambigu, où brillait une lueur étrange. Une lueur froide et résolue, mais pas menaçante.

Qu'as-tu donc été t'imaginer, Lucas ? pensa-t-il. *Non, je ne souhaite pas vous trahir, au contraire…*

J'ai appris à vous aimer, mortels.

* * *

Djulura pleurait. De vraies larmes de bonheur.

Mille fois, elle avait rêvé ces retrouvailles.

Enlaçant avec force le torse de son amant, elle se serrait contre lui en sanglotant doucement. Sa tête reposait sur l'épaule du prince, paisible. Ses boucles blondes contrastaient sur la soie noire de son vêtement. Aujourd'hui, Ymryl n'avait pas revêtu son armure d'argent : ce n'était pas le seigneur de guerre qui l'étreignait, mais simplement l'homme.

Lorsqu'il était venu la chercher, la nuit du couronnement de Wilf, elle n'avait pas eu la force de le chasser. À l'instant où elle l'avait vu apparaître sur la plage, elle avait su que tous ses serments étaient d'ores et déjà réduits à néant… Le prince l'avait salué, courtoisement, puis il avait simplement refermé ses bras autour d'elle. Ils s'étaient embrassés longuement.

Quand, enfin, la diseuse avait rouvert les yeux, elle avait surpris les émanations mauves de la magie, et découvert autour d'elle une salle inconnue. Comprenant que son compagnon avait fait appel à ses pouvoirs pour les transporter ici, elle n'avait pas cherché à en savoir davantage. Pour l'heure, seul lui importait de goûter le sel de cette rencontre, aussi exquise qu'elle était secrète.

Le prince la tenait toujours tendrement dans ses bras. Avec des gestes doux et protecteurs, il lissait de la main sa chevelure.

– Ces derniers mois furent les plus longs de toute mon existence, murmura-t-il enfin, brisant le silence irréel qui avait régné jusqu'ici.

Djulura leva les yeux vers son visage. Ymryl avait l'air serein, ses traits parfaits en harmonie avec la sensation de pureté qui se dégageait de cet instant. La tête légèrement penchée vers elle, il l'observait avec un sourire insaisissable.

– J'ai essayé de tenir ma promesse… s'excusa-t-il. J'ai vraiment tenté de t'oublier…

– Mais nous sommes ici, le coupa la diseuse. Tous les deux. Et maintenant.

Ymryl ferma les paupières. Son souffle vint caresser la joue de la duchesse ; il tremblait légèrement. Le sourire flottant s'était mué sur ses lèvres en expression de douce mélancolie.

Djulura prit le visage de son amant entre ses mains.

– Ne sois pas triste, dit-elle tout bas.

Puis elle couvrit de baisers ce visage aimé. Bientôt l'émotion, la pudeur, firent place à la passion. Les yeux de nouveaux ouverts, le regard à la fois vague et ardent, le prince la contempla comme un royaume.

Mais ce n'était plus le combattant d'Irvan-Sul qui portait sur elle ce regard. Il n'y avait plus en lui ni morgue, ni mépris, ni fureur. Bien au contraire. Il lui semblait observer, pour la première fois de sa vie, un

372

royaume qui n'était pas à conquérir, mais seulement à parcourir. Il la contemplait avec ce respect, et cet émerveillement toujours renouvelé, d'un voyageur en terre étrangère.

Tandis qu'Ymryl délaçait les liens de son armure souple, et la faisait glisser comme une robe le long ses bras, Djulura accorda un bref regard à la salle qui les entourait.

C'était un vaste hall hexagonal, dont une moitié était surélevée de gradins, à la manière d'une arène. Le sol était de pierre noire veinée de vert, les murs couverts de céramique beige. Tout en haut des gradins, deux énormes gongs carrés, de métal noir. Et entre eux, immobilisé en pleine course par quelque sortilège, le gigantesque balancier d'un pendule.

Juste au milieu des gongs, sous le balancier figé, était déroulé un épais tapis de couleur rouge sang. C'était à cet endroit précis qu'étaient apparus les deux amants. Trois chandeliers disposés en triangle leur faisaient un peu de lumière, tandis que le reste de la grande salle se perdait dans la pénombre.

Au centre de ce halo, comme une île minuscule dans un océan de ténèbres, Djulura et Ymryl s'aimèrent. Oubliant l'un et l'autre leurs promesses, ne se souciant plus ni de leur maître, ni de leur patrie, ils s'abandonnèrent aux transports de la passion. Leurs corps pâles, liés sur le tapis carmin, reflétèrent sous mille angles la lumière blafarde des chandeliers. Chacun but à l'âme de l'autre, s'abreuvant d'une vie plus sacrée à leurs yeux que tous les engagements passés.

Mais le temps s'écoula traîtreusement. Ces quelques heures, ils le savaient, leur laisseraient un goût d'amertume, quand toute une existence eût été à peine suffisante pour ce qu'ils avaient à partager…

Pourtant, ils turent cette frustration. Allongés, scellés dans une étreinte parfaite, les deux amants n'échangèrent pas une parole douloureuse, n'évoquèrent pas une seule fois l'avenir incertain et terrifiant.

Longtemps après que les corps furent épuisés, ils demeurèrent silencieux, leurs regards accrochés comme s'ils se voyaient pour la première fois. Comme si à chaque seconde, ils étaient de nouveau foudroyés par leur amour mutuel. Ymryl, les yeux perdus dans l'éclat limpide de ceux de la duchesse, sentait son cœur s'accélérer puis mourir sans cesse.

– Il se passe quelque chose d'étrange, finit-il par avouer, l'air presque apeuré par la puissance de ses sentiments.

Djulura l'attira tendrement contre elle, et posa la tête du guerrier sur sa poitrine. Le prince, rassuré par le contact doux de sa peau, se mit à caresser au ralenti l'épaule blanche de la diseuse. Celle-ci, se servant de ses doigts comme d'un peigne, démêlait la longue chevelure sombre de son amant. *Je suis guérie de tout, à présent, sauf de toi…* pensait-elle en respirant l'odeur d'acier dans les cheveux roux. *Même Yvanov et toute sa science ne peuvent rien contre cet amour… Pourquoi ?*

Elle connaissait la réponse, bien que refusant encore de l'admettre. L'amour, même aussi insensé que celui-ci, ne pouvait être soigné comme une maladie. C'était une vérité limpide. Les sentiments qui la liaient au Prince-Démon étaient indépendants de la folie qui l'avait possédée pendant longtemps…

Soudain, elle se raidit très légèrement. Ses yeux gris s'agrandirent, comme sous le coup d'une révélation. Cela ne dura qu'un instant.

Djulura se détendit ensuite, posant une main sur son ventre. Ses pouvoirs de diseuse venaient de s'emparer d'elle, avec une force et une certitude qu'elle ne leur avait jamais connues.

Elle savait.

Tandis que sa main restait, un peu frémissante, sur son abdomen, un sourire étira doucement ses lèvres. Un immense bonheur la noyait soudain tout entière.

Ymryl perçut son changement d'attitude, et leva les yeux vers elle.

– Qu'y a-t-il ? lui demanda-t-il, souriant mais intrigué.

La diseuse s'agenouilla au-dessus de lui, visiblement troublée. Les mains croisées sur ses seins, elle reprit son souffle et bredouilla :

– Nous… Je crois que… Non, je suis sûre…

Ymryl la coupa d'un rire sonore. Réchauffé aux forges de leur tendresse, le seigneur de guerre retrouvait un peu des réactions bon enfant qu'il avait dû bannir depuis des siècles. Puis il posa sur elle un regard amusé :

– Allons, dis-moi…

La duchesse se mordit la lèvre, hésitante. Pouvait-elle lui révéler ce genre de chose ?

Elle revit, en une seconde, se dérouler les dernières heures. Sur la scène de son esprit, défila l'image romantique et un peu crue de leur nudité dans la lumière blême, leurs ébats brûlants et leurs instants de connivence complète… C'était un de ces moments parfaits, de ceux qu'elle désirait garder dans sa mémoire pour les chérir à jamais. Sous aucun prétexte, elle n'aurait voulu gâcher ce souvenir. Mais sans doute son amant avait-il le droit d'être mis au courant...

Pensive, elle posa une nouvelle fois sa main sur son ventre.

Lorsqu'elle faisait ce geste, ses yeux brillaient d'une lueur étrange, nota le prince.

– Tu peux m'expliquer ? l'interrogea-t-il de nouveau, avec maintenant un peu d'inquiétude.

Djulura acquiesça, résignée :

– Nous avons fait plus que cela, dit-elle tout bas.

– Plus que quoi ? demanda le guerrier.

– Plus que nous aimer... chuchota-t-elle. J'ai conçu un enfant, avoua-t-elle avec réticence.

D'un bond, Ymryl s'assit en face d'elle, et lui saisit le poignet en le tordant.

– Comment peux-tu déjà être au courant ? la questionna-t-il, soudain menaçant.

La duchesse, blessée par cette violence subite, l'observa avec inquiétude et chagrin :

– Mes pouvoirs... répondit-elle. Je suis voyante, ne l'oublie pas.

« Une vision parfaitement claire m'a frappée, comme venue de l'intérieur. Tu peux me croire... Car nous avons créé un enfant en moi : je le sais sans l'ombre d'un doute.

Le prince la regardait sans réagir. Ses lèvres étaient figées dans une expression de stupeur absolue.

Puis, visiblement bouleversé par la nouvelle, il relâcha le poignet de sa maîtresse, laissant son propre bras retomber mollement. Baissant la tête pitoyablement, il secoua les cheveux foncés qui pendaient devant son visage.

– Non... gémit-il. Impossible...

Lorsqu'il releva les yeux, il paraissait métamorphosé. Ses yeux noirs avaient retrouvé leur dureté et leur cruauté ; sa bouche était tordue dans un rictus dément.

Djulura, malgré elle, eut un mouvement de recul et saisit la veste du prince pour couvrir sa nudité.

– Je vais être père ? cracha-t-il d'une voix rauque et railleuse.

« Te rends-tu compte ?... poursuivit-il dans un murmure malsain.

Puis il se mit à crier rageusement :

– Te souviens-tu qui je sers ? Sais-tu bien qui je suis ?

Toujours agenouillée, la diseuse redressa fièrement le buste :

– Tu es l'homme que j'aime, annonça-t-elle avec dignité. Je ne vois pas ce qui...

D'un regard meurtrier, le Prince-Démon la fit taire. Il hurlait, à présent :

– Oh, non !... As-tu la moindre idée de l'endroit où nous sommes ? As-tu jamais entendu parler du Dédale, ou du nombre d'innocents que j'y ai massacrés ?

Ymryl tremblait de tous ses membres, secoué par sa fureur en pleine éruption. Le visage marqué par la haine, il se leva et fit un pas vers la jeune femme.

Djulura recula précautionneusement, se mettant peu à peu à distance respectueuse de son prince.

Elle l'aimait, mais elle le connaissait également. Les ires de cet homme ne pouvaient se noyer que dans le sang... Et la diseuse en venait à craindre pour sa vie.

Pourtant, Ymryl s'immobilisa. Ses poings serrés se levèrent dans sa direction, mais pour la maudire, non pour la frapper.

– Va-t'en! aboya-t-il.

Déjà sa main gauche conjurait à gestes subtils les forces surnaturelles de la téléportation. En un instant, les bulles mauves commencèrent à frôler la duchesse, vrillant autour de ses jambes nues.

– Va-t'en! répéta-t-il, le regard plus noir que jamais, alors que la silhouette de son amante disparaissait dans les limbes de la magie.

Il vacilla. L'avoir renvoyée dans son castel, plutôt que de la tuer pour éponger sa colère, avait épuisé le Prince-Démon. Son corps le trahit soudain, et il s'écroula sur le sol.

Gisant par terre, une lueur terrifiée et sauvage dans les yeux, il hocha négativement la tête.

– Va-t'en... gémit-il encore dans un sanglot.

5

Dans les jours qui suivirent le couronnement, Wilf visita plusieurs foyers de résistance. Andréas tenait absolument à ce qu'il aille à la rencontre de ces hommes de l'ombre, qui avaient préparé la rébellion pour lui, depuis maintenant plusieurs années.

Le Ménestrel n'avait pas de louange assez flatteuse pour ces simples citadins devenus héros, dont la bravoure et l'expérience de la clandestinité seraient les fers de lance de la Monarchie dans les conflits à venir.

En effet, le plan de Wilf prévoyait de commencer les hostilités par une série d'escarmouches. De faible envergure, mais aussi nombreuses que possible, elles devraient frapper les intérêts de la Théocratie partout dans le Sud. Le jeune roi allait donc avoir grand besoin des compétences acquises par les résistants : il faudrait mener des attaques éclairs contre les casernes, assassiner les Lanciers Saints en faction... Ne leur laisser aucun répit.

Il s'agissait, avant tout, de semer la terreur parmi les soldats du pharaon. Leur moral – prétendument inébranlable – devait être sapé, leur belle assurance effritée. Ce serait le cas, devinait Wilf, lorsqu'ils se verraient acculés, toute retraite coupée par des groupes de rebelles bloquant les routes...

Plus tard, une fois que l'attention du pharaon aurait suffisamment été attirée, alors seulement il ferait intervenir toute la force de ses armées. D'ici là, les Lanciers allaient vivre un enfer.

Sans complexe, le jeune roi se réjouissait à l'idée de cette guérilla cruelle, dans laquelle pourrait enfin s'exprimer la rancœur des populations opprimées.

Mazhel avait voulu le forcer à sortir de son trou, comme on traque un animal. Il avait martyrisé tout son peuple pour y parvenir. Maintenant, c'était au tour de Wilf de frapper l'Orosian pour l'amener à se montrer : à son goût, ce n'était qu'un juste retour des choses.

Au cours de ses voyages à la rencontre des résistants, il avait parcouru la Terre d'Arion et les Provinces les plus proches. Ce qu'il y avait découvert avait décuplé sa haine. En vérité, l'héritier du Cantique n'avait pas de mot pour qualifier l'ignominie de la tyrannie théocratique. Et il s'en voulait beaucoup de ne pas avoir réagi plus tôt, même s'il savait que cela aurait été impossible.

L'impression d'être resté aveugle aux souffrances de son peuple le taraudait. Car si les Lanciers Saints ne pénétraient que rarement dans la cité même de Fael, Wilf découvrait qu'il en était allé différemment dans le reste de la Province... Pour l'instant, les moines-soldats étaient soucieux d'éviter le conflit ouvert, ne disposant pas de véritable forteresse militaire dans la région. C'était l'unique raison pour laquelle ils évitaient la capitale de la Province.

Cependant, tout autour, la Terre d'Arion portait les stigmates de leur domination impitoyable. Chaque bourg, chaque hameau, pliait sous leur joug. Wilf était révolté par cette manière d'agir, de s'attaquer d'abord aux plus petits. Bien à l'abri entre les murs de Fael, jamais il n'avait imaginé cela... Mais aujourd'hui, face à la pénible réalité, il se sentait coupable.

Tout ce qu'il contemplait le dégoûtait. Les terres de l'Empire lui semblaient devenues une vaste table de torture... Et les légions de Lanciers Saints autant de tenailles sanglantes, dont les extrémités rougies pinçaient des braises brûlantes. Ce continent, placé par le droit de ses ancêtres sous sa responsabilité, n'était plus actuellement qu'une immense vierge de fer, pressurant les peuples jusqu'au sang.

Partout les gibets, les potences, les malheureux crucifiés pour l'exemple sur le bord des routes... La torture, apanage de la Théocratie, régnait en maîtresse. Les Lanciers obtenaient les dénonciations de parents par leurs propres enfants, de femmes par leurs propres époux. La peur et la douleur imprégnaient tout.

Mais ces voyages avaient aussi appris au jeune roi que les gens étaient prêts à se battre. Leurs plaies ne faisaient que renforcer leur volonté, forgée et encouragée par Andréas. Le Ménestrel avait fait du bon travail, Wilf devait le reconnaître. Il avait préparé le terrain avec talent, et tout ce labeur allait bientôt payer...

Cette fois, ils se rendaient ensemble dans le nord de la Province, à la frontière greyhalder. Wilf devait contacter là-bas le chef d'un vaste groupe. Ce grand résistant était réputé pour sa paranoïa, si bien que même Andréas ne l'avait jamais rencontré en personne. Mais, à présent, l'heure était au rassemblement de toutes les forces sous la bannière du roi... Wilf devait donc s'assurer le soutien de ce patriote inconnu – et de son réseau.

Pour cela, des informateurs de confiance leur avaient dit de se présenter à l'unique auberge du village de Laidel. Wilf et Andréas avaient ainsi traversé la Terre d'Arion, jusqu'à ce bourg frontalier, à l'apparence trompeusement paisible.

Guajo les escortait, chargé par Pej de veiller à la sécurité personnelle de Wilf. En effet, Andréas avait interdit au Tu-Hadji de les accompagner dans leurs divers déplacements auprès des résistants. Selon le Ménestrel, l'aspect insolite et la taille reconnaissable du barbare se seraient révélés néfastes à la discrétion exigée par ce genre de missions. Les trois humains, eux-mêmes, voyageaient sous d'épaisses capes de messagers, et évitaient autant que possible les contacts, dans les villages où ils faisaient halte.

Néanmoins, l'arrivée de trois hommes à cheval suscita quelques regards curieux, dans cette bourgade située à l'écart de la plupart des routes. C'était l'époque des moissons, aussi les champs étaient-ils pleins de travailleurs agricoles qui levèrent la tête au passage des intrus. Les trois compagnons se gardaient bien de déranger ces paysans, se contentant de répondre à l'un ou l'autre lorsqu'on leur adressait un salut de la main.

Ils arrivèrent à l'auberge, une bicoque rustique qui se dressait à l'entrée du village. Guajo attacha leurs chevaux à l'extérieur, puis ils entrèrent.

L'intérieur de la bâtisse était sombre. L'âtre était vide, en cette saison. Une dizaine de tables de bois foncé remplissait une unique salle, au fond de laquelle trônait un comptoir poussiéreux. Derrière lui, une porte fermée. Il n'y avait pas âme qui vive.

Wilf jeta sur une table son chapeau à larges bords, épongea avec son écharpe la sueur qui lui coulait dans les yeux, puis héla l'aubergiste :

– Holà! Il y a quelqu'un?

Moins d'une minute s'écoula avant que ne s'ouvre la porte du fond, révélant une femme à l'allure énergique. Tout en s'essuyant les mains dans un vieux torchon, elle s'approcha de la table où les nouveaux venus s'étaient installés.

– Qu'est-ce que je peux faire pour vous? demanda-t-elle d'un ton soupçonneux.

Âgée d'une cinquantaine d'années, elle était grande et fine. De longs cheveux raides, couleur de fumée, encadraient son visage sec.

– Eh bien... commença Andréas, un peu embarrassé par l'accueil de la tavernière, l'auberge est ouverte?

La grande femme hocha la tête.

– Mais je n'ai plus grand-chose à vous offrir à manger, précisa-t-elle. (Un sourire forcé étira ses lèvres.) Les impôts... Il faut bien nourrir les Lanciers, hein!

Wilf s'éclaircit la gorge.

– Faites comme vous pourrez... dit-il. En fait, nous ne venons pas ici par hasard, ajouta-t-il plus bas.

L'aubergiste haussa les sourcils.

– Ah oui?

Andréas vint au secours du jeune homme :

– Votre établissement nous a été chaudement recommandé… murmura-t-il à son tour.

La femme haussa les épaules.

– Je ne vois pas de quoi vous voulez parler, conclut-elle d'une voix âpre. Bon, je vais voir ce que je peux trouver pour vous en cuisine…

Comme elle tournait déjà les talons, Wilf se leva bruyamment.

– Attendez ! protesta-t-il. On nous a dit qu'en venant ici, nous pourrions trouver Sarod…

Si la tavernière entendit ces paroles, rien dans son attitude ne le trahit. Elle poursuivit son chemin sans broncher et disparut derrière la porte.

Andréas fit signe à Wilf de se rasseoir.

– Attendons un peu, soupira-t-il. Nous verrons bien…

Wilf acquiesça. À présent, il avait l'habitude de la méfiance de ces gens. Les résistants étaient des personnes dures, souvent rugueuses, mais c'était aussi ce qui leur permettait de survivre.

Le jeune roi sourit pour lui-même…

De plus, loin de se montrer serviles lorsqu'ils apprenaient l'identité de leur hôte, ces hommes et ces femmes prenaient toujours soin de lui faire comprendre qu'un soutien aveugle ne lui était pas gagné d'avance… Ils étaient prêts à obéir, certes, mais ils attendaient également d'observer la valeur de ce roi, pour qui ils avaient consenti tant de sacrifices.

Le jeune homme comprenait cela. Depuis des années, ils souffraient et se battaient, voyaient leurs compagnons imprudents ou malchanceux tomber dans les pièges tendus par les Lanciers Saints. Le martyre de leurs frères, au fond des prisons de la

Théocratie, était vivant dans les yeux de chacun d'entre eux, et c'était même devenu pour Wilf un moyen de les reconnaître à coup sûr. Au fil des rencontres, il avait appris à respecter ces patriotes, et à les comprendre.

Il n'était donc pas particulièrement étonné par l'attitude de cette femme. Promenant machinalement son regard à travers la salle, il patienta…

Au bout d'un moment, la tavernière réapparut enfin. Elle tenait une planche carrée où fumaient trois bols de bouillon clair. Sans croiser le regard de ses clients, elle déposa leur maigre repas devant eux.

Toujours vigilant, Wilf ne put s'empêcher de raidir le dos, surprenant soudain l'éclat d'une lame dans la main de la femme. Mais l'aubergiste haussa les épaules avec un sourire moqueur, puis s'aida de ce large couteau pour trancher trois morceaux de pain dans une grosse miche d'apparence rassie. Elle les jeta ensuite, d'un geste sec et précis, devant chacun d'eux. Puis, replaçant le reste du pain dans la poche de son tablier :

– Commencez par manger. Ensuite, je vous mènerai à Sarod.

Wilf acquiesça, voyant que la femme guettait sa réaction. Il nota que le couteau n'avait pas quitté sa main.

Il remarqua aussi que le poignet de la tavernière tremblait légèrement, malgré son assurance de façade.

– Nous ne sommes pas des espions de la Théocratie, la rassura-t-il. Je suis le roi Wilf.

– Moins fort ! se contenta de murmurer son interlocutrice, après l'avoir foudroyé du regard.

Wilf soupira sans se cacher, puis s'attaqua au pain, dur comme de la pierre. Si cette femme voulait lui signifier qu'il ne devait s'attendre à aucun traitement de faveur, c'était réussi…

Lorsqu'ils se furent plus ou moins restaurés, l'aubergiste leur fit signe de se lever.

– Suivez-moi, souffla-t-elle simplement.

Elle les entraîna à travers la cuisine, jusqu'à un escalier en colimaçon qui menait à la cave. Cette dernière, plongée dans l'obscurité, n'avait pas l'odeur habituelle de ce genre d'endroit, nota Wilf. Il était familier des caves de taverne, pour y avoir souvent passé la nuit dans sa prime jeunesse. Le parfum du bois humide s'y mêlait d'ordinaire à celui du vin et de la poussière. Ici, au contraire, régnaient des senteurs de cire de bougie, de papier et d'encre fraîche. De la graisse pour le cuir des selles, également.

Le jeune roi comprit qu'ils avaient descendu trop de marches pour n'être qu'au premier sous-sol. La véritable cave de l'auberge devait se trouver un étage au-dessus.

Quelqu'un alluma une chandelle, donnant un minuscule halo de lumière autour de lui. Le visage surgi de l'ombre était celui d'un homme aux traits taillés à la serpe, les yeux braqués sans douceur sur les nouveaux venus. L'aubergiste, passée derrière les trois compagnons, alluma enfin une torche qui éclaira convenablement la pièce.

Il s'agissait d'une vaste salle, assez grossièrement creusée mais soutenue par des poutres solides. Au centre, l'homme qui avait allumé la chandelle était assis à une grande table encombrée de rouleaux de papier. Les parois de la pièce étaient tapissées de cartes, dans lesquelles étaient parfois fichés des poignards, et d'étagères remplies de bric-à-brac. Sur des tréteaux, dans le coin opposé à l'entrée, séchaient deux selles en cours d'entretien. Enfin, une porte de bois, aussi rustique qu'épaisse, bouchait ce qui devait être l'entrée d'une autre pièce.

Wilf fut étonné par l'étendue de ces souterrains secrets. Il resta toutefois concentré sur l'homme au visage en lame de couteau. Grand et fort, une épée au côté, ce dernier était vêtu du costume brun de la guilde des messagers. Ses yeux délavés, d'un bleu très pâle, rappelèrent au jeune roi son ancien maître, Cruel-Voit.

Sur un signe de leur hôte, Wilf et ses deux amis s'assirent à la table, en face du messager. La tavernière demeura debout derrière eux.

Tombant leurs capes de voyageurs, Wilf révéla le pourpre et le noir de la Monarchie, Andréas son habit bleu et argent de Ménestrel. Le regard du jeune roi croisa celui du résistant :

– Alors, c'est vous, le roi Wilf… dit celui-ci en faisant la moue.

Il avait la voix très cassée. Seulement alors, Wilf remarqua qu'une cicatrice rouge courait le long de sa gorge.

Andréas, lui, avait froncé les sourcils.

– Parfaitement, confirma-t-il gravement. D'ailleurs, la moindre des choses serait de lui témoigner un peu plus de respect… Vous êtes un Arionite, et donc son sujet, ne l'oubliez pas.

Wilf posa une main sur l'avant-bras du violoniste pour lui signifier qu'il allait régler cela seul. Il plissa les yeux comme s'il tentait de percer à jour l'âme de son interlocuteur, puis, imitant son ton arrogant :

– Alors, c'est vous, le fameux Sarod...

L'autre ne broncha pas, le visage toujours fermé.

– Peut-être... dit-il. Avant tout, je dois vérifier votre identité...

– Il suffit ! le coupa Andréas, sa grosse voix tonnant comme sur une scène. Votre insolence passe les bornes ! Nous sommes ici pour quérir votre soutien, si vous êtes un véritable patriote... Pas pour voir notre roi humilié par une méfiance excessive.

Le messager tordit un sourire.

– Vous pensez que je fais du zèle... dit-il. J'ai eu, autrefois, des camarades qui se sont montrés trop crédules...

Son regard hanté s'échappa un instant, puis, s'adressant à Wilf :

– Votre main, s'il-vous-plaît.

Le jeune roi haussa les épaules. Puis, avisant le sérieux de l'homme, il s'exécuta, tendant le bras au-dessus de la table. Le résistant saisit sa main et la serra comme pour le saluer. Ensuite, il hocha la tête lentement.

– Vous êtes brûlant... Oui, acquiesça-t-il, on nous a informés de ce signe particulier.

« C'est donc bien vous... Hum. Je vous imaginais plus vieux.

Voyant que la confirmation de son identité ne rendait pas le messager beaucoup plus poli, Wilf décida d'en prendre son parti, et poursuivit comme si de rien n'était :

– Allez-vous nous aider ?

Droit au but. Avec ces gens-là, c'était la meilleure méthode, songeait Wilf.

Le résistant se leva. Mieux éclairé, on devinait maintenant sur ses bras les traces de nombreuses cicatrices.

– Ce n'est pas à moi d'en décider, grommela-t-il.

Comme Andréas allait l'interpeller de nouveau, il se dirigea vers la porte. Il frappa plusieurs coups selon un rythme précis, puis on entendit une clé jouer dans la serrure grossière.

La porte s'ouvrit. Deux nouvelles personnes firent leur entrée dans la pièce.

L'une d'elle était un jeune homme fin et élégant, en dépit de ses habits de paysans. De courts cheveux noirs soulignaient son visage raffiné, tandis qu'une simple dague était glissée à sa ceinture. Il s'inclina poliment devant les trois hôtes, avant de s'asseoir en face d'eux.

Quant à l'autre personne, il s'agissait d'un enfant, âgé tout au plus d'une douzaine d'années. C'était un petit garçon au regard intelligent, mais chauve et en partie défiguré. À l'aspect de ses cicatrices, Wilf devinait que cet enfant devait avoir échappé à un incendie. Aidé par l'homme au costume de messager, il se percha à son tour sur une chaise.

À la surprise des trois invités, ce fut lui qui prit la parole :

– Bien, commença-t-il d'une voix aigrelette. Je suis heureux de faire enfin votre connaissance, Wilf. Ou plutôt devrais-je dire... mon roi.

Le jeune monarque posa un regard étonné sur ce petit garçon à l'élocution parfaite. Il semblait si sûr de lui...

– Je suis Sarod, poursuivit l'enfant.

Andréas s'empourpra aussitôt:

– Quelle est encore cette mascarade? soupira-t-il bruyamment. Vous voulez nous faire croire que Sarod, le plus fameux chef de réseau de tout le Sud, ne serait qu'un bambin?

« Je le savais soupçonneux et secret, railla le Ménestrel, mais j'ignorais qu'il se livrait à des mises en scène aussi ridicules! Allons, c'est du roi, qu'il s'agit, cette fois... Nous devons rencontrer le vrai Sarod!

Même Guajo avait pouffé de rire. Pourtant, le petit garçon sourit. L'un de ses yeux était à demi fermé par un repli de sa peau brûlée, mais l'autre abritait un regard serein.

– Je dirige ce foyer de patriotes depuis bientôt un an, assura-t-il calmement. Je comprends toutefois que mon jeune âge soit pour vous source d'étonnement... Mais j'ai simplement tenu à poursuivre l'œuvre de mes parents.

« Nous avions été dénoncés, expliqua-t-il. J'ai vu mon père et ma mère dévorés par des chiens dressés à tuer. Pour le simple plaisir des Lanciers...

Voyant la réaction de dégoût sur le visage de Wilf, il ajouta:

– Si les officiers de la Théocratie avaient imaginé leur réelle position dans la résistance, cela aurait peut-être été pire. Au moins, leur agonie fut assez brève...

« Pour ma part, je réussis à m'évader, après avoir provoqué l'incendie du campement...

Un bref silence s'installa, tandis que l'enfant passait machinalement la main sur son visage mutilé.

– Depuis, je vis ici, avec Anel et Hjor, qui m'ont recueilli, continua-t-il en désignant respectivement la tavernière et le messager. Dislav nous a rejoints plus récemment, ajouta-t-il avec un geste en direction du jeune homme brun. Nous avons de nombreux hommes sous nos ordres, comme vous vous en doutez. Et, tant qu'on ne me demande pas d'aller sur le terrain, je crois être assez compétent…

Andréas souffla dans ses moustaches, visiblement moins qu'à moitié convaincu.

– Si vous voulez que nous puissions unir nos forces, poursuivit le petit garçon, il faudra que vous acceptiez de me faire confiance…

– D'accord, intervint Wilf, tranchant toute discussion. Moi, je le crois.

C'était la vérité. Il était conquis par le charisme de cet enfant. Lui-même savait ce que signifiait cette maturité : le Roi-Magicien avait dû grandir avant l'âge, lui aussi, pour survivre dans les bas quartiers de Youbengrad… Ce souvenir de sa propre enfance lui avait donc inspiré une complicité immédiate avec le jeune garçon.

– Sarod, poursuivit-il en s'adressant à lui, il est nécessaire que cette confiance soit réciproque. Je vois bien que vous attendez de moi des garanties, des gages selon lesquels je serai digne de mener notre nation à la victoire… Mais il faut d'abord que vous acceptiez de m'aider sans preuve.

« Je suis le roi, à présent, et j'ai besoin de votre armée de l'ombre pour triompher.

La tête pensante de la résistance s'inclina en avant sur sa chaise. Il détailla Wilf du regard, avec une lueur enfantine et malicieuse dans le regard.

– Ce n'est pas aussi simple, j'en ai peur... dit-il enfin. Et si vous commenciez par nous exposer votre stratégie ?

Wilf opina du chef et cala ses deux coudes sur la table. Sans même échanger un regard d'accord avec Andréas, il commença :

– Très bien. Lors de mon couronnement, j'ai reçu le soutien de tous les nobles du Sud, sans exception. Nous pouvons donc compter sur une armée importante. Pourtant... c'est vous, les résistants, qui devrez jouer le premier acte de cette guerre.

« Je veux que vous harceliez les Lanciers Saints. Je veux qu'ils ressentent, à leur tour, la peur qu'ils nous ont infligée depuis des mois... Qu'ils apprennent enfin ce que signifie vivre dans la terreur !

« Voilà ce qui est nécessaire, avant tout, conclut-il en ponctuant ses paroles d'une claque sur la table : je veux voir leur impunité disparaître.

– Comment ça ? l'interrogea alors Hjor, le messager au visage en lame de couteau.

« Je ne comprends pas... Si vous disposez de toute une armée, pourquoi irions-nous nous faire tuer dans ce genre de manœuvres ? Nos hommes ne sont que des citoyens ordinaires, pas des soldats aguerris ! Si vous croyez que les Lanciers se laisseront intimider...

Wilf fit claquer sa langue contre son palais.

– Inutile de s'avouer vaincu avant d'avoir essayé, gourmanda-t-il le résistant. Vous avez l'expérience de la clandestinité. Empoisonnez leurs puits, leurs réserves de nourriture, assassinez les gardes isolés, tendez des embuscades nocturnes...

« Ils ne sont pas invincibles, vous savez. S'ils per-

dent confiance, ils feront des cibles plus faciles. Il suffit de vous convaincre que c'est possible…

Hjor secoua vigoureusement la tête.

– Bien sûr ! explosa-t-il. Nous en étions capables
depuis le début, mais nous avons attendu que ces
messieurs bien habillés viennent de Fael pour nous
en donner l'ordre ! Je n'ai jamais rien entendu d'aussi
ridicule !

Ses yeux pâles lançaient des éclairs en direction de
Wilf, au point que ce dernier sentit Guajo et Andréas
se raidir à ses côtés.

Sarod intima à son second l'ordre de se calmer,
puis dit posément :

– Je suis assez d'accord avec Hjor. Si nous agissons
de la sorte, en admettant que nous en ayons les
moyens, nous ne ferons qu'attirer les foudres de la
Théocratie. Le pharaon enverra certainement une
armée pour ramener l'ordre. Or, ce que nous voulons, c'est chasser les Lanciers Saints, pas en attirer
de nouveaux !

Wilf laissa son regard planer sur cet étrange enfant,
dont le nom était connu comme celui d'un héros de
la résistance. Il demeura ainsi suffisamment longtemps pour qu'un silence gêné s'installe. Wilf avait
pris l'habitude de se composer cette attitude, suivant
les conseils d'Yvanov. L'autorité, mais pas l'agressivité… répétait l'abbé. Grâce à l'ancien ecclésiastique,
le jeune roi avait appris à modeler son visage dans ce
sens. Les résultats étaient souvent à la hauteur.

Mais Wilf savait qu'il faudrait plus que des
mimiques politiciennes pour se voir accorder la
confiance de Sarod. Lorsqu'il parla enfin, ce fut donc
au messager qu'il s'adressa :

– Ne faites pas l'erreur de me considérer comme un jeune noble sans cervelle, dit-il d'un ton sévère. Malgré les ressources de vos informateurs, vous ignorez tout, semble-t-il, de mon passé… Sachez que je n'ai pas toujours porté le costume d'un monarque, et que je n'ai pas grandi entre des draps de soie. Si je vous parle de détermination, c'est que je connais la valeur de cette vertu : je sais d'expérience ce qu'un homme peut accomplir pour sa survie.

Son regard, fixé sur Hjor, se fit acéré :

– Bien sûr, pour cela, il ne lui faut pas ignorer ce qu'est le courage…

Le résistant blêmit. Ses lèvres tremblèrent lorsqu'il répliqua :

– Vous ne pouvez pas m'accuser de lâcheté… Je…

D'un geste discret, Sarod coupa court à ses protestations.

– Vous ne m'avez pas répondu, fit-il remarquer à Wilf. En quoi votre stratégie est-elle raisonnable ?

– J'y viens, répondit le jeune homme. Quand vous dites craindre que Mazhel n'envoie une armée en Terre d'Arion, je vous réponds que c'est précisément le but de la manœuvre… Il faut le faire venir jusqu'à nous.

« Comprenez bien ce que je vous dis : il ne suffit pas de rejeter les Lanciers hors de nos frontières. Combien de temps cela prendrait-il avant qu'ils ne reviennent en force ? Ce qu'il faut, c'est couper la tête de la Théocratie. Anéantir toute l'armée de Mazhel !

La stupéfaction se lisait sur les visages des résistants.

– Mais… C'est insensé… balbutia Hjor. Si le pharaon vient avec toute son armée, il vous écrasera, vous et les autres seigneurs du Sud ! Vous n'aurez aucune chance…

Les résistants l'observaient comme s'il avait perdu l'esprit, mais Wilf ne se démonta pas :

– Laissez-moi le soin d'en décider, répliqua-t-il au messager.

Sarod intervint de sa petite voix aiguë :

– Une seconde… fit-il. Je ne veux pas jeter entre nous les voiles de la discorde, majesté… mais votre plan me semble également relever de la démence. De plus, si vous souhaitez provoquer une bataille de grande envergure, je ne vois pas pourquoi faire appel à nous. Il vous suffirait de montrer les forces que vous avez rassemblées pour attirer Mazhel jusqu'ici.

Wilf pencha la tête sur le côté :

– Pensez-vous vraiment que cela aurait le résultat escompté ? opposa-t-il. Révéler mon armée ferait-il venir Mazhel ?

Une étincelle brilla dans l'œil valide de Sarod, comme la compréhension s'emparait de lui. À l'intention des autres, Wilf poursuivit son explication :

– À mon avis, le pharaon préférerait une bataille sur son terrain… Près de Mossiev, pour être certain que sa gloire circule dans tout le continent : une victoire dans le Sud reculé n'aurait pas le même écho, loin s'en faut.

Ces conclusions lui avaient en grande partie été soufflées par Yvanov, mais nul ici n'était censé le savoir… Continuant son exposé après une courte pause didactique, le jeune roi reprit :

– S'il sait que j'ai levé une armée conséquente, Mazhel me laissera la voie libre jusqu'à Mossiev. Je le parierais. Ensuite, lorsque je serai isolé dans le Nord, toute retraite coupée par les troupes du Crombelech, il pourra décimer à loisir les forces de la liberté…

« Nous allons le forcer à faire le contraire.

« L'obliger à porter le combat dans le Sud, par une entreprise de harcèlement contre ses Lanciers. Pour cela, j'ai besoin que vous les fassiez trembler… Il faut que leur position devienne assez délicate pour justifier l'envoi de troupes importantes. Placé devant ce cas de figure, Mazhel ne résistera pas à la tentation de prendre le commandement de cette légion colossale. Il voudra une armée qui lui fasse honneur, et engagera toutes ses forces dans la bataille.

– Ensuite, le coupa Sarod avec un sourire ambigu, il ne nous restera plus qu'à remporter la victoire, pour débarrasser le continent de la tyrannie théocratique… Je vois où vous voulez en venir. À ce sujet, un ultime détail : comment comptez-vous vous y prendre pour gagner cette bataille ?

Sentant l'ironie et le désaccord de son interlocuteur, Wilf contre-attaqua :

– Je vois que vous refusez de me faire confiance… dit-il, un peu amer. Je sais que je peux remporter cette victoire, malgré le déséquilibre des forces. Mais je ne vous demanderai pas de me croire sur parole. Répondez seulement à cette question : qui est vraiment le pharaon ?

Dislav, le jeune homme brun à l'allure raffinée, s'exprima pour la première fois :

– Il se fait adorer comme un dieu vivant, déclarat-il, mais je crois que c'est un ancien conseiller de Redah. Il a dû conspirer contre lui pour prendre sa place. En tous les cas, je l'ai parfois vu en sa compagnie, autrefois.

– À Mossiev ? interrogea Wilf, curieux.

Le jeune homme hocha négativement la tête.

– Au Saint-Siège, lors des visites du cardinal.

Wilf allait lui demander ce qu'un résistant avait eu à faire au Saint-Siège, mais Sarod prit les devants :

– Dislav était séminariste. En vérité, il était chargé de surveiller le pope Borlov, maintenu à l'écart du pouvoir par Redah... Mais le pope fit partie des religieux déçus par la religion, après l'accession au statut divin de Mazhel. Lorsque Borlov fut empalé dans la cour de la cathédrale Al-Pandor, Dislav a fui, pour ne pas être à son tour victime du massacre.

– On connaissait mes prises de position contre l'ordre de Saint Mazhel, précisa l'intéressé. Et tous ceux qui, comme moi, avaient soutenu le seul culte de Pangéos, étaient menacés.

Il parut songeur, puis reprit :

– Le pope était un saint homme, qui avait su élever beaucoup d'entre nous contre l'hérésie soutenue par Redah. La plupart de ses suivants doivent être morts, aujourd'hui. Je le serais aussi, si je n'avais rejoint les cachettes de la rébellion.

Le regard reconnaissant de Dislav à l'intention d'Anel était sans équivoque. Sans doute la tavernière l'avait-elle dissimulé au péril de sa vie.

Wilf supposa que c'était suffisant pour faire confiance à l'ancien séminariste. Il songea brièvement à tous ces hommes de foi, martyrisés au nom de Pangéos... *S'ils avaient su ce qu'était véritablement leur dieu...* médita-t-il avec tristesse. *Un Orosian esclavagiste... Un imposteur, exactement comme Mazhel !* Il ne put s'empêcher de soupirer. D'ailleurs, à en juger par sa mine bouleversée, Guajo était en train de se faire une réflexion similaire.

Wilf adressa à l'écuyer un sourire compréhensif. Puis il se tourna à nouveau vers les résistants :

– Vous ignorez donc qui est vraiment Mazhel. Mais voilà ce que vous dit votre roi : vous ne vaincrez jamais si vous vous contentez de repousser ses Lanciers hors de la Province. Croyez-moi.

« Examinez les différentes options qui se présentent à vous... ajouta-t-il. Première chose : vous pouvez m'accorder votre confiance, et croire que je serai capable de vaincre le pharaon dans la bataille dont nous parlions. Autre alternative : vous pouvez me prendre pour un fou, et décider de lutter par vos seuls moyens. Auquel cas – vous le savez pertinemment – vous resterez pour toujours sous le joug de la Théocratie.

« Voyons, poursuivit-il en faisant mine de réfléchir, quel autre choix s'offre encore à vous ?... Non, je crois bien qu'il vous faut choisir entre les deux précédents... Faire confiance à un fou, ou courber à jamais l'échine.

Les quatre rebelles marquèrent un moment de silence.

Wilf sentait Guajo et Andréas tendus à ses côtés. Lui savait déjà qu'il avait gagné : il l'avait lu dans le regard de Sarod.

– Nous sommes avec vous, dit enfin le petit garçon au visage brûlé.

6

e soir de la quatrième journée après cette rencontre, les trois émissaires franchissaient de nouveau les murailles de Fael.

Andréas s'était montré bourru pendant tout le trajet du retour, et Wilf en devinait la cause. Le Ménestrel avait œuvré pendant des mois, pour gagner la confiance de ces résistants... Et c'était finalement son jeune protégé qui les avait fait céder! Le roi n'en prit pas ombrage : ce n'était pas la première fois qu'Andréas se montrait jaloux de lui ou de Djulura, et ce ne serait sans doute pas la dernière non plus... D'ailleurs, Wilf pouvait assez bien comprendre ce ressentiment. Depuis plus d'un an, le violoniste s'était battu pour le Sud avec beaucoup plus d'ardeur qu'eux deux, et son attitude paraissait donc légitime. Qui aurait accepté sans broncher que d'autres récoltent tous les lauriers de son labeur ?

De plus, ainsi que Wilf l'avait remarqué dès leur première rencontre, le Ménestrel était bâti pour être roi... Ironie du destin, c'était là une tâche que Wilf lui aurait volontiers abandonnée, si seulement cela avait été possible. Mais chacun devait rester à sa place, quoi qu'il leur en coûte à tous les deux.

Le jeune roi, un peu usé par ses récents déplacements politiques, éprouva cette nuit-là le vif besoin de se délasser. Souhaitant poliment le bonsoir à Andréas, il entraîna donc son fidèle Guajo sur le port, jusqu'à une étroite rue qu'il affectionnait pour ses nombreuses tavernes. C'était une chaude nuit d'été, de celles où même l'air que l'on respire a quelque chose de grisant. La lune montante dispensait sa lumière rougeâtre sur la ville.

Incognito, à la faveur du crépuscule et de leur cape de voyage, les deux amis éclusèrent ainsi quelques chopes.

Puis une douzaine d'autres.

Finalement, ils s'éternisèrent, changeant d'établissement chaque fois que la foule des marins devenait trop curieuse à leur sujet. Ils devisèrent au hasard, sautant d'un sujet à l'autre, comme Wilf le faisait autrefois avec Lucas. Avant que celui-ci ne revienne des abysses... Avant que la présence du spirite ne lui rappelle à chaque instant qu'ils étaient tous deux les fruits d'obscures prophéties...

Avec Guajo, il put rire et se livrer en toute simplicité, noyant dans l'alcool la pression énorme de ces dernières semaines. Leur beuverie dura ainsi jusqu'au matin. Le port était déjà en pleine activité, quand ils se résolurent enfin à rentrer en titubant au palais des ducs...

Ce ne fut donc qu'aux premières lueurs de l'aube que Wilf se présenta devant la porte de ses appartements. Après avoir salué le garde en faction d'un geste gauche, il pénétra dans sa chambre.

Jih'lod l'y attendait.

– Te voilà enfin ! s'exclama le Tu-Hadji. Où diable étiez-vous passés, toi et Guajo ?

Le jeune roi lui adressa un sourire idiot.

– Hé ! Tu n'es pas ma mère ! gloussa-t-il.

« C'est vrai, j'ai déjà Pej, pour ça… ajouta-t-il d'un ton moqueur.

Wilf tangua violemment et dut s'accrocher au bras secourable du géant pour ne pas tomber.

– Si tu veux savoir… reprit-il, on était sur le port… pour boire des bières de *nedaks* ! (Il fit un grand geste évasif, qui faillit renverser un vase coûteux.) Tu ne comprendrais pas.

« Tiens, d'ailleurs, il est où, Pej ?

Jih'lod le poussa jusqu'à un fauteuil et le fit s'asseoir.

– Je lui ai demandé de ne pas m'accompagner… expliqua le Tu-Hadji. Je voulais te parler seul à seul…

« Est-ce que tu sais que je t'attends ici depuis hier soir ? ajouta-t-il avec un sourire désabusé.

Wilf pouffa :

– Et alors ? Je suis le roi, non ?

Il se leva d'un bond, en tentant de dégainer son épée.

– Vive le roi ! hurla-t-il, pendant que le bout de son fourreau venait maladroitement frapper un miroir, qui explosa aussitôt en dizaines de petits morceaux de verre.

Jih'lod lui enleva vivement son arme pour la poser plus loin, puis il le força à s'allonger sur sa couche. Wilf grogna.

D'irritation, d'abord, puis de satisfaction, en sentant sous lui le moelleux de son lit.

– C'est du beau travail… médita le Tu-Hadji. Tu es

peut-être le roi, mais tu n'es toujours qu'un garne-ment... Si tes conseillers te voyaient!

Une silhouette titubante apparut alors dans l'em-brasure de la porte. C'était Guajo, attiré par le cri de son maître. Sans perdre une once de son calme légen-daire, Jih'lod le renvoya se coucher.

– Toi aussi, tu devrais essayer de dormir, dit-il ensuite à Wilf. J'avais des choses à te dire, mais... je crois qu'il vaut mieux remettre ça à plus tard.

– Non, attends! gémit piteusement le jeune monarque. (Il secoua la tête pour tenter de retrouver ses esprits.) Je suis curieux... De quoi voulais-tu me parler?

– Tu es sûr d'être en état d'écouter? s'inquiéta le Tu-Hadji.

Wilf ricana.

– J'ai déjà été bien plus saoul que ça, plastronna-t-il.

Il souffla bruyamment, puis:

– Sérieusement... Je crois que ça ira... Tu peux me dire ce qui t'amène ici. Ça doit être important pour que tu m'aies attendu toute la nuit, non?

Jih'lod considéra un instant le jeune monarque. Sa voix tremblotait et son haleine aurait assommé un cheval, mais il paraissait conscient. Sans doute le Tu-Hadji avait-il suffisamment éveillé son intérêt pour le dégriser un peu.

– Je parie que tu auras tout oublié demain en te réveillant... soupira néanmoins ce dernier. Mais c'est toi qui décides...

« En fait, j'aurai dû te parler de ça dès le premier jour de ton retour, avoua-t-il. Je n'en ai pas eu le cou-rage avant...

Wilf souleva une paupière, son attention définitivement captivée.

– Il s'agit de ton père, poursuivit le Tu-Hadji. Je veux dire… ton père adoptif, le vieux Holm. Je l'ai rencontré lorsque j'étais prisonnier de la Forteresse-Démon.

À ces paroles, le jeune roi se redressa comme un ressort. Il s'assit dans son lit et braqua un regard stupéfait sur Jih'lod.

– Mon père était dans la Forteresse-Démon ? demanda-t-il en tremblant.

Le géant tatoué acquiesça.

– Nous étions compagnons de cellule. Mais… La raison pour laquelle je ne voulais pas t'en parler, c'est que je n'ai pas pu le délivrer, lorsque je me suis enfui… Il est toujours prisonnier là-bas.

Wilf se leva et alla se pencher au-dessus d'une bassine d'eau fraîche, que des domestiques avaient préparée sur sa table de toilette. Il s'aspergea copieusement le visage, puis :

– D'accord, Jih'lod. Redis-moi tout ça, s'il te plaît. Et, euh… Lentement.

Le Tu-Hadji s'exécuta. Il raconta au jeune homme sa captivité partagée avec Holm, et tous les détails de son évasion. Lorsqu'il eut terminé, Wilf ne se sentait absolument plus ivre.

Après un silence respectueux, Jih'lod reprit :

– Il y a autre chose, Wilf. Quelque chose de nature… plus stratégique. Mais tu ne souhaites peut-être pas que je t'ennuie avec ça pour le moment ?

Le jeune homme, les yeux dans le vague, lui fit signe de parler.

– C'était dans les tous premiers *shols* de ma détention, commença le guerrier. Je me souviens que je venais de faire connaissance avec ton père. Il m'a alors révélé… le secret des Hordes.

« Il m'a dit qu'il avait été esclave des Hommes-Taupes. Ce sont eux, en creusant des tunnels sous le continent, qui sont les artisans de la mobilité secrète des Hordes. (Le Tu-Hadji marqua une pause, le temps pour Wilf d'appréhender les conséquences de cette révélation.) Il y aurait, d'après Holm, des centaines de galeries qui se croiseraient, partout sous nos pieds. Je l'ai fait savoir à mon peuple, bien sûr… Mais j'ai pensé que cela te concernait aussi, roi des hommes.

Wilf hocha la tête.

– Il faudra trouver une solution pour ça. Lorsque nous nous battrons contre Fir-Dukein, pas question de laisser les Hordes nous prendre à revers…

« Mais… une chose après l'autre. Pour l'instant, c'est la Théocratie que je combats. Merci quand même, Jih'lod, pour ce renseignement, ajouta-t-il plus poliment.

Le géant n'osait pas regarder son ami en face. Gêné, il fixait les bris de verre qui tapissaient le sol de la pièce.

– Avant que le Duük ne vienne à mon secours, dit-il enfin, j'avais promis à ton père de l'emmener avec moi, si je devais m'enfuir. C'était mon ami, tu sais…

Wilf étreignit l'épaule du Tu-Hadji:

– Tu n'as pas à te sentir coupable, le rassura-t-il. Tu ne pouvais pas faire autrement.

Le jeune roi étouffa un sanglot, qui s'entendit malgré tout dans sa voix:

– Un jour, nous irons ensemble le chercher.

7

Jusqu'à un certain point, les semaines suivantes se déroulèrent conformément aux espérances de Wilf.

Dans tout le Sud, les résistants harcelèrent les Lanciers Saints. Parfois, selon les Provinces, certains forts de la Théocratie tombèrent même entre les mains des rebelles.

Pendant ce temps, Wilf avait secrètement rassemblé l'intégralité des armées alliées sous sa bannière. Les troupes campaient dans le village de Laidel, où tous les espions de Mazhel avaient depuis longtemps été victimes d'accidents mortels. Le jeune roi faisait fréquemment le trajet entre ce camp retranché et Fael, où Djulura continuait d'administrer son duché, en apparence conquis.

La tension montait, pourtant, à travers toute la Terre d'Arion. Il était impossible de ne pas sentir l'histoire en marche, dans le Sud. Dans chaque regard, dans chaque geste quotidien, la perspective des combats à venir était perceptible.

À force d'entendre les doléances de ses Lanciers en poste dans la région, le pharaon avait enfin cédé. Il était descendu de Mossiev à la tête de son armée, bien résolu à mater une fois pour toutes les velléités d'indépendance manifestées par les Provinces récalcitrantes.

Mais il s'y était pris trop tard. Son immense légion était encore stationnée à la frontière, lorsque Sarod avait ordonné de frapper avec unanimité les bastions de Lanciers Saints. Cette fois, il ne s'agissait plus des attentats symboliques destinés à attirer le pharaon dans un piège... L'heure était venue d'agir à une autre échelle, car il fallait empêcher les troupes déjà en place de soutenir l'avancée de l'armée de la Théocratie.

Ainsi, les résistants, coordonnés avec une parfaite exactitude, firent chuter les dernières places fortes des envahisseurs. Tout se passa en une seule nuit. Au matin, l'évêque-colonel Padrov, responsable des forces armées du Sud, fut retrouvé baignant dans son sang. On était venu l'assassiner dans son propre lit.

Partout dans le Sud, nombreux étaient ceux qui avaient subi le même sort. D'autres forteresses avaient été incendiées, ou hardiment attaquées. Quelle que fût la manière, l'objectif avait toujours été atteint... Lorsque l'aube avait pointé, ce jour-là, les Lanciers Saints ne pouvaient plus compter sur aucun officier vivant.

Ce qu'on appellerait après-coup la Nuit des Égorgés venait de proclamer le véritable départ du conflit.

Mazhel fut alors pris d'une rage terrible.

Bannissant ses ultimes hésitations, il quitta le campement qu'il avait établi à la frontière pour s'enfoncer subitement dans la Terre d'Arion. Son régiment

colossal se mit en marche, à la rencontre de ses inso-
lents ennemis.

Bien entendu, cette réaction était précisément celle
qu'avait espérée Wilf...

Le choc entre les deux armées eut lieu à proximité
de Laidel.

C'était un jour d'automne. Le ciel était encombré
de nuages lourds... Rien ne distinguait cette matinée
de n'importe quelle autre.

Les légions s'engouffrèrent, l'une en face de
l'autre, dans une plaine longue et étroite qui faisait
office de couloir entre deux zones de collines. Toutes
les troupes du Sud se tenaient prêtes à recevoir la
charge des moines-soldats.

Ce devait être l'heure de vérité. La dernière bataille.

Pourtant, dès que les légions de Lanciers apparurent le long de la ligne d'horizon, Wilf fut déçu par
le nombre de soldats. Il avait espéré que le pharaon
engagerait toutes ses forces dans cet assaut... Et ce
n'était visiblement pas le cas.

Légèrement déstabilisé par ces circonstances, qui
remettaient toute sa stratégie en doute, le jeune roi
observait la progression des Lanciers avec un drôle
de sentiment. Au fond de lui, il avait l'intuition
tenace qu'un facteur important lui échappait.

Bientôt, il eut enfin une vue d'ensemble des forces
en présence, et il comprit que la situation était décidément anormale.

Il fit appeler Lucas.

– Quelque chose ne tourne pas rond... lui dit-il
lorsque celui-ci l'eut rejoint sous la tente de l'état-
major.

Du haut d'une colline, ils pouvaient voir les deux armées marcher à la rencontre l'une de l'autre. À la tête des Lanciers Saints, le pharaon conduisait un char tiré par deux étalons blancs. Il était vêtu pour la guerre, si bien qu'un heaume masquait son visage. Seule une croix ansée, cousue d'or sur sa cape, permettait de l'identifier.

– Ça ne me plaît pas, répéta Wilf. Lucas, pourrais-tu vérifier s'il s'agit bien de Mazhel ?

Comprenant ce que le jeune roi attendait de lui, Lucas acquiesça et commença à se concentrer. Quelques instants s'écoulèrent, puis :

– S'il s'agit bien de notre Orosian, il a perdu toute faculté de So Kin… déclara le spirite, confirmant l'intuition de Wilf. Je n'ai senti strictement aucun pouvoir en lui.

Le jeune monarque fronça les sourcils en soupirant.

– Bon sang, ce n'est pas lui… Je n'avais pas prévu ça, dit-il, l'air embarrassé. Je croyais que Mazhel se montrerait plus vaniteux que rusé…

« Regarde : il n'y a même pas six cents hommes… Nous avons été bien abusés ! Il nous envoie cette armée pour se moquer de nous…

– Alors, qu'allons nous faire ? l'interrogea Lucas, resté seul avec lui tandis que tous les autres généraux étaient accaparés par les contraintes de la bataille imminente.

Wilf serra les poings.

– Le message de Mazhel est clair, grinça-t-il : il ne viendra pas. Je ne pensais pas qu'il serait prêt à sacrifier son autorité sur le Sud, mais c'est bel et bien le cas. Si nous voulons notre bataille, il faudra aller le chercher…

Lucas parut un peu effrayé à cette idée.

– Pourquoi ne pas plutôt consolider nos forces, en nous contentant de tenir la frontière ? objecta-t-il.

– Pourquoi ? répéta le Roi-Magicien en haussant les épaules. Parce que nous n'avons pas assez de cynisme pour cela...

« C'est tout le continent qu'il nous faut libérer. Je suis incapable de laisser le peuple du Nord vivre dans l'horreur pendant que nous nous réjouirions de notre paix retrouvée... D'ailleurs, pas un seul noble, parmi mes alliés, ne l'accepterait non plus. Et Mazhel le sait.

« Ce satané Orosian a procédé de la même manière que nous : il a cherché notre faiblesse, et il l'a trouvée...

Lucas termina la phrase du roi à sa place :

– Le Sud a toujours couvé en son sein des idéaux généreux... Tu as raison, nous sommes pris au piège.

Wilf hocha lentement la tête.

– Oui. Il va falloir que nous portions le conflit jusqu'à Mossiev, mon ami. Nous donner en spectacle sur la scène choisie par le pharaon, en attendant qu'il daigne nous porter l'estocade...

– Tu crois que nous n'avons vraiment aucune chance ? demanda le spirite, inquiet de voir son compagnon se montrer si défaitiste.

Wilf lui répondit de son sourire carnassier. Ses yeux noirs brillaient d'une rage folle.

– Non, confirma-t-il : absolument aucune ! Mais nous allons tout de même essayer... Toi et moi.

Lucas remarqua que la colère contenue faisait trembler son ami.

– Pour commencer, anéantissons cette armée ! fit

le roi en désignant du doigt les colonnes de Lanciers qui s'avançaient dans la plaine.

* * *

Finalement, le cœur de l'hiver était venu, lorsque la grande bataille tant attendue eut enfin lieu.

Les forces du Sud avaient bien mérité cette rencontre finale. Depuis leur première victoire à la frontière de la Terre d'Arion, elles avaient dû se contenter d'escarmouches humiliantes. Cela faisait des mois qu'elles se perdaient toujours plus loin dans le Nord, dans le piège qu'elles savaient pourtant tendu par leur ennemi.

Sans se laisser gagner par le découragement, elles avaient ainsi traversé tout le continent jusqu'aux régions les plus septentrionales.

Jusqu'à Mossiev.

Leurs bases les plus proches avaient été laissées si loin en arrière qu'il eût été vain d'espérer la moindre retraite, en cas de défaite. Toute tentative de repli se solderait par un désastre… Mais les généraux n'avaient rien caché à leurs troupes : chaque soldat savait qu'il lui faudrait vaincre ou mourir, dans ce combat.

Il était très tôt, le matin. Il faisait encore sombre. Wilf se concentrait avant les heures de chaos, maintenant toutes proches. Debout au sommet de la tour de guerre construite par les ingénieurs greyhalders, il laissait les flocons de neige venir s'écraser sur son visage.

Le jeune roi avait passé la nuit à régler les derniers détails de la bataille avec Andréas, Djulura ou Yvanov. On ne l'avait laissé seul que récemment. Sachant qu'il ne pourrait pas fermer l'œil, il profitait de ces quelques instants de répit pour rassembler ses énergies.

Calmement, il repassait dans son esprit tous les événements qui l'avaient conduit des ruelles de Youbengrad jusqu'ici, en face de Mossiev.

Il espérait avoir fait le bon choix, et ne pas entraîner ses amis dans une folie inutile. Ses amis... et son peuple, rectifia-t-il, encore peu habitué à l'idée qu'il était responsable d'une nation entière.

Le jeune chef d'armées connaissait bien la plaine qui s'étendait sous ses yeux. Âgé d'à peine dix-huit ans, c'était déjà la troisième fois qu'il était témoin de batailles menées dans cette région. Il y avait d'abord eu le long siège des armées rebelles, puis la mémorable déroute de Caïus aux portes de la ville. Aujourd'hui, c'était lui, Wilf Ier, qui se rendait coupable de porter le combat dans cette malheureuse contrée.

S'il sortait victorieux du conflit, Mossiev brûlerait ce soir, une fois de plus. Mais à ses yeux, le jeu en valait la chandelle.

Pour la liberté de ses semblables, Wilf voulait faire semblant de croire son armée capable d'emporter la victoire. Il avait rassemblé autour de lui tout ce que le Sud comptait de forces les plus meurtrières.

La tour mobile où il se trouvait était un joyau de technique militaire. Le baron Conrad, qui avait repris le contrôle du Greyhald pendant la Nuit des Égorgés, l'avait fait construire spécialement pour cette campagne. Elevé de cinq étages, l'engin de bois permettait à l'état-major de se réunir dans une relative sécurité, même au cœur de la bataille. Des balistes et une gigantesque catapulte défendaient tous les angles d'attaque.

Du haut de ce bâtiment, Wilf avait une très bonne vue sur les alentours. L'immense plaine couverte de neige n'offrait pas beaucoup de prises aux stratégies élaborées. Aucun massif montagneux derrière lequel dissimuler des troupes, aucune forêt où installer des archers en embuscade...

Toutes ses troupes étaient donc simplement disposées autour de lui, dans une mosaïque de bataillons. L'aube naissante commençait, lentement, à différencier les couleurs des divers oriflammes et uniformes.

Quelques sentinelles immobiles gelaient sur place, de-ci de-là. Pour l'instant, rien ne bougeait encore dans le camp endormi. Même la bise sauvage s'était enfin tue, elle qui s'engouffrait pourtant sous les tentes depuis le début de la nuit, par grosses goulées glaciales.

Le calme avant la tempête... ne put s'empêcher de songer Wilf.

Dans la matinée, il le savait, Mazhel tenterait une sortie avec son armée. L'Orosian l'attendait depuis assez longtemps pour être prêt : Mossiev était certainement pleine à craquer de troupes sur le qui-vive...

Si Wilf ne doutait pas que les murailles de la cité abritaient une véritable horde de soldats, il ignorait en revanche leur nombre exact. Personne n'avait jamais pu définir avec précision les effectifs des Lanciers Saints, pas plus que leur origine...

Ce qu'il savait, c'était à combien s'élevaient ses propres ressources : moins de quinze mille hommes... N'ayant ni les moyens, ni le temps de les armer convenablement, le Roi-Magicien avait en effet renoncé à enrôler les volontaires qui avaient afflué, par dizaines de milliers, de toutes les villes et campagnes du Sud.

Dès le départ, son choix avait été le suivant : ne compter que sur un nombre limité de soldats, mais provenant tous d'armées de métier. Et Wilf ne pouvait pas nier que ce dernier point lui apportait un léger réconfort, à l'approche du bain de sang dont il allait être l'instigateur...

Il inspira profondément, acceptant de nouveau le baiser givré du vent sur son visage. Curieusement, il était presque serein.

Mais l'horizon rosissait à vue d'œil, et déjà le silence perdait ses droits sur les alentours. Le camp s'éveillait peu à peu.

Les hommes se levaient et se préparaient, après une nuit vraisemblablement tourmentée, comme le sont celles qui précèdent une bataille. Wilf devinait la pensée commune dans la tête de chacun d'entre eux. Ce soir, ils seraient libres, ou bien ils seraient morts.

Moins d'une heure plus tard, il constata qu'il ne s'était pas trompé dans ses prédictions : le pharaon faisait ouvrir les portes de la cité pour laisser sortir ses soldats. Une marée grise et noire recouvrit le tapis immaculé de la neige. Les Lanciers Saints, montés sur leurs fiers destriers, se répandirent sur une centaine de mètres, devant l'entrée sud de Mossiev.

Wilf compta environ quatre milliers de cavaliers, répartis sur soixante rangs. Face à une telle multitude, il dut faire un petit effort pour réaliser qu'il ne s'agissait là que des troupes d'élite. Mazhel, qui n'avait certainement pas eu ses scrupules quant à l'enrôlement de simples citoyens, devait encore conserver une véritable foule de conscrits à l'intérieur de la capitale…

Les Lanciers se placèrent en face de l'armée rebelle. Bien qu'ils ne fussent pas encore en position de combat, leur discipline méticuleuse les faisait paraître extrêmement menaçants. Ils élevaient une forêt de lances au-dessus d'eux. Des lances pour le moment pointées vers le ciel… Quant aux croix ansées cousues sur leurs robes grises, elles semblaient d'ores et déjà destinées à célébrer quelque office funèbre.

En tête de chaque colonne se tenait un capitaine, en surcot noir comme les calottes de ses soldats. Immobile et digne dans le vent glacé, il attendait les ordres, pour les transmettre aux Lanciers qui patientaient derrière lui.

L'analyse qu'Yvanov avait faite de ces troupes, plusieurs mois plus tôt, semblait juste. Le respect de la hiérarchie constituait le fondement même de leur efficacité.

Un peu plus tard, sortirent à leur tour les conscrits dont Wilf avait supposé la présence. À la vue de cette monstrueuse flaque humaine qui se déversait dans la plaine, le jeune roi bloqua sa respiration de stupeur. Et il sentit que tout son camp subissait le même réflexe.

Conduits par quelques poignées de chevaliers d'Eldor, ces soldats laïques prirent place en avant des régiments de Lanciers.

Wilf trembla un court instant, avant de se ressaisir.

Pourtant, il y avait de quoi frémir : même s'ils n'avaient sans doute pas beaucoup d'expérience militaire, les conscrits étaient dotés de longues épées et d'épaisses armures de cuir bouilli. De toute évidence, leur maître n'avait pas lésiné sur les moyens.

Mais, par-dessus tout, ils étaient des dizaines de milliers...

Ils envahirent le futur champ de bataille sur toute sa largeur. Le jeune roi, désemparé, se rendit compte qu'il ne pouvait même pas espérer les compter.

Ses lieutenants, qui l'avaient rejoint au sommet de la tour au fur et à mesure que le jour se levait, lâchèrent un soupir unanime.

– Comment allons-nous lutter contre une telle multitude ? demanda Djulura en serrant la rambarde de toutes ses forces.

Wilf tâcha de donner à sa voix le ton le plus rassurant possible :

– Nous savions que nous aurions affaire à forte partie... déclara-t-il calmement. Nous allons nous battre, comme prévu. Il ne faut pas oublier que ces hommes représentent des troupes de mauvaise qualité...

La conviction lui manquait, mais aucun de ses amis n'eut la cruauté de le lui faire remarquer. Ils se contentèrent de le regarder avec inquiétude, tous leurs espoirs tournés vers lui.

Il n'eut pas le cœur de leur avouer qu'il était aussi perdu qu'eux, face à un tel spectacle.

Bientôt, les portes de Mossiev ouvrirent encore le passage à un gigantesque engin de guerre. Large d'une dizaine de mètres, long du double, celui-ci était tracté par une cinquantaine de bœufs blancs.

Il s'agissait d'une sorte de char géant, plateau rectangulaire surmonté d'une nef qui abritait un trône d'acier. Tout autour de ce dernier, des bannières verticales, sur lesquelles s'étendait la croix ansée des évêques... Enfin, assis sur le siège central, au-dessous d'un dais de soie pourpre, le pharaon...

Dans le costume léger que Wilf lui connaissait déjà, impossible cette fois de douter de son identité. Cette silhouette en toge claire était bien celle de l'arrogant Orosian aux cheveux rouges, dont l'aura de pouvoir restait palpable, malgré la distance.

Aux quatre coins du véhicule démesuré, étaient posées des batteries de balistes orientables. D'énormes tonneaux, ligotés ensemble, les accompagnaient. Le roi comprit qu'en dépit de tous les fanions et autres effets grandiloquents dont il était paré, le char allait représenter un vrai danger militaire.

Ces grandes arbalètes étaient sans doute destinées à tirer des projectiles enduits d'une mixture inflammable : étant donnés la taille et le nombre des armes, il redoutait les dégâts effroyables qu'elles pourraient causer. Mentalement, il nota donc de s'en méfier, et de donner des consignes dans ce sens à ses officiers.

Les convoyeurs des bœufs firent immobiliser leurs bêtes, et le véhicule se stabilisa. L'un des nombreux porteurs d'étendards qui se tenaient sur le char, aux côtés de Mazhel, quitta alors le rang. Solennellement, il s'avança à la pointe de la nef, puis fit sonner une trompette. Le son clair, déchirant l'air frais du matin, se répercuta longuement par-dessus le brouhaha général des armées.

Wilf savait ce que cela voulait dire. Il avait participé à assez de batailles pour comprendre que le pharaon s'apprêterait bientôt à donner l'assaut. *Quel panache...* maugréa-t-il, se moquant des manières de l'Orosian. Peut-être ses courtisans les plus courageux avaient-ils grimpé en haut des murailles de Mossiev, pour se repaître de la pièce qu'il s'apprêtait à jouer pour eux... Mais le jeune roi refusait de s'avouer vaincu d'avance.

D'une seconde à l'autre, les cors retentiraient de nouveau. Sans doute Mazhel se lèverait-il, puis abaisserait son épée pour signifier le début de la curée.

À demi hypnotisé par l'instant, Wilf faillit manquer d'agir. Il fallait qu'il empêche les choses de se dérouler ainsi...

Ses propres troupes étaient prêtes. Après des mois de voyage, leurs armures n'étaient pas aussi rutilantes que celles de l'adversaire, mais chacun était vaillant et à sa place. Tous les regards paraissaient rivés sur lui, le Roi-Magicien.

Secouant l'immobilité dans laquelle l'avaient plongé la fascination, la peur et la colère, il donna à l'un de ses aides de camp le signal discret que celui-ci attendait. Conformément au plan de son maître, le soldat s'échappa donc de son unité pour sonner du cor à son tour. Puis, seul, il s'avança au centre de la plaine qui séparait les deux armées.

Minuscule point dans l'immense étendue neigeuse, il se mit alors debout sur ses étriers, et planta d'un geste sec sa lance dans le sol. Par un grand mouvement, il signala à l'adversaire la présence d'un parchemin roulé, qu'on avait attaché au bout de la hampe de l'arme.

Enfin, il revint se poster parmi ceux de son rang.

En haut de la tour de guerre où étaient encore postés les généraux rebelles, chacun savait ce que contenait ce message.

– Tu es toujours décidé ? demanda Lucas à Wilf.

Le jeune roi acquiesça.

– C'est la seule solution… J'espère qu'il va accepter.

Les généraux attendirent fébrilement que l'ennemi ait pris connaissance de leur proposition. Leurs regards obliques glissaient sans cesse sur la personne de Wilf. Inquiétude, compassion, désapprobation… Le Roi-Magicien pouvait sentir dans son dos ce flot de sentiments intenses. Mais il s'attacha à les ignorer, souhaitant rester parfaitement concentré.

Plusieurs minutes s'écoulèrent, dans un silence presque total. Des deux côtés de la plaine, on attendait la suite avec appréhension et excitation.

Le temps passait lentement. Il semblait que la neige, qui tombait sans discontinuer, allait recouvrir les deux armées comme un linceul, avant qu'une décision ne soit prise.

Enfin, les bœufs qui tiraient le char géant se remirent en marche. L'engin de guerre fut amené audevant de toutes les troupes de la Théocratie. Alors, Mazhel se leva de son trône, et avança jusqu'au bord du char. D'un pas souple, il sauta à terre, comme si la hauteur n'avait pas représenté l'étage d'une maison…

Il continua seul, à la surprise générale.

À pied dans la neige, il atteignit le point où la lance était restée fichée dans le sol. Le centre parfait du champ de bataille.

À ce moment, Wilf sut qu'il était l'heure…

L'Orosian, poussé par son orgueil et la certitude de sa victoire, avait accepté le principe d'un duel contre le Roi-Magicien.

Avant de descendre de la tour de commande, pour aller prendre leur place à la tête des différents régiments, les généraux se dirent adieu. Wilf étreint Lucas et Djulura, puis Guajo qui retenait ses larmes. Il salua Pej en évitant son regard désapprobateur. Jih'lod, Ygg'lem, Yvanov… Il tenta même d'avoir un mot gentil pour Andréas et Oreste, les deux Ménestrels.

Aucun d'entre eux n'ignorait qu'ils se voyaient sans doute pour la dernière fois.

À son tour, Wilf s'avança ensuite vers le milieu du champ de bataille. En chemin, il évalua une fois de plus la distance qui le séparerait de ses troupes. Conformément à ses plans, on devrait bientôt venir lui prêter main-forte… Mais serait-il encore en vie à ce moment ?

Le temps qu'il faudrait à des cavaliers pour parcourir cette distance… pensait-il, ruminant pour la centième fois l'image de ces deux cents mètres de vide neigeux. C'était le temps qui déterminerait sa mort ou bien sa survie… Le temps qu'il devrait tenir en face de l'invincible Orosian…

– Je n'ai aucune chance… soupira-t-il pour lui-même.

Il regarda le paysage blanc, tout autour de lui. Prit une belle gorgée d'air. *Que de chemin parcouru…* pensa-t-il, se remémorant ses années d'enfance.

La couronne aux six branches de métal noir ceignait son front. Des milliers d'hommes et de femmes allaient bientôt se jeter dans une bataille perdue d'avance, en clamant son nom…

Peut-être les événements auraient-ils pu se dérouler différemment, visant une fin meilleure… *Peut-être*… Toutefois, l'heure n'était plus aux regards en arrière. Il avait scellé son destin, mais il ne regrettait rien. Il avait vécu de meilleures choses que la plupart des hommes.

Mazhel sourit à Wilf, lorsqu'il arriva près de lui. L'Orosian était calme, et le froid ne faisait pas frissonner son corps insensible aux désagréments des mortels.

Face à face, les deux ennemis étaient seuls au milieu de la plaine. Dans ce vent chargé de flocons qui voilait tout, il était même facile pour eux de s'imaginer seuls au monde.

La haine et le mépris qu'ils avaient l'un pour l'autre avaient maintenant atteint leur paroxysme. Isolés, au cœur de ce néant, ils donnaient corps au combat de la liberté contre la tyrannie.

8

W ilf s'immobilisa à trois pas de Mazhel.

Il savait, sans l'ombre d'un doute, qu'il ne pouvait espérer le vaincre. Lors de leur dernière rencontre, alors que le jeune homme était en pleine possession de la Skah, celle-ci s'était déchaînée en lui comme jamais auparavant... Et n'était parvenue qu'à égratigner l'Orosian.

Aujourd'hui, il ne pouvait même plus faire appel à l'âme extérieure, sous peine de succomber à la Hargne. Il ne lui restait que son épée pour lutter contre ce titan inébranlable.

La vraie question, à ses yeux, était donc la suivante : allait-il tenir assez longtemps ? Il devait gagner un aussi long délai que possible, afin que le plan d'Yvanov ait une chance d'aboutir. *Il faut que j'y arrive...* se répétait-il intérieurement.

Pourtant, il se sentait si vulnérable... Il avait une telle impression d'être à la merci de l'Orosian... C'est pourquoi il décida de détourner l'attention de son adversaire, dans l'espoir d'obtenir quelques instants de répit :

– As-tu fait reconstruire la partie du Dôme que j'ai rasée, Mazhel ? plastronna-t-il.

Le sourire de l'Orosian se ternit.

– L'heure n'est plus au discours, trancha-t-il, vexé. Tu n'es qu'un misérable insecte, comme tous les tiens...

« Ton plus grand tort a été de te croire différent. Pour quoi ? Pour une prophétie ?

Il se mit à rire.

– La moitié des prophéties qui courent ici-bas sont le fruit de mon imagination ! railla-t-il. Tu as oublié que nous étions les dieux de vos religions, revendiqua-t-il en accentuant bien ces mots.

L'Orosian secoua la tête :

– J'ignore même pourquoi je m'abaisse à te répondre... murmura-t-il.

Pendant ce temps, Wilf dansait d'un pied sur l'autre. Le jeune homme ne parvenait plus à masquer sa nervosité. Si seulement son sacrifice pouvait ne pas s'avérer vain... C'était tout ce qui lui importait, à présent.

Il regarda de nouveau autour de lui.

Conformément aux prédictions de Djulura, le blizzard se levait.

Juste à temps... pensa-t-il avec espoir. Mais il doutait encore que ce soit suffisant...

Le dessein d'Yvanov était simple. À la faveur du voile de flocons qui allait obstruer la vue de tous, les cinq cents Chevaliers-Archivistes de Fraugield, préalablement enveloppés dans des capes blanches, se rendraient jusqu'au centre de la plaine. Ils surprendraient Mazhel et l'encercleraient, l'isolant ainsi du reste de son armée.

Alors, les unités rebelles chargeraient. Comme l'avait dit l'abbé, leurs chances seraient décuplées, contre des adversaires décontenancés par l'absence de leur chef. Ce serait peut-être un avantage suffisant pour l'emporter sur cette terrifiante armée...

Wilf sentit que le pharaon perdait patience. S'il le décidait, Mazhel pouvait le tuer d'un moment à l'autre, et tout leur stratagème tomberait alors à l'eau. Se campant sur ses jambes, le jeune roi lui lança donc :

– Attends !

« Je sais que tu voudrais récupérer cette épée, la Lame des Étoiles... Mais s'il ne s'agissait que d'une copie ? Peut-être serais-tu intéressé de savoir où j'ai caché la vraie...

L'Orosian haussa les épaules, jetant à Wilf le regard qu'on réserve d'ordinaire aux enfants pris à raconter d'énormes mensonges.

– Tu es pitoyable et ridicule... asséna-t-il. Cette épée irradie de pouvoir à des kilomètres... Impossible de la confondre avec une copie !

« Ton attitude m'étonne, poursuivit-il. Que ne te mets-tu pas en garde, pour mourir de manière honorable ? J'aurais cru que même un simple mortel comme toi tiendrait à s'offrir une fin un peu plus digne...

Le pharaon s'interrompit soudain en levant les yeux vers l'horizon. Il regardait par-dessus l'épaule de Wilf, derrière ce dernier.

– Qu'est-ce que...

« Une ruse ? s'étonna-t-il dans un murmure, tandis que sa bouche dessinait une moue amusée. Vous n'aurez donc pas la moindre once de fierté ?...

Wilf n'avait pas besoin de se retourner pour deviner ce que les yeux perçants de Mazhel avaient distingué dans son dos.

Le nuage des chevaliers sur leurs montures immaculées – pour l'occasion, on n'avait choisi que des chevaux blancs... Ils galopaient en ordre dispersé, veillant à ne pas former une masse compacte et trop aisément repérable.

L'Orosian balaya d'un geste méprisant ce qu'il considérait comme une tentative puérile.

– Tu as choisi la bassesse, et cela te va bien, dit-il à Wilf de son ton bêcheur. Mais ne compte pas mourir de ma main, à présent... Tu ne le mérites pas !

Continuant de hocher la tête avec dédain, il passa à côté de Wilf sans même lui accorder un regard. Le jeune roi aurait aussi bien pu tirer son épée et le frapper en plein cœur.

Mais Wilf ne tenta rien. Ce qui venait de se produire était trop inespéré... De plus, il était persuadé que son coup n'aurait même pas éraflé l'Orosian.

Il se fit donc le plus discret qu'il put, ne désirant pas gâcher l'aubaine qui lui permettait de rester en vie. Le son assourdi des chevaux galopant sur le tapis de neige se rapprochait. Choisissant la prudence, Wilf prit un peu de distance.

Mazhel, lui, demeurait immobile, observant d'un regard dur les cavaliers qui s'apprêtaient à l'encercler. Aux tout derniers instants, les Chevaliers-Archivistes rassemblèrent enfin leurs destriers éparpillés. Flanc à flanc, formant un cercle, ils obtinrent une ligne de front solide dans leur charge, aussi disciplinés que s'ils s'attaquaient à une armée entière.

Voyant cela, Wilf se félicita de ses précautions : il n'aurait pas apprécié de se trouver à l'intérieur de leur zone d'action. Tapi derrière un talus de neige, il s'assura d'un coup d'œil que Mazhel était bien prisonnier du piège.

C'était le cas. Mais le pharaon conservait une attitude hautaine et un visage fermé. Tandis que les mailles de cette nasse se refermaient autour de lui, le cercle rapetissant à vue d'œil, il n'émit pas un appel en direction de ses troupes.

À présent, les Lanciers Saints devaient d'ailleurs avoir remarqué qu'il se passait quelque chose. Mais, même s'ils s'élançaient au secours de leur maître, ils arriveraient trop tard... L'Orosian était maintenant isolé de la bataille, cerné par les cinq cents meilleurs soldats de Fraugield.

Wilf, accroupi à l'abri de sa butte neigeuse, se prit enfin à croire la victoire possible. Maintenant, il devait rejoindre le commandement de ses troupes!

Bondissant hors de sa cachette, il courut au-devant d'un des rares chevaliers retardataires. Agitant les bras devant sa monture pour se faire remarquer dans le brouillard givré, il s'écria:

– Toi! Ramène-moi en arrière de nos troupes!

Et, joignant le geste à la parole, il s'aida d'une lanière de la selle pour sauter derrière le cavalier colombin. Celui-ci, réagissant à l'ordre presque instantanément, fit volter son destrier et le lança en direction des régiments alliés.

Lorsqu'ils le virent émerger de la brume blanche, les soldats hurlèrent des hourras et brandirent leurs épées. Wilf sauta à terre, s'enfonçant jusqu'aux chevilles dans la neige.

En face de lui, les unités de la Terre d'Arion, avec à leur tête Djulura, Andréas et Oreste...

Aussitôt, ce dernier saisit la bride d'une monture

disponible pour l'amener au jeune roi. Ils galopèrent ensemble jusqu'à la tête des troupes arionites.

– Tu nous es revenu ! lui cria Djulura pour couvrir les sifflements du blizzard. J'avais parié que tu survivrais !

Evacuant d'un seul coup la pression terrible qui lui avait vrillé les nerfs, Wilf éclata de rire.

– Tu peux encore perdre ce pari avant ce soir ! rétorqua-t-il. En tous les cas, je préférerais ne jamais savoir avec qui tu as tenu ta mise…

Le sérieux regagna son visage, et il cria quelques ordres aux capitaines de régiments.

Les forces arionites formaient la plus hétéroclite de toutes les armées du Sud. C'était un assemblage de divers corps d'armée, regroupant tous les survivants de la première campagne de rébellion. Ces vétérans appartenaient bien sûr aux Guerriers du Cantique, les lestes acrobates qui avaient fait la réputation militaire de la Terre d'Arion, mais aussi aux Templiers Arionites, représentant une vieille noblesse d'épée et de magie, juchés sur leurs somptueux chars dorés. La garde ducale de Fael, exceptionnellement, avait délaissé l'enceinte du palais pour suivre Djulura dans cette guerre du bout du monde. Depuis le début du voyage, ces robustes paladins en armure rouge semblaient avoir à cœur de prouver que l'utilité de leur caste dépassait le simple apparat… Enfin, le gros des troupes était traditionnellement composé d'archers. Pour l'heure, en dépit de leur nombre, ils paraissaient presque invisibles, leurs capes de laine blanche se confondant avec le paysage.

Wilf reporta son regard sur les Chevaliers-Archivistes, qui ferraillaient maintenant autour du pharaon. Il pâlit en réalisant que Mazhel n'avait pas hésité une seconde à engager ce combat contre un demi-millier de cavaliers en armure. Les soldats de Fraugield, quant à eux, allaient à la mort avec une discipline parfaite.

Peut-être parviendraient-ils à vaincre l'Orosian, mais de l'avis de Wilf, rien n'était moins sûr... Pourtant, leur sacrifice ne serait pas inutile : si puissant qu'il fût, il allait falloir longtemps à Mazhel pour se débarrasser d'eux. Le temps que le sort de la bataille soit joué, avec un peu de chance...

Le jeune roi souhaita mentalement bonne réussite aux guerriers-érudits, et cria à une poignée d'aides de camp d'aller lui chercher les autres généraux.

– Nous changeons de tactique, expliqua-t-il en réponse au regard étonné de Djulura.

Celle-ci observa la formation de l'armée adverse en fronçant les sourcils, puis acquiesça.

– Tu as raison... dit-elle avec admiration. Il nous faudrait peut-être contourner les premières lignes...

Wilf attendit impatiemment que les chefs des autres régiments le rejoignent. Pendant ce temps, les forces ennemies n'avaient toujours pas esquissé le moindre mouvement. Ainsi que l'avait deviné Yvanov, les Lanciers Saints n'agiraient pas sans un ordre de leur dieu vivant...

– Écoutez-moi ! cria le jeune roi lorsque tous ses généraux furent à portée de voix. Je veux que vos unités de cavalerie se déplacent selon un large arc de cercle, pour attaquer uniquement les flancs des colonnes de Lanciers ! Ne vous occupez pas de la piétaille, c'est compris ?

Les officiers acquiescèrent. La manœuvre semblait

sans doute hasardeuse à un certain nombre d'entre eux, mais leur confiance en Wilf était totale. Après avoir salué le roi, ils repartirent donc immédiatement exécuter ses ordres.

Wilf espéra secrètement ne pas se tromper. Il avait d'abord eu l'intention de lancer la charge contre l'infanterie adverse, comme cela se pratiquait ordinairement. S'il pouvait faire en sorte que les fantassins rompent le combat, ces derniers déstabiliseraient toute l'armée adverse par leur retraite désordonnée… Pourtant, il avait vite douté de ce choix. Selon lui, son armée n'aurait fait que s'embourber dans une situation inextricable…

Car Mazhel avait positionné ses troupes de manière à ce que les soldats à pied ne puissent reculer. Avec les colonnes de Lanciers dans leur dos, les lignes de conscrits ne se briseraient pas… Les malheureux tiendraient leurs rangs, coûte que coûte, même s'ils devaient se battre en marchant sur les cadavres de leurs camarades. En effet, chacun d'entre eux préférerait mille fois faire face aux armées rebelles, plutôt qu'aux lances des moines-soldats qui les encadraient.

Restant toujours à l'arrière, avec ses troupes arionites, le jeune stratège observa la charge des cavaleries alliées. Bien sûr, l'amplitude de ce mouvement laissait largement le temps aux colonnes de Lanciers de se préparer à les recevoir. Avec un ensemble parfait, les cavaliers ennemis se tournèrent donc d'un quart de cercle en direction de leurs assaillants. Lances baissées, ils attendirent le tout dernier moment pour s'élancer à leur tour…

Le choc des deux forces fut terrible.

Sur le flanc ouest, la cavalerie lourde de Greyhald se brisa sur la défense ennemie. Le gris et le noir des uniformes de la Théocratie pénétrèrent profondément dans le brun et le violet greyhalders. Surveillant la scène de loin, le jeune roi ne put que serrer les dents.

Sur le flanc est, les chevaliers castelois s'en sortirent un peu mieux. À la pointe de leur percée, une étincelle brilla dans le blizzard. Wilf y devina la silhouette du prince Angus, dans son armure blanche et dorée, sa couronne en forme de cygne scintillant au soleil du matin.

Pour réagir efficacement, les Lanciers avaient dû se scinder en deux positions de défense. Ils cessaient ainsi de faire pression sur l'arrière-garde de leur propre infanterie.

Le champ à présent libre, Wilf décida alors de faire sonner la seconde charge. Ses soldats s'ébranlèrent, se mettant en marche sous son commandement.

Comme convenu, les archers avançaient à l'arrière, lâchant leurs traits par-dessus la tête de l'infanterie alliée. Les compagnies de tir étaient surtout arionites et casteloises. Pour diriger les opérations, le jeune roi avait laissé à leur tête Guajo et la jeune Hesmérine de Blancastel.

Voyant que les conscrits adoptaient une attitude très défensive, Wilf fit stopper ses troupes un peu avant le contact. Il ne voulait pas que ses soldats viennent s'écraser sur un mur compact de boucliers.

Sur son ordre, ce furent donc les catapultes greyhalders qui entrèrent en scène. Les énormes rochers qu'elles projetèrent, atterrissant parmi l'infanterie adverse, firent exploser les rangs en de nombreux points. Les conscrits durent se réorganiser tant bien que mal.

Profitant de cet affaiblissement de la cohésion ennemie, Wilf remit alors son régiment en mouvement. Couverte par les volées de flèches alliées, l'infanterie rebelle broya facilement les premières lignes de la Théocratie.

– Ils reculent ! s'exclama Andréas avec satisfaction.

Wilf, debout sur ses étriers, demeurait vigilant. La supériorité numérique de l'ennemi était telle que son armée pourrait aisément se retrouver encerclée par les côtés. C'était d'ailleurs vraisemblablement ce que tenteraient les conscrits, dès qu'ils se seraient repris...

Pour tâcher d'éviter ce désastre, il envoya les unités arrucianes défendre ses flancs. Ces soldats aux manières de duellistes, guidés par quelques fameux vétérans Jéndarros, formaient un corps d'armée de qualité. Cependant, dans de telles conditions climatiques, Wilf craignait que ces natifs du Sud ne souffrent du froid, au point de voir leur efficacité anéantie. Il se promit de surveiller cela du coin de l'œil, et d'envoyer à leur rescousse les solides Greyhalders en armure lourde si le besoin s'en faisait sentir.

À quelques mètres devant lui, les combattants arionites repoussaient les conscrits.

Tout en luttant âprement, la plupart des rebelles chantaient des louanges à la gloire des Rois-Magiciens. Wilf aurait aimé les rejoindre au cœur même de la bataille, mais il savait que le moment de s'exposer personnellement n'était pas encore venu. Avec Djulura, Oreste, Andréas et quelques autres, ils formaient un carré de cavaliers isolés, défendus par cette multitude de soldats à pied.

– Wilf! appela alors quelqu'un dans son dos.

Le jeune roi se retourna, pour voir Lucas qui accourait vers lui au triple galop. Le spirite dut faire cabrer sa monture pour s'arrêter brutalement auprès de Wilf.

Ce dernier s'étonna brièvement de la présence de l'ancien moine, à qui il avait confié le commandement de l'arrière-garde, en compagnie d'Yvanov. Puis il comprit qu'il se passait quelque chose d'important.

– Je sens un flux de So Kin anormal, haleta en effet Lucas. C'est très puissant, comme si plusieurs esprits s'affrontaient… ou bien unissaient leurs forces. En vérité, je ne sais pas…

Wilf jura, plissant les yeux avec inquiétude.

– Des Seldiuks, tu crois?

– Je l'ignore, répondit le spirite en haussant les épaules. Mais ça m'étonnerait. Je n'ai jamais vu de Seldiuk utiliser convenablement le So Kin: en général, ils ne savent s'en servir que pour décupler leurs facultés martiales…

« De plus, ce que je ressens est vraiment très violent. Je pencherais plutôt pour des renforts orosians…

– Corbeaux et putains! cracha Wilf. Comme si nous n'avions pas suffisamment de problèmes avec un seul! Tu peux localiser ce que tu perçois?

– Pas vraiment, avoua Lucas. Le pouvoir imprègne l'atmosphère… Je sais qu'il est invisible pour toi, mais en ce qui me concerne, il est si flagrant qu'il semble provenir de partout à la fois!

Une expression ambiguë traversa son visage. *Il a peur...* devina Wilf.

– En fait, je n'ai jamais été confronté à ça, déclara l'ancien moine, d'une voix moins sereine qu'à son habitude. Pas même parmi les Voix de la Mer ! J'ignorais, jusqu'à aujourd'hui, qu'un tel déchaînement d'énergie fût possible...

– Très bien, lui cria Wilf par-dessus le bruit de la bataille, je te charge de surveiller ce phénomène. Préviens-moi dès que tu as du nouveau.

Lucas opina du chef.

– Je reste par ici, précisa-t-il.

Le roi hocha distraitement la tête. Son attention s'était déjà reportée sur les combats.

Son souci majeur demeurait d'éviter l'encerclement de ses troupes par l'ennemi. Dans cette mêlée, les engins de guerre n'étaient plus guère efficaces. Aussi, Wilf eut l'idée de se servir des imposantes catapultes de Greyhald pour dresser une enceinte provisoire le long de son front est. Les lourds engins ne bloqueraient pas cette aile de façon étanche, bien entendu, mais leur présence gênerait suffisamment les adversaires pour lui accorder un répit...

Et il en aurait grand besoin, d'ailleurs, car des remous agitaient déjà son flanc ouest. Wilf comprit que Djio d'Arrucia, son vieux rival devenu allié, venait de tomber. Les Arrucians, perturbés par la perte de leur général, se disloquaient peu à peu sous la pression des conscrits mossievites.

À regret, Wilf prit la décision pénible de se séparer de l'infanterie lourde de Greyhald. Il envoya le puissant régiment protéger ce côté. Une manœuvre qui lui assurerait la sécurité pour quelque temps, mais réduirait d'autant sa progression vers le cœur de l'armée adverse. Ce qui demeurait pourtant son objectif principal : faire éclater la masse de soldats à pied, pour concentrer enfin toutes ses forces sur les Lanciers Saints…

Jetant un œil vers ces derniers, le roi constata que ses troupes montées, face à eux, ne se débrouillaient pas trop mal. Plus solide en défense, la cavalerie du Greyhald semblait à présent tenir bon, malgré ses débuts difficiles. Quant aux chevaliers de Blancastel, ils menaient des attaques remarquables en dépit de leur nombre restreint. Lorsqu'ils devaient se replier sous l'influence d'une charge ennemie, les agiles guerriers Tu-Hadji prenaient le relais en harcelant les moines-soldats.

Wilf se félicitait d'avoir jumelé ces deux unités : les fils de Tu-Hadj, combattants hors pair, apportaient un soutien inestimable aux chevaliers civilisés, leur permettant de frapper les Lanciers avec une efficacité redoutable. C'était pour l'instant sur cet unique front que l'armée de Wilf pouvait espérer prendre un véritable avantage.

Quelques minutes passèrent ainsi, le jeune roi donnant de brefs ordres à droite et à gauche. Jusqu'à ce que Lucas ne revienne à la charge…

– Wilf ? fit-il en approchant de nouveau son cheval de celui du jeune homme. C'est terminé… La vibration du pouvoir dont je te parlais il y a quelques instants. D'un seul coup, je n'ai plus rien senti.

– Tu ignores toujours de quoi il pouvait s'agir ? l'interrogea son ami, les yeux demeurant rivés sur les fluctuations subtiles de la bataille.

– Non, je… commença le spirite.

« Attends! s'exclama-t-il soudain. Regarde derrière toi!

Wilf se retourna et comprit aussitôt pourquoi Lucas ouvrait de tels yeux. À quelques dizaines de mètres de là, les Chevaliers-Archivistes avaient cessé de se battre… En effet, le pharaon venait de s'élever à la verticale, hors de portée de leurs épées.

Il ne semblait pas avoir bondi, mais simplement avoir été tiré vers le haut, comme sous l'influence d'une force invisible. Ses bras, détendus, pendaient le long de son corps. Le visage légèrement baissé, il paraissait presque en prière.

– Tirez sur lui! hurla Wilf à l'intention de ses archers.

Mais c'était inutile, il le réalisa bientôt. Le temps que ces derniers se tournent dans la bonne direction, puis ajustent leur tir, l'Orosian serait certainement hors d'atteinte…

Comme pour lui donner raison, Mazhel bougea. Il leva deux doigts vers son visage, lentement, jusqu'à ce qu'ils touchent son front.

– Il prépare quelque chose! prévint Lucas. Il va se servir du So Kin…

L'expression recueillie du pharaon se transforma effectivement en intense concentration. Presque aussitôt, l'index et le majeur toujours posé sur le front, il s'éleva encore plus haut au-dessus de la plaine.

Mais plus personne ne regardait dans sa direction. Tous les yeux étaient braqués plus bas, sur les Chevaliers-Archivistes. Un instant plus tôt, ils étaient encore un peu plus de quatre cents à batailler, face à ce terrifiant adversaire…

Quatre cents soldats qui se tordirent simultanément de douleur, hurlant à l'unisson. Pendant une seconde, ils eurent tous exactement le même geste : celui de porter leurs mains à leurs tempes, comme si une effroyable migraine les avait subitement frappés.

Puis ils s'effondrèrent, unanimement. Leurs corps, entraînés par le poids de leurs armures d'acier, glissèrent souvent au bas de leurs montures. Des flots de sang coulèrent par les fentes de leurs heaumes, ruisselant dans la neige.

Enfin, les traits alliés fusèrent vers l'Orosian, mais les flèches qui l'atteignirent se volatilisèrent à son contact, comme soufflées par une chaleur extrême.

– Une attaque psychique… frémit Lucas. Il les a… tous tués… Ô, par Pangéos ! laissa-t-il même échapper, sous le choc.

– Fais-moi plaisir, le blâma Wilf : ne me parle pas de ce type-là…

Malgré le sérieux de la situation, Lucas ricana nerveusement :

– Désolé ! Les vieilles habitudes sont tenaces, comme tu vois…

« Oh ! Regarde !

Toujours en lévitation, le pharaon se dirigeait à présent vers Mossiev. Sa silhouette se découpa quelques instants sur les dômes et les minarets ambrés de la cité des Csars, puis il atterrit enfin. Pas sur la terre ferme, toutefois : avec délicatesse, il se posa sur son gigantesque char d'apparat.

La scène avait échappé à de nombreux combattants, trop occupés à défendre leur vie, mais ceux parmi les Lanciers qui avaient observé la prouesse de leur maître lancèrent des acclamations empruntées à la liturgie. Bientôt, le combat reprit de plus belle, les soldats de la Théocratie s'élançant avec une fougue renouvelée à l'assaut des rebelles.

La mort dans l'âme, Wilf observa le commencement de sa chute.

C'était l'ultime bataille, qu'on menait en ce jour. Et il était en train de la perdre.

9

Conduit par Mazhel, le char géant fendait les armées de Wilf avec facilité. Les bœufs qui le tiraient, recouverts d'un caparaçon d'acier, étaient invulnérables aux flèches des archers.

Des soldats rebelles avaient tenté de s'en approcher, pour leur briser les pattes à coups d'épées, mais ils avaient été repoussés par les tirs des balistes. Ces dernières, dont les projectiles enflammés faisaient des ravages, couvraient en effet tous les angles, autour de la grande plate-forme mobile.

Le capitaine Kyrôn obtint l'autorisation de mener une charge héroïque contre le char du pharaon. L'officier était l'unique survivant des Chevaliers-Archivistes – il s'était éloigné, en quête d'ordres, au moment du drame qui avait frappé les siens. Wilf lui confia le commandement d'une trentaine de cavaliers greyhalders, qui s'élancèrent aussitôt derrière le natif de Fraugield. Leur objectif n'était pas de s'en prendre à l'invincible Mazhel, bien sûr, mais simplement d'immobiliser son véhicule destructeur.

Le jeune roi n'avait pas grand espoir de voir leur entreprise aboutir. Pourtant, il les avait envoyés à l'assaut du char... Il se rendit compte après coup que le désespoir le rendait stupide. Il était si désemparé, qu'il n'était même plus capable de distinguer une manœuvre militaire d'un suicide de masse.

Jurant tout bas, il décida de se reprendre au plus vite. Il devait examiner les maigres options qui s'offraient à lui. Tous ces soldats comptaient sur leur roi…

Le cœur battant, il observa la charge de Kyrôn. Il vit comment les chevaux de guerre furent stoppés en plein galop par les grosses balles de cire enflammées qui s'abattirent au milieu d'eux. Comment le trait d'une baliste, malgré son épaisseur de petite poutre, vint s'enfoncer profondément dans le torse de Kyrôn, brisant la course de son destrier et les projetant tous deux à terre.

Le Chevalier-Archiviste, tandis que la poix brûlante ruisselait sur lui, poussa un hurlement déchirant. Puis il commença à flamber, de hautes flammes s'élevant de sa dépouille.

Wilf le vit se consumer peu à peu, se racornir comme les pages d'un vieux grimoire. Le dernier chevalier de Fraugield serait bientôt réduit en cendres… Le jeune roi détourna le regard de ce spectacle.

Observant tout autour de lui dans l'espoir de voir apparaître une solution, il posa soudain les yeux sur ses Guerriers du Cantique, redoutables au cœur de la mêlée.

– Andréas, Oreste ! appela-t-il, subitement inspiré par une intuition providentielle.

Les deux Ménestrels, demeurés non loin de lui, s'apprêtèrent à recevoir ses ordres.

– Prenez la tête de la garde ducale, leur dicta-t-il.

Ces combattants savent utiliser la magie, n'est-ce pas?

– Oui, majesté, répondit Oreste. Mais ils n'en ont guère l'habitude… La Hargne pourrait les…

– Ça n'a plus d'importance, étant donnée notre situation, le coupa Wilf. Il faut prendre tous les risques!

« Emmenez également nos auriges : ces Templiers se serviront, eux aussi, de leurs dons magiques. Rejoignez ensemble les Guerriers du Cantique et sommez-les de se regrouper. Compris? Je veux ensuite que vous meniez un assaut magique de grande envergure…

Oreste acquiesça. Andréas et lui saluèrent avant de se retirer pour exécuter les ordres de Wilf.

Bientôt, ils furent au cœur des combats d'infanterie. Comme convenu, ils firent alors appel aux talents interdits, préservés depuis des siècles parmi Ceux de l'Étoile. Dès qu'ils eurent rejoint les Guerriers du Cantique, les acrobates se mirent à les imiter, si bien qu'un véritable déluge de magie déferla sur les conscrits de Mossiev.

Les lames et les armures alliées se parèrent de lumière, vibrant d'une musique mystique. La Skah jaillit des paumes pour venir frapper en plein cœur les capitaines ennemis. Bien sûr, hormis les deux Ménestrels et quelques Templiers Arionites, aucun n'avait de grandes capacités en matière de guerre magique, mais leurs maigres pouvoirs suffisaient à déstabiliser l'adversaire.

Ainsi, la manœuvre eut exactement l'effet désiré par Wilf.

Les gens du Nord cultivaient pour la magie une

haine et une crainte ancestrale. Des deux, la crainte demeurait la plus forte... Au bout de quelques minutes, même les plus courageux eurent donc jeté leurs armes, courant en tous sens pour tenter de se mettre à l'abri. Ils fuyaient comme de l'eau à travers une outre percée. Hurlant de terreur, ils s'écoulèrent par les côtés, par l'arrière, débordant alors les rangs de Lanciers Saints.

Ces derniers, accaparés par la joute qu'ils avaient engagée contre les cavaleries rebelles, furent totalement pris au dépourvu. Certains tentèrent néanmoins de s'interposer à la débandade des conscrits, comprenant qu'elle signifiait peut-être leur défaite... Mais ils furent bousculés sans ménagement, leurs chevaux jetés à terre comme s'ils étaient aussi légers que des plumes. Aucun destrier, même monté par un valeureux porteur de lance, ne pouvait en effet résister à la pression exercée par ces centaines d'hommes... Les conscrits, motivés par l'effroi, pesaient de tout leur poids contre ces rangs dispersés de moines-soldats, qui se disloquèrent bientôt en mille brèches pour leur ouvrir le chemin. La débâcle fusa alors dans toutes les directions.

Wilf aurait payé cher pour voir le visage de Mazhel face à cette hémorragie, mais le pharaon était trop loin à l'est, amorçant une nouvelle charge vers le centre des combats. Le jeune roi se concentra donc sur les bénéfices immédiats qu'il pouvait tirer de la déroute ennemie.

Il décida qu'il était temps pour lui de s'investir physiquement dans la bataille. À présent, les choses étaient claires et simples : son armée contre les Lanciers Saints... Le char de Mazhel, quant à lui, verrait son efficacité très réduite, à présent que la lutte allait gagner en mobilité.

Dans ces conditions, songeait le jeune homme, il ne restait plus à espérer que ses soldats seraient les plus forts, et les plus courageux... Pour cela, ils avaient maintenant besoin de voir leur Roi-Magicien au cœur des combats.

Wilf fit donc sonner le cor pour annoncer une nouvelle charge. Flanqué de Djulura et Lucas, il s'apprêtait à s'élancer, lorsqu'il remarqua un aide de camp qui lui faisait de grands signes.

Le soldat galopa jusqu'à son roi et expliqua pourquoi il l'avait interrompu dans son élan : un messager arrivait pour lui, depuis les lignes arrières... Wilf commanda à Djulura et Lucas de l'attendre un instant avant de lancer l'assaut, puis se rendit aux nouvelles.

En fait de messager, il s'agissait de la jeune Hesmérine de Blancastel, à qui il avait confié le commandement des archers, en compagnie de Guajo. Elle tenait, par la bride, le cheval de ce dernier.

Guajo était inanimé.

Désignant l'écuyer affalé sur l'encolure de sa monture, la damoiselle déclara :

– Votre ami, majesté... Il va très mal...

– Que lui est-il arrivé ? s'étonna Wilf, soucieux. Vous étiez à l'abri !

La jeune fille, ayant un peu repris son souffle, poursuivit :

– Je l'ignore, expliqua-t-elle. Depuis le début de la bataille, il était... étrange.

Wilf fronça les sourcils, dans l'incompréhension la plus complète.

– Comment ça ? s'impatienta-t-il.

– Il fermait les yeux, les mains posées sur les côtés de la tête, sans se soucier de la bataille… Et il ne répondait pas quand je l'interrogeais.

« Je n'ai pas voulu vous déranger avant, mais… Il y a quelques minutes, du sang a giclé par ses narines, et il s'est effondré, comme vous le voyez maintenant.

« J'ai tenté sans succès de le réanimer…

Wilf soupira, à moitié pour masquer son inquiétude. Il jeta un œil vers l'évolution de la bataille, puis reporta son regard sur le corps de Guajo.

L'attrapant par les cheveux, il observa son visage inconscient. Le sang qui avait dégouliné sur ses lèvres n'avait pas encore séché, mais il ne semblait plus couler. Du pouce, le jeune roi souleva une paupière de son domestique : l'œil était révulsé.

– Il est certainement dans le coma, conclut-il. Je ne peux rien faire de plus pour l'instant. Conduisez-le à l'arrière-garde, auprès des infirmiers. Et veillez sur lui !

– Bien, majesté ! fit la jeune fille en hochant la tête.

Juste avant qu'elle ne tourne bride, Wilf l'interpella de nouveau :

– Hesmérine, s'il vous plaît ! la rappela-t-il. Une dernière chose : pouvez-vous me dire à quel moment précis il s'est écroulé ?

La Casteloise haussa les épaules.

– Hélas, je ne pourrais m'exprimer avec certitude sur ce point, s'excusa-t-elle. Je me souviens avoir levé les yeux vers le pharaon, qui s'élevait soudain au-dessus des chevaliers de Fraugield… Un peu plus tard, quand j'ai regardé de nouveau en direction du capitaine Guajo, il était dans cet état.

Le roi acquiesça et la congédia. Les sourcils toujours froncés, il secoua vigoureusement la tête. Malgré ses efforts, il ne comprenait pas ce qui avait pu arriver à son ami. Pourquoi lui ?

Le capitaine Guajo... songeait-il avec amertume. C'était un bon écuyer : il n'aurait jamais dû en faire un soldat... S'il mourait, il s'en voudrait éternellement...

Mais la guerre n'attendait pas : les états d'âme du roi ne la concernaient pas. Chassant l'Arrucian de ses pensées, Wilf reprit donc sa place aux côtés de Djulura et Lucas, rejoints depuis par les deux Ménestrels.

Après un dernier soupir, il fit signe aux clairons de mugir une nouvelle fois, et s'engouffra tête baissée dans le chaos des combats. Non sans soulagement, d'ailleurs... car il savait que le fait de défendre sa vie allait éloigner – pour un moment – doutes et sentiment de culpabilité.

Avec une poignée de cavaliers, il percuta donc les flancs d'une colonne de Lanciers Saints. Dans le bruit et la fureur de leur lutte, ces derniers ne les avaient pas vus arriver.

Wilf mit tout son talent à l'œuvre. Sa rage et sa précision s'allièrent pour décimer autant de moines-soldats qu'il serait possible.

À ses côtés, Andréas faisait parler la magie. Délaissant pour l'heure son énorme épée blanche, il dirigeait ses larges mains d'orateur vers l'ennemi, afin de déchaîner l'énergie de la Skah. Des traits de lumière chaude jaillissaient de ses doigts, avec des claquements secs, ou parfois des bruits de tonnerre. Il s'agissait de longues langues de flammes bleues, qui faisaient bouillir l'air en sifflant, avant de perforer leur cible.

Bien entendu, dans le désordre de la bataille, le Ménestrel ne faisait pas mouche à chaque fois. Cependant, même lorsqu'il manquait sa cible, l'impact de ses projectiles magiques soulevait des jets de poussière en frappant le sol, ce qui suffisait à faire paniquer les chevaux des Lanciers. Les destriers se cabraient, les naseaux dilatés. Ils désarçonnaient leurs cavaliers avant de les piétiner, rendus fous par une terreur aveugle.

Cette image d'Andréas, en pleine splendeur guerrière, inspirait les natifs de la Terre d'Arion presque autant que la présence de leur roi. Ceux qui possédaient des dons magiques se lançaient dans la mêlée tandis que des sphères lumineuses crépitaient autour d'eux. Certains, sans doute, étaient pris par la Hargne, mais aucun d'entre eux n'était assez puissant pour que cela ait des conséquences catastrophiques. Au contraire, la corruption du pouvoir leur permettait de faire de terribles dégâts avant de succomber... Quant au salut de leur âme, Wilf n'avait guère le loisir de s'en préoccuper.

Toute son attention dédiée au combat, le Roi-Magicien essayait d'oublier la présence de Mazhel sur le champ de bataille.

Il ne cessait pourtant de se dresser sur ses étriers pour surveiller la position de l'Orosian... Plus tôt, quand les Chevaliers-Archivistes l'avaient encerclé, et qu'il l'avait vu prisonnier de cette nasse de cavaliers, il avait follement espéré que son ennemi finirait par succomber... *Après tout, le pharaon se bat à cinq cent contre un...* s'était-il dit.

Mais il savait à présent combien il avait eu raison de redouter cet adversaire invulnérable. Le seul espoir des rebelles résidait dans l'extermination de son armée. Sans troupes pour le servir, l'Orosian finirait par se retirer...

Pej, qui était accouru en voyant Wilf se jeter dans les combats, maniait sa lance à pied, sur le flanc droit de son protégé. Il suivait les mouvements, pour rester toujours au niveau du cheval de Wilf, protégeant les pattes de l'animal d'éventuels coups en traître. Campé devant le poitrail du destrier, il était le seul fantassin dans une foule compacte de cavaliers.

Les autres Tu-Hadji continuaient de faire des merveilles en compagnie des chevaliers de Blancastel, un peu plus à l'est. Apercevant la scène, et les difficultés qu'avaient les Lanciers Saints pour se défendre contre les guerriers des clans, Wilf comprit une fois de plus la fierté de ce peuple. Les observer au combat, c'était avoir la confirmation qu'il s'agissait d'êtres de légendes... Ils transperçaient les cœurs avec leurs lances primitives, sautaient à la gorge des moines-soldats, mais sans cette rage teintée de peur des combattants humains. Leurs gestes étaient coulés et gracieux, évoquant une danse magnifique. Wilf n'était pas certain qu'un seul d'entre eux soit déjà blessé... Parfois, il lui semblait apercevoir les silhouettes de Jih'lod ou d'Ygg'lem surgir de la mêlée, et il les encourageait en pensée.

Hélas, les fils de Tu-Hadj n'étaient guère nombreux à l'avoir suivi dans cette guerre. *Si seulement tous les Galn'aji avaient pu m'envoyer leurs guerriers...* se lamenta mentalement le jeune roi. *La bataille serait d'ores et déjà gagnée...*

La pointe d'une lance ennemie, esquivée de justesse, le ramena cependant bien vite à la réalité. Pej transperça ce Lancier menaçant avant qu'il n'ait pu frapper de nouveau, mais Wilf dut défendre son autre flanc par lui-même.

Il se fustigea, car il manquait de concentration. Mais les ennemis lui paraissaient faibles, bien qu'il s'agisse de la fine fleur des forces de la Théocratie.

Les Lanciers Saints formaient sans nul doute la meilleure armée du monde : plus expérimentés que n'importe quels autres soldats humains, hormis peut-être des unités réduites comme celles des Guerriers du Cantique, et aussi nombreux qu'un corps traditionnel. Ils ne pouvaient cependant rivaliser avec celui qui avait combattu Trollesques et Seldiuks, suivi l'enseignement des maîtres-tueurs et des Tu-Hadji... Wilf savait qu'il n'avait plus beaucoup à craindre de simples humains : même son vieux précepteur, Cruel-Voit, se serait peut-être trouvé en fâcheuse posture, s'ils avaient dû se battre en duel aujourd'hui.

De plus, le jeune roi maîtrisait maintenant de mieux en mieux les pouvoirs physiques du So Kin. À force d'habitude, et grâce aux exercices de méditation quotidiens auxquels il s'astreignait selon les conseils de Lucas, il avait acquis une expérience solide en la matière. La célérité de ses attaques, tout comme sa faculté de régénérer ses blessures, lui étaient d'autant plus utiles qu'il savait à présent y faire appel de façon mesurée. Ainsi, réduisant l'intensité de ces phénomènes surnaturels, il ne subissait pas le contrecoup habituel de la fatigue, qui l'eût rendu vulnérable.

C'était donc avec une relative confiance qu'il pénétrait les lignes ennemies, tranchant et perforant dans les chairs des Lanciers Saints. Pas un seul de ses coups ne manquait un défaut de l'armure, un point vital. Les rebelles criaient son nom en montant au combat.

Dans le chaos qui régnait tout autour de lui, le Roi-Magicien s'avisa bientôt d'un repli progressif des troupes adverses. Les Lanciers lâchaient peu à peu du terrain, surpris par la ténacité de leurs ennemis. Mazhel, qui avait délaissé son char pour un simple destrier, galopait en arrière des lignes avec de grands gestes de colère.

Cependant, Wilf avait à peine commencé à se féliciter de la situation, lorsqu'il vit soudain la ligne d'horizon s'assombrir. Loin, au nord-est, on voyait grossir une longue tache brune. De bien mauvais augure...

– Des renforts ! cria aussitôt le jeune roi à l'intention de ses lieutenants. Par-là : méfiez-vous !

Il envoya deux unités de cavalerie dans cette direction, bien décidé à ne pas se laisser surprendre par ces nouvelles troupes de la Théocratie.

Quelle ne fut pas surprise, donc, lorsqu'il réalisa que les nouveaux venus étaient en fait des alliés...

En effet, après avoir contourné les cavaliers rebelles, les combattants inconnus se ruaient maintenant à l'assaut des lignes arrière des Lanciers Saints.

Apercevant le brun et le vert de leurs uniformes, Wilf comprit que ces alliés providentiels venaient du Kentalas.

Longtemps hésitant quant au camp à soutenir

dans cette guerre civile, le baron Burddok avait fini par venir au secours des rebelles… Accompagné de son fils Gey, il menait un régiment de patrouilleurs frontaliers, ces redoutables archers qui avaient autrefois fait le malheur des forces du Sud…

Wilf connut un moment de véritable exultation. Il envoya à ses cavaliers sur place l'ordre de soutenir l'assaut des Kentalasiens contre les Lanciers Saints.

Ces derniers, pris à revers par les patrouilleurs frontaliers, et pressurés par l'avancée des autres armées rebelles, flanchèrent.

Pour la première fois depuis le début de la bataille, leur belle discipline fut remplacée par un moment de flottement, une confusion terrorisée au cours de laquelle leurs rangs se disloquèrent.

Sans cohésion, les lances des moines-soldats s'avéraient inutiles : avec des cris féroces, les patrouilleurs s'élancèrent donc au corps à corps contre leurs adversaires, devenus vulnérables.

Ils descendirent de leurs montures les Lanciers isolés, pour les poignarder à mort. Quelques-uns seulement parvinrent à fuir, et consolidèrent plus loin la défense des troupes théocratiques.

Wilf se retourna alors vers Djulura, qui perdait un peu de sang par une estafilade à l'avant-bras, et s'exclama :

– Nous pouvons gagner !

Son regard avait changé du tout au tout… nota la diseuse.

– Maintenant, mes amis, nous pouvons croire à une victoire ! s'écria-t-il à l'intention de ses plus proches généraux. Ce n'est pas le moment de mollir !

La duchesse, mais aussi Lucas et Pej, demeurés à

proximité, sentirent dans la voix du jeune monarque une énergie communicative. Ils reprirent tous le combat avec une force nouvelle.

Et, pendant quelque temps, ils crurent en effet qu'ils allaient l'emporter.

Mais le pharaon fit bientôt sonner de nouveau les trompettes, et un bruit de cavalcade ne tarda pas à se faire entendre...

Alors surgirent, de tous les côtés, des milliers de cavaliers. Des cavaliers poussant devant eux les fuyards qu'ils avaient pu récupérer parmi la débâcle des conscrits.

Wilf s'était attendu à quelque chose de ce genre, redoutant une contre-attaque lancée depuis les forts du Crombelech. Mais cette armée qui les prenait à revers, les encerclait même, dépassait de très loin les proportions qu'il avait imaginées.

Lorsque les cavaliers émergèrent du blizzard et qu'on put enfin distinguer la couleur de leurs uniformes, le jeune roi comprit. Avec un haut-le-cœur, il observa ces soldats qui accouraient de toutes parts. Les régiments du Crombelech étaient bien là, loyaux à Mossiev jusqu'à l'absurdité... Mais ils étaient également accompagnés de mercenaires baârniens.

Voilà pourquoi ils refusaient toutes nos offres... soupira Wilf en pensée. *Ils avaient déjà signé avec Mazhel leur intervention dans ce conflit...*

Wilf ignorait combien d'or le pharaon avait pu leur promettre, mais il savait que les Baârniens se battaient toujours pour le plus offrant.

Et qu'ils constituaient une force impressionnante.

Aussi lourdement équipés que les Greyhalders, extrêmement nombreux… Ils étaient, de plus, forts d'une expérience de la guerre qui remontait à plusieurs siècles.

Il les observa, tout en ordonnant à son arrière-garde de protéger les unités de tir, maintenant très vulnérables. Les colosses de l'Ouest, aux cheveux roux, hurlaient en s'élançant vers les troupes rebelles. *L'Orosian leur a donc offert un supplément pour le folklore ?* grinça Wilf, serrant les dents tout en riant jaune.

Pourtant, lorsqu'apparurent les milliers de fantassins qui marchaient en ordre serré derrière les lignes de cavaliers, il eut cette fois plutôt envie de pleurer.

Le sort de la bataille semblait définitivement joué. Rien ne pourrait plus les sauver, à présent…

La mort dans l'âme, le Roi-Magicien passa en revue ses troupes. Il ne donna pas d'autres ordres.

– Pej, avec moi ! fit-il seulement en direction de son fidèle compagnon.

Et il éperonna son cheval, chargeant le cœur des rangs ennemis, pour fuir ses responsabilités dans la mort. Après avoir tant cru en la victoire, il ne voulait pas voir cette défaite, qu'il savait maintenant inévitable.

Jamais, se promit-il. Il fallait à tout prix qu'il meure avant…

Le Tu-Hadji sur ses talons, il fit donc tourbillonner la Lame des Étoiles à l'assaut des Lanciers Saints. Ses bras, déjà couverts de sang ennemi, menèrent son épée au plus profond des entrailles des moines-soldats. Le liquide rouge sombre jaillissait à flots autour du couple qu'il formait avec Pej, retombant sur eux en épaisses giclées.

Sur leur chemin, les artères cédaient sous la caresse cruelle du métal. L'acier affirmait, comme toujours, son ironique supériorité sur la chair qui l'avait forgé. Quant au silex de la lance Tu-Hadji, il broyait, encore et encore, les os et les viscères des Lanciers. Wilf ne voyait plus aucun visage, dans cette embardée sanguinolente. Il ne souhaitait surtout pas savoir à qui appartenait toute cette viande. Une seule chose lui importait : périr dans ce combat.

Mourir, avant d'être confronté aux cadavres de Lucas et de Djulura gisant dans la neige. Avant de voir trépasser tous ses amis, tous les soldats confiants qu'il avait conduits à ce massacre.

Il était prêt à toutes les folies, à condition d'être emporté sans avoir été témoin d'un tel spectacle…

D'autres, à part lui, avaient compris qu'on ne pouvait plus échapper à la catastrophe. Très peu tentèrent de fuir, cependant. Comme pour raviver la douleur du Roi-Magicien, son peuple se montra exemplaire.

Dans une attitude digne, les régiments se massèrent pour faire front. Certains continuaient même de chanter. La plupart pleuraient, mais leurs épées n'en étaient pas moins dressées vers l'ennemi.

De façon très courageuse, les Tu-Hadji s'apprêtèrent également à succomber dans cette guerre qui ne les concernait pas, et qui les priverait d'une mort honorable face aux Hordes.

Wilf ferraillait, encore et encore, volontairement aveugle à tout cela.

Il vit des Lanciers refluer, non loin de lui, et aperçut bientôt la cause de cette agitation. Le baron Conrad de Greyhald, qui tentait visiblement de le rejoindre pour mourir à ses côtés, avait créé un mouvement de terreur autour de lui. La Hache-du-Soir scintillait entre ses vieilles mains : l'artefact, vraisemblablement enchanté pendant l'âge d'or des magiciens, tranchait l'acier des armures comme s'il s'était agi de papier. Sur le visage ingrat du Greyhalder, la rage et la vengeance dansaient main dans la main. Sa jouissance à faire payer les Lanciers était effrayante, même pour Wilf, pourtant son allié.

Pour ses années de captivité, pour la mort de son fils, et surtout pour les innombrables souffrances qui avaient été infligées à son peuple, sa lourde hache s'abattait, animée d'une force surnaturelle. Il avançait, seul parmi les cavaliers, sans qu'ils puissent interrompre sa progression.

Lorsqu'il parvint enfin au niveau du jeune roi, celui-ci mit pied à terre pour l'imiter. Son cheval était épuisé, et il ne tenait pas à être le seul en selle. Profitant d'un reflux provisoire, il fit signe au baron de le suivre. Avec Pej, le triangle de braves continua ainsi de marcher sur l'ennemi.

Ils firent peu à peu le vide autour d'eux. Comme les Lanciers ne se bousculaient pas pour venir les affronter, ils eurent bientôt le champ libre pour observer la progression de la bataille. Wilf avait échoué à mourir : il dut contempler le désastre dont il était l'artisan...

Mazhel menait une charge, au loin. À la tête d'une centurie de Lanciers Saints, il semblait déjà avoir décimé une bonne partie des archers rebelles.

Plus proche, un amas de cadavres, qui jonchaient une zone où l'infanterie baârnienne venait de commettre un massacre... Parmi les corps, des soldats de toutes les Provinces du Sud, depuis la Terre d'Arion jusqu'à Blancastel... Mais aussi, tombés presque aux pieds de leur roi, Hjor et Dislav, les deux résistants, qui avaient insisté pour s'engager dans l'armée au lendemain de la Nuit des Egorgés...

Les Guerriers du cantique ne bondissaient plus, fauchés en plein vol par le lourd acier du Baârn. La garde de Fael et les valeureux chevaliers castelois avaient également fini par succomber sous le nombre... Les engins de guerre greyhalders, eux, avaient été renversés sur le flanc. L'huile s'étant répandue, puis enflammée, provoquant des incendies dispersés.

Seuls les patrouilleurs du Kentalas, représentant des troupes plus fraîches et moins exposées, tenaient encore bon. Wilf décida d'aller leur prêter main-forte, flanqué de ses deux ombres mortelles. Comme toujours pendant les combats, Pej demeurait silencieux. Conrad, lui, haletait comme un vieux cheval, mais semblait résigné à ne pas mourir autrement que piqué par une lance.

En chemin, tous trois purent admirer une splendide percée, menée par Jih'lod et Ygg'lem, à la tête de leurs Tu-Hadji. Les géants tatoués volaient au secours des troupes d'archers, bien qu'il soit sans doute déjà trop tard... Ygg'lem, héroïque, lança même sa lance en travers de la gorge d'un moine-soldat qui s'apprêtait à achever un arbalétrier allié. Puis, sans marquer le moindre temps d'arrêt, il se rua à mains nues sur les autres Lanciers.

Subjugués par son audace, les trois compagnons s'immobilisèrent le temps de l'observer.

Ce fut alors que Mazhel passa au galop, souhaitant apparemment regagner un autre point délicat du champ de bataille. D'un geste presque négligent, il perfora de son épée la poitrine du jeune Tu-Hadji.

Puis, alors qu'Ygg'lem s'effondrait sans un cri, le pharaon poursuivit sa route vers l'est. Clamant quelques ordres précis, il laissait à ses troupes le soin de se défendre contre cette attaque des Tu-Hadji.

Wilf pâlit de chagrin et de colère. Plus que jamais, l'injustice de la guerre lui apparaissait concrètement. Il vit Jih'lod tomber à genoux aux côtés de son fils. Le grand guerrier disparut un instant, dans les remous de la bataille qui faisait rage tout autour. Puis il se releva, redevenant visible. Il portait le corps d'Ygg'lem dans ses bras.

Sous les yeux de Wilf, toujours immobile, le Tu-Hadji quitta le chaos du combat, le temps d'aller étendre son fils quelques mètres plus loin. Enfin, s'étant assuré que son cadavre ne serait pas piétiné par les chevaux des moines-soldats, il regagna la mêlée au pas de course. L'expression de son visage, d'ordinaire si placide, s'était faite décidée, en témoignage de la fureur froide qui l'avait envahi.

Aussitôt, les autres Tu-Hadji s'unirent pour ouvrir le passage à sa lance. Dans une danse harmonieuse et habile, ils le protégèrent des attaques ennemies. Ainsi, ils lui permirent de donner corps à sa vengeance.

Et Jih'lod massacra les Lanciers Saints, aussi vite qu'ils se présentaient à lui. Wilf marqua un temps d'arrêt, en admiration devant l'avancée impitoyable de son vieil ami.

Face à ce spectacle, il sentit bientôt Pej s'agiter à côté de lui.

– Tu veux le rejoindre ? demanda-t-il au colosse.

Le Tu-Hadji, légèrement embarrassé, acquiesça en baissant les yeux.

– Au point où nous en sommes… dit-il. Je crois que je préfère mourir aux côtés des miens…

« Mais… Ne le prends pas mal, mon ami.

Le jeune roi hocha négativement la tête.

– Au contraire, je préfère ça. Va, et venge Ygg'lem !

Il accepta l'étreinte spontanée du géant – la première depuis qu'ils se connaissaient – puis le regarda partir. Lorsqu'il eut perdu sa silhouette dans les mouvements du combat, il se tourna vers Conrad.

– Allons-y… décréta, à sa place, le vieillard.

De toute façon, une colonne de Lanciers venait à leur rencontre, sonnant la fin de leur répit. Alors qu'ils se campaient sur leurs jambes, ils entendirent également une cavalcade derrière eux.

Le jeune roi et son vassal allaient s'installer dos à dos pour attendre leurs adversaires. Mais, en se retournant, Wilf vit qu'aucun ennemi ne les prenait à revers. Ce n'était qu'Andréas, qui déboulait au triple galop.

Parvenu à leur niveau, le Ménestrel sauta de son cheval.

– Je ne sais pas où sont passés Djulura et Oreste, avoua-t-il tout en tirant son épée… Je les ai perdus de vue pendant la bataille.

Wilf pensait deviner ce que cela signifiait… Il eut l'impression qu'on enfonçait un poignard glacé dans ses entrailles. Pendant ce temps, la charge des moines-soldats se rapprochait.

– Et Lucas ? demanda-t-il d'une voix tremblante.

Andréas hocha la tête.

– J'ignore ce qu'il est devenu, soupira-t-il. Je crois qu'il était resté près d'eux...

Les épaules du jeune souverain finirent de s'affaisser. Il n'eut toutefois pas l'occasion de pleurer ses compagnons, car Conrad tirait sur sa manche avec insistance.

Wilf tourna donc sur lui-même, juste à temps pour faire front aux Lanciers qui chargeaient. Du coin de l'œil, il remarqua qu'Andréas prenait place à ses côtés.

Lorsque la ligne de cavaliers fut sur eux, lances brandies en avant, les trois rebelles passèrent à l'attaque. La Hache-du-Soir siffla deux fois, coup sur coup, comme ses larges lames faisaient des moulinets à hauteur des moines-soldats. Deux têtes, couvertes de leur calotte noire, roulèrent à terre.

Andréas, saisissant à deux mains son imposante épée blanche, choisit de trancher les pattes des destriers ennemis. Les chevaux aux membres brisés tombèrent, entraînant leurs cavaliers. La charge, quant à elle, fut brisée net, comme les montures suivantes se cabraient. Plusieurs Lanciers Saints firent une chute mortelle.

Wilf, enfin, ayant esquivé la première lance, se glissa contre le poitrail du cheval de tête pour attraper sa bride. Avec une pression cruelle, il tordit l'encolure du destrier, jusqu'à lui faire perdre l'équilibre. Celui-ci, couché en pleine course, chuta dans les pattes des montures suivantes, qui tombèrent à leur tour. Alors, le jeune roi sauta par-dessus les corps renversés des chevaux, et massacra les soldats prisonniers sous leur monture. La Lame des Étoiles se leva et s'abattit comme la hache d'un bûcheron, dessinant de lourdes traînées rouges dans l'espace.

La deuxième salve de Lanciers connut approximativement le même sort. Ce ne fut qu'à la troisième charge que les compagnons essuyèrent leurs premières blessures sérieuses.

Le baron Conrad, perclus de fatigue, n'avait pas été assez prompt à se mouvoir, face à la poussée adverse. Une lance ennemie lui avait perforé l'épaule de part en part. Un morceau de sa hampe brisée était d'ailleurs resté fiché dans la plaie, et ressortait dans son dos tandis que le vieillard continuait à se battre.

Dès l'accalmie suivante, Andréas et Wilf arrachèrent la pointe de lance hors de la blessure. Le baron perdait énormément de sang, mais il conservait, grâce à sa hache magique, assez de forces pour se battre. Les trois guerriers marchèrent donc une nouvelle fois sur les Lanciers.

Ils n'étaient pas encore tout à fait les seuls survivants de leur camp. Par endroits, la lutte continuait, acharnée. Le pharaon avait repris la tête de son armée, l'envoyant sus aux patrouilleurs kentalasiens.

De l'autre côté du champ de bataille, en revanche, les combats avaient pratiquement cessé. C'était surtout des gémissements et des râles qui se faisaient entendre… Presque toute l'armée du Sud gisait dans la neige.

Le blizzard s'était calmé, révélant l'aspect du carnage dans toute son horreur. Fondu, piétiné, le tapis blanc de l'hiver était maculé de boue et de sang. Les épées et les casques brisés jonchaient le sol, tandis que les mourants se tordaient de douleur.

Wilf, dans sa cécité de haine et d'épuisement, n'eut pas à souffrir de ce spectacle. Il ne voyait plus que le bout de son épée, et l'ennemi accourant vers lui.

À peine avait-il conscience de la présence des deux ultimes fidèles qui mourraient bientôt à ses côtés.

Il n'aurait pas imaginé les choses de cette manière, d'ailleurs. Depuis toujours, il avait cru que ce serait Lucas et Pej qui se trouveraient auprès de lui, lorsque sonnerait la dernière heure. Mais, dans cette bataille, rien ne s'était passé selon ses prévisions...

Bien plus tard, le baron tomba. Son corps n'était plus qu'une plaie, tant ses blessures étaient multiples. Wilf eut l'impression que le seigneur de Greyhald ne tentait même pas de parer le coup mortel. Sans doute avait-il épuisé jusqu'à la dernière goutte de son sang.

Lorsqu'il le vit chuter à terre, sa puissante hache redevenant terne comme du simple métal, un sourire satisfait fendait néanmoins sa face de bouledogue. Wilf l'envia un instant, puis reprit le combat.

Il avait été blessé plus d'une fois, mais ses pouvoirs de régénération avaient suffi à le garder en bonne santé. Andréas faisait de même, utilisant pour sa part les vertus curatives de la Skah.

Pas très loin d'eux, ils entendaient souvent un gloussement hilare et grinçant, qui paraissait se moquer d'eux. Une raillerie méprisante, faisant fi de leur résistance futile.

Par un bref regard, Wilf avait surpris Mazhel, juché sur son étalon, qui les observait à quelques mètres. Parfois ricanant, parfois riant à gorge déployée, il continuait d'envoyer ses Lanciers Saints contre eux, et semblait se réjouir du spectacle.

Ces manifestations d'amusement ulcéraient peu à peu le Roi-Magicien. Le pharaon devait se croire à l'opéra ou au théâtre de Mossiev, pensait-il. Pourtant, même dans ces endroits dédiés aux badineries, les gens civilisés montraient plus de décence. Sous couvert d'aristocratie, ruminait le jeune roi, Mazhel n'était qu'un barbare puéril, un enfant gâté, incapable de savoir se tenir…

Le mépris et la haine de Wilf envers les Orosians n'avaient jamais été aussi forts qu'en ce moment. Il lui semblait si injuste que sa détermination n'ait pas les moyens de s'exprimer… Si seulement, se disait-il, il avait eu ne serait-ce qu'une minuscule chance de les vaincre…

Bientôt, entre deux assauts de Lanciers Saints, il jeta un rapide coup d'œil vers le ciel. Étonné, il remarqua qu'il ne l'avait pas vu s'assombrir si vite. *Corbeaux et putains…* songea-t-il avec effroi. *Déjà le crépuscule…*

Ils s'étaient battus depuis le matin. Cela paraissait si loin… Mazhel ne serait donc jamais fatigué de ces joutes de gladiateurs?

Fasciné par le soleil couchant, ivre de fatigue, le jeune roi ne vit pas arriver la charge suivante. Ses réflexes lui permirent d'esquiver les premiers coups, mais une lance traîtresse fut jetée contre lui au même instant.

Wilf l'observa sans pouvoir réagir: enserré comme il l'était entre les ennemis, impossible de l'éviter. Et ses deux mains étaient déjà occupées à manier son épée pour se défendre.

Pendant la seconde que mit la lance à parcourir la distance, depuis la main qui l'avait projetée jusqu'au cœur de Wilf, celui-ci crut que tout était terminé. Cette fois, il semblait pris au piège…

Juste avant le choc, pourtant, une ombre bleue le bouscula violemment. Trébuchant en arrière, Wilf vit Andréas recevoir la lance en pleine poitrine. Les autres attaques qui lui étaient destinées frappèrent également le Ménestrel, déséquilibré dans son mouvement héroïque.

Aussitôt, le jeune roi bondit, faisant tournoyer la Lame des Étoiles des deux côtés. Il trancha sans distinction cavaliers et montures, à travers l'acier des armures. Les Lanciers Saints qui ne tombèrent pas reculèrent dans la précipitation. Wilf les poursuivit sur quelques mètres, puis revint se pencher au-dessus d'Andréas.

Hélas, ce dernier était mourant. Le rouge du sang avait depuis longtemps maculé le bleu roi de son costume… Mais cette fois, il s'agissait du sien. Sa barbe majestueuse était collée de bile ensanglantée. Sa large lame, dans un dernier acte de fidélité, s'était curieusement brisée sous lui, quand il avait chuté.

Un flot rouge s'écoula de sa bouche alors qu'il tentait de parler.

Il tendit la main vers son roi, le regard paniqué à l'idée qu'il ne pourrait prononcer ces derniers mots.

Mais Wilf devinait. Ce soir-là, les talents d'orateur de son vieux serviteur s'avéraient inutiles. Le jeune homme prit la main du Ménestrel, notant que les moines-soldats revenaient déjà à l'assaut, puis déclara :

– J'ai toujours su que tu m'étais loyal, Andréas… Tes petites trahisons sont effacées de ma mémoire par ce geste de sacrifice. Dans l'esprit de ton roi, tu resteras comme l'homme qui a donné sa vie pour lui…

Wilf se releva, tandis que les paupières du Ménestrel se fermaient à jamais. Andréas, qui avait laissé sa place de chef au garnement de Youbengrad... Qui avait finalement accepté de se fier à ce jeune garçon récalcitrant... L'intéressé regrettait de ne pas l'avoir mieux connu, de ne pas l'avoir compris plus tôt.

Il jeta un regard autour de lui. Ce n'était pas sur cette scène-là qu'il aurait voulu voir mourir le Ménestrel.

L'espace d'un instant, Wilf fut tenté de faire appel à la Skah, en dépit de la promesse qu'il avait faite à Lucas. Mais il rejeta au loin cette idée. Si la Hargne s'emparait de lui, elle lui prouverait qu'il avait encore quelque chose à perdre... Il ne voulait pas se rendre coupable, en prime de tout le reste, d'un nouveau cataclysme.

De plus, les pouvoirs de l'âme extérieure avaient déjà démontré leur impuissance contre l'Orosian. Wilf choisit donc d'oublier cette tentation dangereuse : ravager le monde, avant de devenir un pantin de Fir-Dukein, aux côtés d'Ymryl... Voilà une perspective qui n'avait rien pour le séduire. Il préférait de loin mourir, ici et maintenant.

La lutte reprit donc de plus belle. Mazhel riait toujours, applaudissant même les meilleurs coups de Wilf. Ce dernier n'arrivait pas à croire que ses Lanciers lui restent fidèles.

Les heures passèrent.

Wilf Ier tomba au matin. Il avait attendu l'aube comme une délivrance...

Toute la nuit, pour ne pas se laisser vaincre par l'épuisement, il s'était répété ce serment : ne pas mourir avant que ne le touchent les premiers rayons du soleil... Bien entendu, il n'avait jamais imaginé sérieusement qu'il pourrait tenir jusque-là...

C'était une matinée froide, mais dégagée. À Fael, la vue sur l'océan devait être magnifique.

Imperceptiblement, le jeune roi sentit ses muscles se relâcher. Son corps avait outrepassé ses limites depuis longtemps. Et ses pouvoirs de régénération ne pouvaient plus rien pour lui.

Dans ce corps à corps, presque tous les Lanciers Saints avaient dégainé leurs épées, pour plus de mobilité. Pourtant, ce fut une lance, la première, qui le frappa.

La pointe acérée se ficha profondément dans sa cuisse, avant de se retirer d'un coup sec. L'artère, touchée, libéra aussitôt une petite fontaine de sang. Cela se vit à peine, sur son costume déjà poissé par les humeurs de centaines d'adversaires.

Wilf chancela. Par simple mécanisme, sa lame siffla, tuant un moine-soldat. Peut-être celui à qui il devait cette blessure... Il l'ignorait : sa vue se troublait et s'obscurcissait très vite.

L'ombre d'une épée attira son regard, sur la droite. Il crut qu'il l'avait esquivé, mais son mouvement n'avait pas été assez rapide.

La lame s'abattit sur son bras. Il tomba à genoux tandis que l'épée redoublait son coup, mordant à nouveau dans sa chair. Frappé au même endroit, l'os de l'épaule céda, cette fois.

Wilf eut d'abord l'impression que c'était seulement son épée qui lui avait échappé. Cela faisait des heures qu'il ne sentait plus vraiment son corps...

Puis, sans même un cri d'effroi, il réalisa que son

bras droit avait été tranché. Le membre gisait dans la neige boueuse, à un mètre de là, la main toujours fermée sur la Lame des Étoiles.

Grognant comme un animal, le mourant se servit alors de sa main gauche pour briser une dernière nuque, selon un geste enseigné autrefois par Cruel-Voit.

De toutes les directions, les coups fusèrent sur lui, à la manière d'une pluie d'acier.

Enfin, il s'écroula, comme un glaive s'enfonçait profondément dans son front.

Il bascula sur le dos, l'épée plantée entre ses yeux fermés. Sur le pommeau de l'arme, la croix d'évêque triomphante scintillait au soleil.

Deuxième partie

AILE-DE-CORBEAU

1

Le soleil se couchait sur la lande désertique du Worsh.

Un astre assombri, dont les derniers rayons saignaient dans le ciel rougeâtre. Au sol, c'était une terre noire et craquelée, impropre à toute tentative d'agriculture… La désolation à perte de vue.

Dans ce paysage accidenté et rocailleux, trois silhouettes avançaient à grandes enjambées. Trois jeunes Worshs : des chasseurs, armés de sagaies primitives. Ils suivaient une piste, à en croire leur façon de s'accroupir régulièrement pour observer les traces sur le sol.

Plus forts et plus résistants que n'importe quels hommes civilisés, ils appartenaient à cette race de guerriers qui terrorisait l'armée de Mossiev depuis des générations. Un pagne de peau pour tout vêtement, ils avaient la peau tannée par le soleil, et portaient fièrement les cicatrices de leurs luttes passées contre les bêtes sauvages. On les disait cruels et sanguinaires. Dans le Nord du continent, leur simple vue aurait suffi à faire fuir plus d'un soldat de métier…

Pourtant, les trois jeunes gens n'avaient encore

jamais participé à un raid contre les terres civilisées. À leur âge, ils devaient se contenter de chasser pour ramener la viande qu'on partagerait au village.

Le plus vieux des trois s'appelait Un-Croc, et il ne devait pas avoir plus de vingt ans. Grand et puissamment musclé, comme tous ceux de son peuple, il semblait pourtant vaguement inquiet. De manière répétée, il s'arrêtait pour renifler la brise d'un air savant.

Le deuxième était plus détendu. Ce garçon souriant, nommé Plume-Tonnerre, était connu dans la tribu pour son caractère boute-en-train. Il fit mine de humer l'air en parodiant Un-Croc, ce qui provoqua le courroux de l'aîné.

Le dernier jeune homme dut intervenir pour apaiser Un-Croc. Un peu plus petit que les deux autres, il avait un physique légèrement plus nerveux. Il se tenait étrangement, par rapport à ses semblables : sa posture le faisait paraître moins massif et ramassé qu'eux, ses membres déliés semblaient toujours prêts à la course... Il avait, enfin, de longs cheveux noirs qui pendaient de chaque côté de son visage. De toute évidence, c'était lui qui menait ce petit groupe. On l'appelait Aile-de-Corbeau.

– Tu es idiot, aujourd'hui ! lança-t-il à Plume-Tonnerre.

Il soupira.

– Qu'est-ce qui te prend de nous taquiner comme ça ?

L'intéressé resta silencieux, mais Un-Croc s'esclaffa :

– Tu poses la question ? Je ne vois qu'une chose capable de le mettre dans cet état d'excitation !

Plume-Tonnerre, rougissant, foudroya son congénère du regard :

– Tais-toi, balourd ! s'exclama-t-il.

Il fit le geste de le frapper, mais s'interrompit en comprenant que la situation risquait de dégénérer. Pas vraiment furieux, il se mit même à rire pour masquer son embarras...

Aile-de-Corbeau, lui, hochait la tête avec une lassitude amusée.

– Je vois... sourit-il. Tout ça pour une fille ! se moqua-t-il.

– Et assez vilaine, en plus... renchérit Un-Croc, savourant visiblement sa vengeance.

Plume-Tonnerre serra les poings et jeta sa sagaie dans un geste rageur. Puis, retrouvant presque aussitôt sa mine joviale :

– Je sais ce qui ne va pas, avec vous deux... C'est simple : vous êtes jaloux ! les chicana-t-il.

Un-Croc haussa les épaules :

– Peut-être que *nous*, nous n'avons pas besoin d'attendre le Soir de la Tribu pour coucher avec une fille, suggéra-t-il.

– Eh ! s'écria Plume-Tonnerre. C'est interdit !

Soupirant et secouant la tête, Aile-de-Corbeau intervint encore pour les séparer :

– Tu ne vois pas qu'Un-Croc te fait marcher ?

« Vous êtes incroyables, tous les deux... Et ce n'est pas de cette manière qu'on ramènera du gibier !

Retrouvant leur calme, les deux Worshs acquiescèrent avec sérieux.

– Tu as raison, Aile-de-Corbeau, fit Un-Croc. Assez plaisanté...

Ils se remirent en route, de nouveau vigilants.

Aucun des trois compagnons ne souhaitait revenir bredouille, pour être la risée du village...

La chasse n'était pas aisée, dans cette savane aride. Rien n'y poussait, mis à part une poignée d'arbres épineux aux formes biscornues et noirâtres, mais les caches étaient malgré tout nombreuses. Entre les rochers, au fond des grottes obscures, il existait mille refuges où pouvaient se tapir les animaux traqués.

Les fauves, qui constituaient souvent le meilleur gibier qu'on puisse trouver, régnaient sur de vastes territoires. Situer leur antre était généralement le fruit de journées entières de recherche...

Quand la faim se faisait sentir, il fallait donc se rabattre sur des proies plus maigres, d'ordinaire parmi les divers lézards qui peuplaient la région. Parfois, les membres de la tribu devaient même se contenter d'araignées pourpres, mygales à la chair juteuse mais très amère. Lorsqu'on en arrivait à cette extrémité, les jeunes chasseurs étaient fréquemment montrés du doigt.

Aujourd'hui, Aile-de-Corbeau et les autres suivaient une bonne piste. Depuis la veille, ils avaient découvert les traces d'un gros ours des cavernes. Après lecture des empreintes, il semblait s'agir d'un vieil animal, aussi le combat s'annonçait-il facile.

De l'avis général, la piste d'un vieil ours constituait une rare aubaine, considérée même comme une sorte de bénédiction. Cet animal donnerait davantage de viande qu'un sanglier carnivore ou bien qu'un tigre à dents de sabre, et présenterait bien moins de danger à abattre. Pour rien au monde, les trois jeunes gens n'auraient donc voulu rater une telle occasion...

À l'affût, ils poursuivirent leur chemin entre les plateaux rocheux du Worsh. De nombreux massifs de basse altitude, de teinte grise ou brune, réduisaient leur visibilité et gênaient la traque : les hommes, même Worshs, ne grimpaient pas aussi bien que les bêtes.

Malgré tout, Aile-de-Corbeau persistait à penser qu'ils auraient acculé leur proie avant la tombée de la nuit. Un ours cacochyme ne trouverait pas refuge dans les hauteurs comme un jeune félin... Il devait se terrer quelque part dans les maigres buissons de la région, non loin d'eux.

Les heures passèrent, pourtant, lui donnant peu à peu tort.

En dépit des espoirs du jeune barbare, l'ours demeura introuvable.

Le ciel, rouge terne, commençait tout juste à s'obscurcir lorsque ses compagnons proposèrent de rentrer au camp.

– Nous nous sommes rapprochés du village, au fil de la journée, fit remarquer Plume-Tonnerre. Pourquoi ne pas passer la nuit chez nous ? Nous reprendrons la traque demain à l'aube...

Aile-de-Corbeau ne répondit pas, mais fit un tour sur lui-même pour examiner les alentours.

C'était l'heure où les charognards sortaient de leurs antres pour aller fureter dans la fraîcheur du soir. Les grands fauves, également, rejoignaient les points d'eau, y guettant leur maigre subsistance. Mais pas ici, si près de Dent-d'Oiseau... Les bêtes féroces avaient appris à se méfier des parages du village Worsh.

Peut-être pourrions-nous prendre un chacal, rumina le jeune barbare. *Si nous avions de la chance…*

Cela l'ennuyait de rentrer les mains vides, alors qu'ils avaient été si près de la gloire. Il se tourna vers ses congénères en haussant les épaules.

– Regagnez le village si vous voulez, dit-il. Je vais fouiller ces quelques cavernes, puis je vous rejoindrai.

– Attendons demain ! insista Un-Croc en soupirant. Nous sommes épuisés. L'ours ne va pas disparaître pendant la nuit…

Croisant le regard d'Aile-de-Corbeau, son aîné comprit que rien ne le ferait changer d'avis. Il le connaissait bien…

Fataliste, il lui souhaita donc bonne chasse et emboîta le pas de Plume-Tonnerre.

– Quelle tête de buffle ! pesta ce dernier en s'éloignant. Ramène-nous de la viande, au moins ! ajouta-t-il avec un large sourire.

Aile-de-Corbeau les observa s'en aller avec une moue amusée. *Ces deux-là ne changeront jamais,* se dit-il. Plume-Tonnerre aurait laissé échapper un troupeau entier de sangliers plutôt que de manquer une seule fois le Soir de la Tribu… Quant à Un-Croc, fidèle à son habitude, il préférait rentrer se remplir l'estomac à Dent-d'Oiseau, où la viande était bien réelle, au lieu de courir après un gibier hypothétique. *Il a peut-être raison…* médita Aile-de-Corbeau. Plus d'une fois, les chasseurs n'avaient trouvé au bout de la piste que des restes rongés par les chacals…

Mais le jeune barbare avait l'intuition qu'il forcerait l'ours avant le lendemain. Et il faisait toujours confiance à son instinct.

Cela lui avait réussi, jusqu'ici, puisqu'il était le garçon de la tribu qui ramenait le plus de gibier. Plume-Tonnerre et Un-Croc n'étaient pas de mauvais traqueurs, pourtant. Mais ils n'avaient pas, à eux deux, la moitié de son inflexible volonté…

Ils eurent bientôt disparu dans la poussière brun-rouge de l'horizon. Le barbare aux longs cheveux noirs se remit en marche, suivant maintenant seul la piste de sa proie.

Pas une seule allusion au danger n'avait été faite. Ce n'était pas dans la nature des Worshs de raisonner en ces termes. Dans ce désert infesté de menaces mortelles, les bêtes sauvages ne constituaient pas un motif de crainte : la prudence, disait-on à ce sujet, n'amenait que la famine.

Aile-de-Corbeau entra dans trois grottes avant de débusquer enfin l'animal. Ce dernier devait être malade, peut-être mourant, pour s'être réfugié si près d'un village humain. Le jeune homme savait que sa proie serait donc affaiblie, mais aussi très agressive.

Il s'immobilisa à l'entrée de la caverne, les narines frémissantes. À l'odeur, il comprit aussitôt qu'il avait trouvé ce qu'il cherchait. Sa sagaie fermement tenue en main, il fit un pas dans l'obscurité.

Une forme grisâtre remua au fond de la grotte. Un râle menaçant se fit entendre.

D'un bond, Aile-de-Corbeau regagna l'extérieur. Il préférait se battre dans la pénombre du crépuscule que dans les ténèbres de l'antre.

– Allez, viens ! encouragea-t-il le vieil animal.

De sa lance rudimentaire, il martelait la paroi rocheuse pour agacer l'ours.

Avec un grognement puissant, ce dernier s'approcha enfin de l'entrée. Ses pattes griffues battirent furieusement l'air devant Aile-de-Corbeau. Qui recula encore...

L'ours quitta son refuge pour de bon. Il avait l'air malade, comme l'avaient deviné les chasseurs, mais il n'était pas aussi efflanqué que l'aurait cru Aile-de-Corbeau. Plus grand, plus massif... *Plus de viande,* fut la seule pensée que ce constat inspira au barbare.

Dans une tentative d'intimidation, la bête se dressa alors sur ses pattes arrières. Gigantesque, exhibant la fourrure plus blanche de ses flancs, elle dominait le chasseur de toute sa hauteur.

Ses griffes sifflèrent encore, tout près du visage d'Aile-de-Corbeau, cette fois.

L'animal, rongé par la vieillesse, était cependant trop lent pour l'atteindre. Pourtant, le jeune Worsh restait extrêmement vigilant.

L'ours arborait un sourire trompeusement paisible. Une expression de bonhomie qui ne le quitterait pas lorsqu'il se jetterait sur son adversaire pour le déchirer...

Aile-de-Corbeau anticipa un nouveau coup de griffe et en profita pour planter sa sagaie dans l'aine de la bête. Le silex s'enfonça profondément au cœur des chairs. Le sang s'écoula, poissant la fourrure de l'animal.

Aveuglé par la douleur, l'ours se rua soudain sur le barbare. Ses griffes et ses crocs fondirent vers la gorge nue d'Aile-de-Corbeau.

Le jeune homme, fléchissant les genoux, bondit au moment précis où ces attaques allaient le frapper. En plein vol, il saisit une nouvelle sagaie et la planta de toutes ses forces dans un flanc de la bête. Son corps, musclé et agile comme celui d'un chat, retomba lestement au sol.

Il roula aussitôt sur lui-même pour se mettre à distance. Puis, accroupi à quelques mètres, il observa son œuvre.

L'ours se vidait de son sang. Rendu fou par l'odeur de la mort, il était agité de soubresauts nerveux. Avec circonspection, Aile-de-Corbeau tira son poignard et s'approcha. Il n'avait jamais pris de plaisir à voir les bêtes souffrir.

Il leva son arme, et l'abattit fermement dans la nuque de l'animal.

– Merci, vieil ours… dit-il en l'achevant.

Puis, après un silence respectueux de quelques instants, il se saisit à deux mains de la dépouille sanglante. Comme si la bête n'avait pas pesé le poids de trois hommes, il la hissa sur ses épaules.

Enfin, la tête légèrement courbée, les bras en croix pour stabiliser sa charge, il se mit en marche vers Dent-d'Oiseau.

Plus tard, alors que la nuit était tombée depuis longtemps, Aile-de-Corbeau était assis avec les autres autour du feu. Il avait amplement été félicité par la tribu, pour la quantité de viande qu'il avait ramenée seul. D'autres s'occuperaient de dépecer l'animal à sa place.

Mais, pour l'instant, c'était le Soir de la Tribu, la nuit de pleine lune où les Worshs célébraient de primitives festivités. Des danses tribales s'organisaient autour des hautes flammes, et le vin pillé aux civilisés coulait à flots dans les cornes de buffle. Les patriarches exhibaient leurs cicatrices de guerre en racontant leurs exploits, sous les regards émerveillés des jeunes garçons.

De temps en temps, un couple de jeunes gens s'éloignait du cœur de la fête. Lors du Soir de la Tribu, les garçons avaient le droit de coucher avec les filles qui n'étaient pas encore mères. Les sourires en coin et les œillades égrillardes des anciens les encourageaient à se courtiser sans complexe. Le reste du mois était consacré à la survie et à la guerre.

Aile-de-Corbeau n'était pas assis à l'écart, mais il n'était pas non plus entièrement à l'esprit de la fête. Le regard perdu dans les cieux étoilés, il avait peu mangé, et écouté d'une oreille distraite les félicitations qui avaient plu sur lui.

L'air un peu absent, il gardait le regard rivé sur les cieux. Il voyait les oiseaux qui les traversaient par volées entières, gracieux corps jetés dans la nuit. De nombreuses espèces vivaient en liberté dans le village barbare : compagnons symboliques des meilleurs guerriers Worshs, ces animaux étaient considérés comme sacrés.

Mais Aile-de-Corbeau ne suivait pas ces nuées des yeux. Il avait l'âme vague, perdue, errant quelque part dans les astres.

Il était souvent ainsi. Il se sentait souvent seul.

Le spectacle des étoiles exerçait sur lui une fascination qui lui attirait parfois les moqueries de Plume-Tonnerre, mais il n'y pouvait rien. Quelque chose en elles fixait son attention. Avec un magnétisme profond. Une urgence.

C'est une bonne vie... se répétait le jeune Worsh comme pour s'en convaincre. *Il n'existe rien d'autre que je puisse désirer...*

Pourtant, l'impression subsistait. Aile-de-Corbeau avait l'intuition d'un manque. Et il savait, au fond de lui, qu'il n'était pas vraiment à sa place ici.

2

Deux étendards rouge sang encadraient la forme monstrueuse.

Au cœur de la Forteresse-Démon, dans une salle aux dimensions de cathédrale, Fir-Dukein recevait.

L'immensité était coupée en deux par une allée de tissu pourpre. Sur les murs, de chaque côté, des suppliciés se vidaient lentement de leur sang. Le précieux liquide se déversait, goutte à goutte, jusque dans des rigoles étudiées pour le recueillir. Puis, acheminé par de complexes canalisations, il rejaillissait dans les fontaines, pour animer les jardins dépravés de la citadelle.

Empalés ou bien crucifiés, les malheureux laissaient échapper des râles lamentables, en dépit de leurs lèvres cousues. On était dans la Salle des Gémissements, comme aimaient à l'appeler les officiers qanforloks. Le Roi-Démon avait donné des consignes strictes pour ne pas y entendre le moindre hurlement : à ses rares heures de repos, il ne souhaitait pas être distrait.

À ce moment précis, il y accueillait son plus fidèle serviteur, celui dont il avait fait son fils adoptif. Le prince Ymryl...

Le guerrier en armure argentée était agenouillé aux pieds de son maître, les yeux baissés.

– J'ai échoué, mon père… confessa-t-il.

Sa voix, noble et grave, emplissait admirablement cet endroit de cauchemar.

– Je n'ai pu m'acquitter de la mission que m'aviez confiée.

La forme qui lui faisait face prit une profonde inspiration.

– Le jeune Wilf est mort, mon père… poursuivit Ymryl. Je suis arrivé trop tard pour le sauver.

Le silence.

Le prince leva lentement les yeux sur son maître. Son regard glissa sur les marches tachées de sang, jusqu'au trône d'os et d'acier où était assise la créature répondant au nom de Fir-Dukein.

Elle avait eu forme humaine, autrefois. Mais c'était difficile à croire.

Ymryl n'avait jamais connu son seigneur autrement que sous son apparence actuelle. Un monstre terrifiant, à la fois magnifique et répugnant, comme certains insectes. De la taille de deux hommes, large comme trois, le Roi-Démon avait une peau écailleuse, d'un noir si mat que même l'obscurité en devenait lumineuse. Deux grandes ailes d'oiseau-diable pendaient de part et d'autre de ses épaules. Ses crocs, ses griffes, ses dards barbelés : autant d'armes effilées comme les meilleures lames, et dont la cruauté larvée déchirait le regard de l'observateur. Ses yeux : deux flammes plus sombres que la nuit. En sa présence, même la température ambiante ne respectait plus aucune règle. L'air était glacial, et aussi brûlant, comme en enfer. Quant aux

battements de son cœur… Lents, puissants, inexo-
rables…

Fir-Dukein suintait les ténèbres.

– Je crois, commença-t-il d'une voix sépulcrale,
que cet échec n'est pas pour te déplaire…

« Tu ne m'as jamais approuvé sur ce sujet, n'est-ce
pas ?

Le prince s'inclina encore plus profondément.

– C'est exact, mon père… Mais je vous ai toujours
obéi.

« J'avoue ne jamais avoir compris pourquoi vous
teniez tant à faire de ce Wilf notre allié… Et je crois
que je l'ai haï pour cela. Aujourd'hui, pourtant, je
regrette qu'il soit mort… car telle n'était pas votre
volonté.

« J'accepterai donc le châtiment que vous jugerez
utile…

Le Roi-Démon éclata d'un rire sinistre.

– Comme si tu avais le choix… se gaussa-t-il. J'ai
déjà trouvé une punition adéquate, ne te fais pas de
souci… Mais, avant tout, je voudrais avoir la confirmation de sa mort.

Ymryl l'interrogea du regard.

– C'est très curieux, continua Fir-Dukein. Car je
ressens toujours sa présence… l'écho de son essence
vitale. Peut-être ne s'agit-il que d'une rémanence,
mais…

Il soupira, exhalant un souffle fétide.

– Ah… hésita-t-il. Es-tu *vraiment* sûr qu'il soit mort ?

– Absolument sûr, répondit sans tergiverser le
prince. Une épée lui a été plantée en plein milieu du
front. Plantée… jusqu'à la garde, mon père. Des centaines de témoins ont vu son cadavre.

La forme démoniaque soupira sur son trône.

– Bien… Ou plutôt, dommage…

« Il me vient tout de même une idée : ne pourrait-il pas y en avoir eu plusieurs ?

– Je ne comprends pas, maître… admit Ymryl, interloqué.

– Lorsque les Sœurs ont donné vie au Sang d'Arion, expliqua le Roi-Démon, qu'est-ce qui nous prouve qu'elles n'ont fait naître *qu'un seul* clone ?…

« Il me semble tout de même étrange de continuer à percevoir sa présence… Et si les Sœurs, toujours prévoyantes, avaient ressuscité *deux* répliques d'Arion ?

Les yeux d'Ymryl s'agrandirent.

– Cela reste assez improbable… finit-il par dire, s'étant ressaisi. Nulle source ne mentionne qu'elles aient disposé de plus d'un œuf-lune…

Fir-Dukein hocha sa tête reptilienne.

– Qui sait ? grogna-t-il. Je veux que tu t'intéresses à cette piste, mon fils… Et tu feras vite, ayant à cœur de te racheter à mes yeux… Je suis déjà particulière-ment curieux d'entendre tes conclusions.

Le Prince-Démon s'inclina de nouveau, faisant traîner ses longs cheveux dans la poussière d'osse-ments et le sang séché.

– Bien, mon père, dit-il gravement. Votre volonté est ma raison.

Tout en jurant sa fidélité au sombre seigneur, le prince Ymryl ne pouvait s'empêcher d'émettre de forts doutes sur l'hypothèse avancée. Mais il ne lui appartenait pas de juger…

Rattrapé par ses pensées, il dut néanmoins consen-tir à examiner la supposition du Roi-Démon. Bien entendu, il aurait le temps d'y penser plus tard, mais déjà l'écho des questions se répercutait dans son esprit : si son maître avait raison, où se cachait le second Wilf ? Qui pouvait-il être ?

Un bref instant, le prince songea à l'ancien écuyer de son rival, ce Guajo… Il l'avait souvent observé alors qu'il espionnait Wilf, et le jeune Arrucian l'avait plus d'une fois surpris… Et il y avait cette vague ressemblance, entre le maître et le domestique… Ces mêmes cheveux noirs, cette même peau brune… Se pouvait-il que… ?

Ymryl chassa cette idée saugrenue. Les deux clones d'Arion ainsi réunis par le hasard : la coïncidence aurait été un peu forte… Mais s'agissait-il, dans ce cas, d'une coïncidence ?…

Il ne put y réfléchir plus avant, car le Roi-Démon poursuivait ses exigences.

– Autre chose, mon fils… disait la voix caverneuse. Je sais ce que tu fais…

Il ne semblait pas attendre de réponse.

Pourtant, le prince tressaillit à cette phrase énigmatique. Quelques instants passèrent.

– Je sais qui tu vois en cachette… reprit Fir-Dukein. La belle duchesse Djulura…

Sa langue bifide courut sur la corne noire de ses lèvres de façon abjecte tandis qu'il prononçait son nom. Ymryl serra les poings.

– Il faut que cela cesse, ordonna le Roi-Démon. Définitivement.

Ymryl se sentit frissonner.

– À vos ordres, père, obtempéra-t-il.

Mais le monstre siffla de colère.

– Ne fais pas mine de ne pas comprendre, fils !

grogna-t-il. Il ne s'agit pas seulement de me promettre de ne plus la voir…

« Votre prochaine rencontre sera la dernière, tu
m'entends ? Je veux que tu la tues. Elle ne nous est
plus d'aucune utilité, maintenant. Tu peux considérer cela comme… ta punition pour n'avoir su empêcher la mort de Wilf.

Le Prince-Démon resta un instant immobile, l'air
interdit, comme souffleté par une gifle invisible. Puis
il s'inclina respectueusement :

– Oui, mon maître.

* * *

Le matin qui suivit le Soir de la Tribu, Aile-de-
Corbeau se leva très tôt.

Tout en se servant un bol d'eau fraîche au puits du
village, il observa la première montée au ciel d'une
famille de hérons. Il vit leurs formes effilées lacérer
les lueurs rouge pâle du soleil naissant, puis disparaître au zénith. Il aurait voulu être un oiseau, lui
aussi, pour saluer chaque aube d'un vol majestueux.
Pour gagner le firmament.

La plupart de ses congénères dormaient encore
profondément, épuisés par les réjouissances de la
veille. Tout était silencieux.

Aile-de-Corbeau aimait ces moments de calme, et
savait en profiter avec recueillement. À cette heure,
le soleil n'était pas encore un ennemi. La lumière
était belle, à sa manière.

Des voix attirèrent bientôt son attention. De l'autre
côté du village, certains de ses congénères étaient
déjà réveillés.

Sans se presser, le jeune homme se dirigea vers eux.

Il les rejoignit. Il s'agissait de guerriers à l'entraînement, comme le garçon l'avait deviné. Isolés symboliquement par un muret en briques de terre, ils s'exerçaient au combat à l'écart de la vie du village.

Encore un peu ensommeillé, l'un d'eux se frottait les yeux avec insistance. Un autre se massait les tempes avec une expression pitoyable.

Pourtant, ces hommes n'avaient rien de vulnérable, et Aile-de-Corbeau le savait... Bien au contraire, ils faisaient à eux seuls toute la fierté du peuple Worsh.

Les Furies.

C'était ainsi que l'on nommait, depuis toujours, les plus grands guerriers de la nation barbare. Tous les jeunes chasseurs avaient rêvé, un jour ou l'autre, de devenir plus tard un Furie. Mais rares étaient ceux qui montreraient le courage et la détermination suffisants pour sacrifier à la longue initiation prônée par les anciens de la tribu. Peu nombreux étaient les élus : les autres deviendraient de simples guerriers, ou resteraient chasseurs, selon leurs aptitudes.

Dans l'ancien Empire, on parlait des Furies avec crainte. Il se disait, au sein des armées du Nord, que ces combattants barbares savaient faire appel à une transe de guerre, qui les plongeait dans une folie meurtrière. De nombreuses rumeurs circulaient sur leur compte, dont la plupart étaient terrifiantes. On les disait invincibles et, du point de vue d'un soldat impérial, cette légende n'était pas loin de la stricte vérité.

Il y avait aussi les oiseaux... Ces derniers, qui les

accompagnaient partout, renforçaient leur aura de mystère dans l'esprit des civilisés. Ces ombres planant à la verticale des combats, ces formes perchées sur leurs épaules, conféraient aux Furies l'aspect d'êtres mythiques.

Ce matin, Aile-de-Corbeau n'était pas surpris de la présence de plusieurs volatiles, tout autour du terrain d'exercice. Les Furies ne se séparaient jamais de leurs fidèles compagnons à plumes, bien que le lien qui les unissait restât opaque pour les profanes. Ceux qu'ils appelaient leurs frères célestes les suivaient dans le moindre de leurs mouvements, et c'était là tout ce que l'on pouvait savoir.

N'ayant rien de mieux à faire, le jeune chasseur s'assit en tailleur sur un bord du terrain d'entraînement. Il commença à observer les techniques de lutte de ses aînés.

L'un d'entre eux l'aperçut et le salua. C'était un géant aux muscles saillants, dont l'épaule massive abritait un rouge-gorge qui piaillait.

Aile-de-Corbeau lui rendit son geste amical, et s'attarda sur les deux Furies qui se roulaient dans la poussière, au centre du cercle. Il reconnut Faucon-Sable et Vent-Noir, deux jumeaux dont on disait qu'ils s'affronteraient encore dans la tombe pour savoir lequel était le plus fort. Non loin d'eux, un couple de flamants noirs suivait attentivement leurs jeux guerriers.

Un paon, enfin, paradait, le bec dans les plumes. Jouant de ses mille couleurs d'un air indifférent, il méprisait somptueusement toute l'assemblée. Son acolyte humain, un Furie à la peau et aux cheveux dorés, était le père de Plume-Tonnerre. Pour le moment, il pratiquait les exercices de respiration propres à cette caste guerrière.

Aile-de-Corbeau ne put s'empêcher de sourire, en l'observant. À Dent-d'Oiseau, l'orgueil de cette famille était bien connu, et le père ne se remettrait sans doute jamais des humiliations que lui procurait quotidiennement Plume-Tonnerre… Le jeune chasseur, toujours entre deux farces, avait dernièrement trouvé le moyen de scandaliser tout le village en proclamant haut et fort qu'il ne souhaitait pas devenir un Furie. *Pas question,* avait-il dit, *d'être épié en permanence par un de ces volatiles de malheur…* Il n'avait pas été puni, car les anciens avaient jugé que son âge était celui des provocations, mais la honte n'en avait pas moins rejailli sur les siens.

Tout cela n'avait pas beaucoup d'importance aux yeux d'Aile-de-Corbeau… Plume-Tonnerre était son ami, c'était tout ce qui comptait.

– Tu veux t'entraîner un peu avec nous ? proposa soudain le géant qui l'avait salué, un guerrier baptisé Buffle.

Tiré brutalement de ses pensées, Aile-de-Corbeau cligna des yeux. S'entraîner au combat avec les Furies ?… Il n'était pas courant que ce genre d'honneur soit accordé aussi spontanément.

– Tout le monde dort, insista Buffle. Ça ne fera pas de jaloux… Alors ?

Souriant, Aile-de-Corbeau accepta d'un hochement de tête. Il se leva, sans s'aider de ses mains.

La fierté lui fit bomber le torse, et il tâcha de prendre un air plus humble lorsqu'il s'en aperçut. Pourtant, plus que le plaisir de raconter cet événement à ses jeunes amis, c'était le défi de la lutte qui le motivait.

À observer les Furies dans leurs duels matinaux, il avait pris l'habitude de commenter en pensée leurs techniques de combat. Les guerriers barbares étaient puissants et habiles, mais le jeune homme se demandait parfois s'ils ne faisaient pas un peu trop confiance à leur force et leur souplesse. Sans le dire à personne, il avait jugé plus d'une fois que ses aînés manquaient d'inventivité.

Cela s'arrêtait à quelques détails… Mais souvent, il avait l'impression que lui-même ne s'y serait pas pris de cette manière… Que sa réaction aurait peut-être été plus efficace. Bien sûr, c'était ridicule… Il n'était qu'un jeune chasseur…

Il rougit en songeant à sa vanité : croire qu'il pouvait faire mieux que les Furies… Si ces derniers avaient pu imaginer qu'il pensait cela !

Mais peut-être que les Furies l'avaient justement percé à jour, se dit-il. C'était pour cela qu'ils lui faisaient cette proposition… pour lui prouver qu'il avait tort ?

Il soupira en hochant la tête, se moquant de lui-même. Les Furies ne lisaient pas dans les pensées… *Personne* ne lisait dans les pensées, d'ailleurs… D'où avait bien pu lui naître une telle fantaisie ?

Un peu troublé, comme à chaque fois que lui venait une de ces idées bizarres, Aile-de-Corbeau finit tout de même par se mettre en garde. Attrapant la hachette à lames de silex qu'on lui lançait, il fit face à son adversaire.

Buffle sourit en faisant craquer les os de ses poings. Il avança, les mains nues et ouvertes.

Aile-de-Corbeau vit venir la paume vers son visage, et l'esquiva, tout en mettant sa hachette hors de portée du bras qui voulait la saisir. Il changea sa jambe d'appui, intuitivement, pour prendre son adversaire à contretemps.

Buffle perdit brièvement l'équilibre et s'avança de nouveau. La hachette siffla à ses oreilles. Aile-de-Corbeau avait cru pouvoir toucher son aîné, car il était bien placé pour cela. Mais il avait senti sa main dévier au dernier moment. *Pourquoi ?* s'interrogea-t-il.

Les larges mains du Furie s'élancèrent vers les côtes du jeune chasseur. Il les voyait venir : son corps fut parcouru d'un frisson nerveux.

Il n'avait qu'un bond à faire, un petit pas en arrière, et elles se refermeraient sur du vide...

Les poings de Buffle se serrèrent dans leur course. Aile-de-Corbeau resta immobile.

Les coups le frappèrent de plein fouet, lui bloquant la respiration. Il leva la tête, à la recherche d'air, luttant contre une sensation de noyade.

Au même moment, les paumes de Buffle tombaient sur ses hanches et, l'ayant saisi, le soulevaient de terre. Sans douceur, le géant le projeta enfin dans les airs.

Aile-de-Corbeau retomba un peu plus loin, après un copieux vol plané. Se massant les articulations, il se releva en chancelant. La hachette lui avait échappé.

Son regard, noir de jais, croisa celui de Buffle. L'étonnement était présent dans les yeux du Furie.

– Par les serres de Vieux-Condor ! dit-il après un bref sifflement d'admiration. Tu te débrouilles très bien...

Aile-de-Corbeau haussa les épaules sans comprendre. Il avait perdu, pourtant… Il n'avait même pas réussi à toucher son adversaire.

– Je n'ai pas été assez rapide… rumina-t-il, légèrement vexé.

Il ne saisissait pas ce qui s'était passé. À un moment, tout lui avait semblé facile… Puis il était resté stupidement immobile, attendant le coup.

Il soupira. Après tout, c'était évident : il n'était pas encore un guerrier. Son esprit ne pouvait même pas concevoir de vaincre un Furie au combat…

– Tu as évité la première attaque ! s'exclama Buffle. J'ai rarement vu un garçon de ton âge opposer une telle résistance, tu peux me croire… Dis-moi, il sera bientôt temps pour toi de subir l'initiation, n'est-ce pas ?

Aile-de-Corbeau acquiesça.

Buffle ne répondit plus rien, mais l'observa un moment en souriant dans sa barbe.

– Pourquoi ? finit par l'interroger le jeune chasseur.

Buffle fit un geste évasif.

– Oh, pour rien. Enfin… je me dis que tu feras sans doute un bon guerrier, petit corbeau… On dirait que tu as ça dans le sang.

Le jeune homme hocha la tête poliment.

Buffle venait de lui faire comprendre qu'il avait toutes ses chances de devenir un Furie. C'était inespéré, pour un orphelin comme lui…

Il ne put cesser d'y songer, tout en reprenant l'entraînement.

Lui, un Furie… Luttant pour la gloire de la tribu. Luttant contre le sinistre Mangeur d'Oiseaux, et ses armées de Qanforloks. Ses amis seraient fiers de lui…

Pourtant, il était inquiet.

Quelque chose lui disait que les Furies ne seraient peut-être pas toujours vainqueurs. Et que lui-même ne serait jamais l'un des leurs...

Tout en parant un coup de Buffle avec son avant-bras, il eut une vision figée de Dent-d'Oiseau. Le temps s'arrêta sur cette scène matinale de la vie du village, qui s'animait peu à peu. Quelque chose faisait frissonner le jeune homme, mais il ne savait pas quoi.

Il tourna sur lui-même, entraînant son adversaire dans un roulé-boulé sur le sol. Les yeux dans les nuages, il remarqua alors le détail qui le mettait mal à l'aise.

Les vautours.

Ces oiseaux charognards planaient par dizaines au-dessus des siens. C'était assez courant, toutefois... Presque assez pour qu'Aile-de-Corbeau parvienne à ne pas y voir un sinistre présage.

3

– Il t'a dit ça ? s'exclama Plume-Tonnerre, stupéfait.

Aile-de-Corbeau venait de raconter à ses amis sa conversation matinale avec Buffle. Lorsqu'il avait narré comment le Furie s'était entraîné à la lutte avec lui, les deux jeunes Worshs n'avaient pu dissimuler leur jalousie. Même Plume-Tonnerre qui, en dépit de ses fanfaronnades, espérait comme chaque garçon devenir un jour membre de cette caste sacrée.

Un-Croc, lui, administra finalement une tape dans le dos du jeune orphelin. Sa vexation passée, il semblait fier pour son compagnon de chasse.

– Je l'ai toujours su, dit-il. Tu as l'étoffe pour être un Furie…

– Sûr… renchérit Plume-Tonnerre en mâchouillant un bout de racine.

Aile-de-Corbeau ne savait que répondre. Il regarda distraitement autour d'eux, sondant l'immensité brune du Worsh.

Depuis la fin de la matinée, ils étaient repartis à la chasse. Tous les trois, comme d'habitude. Mais un mauvais pressentiment oppressait la poitrine du jeune barbare.

– Nous devrions faire un feu et monter le camp, déclara-t-il. La nuit ne va plus tarder à tomber.

– Oui, acquiesça Un-Croc. (Il soupira.) J'espère que nous aurons plus de succès demain…

Plume-Tonnerre ricana :

– Bah, ne t'inquiète pas… Si nous deux ne sommes pas à la hauteur, Aile-de-Corbeau ramènera bien un ours… Ainsi il pourra encore faire le beau devant toute la tribu !

L'intéressé ne releva même pas la tête.

– C'était une plaisanterie, précisa Plume-Tonnerre, inquiet de l'avoir vexé.

Mais Aile-de-Corbeau ne l'avait simplement pas écouté. Il était perdu dans ses propres pensées, et se demandait ce qui l'angoissait tant, depuis quelque temps.

– Comment ? fit-il donc, en se redressant brusquement. Oui, tu as sûrement raison… répondit-il sans savoir de quoi il était question.

Plume-Tonnerre haussa les épaules avec une moue écœurée, puis tous trois continuèrent de monter leur campement, dans la pénombre qui s'installait.

Bientôt, leur petit feu fut allumé. Quelques flammes au milieu de nulle part. Ils se trouvaient au cœur d'une plaine dégagée, sans cavernes ni rochers pour dissimuler un prédateur.

Silencieusement, ils s'attaquèrent à leurs provisions.

– Je ne sais pas si je serai un Furie, déclara bientôt Aile-de-Corbeau, rompant le mutisme général. Je crois que non…

Les deux autres le regardèrent avec curiosité.

– Pourquoi dis-tu ça ? demanda Un-Croc.

Aile-de-Corbeau soupira, dessinant des arabesques dans le sable avec la pointe de sa sagaie.

– Vous savez bien pourquoi… C'est gentil à vous de faire comme si j'étais des vôtres… Et je ne pourrai jamais vous exprimer toute ma reconnaissance, mais…

– Tu es des nôtres ! s'écria Plume-Tonnerre, scandalisé. Les anciens ont prononcé l'Acceptation, tu as rejoint la tribu comme n'importe quel nouveau-né !

Aile-de-Corbeau sourit.

– À ceci près que je n'étais pas un nouveau-né… J'ai peur, mes amis. Peur que mon ancienne vie ne vienne un jour briser l'harmonie de la tribu.

« Je dors mal, vous savez. De plus en plus de souvenirs… Je n'arrive pas à savoir quoi que ce soit de précis, mais toutes ces images… Des bribes de conversations, les gens qui m'ont aimé…

– Tu es en train de recouvrer la mémoire ? interrogea Un-Croc, une lueur étrange dans les yeux.

Aile-de-Corbeau ouvrit les mains dans un geste impuissant.

– Je ne sais pas… dit-il.

Il comprenait que ses amis soient troublés. Il connaissait le rapport particulier que le peuple Worsh entretenait avec l'amnésie. C'était d'ailleurs la raison pour laquelle il l'avait recueilli, quelques mois plus tôt.

Les barbares l'avaient trouvé, errant dans la lande terrible, incapable de seulement se souvenir de son nom. En d'autres circonstances, ils auraient massacré l'étranger. Mais pour les Worshs, les amnésiques avaient toujours été considérés comme sacrés. C'était un don du ciel, qui en faisait des êtres à part, un bon présage pour la tribu…

Ils l'avaient baptisé Aile-de-Corbeau. Ce dernier était devenu l'un des leurs.

Depuis ce jour, pas une fois on ne l'avait considéré comme un étranger. Trop vieux pour être adopté, trop jeune pour accéder au statut d'adulte, il avait été confié aux bons soins des deux jeunes chasseurs, dont il était devenu l'ami.

Parmi les Worshs, la vie avait été simple. Leur existence était dure mais saine, et les lendemains ne posaient pas de questions, tant ils semblaient immuables.

Mais la paix de l'esprit ne durerait pas. Tout cela était en train de changer.

– Dis, tu resteras avec nous, même si tes souvenirs reviennent ? demanda Plume-Tonnerre, d'un ton anxieux. Tu es notre frère, maintenant...

Aile-de-Corbeau lui serra l'épaule avec lassitude.

– Je le souhaiterais, confessa-t-il. Mais j'ai probablement une vraie famille qui m'attend. On me pleure peut-être... Un jour ou l'autre, il faudra bien que j'affronte mon passé. Et... Comment dire... Il y a des choses *urgentes*, dans le chaos de ma mémoire. Je le sens.

– Il faudra en parler aux anciens, proposa Un-Croc avec sérieux. Ils pourront certainement t'aider. Tu sais pourquoi notre peuple honore l'amnésie ?

Aile-de-Corbeau le savait. Comme tous les jeunes gens de Dent-d'Oiseau, il avait écouté les légendes du peuple Worsh, contées par les vieux Furies de la tribu.

Les légendes... médita-t-il. Celles qui narraient le combat des barbares contre leur ennemi héréditaire, le Mangeur d'Oiseaux. Ce maître ténébreux de l'Est, régnant sur un royaume de créatures monstrueuses,

494

était la seule menace pour les Worshs. Aile-de-Corbeau avait le sentiment de l'avoir connu, lui aussi, mais peut-être sous un autre titre... Celles, également, de la transe guerrière qui faisait des combattants Worshs des bêtes enragées, décuplant leurs forces. Mais, par-dessus tout, celle qui relatait les origines du peuple barbare.

L'amnésie...

Les chasseurs racontaient des choses étranges à ce sujet. Ils disaient que le Worsh, ce désert hostile, n'avait pas toujours existé. Autrefois, il s'était agi d'une côte forestière, où la chasse et la cueillette étaient faciles... Autrefois, les Worshs portaient un autre nom, depuis oublié, et ils pratiquaient la magie.

Mais un jour, cette magie s'était retournée contre eux. Un cataclysme avait transformé leur forêt en lande aride. Le peuple tout entier était tombé dans un profond sommeil.

Lorsqu'ils s'étaient réveillés, ils avaient oublié qui ils étaient. Ils se souvenaient à peine à quoi avait ressemblé leur pays. Ils étaient alors devenus des barbares, n'ayant d'autre choix pour survivre.

Cette légende troublait Aile-de-Corbeau à chaque fois qu'il l'entendait, car il lui semblait déjà la connaître. Dans son autre vie...

Il revoyait un géant couvert de tatouages, qui la lui racontait dans les hauteurs d'une forteresse. Au bord de la mer.

Les rivages... Pourquoi cette image lui procurait-elle une telle ivresse ?

Et qui était cet homme tatoué, si semblable par ses traits aux Worshs dont le jeune homme partageait la vie à présent ? Le même visage fin et exotique, la même carrure impressionnante… Seuls les cheveux différaient : ceux des Worshs étaient clairs, brûlés par le soleil, tandis que l'homme de son souvenir les avait très noirs, comme lui-même.

Aile-de-Corbeau aurait donné cher pour remettre en place ces bribes de souvenirs, qui se répercutaient en mille échos cruels dans le vide immense de sa mémoire.

Un-Croc avait raison. Les anciens, héritiers d'une tradition d'amnésiques, connaissaient certainement de nombreux secrets sur la mémoire et ses mystères. Il fallait qu'il demande leur aide.

Perdu dans ses réflexions, il sentit à peine la main d'Un-Croc se poser sur son bras. Il crut d'abord à un geste amical, et s'apprêtait à remercier le barbare pour sa compassion. Mais il ne s'agissait pas de ça. Un-Croc, dès qu'il eut obtenu son attention, lui désigna un point sur la ligne d'horizon.

Au bout du doigt pointé du chasseur, on pouvait discerner la silhouette d'un cavalier solitaire.

Il traversait cette grande plaine au petit trot, et se dirigeait vers eux.

Aile-de-Corbeau et ses deux compagnons échangèrent un regard intrigué. Seuls les civilisés montaient à cheval. Et aucun d'entre eux ne s'était jamais aventuré aussi loin dans le Worsh…

– Qu'est-ce que ça signifie ? s'interrogea Un-Croc, la voix basse et grondante.

– Peu importe ! chuchota Plume-Tonnerre. (Il ricana.) Nous ne sommes pas de si malchanceux chasseurs, finalement : ce cheval va faire la joie de la tribu ! Il paraît même que la chair de ces bêtes-là est très tendre…

Le jeune trublion en salivait d'avance, jaugeant d'un œil mauvais le cavalier. Dans le Worsh, les étrangers n'avaient jamais été autre chose que des ennemis…

– Attends, ordonna cependant Aile-de-Corbeau. J'aimerais voir à quoi il ressemble, avant de l'attaquer.

Obéissant à cette injonction, les chasseurs laissèrent approcher l'intrus et sa monture. Au cœur du désert, le cheval avançait d'un trot fatigué, soulevant dans son sillage une traînée de poussière rougeâtre.

Lorsque le cavalier fut assez proche, Aile-de-Corbeau le dévisagea en silence. Il s'agissait d'un homme trapu, vêtu de cuir noir et brun. De larges bracelets ceignaient ses avant-bras, et ce détail rappelait vaguement quelque chose au jeune amnésique…

Il continua d'examiner le nouveau venu, tandis que celui-ci mettait pied à terre. L'étranger ne montrait pas la moindre trace de peur envers les trois Worshs.

Croisant son regard bleu acier, Aile-de-Corbeau sentit l'impression de familiarité s'intensifier. L'image d'un homme possédant ces mêmes traits s'imposa bientôt dans sa mémoire mutilée. Un homme… qui s'était battu contre lui !

Les visions affluèrent soudain, brèves et violentes.

Un vaste palais, dominant la banquise…

L'agresseur chutait à travers une vitre, pour aller s'empaler sur une grille en contrebas.

Poignard-Gauche… murmura alors la voix intérieure du jeune chasseur, sans que cela ne lui évoque de souvenirs plus précis. Mais il était certain, à présent, d'avoir déjà rencontré cet individu…

Aile-de-Corbeau fit un pas en avant, les sourcils froncés. *Qui es-tu, Poignard-Gauche ?* s'apprêtait-il à demander.

Il n'en eut jamais le temps.

L'étranger venait de se jeter sur lui, tirant ses armes avec dextérité. Alors qu'un frisson de surprise parcourait l'échine d'Aile-de-Corbeau, son agresseur avait déjà franchi la distance qui les séparait. Un glaive avait jailli dans sa main droite, tandis qu'une longue dague crantée apparaissait dans son poing gauche.

Figé, le jeune homme observa d'abord son adversaire sans réagir. Les yeux d'acier de Poignard-Gauche ne luisaient plus : ils étaient maintenant froids et implacables, comme deux portes closes sur son âme.

Au dernier moment, Aile-de-Corbeau se jeta enfin en arrière. La lame la plus longue de son agresseur lui dessina une entaille peu profonde sur le torse.

Poignard-Gauche jura et se remit en garde.

– Viens te battre, misérable ! cracha-t-il en voyant Aile-de-Corbeau hésiter. Ici, tu n'as plus ni Trollesque ni Tu-Hadji pour voler à ton secours !

Sans bien comprendre ce qui se passait, Un-Croc renifla avec colère, et saisit la hache de silex qui pendait à sa ceinture. Comme si son geste était parvenu à sortir ses compagnons de leur torpeur, ces derniers l'imitèrent.

Aile-de-Corbeau se plaça à la pointe du triangle qu'ils formaient, laissant les deux autochtones couvrir ses flancs.

– Restez en arrière ! les mit-il en garde, de peur qu'ils essaient d'encercler l'intrus. Cet étranger est dangereux...

Il n'aurait pu dire comment il le savait, mais il en avait la certitude. Poignard-Gauche lui adressa alors un sourire sans joie. Son air sûr de lui n'avait rien pour démentir l'intuition de l'amnésique.

Ce dernier vit à peine venir le coup suivant. L'étranger vêtu de cuir était d'une vivacité terrifiante... Cette fois, cependant, Aile-de-Corbeau n'attendit pas le dernier moment pour réagir, et parvint à esquiver l'attaque de justesse.

En déséquilibre, il tenta à son tour de toucher l'intrus, mais celui-ci dévia sa hache sans difficulté. Le jeune chasseur se demanda d'où son adversaire pouvait détenir une telle expérience. D'ordinaire, les citoyens de l'ancien Empire étaient connus pour être faibles et peu endurcis...

Aile-de-Corbeau ne cessait de revoir l'image de cet inconnu, passant à travers une fenêtre et s'empalant sur la grille d'un palais... Il avait l'impression troublante de danser avec un fantôme...

– Tu as cru que j'avais été tué, n'est-ce pas ? rugit l'étranger. Cela a bien failli être le cas... Mais j'ai le cuir plus dur que ça, comme tu vois !

À cet instant, Un-Croc et Plume-Tonnerre intervinrent à leur tour dans la lutte. Presque dans un même mouvement, ils profitèrent du fait que Poignard-Gauche plastronnait pour bondir sur lui.

Un-Croc balança son bras armé en avant, et manqua de toucher l'étranger. Celui-ci, cependant, parvint à se mouvoir comme une anguille entre les deux chasseurs, et le coup ne fit que le frôler.

Déjà, il avait saisi le poignet de Plume-Tonnerre pour lui faire lâcher sa hache.

Dès que cela fut fait, il attrapa le jeune homme en

continuant de lui tordre le bras, et le plaça devant lui à la manière d'un bouclier.

Pris au piège et vulnérable, Plume-Tonnerre en était réduit à serrer les dents, se débattant en vain.

Face à ce spectacle, Un-Croc et Aile-de-Corbeau retinrent leur coup suivant. De peur de toucher leur ami, ils se contentèrent de tourner autour de l'étranger, dansant d'un pied sur l'autre.

– C'était une bonne idée de te réfugier ici, dans le Worsh, concéda Poignard-Gauche en fixant Aile-de-Corbeau. (Un rictus cruel étira ses lèvres.) Mais tes barbares ne suffiront pas à te protéger... Cette fois, tu es enfin à ma merci !

Tout en prononçant ces paroles, l'étranger fit glisser sa lame courte sur la gorge de Plume-Tonnerre, lui ouvrant une plaie béante au niveau de la trachée.

Tandis que le sang jaillissait de la blessure comme d'une fontaine, il repoussa le corps du chasseur vers l'avant, le faisant tomber dans les bras d'Un-Croc.

Aile-de-Corbeau cria le nom de son ami, le voyant s'affaisser contre Un-Croc en l'inondant de sang. Les deux mains serrées sur le manche de sa hache, il détourna ensuite un regard chargé de haine vers Poignard-Gauche.

Mais ce dernier fondait déjà sur lui, ses lames lancées comme deux épieux en direction de sa poitrine.

Aile-de-Corbeau para l'attaque dans un unique moulinet, sans réfléchir. Puis il profita de cette ouverture pour frapper.

L'étranger recula d'un bond, l'air surpris. La hache ne semblait pas l'avoir profondément blessé, mais le cuir qui recouvrait son torse était tout de même lacéré sur une longue diagonale.

Poignard-Gauche jura de nouveau. Son rictus s'était transformé en moue de douleur.

Ayant observé avec satisfaction le sillon sanglant qu'il avait creusé sur son ennemi, Aile-de-Corbeau revint à la charge.

Il comprit, une seconde trop tard, que Poignard-Gauche l'avait attiré dans un piège. Se mouvant comme si sa blessure n'était en fait qu'une simple égratignure, l'étranger bloqua la hache du jeune chasseur avec sa lame crantée. De son autre main, il exécuta un coup d'estoc qui toucha Aile-de-Corbeau droit au visage.

L'amnésique ne dut sa survie qu'à un ultime réflexe, qui lui fit pencher la tête sur le côté au moment précis où la lame sifflait vers lui. Il sentit l'acier lui mordre la joue, et un goût de sang lui envahir la bouche. Mais il avait échappé au pire.

Se dégageant du corps à corps non sans une certaine panique, Aile-de-Corbeau recula pour scruter de nouveau son adversaire. Il suppliait sa mémoire de lui dire qui était cet homme mystérieux, et la raison pour laquelle ils s'affrontaient. Possédait-il un point faible ? Était-il possible de le vaincre, en dépit de son incroyable science des armes ?

Le regard du jeune homme tomba sur le corps de Plume-Tonnerre, qu'Un-Croc venait de déposer à terre. Croisant le regard du Worsh, Aile-de-Corbeau lut dans ses yeux qu'il n'y avait plus rien à espérer pour leur compagnon.

Une rage redoublée lui sembla alors faire bouillir le contenu de ses veines. *Peu m'importe ton art et ton expérience,* promit-il intérieurement à l'étranger. *Tu vas payer pour ça…* Tandis qu'Un-Croc venait prendre place à ses côtés, l'air aussi déterminé que lui-même, il leva donc en direction de Poignard-Gauche un regard meurtrier.

Et la lutte reprit de plus belle...

Dans ce combat acharné, les chasseurs n'étaient pas trop de deux pour faire face à la redoutable efficacité de leur adversaire. Ce dernier les épuisait peu à peu, semblant prendre plaisir à ce jeu de prédateur.

Il parait toutes leurs attaques avec une facilité déconcertante, et s'arrangeait toujours pour que les deux compagnons se gênent entre eux. Au bout d'une minute, Aile-de-Corbeau comprit avec effroi qu'ils n'auraient pas le dessus.

Il continua de se battre, avec l'énergie du désespoir, se demandant quand Poignard-Gauche se lasserait de leur compagnie, et se déciderait enfin à leur porter le coup fatal.

Levant brièvement les yeux au ciel, il aperçut à l'horizon les formes de plusieurs oiseaux. *Des Furies !* songea-t-il alors avec espoir. *Si les oiseaux nous voient, leurs maîtres viendront à notre secours...*

S'accrochant frénétiquement à cette idée, il poursuivit sa résistance envers les attaques de l'étranger, tâchant tant bien que mal de ménager ses forces.

Chaque esquive devenait plus périlleuse, chaque parade plus précaire. Un-Croc, qui faisait preuve de plus de fougue et ne cherchait pas à gagner du temps, souffrait déjà de nombreuses blessures.

Aile-de-Corbeau vit bientôt les oiseaux esquisser un cercle dans le ciel, loin sur la ligne d'horizon... Puis il les observa s'éloigner, pour disparaître dans l'immensité du désert...

De toute évidence, les yeux célestes des Furies n'avaient rien remarqué de leur combat désespéré...

Le jeune amnésique sentit alors ses dernières forces l'abandonner. Sans conviction, son bras tenta mollement de parer la lame courte de Poignard-Gauche, qui se ficha cependant dans son épaule avec un craquement d'os brisé.

Aile-de-Corbeau s'était plus ou moins résigné à son sort, à cet instant. Il s'apprêtait à laisser choir sa hache, ouvrant un à un ses doigts engourdis par l'effort.

Pourtant, il ne put s'y résoudre. Un seul regard sur la dépouille de Plume-Tonnerre le convainquit de périr l'arme à la main. Il se redressa dignement, savourant – peut-être pour la dernière fois – le souffle du vent brûlant sur son visage.

Ce fut alors qu'apparut un nouvel arrivant...

Quittant tranquillement l'abri du rocher qui l'avait dissimulée, la silhouette approcha des trois belligérants.

C'était un homme jeune, portant la toge. Lui non plus n'était pas un inconnu pour Aile-de-Corbeau... Ce dernier scruta ce visage brun et ces cheveux noirs, en vain. Il ne pouvait mettre de nom sur ce physique pourtant familier.

Maudissant sa mémoire défaillante, il fléchit les genoux pour éviter un coup de taille provenant de Poignard-Gauche. La lame de l'étranger passa juste au-dessus de sa tête.

L'inconnu en toge avançait toujours. À son côté, était pendu un fourreau de bois laqué. La garde d'une épée en émergeait, une poignée forgée d'or blanc dont la vue fit à Aile-de-Corbeau l'effet d'un coup de tonnerre.

La Lame des Étoiles… souffla la voix de ses souvenirs prisonniers.

Mais le jeune chasseur ignorait toujours ce que signifiaient ces mots… Il avait tellement l'impression de connaître cette épée, d'avoir fréquenté son porteur… Il sentait qu'il était à deux doigts de recouvrer la mémoire…

– Allons, défends-toi, l'encouragea le nouveau venu. Tu peux vaincre cet adversaire.

Aile-de-Corbeau frissonna de tout son corps en reconnaissant cette voix familière. *Guajo…* murmurat-il intérieurement. Ce jeune homme s'appelait Guajo, même s'il lui semblait l'avoir connu portant d'autres vêtements que cette toge.

Poignard-Gauche s'était retourné, surpris de ne pas avoir senti la présence de l'intrus plus tôt.

Un-Croc en profita pour se jeter sur lui avec toute la férocité d'un guerrier worsh, et Poignard-Gauche le repoussa au prix d'une nouvelle estafilade. Un-Croc rugit de satisfaction : c'était la première fois qu'il parvenait à blesser ce terrible adversaire.

Aile-de-Corbeau dut quitter Guajo des yeux pour venir au secours de son compagnon. Poignard-Gauche paraissait furieux de s'être laissé surprendre, et faisait pleuvoir sur le Worsh une série d'attaques traîtresses.

L'amnésique para tous les coups de l'étranger à la place d'Un-Croc. Son bras se mouvait avec une vélocité qui l'étonnait lui-même. Et les paroles de Guajo continuaient de résonner à ses oreilles : « *tu peux vaincre…* » avait dit le mystérieux observateur.

Oui, je le peux… médita silencieusement Aile-de-Corbeau. Sans bien savoir pourquoi, il parvint peu à peu à s'en convaincre.

Les assauts de Poignard-Gauche se firent de plus en plus violents, à mesure que celui-ci prenait la mesure de la résistance adverse. Cessant de jouer avec ses proies, l'étranger commença à se battre de toute son énergie, la sueur perlant bientôt sur son front.

Un-Croc, qui voyait bien à quel point il était dépassé par cette lutte, rompit le combat. Redoutant de gêner son ami, il avait visiblement décidé de laisser les deux adversaires régler seuls leur duel.

Les attaques et les esquives gagnèrent encore en vitesse. Les combattants se déplaçaient en mouvements circulaires, faisant tournoyer le sable et la poussière autour d'eux. À certains moments, ils ne semblaient former qu'un seul corps torturé au milieu du désert.

Bien souvent, Aile-de-Corbeau croyait qu'il ne réussirait pas à parer l'attaque suivante… Il se souvenait de son combat amical contre Buffle, et de cette étrange paralysie qui s'était emparée de lui face à un adversaire jugé supérieur. Toutefois, il se battait pour défendre sa vie, à présent, et devait trouver en lui les ressources nécessaires.

D'ailleurs, la voix paisible de Guajo était là pour le lui rappeler. Chaque fois qu'il se sentait faillir, il entendait les mots d'encouragement du jeune homme en toge… Peu à peu, Aile-de-Corbeau acceptait l'idée d'être un combattant beaucoup plus redoutable qu'il ne l'avait imaginé. Cette prise de conscience faisait tomber les barrières de son hésitation, et il recouvrait toute son habileté.

Lentement, la tendance venait donc à s'inverser. C'était maintenant Poignard-Gauche qui paraissait en difficulté, la panique se lisant malgré lui dans ses yeux de tueur.

Un tueur… songea Aile-de-Corbeau. Voilà ce qu'était son adversaire… Il se souvenait presque…

Il se souvenait d'un autre homme, qui se battait de la même manière, usant de stratégies et de mouvements similaires à ceux employés par Poignard-Gauche… *Un borgne ?… Oui : un homme avec un seul œil bleu pâle, portant un chapeau à larges bords…* Un homme qu'il avait aimé. *Mon père ?…*

Tout était flou dans cette mémoire en lambeaux. En tous les cas, l'homme de son souvenir était meilleur épéiste que son adversaire actuel. Lui ne se serait jamais laissé surprendre par la botte qu'Aile-de-Corbeau était en train d'exécuter…

La lame de sa hache glissa avec un crissement d'acier sur le glaive de Poignard-Gauche, l'écartant vers l'extérieur. Tournant sur lui-même, le jeune amnésique vint donner un coup du manche de son arme dans les doigts de son adversaire, le faisant lâcher sa dague crantée.

L'espace d'une fraction de seconde, il croisa alors le regard du maître-tueur, et lui sourit avec cruauté.

Puis, profitant de la vulnérabilité passagère de l'étranger, il abattit sa hache avec vigueur. La lame primitive trancha net la main de Poignard-Gauche, tandis que ce dernier contemplait son moignon avec incrédulité.

Aile-de-Corbeau, de son poing nu, lui asséna alors un coup sec dans l'abdomen, le faisant se plier en deux. Enfin, frappant la nuque du tueur avec le manche de sa hache, il le força à tomber à genoux.

Dans un mouvement presque aérien, le jeune

chasseur leva sa hache pour en finir… Il allait déca-
piter Poignard-Gauche, lorsque quelques mots
s'échappèrent de ses lèvres ensanglantées :

– Je suis vaincu… admit le maître-tueur.

Cependant, Aile-de-Corbeau nota qu'il semblait
curieusement satisfait, en disant cela.

– Tu ignores ce que tu fais en me tuant… sourit le
tueur en relevant les yeux. La Congrégation ne te le
pardonnera jamais. Le Cercle Intérieur, pauvre fou !
Ce sont les Magisters eux-mêmes qui vont devoir se
déplacer…

« Ils vont venir pour toi, tu m'entends ?

Poignard-Gauche partit alors d'un rire diabolique,
comme s'il avait perdu la raison.

Aile-de-Corbeau, qui le toisait d'un regard méprisant, abaissa sa hache sans pitié. La tête du maître-
tueur fut ôtée de ses épaules du premier coup,
venant rouler non loin de la dépouille de Plume-
Tonnerre.

Pendant un court instant, il sembla à Aile-de-
Corbeau que la tête tranchée continuait de se rire de
lui…

Il ignora le frisson qui lui parcourait l'échine, et se
tourna vers Guajo.

Son arme lui tomba des mains.

– Je crois… dit-il, chancelant légèrement. Je crois
que je suis en train de retrouver la mémoire…

4

C'était un vaste charnier. Une indécente pile de cadavres où Wilf avait été jeté.

Se rendant compte qu'il était prisonnier sous des dizaines de dépouilles, il avait d'abord cru suffoquer. Il avait dû escalader les corps, cherchant ses prises sur les visages sans vie, les membres mutilés. Pour atteindre enfin la surface... Alors, il avait pu respirer plus librement.

Cette odeur de cauchemar... cet air chargé de mort... Je me souviens...

Il avait vu des soldats, chargés de monter la garde. Sa tête lui faisait atrocement mal. Ses doigts avaient parcouru son front, et touché la plaie encore ouverte. Pourtant, la blessure se refermait peu à peu... il le savait.

Ces sentinelles portaient des uniformes ennemis. Wilf ne se souvenait plus pourquoi, mais il en avait conscience. Cette calotte noire, cette croix brodée sur leurs surcots... Il se tapit dans l'ombre en les voyant approcher.

Le jeune miraculé ne se souvenait même plus de son nom. Sa vision était encore brouillée, mais ses sens suffisamment aux aguets pour réaliser qu'un officier avait rejoint les soldats.

– Qu'avez-vous fait de la dépouille du jeune chef rebelle? avait demandé celui-ci.

– L'évêque Darlov a tenu à la voir de ses yeux, avaient répondu les sentinelles. Puis il nous a ordonné de la faire disparaître avec les autres.

L'officier avait soupiré de satisfaction, avant de déclarer:

– Bien. Brûlez tout...

Alors, Wilf avait su qu'il ne devait pas rester sur place. Son instinct l'avait poussé à se fondre dans les ombres, à ramper dans la neige jusqu'à ce qu'il se trouve loin des ecclésiastiques.

Il avait fui, là où la présence humaine se faisait moins oppressante, là où il pourrait cesser de se cacher. Il était allé vers le Nord.

– J'ai vécu comme une bête pendant des semaines... murmura celui qui avait porté le nom d'Aile-de-Corbeau. Et j'ai été recueilli par les barbares worshs... Tout me revient, à présent. Je m'appelle Wilf, n'est-ce pas?

Guajo hocha affirmativement la tête. Un-Croc, lui, ne pipait mot, se contentant d'observer les deux hommes avec curiosité.

Victime d'un soudain vertige, Wilf chancela de nouveau. Le jeune Worsh dut alors lui prêter son bras pour le soutenir.

Relevant les yeux vers Guajo, le malheureux déclara:

– Je ne sais pas... Je ne sais pas si je souhaitais réellement me souvenir de tous ces événements... articula-t-il, au bord de la nausée.

L'Arrucian vint le maintenir à son tour.

– Ta réaction est normale, dit-il d'une voix tran-

quille. Ta mémoire a rompu les barrages qui la retenaient prisonnière, elle se déverse en toi avec violence… Mais cela va s'arranger, promit-il.

Wilf tâcha d'acquiescer, tremblant de tout son
corps.

– Qui d'autre… a… survécu ? interrogea-t-il en claquant des dents.

Guajo baissa le menton avec chagrin.

– Je l'ignore. Hélas, j'ai dû fuir de manière solitaire, après notre défaite. Mais… je suis presque certain que Lucas est toujours en vie.

Le roi déchu lui lança un regard intrigué.

– Je sens son esprit, expliqua laconiquement l'Arrucian.

Mais Wilf avait déjà un autre sujet d'étonnement :

– L'Épée des Étoiles, fit-il en désignant la lame à la
ceinture de son compagnon. Comment as-tu pu la
reprendre à Mazhel ? Et que signifie ce vêtement ? Je
ne t'ai jamais vu porter la toge…

Guajo se contenta d'abord de sourire tranquillement. Il s'assura que Wilf pouvait tenir debout avant
de le relâcher, puis il reprit :

– Le pharaon n'a jamais touché l'Épée des Étoiles,
déclara-t-il. Il n'en a pas eu le temps. C'est justement
pour la mettre à l'abri que j'ai quitté la bataille après
ta chute… J'ignorais, à ce moment, que le So Kin
serait aussi puissant en toi… assez pour régénérer
ton corps après une telle blessure.

Le regard du jeune roi était toujours braqué sur
l'arme mythique. L'épée forgée par Zarune…
médita-t-il en lui-même. Un autre souvenir s'imposa
alors à sa conscience. Le submergea. C'était l'image
de la belle Orosiane, scellée à jamais dans son sarco-

phage. Sans se l'expliquer totalement, Wilf en ressentit une émotion poignante. Comme autrefois…

– Je n'ai su que plus tard que tu avais survécu, continuait Guajo. J'espère que Mazhel ne l'a pas appris également, mais j'ai peu d'espoir à ce sujet… C'est pourquoi je suis venu te chercher : tu n'es plus en sécurité, ici. J'ai appris que le maître-tueur avait retrouvé ta trace, et je l'ai suivi jusqu'ici. Je me doutais qu'un limier comme Poignard-Gauche saurait me mener jusqu'à toi, même au cœur du désert. Mais il faut maintenant nous méfier : les Lanciers du pharaon ont très bien pu faire la même chose…

Il marqua une courte pause, puis poursuivit, faisant écho aux pensées de Wilf :

– Durant ces mois, je n'ai pas perdu mon temps. Conservant précieusement ton épée, j'ai également apporté mon soutien à Jâo, l'Orosian rebelle.

« Ensemble, nous avons délivré Celle-Qui-Dort de sa prison. Zarune est libre, mon ami… Et elle a hâte de te rencontrer.

Le visage du jeune homme s'éclaira à cette nouvelle. Le fait de ne plus imaginer la dame céleste dans ce coffre de marbre l'emplissait de sérénité…

Pourtant, ce soupir de soulagement fut de brève durée. En effet, bien des aspects du discours de l'Arrucian suscitaient en lui davantage de curiosité qu'ils n'en contentaient.

Bientôt, fixant intensément son ancien écuyer, le roi demanda :

– Guajo, qui es-tu vraiment ?

L'intéressé prit une lente inspiration.

– On dirait que tu as enfin appris à poser les bonnes questions, mon ami… chuchota-t-il avec un demi-sourire. Qui suis-je vraiment?... Je me le demande chaque jour, comme nous tous...

Du regard, Wilf le pressa de satisfaire à son interrogation, sans détour.

– Je retrouve bien là tes manières de monarque ombrageux, le taquina Guajo. Mais tu as gagné : je vais te répondre franchement. Mon véritable nom, celui que je portais avant de le renier pour toi, est Pangéos.

« Pangéos, Seigneur de Toutes les Provinces...

Face à cette déclaration, Wilf resta coi un instant. Il ne savait s'il devait éclater de rire ou bien se mettre en colère.

– Pangéos, l'ancien dieu de l'empire ? demanda-t-il d'une voix grinçante. Bon sang, Guajo, à quoi joues-tu ?

Le visage brun de l'écuyer s'éclaira d'un sourire.

– Voyons, majesté... Tu sais bien qu'il n'y a pas de dieux... Nous autres, Orosians, sommes des êtres de chair et de sang, tout comme vous.

Wilf ne répondit rien. Peu à peu, le doute se faisait dans son esprit.

– Tu serais donc réellement Pangéos ?... finit-il par dire, sa voix portant malgré lui la trace d'un respect craintif.

Guajo acquiesça. Paisiblement, il croisa ses mains sur le devant de sa toge.

– Je t'ai accompagné, majesté. Et je n'ai pas à rougir d'avoir choisi ton camp, ajouta-t-il. C'est peut-être la meilleure décision que j'aie prise depuis des siècles...

Bouche bée, Wilf scrutait son écuyer comme s'il ne l'avait jamais vu.

– Je n'en reviens pas… murmura-t-il sincèrement. Mais pourquoi ? Pourquoi m'avoir rejoint, puis servi comme un domestique ? Et surtout, pourquoi m'avoir poignardé, lors de notre première rencontre ?

– Pour que tu me remarques, bien entendu. Je savais que tu survivrais à un simple coup de couteau, et je savais que Lucas ne te laisserait pas m'exécuter… C'était le meilleur moyen de m'accrocher à vos pas sans éveiller l'attention.

– Mais pourquoi en tant que simple écuyer ? se récria le jeune souverain. Tu aurais pu te présenter à nous…

Guajo eut un bref éclat de rire.

– Disons que j'ai eu à cœur de cultiver l'humilité, vertu qui m'avait fait défaut depuis trop longtemps… Et je ne voulais pas vous révéler ma véritable identité : je n'avais encore pris aucune décision à ton sujet.

Une expression pensive traversa le regard de l'Orosian, puis :

– D'ailleurs, j'ai aimé être Guajo, l'écuyer. Ces quelques mois furent les plus sereins que j'ai connus depuis un très, très long moment. Finalement, ce personnage naïf n'était qu'un reflet possible de ma nature réelle. Une partie de mon âme… Et peut-être même la meilleure, qui sait ?

– Tout de même… s'étonna Wilf. Quand je pense que nous n'y avons vu que du feu ! Guajo, toujours serviable, avec son tempérament si bon enfant…

L'Orosian souriait toujours.

– Tu sais… commença-t-il. Je n'ai pas dû beaucoup travailler pour composer ce brave Guajo. Sans me travestir, j'avais déjà en moi une bonne partie de cette sincérité un peu candide... Mais voyager avec vous m'a donné le sens des réalités : j'ai compris que j'avais vécu de trop nombreux siècles dans les illusions de notre cité céleste.

« J'ai compris également que c'était cette naïveté qui m'avait perdu, face à Mazhel. C'est grâce à mon manque de méfiance qu'il a pu m'évincer, et prendre ma place à la tête de ce continent. Oui, c'est par la fourberie qu'il m'a vaincu, en dépit de mes pouvoirs supérieurs aux siens, et de mon autorité sur le Dôme de Uitesh't. Hélas, je ne m'en suis pas rendu compte avant qu'il ne soit trop tard !

– Ensuite, banni de « l'Étoile du Csar », il ne te restait plus qu'à joindre la cause des rebelles... conclut Wilf à sa place.

Mais le demi-dieu le démentit :

– Ce n'est pas tout à fait exact. Mazhel avait gagné : il n'avait pas besoin de me tuer. J'aurais pu continuer à vivre dans notre cité, déchu mais jouissant d'une sécurité relative... J'aurais pu également retrouver Jâo et les siens... Mais c'était à toi que je voulais lier mon destin. Wilf, ce grain de sable qui venait compromettre tous nos plans millénaires...

Le jeune homme secoua la tête, peinant encore à y croire.

– Je ne sais même plus comment je dois t'appeler, à présent...

L'Orosian haussa les épaules.

– Je propose que tu continues de m'appeler Guajo, dit-il. Après tout, c'est sous ce nom que j'ai repris goût à la vie... Et je crois bien que je m'y suis habitué.

Un-Croc, qui avait conservé jusque-là un silence total, toussota avec gêne.

– Je ne sais pas de quoi vous parlez, mais je sais que Plume-Tonnerre devrait recevoir les rites…

Son regard familier se posa sur l'étranger en toge, puis sur Wilf.

– Dis-moi, Aile-de-Corbeau, ou quel que soit ton nom aujourd'hui… Si tu es toujours mon frère de chasse, acceptes-tu de conduire avec moi notre compagnon au village ?

Wilf posa les yeux sur la dépouille de son camarade, et sentit le chagrin l'envahir à nouveau.

– Oui, répondit-il, un peu honteux de s'être replongé aussi vite dans sa vie passée. Nous allons le porter ensemble, bien sûr…

Il regarda le barbare au fond des yeux.

– Vous serez toujours ma famille, déclara-t-il. Des obligations vont bientôt me rappeler loin d'ici, Un-Croc, j'en ai peur. Mais je veux que tu me croies : jamais je n'oublierai ce que les Worshs ont fait pour moi…

Un-Croc ne dit rien, mais Wilf sut qu'il avait compris. Le jeune roi lisait une peine profonde dans le regard du barbare. Et son propre cœur saignait également. *Plume-Tonnerre,* songeait-il avec amertume. *Tu ajoutes ton nom aux milliers qui sont déjà morts par ma faute… Ce n'est pas juste…*

Ensemble, ils saisirent le corps du jeune chasseur.

Sans un mot de plus, ils prirent la direction du village, Guajo l'Orosian dans leur sillage.

* * *

Ce soir-là, à Dent-d'Oiseau, on célébra les rituels funèbres pour Plume-Tonnerre. Sa dépouille, étendue sur un lit de ronces à la lisière du campement, fut incendiée selon la coutume. Le vent du désert serait chargé de répandre ses cendres dans les cieux, là où volaient les aigles et les âmes, si l'on en croyait les superstitions worshs.

Les anciens du village chantèrent à voix basse, salués par le silence de la tribu. Cette mélopée sans paroles s'éleva dans la nuit, comme les hautes flammes du brasier funéraire. Avec Un-Croc et le père de leur défunt compagnon, Wilf se saisit d'une torche et mit le feu à la couche mortuaire. En accomplissant ce geste, il acceptait d'être Aile-de-Corbeau – une dernière fois.

Ensuite, la tribu entière alla s'asseoir en cercle, au centre du campement. Le silence respectueux se mua peu à peu en bourdonnement de conversations, chacun chuchotant à son voisin des souvenirs qu'il avait partagés avec Plume-Tonnerre.

Wilf, lui, ne se livra pas à cette tradition. Pensif, il fixait toujours le brasier qui illuminait la nuit du worsh… Il observait cette ombre allongée, qui était le corps de son frère, partant en fumée avec ses sagaies et ses trophées de chasse. *Tout ça est de ma faute…* enrageait-il.

Pendant presque une heure, il ne cessa de se remémorer le passé. Son ancienne vie, si exigeante… Il sentait que son existence auprès des Worshs touchait à sa fin, et éprouvait un certain malaise à accepter cette réalité. *Wilf doit dire adieu à Aile-de-Corbeau…* Et c'était un cap difficile à franchir.

Parmi tous les souvenirs qu'il brassait sans ordre,

plusieurs le troublaient et réclamaient des réponses. Il savait qu'il aurait bientôt à s'entretenir avec Guajo pour éclaircir certains points. Mais pour l'instant, l'une de ces questions le taraudait plus que les autres... À la lumière des connaissances qu'il avait acquises sur la culture worsh, il devait reconsidérer la portée d'une légende, autrefois contée par Pej...

Cette vieille histoire Tu-Hadji avait pour vocation de mettre en garde ce peuple contre l'utilisation du pouvoir corrompu par la Hargne. Elle disait comment, peu après la contamination de la Skah par Fir-Dukein, certains Tu-Hadji s'étaient laissés aller à se servir de l'énergie souillée. Pour se défendre contre des ennemis puissants, ils avaient fait appel à l'ancien pouvoir, au mépris du péril et des mises en garde... La légende racontait comment cette imprudence avait provoqué une véritable apocalypse sur leur pays, ravageant tout et transformant des milliers d'hectares de forêt en désert brûlant. Pej ajoutait que ces malheureux Tu-Hadji avaient alors vu leur clan entier tomber dans un profond sommeil, duquel ils s'étaient réveillés amnésiques...

À l'époque où le guerrier lui avait fait ce récit, Wilf s'était demandé dans quelle partie du monde pouvaient vivre aujourd'hui les descendants de ces Tu-Hadji déchus. Il comprenait, aujourd'hui... Il s'agissait des Worshs, bien entendu. D'ailleurs, les ressemblances étaient multiples, et le jeune homme aurait fait le rapprochement depuis le départ s'il n'avait pas lui-même perdu la mémoire.

Songeur, il se dit d'abord que Pej et Jih'lod seraient contents d'avoir enfin une réponse à cette interrogation séculaire. Peut-être leur peuple pourrait-il même renouer des relations amicales avec ces lointains cousins… Puis l'émotion l'étreignit, tandis qu'il repensait à ce désert peuplé de Tu-Hadji déchus. Ce désert qui l'avait accueilli depuis de longs mois…

Ce fut la voix de Guajo qui le tira soudain de ses méditations :

– À quoi penses-tu ? demanda l'Orosian.

Wilf lui expliqua brièvement ses conclusions à propos de la légende qui faisait des Worshs d'anciens fils de Tu-Hadj. Guajo l'écouta attentivement, puis fronça les sourcils. De toute évidence, cette révélation avait éveillé en lui un grand intérêt.

– Incroyable… murmura-t-il bientôt. Se peut-il que ?… Non, ce serait une coïncidence trop miraculeuse…

– De quoi parles-tu ? l'interrogea Wilf, intrigué à son tour.

Guajo prit une inspiration pensive, faisant glisser un doigt sur le fourreau de l'Épée des Étoiles, qu'il avait déposée entre lui et le jeune homme.

– Ton histoire me rappelle quelque chose, finit-il par déclarer. Tu dois savoir que c'est Zarune qui a forgé l'Épée des Étoiles ? Pour vous donner, à Arion et toi, le pouvoir de domestiquer les Dragons Etoilés… Ce que tu ignores peut-être, c'est que ce fut également Zarune qui déroba ces créatures fabuleuses à notre peuple.

Wilf acquiesça :

– Ça ne m'étonne pas tellement. Quel rapport avec les Worshs et les Tu-Hadji ? demanda-t-il.

– Lors de la guerre qui opposa nos serviteurs Elfyes aux Tu-Hadji, expliqua l'Orosian, Zarune eut peur que nous ne décidions de nous servir des Dra-

gons contre nos ennemis. Elle partageait la philosophie des Tu-Hadji, et soutenait déjà leur lutte contre
l'esclavage. Elle savait aussi que ces derniers ne
pourraient rien contre des armes aussi puissantes
que les Dragons...

« Elle décida donc de les emmener, et de les
cacher dans un lieu secret. Certains de ses partisans
nous révélèrent plus tard qu'elle les avait dissimulés dans un Refuge Tu-Hadji : le dernier endroit où
nous pourrions les retrouver... Mais il fut dit également que ce Refuge avait été détruit par la suite,
le paysage changé et tous les repères disparus, si
bien que les Dragons Étoilés s'en trouvaient perdus
à jamais. Pour ceux de ma race, qui avaient forgé
ces créatures de leurs propres mains, cette nouvelle
fut un véritable drame... Nous avions quitté l'océan
et renié nos sœurs les Voix, nous avions travaillé
sans relâche à partir des instructions stellaires pour
donner naissance aux Dragons... Par la faute de
Zarune, le drame de notre schisme, nos siècles d'efforts, tout se trouvait réduit à néant ! Tu comprends
à présent pourquoi elle fut haïe et enfermée si
longtemps...

Les yeux de Wilf brillaient maintenant d'intérêt.

– Je comprends... dit-il entre ses dents. Mais
quand tu parles de ce Refuge Tu-Hadji détruit, tu
veux dire qu'il pourrait s'agir du Worsh ? C'est bien
ce que tu penses ?

Son regard se posant avec une certaine excitation
sur la Lame des Étoiles, Wilf attendit impatiemment
la réponse de son compagnon.

– Pourquoi pas, répondit ce dernier. Cela expliquerait pourquoi nul n'a pu localiser les Dragons

depuis tout ce temps. Personne ne vient jamais dans le désert…

Le jeune roi déchu hocha vigoureusement la tête.

– Si c'est vrai, cela veut dire que nous sommes plus proches de la victoire que nous ne l'avons jamais été, déclara-t-il. Avec les Dragons Étoilés sous mes ordres, je n'aurais nul besoin d'une armée pour vaincre Mazhel et sa Théocratie.

« Et il n'y a qu'un seul moyen d'en avoir le cœur net, conclut-il en se levant.

Saisissant au passage l'Épée des Étoiles dans son fourreau de bois laqué, il se dirigea vers l'ancien de la tribu. En silence, il vint s'agenouiller près de lui, bientôt suivi par Guajo.

Le doyen et chef du village était un vieux Furie boiteux du nom de Pied-de-Chacal. Voyant les deux jeunes gens approcher, il leva sur eux un regard interrogateur.

– Je ne veux pas manquer de respect à Plume-Tonnerre, ni à sa famille, commença Wilf à voix basse. Mais nous avons besoin de parler avec toi maintenant, Pied-de-Chacal… Il nous faut faire appel à ta sagesse, et à la mémoire de la tribu.

Lisant la gravité qui animait le regard de son jeune protégé, le vieillard acquiesça.

– Éloignons-nous, dit-il seulement.

Il se leva, les flammes du feu de camp jetant des ombres mouvantes sur son visage encadré de cheveux blancs, et rejoignit une tente située à l'écart. Wilf et Guajo lui emboîtèrent le pas, avant de s'asseoir tous deux en face de lui.

– Je vous écoute, fit Pied-de-Chacal, impassible.

Wilf observa sa vieille figure couturée de cicatrices,

ses traits marqués par les éléments et les rudes combats… Impossible de savoir ce que le Furie était en train de penser. Mais une chose était certaine : il n'appréciait sans doute pas la présence d'un étranger dans l'enceinte de son village. Comme tous les autres Worshs, il toisait Guajo avec un mépris mêlé de suspicion.

– Je sais que tu as le pouvoir de te faire l'écho de la mémoire du Worsh… commença timidement Wilf. En tant qu'ancien, tu peux appeler à toi les souvenirs des âmes envolées, les choses des temps oubliés… Mon compagnon et moi te demandons de le faire pour nous, ce soir. Nous voulons savoir si une femme est venue ici, autrefois, avant le cataclysme… Une femme avec des dragons…

À ces mots, les pupilles de Pied-de-Chacal rapetissèrent subitement. Il braqua ses yeux sans âge sur le jeune homme.

– C'est un grand secret, auquel tu fais référence… souffla-t-il. Mais je ne devrais pas m'en étonner : tu es un Sans-Mémoire… Nous avons bien fait de t'accueillir parmi nous.

Tout en parlant, le vieillard ranimait les braises rougeoyantes de son foyer. Puis, d'un geste sec, il jeta dedans une poignée de sable odorant. Une fumée opaque se répandit vite sous la tente, l'emplissant de son parfum d'encens, et rendant l'atmosphère un peu étouffante.

– Au contraire, rectifia doucement Wilf. C'est parce que j'ai retrouvé la mémoire que je me pose cette question… Le Worsh possède donc des souvenirs sur cette femme et ces dragons ? demanda-t-il, plein d'espoir.

Le Furie acquiesça gravement, avalant de longues bouffées de fumée.

– Le Worsh se souvient, confirma-t-il. La Fille du Ciel est venue, il y a longtemps… Elle est venue en volant, et ses oiseaux étaient brillants comme l'argent. Ses oiseaux avaient des dents plus tranchantes que celles d'un lion…

« Le monde était différent, alors. C'était la guerre… Notre peuple aussi était différent. Nous connaissions la magie… Nous avons accueilli la Fille du Ciel. Elle a dit que nous devions veiller sur ses grands oiseaux, sans quoi le monde risquait d'être détruit… Elle vécut quelque temps parmi nous, forgeant la magie qui permettrait à un humain de dominer ces oiseaux d'argent. La mémoire du Worsh dit qu'elle forgea la magie en forme d'épée. Puis elle repartit, nous laissant la garde des plus redoutables créatures que le monde devait connaître.

Lentement, Wilf fit glisser en dehors de son fourreau la Lame des Étoiles.

– Oui… murmura l'ancien. Le Worsh se souvient : c'était bien cette épée…

– Mais alors, où se trouvent les Dragons, aujourd'hui ? intervint Guajo.

Le vieux Furie pinça les lèvres, mais consentit finalement à répondre :

– Toujours cachés ici… Sous nos pieds.

« Ici, à Dent-d'Oiseau…

Wilf et Guajo échangèrent un regard fébrile.

– Comment peut-on accéder à l'endroit où ils reposent, Pied-de-Chacal ? demanda le jeune souverain. Nous avons besoin de le savoir : le sort du monde en dépend…

Le doyen de la tribu observa avec circonspection ce chasseur qu'il avait connu et abrité parmi les siens.

– Tu es venu parce que notre veille se termine ? dit-il, et le ton n'était pas vraiment celui d'une question. Je l'ai su dès qu'on m'a rapporté qu'un Sans-Mémoire avait été découvert non loin du village... Ce jour-là, il y a déjà trois saisons, je me suis douté que notre tâche de gardiens touchait à sa fin. Car tu vas repartir avec les oiseaux, Aile-de-Corbeau... C'est bien ça ?

Wilf se contenta de hocher la tête, la gorge serrée par l'émotion.

– Oui, dit-il enfin. Je vais partir. Et j'emmène avec moi les Dragons Étoilés...

5

Au cours de cette même nuit, Guajo et Wilf descendirent dans la retraite millénaire des créatures. Il n'y avait pas un instant à perdre… Les Lanciers étaient peut-être déjà à leurs trousses.

Pied-de-Chacal ne les accompagnait pas, mais il leur avait révélé le passage qui menait à cette grotte secrète où étaient endormis les Dragons. La fin de la quête. L'aboutissement de ces années de lutte.

Les adieux aux Worshs avaient été brefs et pudiques, même si le jeune homme se sentait déchiré d'abandonner Un-Croc et ses autres amis… Son ancienne vie le rappelait à elle, impérieusement. Son ancienne vie, pour un nouveau départ. Il n'avait pas le choix, pas plus qu'il ne l'avait eu depuis longtemps, d'ailleurs. Lui, le rebelle de Youbengrad, se trouvait soumis aux caprices du destin et du devoir depuis des années, qui avaient paru si longues… Parfois, il lui arrivait de penser que seule la mort le délivrerait de ce poids. Parfois, oui, son existence prisonnière lui paraissait insoutenable, et il en appelait la fin de ses vœux.

Pour le moment, il suivait le tunnel étroit qui le mènerait aux Dragons…

Ce chemin souterrain dessinait de nombreux

méandres sous Dent-d'Oiseau. Le trajet se révéla bientôt plus long que Wilf ne l'aurait cru.

– Je commence à me demander si nous arriverons un jour dans cette caverne, ronchonna-t-il.

Il supposait que la chaleur devait être insupportable pour un être humain normal, mais la température élevée de son corps le préservait de cet inconfort. Il ne se faisait pas non plus de souci pour Guajo, sachant que les Orosians ne souffraient pas de ces détails.

– Un peu de patience, lui répondit tranquillement l'ancien dieu. Le monde a attendu plus de mille ans avant de connaître à nouveau les Dragons... Il peut attendre une heure de plus...

Wilf acquiesça, ne pouvant réfuter la sagesse des propos de son compagnon. Tandis qu'ils s'enfonçaient tous deux vers ce qui lui semblait être le centre de la terre, il décida de s'occuper l'esprit en prolongeant la conversation.

– Tu as raison, soupira-t-il. Profitons-en pour éclaircir quelques interrogations qui demeurent à ton sujet... ajouta-t-il avec un sourire ironique. Et pour commencer, pourrais-tu enfin m'expliquer pourquoi tu ne nous as pas aidés davantage, au fil de nos aventures ? Tu en avais pourtant le pouvoir !

Guajo lui rendit son sourire.

– Je n'étais qu'observateur, pendant un long moment. Je ne souhaitais pas m'impliquer. Puis, lorsque j'ai compris que je te suivrai jusqu'au bout, j'ai jugé préférable de ne pas intervenir plus que nécessaire. Cela aurait attiré sur nous l'attention des autres Orosians, faisant ainsi plus de mal que de bien à notre cause... Ceux de mon peuple n'auraient pas été dupes de ma nouvelle apparence, si j'avais utilisé mes pouvoirs.

– Ta nouvelle apparence ? répéta Wilf.

– Oui. Nous autres, Orosians, avons la faculté de sculpter notre corps selon nos désirs. Mais c'est surtout la résonance de mon esprit que j'ai dû modeler pour ne pas être reconnu. Cela m'a demandé une complexe manipulation du So Kin.

Guajo parut songeur un instant, puis demanda :

– Te souviens-tu de notre combat contre les Ravisseurs elfyes ? Lorsque j'ai fait fuir un bataillon entier sans même me battre ?

– Bien sûr ! s'exclama Wilf, que cet incident n'avait jamais cessé d'étonner.

– Cela n'a pas été difficile, expliqua l'Orosian. Je me suis contenté de leur montrer mon vrai visage, l'espace d'un instant. Reconnaissant en moi l'un de leurs dieux, ces soldats superstitieux ont pris leurs jambes à leur cou !

– Je vois… fit Wilf avec un léger rictus. Et… quant à ta chance perpétuelle durant les combats ?

Cette fois, ce fut au tour du paisible Guajo d'incurver ses lèvres dans un sourire sombre :

– Quelle chance ?… murmura-t-il seulement.

Tous deux gardèrent le silence une courte minute, puis Wilf revint à la charge :

– Une dernière chose…

Guajo lui fit signe de poser sa question.

– Je m'interrogeais également sur ton attitude lors de notre ultime bataille contre Mazhel, avoua le jeune roi. Hesmérine de Blancastel m'a appris que tu avais eu un comportement étrange avant de perdre connaissance…

L'Orosian au visage brun se rembrunit légèrement.

– Je me battais contre Mazhel, soupira-t-il. Une lutte psychique comme je n'en ai jamais connu… Je suppose que Lucas a dû ressentir d'intenses perturbations dans son propre So Kin, ce jour-là ?

Wilf hocha affirmativement la tête. Il se rappelait l'inquiétude de son ami à ce sujet, au début de la bataille.

– J'essayais d'empêcher Mazhel d'utiliser ses pouvoirs, poursuivit Guajo. Sinon, il n'aurait fait qu'une bouchée des Chevaliers-Archivistes censés le contenir… Hélas, il a fini par me vaincre. Je ne sais pas comment j'ai pu avoir le dessous face à lui : il avait dû cacher la véritable ampleur de son pouvoir depuis toutes ces années…

« Ensuite, libéré de mon emprise, il a eu l'esprit libre pour brûler le cerveau des malheureux archivistes… Je ne me suis relevé que plus tard, alors que l'issue de la bataille était déjà jouée.

Wilf acquiesça lentement. Il commençait à réfléchir, pour vérifier qu'il n'omettait pas de soulever une question, bien décidé à abreuver jusqu'au bout son insatiable curiosité. Mais il fut tiré de ses pensées par la faille qui s'ouvrit bientôt devant lui. Ils étaient probablement arrivés.

Le retour au présent fut brutal. Wilf réalisa soudain combien l'heure était cruciale.

Le chemin souterrain s'arrêtait là, laissant la place à une ouverture de vingt mètres de haut qui crevait la roche en face des deux jeunes gens. De l'autre côté, était visible une vaste grotte aux parois gris pâle.

Wilf et Guajo pénétrèrent silencieusement à l'intérieur. Et ils restèrent sans voix devant le spectacle qui s'offrait soudain à eux.

À même le sol, lovés avec grâce et majesté, étaient couchés des dizaines de dragons. Leur sommeil profond leur donnait l'apparence de la pierre, mais Wilf sentait – au fond de lui – qu'ils étaient bien vivants.

Cédant à une impulsion subite, le jeune roi tira l'Épée des Étoiles hors de son fourreau. L'arme dégainée en main, il s'avança au centre de la caverne, et la leva vers le plafond rocheux. Au même instant, les dragons quittèrent leur aspect de statues pour commencer lentement à se mouvoir.

Malgré lui, Guajo fit un pas en arrière. Les yeux de Wilf étaient parcourus d'éclairs, et une énergie argentée crépitait tout autour de lui. Comme pour le saluer, les dragons dressèrent alors leur long cou, dans un ample et souple mouvement. Puis ils se mirent à barrir.

Leur cri, le même qui s'était déjà fait entendre lorsque Wilf avait touché la Lame des Étoiles pour la toute première fois, fit trembler les parois de la grotte. Des petits débris de roche et beaucoup de poussière grise se détachèrent du plafond pour chuter vers le sol. Ce chant profond et terrible résonnait encore lorsque Wilf abaissa son épée, et regarda autour de lui.

Guajo l'avait rejoint. Les Dragons Étoilés avaient quitté leur posture paresseuse pour se dresser sur leurs pattes. Certains dépliaient et refermaient leurs immenses ailes afin de les dégourdir. Wilf estima qu'il devait y avoir une centaine de ces créatures fabuleuses.

Chacune faisait environ trente mètres de long,

pour autant d'envergure. Les écailles qui recouvraient leur corps semblaient faites d'acier argenté. Leurs yeux étaient d'un chrome bleuté, tout comme les griffes acérées qui luisaient au bout de leurs serres. Quant à leurs crocs, aussi longs et tranchants que des épées, ils arboraient un aspect d'ivoire immaculé.

Partagé entre respect et excitation, le jeune roi échangea un regard avec son compagnon Orosian avant de poursuivre son observation.

Les Dragons Étoilés… Une crête osseuse leur parcourait l'échine, jusqu'au sommet de leur crâne où elle se terminait en forme de couronne. Leur longue gueule fine évoquait à Wilf quelque hybride entre un oiseau de proie et un pur-sang. Ils possédaient également une queue de saurien, terminée en forme de flèche, qui parachevait leur posture à la fois gracieuse et naturellement menaçante.

Mais le détail le plus marquant, celui faisant qu'on ne pouvait les confondre avec aucune autre créature, c'était ce dessin discret qui couvrait leur corps. Wilf l'avait remarqué immédiatement : des étoiles laiteuses, tatouées sur toute la longueur des dragons, et reliées entre elles par une fine ligne blanche… Cela lui rappelait un peu des illustrations qu'il avait observées à Mossiev, dans de poussiéreux traités de médecine Shyll'finas censés inventorier les points vitaux de l'anatomie humaine.

Pour ce qu'il en voyait, chaque dragon semblait posséder sa propre constellation gravée dans ses écailles. Ainsi, grâce au positionnement des étoiles, chacun d'entre eux était unique.

– Ils sont magnifiques… murmura-t-il, admirant

leur apparence pâle et ruisselante, l'élégance qui contrastait avec leur physionomie massive.

Puis, à l'intention de Guajo :

– Et ils semblent vraiment redoutables…

Le visage de l'Orosian se fendit d'un sourire.

– Tu ne les as pas encore vus se battre… déclara-t-il, énigmatique. Leurs capacités sont bien plus terrifiantes encore que tu ne l'imagines. Les Dragons Étoilés peuvent libérer des torrents de flammes et d'énergie pure sur leurs adversaires, ils crachent la foudre et sont capables de raser des cités entières, de réduire à néant des dizaines d'hectares… Certains replis de leur corps dissimulent des appendices organiques pouvant projeter un poison noir et gluant, de l'acide et bien d'autres toxines propres à décimer des bataillons de soldats en un unique passage…

Wilf se tourna vers son ami, l'air intrigué :

– Comment peux-tu en savoir autant sur les Dragons ? demanda-t-il.

L'Orosian lui rendit son regard étonné.

– Rappelle-toi, Wilf… Ces créatures, je les ai construites…

Le jeune homme acquiesça. Ses yeux brillaient de nouveau d'excitation contenue. Il songeait déjà à la vengeance qu'il allait pouvoir prendre contre la Théocratie. Tendant la main, il vint flatter l'immense museau d'un des dragons. Ce dernier baissa la tête et tendit le cou, comme pour inviter son maître à l'enfourcher.

– J'espère que tu as raison, murmura le roi. Et qu'ils seront assez puissants pour vaincre Mazhel. Mon peuple souffre depuis beaucoup trop longtemps…

Guajo ne répondit que par un signe de tête confiant. Lorsque Wilf se hissa sur le dos du dragon, il vint prendre place derrière lui.

Alors, un frémissement parcourut l'assemblée des dragons. Le sol trembla de plus belle… et s'ouvrit sous eux, révélant une crevasse sans fond. Les dragons déployèrent leurs ailes, et se mirent à voleter au-dessus de ce gouffre.

Puis, mené par le dragon sur lequel étaient juchés Wilf et Guajo, le vol des créatures plongea brusquement vers l'abîme. Les deux amis s'agrippèrent de toutes leurs forces à la crête de l'animal, tandis que défilaient les parois rocheuses à une allure prodigieuse.

Penché sur l'encolure du dragon, les cheveux battus par le souffle de la vitesse, Wilf crut que ce piqué allait les emmener jusqu'aux magmas brûlants du cœur de la planète. Mais il vit bientôt une série de boyaux souterrains succéder à la crevasse. Les dragons retrouvèrent leur chemin dans les entrailles de la terre, slalomant habilement entre les brèches qui crachaient avec colère des rivières de lave. Ils parvinrent enfin à la surface, ressortant par le cratère d'un volcan endormi.

Wilf, soudain aveuglé par la lumière de l'aube, dut mettre sa main devant ses yeux. Depuis le ciel, il lui fallut quelques instants pour se situer. Guajo lui montra du doigt le village de Dent-d'Oiseau, non loin de là : le jeune roi ne put s'empêcher d'avoir une ultime pensée mélancolique pour Aile-de-Corbeau, et la vie qu'il avait menée parmi les Worshs…

Mais le moment n'était plus à la nostalgie, se dit-il. Fixant le soleil qui rougeoyait juste au-dessus de l'horizon, il ordonna aux créatures de prendre de l'altitude.

À son signal, cent Dragons Étoilés fusèrent dans le ciel pourpre.

TROISIÈME PARTIE

L'ENVOL DES DRAGONS

1

Le vent sifflait aux oreilles de Wilf et se prenait dans sa longue chevelure. Le fourreau de son épée claquait contre sa cuisse bronzée. La vitesse, conjuguée au grand air, lui procurait une ivresse euphorique. Il avait la sensation que le ciel lui appartenait, d'un horizon à l'autre. Derrière lui, planaient majestueusement les dragons, futurs instruments de sa victoire.

L'armée céleste devait faire sa première escale dans la région de Fael, où Guajo avait décelé la présence de Lucas. S'il y avait eu d'autres survivants à la désastreuse bataille de Mossiev, ils se seraient vraisemblablement réunis en un même lieu.

Wilf n'aurait pu accepter l'idée d'aller livrer bataille sans savoir lesquels de ses compagnons étaient encore en vie, ni s'ils se trouvaient en sécurité. Pour ce qu'il en savait, Lucas et les autres pouvaient très bien avoir été emprisonnés par la Théocratie.

À mesure que les dragons approchaient de Fael, Guajo déclarait sentir plus précisément la présence de l'ancien novice. Finalement, il fut en mesure de le localiser avec certitude : Lucas se trouvait quelque part en mer, non loin des côtes de Fael…

Qu'était devenu son fidèle ami ? se demandait Wilf avec inquiétude. Avait-il vécu sur une île ? À bord d'un navire ? Comment avait-il pu échapper aux agents que Mazhel n'avait sans doute pas manqué d'envoyer à ses trousses ? Le jeune roi savait qu'il aurait bientôt la réponse à toutes ces questions, mais cela n'était pas suffisant pour calmer son impatience...

Fondant vers l'Ouest à tire d'ailes, sa monture volante passa loin au-dessus du castel des ducs. Mais pas encore assez loin, au goût du jeune homme... La cité de Fael, le port, la forteresse qu'il avait tant aimée, étaient réduits à l'état de ruines. Apparemment, il n'y vivait plus le moindre habitant, comme si les lieux avaient été marqués par quelque malédiction. Seule trace de civilisation au milieu des décombres : le drapeau de la Théocratie, flottant au sommet de l'unique tour qui avait été épargnée...

Pendant un instant, Wilf fixa son regard sur cet étendard noir, marqué de la croix ansée. Il sentit sa rage enfler, comme toujours lorsqu'il était confronté à ce symbole honni. Il lui semblait que sa colère allait exploser, que sa vengeance ne pourrait pas attendre une seconde de plus pour s'accomplir. *Pas encore...* se dit-il pour s'apaiser. *Mais très bientôt...*

Quelques minutes plus tard, les dragons survolaient les criques et les plages qui dentelaient la côte arionite. Parmi les mille cachettes que dissimulaient ces falaises encaissées, Guajo guida l'armée volante tout droit vers le refuge de Lucas.

Enfin, au détour de deux colonnes de roc, formes titanesques plantées dans la mer comme des aiguilles de pierre, Wilf aperçut quelque chose. Un galion, qui portait les armes de la Terre d'Arion… Ses voiles étaient amenées, et il tanguait à peine, protégé des remous comme des regards indiscrets par les colonnes de pierre.

C'était un fier navire de la marine faelienne, avec sa coque de bois brun, ses mâts élégants et les dorures qui paraient ses flancs. Sans doute le seul qui avait pu échapper à la Théocratie, pensa Wilf, depuis que la guerre avait été perdue…

Maintenant tout proche, le jeune souverain put remarquer plusieurs formes humaines sur le pont. Parmi elles, il était presque sûr de reconnaître Lucas, avec sa robe et son manteau gris. Cela n'était pas très étonnant, à présent qu'il y pensait : si Guajo avait pu sentir le So Kin de l'ancien religieux, la réciproque était certainement possible. Surtout maintenant, puisque Guajo ne cherchait plus à dissimuler son aura d'Orosian à ses alliés…

Ordonnant aux autres dragons de se poser sur une plage proche, Wilf fit atterrir celui qu'il chevauchait. Après avoir ralenti son vol à l'aide des ses immenses ailes, la créature toucha le pont du galion sans même lui faire subir la plus petite secousse.

Wilf et Guajo mirent alors pied à terre, découvrant enfin qui d'autre composait l'équipage de ce navire.

La silhouette grise était bien celle de Lucas, accompagné de Djulura, d'Oreste et d'une dizaine de soldats du Sud que le jeune homme se souvenait d'avoir eu sous ses ordres. Djulura attira immédiatement son attention, car elle était visiblement enceinte. À en juger par la rondeur de son ventre, Wilf estima même qu'elle serait bientôt à terme.

Personne ne parlait, chacun détaillant les compagnons qu'on avait crus morts... Un moment de silence total saluait l'arrivée du monarque à bord de ce navire, l'ultime bâtiment de sa flotte. Les occupants du galion, de toute évidence, n'en croyaient pas leurs yeux.

Le roi Wilf, qui avait pourtant été massacré devant eux, revenait aujourd'hui à dos de dragon... Il se présentait ainsi, à moitié nu, les cheveux longs et la peau tannée... Était-ce bien leur souverain, ou seulement un barbare qui lui ressemblait?

Bouche bée, les derniers des rebelles avaient vu la nuée de dragons les survoler. Puis l'un d'entre eux s'était posé, comme pour qu'ils puissent l'observer de plus près. Et maintenant, c'était au tour de leur roi de se montrer, accompagné de son écuyer qu'on avait cru mort également...

Lucas fut le premier à émettre un son:

– Wilf... C'est bien toi, mon frère?

Il avança timidement, imité par le jeune monarque.

– Wilf... répéta-t-il, les larmes aux yeux. Il n'y a pas de supercherie: je pourrais reconnaître ce regard entre mille! Mais... comment est-ce possible?...

Sans répondre, Wilf vint étreindre son vieux camarade. Chacun des deux, ayant retrouvé son frère d'armes, avait le sentiment que le monde retrouvait un peu de réalité.

– Tout a été si confus, depuis la bataille de Mossiev... dit le spirite en séchant ses yeux humides. Mais tu es de retour, mon roi, et les choses vont enfin reprendre un sens...

À leur tour, Djulura et Oreste vinrent saluer Wilf chaleureusement, tandis que Lucas poursuivait:

– Ainsi, tu as fini par découvrir la cachette des Dragons Etoilés! s'exclamait-il avec enthousiasme.

« Et toi, Guajo? Que s'est-il passé?... C'est idiot, mais... il m'a semblé que tu maîtrisais le So Kin!

En entendant cela, Wilf ne put s'empêcher de sourire avec ironie.

– C'est une longue histoire... assura-t-il. Et... je crois que tu vas en goûter tout particulièrement la saveur, mon ami...

Oreste jetait des regards à droite et à gauche, apparemment tiraillé entre son désir de poser des questions et celui de faire ses propres révélations au souverain. Finalement, il déclara:

– Il faut que tu saches: nous ne sommes pas seuls, Wilf... Zarune est ici. Elle est arrivée il y a quelques jours, accompagnée par un Orosian nommé Jâo. Ce dernier est reparti aussitôt, mais Zarune est restée... Je comprends mieux, maintenant: elle devait attendre ton retour!

Ces paroles ne manquèrent pas d'éveiller l'intérêt de Wilf, qui demanda aussitôt:

– Puis-je la voir?

Le Ménestrel haussa les épaules:

– Je l'ignore. Elle n'a pas quitté sa cabine une seule fois depuis son arrivée. Elle semble passer son temps à méditer...

Le jeune homme acquiesça.

– Bien. J'irai la voir tout à l'heure. Pour le moment, je crois que nous avons de nombreuses choses à nous dire...

Descendus dans le carré des officiers, les compagnons purent apprécier leurs retrouvailles tout en échangeant leurs informations. Lucas et les autres survivants de la bataille contèrent comment ils avaient regagné Fael après la débâcle, avec l'espoir d'organiser la défense de la Terre d'Arion. Hélas, il était déjà trop tard, lorsqu'ils avaient franchi les murailles de la cité des ducs. L'armée du pharaon les talonnait de trop près...

Ils avaient donc dû se résoudre à fuir, dérobant de justesse ce galion dans le port, avec une poignée d'ultimes fidèles. Tandis qu'ils larguaient les amarres, Fael était déjà livrée aux flammes par les moines-soldats... Le navire était ainsi devenu le seul refuge.

– Depuis, la Théocratie n'a eu de cesse de nous poursuivre, expliquait Djulura, mais les hommes du Nord ne savent pas manœuvrer en mer, c'est bien connu... Et ils ne possèdent pas le dixième de notre connaissance de cette côte. (Elle ricana.) Le pharaon a perdu de nombreux bâtiments en les envoyant à notre recherche, ajouta-t-elle fièrement. Mais je ne vous cache pas que ces victoires ont été nos seules sources de joie au cours des derniers mois...

Wilf hocha la tête avec compassion. Il ne cessait d'observer ses anciens camarades, tâchant de deviner dans quelle mesure la guerre et la défaite avaient pu les changer...

Au départ, avisant le ventre rond de Djulura, il en avait déduit que les choses allaient mieux entre la duchesse et Lucas. Mais ce dernier, le bonheur des retrouvailles vite estompé, ne montrait aucun signe de félicité. Wilf connaissait son ami, et savait que

Lucas aurait dû faire preuve de plus d'espoir alors même qu'il s'apprêtait à devenir père. Il y avait un mystère derrière cette grossesse, le jeune roi en avait l'intuition…

Quelque temps plus tard, lorsque toutes les révélations eurent été faites, et tous les sujets débattus, il s'arrangea pour s'isoler avec le spirite. Tous deux remontèrent sur le pont, prétextant d'aller respirer un peu d'air frais à la faveur du crépuscule. Wilf proposa qu'ils aillent s'asseoir à la proue, et ils furent bientôt juchés sur les rambardes dorées qui dominaient l'océan. À l'horizon, on voyait la plage et les cent silhouettes de dragons, qui se reposaient en ayant gracieusement glissé leur long cou sous leur aile.

Lucas semblait pour l'heure encore plus fortement perturbé : il venait d'apprendre, entre autres choses, que le bon Guajo n'était autre que Pangéos, le dieu qu'il avait vénéré toute sa jeunesse…

Wilf savait également que son camarade avait dû enterrer son mentor, l'abbé Yvanov, mort à la bataille de Mossiev. On pleurait aussi Ygg'lem, Andréas, Conrad et tant d'autres… Et le roi savait maintenant que Sarod, l'enfant résistant, grand artisan de la Nuit des Égorgés, avait été dénoncé après la débâcle, puis martyrisé en place publique. Pourtant, ces nombreuses morts ne pouvaient à elles seules expliquer le comportement dépressif de Lucas. Face aux épreuves, le spirite s'était toujours montré plus solide que cela… Jusqu'à présent.

– Pas de nouvelles des Tu-Hadji ? demanda Wilf pour entamer la conversation, bien que cette question ait déjà été posée dans l'après-midi.

Lucas, pas dupe, se contenta de hausser les épaules.

– J'espère que Pej et Jih'lod s'en sont tirés… marmonna le souverain pour lui-même. Quant à toi, Lucas, j'aimerais assez savoir ce qui te tourmente à ce point. Tu es venu à mon aide chaque fois que j'en avais besoin, alors si je pouvais t'être utile à mon tour…

Lucas leva enfin les yeux vers Wilf.

– Je te remercie, dit-il. Mais tu ne peux rien pour moi. C'est une souffrance que je dois affronter seul…

– Dis-moi au moins de quoi il est question ! explosa soudain Wilf, saisissant l'épaule de son compagnon.

Ce dernier soupira.

– C'est tellement futile, déclara-t-il, le regard dans le vague. Le sort du continent est de nouveau sous notre responsabilité… Le destin de millions de gens… Il faut vraiment que je me ressaisisse.

Wilf hocha la tête avec lassitude.

– C'est à propos de Djulura, n'est-ce pas ?

– Tu as deviné… murmura Lucas, capitulant. Je suis toujours amoureux d'elle, tu comprends ?

Wilf haussa les sourcils.

– Où est le problème ? demanda-t-il. Tu l'aimes, vous allez avoir un enfant…

– Ce n'est pas mon enfant, avoua abruptement Lucas, la voix rauque.

De nouveau, le jeune monarque fit les yeux ronds.

– Nous ne nous sommes pas touchés depuis qu'elle a été guérie de sa folie, ajouta Lucas. Pas une seule fois…

– Mais alors… ? commença Wilf.

– Je ne sais pas… soupira le spirite. J'ignore de qui elle est enceinte. Même si j'ai ma petite idée sur la question… L'important, c'est qu'elle en aime un autre. Et moi, je ne parviens pas à l'oublier !

2

Wilf n'avait jamais vu son ami dans un tel état, pas même lorsque celui-ci avait dû abjurer sa foi pour survivre. Ses yeux étaient cernés, son teint blême... Sa sagesse mystique ne parvenait visiblement plus à faire barrière à ses sentiments tourmentés...

Le jeune roi, en dépit de l'amitié profonde qui l'unissait à la duchesse, ne pouvait s'empêcher de lui en vouloir un peu, face à Lucas qui n'était plus que l'ombre de lui-même. Mais il savait aussi que Djulura n'avait pas un cœur de pierre : si elle faisait souffrir Lucas, elle devait le regretter autant que lui. C'était simplement ses sentiments qui avaient changé... Alors, qu'aurait-il pu faire pour aider son camarade ? enrageait Wilf. Il n'en avait pas la moindre idée.

Le spirite blond reprit :

– Tu es le seul à savoir que je n'ai pas eu de rapports intimes avec Djulura au cours des derniers mois : je ne l'ai dit à personne d'autre, pour ne pas la mettre dans l'embarras. Garde le secret, s'il te plaît.

Le monarque allait donner son accord, lorsqu'une autre voix s'éleva près d'eux.

– Cela ne sera pas nécessaire, déclara le nouveau venu.

Wilf et Lucas se tournèrent subitement vers celui-ci, n'en croyant pas leurs yeux.

– Ymryl! rugit Wilf, la voix chargée de haine. Tu n'aurais jamais dû te montrer… menaça-t-il, l'épée levée pour appeler à lui les Dragons Étoilés.

– Attends! le conjura le Prince-Démon. Laisse-moi seulement une minute pour m'expliquer…

Après un coup d'œil échangé avec Lucas, le roi accepta d'abaisser son arme. Mais son regard restait toujours aussi dur alors qu'il le posait sur le serviteur de Fir-Dukein.

Les trois hommes restèrent une seconde à s'observer, immobiles. Curieusement, le guerrier d'Irvan-Sul semblait être simplement monté depuis les cabines, au lieu d'utiliser la magie comme à son habitude. Plongés dans leur conversation, les deux amis n'avaient pas vu approcher sa haute silhouette en armure d'argent.

– Que veux-tu? cracha Wilf.

Le prince baissa ses yeux noirs, et tira lentement son épée. D'un geste qui ne prêtait pas à confusion, il la jeta au loin.

– Crois-tu que je vais t'épargner parce que tu seras désarmé? grinça le jeune roi, un peu décontenancé malgré tout. C'est bien mal me connaître!

Ymryl releva les yeux et braqua son regard dans celui de Lucas, ignorant impérialement Wilf.

– La mascarade a assez duré, dit-il d'un ton neutre. Je suis venu chercher Djulura. Elle… et mon enfant.

Sa déclaration fit l'effet d'un coup de tonnerre.

Chacun resta silencieux un instant, Wilf ne sachant s'il devait exploser de colère ou bien se taire comme Lucas.

– Je le savais, murmura alors ce dernier. Comment aurais-je pu ne pas m'en douter ?…

Le spirite semblait plus déprimé que rageur, à la différence de Wilf. Le jeune roi, lui, aurait volontiers demandé à ses dragons de dévorer le prince pour le faire taire… Il n'arrivait pas à croire que Djulura portait l'enfant d'un de leurs pires ennemis. Il ne pouvait l'accepter !

Pourtant, il devait reconnaître qu'Ymryl semblait s'être exprimé sans morgue particulière, et qu'il ne cherchait apparemment pas à blesser Lucas. Il se contentait d'énoncer une vérité.

– Je comprends que cela vous paraisse odieux, ajouta-t-il, sa voix dépourvue d'agressivité confirmant l'impression de Wilf. Mais pour moi, c'est tout le contraire… Cet amour est le seul miracle, *le seul*, dont je puisse me targuer…

« Nous pouvons nous battre si vous le souhaitez, mais je suis simplement venu pour elle.

À ces paroles, Wilf sentit la haine bouillir en lui. L'attitude du Prince-Démon lui était encore plus insupportable que s'il s'était montré belliqueux. Il fit un pas dans sa direction, les yeux pleins d'étincelles de colère, mais Lucas tendit le bras pour le retenir.

– Il est sincère, dit-il. Il aime Djulura, je le sens. Et c'est quelque chose que je comprends fort bien… Je sais aussi combien cela peut changer un homme. Écoutons ce qu'il a à dire, veux-tu ?

Masquant difficilement l'étonnement que lui inspirait la réaction de Lucas, Wilf acquiesça néanmoins.

– Hélas, je n'ai rien de plus à vous dire… murmura alors le Prince-Démon. Je ne suis pas venu ici pour quémander votre bénédiction. Mais simplement pour vous dire que j'emmenais Djulura de son plein gré.

– Qu'elle nous le dise elle-même ! s'exclama Wilf.

Joignant le geste à la parole, il se dirigea d'un pas décidé vers l'escalier qui descendait aux cabines. Lucas et Ymryl le suivirent sans oser prononcer un mot.

Après avoir ouvert plusieurs portes à la volée, le jeune roi finit par trouver les quartiers de Djulura. La diseuse était assise en tailleur sur sa couchette. La tête dans les mains, elle sanglotait silencieusement. Lorsque Wilf surgit dans la chambre, elle leva vers lui des yeux désolés.

– Est-ce que ces horreurs sont vraies ? l'interrogea abruptement le jeune souverain. Vas-tu vraiment nous trahir pour rejoindre le Roi-Démon ? J'ai besoin de l'entendre de ta bouche, duchesse…

À ce moment, Ymryl et Lucas, qui étaient restés dans la coursive derrière Wilf, se frayèrent un chemin pour prendre place dans la cabine. Oreste, qui venait de voir Wilf apparaître comme un fou sur le pas de sa porte, rejoignit également la petite assemblée.

– Que se passe-t-il ? fit le Ménestrel, notant avec stupéfaction la présence du Prince-Démon.

Djulura hocha la tête avec désespoir.

– Je ne voulais causer de tort à personne… soupira-t-elle, les yeux encore pleins de larmes. À aucun d'entre vous ! Vous êtes les quatre hommes que j'ai le plus aimés…

– Corbeaux et putains… grinça Wilf entre ses

dents. Alors il disait la vérité ? Tu vas partir avec lui ? Djulura, tu as été la première personne à me révéler mon destin… La première personne à qui j'ai pu faire confiance !

La duchesse acquiesça avec tristesse.

– J'espère que tu pourras me pardonner, Wilf. Mais je sais ce que je dois faire… Car mon cœur appartient désormais à Ymryl ; il nous est impossible de le nier plus longtemps.

Tout en disant ses mots, elle s'était levée et avait rejoint le prince noir, glissant sa main dans la sienne.

Tournant son regard rougi vers Lucas, elle dit d'une voix rauque :

– J'ai voulu te le dire cent fois… Je n'ai jamais pu. (Elle marqua une pause, ravalant un sanglot.) Je comprends que tu me détestes.

Le spirite ne répondit rien, mais la regarda dans les yeux. Son regard bleu se fit plus limpide que jamais, et chacun put y lire ses pensées comme dans un livre ouvert : *Je ne te détesterai jamais, Djulura…*

Lorsqu'il parla enfin, tous se rendirent compte qu'ils avaient retenu leur souffle.

– Je vais être en paix, dit tranquillement l'ancien novice. Je redoutais ce moment depuis si long-temps… À présent, je suis libéré de cette attente. Libéré…

Il croisa les mains sur son ventre, comme à son habitude, et parvint même à sourire.

– Au fond de moi, ajouta-t-il en désignant son cœur, je serai toujours ton ami… Mais tu sais que nous devrons nous battre dans des camps opposés, si tu choisis de suivre Ymryl. Je voudrais croire à ton bonheur, mais je t'imagine mal servant dans l'armée de Fir-Dukein, luttant contre tout ce en quoi tu as jamais cru…

Wilf observait la scène avec une vague nausée. Il ne parvenait pas à réaliser que sa plus ancienne alliée allait les trahir. Rejoindre les forces du Mal…

– Je vais te tuer! s'écria-t-il subitement, levant le poing sur Ymryl. C'est toi qui l'as corrompue avec ta magie noire!

Il s'apprêtait à frapper le prince, voyant que ce dernier n'esquissait pas le moindre mouvement pour se défendre. Mais il dut interrompre son mouvement, car Djulura s'était interposée entre eux. Debout devant son amant, elle fixait le jeune roi en tremblant d'émotion.

Le visage de Wilf se ferma, devenant comme une statue de pierre. Le regard empli de colère, il baissa la tête, et demeura immobile.

Ce fut alors le Prince-Démon lui-même qui prit la parole:

– Comment pouvez-vous la croire capable de rejoindre les forces du Mal? Est-ce possible de la connaître si mal? Et vous vous dites ses amis!…

Wilf et les autres levèrent vers le serviteur de Fir-Dukein des yeux intrigués.

– Elle n'abandonne pas ses allégeances, continua ce dernier. C'est moi qui renie la mienne.

Le silence se fit alors total, Wilf, Lucas et Oreste tentant de déceler si leur vieil ennemi disait vrai.

– Je sais que rien ne pourra racheter les atrocités que j'ai commises jusqu'à aujourd'hui, déclara celui-ci. Je ne vous demande pas de m'apprécier… Mais je vous conjure de ne pas faire payer mes fautes passées à Djulura. Regardez-la: elle est toujours celle que vous avez connue ! Celle que vous avez aimée…

« Aujourd'hui, j'ai rompu tous les liens qui m'unissaient au Roi-Démon. J'ai perdu mes privilèges, et une bonne part de mes pouvoirs. Je ne suis plus l'immortel fils de Fir-Dukein. Djulura a dû me cacher ici depuis des jours : j'ai vécu à fond de cale, dans la peur d'être retrouvé par mon ancien maître…

Wilf secouait à présent vigoureusement la tête.

– Tout cela me semble une aberration, dit-il. C'est un nouveau piège, une ruse à laquelle toi et ton maître mêlez Djulura pour nous attendrir. Mais je ne marche pas… Quel gage aurions-nous de ta bonne foi ?

Le prince le fixa de ses yeux noirs. Il y eut comme une décharge d'électricité crépitant entre les deux hommes.

– Je ne mens jamais, déclara Ymryl avec un imperceptible sourire. (Un nouveau silence…) Pour preuve de mon revirement, j'accepte de trahir mon père pour vous, en vous révélant ses projets. Mais il s'agira d'un marché : en échange, je veux que vous accordiez de nouveau votre confiance à Djulura.

Wilf et les autres échangèrent quelques regards, puis acquiescèrent.

– Nous n'aurions pu la bannir de nos cœurs, de toute façon, conclut Oreste avec philosophie.

– Nous t'écoutons… ajouta Wilf en s'asseyant sur la couchette de la duchesse.

Les discussions entre le Prince-Démon et ses anciens adversaires durèrent jusqu'au petit matin. Par amour pour la belle diseuse, Ymryl trahit celui qui avait été son maître pendant plus de quatre siècles.

550

Et il le trahit autant qu'il était possible, révélant jusqu'au moindre de ses secrets, des heures durant... Wilf apprit ainsi quels plans le Roi-Démon avait dressés à son égard : Fir-Dukein voulait le corrompre et le gagner à sa cause, afin de réduire à néant les espoirs des Tu-Hadji. Il avait tout tenté pour cela... Pendant des années, il avait chargé Ymryl de veiller à la sécurité de Wilf, mais aussi de l'amener à lui prêter allégeance. Seule la jalousie du prince, à l'époque, avait peut-être empêché ce projet d'aboutir...

Pourtant, cela n'était rien à côté des ambitions du Roi-Démon en ce qui concernait le continent. Fir-Dukein désirait le pouvoir absolu, la domination totale : il comptait dévaster le pays pour en faire une immense imitation de sa patrie, l'Irvan-Sul. Les Qanforloks et les Qansatshs envahiraient l'ancien Empire par millions. Quant au sort des humains, il n'y aurait pas pour eux de reddition possible : la seule issue serait la mort... Pour le moment, Fir-Dukein attendait patiemment d'envoyer ses armées à l'assaut. Au rythme où allaient les choses sous le joug de la Théocratie, le peuple du continent n'aurait bientôt plus la moindre ressource pour se défendre efficacement contre ses troupes démoniaques. Le moment venu, il lancerait sa campagne de conquête...

Par chance, le jeune Roi du Cantique aurait dorénavant les moyens de lutter, à l'aide des Dragons Étoilés et des informations stratégiques fournies par Ymryl. Le prince en armure d'argent avait dressé, durant toute la nuit, des cartes présentant les réseaux souterrains des Hommes-Taupes, les emplacements des bastions Qansatshs, et livré tous les secrets militaires qu'il détenait en tant que général.

Wilf savait qu'il devrait néanmoins se méfier, car il n'était pas encore persuadé que le revirement d'Ymryl ne constituait pas qu'une vaste ruse. Mais dans tous les cas, il lui faudrait combattre le Roi-Démon, lorsqu'il aurait vaincu Mazhel et les Orosians… Le jeune monarque se prit une fois de plus à espérer que Pej avait survécu aux combats de Mossiev, et qu'il pourrait l'avoir à ses côtés lors de l'ultime bataille contre Fir-Dukein.

Alors que l'aube allait se lever, le prince fit une dernière déclaration :

– J'ai encore quelque chose à vous montrer, afin de prouver ma bonne foi, annonça-t-il. Ça te concerne, Wilf…

Le souverain leva les yeux, ne pouvant se retenir de froncer les sourcils avec suspicion.

– Il faut que tu me suives. Seul, si tu veux bien…

Oreste se raidit légèrement, mais Wilf lui adressa un regard apaisant. Djulura, elle, semblait faire une totale confiance à son amant. Quant à Lucas, paradoxalement, il paraissait être celui qui avait le mieux accepté le changement d'allégeance d'Ymryl.

Haussant les épaules, Wilf fit signe au prince de le devancer. Il lui emboîta le pas et se laissa conduire dans les profondeurs du galion.

– Où est-ce que tu m'emmènes ? demanda-t-il au bout d'une minute, alors qu'Ymryl descendait l'échelle qui menait à la cale.

– Un peu de patience… se contenta de murmurer le guerrier.

Finalement, il conduisit Wilf devant une petite porte qui paraissait s'ouvrir sur une réserve quelconque.

– Il y a là quelqu'un qui veut certainement te voir, déclara-t-il en glissant une clé dans la serrure.

Alors que Wilf, sur ses gardes, se demandait de qui Ymryl voulait parler, la porte s'ouvrit. Au fond de la petite réserve, assis parmi les tonneaux et les coffres de marine, il y avait un vieil homme. Wilf mit un instant à le reconnaître, puis s'écria :

– Père !

Spontanément, il courut vers le vieillard et lui saisit les mains. L'homme n'était plus que le fantôme du soldat qu'il avait été autrefois, mais c'était bien Holm, le père adoptif qui avait élevé Wilf durant ses toutes premières années.

– Mon petit… murmura l'ancien esclave des Hommes-Taupes, la voix brisée par l'émotion. C'est un miracle ! Toutes ces années, j'ai tellement souhaité voir un jour l'homme que tu étais devenu…

Tandis que le vieux soldat et le jeune roi s'observaient sous toutes les coutures, Ymryl éleva discrètement la voix :

– Je l'ai emmené avec moi, lorsque j'ai quitté la Forteresse-Démon. Seule Djulura savait qu'il était ici. Mon maître et moi le gardions prisonnier, comme éventuelle monnaie d'échange… mais j'ai pensé que cela te ferait plaisir de le retrouver.

Pour la première fois, Wilf leva un regard presque reconnaissant sur celui qui avait été sa némésis. Puis il se tourna de nouveau vers son père adoptif, et se laissa submerger par la vague de souvenirs d'enfance qui envahissaient sa mémoire.

Sans un mot de plus, Ymryl s'éloigna et les laissa à leurs retrouvailles.

3

Le lendemain matin, les Dragons se préparaient à reprendre la route. Ils iraient droit vers la cité céleste des Orosians, autrefois connue sous le nom d'Étoile du Csar. Wilf sentait approcher l'heure de sa vengeance contre la Théocratie, et cette perspective le mettait dans un état de fébrilité inhabituel.

Peu avant le départ, alors qu'il était debout à la poupe du galion, les coudes appuyés sur la barre en forme de large roue, Lucas vint le rejoindre. Le souverain se retourna pour lui faire face.

Il vit, derrière son ami, le soleil qui commençait à peine à colorer la falaise. Sur la plage, les dragons n'avaient pas bougé depuis leur arrivée. Ils semblaient dormir d'un sommeil profond.

– Vous êtes toujours résolus à m'accompagner? demanda Wilf.

Lucas hocha affirmativement la tête. La veille, il avait été convenu que tous se joindraient à l'attaque contre les Orosians. Guajo serait bien sûr de l'aventure, mais aussi Oreste. Djulura et Ymryl, également: Lucas était parvenu à les convaincre de rester tous deux à leurs côtés, à bord du galion... Et le prince, s'il était loin d'avoir été accepté dans les cœurs des rebelles, constituait néanmoins un allié dont la science des batailles serait fort utile. Seuls Holm et Zarune – qui n'avait toujours pas daigné se manifester – demeureraient en compagnie de l'équipage.

– Comme vous voudrez, soupira Wilf. J'espère seulement que vous ne prendrez pas de risques…

– Si tout se passe bien, nous nous contenterons de chevaucher les dragons, assura Lucas. Mais ce n'est pas de cela que j'étais venu te parler.

Wilf lui fit signe de continuer.

– Tu sais que j'étudie régulièrement le So Kin, depuis les quelques mois que j'ai passé dans les abysses… Et, depuis un certain temps maintenant, j'ai commencé à comprendre la raison de tout ceci…

– Tout ceci ? répéta Wilf.

– Oui. Notre existence. Le fait que nos destins soient liés, et les projets des Voix à notre égard… Je crois que je sais à présent ce que nous pouvons faire ensemble.

– Tu peux préciser ? soupira le souverain.

– Ce que je veux dire, c'est que grâce à ton potentiel, nous pourrions rendre le So Kin utilisable par tous… Sans qu'une initiation soit nécessaire, sans mutations ni risque de devenir fou… Tu imagines ce que cela représente ?

Le jeune roi acquiesça, soudain pensif. Cette perspective avait tout pour éveiller son intérêt. Depuis longtemps, il se battait pour délivrer la Skah de sa corruption, et l'offrir de nouveau aux humains et aux Tu-Hadji. S'il pouvait en être de même avec le So Kin, il parviendrait peut-être à vraiment changer la face du monde… Il se souvint des rêves étranges qu'il faisait parfois à ce sujet, voyant les peuples vivre en harmonie avec toutes les forces mystiques qui les entouraient… Il avait eu cette vision, un jour : il savait que l'humanité devrait évoluer, ou s'éteindre.

Avec sérieux, il s'adressa donc à Lucas :

– Dis-m'en plus, s'il te plaît…

Le spirite sourit de satisfaction, ravi d'avoir obtenu l'attention de son interlocuteur.

– Nous avons déjà évoqué la particularité de ton âme, n'est-ce pas ? Tu n'en possèdes pas qui te soit propre, et c'est ainsi la somme de toutes les âmes qui t'insuffle la vie… Voilà ce à quoi j'ai pensé : si tu étais initié au So Kin, je suppose que l'humanité entière le serait en même temps. Ainsi, le pouvoir de l'âme intérieure serait en quelque sorte domestiqué, nous en ferions don à tous nos prochains… Pense un peu aux conséquences que cela pourrait avoir… Le monde connaîtrait un nouvel âge d'or !

Wilf hocha la tête, étonné :

– Mais c'est impossible, tu le sais… Depuis ma chute dans le soleil souterrain d'Orkoum, je suis incapable de subir l'initiation au So Kin. Tout au plus puis-je éviter les mutations et la folie grâce aux exercices mentaux que tu m'as enseignés !

– C'est là que tu te trompes, poursuivit Lucas. Je pense que tu peux dépasser ce handicap, si tu reçois l'aide adéquate. J'en ai parlé avec… Guajo – Lucas avait buté sur ce nom, peinant toujours à accepter l'idée que l'écuyer arrucian et la divinité de l'Empire ne faisaient qu'un. Il pense comme moi. D'après lui, il y a une personne qui aurait le pouvoir de rendre sa liberté au So Kin figé en toi.

– Qui ça ? le coupa Wilf.

– Zarune. Guajo pense même que c'est à cette fin qu'elle nous a rejoints. Les possibilités que j'ai entrevues ne lui ont sans doute pas échappé...

Le jeune roi demeura songeur un moment.

– Ainsi, Zarune pourrait réveiller mon pouvoir du So Kin... médita-t-il. Je suppose que cela ne serait pas sans danger ?

Lucas fit la moue.

– Je n'ai aucune réponse à te fournir sur ce point, avoua-t-il. Cela peut-être très dangereux pour toi, ou parfaitement inoffensif : c'est quelque chose qui n'a encore jamais été testé sur personne, et pour cause.

– Je tenterai l'expérience, dans tous les cas, affirma Wilf en fronçant les yeux. Je suis le seul à pouvoir jouer ce rôle de catalyseur... Pour la première fois, le fait d'être dénué d'âme individuelle me sera utile, ajouta-t-il avec un reste d'amertume. Et... les générations à venir seront plus libres si elles peuvent communier avec le So Kin...

Lucas sourit.

– Je ne t'ai pas toujours connu un tel sens du sacrifice, dit-il.

– Disons que je n'y avais pas de prédispositions particulières, répliqua Wilf en riant tout bas. Mais j'ai abandonné depuis longtemps l'ambition de choisir mon destin... J'ai été créé pour le bien de l'humanité, même si cela ne me plaît pas. (Il eut un nouvel éclat de rire, plus cynique.) Si Zarune n'avait pas donné l'ordre de ressusciter Arion, je n'aurais jamais eu la chance de vivre. Alors, j'estime que je lui dois bien ça...

L'ancien moine acquiesça pensivement.

– Tu ne crois pas que nous devrions aller la voir,

justement ? C'est un peu étrange qu'elle ne se soit toujours pas montrée... Peut-être attend-elle que *nous* prenions la décision de la mêler à notre dessein ?

– Possible, admit Wilf. Tu as raison, descendons la trouver... C'est le meilleur moyen de le savoir.

Sur ces mots, le jeune roi fit signe à Lucas de le précéder et jeta un regard au ciel matinal. Il savait que les Dragons Étoilés mettraient près d'une journée à rallier l'Étoile du Csar. S'il voulait attaquer aujourd'hui, il ne devait donc pas se mettre en route trop tard. Mais une conversation avec « Celle-Qui-Dort » méritait sans doute ce petit délai, se dit-il.

Parvenus devant la porte de sa cabine, les deux jeunes hommes échangèrent un regard embarrassé. Puis, haussant légèrement les épaules, Lucas se résolut à frapper trois petits coups qui résonnèrent sur le bois.

Un instant plus tard, sans qu'ils en aient vraiment eu l'espoir, le battant s'ouvrit. Zarune, dressée sur le pas de la porte, leva sur eux un regard tranquille.

– Je vous attendais, murmura-t-elle avec un sourire indéchiffrable. Entrez, je vous en prie...

Un peu étonnés, malgré eux, par la simplicité de la situation, les deux jeunes gens obéirent, et s'assirent dans les fauteuils que l'Orosiane leur désignait. Elle-même regagna sa couchette, sur laquelle elle s'installa en tailleur, les mains jointes devant elle.

De nouveau, Wilf et Lucas échangèrent un regard furtif. Par un haussement de sourcils appuyé, le jeune roi faisait signe à son aîné de prendre la parole. De son côté, l'Orosiane rebelle ne se permit pas de sourire, mais une lueur dans ses yeux clairs trahissait son amusement tranquille.

Elle portait une robe blanche toute simple, sous un manteau gris sans fioritures. Si elle ne s'était distinguée par l'absence totale de symboles religieux, elle aurait très bien pu passer pour une pèlerine de la Théocratie.

Physiquement, elle était pâle et fine, paraissant presque fragile. Ses longs cheveux blonds et ses yeux gris auraient dû la faire ressembler un peu à Djulura. Pourtant, cela n'était pas du tout le cas. Là où les traits, la silhouette, le regard de la duchesse évoquaient l'énergie, on ne lisait chez Zarune que douceur et patience. La seule chose qu'elles avaient en commun, c'était leur subtil détachement, comme si elles contemplaient le monde au-delà du visible. Toutes les deux, à leur manière, étaient des visionnaires, se rappela Wilf.

Il sourit intérieurement, car l'Orosiane était exactement telle qu'il se l'était représentée... Il lui semblait la connaître depuis toujours, alors qu'il n'avait jamais aperçu que son gisant sculpté dans la pierre...

Lucas s'éclaircit la gorge, et dit enfin :

– Zarune... Pardonnez-nous d'interrompre votre méditation, mais Wilf et moi tenions à faire votre connaissance avant de partir pour Mossiev...

– Où vous allez livrer bataille à mes frères et sœurs, dit l'Orosiane. Je sais. Si vous le permettez, j'avais bien l'intention de vous accompagner...

Un peu surpris, Wilf acquiesça néanmoins. Il lui était un peu difficile de se faire à l'idée que cette frêle jeune femme était plusieurs fois millénaire, et qu'elle avait dû affronter bien plus de guerres que lui, tout au long de son histoire...

– Bien, déclara-t-il d'une voix neutre. Je ne vois

pas de quel droit je pourrais vous l'interdire… Après tout, c'est grâce à vous, si les Dragons et l'Épée des Étoiles sont en ma possession.

« À ce propos… Je dois avouer que j'ai maintes fois eu l'impression que vous tiriez les ficelles de ma destinée, dit-il encore plus bas. Au fil de mes voyages, j'ai rencontré toute sorte de gens qui m'apprirent comment vous aviez présidé à la résurrection d'Arion, dérobé les Dragons pour les cacher dans un Refuge Tu-Hadji, forgé l'épée qui nous permettrait, à moi ou à Arion, de contrôler ces créatures… Mises bout à bout, toutes ces révélations m'ont permis de me faire une idée sur vos desseins. Mais… à présent, j'aimerais assez entendre votre version des faits.

Zarune hocha la tête avec approbation.

– J'ai suivi votre parcours, depuis le tombeau où mes semblables m'avaient plongée en sommeil… commença-t-elle. Et, en effet, je pense que vous savez à peu près tout, aujourd'hui, des efforts que j'ai consentis pour lutter contre mes frères et sœurs. Je n'ai jamais pu m'habituer à leur esclavagisme et à leur cynisme… Depuis mon plus jeune âge, j'ai su que je ne voulais pas vivre dans le monde qu'ils étaient en train de bâtir.

« Lors du conflit entre Elfyes et Tu-Hadji, je me suis donc emparée des Dragons, et je les ai conduits dans la cachette où vous deviez les retrouver. J'avais de nombreuses visions prescientes, à l'époque. Beaucoup plus qu'aujourd'hui, où l'avenir est devenu si flou et chaotique… Dans ces prémonitions, je voyais Arion. Sans cesse. Je savais qu'il ne naîtrait que des siècles plus tard, mais j'étais prête à faire preuve de patience. J'ai donc forgé pour lui la Lame des Étoiles, afin de l'aider lorsqu'il partirait en croisade contre mes pairs. Car j'avais la certitude que lui seul, armé de son courage, de sa colère et son abnégation, pourrait vaincre mes frères et sœurs.

« Mais il y avait autre chose, dans mes prédictions. Je voyais la rébellion orosiane bâillonnée, pour des siècles… Je voyais les censeurs de Uitesh't me retrouver, puis m'enfermer dans ce sarcophage, au fin fond de Sylvedorel… Alors, j'ai créé l'ordre des Sœurs Magiciennes, pour qu'elles poursuivent mon œuvre en secret. Puis ce que je redoutais se produisit : dénoncée, je fus arrêtée par les autorités de mon peuple.

– Les Sœurs Magiciennes… lâcha Wilf à mi-voix. Elles m'ont toujours inspiré des sentiments bien mitigés…

Zarune acquiesça, et son regard se voila de tristesse.

– Je recrutai ces femmes parmi les humaines, dit-elle, et les chargeai de lutter contre les autres Orosians. À cette fin, pour préparer mon retour, elles devaient enseigner le So Kin autour d'elles, et soutenir les peuples contre la domination de mes semblables. Nous savons tous trois à quel point cette entreprise a échoué…

« Pourtant, une chose au moins s'est déroulée selon mes plans : lorsque Arion fut en âge d'accomplir sa destinée, l'une des Sœurs se souvint de l'Épée des Étoiles, que j'avais laissée à la garde de l'ordre avec pour consigne de la remettre au Roi-Magicien. Contre l'avis des autres, elle accomplit mes dernières volontés, et il s'ensuivit le glorieux règne que l'on sait.

– Pourtant, intervint Wilf dans un murmure, tout s'acheva dans un terrible cataclysme…

– C'est vrai, admit l'Orosiane, les yeux toujours empreints de chagrin. Je n'avais pas prévu la fourberie du Roi-Démon, et la folie qui s'empara des mages. Arion mourut avant d'avoir pu accomplir ce que j'espérais, à savoir retrouver les Dragons et les mener à l'assaut de Uitesh't… La tournure que prirent les événements me causa un tel choc que je demeurai plusieurs siècles avant de réagir. Dans ma prison, mon esprit s'engourdissait de plus en plus, et je perdais tout contrôle sur la Sororité. Bien des années plus tard, je parvins enfin à convaincre une poignée de Sœurs – les dernières parmi mes fidèles, à qui j'envoyais mes messages par le biais de la télépathie – de faire renaître Arion à partir de son sang et d'un œuf-lune. La suite de l'histoire, il me semble que vous la connaissez bien…

Wilf répondit au sourire de l'Orosiane. Il s'extasiait intérieurement sur l'impensable fil de coïncidences qui avait tissé leur destinée à tous. Des Voix de la Mer aux Orosians, des Orosians aux Dragons Étoilés… Puis la Lame des Étoiles, dont Arion avait fait son symbole sans jamais accéder au véritable pouvoir qu'elle détenait… Enfin, ceux qui s'étaient baptisés les Gens de l'Étoile, et qui avaient récemment montré qu'ils étaient toujours prêts à mourir pour la Monarchie… Le lien entre toutes ces époques lui semblait si fragile, si hasardeux, qu'il ne parvenait pas à considérer Zarune comme une manipulatrice. Elle n'était qu'une idéaliste, qui n'avait jamais cessé de lutter, et à qui les prochaines heures allaient peut-être enfin donner raison.

Wilf, profondément tombé sous le charme étrange de cette patricienne d'un autre âge, se prit à rêver de l'assaut contre l'Étoile du Csar. Mais, pour la première fois, ce n'était pas sa propre vengeance qui le motivait, ni même la libération de son peuple... À cet instant, il ne pensait qu'à la joie qu'il éprouverait en offrant à Zarune sa revanche sur les siens.

Il secoua la tête, s'arrachant à ces rêveries. Nul doute que l'Orosiane rebelle possédait un pouvoir inhabituel sur autrui... songea-t-il. Wilf et Lucas l'avaient senti dès le premier jour, lorsqu'ils avaient posé leur regard sur son visage endormi, sculpté dans la pierre de son sarcophage. Elle dégageait une aura mélancolique et poignante, appelant une fascination qui dépassait de beaucoup la simple séduction. Et c'était encore plus tangible à présent qu'elle se tenait devant eux en chair et en os. Pourtant, le jeune souverain était conscient du caractère inexplicable et inquiétant de l'attirance que Zarune exerçait sur lui, et ne comptait pas se laisser aveugler.

Un coup d'œil sur Lucas lui fit hausser les sourcils d'étonnement. Le spirite blond souriait, lui aussi, et son visage semblait avoir retrouvé sa sérénité surnaturelle. Dans les yeux bleus de l'ancien moine, on lisait une tendresse pudique, une naïveté dont Wilf ne savait s'il devait s'en amuser ou la redouter.

Il supposa toutefois que cela ne prêtait pas à conséquence, et se réjouit de voir son ami de nouveau paisible. Si l'Orosiane, se dit-il, avait le pouvoir d'adoucir un peu le chagrin causé par Djulura, il ne pouvait que s'en féliciter.

Et il n'était pas question, se promit-il encore, d'éprouver la moindre trace de jalousie envers son vieux compagnon, même alors que Zarune rendait au spirite son regard doux et complice…

Il toussota pour attirer de nouveau leur attention. Il régnait à présent dans la cabine une atmosphère à la fois feutrée et électrisée, qui s'était installée en moins d'une seconde.

– À présent… commença-t-il, mais il fut coupé dans son élan par une série de petits coups frappés contre la porte.

Zarune lui fit signe de laisser entrer le nouveau venu, et Guajo se joignit alors à eux.

Un sourire radieux sur le visage, l'Orosian avança vers sa congénère pour l'étreindre chaleureusement. Leurs regards se croisèrent un instant, bref échange où les siècles de non-dits furent balayés, laissant la place aux convictions qui scellaient aujourd'hui leur alliance.

– J'avais tort, et tu avais raison, dit seulement Guajo. J'aurais aimé te parler lorsque nous t'avons délivrée avec Jâo, mais le temps m'était compté…

– Je sais, répondit Zarune. Comme je savais, depuis toujours, que tu finirais par nous rejoindre, mon frère…

L'Orosian serra une dernière fois les mains de sa compatriote dans les siennes, puis prit place à côté d'elle, face à Wilf et Lucas.

– Il va être temps de nous mettre en route, déclara-t-il à l'intention du jeune souverain. J'étais simplement venu vous prévenir.

– Bien, déclara le souverain. Allons-y…

Son regard, à travers l'unique hublot de la cabine, se posa sur la plage visible à l'horizon. Les cent dragons, à présent recouverts d'une pellicule de sable fin, faisaient comme autant de dunes aux formes étranges.

Sur l'impulsion du jeune homme, ses compagnons se levèrent tous trois. Mais Zarune hocha la tête, un sourire amusé flottant sur ses lèvres.

– On dirait que vous oubliez la raison pour laquelle vous étiez venus me parler... Le So Kin figé dans votre corps, précisa-t-elle en regardant Wilf.

Elle poursuivit, laissant le jeune homme s'interroger sur la manière dont elle savait cela :

– La réponse est oui. Je pense pouvoir faire quelque chose. De plus, comme vous et Lucas, j'estime que c'est une expérience qui mérite d'être menée. Nous nous occuperons de ceci dès notre retour de Uitesh't.

Lucas la remercia avec enthousiasme.

Dès notre retour... répétait Wilf en pensée. *Nous parlons tous de l'assaut contre les Orosians comme s'il n'allait être qu'une formalité ! J'espère seulement que nous ne nous berçons pas d'illusions, et que les Dragons vont se montrer à la hauteur...*

Il y a encore quelque mois, j'ai perdu une armée entière face à un seul Orosian, songea le jeune roi avec un rictus nerveux. *Aujourd'hui, je dispose peut-être de nouvelles armes, mais c'est à des centaines d'entre eux que je m'attaque...*

4

Dans la nuit blanche de Mossiev, l'Étoile du Csar commençait à prendre forme. Les Dragons Étoilés, menés par le roi Wilf et ses fidèles, n'étaient plus très loin de leur objectif.

Soudain, les premiers jardins apparurent, et les ombres des dragons s'allongèrent sur cet horizon improbable. Au loin, on voyait les hauts bâtiments où les princes célestes devaient se livrer à leurs débauches habituelles. Un chant aigu s'éleva alors, déchirant la nuit. Wilf ignorait de quelle gorge de créature étrange provenait cette mélopée poignante, mais il devina qu'il devait s'agir d'une alarme. Les assaillants avaient été repérés.

Un sourire vint illuminer le visage du jeune roi tandis que l'air venait fouetter sa peau. Il tenait enfin sa revanche…

Jetant un œil derrière lui, il fit l'inventaire de ses suivants : Lucas, Guajo, Zarune, Oreste, Djulura et Ymryl volaient dans son sillage, montés comme lui sur le dos d'un dragon. Plus que tout le reste au sein de ce groupe hétéroclite, c'était la présence du Prince-Démon qui ne cessait de surprendre Wilf. Encore quelques jours plus tôt, jamais il n'aurait pu croire que tous deux se battraient un jour dans le même camp...

Après un dernier tour d'horizon, Wilf décida d'une stratégie. Il cria à ses compagnons l'ordre de se séparer en deux groupes, chacun entraînant une partie des dragons derrière lui. L'armée aérienne ainsi divisée, il leur commanda d'attaquer le cœur de la cité par les flancs. Pendant ce temps, lui-même prendrait la direction du Dôme de Uitesh't, suivi par le dernier tiers des créatures volantes.

Ainsi, la nasse des dragons se referma brutalement sur la capitale orosiane... Filant comme le vent sur le dôme aux parois violettes, Wilf eut néanmoins le temps d'apercevoir les premiers ravages causés par ses troupes sur les édifices périphériques. Conformément aux prédictions de Guajo, les Dragons Étoilés faisaient pleuvoir foudre et flammes sur la cité, dévastant des palais entiers en quelques secondes...

Exalté, Wilf fondit sur le sommet du Dôme, l'épée symboliquement tendue au-dessus du cou de sa monture. Sans réduire sa vitesse en aucune manière, le dragon traversa la paroi, qui fut pulvérisée sur le coup. L'immense baie vitrée, pourtant façonnée à partir d'énergie So Kin, vola en éclats. Le pouvoir des Dragons avait supplanté sa résistance, envoyant des milliards d'étincelles colorées à la ronde.

Presque surpris lui-même d'avoir percé les défenses ennemies aussi facilement, Wilf se retrouva donc à l'intérieur du sanctuaire orosian. Juste sous lui, il pouvait contempler les gradins du sénat, centre névralgique de la civilisation céleste... Contrairement à ce que le jeune roi avait cru, les lieux n'étaient pas déserts. De nombreux Orosians s'y étaient déjà rassemblés pour établir une stratégie contre les envahisseurs.

– Un peu trop tard, messires ! ricana Wilf en les englobant d'un seul regard.

Il les surplombait d'une vingtaine de mètres, depuis l'encolure de son dragon, et détaillait leur assemblée pour tenter de localiser Mazhel. Mais son vieil ennemi n'était pas dans le lot.

Encore un peu de patience… rumina-t-il en lui-même, avant de lancer l'assaut contre les Orosians présents. Ces derniers, s'étant contentés jusque-là d'ouvrir la bouche avec stupéfaction, se mirent alors à courir vers les issues.

Mais les dragons crachèrent, sur l'ordre de Wilf qui riait à présent aux éclats. Des torrents de flammes envahirent alors le sénat, réduisant les chaires à l'état de cendres, faisant fondre les murs… De nombreux Orosians flambèrent instantanément comme des torches, le corps tordu de douleur tandis qu'ils essayaient encore de fuir.

Les demi-dieux, autrefois invincibles, paraissaient à présent cruellement vulnérables. Depuis les hauteurs, Wilf observait leurs silhouettes minuscules prendre leurs jambes à leur cou, tenter en vain de se protéger… À chaque nouveau jet de flammes, il avait une pensée pour les souffrances qui avaient été infligées à son peuple. Il se rappelait également son dernier combat contre Mazhel : cette fois-là, c'était lui qui avait dû fuir… Et le jeune homme se connaissait assez pour savoir que sa soif de vengeance mettrait encore longtemps à s'étancher.

Il ne s'était pas attendu à voir ainsi fuir les Orosians, dont un seul avait mis toute son armée en déroute à Mossiev. Mais l'effet de surprise, l'impossible attaque qui les frappait ici, dans leur cité de luxe et de paresse… Cela pouvait peut-être expliquer un tel désarroi. De plus, Wilf se souvint que ses ennemis avaient conçu les Dragons Étoilés : ils devaient donc savoir ce qu'ils avaient à craindre… La plupart d'entre eux, voyant leurs terribles créations d'antan faire irruption dans leur refuge, avaient dû connaître un moment de cauchemar éveillé. Nul doute qu'ils ne tarderaient pas à se reprendre, cependant. Wilf devait se méfier, et ne pas sous-estimer ces adversaires quasi-divins.

Voyant qu'une poignée d'ennemis étaient parvenus à fuir dans le couloir central du Dôme, il s'apprêta à leur donner la chasse. Mais au dernier moment, un incident attira son attention ailleurs. On venait de frôler son esprit… À la deuxième tentative, il entendit distinctement la voix de Guajo.

Reviens, Wilf, lui disait son camarade.

Le jeune roi nota aussitôt la différence avec les précédentes expériences de communication psychique qu'il avait connues. Ce n'était pas du tout le même contact que celui de Lucas : moins doux, beaucoup plus intimant, l'esprit de Guajo n'était décidément pas celui d'un être humain…

Il faut changer nos plans… poursuivit ce dernier. *Jâo est ici, emprisonné : il vient de me le faire savoir par télépathie. J'ai peur que nos ennemis ne s'en prennent à lui, si nous n'allons pas le délivrer très vite !*

Wilf soupira. *Très bien, j'arrive,* pensa-t-il, tout en ignorant si son interlocuteur pouvait l'entendre. À regret, il fit donc volter son dragon, et regagna l'extérieur du Dôme.

La vision de la cité lui fit un choc, offrant un spectacle épouvantable. Là où s'était dressé un joyau d'art orosian, il n'y avait déjà plus qu'un champ de bataille fumant. Les Dragons décimaient les habitants par dizaines, leurs traits foudroyants poursuivant les fuyards jusque dans les plus étroites ruelles. La résistance qui s'organisait paraissait ridicule, aussitôt anéantie par les terrifiantes créatures célestes.

Pourtant, Wilf dut bientôt faire face à son premier revers. Avant d'avoir pu atteindre Guajo pour évoquer le cas de Jâo, le roi fut témoin d'une scène qui lui glaça le sang. Face à lui, deux de ses dragons se livraient une lutte sans merci. Ils s'entre-déchiraient à l'aide de leurs griffes argentées, se lacérant l'un l'autre. Leur gueule, bavant encore quelques flammèches, s'ouvrait en grand pour mieux enfoncer ses crocs dans les chairs de l'adversaire.

Corbeaux et putains! jura le jeune homme en lui-même. *Est-ce qu'ils deviennent fous?*

Ce fut alors qu'il remarqua que ces deux dragons portaient sur leur dos un cavalier : Oreste pour le premier, et Ymryl pour le second.

Un rictus de rage déforma les traits de Wilf. *Ymryl! J'étais certain qu'il nous trahirait!* enragea-t-il, avant de se rendre compte que sa conclusion avait peut-être été prématurée. En effet, en les observant davantage, il comprit que le Prince-Démon ne faisait que se défendre. C'était Oreste qui menait son dragon à l'assaut de leur allié, les yeux fixes, comme s'il avait perdu la raison.

– Il n'est pas dans son état normal! s'exclama Guajo, qui avait rejoint le jeune roi. À l'aide du So Kin, les Orosians ont pris le contrôle de son esprit...

– Que pouvons-nous faire ? lui cria Wilf en retour, tâchant de couvrir la cacophonie de chaos et de destruction qui montait de toutes parts.

– Il va falloir que j'oppose mon propre pouvoir à ceux qui font ça, répondit l'ancien dieu. Mais j'ai bien peur que... (Il s'interrompit une fraction de seconde.) Oh non !

Alarmé, Wilf tourna son regard dans la direction qu'observait Guajo, et comprit pourquoi il n'avait pu retenir cette exclamation. Djulura, à son tour, semblait être tombée sous le joug des Orosians. Sur ses ordres, son dragon venait d'inonder d'acide plusieurs de ses congénères. Ces derniers, les ailes paralysées par le liquide gluant, chutèrent comme des pierres.

Mais cela n'en était pas fini des mauvaises surprises : avant même que Wilf et Guajo aient pu établir un plan d'action pour résoudre cette situation, un autre problème se profila en contrebas.

Des centaines de Seldiuks, marchant en rangs serrés, venaient d'émerger dans les rues, provenant sans doute de vastes complexes souterrains. Plus inquiétant encore : ils convoyaient d'immenses machines de guerre, chacune surmontée d'un siège où trônait un Orosian.

Ces choses ressemblaient vaguement aux Séraphins, les sphères cristallines empruntées par les habitants de la cité pour se rendre sur la terre ferme, à la différence près qu'elles étaient plus volumineuses, et hérissées de tiges métalliques à l'éclat sombre. Wilf n'eut guère le temps de s'attarder davantage sur l'observation de ces engins à l'aspect sophistiqué, mais il entendit distinctement le hoquet de stupeur qui échappa à Guajo. Lui accordant un bref coup d'œil, il décela l'angoisse et l'embarras sur son visage.

– Qu'est-ce que c'est, bon sang ? s'égosilla-t-il pour être sûr que l'Orosian l'entendrait.

Mais il n'eut pas besoin de la réponse de son camarade pour comprendre l'utilité des étranges machines. À peine avait-il terminé sa question que les tiges métalliques se mirent à vibrer, dégageant un son bourdonnant, aux limites de l'audible. Les pilotes des appareils, quant à eux, parurent subitement plongés dans une intense concentration. Aussitôt, une demi-douzaine de Dragons furent réduits en poussière.

L'effet avait été instantané. Seule une traînée dans l'air, résidu volatile et argenté, attestait la présence des créatures, une seconde plus tôt.

Wilf jura et sentit son cœur s'accélérer. Malgré lui, il commençait à paniquer. La situation risquait de lui échapper.

– Ces dragons, nous les avons construits, lui expliqua Guajo. Nous connaissons tous les secrets qui les régissent et, hélas, nous pouvons les détruire… Mais j'ignorais que nous possédions autant de machines de défense !

– Comment cela fonctionne-t-il ? interrogea le souverain, criant toujours pour se faire entendre malgré les bruits des combats.

– Les Dragons Étoilés sont des créatures purement artificielles : elles ne se maintiennent en vie que grâce au So Kin. En faisant résonner ce dernier selon la fréquence adéquate, certains d'entre nous sont capables de dissoudre leurs particules, et de les renvoyer ainsi à l'état d'atomes…

« Enfin, jusqu'à présent, tout cela n'était que de la théorie... ajouta-t-il en avisant le regard noir que lui jetait Wilf. J'avoue que j'aurais dû te prévenir, mais je n'imaginais pas que ces prototypes avaient été reproduits en nombre suffisant pour nous tenir tête !

Le jeune homme le fit taire d'un geste impatient. Les sourcils froncés, il se plongea dans une réflexion intense, les yeux fixés sur les engins de guerre.

Il se sentait comme un enfant idiot. Il avait soudain l'impression d'avoir construit le plus magnifique des châteaux de sable, sans s'apercevoir que la marée montait. Un enfant inconscient, à qui il ne resterait bientôt plus qu'une poignée de limon boueux.

– Non ! s'écria-t-il. J'en ai assez de connaître la défaite ! (Il se tourna vers Guajo.) Que peux-tu faire contre ça ? Toi et Zarune ne pourriez-vous pas bloquer le So Kin de nos adversaires ?

L'Orosian plissa les yeux.

– Ils sont nombreux, déclara-t-il. Ça ne va pas être facile. Mais tu as raison : c'est ce que nous avons de mieux à faire. Lucas pourrait nous aider, lui aussi...

– Non, pas lui, le coupa Wilf. Je vais avoir besoin qu'il m'accompagne...

– Pourquoi ça ? s'étonna Guajo.

– Pour me protéger contre les autres Orosians. Je ne voudrais pas qu'on prenne le contrôle de mon esprit maintenant... Essayez de tenir bon, toi et Zarune. Je vais tenter de délivrer Jâo, afin qu'il puisse venir vous soutenir...

Guajo acquiesça et cria à Wilf que le rebelle devait être détenu quelque part dans les sous-sols du Dôme. Sans perdre un instant de plus, le jeune roi dirigea son dragon vers celui que chevauchait Lucas.

Guajo, lui, faisait déjà signe à Zarune de le rejoindre au-dessus des machines de défense.

Le spirite blond, qui s'était évertué à empêcher Djulura et Oreste de commettre trop de dégâts, comprit immédiatement ce que Wilf attendait de lui. Fendant l'air sur sa monture volante, et il s'engouffra dans le sillage du roi et piqua vers le Dôme. Après un vol en rase-mottes de quelques secondes, les deux amis mirent pied à terre.

Une partie de l'édifice s'était effondrée, et une faille béante s'ouvrait non loin d'eux. En dépit des nuages de poussière qui encombraient la visibilité, ils parvinrent tous deux à franchir cette brèche qui semblait descendre vers les fondations du Dôme.

– Ça doit mener aux cachots ! fit Wilf en s'engageant parmi les décombres.

En effet, une minute plus tard, les deux jeunes gens débouchaient sur un réseau de galeries souterraines.

– Je sens la présence de Jâo, haleta Lucas. C'est par-là !

Suivant la direction qu'il avait désignée, ils reprirent leur course. Bientôt, parvenus à un carrefour, ils tombèrent nez à nez avec un groupe de Seldiuks. Ces derniers semblaient aussi surpris que Wilf et Lucas.

L'escouade s'immobilisa un court instant, puis son officier ordonna d'attaquer les deux intrus. Dès lors, Wilf avait brandi la Lame des Étoiles, et Lucas ouvert les mains pour tisser le So Kin.

Lorsque les serviteurs des Orosians s'élancèrent, ils ignoraient qu'ils n'avaient déjà plus la moindre chance de survie. Wilf s'était placé de façon à protéger Lucas, tout en abattant son épée sur le plus d'adversaires possible. Il avait fait appel à sa faculté de se mouvoir plus vite que l'éclair, si bien que les malheureux soldats ne virent que quelques mouvements flous, à peine une traînée lumineuse, avant de succomber... Lucas, de son côté, utilisait ses pouvoirs de télékinésie pour écraser l'armure des Seldiuks autour de leur poitrine, broyant leurs os et enfonçant leurs poumons.

Tout en les tuant, Wilf se souvenait de ce qu'avait dit Guajo à propos de ces soldats, lors de la petite réunion d'état-major qui avait précédé la bataille. Les Orosians avaient créé les Seldiuks pour être leurs gardes du corps. Ces êtres étaient des surhommes, nés des œufs-lunes comme toutes les créations de leurs maîtres. Imaginés à partir d'hybrides non viables entre des sujets humains et elfyes, leurs capacités martiales étaient amplifiées par l'énergie du So Kin. Ils s'en trouvaient plus rapides, plus résistants, mais ne pouvaient manipuler cette énergie à leur guise. Il s'agissait, en fait, exactement du même processus qu'avait subi Wilf lors de sa chute dans le soleil souterrain d'Orkoum. À ceci près que son propre cas avait été accidentel, et que les pouvoirs qui en avaient résulté étaient d'une ampleur sans commune mesure...

Sans opposer de difficulté, les six soldats de l'unité furent donc liquidés, laissant Wilf et Lucas libres de poursuivre leur chemin.

Longeant toujours la galerie qui descendait vers l'endroit où Lucas percevait la présence de Jâo, ils coururent encore plusieurs minutes. Ils ne se seraient jamais attendus à ce que les sous-sols du Dôme de Uitesh't soient si profonds. Les corridors se suivaient et se ressemblaient, interminables. Au bout d'un moment qui leur sembla assez long, ils débouchèrent enfin sur une vaste salle.

Il s'agissait d'un gouffre, plus précisément, au milieu duquel le chemin continuait, tel un pont. Ni le fond de l'abîme, ni la voûte au-dessus d'eux, n'étaient visibles. Wilf, qui s'était senti étouffé par l'étroitesse des galeries, ressentait à présent le sentiment d'être écrasé sous cette immensité.

– Il faut continuer tout droit, murmura Lucas. Nous ne sommes plus très loin.

Wilf acquiesça et s'avança au milieu du vide. Il franchit le pont jusqu'à mi-distance, puis soudain... Il s'immobilisa, pétrifié.

– Que se passe-t-il ? demanda Lucas.

Sans répondre, Wilf se décala légèrement, afin de ne plus bloquer la visibilité de son compagnon.

Le spirite comprit alors ce qui paralysait ainsi Wilf.

En face d'eux, à l'autre bout du pont, se tenait une haute silhouette. Il s'agissait de l'Orosian Mazhel.

5

– **B**ienvenue… murmura le pharaon d'un ton grinçant.

Il s'avança de quelques pas vers Wilf et Lucas. Ces derniers n'avaient toujours pas esquissé le moindre geste. Le jeune roi se sentait totalement désarmé, et se flagellait mentalement de s'être ainsi éloigné de ses dragons.

– Je comprends que vous ayez tenu à venir jusqu'ici, poursuivit Mazhel avec morgue. C'est un endroit fabuleux ! Nous sommes dans les Passes de Deloss… murmura-t-il encore, tandis que sa main gauche tournait lentement pour tisser le So Kin.

Sur son ordre, une lueur diffuse vint alors éclairer le gouffre qui s'étendait de part et d'autre. Wilf et Lucas virent soudain sortir de l'ombre des milliers de plaquettes de cuivre, de la taille et de la forme d'un parchemin. Sur leur surface, on pouvait distinguer comme des messages gravés… Les deux compagnons regardèrent autour d'eux, sans comprendre.

À ce moment, le pharaon ouvrit les bras et leva les mains au ciel : son geste eut pour effet de faire apparaître de nouveaux objets, extirpés de l'abîme noir.

Ces formes surgies de nulle part étaient celles de deux gigantesques cuves, dans lesquelles s'agitait un liquide fumant, mais aussi celles d'une demi-douzaine de globes argentés, dont la texture rappelait des cocons… Leur vue procura à Wilf comme une vive décharge électrique.

Cette réaction n'échappa pas à l'Orosian, qui éclata d'un petit rire moqueur.

– Ton corps se souvient, on dirait… susurra-t-il. Les œufs-lunes… Quel effet cela te fait-il de te retrouver enfin à l'origine de ton existence ? se gaussa-t-il encore. Peut-être devrais-je te laisser un moment pour célébrer tes retrouvailles avec ta famille ?

– Je préfère encore ma famille à la tienne ! cracha le jeune souverain. Qu'attends-tu, pharaon ? Combien de temps comptes-tu nous montrer tes jouets avant de passer à l'action ?

Mazhel, vexé, fronça les sourcils. Mais il se ressaisit vite :

– Rien ne presse, sourit-il. Observe ces plaquettes de cuivre : tu vois les gouttes de sang qui y sont enchâssées ? C'est le plus grand trésor du peuple de Uitesh't. Les gènes des Orosians les plus célèbres y sont sauvegardés, constituant pour nous la plus inestimable des richesses… Cela nous permet de réaliser des accouplements exemplaires, de nous reproduire à volonté… Tu comprends que notre civilisation renaîtra toujours, et que tes misérables assauts ne sont que détails à nos yeux ? Je voulais que tu saches tout ça, avant de t'envoyer rejoindre tes soldats en enfer. Maintenant, puisque tu insistes… Prépare-toi à mourir !

Et, sur ces mots, l'Orosian fondit sur Wilf et Lucas.

Ses mains nues étaient tendues en avant comme des serres.

Lucas tenta d'ériger une barrière entre eux et leur adversaire, en faisant appel au So Kin. Mais le pharaon pulvérisa cette défense comme si elle n'avait pas existé.

Sa main droite, brûlante, se referma sur la gorge de Wilf, qui commença immédiatement à suffoquer. Le jeune homme brandit son épée et, de toutes ses forces, l'abattit vers Mazhel.

La pointe de l'arme se ficha dans le bras de l'Orosian, qui recula avec un cri de surprise. Ayant lâché Wilf, il fit courir un regard stupéfait entre l'Épée des Étoiles et sa blessure.

– Zarune a bien fait les choses… chuinta-t-il. Cette lame est réellement impressionnante.

Wilf supposa que le pharaon faisait allusion au fait que l'arme était parvenue à le blesser, et cette considération lui redonna quelque espoir. Hurlant à pleine gorge, il bondit à son tour sur Mazhel.

La Lame des Étoiles tournoya avec brio, et fusa vers l'avant avec une force et une précision terribles lorsque Wilf acheva son geste, un genou fléchi.

Le mouvement n'avait sans doute pas été visible à l'œil nu, réalisa le jeune roi. Pourtant, Mazhel avait été encore plus rapide que lui.

Bondissant par-dessus la lame comme s'il n'était aucunement concerné par les lois de la gravité, il s'était retrouvé juste dans le dos de son adversaire. Wilf se retourna aussi vite qu'il le put, redoutant sincèrement de ne pas voir venir le coup fatal.

Mais le premier regard qu'il jeta derrière lui le détrompa. En cet instant, c'était après Lucas que le

pharaon en avait. Le spirite blond était déjà suspendu par la gorge, au-dessus du vide, Mazhel le
tenant à bout de bras.

Wilf en profita pour frapper, et ne comprit que
trop tard son erreur. Mazhel se déplaça comme une
anguille, pour tenter d'éviter l'épée qui sifflait vers
lui. Il y parvint en partie, s'en trouvant quitte pour
une blessure légère à la hanche. Mais ce faisant, il
avait dû lâcher sa prise sur Lucas, qui amorça une
interminable chute dans l'abîme.

Les lèvres de Wilf s'ouvrirent sur un cri muet. Il
faillit tendre le bras vers la main désespérément tendue de son ami, mais il savait que la distance était
bien trop importante.

Se retenant d'agir par simple réflexe, il ordonna à
son cerveau d'analyser toutes les options qui s'offraient à lui.

Lucas était perdu… C'était une idée insoutenable,
mais il devait l'accepter : il n'y avait visiblement plus
rien à faire pour le spirite. Restait à savoir ce que lui-
même allait devenir.

Durant cet instant suspendu, l'esprit de Wilf
tourna à vive allure. Il imagina la suite du combat, et
son déroulement probable : Mazhel le tuerait à son
tour, et s'emparerait de l'Épée des Étoiles. Ensuite,
grâce à elle, il trouverait sans doute le moyen de
contrôler les Dragons, et réduirait à néant l'armée de
Wilf demeurée à l'extérieur… Le Roi-Magicien ne
pouvait pas laisser ce scénario se produire. Même si
cela impliquait une résolution douloureuse…

En une fraction de seconde, la décision du jeune
souverain fut prise.

Accordant un ultime sourire à l'Orosian, qui bondissait déjà sur lui, Wilf se propulsa dans le vide à la suite de Lucas. Les bras en croix, la main droite fermée sur la garde de son épée mythique, il se laissa chuter sur le dos.

Un cri de rage, jaillit de la gorge de Mazhel, salua son geste. Pour la première fois depuis longtemps, Wilf avait le sentiment d'avoir fait un vrai choix. Il allait mourir à la fin de la chute… mais la Lame des Étoiles serait perdue dans l'abîme. Cela laisserait une chance aux Dragons Étoilés de vaincre les Orosians…

Les plaquettes de gènes défilèrent à toute vitesse, des milliers… puis l'obscurité reprit ses droits. Wilf ne voyait plus Lucas. Il eut soudain la peur ridicule de devoir tomber pour l'éternité, au cœur d'un gouffre de ténèbres sans fond.

Il revit sa vie défiler, le cœur battant, avec l'impression que le froid le prenait et gelait son sang dans ses veines…

Ce fut long, tellement long. L'angoisse, le bruit de tambour dans ses tempes… La durée de la chute dépassait l'entendement. À moins que ce ne fut l'esprit de Wilf qui montrait des signes de dérèglement, provoqués par l'abus de prodiges So Kin. Il avait imposé si souvent à son corps et à son cerveau de jouer avec les lois de la nature, la vitesse et le temps…

Pendant un instant, il réfléchit à une solution née de ces pouvoirs… Mais non, il ne voyait ce qu'aurait pu pour lui le So Kin en un moment pareil. Il doutait même que Lucas eut pu s'en servir pour ralentir sa propre chute. Le froid qui régnait dans l'abîme n'était pas naturel, il semblait anesthésier toutes les facultés…

Combien de temps s'écoula-t-il ? Une minute ?… Une heure ?…

Wilf se forçait à demeurer serein. Il avait fait son choix. Il était enfin libre. Pas de regrets à avoir… se dit-il.

Puis les Dragons apparurent. Trois énormes silhouettes, toutes en puissance et en majesté.

Avant d'avoir pu comprendre ce qui se passait, le roi se retrouva à califourchon sur l'une des créatures.

Comment ont-ils pu… !

Mais le dragon le ramenait déjà à tire d'ailes vers le haut.

Et Lucas ? s'inquiéta-t-il.

Alors, sur le dos d'une autre monture volante, il vit une silhouette humaine se pencher vers lui.

– Ils ont dû emprunter un autre passage pour nous rejoindre ! lui lança alors Lucas, également sauvé par les dragons.

L'espace d'un instant, un sourire béat vint se poser sur leurs deux visages. Mais tout était encore à faire…

Wilf repensa immédiatement à Mazhel, et ordonna à sa monture de regagner les Passes de Deloss. La bête gigantesque traversa le rideau de morceaux de cuivre et se mit bientôt à planer au-dessus du pont. La lumière née du So Kin avait disparu. Et Mazhel également, comme le comprit Wilf avec déception.

– Tant pis, souffla-t-il à Lucas, toujours à sa suite. Allons délivrer Jâo. Mais avant ça…

Le monarque contemplait d'un œil mauvais les cuves de Deloss, et les milliers de tablettes de gènes.

– Ces choses pourraient peut-être servir, le mit en garde Lucas. Je ne crois pas qu'elles soient mauvaises en elles-mêmes…

Wilf eut une moue de dégoût.

– Regarde ces globes argentés… Ils y font pousser des Seldiuks et des Elfyes… Ils y ont créé la plupart des races qui peuplent aujourd'hui le continent, pour en faire leurs esclaves ! Qui sait si le tout premier être humain n'est pas sorti de cette… chose ? ajouta-t-il en pointant du doigt l'un des œufs-lunes. Non, je ne peux le supporter… Pendant que je vais chercher Jâo, détruis tout !

Sans attendre de réponse, Wilf dirigea sa monture volante vers la sortie de la grande salle. Il prêta à peine attention aux dragons qui commençaient à ravager les Passes, anéantissant ainsi toute l'histoire du peuple orosian.

Quelques minutes plus tard, le monarque était en compagnie de Jâo. Le dragon avait fondu les parois de la cellule de ce dernier, semblable à une grosse bulle bleue. Se retrouvant à l'air libre, l'Orosian à l'armure dorée ne put s'empêcher d'étreindre son sauveur.

– Regagnons vite l'extérieur, conseilla-t-il de sa belle voix grave. Guajo et les autres ont besoin d'aide !

Tous deux regagnèrent les Passes pour retrouver Lucas, et Jâo enfourcha à son tour un dragon. Puis les créatures prirent leur envol pour regagner la surface par le passage qu'elles avaient découvert. Sur le chemin, Jâo raconta aux deux jeunes gens comment il avait remporté son duel contre Fyd, dans le Sultanat de Thulé, abolissant ainsi la domination des prêtres trollesques sur ces territoires. Wilf se souvenait de l'épisode, remontant à la dernière fois qu'il avait vu l'Orosian. Depuis, ce dernier avait conduit une grande guerre à Sylvedorel, menant les Elfyes

Libérateurs à l'assaut des Ravisseurs. Avec l'aide de Guajo, il avait ainsi été en mesure de délivrer Zarune. Mais les Elfyes ennemis n'avaient pu être convaincus de se rendre, et il avait fallu tous les massacrer...

À ces paroles, Wilf eut une pensée pour Siècle, la jeune Elfye qui avait été son amie avant de le trahir. Il supposa qu'elle avait dû périr avec les autres... *Quelle horreur ! Rien que pour l'esclavagisme de l'esprit qu'ils ont fait subir aux Elfyes, les Orosians méritent ce qui leur arrive aujourd'hui !* pensa le jeune roi avec colère.

– C'est ainsi que j'ai établi un royaume libre à Sylvedorel, concluait Jâo. Les Elfyes ont absolument tenu à ce que j'accepte de les gouverner... Mais, hélas, je devais faire de fréquentes visites ici pour organiser la rébellion, et j'ai fini par être arrêté.

Wilf acquiesça distraitement et porta son regard à l'horizon. Les dragons venaient de retrouver le ciel, jaillissant des entrailles de la cité. Tout autour, la bataille continuait de faire rage.

En l'absence de Wilf, la plupart des bâtiments orosians avaient été rasés, mais au moins un tiers des dragons manquait à l'appel.

Zarune et Guajo luttaient toujours âprement pour bloquer l'utilisation des engins de guerre. Cependant, il était évident qu'ils n'étaient pas assez de deux. Après un signe à Wilf et Lucas, Jâo partit donc rejoindre ses deux congénères.

Toujours sous contrôle des Orosians, Djulura et Oreste persévéraient à lutter contre leur propre camp. Ymryl, à qui sa force mentale permettait apparemment de résister au So Kin des ennemis, semblait faire son possible pour limiter leurs dégâts.

Profitant du soutien apporté par Jâo, Zarune fit

alors voler son dragon en direction de Wilf et Lucas, les rejoignant pour un instant.

– Il faut tenir bon… haleta-t-elle.

Wilf fit la moue, tandis que Lucas souriait bêtement à la belle orosiane.

– Je ne voudrais pas encore paraître pessimiste, commença le jeune roi, mais…

– Nous allons bientôt recevoir des renforts, le coupa Zarune. J'ai contacté les Sœurs par télépathie, pour qu'elles viennent nous soutenir. Après tout, c'est dans ce but précis que j'avais créé la Sororité ! Celles du monastère de l'ordre à Mossiev sont en route, et ne devraient plus tarder…

Wilf arrondit les yeux.

– Mais comment vont-elles rejoindre l'Étoile du Csar ? s'étonna-t-il.

Toutefois, la curiosité du jeune homme ne dura qu'une courte seconde. Car avant que Zarune n'ait eu le loisir de lui répondre, une tâche grisâtre apparaissait sur la ligne d'horizon.

Plissant les yeux, Wilf parvint à voir qu'il s'agissait précisément des Sœurs Magiciennes mentionnées par l'Orosiane. Plus d'une centaine, elles portaient la traditionnelle robe grise à capuche de l'ordre. Certaines étaient armées d'éventails de guerre, d'autres d'épées.

Mais le plus surprenant était l'aura lumineuse, entre le blanc et le bleu, qui formait comme des ailes dans le dos de chacune d'entre elles. Elles avaient sculpté leur So Kin pour lui donner cette forme, à n'en pas douter… C'était donc ainsi qu'elles avaient pu s'élever jusqu'à la cité volante des Orosians ! comprit Wilf.

– Depuis le départ, confirma la voix douce de Zarune, je leur avais enseigné cette discipline, en prévision du jour où elles monteraient à l'assaut de Uitesh't… Elles ont dû attendre des siècles, mais le jour est enfin arrivé !

Wilf hocha la tête avec satisfaction. Le regard songeur, posé sur ces appendices d'énergie mystique qui faisaient ressembler les Sœurs à des anges, il se souvint des paroles d'une chanson d'Oreste. Celle que le Ménestrel lui avait chantée lors de leur toute première rencontre, et qui disait : *j'ai vu les Sœurs Magiciennes en manteaux de lumière, leurs grandes ailes déployées…* Le jeune roi sourit. La victoire s'offrait à lui.

En effet, les Sœurs vinrent porter secours à Guajo et Jâo, leur permettant de puiser dans leurs forces So Kin pour bloquer les machines de défense. Bientôt, les Dragons Étoilés furent donc de nouveau en sécurité.

D'autres nonnes parvinrent à délivrer Djulura et Oreste de l'emprise des Orosians, leur rendant enfin leur raison. Ymryl, libéré de cette tâche, put alors donner toute la mesure de ses talents guerriers. Et Wilf comprit qu'il n'aurait jamais pu le vaincre, s'ils avaient dû s'affronter en duel… Même à présent qu'il avait perdu une partie de ses pouvoirs surnaturels, le prince restait riche d'une expérience des batailles vieille de quatre cents ans… Le jeune monarque le vit de ses yeux disloquer des formations entières de gardes ennemis, se servant autant de son glaive que des capacités de sa monture.

Au milieu des Seldiuks qui s'enfuyaient et de la débâcle générale, les derniers princes célestes se mirent alors à courir au travers des ruines… Wilf les observait de haut, tenter en vain d'éviter les traits mortels vomis par les dragons qui leur donnaient la chasse. Mais le roi ne s'amusait plus de ce spectacle autant qu'au départ…

Sa haine était enfin froide, à présent, comme il réalisait qu'il venait d'anéantir une civilisation entière. Sans lui faire regretter ses actes une seule seconde, cette soudaine prise de conscience lui inspirait toutefois une certaine gravité. Dans un silence pudique, il continua de mener sa monture d'un bout à l'autre du champ de bataille, les yeux rivés sur chaque détail du sol.

Après une longue attente, Wilf aperçut finalement ce qu'il cherchait. À la tête d'un dernier petit bataillon de Seldiuks, Mazhel tâchait de repousser une poignée de Dragons Étoilés. De nombreuses traces de sang maculaient sa tunique, mais il ne semblait pas encore gravement blessé. Wilf amorça une descente en piqué.

Lorsqu'il fut certain que Mazhel l'avait remarqué, il lui lança :

– Tu sais maintenant que tu te trompais, tout à l'heure. Uitesh't ne se relèvera jamais de cette bataille… Les Dragons ont porté la destruction partout, même dans les Passes de Deloss !

Une expression de rage et de désespoir, proche de la folie, crispa les traits du pharaon.

– Chien d'humain ! cracha-t-il. Lâche ! Viens m'affronter l'arme à la main, si tu as un peu d'honneur !

Les lèvres de Wilf dessinèrent un rictus de loup.

– De l'honneur ? Comme lorsque tu as fait supplicier le petit Sarod en place publique ? Comme lorsque tu affames mon peuple et le tues à petit feu?... Il n'y aura pas de duel, Mazhel. Contente-toi simplement de mourir, que le monde soit enfin débarrassé de ta présence!

À peine achevée sa diatribe, le jeune roi fit fondre son dragon sur l'Orosian.

L'animal fabuleux se cabra avant de toucher le sol, s'immobilisant à quelques centimètres de Mazhel. Sa gueule immense s'ouvrit et des flots de lumière en jaillirent.

Le pharaon hurla en se tordant de douleur, tandis que l'énergie pure dissolvait ses chairs superficielles. Demeuré debout, il semblait paralysé, mais agité de spasmes. Le système nerveux dévoré par l'attaque du dragon, il tremblait en gémissant, alors même que son visage se décomposait sous les yeux de Wilf.

Ce dernier, luttant contre une nausée face à ce spectacle répugnant, pointa son arme vers le cœur de l'Orosian.

Et l'y enfonça profondément, faisant taire à jamais celui qui avait voulu être pharaon. Le corps de Mazhel s'effondra, agité de soubresauts même par-delà la mort, et Wilf détourna le regard.

Autour de lui, les Dragons Étoilés achevaient leur besogne. Dans quelques heures, il ne resterait plus que cendres et poussière de la fière cité... Décapitée, la Théocratie allait certainement tomber dans la semaine... Les Orosians étaient définitivement vaincus.

LE ROI-MAGICIEN

1

Plusieurs semaines s'étaient écoulées depuis la grande bataille de Uitesh't. Conformément aux prédictions de Wilf, la chute des Orosians avait entraîné celle de la Théocratie. Les Lanciers Saints, à présent orphelins, n'avaient pas été capables de réagir efficacement face aux Barricades qui se multipliaient de nouveau. Bien vite, ils avaient déposé les armes. Les peuples du continent étaient enfin libres…

Et Wilf Ier, Roi du Cantique, plus écrasé que jamais par les responsabilités. Il avait fallu signer traité sur traité avec toutes ces nations exsangues, chacune si pressée de trouver abri sous l'aile de la Monarchie. Régler aussi mille problèmes diplomatiques : l'euphorie qui avait suivi cette victoire sur la tyrannie n'avait pas précédé de beaucoup le retour des mesquineries habituelles.

Depuis quelques jours, le jeune roi avait pris ses quartiers dans le palais de Mossiev, en attendant que la citadelle de Fael soit reconstruite. À ce moment précis, il était assis dans une posture méditative, les mains étendues sur les accoudoirs de bronze du trône des Csars.

Enfin seul…

Après des siècles de patience, Ceux de l'Étoile ont finalement gagné, songeait-il, revoyant en pensée son sacre sur cette plage de la Terre d'Arion. Ce jour lui semblait déjà appartenir à une autre vie…

Parallèlement aux travaux qui devaient redonner son aspect originel à la cité de Fael, Wilf faisait également redresser les fameuses tours de Syljinn, rasées par les Seldiuks au moment de sa naissance. Il comptait ainsi offrir à ceux qui l'avaient soutenu le symbole d'une monarchie à la puissance retrouvée.

Il ferma les yeux et sentit de nouveau ce poids incommensurable sur ses épaules. Comme souvent, il repensa avec envie aux six mois passés dans le Worsh. *Partir à la chasse avec Un-Croc et Plume-Tonnerre…* rêva-t-il.

Inutile. S'il pouvait seulement connaître un peu de paix dans les prochains jours, ce serait beaucoup… La plupart des accords entre les différents peuples étaient maintenant signés. Il avait même envoyé un messager aux Baârniens de l'Ouest, leur proposant de tirer un trait sur le passé : si la nation mercenaire acceptait de devenir l'alliée de la Monarchie, cette dernière oublierait sa complicité avec la Théocratie… Les anciens aristocrates de Crombelech ou d'Eldor, quant à eux, avaient souvent péri durant les combats, ou bien avaient été lynchés par leur propre peuple… Leurs successeurs, ayant contemplé l'horreur de la tyrannie théocratique, se montraient tous favorables à la Monarchie. Avec Jâo, enfin, installé à Sylvedorel et devenu Premier Sénateur de la poignée d'Orosians survivants, les relations étaient bien sûr parfaitement amicales.

Oui… Nous avons bien travaillé, admit Wilf en soupirant. *La Monarchie n'aura plus, avant longtemps, d'ennemi à l'intérieur… Mais il demeure une menace,
pourtant. La plus terrible de toutes…* Crispant ses doigts
sur les accoudoirs de métal, Wilf riva son regard sur
les vitraux qui donnaient vers l'est.

Quelque part, là-bas, à la frontière… le Roi-Démon
massait ses troupes. Et les Hordes se faisaient de plus
en plus discrètes au cœur du continent, comme si
Fir-Dukein avaient rappelé à lui toutes ses créatures
en prévision de l'assaut final. Ymryl lui-même avait
mis Wilf en garde : son ancien maître ne leur laisserait pas le temps de consolider leurs défenses…

Le jeune monarque fronça les sourcils sans s'en
apercevoir. Le fait que le prince d'Irvan-Sul ait rejoint
son camp le troublait toujours. Ymryl semblait sincère, pourtant. Lui et Djulura avaient même rejoint
le Kentalas et ses patrouilleurs frontaliers, parmi lesquels ils menaient des raids et des missions de reconnaissance en territoire ennemi. Grâce à leurs efforts,
les informations remontaient régulièrement jusqu'à
Wilf, qui pouvait ainsi juger l'évolution des forces du
Roi-Démon.

À ses côtés, étaient restés Lucas, Guajo, Oreste et
un certain nombre de Templiers. Quant aux Tu-
Hadji, ils n'avaient pas tardé à se manifester. Après
l'avoir sans doute cru mort lors de la bataille de Mossiev, le peuple nomade avait repris espoir… et lui
avait envoyé deux messagers.

Il s'agissait de Pej et Jih'lod, bien entendu, qui
étaient accourus dès la chute de la Théocratie, lorsque
la rumeur du retour du Roi-Magicien s'était répandue. Les deux géants étaient porteurs de bonnes nou-

velles : par leur voix, le peuple de Tu-Hadj faisait savoir à Wilf qu'il était prêt à lui accorder un soutien sans limite dans la guerre qui l'opposerait à Fir-Dukein. L'heure était venue, avait dit Jih'lod, de soigner enfin la Pierre de Tu-Hadj.

Mais Wilf se sentait parfois écrasé par l'amitié même... Tous, sans exception, semblaient compter sur lui pour les protéger du Roi-Démon. Les mener à une nouvelle victoire, comme celle qu'il avait remportée en écrasant les Orosians. Les mener... à un nouvel âge d'or.

Ce qui inquiétait le plus le jeune souverain, c'était le sommeil dans lequel s'étaient plongés les Dragons Étoilés dès leur retour de la cité orosiane. Leur mission accomplie, il leur fallait se reposer, retrouver les forces qu'ils avaient dépensées en déchaînant leur pouvoir sur l'Étoile du Csar. Mais Wilf ignorait, hélas, combien de temps les créatures auraient besoin de dormir...

Sans leur concours, il craignait de ne pas pouvoir tenir tête bien longtemps aux armées d'Irvan-Sul.

Tandis qu'il était plongé dans ces méditations, une silhouette silencieuse se glissa dans la salle du trône. Le nouveau venu, en robe blanche et manteau gris, s'approcha lentement du dais impérial. Wilf ne leva la tête qu'au dernier moment.

– Lucas, murmura-t-il, un écho fraternel subsistant dans son ton fatigué.

– Il est tard, affirma le spirite. Tu devrais dormir un peu... Je sais que tu n'en as pas beaucoup eu l'occasion, ces derniers temps.

Les lèvres du souverain s'étirèrent dans un sourire.

– C'est vrai, concéda-t-il. Et toi, encore moitié moins... mon lige. (Il avait mis un peu d'ironie affectueuse sur ce dernier mot, comme si le lien qui les unissait tous deux se moquait bien des titres ronflants.)

Une étincelle de lucidité passa dans les yeux du jeune roi, tandis qu'il se remémorait un sujet de préoccupation.

– Zarune t'a-t-elle fait part de sa décision en ce qui concerne la Sororité ? demanda-t-il alors.

Lucas acquiesça.

La belle Orosiane, qui s'était installée avec eux et leurs proches dans le palais de Mossiev, s'était montrée très déçue par les dérives de l'ordre qu'elle avait fondé. Les massacres perpétrés par les Sœurs Magiciennes, les arrestations massives, n'étaient pas du tout de son goût, et il avait même été question de dissoudre la Sororité.

– Finalement, elle a choisi de donner une dernière chance aux Sœurs, expliqua Lucas. À condition qu'elles deviennent des guides sur la voie du So Kin, et non plus des chasseresses. J'étais justement avec elle à l'instant, et nous en avons longuement discuté.

Wilf acquiesça en tentant de fermer son esprit. De toutes ses forces, il voulait refouler le douloureux sentiment de jalousie qui l'avait hérissé lorsqu'il s'était imaginé Lucas et Zarune conversant des heures durant, face à une cheminée... Les flammes jetant des ors dans les cheveux de l'orosiane tandis qu'elle souriait et rougissait à l'esprit et au charme de l'ancien moine...

Wilf avait vraiment essayé de ne pas y penser, mais, l'espace d'une seconde, il avait senti la colère et l'amertume enfler en lui. Et Lucas, trop sensible au murmure des âmes pour ne pas s'en être aperçu, n'avait rien osé dire.

– Fort bien, déclara Wilf pour meubler ce silence gêné. C'était sans doute la meilleure solution. Les Sœurs Magiciennes pourront nous être utiles lors du conflit qui se profile à l'horizon...

Ce fut au tour de Lucas d'acquiescer, les yeux baissés. Il passait chaque jour plus de temps en compagnie de Zarune, et il ne pouvait ignorer la frustration que cela engendrait chez son vieil ami...

– Je vais me retirer, murmura-t-il enfin. Toi aussi, tu devrais...

– En profiter pour dormir un peu, acheva Wilf à sa place. Je sais, ajouta-t-il avec un sourire retrouvé.

« Mais j'ai encore quelques sujets de réflexion...

Parodiant en souriant le geste d'un souverain qui congédie un serviteur, Wilf fit signe à Lucas de se retirer. Mais celui-ci, après seulement quelques pas, rebroussa chemin et revint tranquillement se poster face au jeune roi.

Wilf leva le regard vers son compagnon, et haussa des sourcils interrogateurs.

– Nous nous sommes toujours entraidés, souffla Lucas. Pourquoi est-ce que cela changerait... majesté?

« Dis-moi ce qui te préoccupe. Deux têtes valent mieux qu'une, surtout si elles sont aussi épuisées que les nôtres...

Wilf sourit de nouveau, et toute trace d'amertume avait cette fois disparu de son regard.

– Merci, dit-il sincèrement, avant de commencer à exposer au spirite les soucis – d'ordre militaire – qui le tracassaient.

Parmi ces derniers, arrivait en bonne place le réseau de souterrains creusés par les Hommes-Taupes et leurs esclaves.

Holm avait détaillé par le menu l'étendue de ses boyaux omniprésents, qui permettaient aux Hordes de se déplacer si facilement aux quatre coins du continent.

– À l'heure actuelle, c'est le calme avant la tempête, déclarait le jeune roi. Mais une fois les combats engagés… nous risquerions de voir des troupes de Fir-Dukein nous prendre à revers. Elles pourraient attaquer *n'importe où…*

– Je croyais que tu avais envoyé Holm et Jih'lod régler ce problème ?

Wilf acquiesça, l'air sombre. Il avait effectivement permis à son père adoptif de prendre la tête des troupes chargées de condamner les galeries. Le vieux Holm avait passé la moitié de sa vie en prison, mais il demeurait un soldat… Un soldat qui méritait bien sa revanche, s'était dit le monarque à force de devoir supporter les supplications du vétéran. Promu officier, et visiblement rajeuni de dix ans par le fait de retrouver l'uniforme, ce dernier avait ainsi pu mettre son expérience des souterrains au service des peuples libres.

Accompagné de Jih'lod – qui avait absolument tenu à escorter son ancien compagnon de cellule – il devait conduire une petite armée, constituée d'autant de mineurs que de soldats. Leur mission était de neutraliser les moyens qui pourraient permettre aux créatures d'Irvan-Sul de prendre l'armée royale à revers. Les souterrains qui s'étendaient sous le continent devaient donc être bouchés, d'une manière ou d'une autre.

Dans leurs derniers rapports, Holm et Jih'lod expliquaient comment des dizaines d'entrées avaient déjà été scellées par leurs soins, à travers tout le continent. La méthode était simple : les militaires descendaient dans les tunnels, souvent accompagnés de volontaires Tu-Hadji, et cette armée mixte débusquait les nids d'Hommes-Taupes pour les massacrer. Ensuite, il ne leur restait qu'à remonter pour admirer le travail des sapeurs. Ces derniers, parfois secondés par les quelques magiciens arionites qui avaient survécu à la Théocratie, provoquaient des éboulements qui bouchaient à jamais la sortie des souterrains. Holm, qui connaissait de mémoire tous les endroits où débouchaient les tunnels des Hordes, estimait aux dernières nouvelles qu'il devait leur rester une centaine de trous à combler de cette manière.

Dans les lettres de son père adoptif, Wilf sentait à quel point cette guerre nécessaire pouvait s'avérer boueuse et rampante... Combien les soldats devaient souffrir pour leur assurer une sécurité future... Il les imaginait suffoquer au milieu du gaz empoisonné fourni par les alchimistes des Mille-Colombes, cette fumée instable qui tuait parfois autant d'humains que d'Hommes-Taupes... Pourtant, il aurait de tout cœur souhaité se trouver à leurs côtés, plutôt qu'ici à s'occuper d'une politique toujours plus complexe.

Lucas le sentait, bien sûr, et bientôt la conversation dériva vers leurs états d'âme respectifs. Ils se gardèrent bien d'évoquer Zarune, et se contentèrent de discuter comme autrefois. Jusqu'au petit matin, ils se perdirent en méditations sur l'avenir, seuls dans la grande salle du trône des anciens Csars.

Lorsque les premiers rayons du soleil vinrent lui caresser la nuque, Lucas eut un petit sourire surpris.

– Déjà l'aube… murmura-t-il. Voilà bien notre chance…

Wilf acquiesça.

– On dirait qu'il est trop tard pour dormir, soupira-t-il, se levant avec raideur.

Dormir… Ce mot sonnait étrangement à ses oreilles. Il ne pouvait s'empêcher de penser aux Dragons et à leur sommeil profond…

Il frissonna. Une seule question le hantait sans cesse, même lorsqu'il parvenait à chasser toutes les autres : les Dragons Étoilés se réveilleraient-ils à temps ?

* * *

La clarté lunaire faisait luire la lame serpentine du Prince-Démon. Il l'avait levée, fière et menaçante, au-dessus de sa tête. Pour le moment, les Qansatshs n'osaient pas approcher.

Djulura était à ses côtés, dans sa cotte d'argent qui accrochait tout autant les rayons de lune. Un sourire paisible était posé sur les lèvres de la belle Arionite, mais son regard était exalté par la perspective de la bataille. Il en allait toujours ainsi, depuis qu'elle avait mis son enfant au monde, quelques semaines plus tôt. Son amant aurait préféré qu'elle se repose, mais la duchesse combattait les créatures d'Irvan-Sul avec une fougue redoublée. Comme s'il était devenu urgent d'offrir un monde sûr et bon à la génération suivante… Un monde débarrassé de la menace ténébreuse.

Les kentalasiens qui accompagnaient ce soir le jeune couple en exploration les observaient du coin de l'œil. En moins d'un mois de raids et d'escarmouches, Ymryl et Djulura étaient déjà devenus de véritables légendes au sein des patrouilleurs frontaliers... Combattant dos à dos, dansant sans peur avec la mort, le couple de guerriers fascinait et inspirait le courage. Lorsque tous les autres tombaient, on racontait qu'ils ne faisaient pas retraite : ils achevaient la mission, ne laissant s'enfuir aucun serviteur de Fir-Dukein. Puis ils regagnaient leur bastion kentalasien... seuls. Cela était arrivé souvent.

Les cordes des arcs claquèrent, et plusieurs Qansatshs s'écroulèrent. Ymryl en profita pour charger les survivants, l'épée haute, sans attendre que ses archers aient tiré leurs poignards pour le suivre.

Il se jeta dans la mêlée, sa cape noire tourbillonnant autour de lui. Les Qansatshs, ces créatures aux bras velus et à la crête de plumes qui avaient autrefois été sous ses ordres, refluèrent dans un mouvement de panique.

Mais Djulura leur coupait déjà toute retraite. Rapide et agile comme un poisson de torrent, dans son armure d'écailles argentées, elle s'était élancée à lestes enjambées pour les prendre en tenaille.

Les lames s'abattirent sans relâche, sous la pleine lune. De longues traînées de sang sombre jaillirent dans l'air, tandis que les créatures faisaient siffler leurs griffes dans un ultime effort de défense.

Mais le prince se battait comme un démon, et sa dame comme une diablesse. La cruauté de leurs coups n'avait d'égal que l'abjection des êtres qu'ils combattaient. Pourtant, une seule image hantait l'esprit des deux amants : celle d'un nourrisson en langes blancs… Un nourrisson aux doigts minuscules et aux sourires merveilleux…

C'était l'unique pensée qu'ils avaient en tête, alors même que les créatures maudites s'écroulaient en mugissant autour d'eux : cet enfant qu'ils avaient laissé au fort, et pour qui ils devaient bâtir un avenir meilleur.

Ymryl ne cessait de se revoir, quelques semaines plus tôt, lorsqu'il avait tenu son fils à bout de bras pour la première fois. Cela avait été le moment le plus magnifique, le plus douloureusement important, de toute sa longue existence.

Sa lame ondulée trancha une dernière tête, presque machinalement. C'était déjà terminé.

Le guerrier tourna le regard vers sa bien-aimée, qui achevait les créatures mourantes – rien ne pouvait faire parler les Qansatshs, ils avaient déjà tout essayé – et lui trouva un air pensif. Il savait qu'elle vivait encore mal la séparation d'avec ses amis. Si les deux amants avaient tenu à se rapprocher ainsi du front, c'était surtout par pudeur à l'égard de Lucas… Mais cela n'empêchait pas leur éloignement de peser sur les épaules de la diseuse.

Elle les retrouvera tous bien assez tôt… se dit le prince. *Car, lorsque le roi et ses suivants nous rejoindront sur le front, ce sera le signe que la guerre aura vraiment commencé…*

2

Wilf faisait les cent pas dans la grande cour du palais mossievite. Celle-là même où avaient péri Cruel-Voit et la Csarine, cinq ans plus tôt.

L'endroit était bien choisi, pour les sombres pensées que le jeune roi avait à ruminer. Il allait et venait, d'humeur maussade, chassant d'un regard les serviteurs qui osaient s'approcher de lui. La pluie fine qui tombait par intermittence, et qu'il jugeait d'ordinaire rafraîchissante, le rendait aujourd'hui morose.

Soudain immobile, il soupira. Il se sentait déchiré, rongé par les soucis, la culpabilité, l'amertume. Son cœur était partagé, chaque jour davantage, entre l'amitié profonde qu'il éprouvait pour Lucas et la rivalité nouvelle qui les opposait.

Ce sentiment n'était pas neuf, d'ailleurs... Maintenant qu'il y pensait sérieusement, les choses avaient changé entre Lucas et lui dès leur retour des abysses. Subtilement, sans prêter à conséquence... Mais il n'en était pas moins vrai que l'évolution dans l'attitude de l'ancien moine avait parfois irrité Wilf.

Lucas était devenu si sûr de lui, si maître de son destin... Le novice tourmenté avait cédé la place à un être sage et épanoui. Tandis que Wilf, de son côté, amorçait une lente descente aux enfers avec la découverte progressive de ses origines…

Cet échange des rôles avait été perceptible en fili-grane, et plus désagréable que le jeune roi n'avait bien voulu se l'avouer à l'époque. Aujourd'hui, son désarroi lui faisait juger cette période sous un autre jour.

La rivalité avait été bien réelle, et durait de longue date. D'un plan purement personnel, elle était deve-nue politique, Lucas s'arrangeant toujours pour faire adopter ses propres décisions à son cadet… Cela avait agacé Wilf de plus en plus, mais l'amitié avait néanmoins subsisté… Jusqu'à présent.

Jusqu'à ce que Zarune, l'Orosiane rebelle qui sem-blait tenir leur cœur comme leur destinée entre ses doigts fuselés, ne fasse irruption dans leur vie.

Wilf soupira derechef. Il savait combien sa réac-tion était puérile, ridicule. Zarune était envoûtante, mais son charme n'était pas naturel… C'était tout ce qu'elle symbolisait, la lutte et l'idéal, qui rivait ainsi leur désir. Pas sa personne…

Le roi essayait vainement de se convaincre. Mais il ne cessait d'être poursuivi par l'image tendre et lumineuse de l'Orosiane.

Et il l'imaginait alors en compagnie de Lucas… Lucas si sûr de son charme, Lucas plus beau et plus serein que lui. La rage voilait son esprit sans qu'il ne puisse rien y faire.

Il n'a pas mis longtemps à oublier sa bien-aimée Dju-lura, pestait Wilf intérieurement. *Et il se moque bien de se que je ressens…*

Tout en nourrissant ces pensées, le jeune monarque se savait injuste. En effet, rien ne prouvait pour l'ins-

603

tant que Lucas tentât de séduire Zarune. Rien ne prouvait qu'il soit parvenu à oublier Djulura, quand bien même le trouble que lui inspirait l'Orosiane était évident.

Mais Wilf avait du mal à raisonner sainement, dès lors qu'il abordait ce sujet. Les séances d'entraînement au So Kin avec Lucas et Zarune lui étaient insupportables. Tandis qu'ils tentaient de réveiller le pouvoir figé en lui, les deux spirites étaient unis dans une complicité détestable. Wilf avait parfois l'impression de n'être qu'un sujet d'expérience entre leurs mains.

Damné Lucas... Pourquoi faut-il qu'elle te préfère à moi ?... Et toi, maudit, avec tes sourires et tes gestes galants... Tu ne fais rien pour la repousser ! Espères-tu me ravir son cœur ? Ce n'est pourtant pas ma faute, si tu n'as pas su conserver l'amour de ta duchesse !

Wilf serrait les poings, maintenant. Un sentiment de culpabilité terrible s'ajoutait à sa frustration. Culpabilité envers son vieil ami, qui n'avait certainement pas mérité tant de rancœur... Culpabilité envers son peuple tout entier, aussi...

Car Wilf savait bien ce qu'il aurait dû être en train de faire, à l'heure actuelle. Il aurait dû parcourir les nations voisines, en quête d'alliés pour la guerre à venir. Il aurait dû se trouver à Orkoum ou dans les Shyll'finas, occupé à négocier des traités qui pourraient sauver le continent de Fir-Dukein...

En effet, si les Dragons avaient suffi pour vaincre le bastion des Orosians, ils étaient à présent plongés dans un profond sommeil. Et... il ne s'agissait pas cette fois de combattre une simple cité, mais bien un royaume entier de créatures ténébreuses ! Sans unir toutes les forces du monde connu, il y avait donc peu d'espoir de victoire…

Malgré ce constat, Wilf ne pouvait supporter l'idée de s'absenter plusieurs mois. Laisser ainsi la place, le champ libre à Lucas pour qu'il lui vole définitivement l'attention de Zarune… Cette simple pensée le mettait hors de lui.

Saisissant un pot de terre qui devait sans doute accueillir des fleurs à la belle saison, il le projeta de toutes forces en direction du vitrail le plus proche.

Celui-ci explosa sous le choc, entraînant dans sa chute toute une partie de la verrière qui fermait le nord de la cour. Sous les regards inquiets des serviteurs qui passaient par-là, un pan entier de la serre d'hiver se brisa donc en petits morceaux colorés.

Ce fut ce qui sauva la vie de Wilf.

Ce geste de colère inconsidéré, qui lui avait paru puéril au moment même où le pot de terre cuite quittait ses doigts, révéla toute son utilité lorsque le jeune roi aperçut les tireurs embusqués.

Ils étaient quatre, sans doute vêtus de noir. C'était difficile à dire, en raison du sortilège qui rendait floue leur silhouette, et les aidait à se dissimuler.

Des étincelles noires crépitaient au bout du carreau qu'ils avaient glissé dans leur arbalète.

Ils semblaient s'apprêter à tirer, à travers le vitrail, opaque de ce côté de la cour. Mais leur cachette s'était trouvée réduite à néant, et une fraction de seconde passa ainsi, dans la paralysie et la surprise mutuelle.

Quatre projectiles magiques… Wilf se jeta à terre sans réfléchir davantage. Puis il roula sur lui-même, avant de bondir à l'abri d'une statue.

Plusieurs carreaux avaient sifflé à ses oreilles pendant la manœuvre ; le dernier vint se ficher dans le sein de la statue, représentant une ancienne Csarine.

Toujours accroupi derrière le socle, Wilf entendit la pierre se fissurer, puis un morceau de marbre lourd comme une enclume s'effondra à un centimètre de lui. Il n'osa imaginer les dégâts qu'un tel projectile aurait occasionnés à un corps humain. *Le mien, en l'occurrence…* nota-t-il avec un bref soupir.

Qui pouvait avoir envoyé ces tueurs ? se demandait déjà le souverain. Ils faisaient usage de la magie : y avait-il des traîtres parmi les Arionites ? *Non, impossible…*

Wilf se souvint alors des leçons d'Andréas, et des Dogmes magiques censés avoir disparu… L'un d'eux était précisément célèbre pour former des assassins experts en magie : le Joyau d'Ébène.

Se pouvait-il que cet ordre ait subsisté en secret ? Conservé une partie de ses traditions magiques ?

Un souffle, plus léger que celui d'un enfant, attira néanmoins l'attention de Wilf dans son dos. Une forme se mouvait, couleur de sol et de marbre brisé.

Sans bien la discerner, le souverain devina un sort de dissimulation, et tira l'Épée des Étoiles. Il frappa : le sang de l'assassin, lui, avait une couleur normale…

Wilf réalisa alors qu'il avait réagi avec la rapidité du So Kin. Deux autres silhouettes presque translucides s'avançaient vers lui, les lames de leur poignard luisant d'énergie empoisonnée. Mais le jeune homme bougea trop vite pour qu'elles puissent se défendre, et elles connurent le même sort que l'autre assassin.

À la vitesse de l'éclair, Wilf gagna ensuite les débris de la serre, où il se retrouva dans le dos des quatre arbalétriers embusqués. Ces derniers avaient à peine eu le temps de bouger, depuis leur premier tir.

L'un d'eux dut tout de même bénéficier d'une sorte d'intuition, car il amorça le mouvement de se retourner.

La Lame des Étoiles s'enfonça dans sa nuque avant qu'il ait pu comprendre ce qui lui arrivait.

Les trois autres tressaillirent alors. Wilf en tua deux pendant qu'ils tentaient de se faufiler hors de la serre. L'ancien apprenti tueur qu'il était admira au passage la manière dont ils auraient pu disparaître sous ses yeux, s'il n'avait pas bénéficié des pouvoirs du So Kin. D'un bond, l'un des assassins s'était accroché à une poutre, sur laquelle il avait commencé à ramper, se fondant avec son environnement à la manière d'un gros insecte. L'autre avait essayé de se glisser par l'interstice entre deux paravents de bois, démontrant des capacités de contorsion surprenantes.

Le troisième, quant à lui, échappa au courroux de Wilf. Il avait fait appel à sa magie pour jeter un sortilège aveuglant, profitant de la fraction de seconde que le roi occupait à occire ses deux compagnons. Soudain, Wilf fut donc frappé par un violent éclair blanc.

Lorsqu'il rouvrit les yeux, il n'y avait plus aucune trace de l'assassin. Le monarque se pencha sur les corps étendus à ses pieds. Ils avaient perdu leur apparence trouble, le sortilège disparaissant avec la mort de celui qui l'avait conjuré. Les trois hommes étaient vêtus de vêtements de voyages, dans des teintes sombres.

Dans la cour, les autres étaient à peu près identiques. Tous paraissaient âgés d'au moins une quarantaine d'années.

Un groupe de soldats royaux accourut, mais Wilf leur fit signe de garder le silence. Tendant l'oreille, il essaya vainement de repérer le tueur qu'il avait laissé s'échapper.

Puis, face à ses sujets qui l'observaient avec des yeux ronds d'étonnement, il s'écria :

– Je réclame un duel ! Un duel à l'ancienne mode, au nom de l'honneur des Dogmes !

Andréas avait abordé ce point lorsqu'il avait enseigné l'histoire de la magie à son élève récalcitrant... Aujourd'hui, le jeune homme était satisfait d'avoir conservé ce souvenir. Si le tueur appartenait bien au Joyau d'Ébène, il ne pourrait refuser la provocation. Même s'ils n'étaient plus pratiqués depuis des siècles, les duels entre magiciens étaient quelque chose de sacré aux yeux de tous ceux qui manipulaient la Skah.

– Montre-toi ! répéta Wilf.

Mais rien ne bougea dans la cour. Il fallut attendre plusieurs minutes avant qu'une silhouette daigne faire son apparition, surgissant comme par magie dans l'ombre d'un arbre.

Wilf et ses soldats détaillèrent des pieds à la tête le nouveau venu. C'était un homme plutôt petit, d'apparence raffinée, avec une barbiche blanche. Son pourpoint de cuir noir était semblable à celui des cadavres qui gisaient dans la cour. Il semblait en revanche plus vieux qu'eux : Wilf lui donna la soixantaine.

– Pourquoi accepterais-je un duel d'honneur ? demanda l'homme, son poignard à lame noire toujours en main. À quel moment le Dogme de l'Épée a-t-il respecté cette vertu ?

Wilf soupira. L'assassin l'entraînait sur une pente ennuyeuse… Lui-même n'avait jamais eu d'intérêt pour ces vieilles histoires antérieures à sa naissance.

– Nous savons que tu es la réincarnation d'Arion, poursuivit le vieux tueur. Il fallait que tu payes pour la Grande Folie… Pour la chute des mages !

Le roi haussa les sourcils.

– Cela remonte à plus de quatre siècles ! s'exclama-t-il, incrédule. Le Joyau d'Ébène a la rancune tenace, à ce que je vois… (À la réaction de son interlocuteur, il vit immédiatement qu'il avait visé juste.) C'est vraiment pour ça que vous vouliez m'assassiner ?

– Pour ça, et pour la trahison de Cruel-Voit, vibra la voix du tueur.

Cette fois, Wilf fut pris au dépourvu. Mais il commençait à comprendre…

– Qui êtes-vous ? demanda-t-il, les yeux plissés par la réflexion.

Le vieil assassin prit une inspiration solennelle avant de déclarer :

– Nous sommes les Magisters. Le Cercle Intérieur de la Congrégation…

Le souverain étouffa un juron.

– Les Maîtres-Tueurs ! souffla-t-il. Les Maîtres-Tueurs sont donc les héritiers du Joyau d'Ébène… C'était cela, le fameux Cercle Intérieur : le grade auquel commençait l'apprentissage de la magie !

Le vieillard acquiesça avec sobriété. Wilf l'observait, pas dupe, et suivait son regard d'oiseau de proie qui se posait sur chacun des soldats présents dans la cour. *Il grave leur visage dans sa mémoire,* réalisa Wilf. *Il songe qu'il lui faudra tous les tuer, après ce qu'ils venaient d'entendre…*

Le jeune roi émit un nouveau soupir, et haussa les épaules dédaigneusement.

– Tu as raison, vieil homme… commença-t-il. Les duels d'honneur ne sont pas mon fort…

Puis, dans un mouvement que nul ne pouvait surprendre tant le So Kin le rendait rapide, il jeta son épée comme un javelot.

La Lame des Étoiles traversa le Magister en plein cœur.

Ce dernier, tué sur le coup, s'écroula à genoux. Dans un ultime réflexe, ses mains s'étaient serrées autour de l'arme plantée dans sa poitrine. Wilf la dégagea d'un geste sec.

Sous le regard incrédule des soldats – dont la plupart étaient pourtant familiers des talents surnaturels de leur maître – il essuya le sang qui maculait son épée sur la manche du maître-tueur. Un petit coup de pied méprisant dans la dépouille du vieil homme vint définitivement clore à ses yeux le sujet du Joyau d'Ébène. *Un duel ? Et puis quoi, encore ? Je suis de bien trop mauvaise humeur, aujourd'hui, pour m'amuser avec un vieux fou…*

– Débarrassez-vous des cadavres… ordonna presque distraitement le souverain. Inutile d'inquiéter tout le palais pour rien.

* * *

Le lendemain, alors que ces événements avaient

déjà quitté la mémoire du jeune roi, un nouvel incident se produisit.

Ymryl franchit les portes de Mossiev au triple galop, sans s'être annoncé auparavant. Entendant une agitation inhabituelle aux grilles du palais, Wilf jeta un regard par la fenêtre et vit son ancien ennemi sauter à bas de son cheval. La monture, visiblement épuisée, manquait s'écrouler de fatigue.

Le prince Ymryl était seul. Aucune trace de Djulura ou de leur bébé. Il poussa alors les grilles pour s'introduire dans le palais, sourd aux protestations des gardes. Lorsque ces derniers firent mine de tirer leur épée, un seul de ses regards sembla les en dissuader. Wilf aimait autant ça.

Descendant les escaliers, vaguement inquiet, il rejoignit au pas de course le guerrier à l'armure d'argent. Il le trouva à mi-chemin de l'allée de graviers blancs qui menait au palais.

Aussitôt, le roi comprit qu'un drame s'était produit. Dès qu'il vit la silhouette raide du prince, son visage exsangue, il sut que celui-ci n'apportait pas de bonnes nouvelles.

Ses yeux étaient rougis et son expression bouleversée, aux limites de la folie. Dans sa main gauche, serrée contre son cœur, il tenait un morceau de linge blanc, tout taché de sang. *Un lange ?…* se demanda Wilf avec horreur.

Ymryl s'immobilisa et fixa le souverain sans un mot. Il semblait totalement hagard. Ses cheveux, sales, pendaient le long de son visage douloureux.

– Les Qanforloks… dit-il enfin, la voix rauque. Ils nous ont attaqués dans notre refuge…

– Votre fils… ? demanda Wilf, le cœur serré.

Le prince hocha la tête comme pour dire non.

– Ils l'ont tué, Wilf… Ils ont tué notre enfant sous mes yeux…

Le guerrier vacillait et semblait au bord de l'évanouissement. Wilf se douta qu'il avait dû chevaucher sans dormir depuis le Kentalas.

– Et… Djulura ? interrogea-t-il encore, au bord des larmes.

Ymryl demeura silencieux, le regard dans le vague.

– Je ne sais pas… dit-il au bout d'un moment. Elle est partie.

– Comment ça, partie ? fit Wilf.

Ymryl haussa les épaules.

– Disparue. Elle n'a rien voulu écouter. Elle était comme folle… Je ne sais pas où elle est maintenant. Je l'ai cherchée dans les environs du fort, mais en vain. Elle est peut-être… peut-être morte : elle était gravement blessée au visage quand nous nous sommes séparés.

Le prince se mit alors à trembler, fixant toujours Wilf de son regard plein d'une douleur abyssale.

Alors, mû par une compassion telle qu'il n'aurait jamais pu imaginer en ressentir un jour envers son vieil adversaire, Wilf le saisit par les épaules et le serra contre lui.

Le guerrier s'effondra pitoyablement, se laissant aller de tout son poids, et se mit à pleurer comme un enfant.

– Je ne savais pas où aller… murmura-t-il piteusement dans l'oreille du roi. Un massacre… C'était un véritable massacre. Fir-Dukein ne nous a laissé aucune chance…

« Les suppôts d'Irvan-Sul étaient une centaine, menés par le général Olmok en personne. Quand je pense à quel point il était à ma botte, autrefois... Ils sont arrivés par surprise, employant la magie. Je n'ai rien pu faire, Wilf... hoqueta-t-il en sanglotant.

Le jeune souverain était transi de rage et de chagrin. À cet instant, la menace représentée par le Roi-Démon prenait enfin toute sa réalité, toute son horreur...

Wilf comprit avec amertume qu'il avait agi par orgueil, en s'attaquant d'abord à la Théocratie. Il aurait dû réserver le pouvoir des Dragons à Fir-Dukein... Il n'aurait pas dû se laisser aveugler par sa haine de Mazhel...

– Nous retrouverons Djulura si elle est toujours en vie, promit-il au guerrier qui se lamentait dans ses bras. Nous vengerons votre fils, Ymryl, tu as ma parole.

3

— Je ne vois que des avenirs sombres…

La diseuse avait murmuré, sa voix s'affaiblissant jusqu'aux limites de l'audible. Djulura leva son regard vers Astarté, et lui demanda de répéter.

– Hélas, je ne vois pour toi que des avenirs sombres… dit la corpulente Arionite, à peine plus fort.

Djulura ne montra aucune réaction.

– Tu es à un carrefour de ta destinée, ajouta Astarté pour atténuer ses précédents propos.

– Mais toutes les directions mènent au même endroit… la coupa lentement la duchesse. Je sais. C'est ce que je vois également.

Autour des deux femmes, la cité de Fael était déserte. Les ouvriers qui travaillaient à sa restauration avaient monté leurs baraquements à l'écart, sans doute par peur des fantômes. Le vent du large venait fouetter le visage de Djulura et de sa vieille amie. Elles étaient obligées de tenir fermement leur manteau pour ne pas qu'il s'envole.

Astarté était venue sans délai, répondant à l'appel de sa duchesse. À l'instant, c'était d'un air pénétré qu'elle avait accepté de lui lire son avenir. La terreur sourde et le chagrin marquaient maintenant ses traits, habituellement sereins.

De toute évidence, elle tâchait de ne pas regarder sa suzeraine en face. Le visage défiguré de Djulura l'aurait fait tressaillir.

Comprenant le trouble de la vieille femme, la duchesse consentit à rabattre une poignée de cheveux sur son œil crevé et la balafre qui lui ouvrait la pommette. Le vent réduisit aussitôt cet effort à néant.

– Nous ne nous reverrons plus, ma petite fille... dit alors Astarté, la voix chargée d'émotion.

Djulura pinça les lèvres, intriguée. Cela faisait des années que la diseuse ne s'était pas adressée à elle aussi familièrement. Pas depuis le temps de son apprentissage de la divination, en fait...

– Je suis malade, avoua son interlocutrice. Vieille et malade... Je pars pour mon dernier voyage.

Elle baissa de nouveau les yeux.

– Mais toi... j'aimerais que tu luttes, ma fille. En souvenir de nous, de ces années où j'étais la seule à savoir que tu ne te nommais pas Caïus...

Djulura ne répondit rien. L'expression de son visage toujours aussi dure, elle se contenta de congédier la diseuse.

Au dernier moment, elle sembla amorcer le geste de tendre la main vers sa vieille tutrice. Peut-être pour la serrer contre elle, une dernière fois. Mais elle s'interrompit en chemin, et Astarté ne remarqua rien. Sa silhouette disparut bientôt parmi les décombres de la ville.

En silence, Djulura marcha ensuite jusqu'à la jetée. Elle la parcourut jusqu'au bout. La mer était démontée.

L'écume bouillonnait, l'air avait goût d'algues et de sel. *C'est le moment pour verser une dernière larme,* se dit Djulura. Mais elle n'y parvint pas. Tout en elle était sec et mort.

Il lui tardait de tout oublier… Pourtant, elle savait qu'elle avait encore quelqu'un à voir. L'inconnu qui lui avait proposé cet étrange marché, à Mossiev, quelques jours plus tôt… Mais il était en retard.

Les minutes passèrent. Lassée, Djulura décida que celui qu'elle attendait ne viendrait plus. Elle ferma son œil valide.

Mais alors qu'elle s'apprêtait à se jeter dans les flots, résolue à en finir avec la vie, quelqu'un fit grincer le bois de la jetée derrière elle. Elle se retourna, vaguement curieuse.

C'était une silhouette – homme ou femme, Djulura n'aurait su le dire – enveloppée dans une cape noire.

Son rendez-vous.

La personne se mouvait avec lenteur, de façon asymétrique, comme si elle était blessée ou mutilée.

– Un instant… croassa-t-elle, dans une rauque supplication. Avez-vous réfléchi à ce que je vous ai proposé à Mossiev ?

Djulura hocha la tête.

– La fin de la souffrance… murmura-t-elle. L'anesthésie de la mémoire… Mais je ne suis pas intéressée. D'ailleurs, vous-même, qu'auriez-vous à y gagner ?

Le personnage boitillant prit une inspiration sifflante.

– En acceptant mon cadeau, vous empêcheriez tout le savoir de mon Dogme d'être perdu… C'est tout ce que je vous demande… De le faire vivre, perdurer, à travers vous.

Il tendit la main, ainsi qu'il l'avait fait lors de leur première rencontre. Entre ses doigts maigres, luisait une obsidienne laiteuse.

– Mais si j'accepte, répliqua la duchesse, vous savez que je me servirai de cette sapience pour aider le Roi-Magicien. Je mettrai le Dogme à son service… Vous ne souhaitez donc plus vous venger de lui ?

Un léger tremblement, ou bien un spasme, parcourut le corps couvert d'une cape noire, sans que Djulura puisse déterminer si cela avait un rapport avec leur conversation.

– Nous avons essayé de nous venger… dit l'inconnu. Et échoué. Ce temps est révolu, maintenant. Tout ce qui compte, c'est que le Dogme ne disparaisse pas avec moi.

– Votre offre est tentante… admit Djulura. Encore une question, cependant : pourquoi moi ?

La forme sous la cape émit un ricanement chuintant.

– L'âme humaine, belle Djulura… Voilà pourquoi. Vous êtes libérée de ce fardeau, comme les meilleurs d'entre nous. Le destin est parvenu à vous arracher jusqu'aux derniers lambeaux de votre âme… Faisant de vous une des seules personnes capables de recevoir ce présent.

Djulura frissonna, légèrement écœurée en dépit de son détachement. Puis elle acquiesça.

Une minute plus tard, l'obsidienne avait changé de main. C'était le corps de l'inconnu qui s'était écrasé sur les rochers, noyant enfin ses souffrances dans le suicide.

Djulura resta un instant à contempler la pierre laiteuse dans sa main. Elle se sentait liée, comme si elle avait échangé son sang avec l'inconnu mystérieux, scellant quelque pacte diabolique.

Elle regardait l'obsidienne, et l'obsidienne la regardait.

* * *

À Mossiev, plus les heures passaient, et plus Wilf avait l'impression de devenir fou. Le jour où Ymryl était revenu vers lui, si bouleversé, il lui avait promis d'agir contre le Roi-Démon. Il s'était promis, *à lui-même,* d'aller quérir des alliés en prévision de la guerre prochaine…

Mais il ne pouvait pas. Il demeurait prisonnier de ce palais, enchaîné à une folie qui le rongeait chaque jour davantage. Son désir enfiévré pour Zarune le hantait à un point qu'il n'aurait même pas pu imaginer quelques mois plus tôt. La moindre de ses émotions en était devenue incontrôlable, excessive. Sa mauvaise humeur perpétuelle avait éloigné tous ceux qui auraient pu l'aider. Rares étaient ses conseillers qui osaient encore l'approcher.

Lorsque son regard se posait sur l'Orosiane, il en ressentait une ivresse délicieuse, mais aussi une vive douleur. Jamais une femme ne lui avait causé de tels transports, auparavant. Seulement… Zarune était-elle une femme, ou bien une divinité ? Wilf ne s'était jamais montré particulièrement rougissant avec les dames, avant elle. *S'il ne s'agissait que d'une femme,* ne cessait-il de se répéter, *les choses seraient simples.* Hélas, Zarune ne se comportait jamais avec lui comme une personne de chair et de sang. Elle se cantonnait au rôle de tutrice sur la voie du So

Kin, ou encore le guidait dans leurs idéaux communs.

Pourtant... elle était différente, avec Lucas. Comme n'avait pu manquer de le constater le jeune roi, non sans amertume... Les moments que les deux spirites passaient ensemble semblaient moins formels, moins froids. Wilf était persuadé que la belle Orosiane se confiait sans complexe à l'ancien moine...

Et ils le laissaient seul, livré à ses émotions sauvages, abandonné à son désir qui lui était comme une torture. Ils faisaient semblant de ne rien remarquer de la passion cruelle qui l'habitait.

Peut-être ai-je contemplé trop d'horreurs au cours de cette vie... méditait cyniquement le jeune homme. *Peut-être cet amour n'est-il qu'un leurre, qu'un moyen parmi d'autres de devenir fou ?... Peut-être un esprit malade trouve-t-il ainsi des stratagèmes pour tenter d'échapper à la réalité... Pour sombrer...*

Et dire que je devrais être roi...

La culpabilité était devenue insupportable. Surtout depuis cette horrible idée, qui avait germé dans son esprit quelques jours plus tôt.

Il y avait eu un incident... Les Worshs, apprenant « qu'Aile-de-Corbeau » régnait maintenant sur le continent, et qu'il réunissait ses forces pour affronter celui qu'ils nommaient le Mangeur d'Oiseaux, avaient décidé de s'allier à lui. En signe d'amitié, les Furies avaient envoyé des nuées d'oiseaux vers les cités humaines.

Mais les frontaliers n'avaient rien compris. Ils avaient pris le vol majestueux pour une agression, associant ces aigles et ces hérons aux terribles barbares qui pillaient leurs villages tous les hivers… Motivés par la peur, ils avaient sorti leurs arcs et abattu les oiseaux par dizaines, provoquant ainsi la colère du peuple worsh.

À présent, Wilf savait qu'il devait négocier. Il savait aussi que s'il envoyait quelqu'un d'autre le faire à sa place, le malheureux serait probablement massacré par les barbares. Le roi connaissait bien les coutumes des Worshs, et l'attachement qu'ils avaient pour leurs oiseaux sacrés…

Pourtant, une tentation curieuse l'avait pris : celle de confier cette mission à Lucas. Le paisible Lucas, avec tout son talent de diplomate, saurait certainement calmer la fureur des barbares… Et le spirite était effectivement l'émissaire le plus doué qu'on puisse espérer : le prétexte serait suffisant pour que personne ne voie le mal dans la décision de Wilf…

La seule chose qui avait retenu le roi, pour l'instant, c'était la certitude de sa malignité à ce propos. Il n'ignorait pas à quel point sa raison était troublée, son amitié entachée. Si jamais il envoyait Lucas là-bas, lui-même saurait bien que c'était dans l'espoir secret qu'il se fasse tuer. Et il n'était pas encore prêt à vivre avec ce fardeau.

Pourtant, chaque fois qu'il observait Zarune en la présence du spirite, comprenant combien elle était attirée par lui, sentant que l'Orosiane immortelle n'était face à Lucas qu'une simple femme… La tentation lui revenait. Mais il était toujours parvenu à la repousser.

Jusqu'à ce matin ensoleillé, du moins. Ce matin où il commit l'irréparable.

D'abjecte, l'idée de confier « le problème worsh »

à Lucas lui avait peu à peu paru plus naturelle. Il ne s'agissait pas de tendre un piège à son plus vieil ami, bien sûr... Wilf avait presque réussi à se persuader lui-même qu'il n'y avait finalement rien de mal à déléguer cette mission à un conseiller de confiance.

Pourtant, son estomac s'était serré avec malaise lorsqu'il avait vu le spirite faire ses bagages. Et, pire encore, il lui avait semblé entrevoir la compréhension de ses intentions dans le dernier regard que Lucas lui avait adressé.

Plus tard, l'observant quitter le palais depuis les remparts, il réalisa qu'il n'avait pas rêvé. Lucas le connaissait trop bien ; ils étaient comme frères depuis trop longtemps. Le roi pouvait peut-être se mentir à lui-même, mais certainement pas à Lucas...

Prenant conscience de cela, Wilf avait éprouvé un vif remords, et il avait été tenté de rattraper son camarade avant qu'il ne quitte la ville.

Mais Zarune était apparue alors, venant le rejoindre en haut des remparts. Sans doute voulait-elle également observer Lucas pendant qu'il s'éloignait... La voyant s'approcher de lui, Wilf fut soudain incapable de bouger et de penser. Il savait, s'il n'agissait pas immédiatement, qu'il serait ensuite trop tard pour arrêter Lucas...

Il ne fit rien.

Durant les premières semaines d'absence de Lucas, Wilf vécut un véritable cauchemar. Sans cesse, il imaginait son compagnon mis à mort par des combattants Furies, son cadavre traîné dans le sable rouge du désert...

Il ne se passait pas une nuit sans qu'il se réveille couvert de sueur, dévoré par la culpabilité. D'un autre côté, il ne se passait pas un matin sans qu'il répugne malgré tout à envoyer du secours à Lucas... tant il était obsédé par les heures qu'il pouvait passer seul avec Zarune, en l'absence du spirite.

Et pourtant, l'Orosiane se montrait toujours aussi distante... Même si le roi passait beaucoup de temps en sa compagnie, pour ramener à la vie son So Kin, il n'était jamais parvenu à installer un véritable climat de confiance. Il lui semblait que Zarune pouvait lire la noirceur de ce qu'il avait fait dans son regard. Lui-même, au lieu de se montrer charmant et séduisant comme il l'aurait voulu, ne pouvait penser qu'à Lucas. Son ombre planait entre eux, rendant impossible toute complicité.

Wilf tournait donc tous ses efforts vers le So Kin. Zarune lui avait expliqué qu'il conserverait sans doute ses facultés physiques surnaturelles et sa température corporelle élevée, mais qu'il pourrait dans le même temps ouvrir le circuit de ses énergies pour les rendre utilisables. Elle avait raison. Peu à peu, le pouvoir de l'âme intérieure se débloquait en Wilf, recommençait à s'écouler selon un flux cyclique et régulier. C'était le *cercle parfait*, dont lui avait parlé Lucas autrefois.

Bien entendu, il lui faudrait encore des années avant de le maîtriser parfaitement, et d'en faire don à l'humanité tout entière... Mais le problème de la cristallisation du So Kin était bel et bien en passe d'être résolu.

Le jeune roi avait au moins cette satisfaction... Car pour le reste, tout allait de mal en pis. Il lui semblait que Zarune lui en voulait profondément d'avoir ainsi éloigné Lucas.

Aucune présence ne pouvait le consoler de cette situation, ni celle de Pej ni celle de Guajo. L'ancien domestique, qui avait décelé depuis longtemps le trouble qui habitait son souverain, tentait pourtant de lui venir en aide. Pour alléger son amertume, il rappelait régulièrement à Wilf que les Orosians étaient des êtres millénaires, qui n'avaient rien à voir avec les humains.

– Il n'y a pas de bonheur possible, dans cet amour, ne cessait-il de répéter. Un humain et une Orosiane ne sont pas faits pour partager ce genre de sentiment…

– Sauf s'il s'agit de Lucas! objectait alors Wilf, plein de rancœur.

Et Guajo de lui expliquer que Lucas n'était pas tout à fait humain, qu'il s'agissait d'un être hybride, capable de placer les choses sur un plan purement mystique… au-delà de la compréhension d'un garçon comme Wilf.

– Il faut que tu saches, par exemple, que nous autres Orosians méprisons l'amour physique, que nous tenons pour un acte barbare. C'est la raison pour laquelle les prêtres des différentes religions étaient soumis à la chasteté, afin de se trouver plus proches de nos conceptions… Depuis des siècles, nous n'avions recours qu'aux Cuves de Deloss pour nous reproduire.

« Sans doute cela sera-t-il amené à changer, à présent que Uitesh't n'est plus. Mais cette évolution prendra du temps… Et un jeune homme comme toi, débordant de vie et de vigueur, ne saurait se contenter d'une passion platonique, n'est-ce pas?

À ces mots, Wilf avait souri amèrement. Son désir n'était nullement émoussé par les discours de l'Orosian. Mais il appréciait les efforts de Guajo pour refroidir la fièvre insensée qui l'habitait.

Rien, cependant, ne le soulagea autant que le retour inespéré de Lucas.

Le spirite franchit les portes de la ville par un après-midi nuageux, apparemment épuisé mais, contre toute attente, sain et sauf. Il revenait simplement, après avoir accompli la mission confiée par son roi.

Il était parvenu à apaiser les Worshs, et à regagner leur confiance.

À la joie de revoir son vieux compagnon vivant, s'ajoutait pour Wilf le sentiment de lever enfin la chape de culpabilité qui l'avait tué à petit feu. Il savait que si les Worshs avaient tué l'ancien moine, lui-même n'aurait jamais pu s'en relever. Sa conscience et ses remords l'auraient rendu fou.

Dans le regard du spirite, lorsqu'il le serra dans ses bras, il lut la compassion… et le pardon. *Je sais que tu as voulu te débarrasser de moi… Mais je sais que tu ne le souhaitais pas réellement. Et nous n'en parlerons jamais,* semblait dire son sourire énigmatique.

Le jeune roi comprit alors que rien ne saurait avoir plus de valeur qu'une amitié de cette profondeur.

Même lorsque Zarune étreignit Lucas à son tour, lui disant tout bas combien il lui avait manqué, il s'efforça de n'en ressentir qu'un léger pincement au cœur. Même lorsqu'il surprit dans les yeux de l'Orosiane cette douceur et cette euphorie qu'il avait essayé en vain d'attirer sur sa personne… Il baissa les yeux, se concentrant sur l'idée que Lucas était son ami.

Mais ils ont l'air si heureux… réalisa-t-il en observant la façon dont Zarune et Lucas parvenaient en cet instant à être seuls au monde, en dépit de la foule nombreuse qui avait accouru pour accueillir le spirite. *Jamais je ne pourrais supporter de les voir ainsi…* Et, avant qu'il n'ait pu y réfléchir davantage, ces paroles avaient franchi ses lèvres :

– Je vais partir, s'entendit-il déclarer. Maintenant que tu es de retour, Lucas, je vais pouvoir te laisser les rênes du royaume. Pour ma part, je dois aller quérir d'autres alliés. Je crois que cela va être… un long voyage.

4

Les armées d'Irvan-Sul achevaient de se rassembler au pied de la Forteresse-Démon. Au-dessus de cette masse grouillante, la lourde silhouette de Fir-Dukein se découpait en clair-obscur. Cette fois, il n'y aurait plus de délai accordé aux peuples libres.

Le Roi-Démon n'avait qu'un dernier détail à régler. Il espérait encore rallier le jeune Wilf à sa cause, remplaçant ainsi Ymryl le traître... Mais il n'était pas prêt à faire preuve d'une grande patience. Wilf plierait vite, ou bien il mourrait avec tous les autres...

À moitié préoccupé par ces pensées, à moitié par les manœuvres que ses généraux imposaient aux troupes pour les maintenir en éveil, le maître des ténèbres songea qu'il pouvait être fier de son œuvre.

À ses côtés, un fidèle Qanforlok veillait au bon déroulement des opérations. Ce puissant général, âgé de plusieurs siècles et membre de la caste du Souffle, tremblait de peur et d'excitation en sa présence...

Fir-Dukein observait les Commandeurs de chaque caste, qui prenaient la tête de leur bataillon avec fierté. Ils étaient prêts pour la dernière guerre. Ils la souhaitaient ardemment. *Bientôt, mes mignons… Bientôt…* pensa le Roi-Démon.

Le matin même, il avait appris qu'un régiment composé de Tu-Hadji et d'humains avait provoqué volontairement l'éruption d'un volcan, au centre du continent. La lave avait envahi les galeries des Hommes-Taupes, condamnant ainsi le dernier grand point névralgique du réseau souterrain qu'il avait mis des décennies à creuser. Mais peu importait… Avec ou sans ces tunnels, il remporterait la guerre.

Il éclata d'un rire sinistre.

Il avait préparé ce moment depuis deux mille ans…

* * *

Sans se douter une seconde des projets que Fir-Dukein nourrissait à son égard, Wilf fixait béatement les motifs d'une mosaïque trollesque. Le pacha Mohadd, son vieux camarade, lui parlait… mais il ne l'écoutait pas. Il avait respiré trop de fumée de *Golash*, et ne parvenait plus à extraire son esprit des brumes dans lesquelles il se trouvait plongé.

Cela faisait des mois, à présent, qu'il avait quitté Mossiev. Sous l'effet de la drogue, diverses scènes de sa longue odyssée lui revenaient en mémoire, prenant la forme de brèves images floues.

Il avait visité le lointain peuple Enu, qui vivait dans les Monts des Confins… Là-bas, il avait pu vérifier ce que les Lanciers prisonniers lui avaient déjà appris après la chute de la Théocratie. C'était bien dans les montagnes que ces anciens Clarencistes avaient fondé leur monastère voué à l'entraînement de troupes d'élite. Pendant vingt ans, ils avaient guerroyé contre les farouches Enus, s'aguerrissant à leur contact jusqu'à acquérir l'expérience qu'on leur connaissait. Le peuple de l'Empire n'avait jamais rien su de cette campagne secrète, tout entière financée par l'Église Grise. La raison de ces batailles tragiques : s'accaparer les riches gisements d'or des Confins, qui plus tard seraient utiles à Mazhel pour s'offrir les services des Baârniens. Wilf s'était senti dégoûté... Entendant ces propos de la bouche même de ceux qui en avaient été les victimes, il avait alors eu honte de sa nature d'occidental. Il avait promis aux Enus qu'ils n'auraient plus jamais à subir un tel impérialisme... Et ces derniers lui avaient accordé leur confiance, jurant de le soutenir dans sa lutte contre le Roi-Démon.

À un autre moment, Wilf s'était trouvé dans les îles luxuriantes de l'Archipel Shyll'finas... Il se souvenait de la manière dont leurs nombreux rois l'avaient reçu... L'un d'entre l'avait marqué particulièrement : un homme obèse, dont le ventre faisait comme un globe luisant à la lumière des flambeaux. Sourcils touffus, lèvres grasses et incurvées dans un sourire carnassier... Un pagne et une cape de fourrure ocellée pour tous vêtements... si l'on exceptait bien sûr les tonnes d'or dont il était couvert. Des bagues jusqu'à cette lourde chaîne à larges maillons, avec son énorme médaillon représentant un animal fabuleux que Wilf n'avait pas identifié... Des domestiques et des danseurs nus, portant des masques noirs et grimaçants... le corps enduit de peinture, dorée pour les femmes et argentée pour les hommes... Des gardes du corps aux allures de bourreaux, carapacés dans ces armures en bois laqué si typiques des Shyll'finas, dont les épaulettes reprenaient la forme des toits de leurs pagodes… Avisant par la fenêtre un mammouth qui transportait quelque lourde charge à travers la cour du palais d'Orkoum, Wilf se rappela soudain les éléphants utilisés par le peuple insulaire. Il les avait trouvés si majestueux… Mais il avait encore préféré le court voyage effectué dans un char tiré par des grues, sur l'île Shyll'finas dont ces oiseaux étaient le symbole.

D'autres images affluèrent. Il y avait eu… oui, cette Vieille Voix rencontrée au large, alors qu'il gagnait l'Archipel à bord de son galion faelien. *Elle va nous attaquer !* s'était exclamé un imbécile. Mais Pej, qui partageait l'exil du jeune roi et se tenait à ses côtés, avait empêché le matelot de commettre une bévue. Les harpons avaient été écartés… Et la baleine s'était éloignée, tranquille… Wilf ne s'était pas vexé de son indifférence : la créature marine avait d'autres sujets de préoccupation que le va-et-vient d'un monarque… Il connaissait ces êtres et la raison de leurs migrations mystérieuses. Considérant l'équipage qui contemplait ce spectacle avec ignorance, il avait murmuré : *Moi, je sais ce que tu cherches, toujours en quête… Je sais que tu lis dans les étoiles… espérant une autre réponse, après les Dragons. Peut-être as-tu raison… Fais bonne route, Vieille Voix…*

Curieusement, cette simple rencontre l'avait rasséréné, plus encore que l'amitié de Pej. Elle lui avait fait mieux comprendre la nature de son combat, tout en relativisant l'importance de sa personne. Et c'était sans doute de cela qu'il avait besoin…

Sa vue se faisant peu à peu moins trouble, il distingua bientôt les deux silhouettes assises en face de lui. Il s'agissait de son compagnon Tu-Hadji et du Trollesque Mohadd. À les observer ainsi dans le décor d'Orkoum, Wilf aurait pu se croire revenu trois ans en arrière, à l'époque où il était esclave des Thuléens.

Cette pensée le fit sourire. Tant de bouleversements avaient eu lieu depuis... Soudain, son sourire s'effaça comme par enchantement. Malgré lui, il venait de repenser à Zarune et Lucas, qui devaient couler des jours heureux dans le palais des Csars... *Qu'ils aillent au diable...*

Wilf avait parfois de leurs nouvelles par voie télépathique, mais leurs messages s'étaient faits moins fréquents à mesure que son absence s'éternisait. Il tâchait de songer à eux le moins possible.

De nouveau, son regard se posa sur le pacha. Il savait que Mohadd userait de son influence pour garantir aux humains le soutien des Trollesques. Ce n'était pas uniquement par amitié envers Wilf, d'ailleurs... En effet, depuis la chute des Orosians, les habitants de la cité-oasis d'Orkoum avaient vu s'éteindre l'énergie qui animait leurs soleils souterrains. Sachant qu'il s'agissait là d'une forme particulière de So Kin, le jeune roi leur avait promis qu'il enverrait sans tarder des Sœurs Magiciennes chargées de remettre les artefacts en marche.

Le marché était satisfaisant, et les Thuléens seraient des alliés puissants contre les forces d'Irvan-Sul. D'autant que, privés de leurs soleils, beaucoup avaient retrouvé l'existence rude des crevasses, et avec elle la pugnacité qui leur avait parfois fait défaut.

– Te voilà de nouveau parmi nous ? fit soudain la voix raffinée de Mohadd. La Golash ne te réussit pas beaucoup, on dirait ! se moqua-t-il gentiment.

Wilf lui rendit son sourire.

– C'est vrai, admit-il, la bouche pâteuse. Mais elle me plonge dans mes souvenirs plutôt que dans l'avenir… Et cela me repose.

Le Trollesque fronça ses yeux pourpres, l'air intrigué :

– Tes souvenirs sont donc si plaisants ? Ce n'est pas ce que j'aurais cru.

Le jeune souverain hocha négativement la tête.

– Non, Mohadd, pas si plaisants, en effet… Mais… avec cette guerre qui nous attend… j'ai bien peur que le futur ne soit pire encore.

* * *

Avachi sur son lit, Wilf méditait les conversations de la soirée lorsque l'ombre s'étendit sur lui.

Il ne la vit pas tout de suite, mais ressentit immédiatement le froid glacial qui l'accompagnait. Frissonnant sans comprendre, il mit cette sensation sur le compte du climat de la banquise, et resserra autour de lui sa cape de fourrure.

Puis la voix résonna, terrifiante.

Ton temps s'achève, jeune Wilf…

L'intéressé sursauta, réprimant un juron de surprise. Mal à l'aise, il se demanda un instant si la raison n'était pas en train de le quitter définitivement. Mais il était maintenant familier de la communication psychique… Il se retint donc d'appeler Pej à son secours, comme il en avait tout d'abord eu le réflexe.

Lorsque la voix se fit de nouveau entendre dans son esprit, il comprit qu'il n'avait pas rêvé.

Ton temps en tant que roi, en tout cas. Car, à mon service, tu pourrais encore connaître la gloire pendant bien longtemps...

Avec un nœud d'angoisse se formant dans ses entrailles, Wilf commençait à imaginer qui pouvait s'adresser ainsi à lui. Il craignait de comprendre...

Je serai un bon maître, reprit la voix ténébreuse, *comme je l'ai été pour ce traître d'Ymryl.*

– Fir-Dukein! cracha le jeune roi, entre effroi et dégoût. Sors immédiatement de mon esprit!

Le Roi-Démon se mit alors à rire, et Wilf regretta d'avoir provoqué cette hilarité. Ce son rauque percuta sa conscience en lui laissant l'impression d'être déchirée par des griffes.

On ne me chasse pas aussi facilement, mortel... D'ailleurs, je sais que tu ne le souhaites pas vraiment...

Wilf renifla avec dédain. Rien de ce que pouvait lui proposer Fir-Dukein ne pouvait avoir de valeur à ses yeux.

Tu es bien sûr?... Pas même la vengeance? Je sens ta rancœur, jeune Wilf. Envers Lucas... Envers Zarune... Ne voudrais-tu pas les voir t'implorer?

– Non! Non! murmura Wilf, le souffle court. Ce sont mes amis...

Mais il se sentait déjà vaciller. Une partie de lui-même était consciente du fait que le Roi-Démon profitait de son dépit amoureux pour le tromper... Mais une autre partie était comme écrasée, subjuguée, par la noirceur et le pouvoir du seigneur des ténèbres.

Son ressentiment n'avait cessé de croître, malgré ses efforts, et Fir-Dukein savait très bien le retourner à son avantage.

Wilf se surprit à hésiter. Sérieusement. *Les voir t'implorer...*

Non, c'était ridicule. À moins que...

À ce moment précis, alors que Wilf était aux prises avec un sentiment de doute vertigineux, le contact fut brutalement rompu.

Le jeune roi prit subitement son crâne entre ses mains, poussant un cri de douleur.

Quelques instants passèrent, puis une voix beaucoup plus douce se fit entendre :

Wilf ? Que se passe-t-il ? J'ai eu un mal fou à établir la liaison mentale...

Reconnaissant instantanément ce ton serein, Wilf soupira de soulagement.

– Lucas ! chuchota-t-il avec gratitude. Je... J'étais... Ce n'est rien, bredouilla-t-il finalement.

Je lui ai échappé de peu, songea-t-il en pensant au Roi-Démon. *Si Lucas n'avait pas choisi ce moment précis pour me joindre, je ne sais si...* Il se figea, une autre pensée lui traversant soudain l'esprit : la coïncidence l'étonnait un peu. Était-ce un simple hasard, ou bien Lucas et Zarune l'espionnaient-ils ? *Non,* se dit-il, *je ne peux pas continuer à les soupçonner de tout...* Mais le simple fait d'avoir nourri ce doute le faisait frémir : cela prouvait bien à quel point il était facile à Fir-Dukein d'entretenir les germes de sa haine... Qui pouvait dire s'il saurait résister aux tentations du Roi-Démon, la fois suivante ?

Pour l'instant, en tout cas, il était sauvé, et il répondit à Lucas :

– N'aie pas d'inquiétude, mon ami. Alors… quelles nouvelles de Mossiev ? Des choses importantes ?

Oui et non, déclara la voix mentale du spirite. *Les forces d'Irvan-Sul continuent de se masser à la frontière… C'est un peu curieux : je me demande bien ce qu'elles attendent pour donner l'assaut.*

D'autre part, j'ai pensé que tu devais être mis au courant de certaines rumeurs qui sont remontées jusqu'à nos informateurs… Il s'agirait d'une recrudescence des maîtres-tueurs. Ils ne s'en sont encore pris à personne en particulier mais, bizarrement, ils sont depuis quelque temps en train de se rassembler. Il semblerait qu'ils aient un nouveau chef, un certain « Œil-d'Ombre ». Je suppose que c'est l'un des Magisters du Cercle Intérieur ; ils n'étaient peut-être pas tous présents le jour où ils t'ont attaqué.

– Œil-d'Ombre… répéta Wilf, pensif. Eh bien, je suppose que je ne risque rien, ici… C'est vraiment le bout du monde.

À peine avait-il fini de prononcer ces mots, qu'une série de coups se firent entendre à sa porte. Le roi tressaillit malgré lui, avant de sourire de sa réaction.

– Je dois aller ouvrir, déclara-t-il à l'intention de Lucas. Autre chose ?

Non… Rien de capital, je crois, répondit la voix mentale.

Wilf acquiesça et se dirigea vers la porte.

– Alors à bientôt, Lucas… murmura-t-il. Je serai de retour à Mossiev dans moins d'un mois.

Sentant la présence psychique du spirite disparaître, Wilf avança la main vers la poignée de la porte. Mais un pressentiment étrange l'arrêta au dernier moment.

Il réfléchit très vite : il avait d'abord cru qu'il s'agissait de Pej, alerté par le cri de douleur qu'il avait poussé, lorsque Lucas avait interrompu brutalement sa conversation télépathique avec le Roi-Démon… Mais Pej n'aurait pas frappé ; il se serait précipité dans la pièce, lance à la main. Pej aurait accouru bien plus vite que cela, d'ailleurs : ses quartiers étaient situés dans la pièce d'à côté. Quelque chose n'était pas normal…

On frappa à nouveau.

– Qui est là ? demanda Wilf, le ton ferme.

– C'est moi, Djulura… chuchota une voix féminine derrière la porte.

Wilf jura de surprise, et ouvrit d'un geste brusque. *Corbeaux et putains, il me semble bien reconnaître cette voix…*

C'était bien elle. La duchesse était méconnaissable, mais nul doute qu'il s'agissait de sa vieille amie, se tenant miraculeusement face à lui.

Sans même songer à la faire entrer, il ne put que la dévisager bouche bée, pendant un long moment.

Ses vêtements étaient sombres et passe-partout, avec un large capuchon qui plongeait sa figure dans l'ombre. La diseuse, autrefois sculpturale, semblait considérablement amaigrie. Wilf pâlit en avisant une mèche de cheveux qui s'échappait de sa capuche : même sa blondeur éclatante paraissait à présent plus terne, comme si Djulura avait vieilli de nombreuses années.

D'un geste hésitant, la faelienne fit alors glisser son capuchon sur ses épaules, et Wilf ne put retenir un mouvement de recul. Blême, les joues creuses, son visage n'était plus que la caricature de sa beauté passée. Une large cicatrice lui courait de la mâchoire au front, s'arrêtant au niveau de l'œil pour reprendre de l'autre côté.

L'œil... Le jeune homme n'avait pas réalisé immédiatement.

Djulura était borgne, à présent : son œil gauche avait été remplacé par une pierre d'un noir laiteux. *Une obsidienne...* évalua Wilf. Mais son éclat était étrange, comme si ses imperfections naturelles étaient mouvantes... Inexplicablement fasciné, le roi dut faire un effort pour détacher son regard de la pierre.

– Corbeaux et... commença-t-il dans un murmure rauque.

– Je t'en prie ! le coupa Djulura.

Le son de sa voix avait subtilement changé, ou tout au moins ses intonations. Celles-ci n'avaient plus rien d'onctueuses, et entendre la diseuse s'exprimer ainsi rappelait à Wilf l'époque où elle avait vécu sous le déguisement du duc Caïus, ses paroles enlaidies par l'écho d'un masque de métal...

Elle le contourna pour pénétrer dans sa chambre, sous son regard de plus en plus circonspect.

– Djulura, que t'arrive-t-il ? demanda-t-il sans chercher à dissimuler son inquiétude. Comment es-tu venue jusqu'ici ? Et... bon sang, où est passé Pej ?

La duchesse fixa son suzerain sans rien dire. Froid et toujours aussi troublant, son regard...

Enfin, au bout d'une interminable minute, elle lâcha :

– Je suis là pour te prêter allégeance, Roi-Magicien. Pas en mon nom, ce qui est déjà fait depuis longtemps. Mais au nom de mon Dogme... le Joyau d'Ébène.

Abasourdi mais aussi vaguement incrédule, Wilf faillit l'interrompre. Elle ne le laissa pas faire :

– Cette obsidienne que tu vois dans mon orbite oculaire est un réceptacle magique. Elle contient tout le savoir, toute l'expérience acquise au fil des siècles par la Congrégation des maîtres-tueurs. Cette connaissance est mienne, aujourd'hui. Et je la mets à ton service… comme cela était jusqu'au temps d'Arion.

Wilf secoua la tête :

– Mais… comment cette pierre est-elle arrivée en ta possession ? s'étonna-t-il.

– Ne va pas croire que cela fut gratuit. Mais il se trouve que je l'ai payée avec certaines choses dont j'étais précisément désireuse de me débarrasser…

« Mon humanité, ma sensibilité et mes souvenirs, précisa-t-elle. J'ai conservé ma mémoire, en réalité, mais elle me fait l'effet d'avoir appartenu à quelqu'un autre…

Wilf fit signe qu'il ne comprenait toujours pas.

– Tu as laissé un Magister s'échapper, à Mossiev, expliqua-t-elle. L'un des assassins que tu croyais avoir tué… Il est venu me trouver, malgré ses blessures, car j'étais exactement la personne qu'il cherchait.

« Rassure-toi, cependant : il n'a pas survécu bien longtemps. Il souffrait trop, de son échec comme des blessures que tu lui avais infligées… Il s'est donné la mort après m'avoir transmis le flambeau.

Le jeune monarque se contenta de hocher la tête, toujours estomaqué. Djulura enchaîna sans marquer de pause :

– J'ai sacrifié à la tradition des maîtres-tueurs, en adoptant un nom de guerre. On m'appelle Œil-d'Ombre, à présent. Peut-être as-tu entendu parler de moi ?

Acquiescement hagard de la part de Wilf.

– Je suis venue en chevauchant les ombres, ainsi que l'enseigne le Joyau d'Ébène. C'est aussi grâce à elles, à leurs murmures, que je t'ai retrouvé. Elles m'ont… (Pour la première fois, la duchesse parut hésiter.) Elles m'ont appris que tu t'étais tourné vers l'obscurité. Ou tout au moins que tu t'apprêtais à le faire…

« J'ai donc accouru aussi vite que j'ai pu. J'espère être arrivée à temps pour te convaincre de renoncer au mal, Wilf… Je l'espère : pour moi, et pour toi.

La menace ne faisait pas de doute. En vérité, le souverain n'avait jamais connu Djulura aussi glaciale.

– Où est Pej ? demanda-t-il à nouveau. Si tu lui as fait le moindre mal…

– Il dort, l'interrompit la diseuse. À poings fermés… *Racine de dzeng*, précisa-t-elle. Si jamais je dois te combattre, j'aurai bien assez à faire sans qu'il ne s'en mêle…

Wilf plissa les yeux, suspendant son souffle. Il conserva le silence un moment, les lèvres serrées, tandis que Djulura ne cessait de le fixer.

– J'ai hésité… avoua-t-il enfin. L'idée de rejoindre les forces du mal peut s'avérer tentante. Tu me connais bien, duchesse ; tu m'as connu avant même que j'apprenne à travestir ma nature. Tu sais toute la colère que je porte en moi…

La diseuse acquiesça lentement.

– Comme Arion, poursuivit le jeune roi. Souvent, je me suis demandé si je n'étais pas destiné à finir mes jours de la même manière que lui. En causant de terribles dommages à ce monde, en faisant couler des rivières de sang et de douleur... Peut-être... que je suis *programmé* pour ça...

Djulura ne bougea pas, mais Wilf sentit un frémissement dans son bras. Celui qui était posé sur la poignée de son épée.

– Il serait tellement plus simple de succomber à cette colère, dit-il entre ses dents. Tout m'est prétexte à cela... Comme cet amour que je m'invente envers Zarune... Djulura, j'ai voulu envoyer Lucas à la mort ! Tu te rends compte ? La vérité, c'est que mon cœur n'a jamais connu que la colère...

« Et toi, tu viens ici me faire la morale... Qu'est-ce qui te fait croire que ce sera suffisant ? (Sa voix enflait, se chargeant peu à peu de fureur.) Tu as peut-être changé, mais je te reconnais bien : Djulura, ma directrice de conscience ! Tu as toujours eu peur de moi, n'est-ce pas ? Du mal que je pourrais décider de faire...

L'air était devenu électrique entre eux deux. Ils s'observaient comme des ennemis mortels. Puis, à l'étonnement de Wilf, la duchesse posa une main sur lui avec douceur. Toujours tendu, le jeune homme observa ces doigts immobiles sur son épaule.

– Ouvre les yeux, lui dit Djulura, et sa voix avait presque retrouvé ses intonations d'autrefois. Les yeux, et le cœur... C'est quelque chose que je ne peux plus faire, mais qui est encore à ta portée.

« Tu as raison de dire que je te connais... fit-elle, pensive. Tu te souviens de notre première rencontre ? Tu étais enchaîné, prisonnier de mes soldats, et tu croyais que je n'étais que la diseuse de Caïus. Pour ma part, j'avais redouté cet instant, mais je compris alors que mes craintes n'étaient pas fondées...

Contrairement à ce que tu peux penser, j'ai toujours souhaité t'accorder ma confiance.

« Pendant des années, j'ai veillé sur toi. Ces derniers mois encore, lors de tes voyages aux quatre coins du monde : mes maîtres-tueurs t'ont protégé contre les assassins Qanforloks lancés à tes trousses. Ils ont eu fort à faire, d'ailleurs, car ces membres trop zélés de la caste du Dard possèdent des ressources étonnantes. Mais nous faisions rempart, jour après jour, et je n'étais moi-même jamais bien loin...

« Je ne vais pas t'exhorter plus longtemps à demeurer du bon côté. Je vais t'entendre prendre la bonne décision. Ou bien je devrai te tuer. (Elle prit une inspiration.) Mais je ne crois pas que nous en arriverons là.

Wilf laissa s'afficher un rictus de loup sur ses lèvres.

– Le Roi-Démon n'a rien à m'apporter, décréta-t-il. Cette certitude est ancrée en moi, malgré ma rancœur et la passion frustrée que je voue à Zarune. Je vacille, mon amie, mais je ne tombe pas. Tu devrais le savoir...

Il se tut et lut dans le regard de la duchesse qu'elle le croyait sur parole. Lui-même, à ce moment précis, était empli de conviction. Il se doutait cependant qu'*Œil-d'Ombre* resterait vigilant à son égard, et il lui en rendait grâce...

Il hocha résolument la tête avant de conclure.

– J'espère que Pej sera en état de voyager dès demain matin. Il est temps pour nous de regagner notre royaume. Et de livrer la dernière bataille.

5

La nature tout entière paraissait avoir compris combien l'heure était grave. Au-dessus de la frontière entre le Royaume du Cantique et l'Irvan-Sul, surplombant les deux armées, des colonies de nuages noirs s'étaient massées. Un vent glacial sifflait entre les troupes, semblant transporter avec lui de sombres présages.

De part et d'autre, les montures renâclaient et montraient des signes d'impatience. Aux destriers qui piaffaient dans les rangs des peuples libres, faisaient face des oiseaux-diables et de redoutables créatures sauriennes.

Juché sur son grand étalon blanc, Wilf tremblait de tout son corps. Angoisse et excitation...

Un mois auparavant... il était encore dans les territoires gelés de Thulé. Tout avait été si vite... Par trois fois, le long de son voyage de retour, le Roi-Démon avait essayé de le faire plier. Wilf avait repoussé ces tentations télépathiques grâce à la présence de Pej et Djulura, dont l'amitié et la vigilance l'avaient considérablement aidé. Il se demanderait jusqu'à la fin de ses jours si, seul, il n'aurait pas fini par succomber...

Lors de sa dernière tentative pour le rallier à sa cause, Fir-Dukein était entré dans une rage folle. Wilf avait cru que son esprit allait être réduit en lambeaux par cette fureur incontrôlable. Mais il avait tenu bon. Il avait compris, cependant, que cet ultime refus marquait le véritable début de la guerre. Dans les heures suivantes, les forces du Roi-Démon se mettraient en marche.

Il ne s'était pas trompé. Ses propres troupes étaient arrivées juste à temps pour les contrer, à la frontière. Pour le moment, il n'y avait pas eu de combat : les deux armées se contentaient de s'observer.

Une heure auparavant... il avait gagné ce champ de bataille, découvrant l'ampleur des forces en présence.

Bref conseil militaire avec son état-major... Renouvellement des promesses d'alliance de la part des troupes étrangères... Quelques cérémonies... Devant une assemblée de nobles, représentant les Provinces du royaume, Wilf avait enfin déclaré ses dernières volontés. Au cas où il devrait payer de sa vie cet affrontement... avait-il précisé.

Rappelant pour commencer qu'il ne se connaissait aucun héritier, il avait donc désigné Lucas pour lui succéder. Aux murmures surpris – très peu se montrèrent ouvertement indignés – qui s'étaient élevés parmi les aristocrates, il avait rétorqué que le spirite était pour lui comme un frère, depuis de longues années. Il connaissait bien la politique du royaume et possédait toutes les qualités requises pour faire un excellent souverain. *Bien meilleur que moi*, n'avait pu s'empêcher de penser le jeune homme, avec un sourire aussi discret qu'ambigu.

Et maintenant… Maintenant il se trouvait face à son destin. Face à la bataille vers laquelle tout l'avait conduit, depuis les ruelles de Youbengrad. S'il échouait maintenant, plus rien n'aurait de sens, rien de ce qu'il avait pu accomplir ou endurer auparavant. Sa victoire sur les Orosians, ses sacrifices… tout serait balayé par la folie maléfique de Fir-Dukein.

Hélas, les Dragons Étoilés dormaient toujours profondément. Il fallait se rendre à l'évidence : les peuples libres devraient se passer de leur concours…

Wilf avait déjà connu trop de guerres pour ressentir véritablement de la peur, quand bien même les proportions de cette bataille étaient gigantesques. Du moins, il ne craignait pas pour sa propre personne. Mais l'ombre vivante du Roi-Démon, décelable dans les lignes arrières de ses troupes, lui figeait les sangs lorsqu'il imaginait tout le mal qu'il pourrait exercer sur l'humanité, en cas de victoire. Le jeune monarque ne voulait pas voir tous ses efforts réduits à néant. Il était prêt, bien entendu, à donner sa vie pour que cela n'arrive pas.

Donner sa vie… Stupidement, mécaniquement. Voilà une conception dont l'ancien Wilf se serait bien moqué ! Après tout, qu'est-ce qu'il l'obligeait à se sacrifier ainsi ?

Il s'apprêtait à le faire, pourtant. Sans même pouvoir choisir ! Il n'était plus libre… *Corbeau et putains, je ne m'appartiens plus…* médita-t-il entre amertume d'aujourd'hui et ironie d'autrefois. Mais, il le savait, le plus difficile ne serait pas de mourir. Depuis longtemps maintenant, le plus difficile avait été de vivre, dans cette existence programmée, écrasée par des responsabilités colossales. Le devoir, le destin du monde... *Pas de place pour Wilf dans les préoccupations du Roi-Magicien...* Il lui en arrivait de douter de son identité. Il soupira : quoi qu'il se passe à présent, ce serait pour lui la fin d'une époque, et il en ressentait un profond soulagement.

Les armées s'ébranlèrent bientôt. Le cœur de Wilf battait assez lentement, comme s'il parvenait à observer la situation de manière détachée.

Parmi ses généraux, beaucoup se plaisaient à considérer que leur camp constituait les forces du Bien... Mais le roi n'était pas cet avis. Il avait beaucoup voyagé, et connaissait les hommes mieux que son jeune âge ne pouvait le laisser supposer. Ces troupes qu'il commandait, elles ne figuraient pour lui que l'ensemble des forces luttant contre le néant. La survie contre l'extinction. Mais si l'union des peuples motivait à ce point le cœur des soldats, alors il ne pouvait rien reprocher à cette illusion... Ses guerriers allaient avoir besoin d'inspiration.

La bataille s'engagea. Wilf n'avait jamais eu sous son commandement d'armée aussi impressionnante. Il se sentait bien loin des combats : en vérité, le rôle de général ne lui avait jamais été agréable. Mais il était trop tôt, beaucoup trop tôt, pour plonger au cœur du chaos.

Sentiment d'irréalité... Un moment d'absence... Wilf repensait à cette étoile à six branches, vue en rêve des années plus tôt, alors qu'il était épuisé et affamé. Il s'en souvenait parfaitement.

Mentalement, il passa en revue les six factions que lui avait montrées ce songe étrange. Aujourd'hui, son sens lui apparaissait, tellement plus clair... Six puissances qui s'étaient affrontées des siècles durant, jusqu'à cet instant décisif, ce nœud historique.

La Monarchie du Cantique, avec ses Rois-Magiciens et leurs ambitions humanistes… Ils avaient toujours nourri l'espoir de créer un âge d'or, une ère de paix et de liberté. *Voilà enfin notre heure de vérité,* songea le dernier de leur lignée.

Les Tu-Hadji, qui n'avaient d'autre but que de lutter contre le Roi-Démon et guérir la Skah de sa souillure. *Précieux alliés…*

Les Sœurs Magiciennes, qui avaient déjà accompli une part de leur destinée en aidant à vaincre les Orosians. Elles connaissaient les secrets du So Kin, ce maillon essentiel dans l'évolution de la race humaine. *Peut-être auront-elles un rôle à jouer dans l'avenir. Si nous sortons victorieux de cette guerre.*

Les Orosians, leurs ennemis mortels, dont il ne restait presque plus de représentants aujourd'hui. *J'espère que vos âmes brûlent en enfer…* adressa Wilf à la mémoire de Mazhel et des siens.

Le Dogme du Joyau d'Ébène, frère maudit de Ceux de l'Étoile. Maîtres-tueurs sous l'autorité d'Œil-d'Ombre, leur tout récent chef… *À nouveau fidèles au Roi-Magicien, comme ils n'auraient jamais dû cesser de l'être…*

Enfin, l'ennemi. Le seul véritable ennemi : celui avec lequel aucun compromis n'était possible. Irvan-Sul et ses maléfices. *Vaincre ou mourir…*

Le choc entre les deux armées avait été brutal. De toute évidence, aucun des deux camps n'avait l'intention de ménager ses forces. Wilf se dressa sur ses étriers pour mieux voir.

Les créatures d'Irvan-Sul étaient décidément

redoutables. Qu'il s'agisse des Grogneurs ou des Hommes-Taupes, les serviteurs du Roi-Démon se ruaient à l'assaut sans la moindre considération pour leur propre sécurité. Mais ce n'était rien à côté des Qansatshs, des Cyclopes et des Qanforloks. Ces derniers n'hésitaient pas à faire usage de la Skah souillée, même s'il ne s'agissait encore que d'un échauffement. Bientôt, songea Wilf, ils déchaîneraient toute leur puissance, et les mages arionites auraient bien du mal à les contenir…

Les choses se déroulèrent ainsi qu'il devait en être. La bataille se poursuivit des heures durant, avec son lot de péripéties et de coups de théâtre… Pas de trahison, cependant, pas à ce stade définitif de la lutte… Et cela représentait bien le seul détail sortant de l'ordinaire. Wilf, toujours parmi les lignes arrières, dirigeait la défense de ses troupes avec une expérience consommée. Les diverses sollicitations l'empêchaient de céder à la lassitude.

Pourtant, il avait déjà vu ces scènes de combat si souvent… *Vingt ans…* jura-t-il intérieurement. *Quand je pense que je n'ai que vingt ans…*

Bientôt, tout de même, il sentit qu'il était temps pour lui de participer physiquement à la bataille. Sa haine et son désir de victoire se ranimèrent un peu. Il devait l'avouer : à la guerre, il ne se trouvait nulle part aussi bien qu'au cœur même de la boucherie. L'angoisse des conséquences s'y noyait dans l'horreur immédiate. C'était un repos paradoxal, mais auquel on pouvait prendre goût.

Wilf inspira… et traversa le champ de bataille comme un éclair. Il n'était plus utile, pour lui, de se battre de manière conventionnelle. Ses pouvoirs de

So Kin – qui s'étaient encore amplifiés depuis les séances d'apprentissage avec Zarune – rendaient l'escrime obsolète.

Le jeune roi se contentait de parcourir les rangs ennemis, se déplaçant à une vitesse qui défiait l'imagination. Son corps, dont la Lame des Étoiles n'était plus qu'une extension, se faisait une arme invulnérable et fulgurante.

À un moment, sur un simple coup de tête, il fit une percée de trente mètres dans l'armée adverse. Si son but avait été de se couvrir de gloire, il aurait été fort déçu. Le jeune roi, en effet, en fut quitte pour une belle surprise : provoquant l'étonnement général, de nombreux Worshs et Tu-Hadji étaient parvenus à s'engouffrer dans son sillage. Leur héroïsme frisait l'inconscience. Mais Wilf savait bien qu'ils n'étaient pas fous.

Les Worshs, qui avaient attaqué l'Irvan-Sul par le détroit de Kronn, n'avaient fait la jonction avec les troupes royales que quelques heures auparavant. Les soldats réguliers semblaient se méfier d'eux presque autant que des Qanforloks. Wilf priait pour que les Furies continuent de faire la différence entre alliés et adversaires, malgré leur transe guerrière. Quant aux Tu-Hadji, fidèles à eux-mêmes, ils entretenaient sans mal leur réputation de meilleurs guerriers du monde.

Mais il y avait tellement de braves sur ce champ de bataille… Aucun ne pouvait totalement voler la vedette aux autres. Jâo menait la poignée d'Orosians survivants, chacun capable de réduire un village en cendres par la seule force de sa volonté. L'armée elfyque combattait également sous ses ordres. Les maîtres-tueurs du Joyau d'Ébène, bien que peu coutumiers des batailles rangées, formaient une unité cruellement efficace, obéissant au doigt et à l'œil à Djulura. *Œil-d'Ombre*... se corrigea Wilf. Les Sœurs Magiciennes n'épargnaient pas non plus leurs efforts, protégées du contact direct par une ligne de farouches Enus.

Le gros des troupes, constitué des armées de Provinces et des légions Shyll'finas, se composait de toutes sortes de régiments, de la cavalerie la plus lourde à l'infanterie la plus légère. Les immenses pirates Trollesques étaient également présents en nombre, dominant la mêlée et faisant des adversaires de choix pour les Cyclopes d'Irvan-Sul.

Fréquemment, Wilf prenait position dans les points les plus élevés de la plaine, pour voir où en étaient ses lieutenants. Les tâches avaient été réparties selon les capacités de chacun. Lucas, Zarune et Guajo se consacraient aux attaques psychiques contre les généraux Qanforloks, tandis que Jih'lod et Holm – maintenant inséparables – leur servaient de gardes du corps. Oreste et Hesmérine de Blancastel – qui avait vécu cachée depuis la bataille de Mossiev, où son père avait trouvé la mort – s'occupaient de superviser l'ensemble des mouvements de troupes. Ymryl et Pej, enfin, rivalisaient d'audace pour accompagner Wilf dans ses spirales sanguinaires. Si le Prince-Démon fendait la marée vivante avec presque autant de facilité que le jeune souverain, Pej devait faire appel à toutes ses ressources pour ne pas perdre de vue les deux diables...

Le soleil atteignit bientôt son zénith, et l'ardeur des combattants diminua un peu. La plupart souffraient sous leurs épaisses armures.

Fir-Dukein profita de ce moment pour imiter Wilf, et se joindre à la mêlée. Ses troupes lui ouvrirent un passage, et il n'eut qu'à décimer une unité de Grey-halders avant de se retrouver face au Roi-Magicien.

Ce dernier lui fit face sans trembler, galvanisé qu'il était par la bataille. Jih'lod et Holm avaient rejoint Ymryl et Pej à ses côtés.

Wilf leva son épée vers le géant de ténèbres, mais tout à coup il se sentit englué dans un air opaque et âcre. Un sortilège venait de claquer comme la foudre, une lumière noire se répandant sur le roi et ses compagnons, l'espace d'un instant. Fir-Dukein éclata d'un rire lugubre.

Le jeune souverain toussait dans l'air vicié. Il ne distinguait plus ses lieutenants. Se tâtant le visage avec les mains, il se rendit compte que du sang avait giclé par ses narines. Sous le choc, il avait même perdu son épée, qu'il s'affairait maintenant à retrouver en tâtonnant parmi les cendres.

Lorsque la fumée se dissipa enfin, Wilf aperçut les formes inanimées de ses amis. Holm et Jih'lod étaient à peine identifiables, leurs corps calcinés dégageant encore une vapeur piquante. Quant à Pej, il était brûlé sur le tout le côté droit. À part Wilf, seul Ymryl semblait avoir résisté au sortilège destructeur.

Un sourire saurien se dessina sur les lèvres du Roi-Démon, et le jeune monarque comprit qu'il allait recommencer.

Cette fois, rien ne garantissait qu'il survive à sa magie noire.

Constatant qu'il était trop loin pour charger Fir-Dukein avant qu'il ne lance sa nouvelle salve, il se jeta en avant. Les mains sur la tête et le visage dans la cendre, il espérait que le sort passerait au-dessus de lui.

Mais Ymryl devait juger cette précaution insuffisante, car il vint se poster devant Wilf, faisant rempart de son corps. Le roi leva les yeux juste à temps pour le voir se faire foudroyer à sa place par l'éclair sombre.

Le Prince-Démon brûla comme une torche. Mais il continua de marcher sur son ancien maître. L'épée haute, il parvint à son niveau et frappa.

Le coup ricocha, hélas. Fir-Dukein s'apprêtait visiblement à achever l'arrogant, mais un mouvement subit détourna son attention. Au moment fatidique, un frelon furieux était venu le piquer de son épée. Il s'agissait d'Œil-d'Ombre, bien qu'en cet instant précis il méritât peut-être d'être encore appelé Djulura.

La lame de la diseuse pénétra dans le flanc du Roi-Démon, et celui-ci poussa un cri de rage.

De nouveau, un éclair claqua dans l'air déjà saturé de sorcellerie. L'intensité de l'énergie brûla cette fois les yeux de Wilf, pour qui tout devint brusquement noir. Il ne vit donc pas Djulura et Ymryl succomber aux flammes obscures. Il ne les vit pas tomber en cendres, unis dans la mort, comme ils n'avaient pas pu l'être dans la vie.

Lui-même se releva en chancelant. Il était aveugle.

Maintenant seulement, dégrisé par la circonstance, il comprenait la force à laquelle il avait affaire. Lorsque le Roi-Démon l'avait frappé par télépathie, quelques jours plus tôt, il n'avait pas pris la pleine mesure de sa puissance, de la force de sa volonté maléfique. C'était le cas à présent.

Il voulut battre en retraite, mais ses facultés de So Kin semblaient réduites à néant. Il tremblait de tous ses membres.

Se sentant soudain poussé maladroitement et entraîné vers l'arrière, il devina que Pej avait – une fois de plus – volé à son secours. Le géant Tu-Hadji devait pourtant être à bout de forces, car Wilf le sentit s'écrouler quelques dix mètres plus loin.

Il espéra un instant que le Roi-Démon s'était désintéressé d'eux deux. Bien entendu, il n'en était pas question. Wilf entendit un pas lourd se poser juste à côté de lui. Même sans la voir, il pouvait percevoir l'ombre immense qui le surplombait à présent.

Regarde comme les Voix ! lui souffla alors Lucas en pensée, venant providentiellement à son secours. Le jeune roi se souvint que les êtres marins possédaient un sens encore plus fiable que la vue, entièrement basé sur le So Kin et les champs magnétiques. Il tenta de se concentrer, sans grand espoir.

La vue – en quelque sorte – lui revint. De toute évidence, Fir-Dukein ne semblait pas pressé d'en finir, puisqu'il était occupé à massacrer de ses griffes les Templiers qui accouraient à la rescousse de leur roi.

Tout autour, les Elfyes se servaient de leur magie particulière pour faire pousser des arbres à une vitesse prodigieuse. Les créatures d'Irvan-Sul pénétraient dans cette forêt improvisée pour rejoindre leur maître… mais on ne les en voyait jamais ressortir. Un peu plus loin, Oreste et Hesmérine ferraillaient contre une horde de Grogneurs fanatiques. Guajo dut bientôt voler à leur secours.

Wilf ramassa son épée et frappa. Il eut le temps de

donner deux coups de taille, aussi puissants que ses forces actuelles le lui permettaient, avant que Fir-Dukein ne le repousse de ses griffes.

Mais le jeune roi revint aussitôt à la charge. Peu à peu, il recouvrait sa vue normale. Le So Kin restaurait ses forces, lui permettant de lutter contre la fatigue et les blessures.

La voix de Fir-Dukein s'éleva alors, terriblement sourde, comme s'il avait tenu à ce que seul Wilf puisse l'entendre.

– Ton armée est en train de se faire décimer, déclara-t-il. Tu n'as plus le choix, jeune Wilf : il te faut faire appel à la Skah. Imagine les ravages que tu pourrais causer sur tes ennemis, en utilisant le pouvoir de la Hargne ! Imagine le mal que tu pourrais me faire, *à moi* !

Wilf hocha négativement la tête et frappa de plus belle.

– Tu détiens ce pouvoir, insistait le Roi-Démon. Sers-t'en pour annihiler la menace qui pèse sur les tiens ! Donne à la Skah toute sa puissance !

« Tu peux me vaincre, grâce à elle…

Avec étonnement, Wilf comprit qu'il disait vrai. Le seigneur des ténèbres accordait donc plus d'importance au règne de la Hargne qu'à sa propre survie…

– Je ne serai pas l'artisan de la Souillure ! s'écria malgré lui le jeune homme, et pour la première fois, il sut que son choix était définitif.

À ce moment précis, comme si sa résolution avait marqué une étape symbolique, les Dragons firent leur apparition. Enfin, ils étaient là, presque une centaine dans le ciel, envahissant l'ombre pour la teinter d'argent.

Ils observaient le champ de bataille comme des aigles regarderaient une souris. La caste Qanforlok de l'Aile envoya ses oiseaux-diables à leur rencontre, mais ceux-ci furent anéantis avant d'avoir pu les approcher.

Wilf reprit espoir. Les dragons allaient leur garantir la victoire… Déjà, ils commençaient à semer la mort et la désolation parmi les rangs ennemis, comme ils l'avaient fait à l'encontre des Orosians.

Avec un barrissement mécontent, le Roi-Démon battit des ailes et s'éleva dans les airs. Il demeura quelques instants en suspension au-dessus Wilf, l'air contrarié. Puis il amorça un vol dans la direction opposée aux dragons, et le jeune souverain comprit que c'était le moment d'agir.

Bondissant jusqu'à son ennemi, grâce à un exploit physique rendu possible par le So Kin, il agrippa un bras du seigneur d'Irvan-Sul. Celui-ci ne chercha même pas à se débattre. Il se contenta de prendre de la vitesse.

Wilf ne fit rien pour l'arrêter. De toute façon, dans cette position, il ne pouvait atteindre son épée. Mais surtout, il devinait où Fir-Dukein les conduisait…

Ils laissèrent le champ de bataille derrière eux, et le paysage se mit à défiler de plus en plus vite. Ce n'étaient pas ses ailes membraneuses qui permettaient au Roi-Démon de se déplacer aussi rapidement, et Wilf se douta que de la magie était à l'œuvre.

Lorsqu'ils eurent atteint leur destination, le jeune monarque vit qu'il ne s'était pas trompé. Ils s'étaient posés non loin d'un monolithe de pierre grise, qui disparaissait sous un lichen noir et gluant.

La Pierre de Tu-Hadj…

Fir-Dukein devait avoir senti qu'il ne pourrait vaincre les Dragons Étoilés facilement. Il avait donc choisi de rejoindre son sanctuaire, l'endroit où il serait le plus fort. Tout près de la source de la Souillure.

Délaissant Wilf comme s'il s'agissait d'un élément négligeable, n'esquissant même pas un mouvement pour se débarrasser de lui, le Roi-Démon marcha vers le monolithe.

Wilf se mit alors à courir, espérant le prendre de vitesse. Réalisant soudain le danger, Fir-Dukein lui donna la chasse.

Mais il était trop tard… Le jeune roi bondit en avant et se jeta sur la pierre. Son terrible adversaire tomba sur lui, le perforant de ses griffes, mais il ne s'en aperçut même pas.

Dès qu'il avait touché la pierre, il avait perdu la conscience de son corps.

Il se sentit transporté en chaque endroit de l'univers, sans bouger d'un cheveu. Investi d'une perception totale, qui dépassait de loin toutes les expériences qu'il avait pu éprouver en matière de Skah.

L'espace d'un instant éternel, il devint chaque homme et chaque femme de cette planète. Chaque oiseau dans le ciel et chaque poisson dans la mer. Chaque feuille de chaque arbre. Et tous se joignaient à lui dans sa tâche. Les instructions déposées en lui par le Premier s'exécutaient d'elles-mêmes. Il tissait à l'envers la chape de matière empoisonnée qui recouvrait la pierre.

Et, avant qu'il n'ait pu le réaliser, tout était terminé. La Pierre de Tu-Hadj était guérie.

Ouvrant les paupières, il constata que plus aucune souillure ne maculait le monolithe. Et lui se sentait plus fort que jamais.

Avec un geste ferme, il se dégagea de l'étreinte de Fir-Dukein. Il passa sa main sur les plaies béantes qui s'ouvraient sur son flanc : elles se refermèrent instantanément.

Le Roi-Démon fit mine de se jeter sur lui, mais retint son mouvement au dernier moment.

– C'est fini, murmura Wilf avec un sourire. Ton pouvoir n'est plus. Et tu le sais.

Il souriait, car il savait que ses paroles étaient vraies. C'en était terminé de la Hargne…

Fir-Dukein hurla tandis qu'il en prenait conscience. Un hurlement d'agonie. Sans la Hargne, il n'était plus rien. Il n'avait même plus le pouvoir d'exister.

Wilf savait qu'il allait donc disparaître avec la magie noire qui l'avait maintenu en vie. Son sourire s'élargit, plus paisible que depuis bien des années.

Il regarda le Roi-Démon se tordre de douleur, puis tomber en poussière. Sans même qu'il n'ait eu besoin de le toucher.

Plus loin, sur le champ de bataille, les Tu-Hadji fêtaient à leur manière le retour de leurs pouvoirs magiques…

ÉPILOGUE

S ilence. Solitude. C'est bien ainsi…
Après la bataille, les peuples libres se sont
congratulés. Jamais on n'avait obtenu de victoire
aussi essentielle, aussi prometteuse. On a fait des
funérailles aux morts. Les combattants célèbres
comme les anonymes ont été largement loués.

Wilf n'a jamais rejoint les survivants de son armée.

À Lucas, qui lui parla en esprit, il déclara ceci :

– Pas d'hypocrisie, mon vieux camarade. Nous
avons toujours su lequel de nous deux serait roi…
Moi, j'ai trop de sang sur les mains ; j'ai sans doute
été utile, mais mon temps est terminé. L'âge d'or qui
se prépare a besoin d'un homme comme toi.

« N'oublie jamais le souffle des peuples, et fais en
sorte de servir l'idéal des Rois-Magiciens. Je sais que
tu en es capable, d'autant que Zarune régnera certainement à tes côtés.

Aux objections de son compagnon, il avait ajouté :

– On me croit mort : tu seras couronné sans tarder,
selon mes dernières volontés. Tu sais que je ne suis
pas fait pour cette vie-là. Souviens-toi : je suis un garçon des bas-fonds de Youbengrad… je n'ai été vraiment heureux que dans le Worsh, et dans tous les

endroits où le danger était présent. Vous allez tous me manquer, c'est vrai. Mais… une existence paisible me tuerait.

Finalement, Lucas a capitulé face à ses arguments. Il est effectivement monté sur le trône, et Zarune est devenue sa reine. Ouvrant aux peuples une ère d'évolution spirituelle et de magie, ils ont été un couple de monarques éclairés.

Oreste a choisi de les aider dans leur tâche, imité par Guajo et Hesmérine, et tous trois ont vite été considérés comme indispensables à la couronne.

Pej n'a plus jamais pu se battre, après cette bataille. Mais il n'en avait plus besoin. Il a finalement suivi les traces de son aïeul et est devenu guérisseur *konol*, malgré des séquelles qui l'avaient laissé boiteux et tremblant. Il a vécu extrêmement vieux, et a été connu comme un grand sage parmi les Tu-Hadji. Peut-être a-t-il été heureux, mais certains disent qu'il ne s'est jamais remis de la perte de son ami Wilf.

Quant à ce dernier… de nombreuses rumeurs ont couru sur son compte. On a parfois douté de sa mort. On a dit qu'il vivait dans le désert du Worsh, sous le nom d'Aile-de-Corbeau. Qu'il était retourné à Youbengrad, où il enseignait la profession de maître-tueur. On a raconté toutes sortes de choses. Mais peut-être que cela importe peu.

En vérité, nul ne le revit jamais.

Table

La fantasy
dans Le Livre de Poche

Clive BARKER

Abarat n° 27050

Candy Quackenbush s'ennuie à Chickentown, petite ville triste de l'Amérique profonde. Jusqu'au jour où elle pénètre par hasard dans le royaume magique d'Abarat, un archipel composé de vingt-cinq îles mystérieuses aux étranges habitants. Au fil de rencontres merveilleuses, émouvantes ou terribles, Candy va découvrir pourquoi cet univers lui semble curieusement familier et pourquoi elle se sent prête à y affronter tous les dangers...

Dave DUNCAN

L'Insigne du chancelier (*Les Lames du roi,* 1) n° 27005

Il est un fort, sur la lande, où l'on envoie les enfants rebelles : le Hall de Fer. Quand ils en sortent, des années plus tard, ils sont devenus les meilleurs épéistes du royaume. On appelle ces combattants d'exception les «Lames du roi». Le plus prestigieux d'entre eux est messire Durendal, dont ce livre nous conte la légende. Un jour, le roi lui confie une périlleuse mission : partir à la recherche d'un vieux monastère, dans ces contrées lointaines, sur les traces d'un espion mystérieusement disparu. Pour honorer son serment, Durendal devra tout sacrifier, son amour, ses amis, et affronter de sombres machinations.

Le Seigneur des Terres de feu (*Les Lames du roi*, 2) n° 27006

Le jeune Guêpe n'avait pas prévu de devenir un rebelle. Pourtant, lors de la cérémonie d'adoubement des nouvelles Lames du Roi, il suit son ami Pillard qui vient de bafouer le vœu du souverain lui-même… Désormais hors la loi, traqués par les Lames, Guêpe et Pillard suscitent dans leur sillage un véritable tourbillon politique. Ils fuient vers les terres du Baelmark, l'ennemi de toujours, dont le peuple barbare lance des raids sur les côtes de Chivial. Un royaume de rudes traditions, de monstres, de spectres et d'hommes sauvages, où ils seront confrontés à d'incroyables révélations…

MICHAEL ENDE

L'Histoire sans fin   n° 6014

Bastian, un garçon de dix ans, déroba un jour un livre ancien qui le fascinait et se réfugia au grenier pour le lire. Un livre pas comme les autres… Il y était question d'un pays fantastique où vivaient une toute petite impératrice, des elfes, des monstres, un garçon à la peau verte… Un pays menacé de mort et rongé par un mal étrange. Et voilà que Bastian, irrésistiblement, entrait dans l'histoire, une histoire fantastique qui recommençait avec lui, *L'Histoire sans fin*… Le roman de Michael Ende est un véritable enchantement. C'est aussi un plaidoyer passionné pour le droit à la fantaisie, à l'imagination, au rêve, dans un monde où ils n'existent presque plus. C'est enfin un récit de voyage initiatique dans la plus pure tradition romantique. Best-seller traduit en vingt-sept langues, *L'Histoire sans fin* est un phénomène de l'édition mondiale. Un grand film de Wolfgang Petersen en a été tiré.

Robert HOLDSTOCK

Le Bois de Merlin   n° 27015

Malgré le poids d'un lourd secret d'enfance, Martin et Rebecca sont retournés vivre dans leur village natal, à l'orée de la forêt de Brocéliande. Très vite, Rebecca a un fils, Daniel. Mais celui-ci est infirme, aveugle et sourd. Cependant, les sens de l'enfant semblent se développer peu à peu, tandis que ceux de sa mère s'amenuisent… Désespéré, Martin comprend alors que sa famille est la proie d'un sortilège qui prend sa source au cœur même de son enfance dans la forêt de Brocéliande : là où passé et présent s'entrecroisent, où la fée Viviane a jadis enfermé Merlin…

J. V. Jones

L'Enfant de la prophétie (*Le Livre des mots*, 1)   n° 27002

Jack est apprenti au château Harwell. Orphelin exploité et maltraité, il mène une triste existence. Mais il découvre qu'il possède des pouvoirs magiques interdits et il est contraint de fuir. Son chemin croise celui de Melliandra, fille rebelle du plus riche seigneur du royaume. Traqués, perdus, les deux adolescents sont le jouet des machinations du redoutable Baralis, le chancelier du roi. Ce dernier, après avoir empoisonné son souverain, maintient le royaume dans une guerre fratricide afin d'usurper le pouvoir. Mais, aux confins du royaume, un des derniers chevaliers de Valdis est demeuré intègre : le preux Taol parcourt le monde connu à la recherche de l'enfant annoncé par la mystérieuse prophétie de Marod…

Le Temps des trahisons (*Le Livre des mots*, 2)   n° 27003

Tandis qu'à Château Harvell, le prince dément Kylock s'empare du pouvoir en mettant fin aux jours de son père grabataire, Jack poursuit son exil à travers les Terres connues et tente d'échapper aux griffes du maléfique chancelier Baralis, qui convoite la puissance de ses pouvoirs magiques latents. Croyant son amie Melliandra tombée durant leur fuite sous les coups des guerriers Halcus, ennemis séculaires des Quatre Royaumes, le jeune homme va devoir livrer maints combats, déjouer mille trahisons pour accomplir une vengeance qui l'amènera à affronter sa propre destinée…

Stephen Lawhead

Taliesin (*Le Cycle de Pendragon,* 1)   n° 15218

«Je ne pleurerai plus les disparus, endormis dans leur tombe marine. Leurs voix s'élèvent : "Conte notre histoire, disent-elles. Elle mérite de rester dans les mémoires." Je prends donc la plume…» Ainsi commence la tragédie de l'Atlantide engloutie, à jamais disparue dans de terribles convulsions. Fuyant le cataclysme, trois navires désemparés emportent le roi Avallach et sa fille vers Ynys Prydein, une île noyée dans les brumes. Dans ce nouveau monde, où les guerriers celtes luttent pour leur survie dans les derniers soubresauts d'un Empire romain agonisant, ils essaient tant bien que mal de refaire leur vie. De la rencontre de ces deux civilisations, et de l'union de la jeune princesse atlante avec le barde Taliesin, naîtra celui que chacun connaît désormais sous le nom de Merlin...

Merlin (*Le Cycle de Pendragon,* 2) n° 15219

«Le monde a-t-il jamais connu semblable époque? Jamais! Et c'est ce qui en fait la gloire et la terreur. Si les hommes savaient ce qui les guette, jusqu'au plus humble d'entre eux... ils défailleraient, ils se couvriraient la tête et mordraient leur manteau pour s'empêcher de crier. C'est leur bénédiction et leur malédiction de ne pas savoir. Mais moi je sais. J'ai toujours su...» Voici l'histoire de Merlin l'Immortel, roi, guerrier, druide, barde et prophète... dont la vie se confond avec l'histoire de l'Ile des Forts. Voici le récit de son enlèvement par le Petit Peuple des Collines, de ses longues années de solitude dans la forêt et de ses combats contre les barbares sanguinaires dont les invasions vont précipiter la chute de l'Empire romain d'Occident. Voici la vie de Merlin telle que nul autre que lui ne pouvait la raconter.

Arthur (*Le Cycle de Pendragon,* 3) n° 15270

«Arthur n'est pas digne d'être roi. Pion de Merlin, il est de basse naissance. Inconstant, mesquin, cruel et stupide, c'est une brute ignorante et bornée. Les gens disent tout ceci, et bien pire encore, au sujet d'Arthur. Laissez-les faire. Quand tout est dit, quand tous les arguments sont épuisés, ce simple fait demeure : nous suivrions Arthur jusqu'aux portes de l'Enfer, et même au-delà, s'il le demandait. Montrez-moi un autre homme qui puisse se prévaloir d'une telle loyauté. "Cymbrogi", nous appelle-t-il : "compagnons de cœur". Cymbrogi! Nous sommes pour lui le ciel et la terre. Et Arthur est pour nous tout cela... et bien davantage. Méditez cela. Réfléchissez-y longuement. Alors seulement, peut-être, commencerez-vous à comprendre l'histoire que je vais vous narrer...»

Pendragon (*Le Cycle de Pendragon,* 4) n° 15307

«Moi, Myrddin Emrys, je connais tous les récits perdus et ignorés, car j'étais auprès d'Arthur depuis le commencement. Et je me tenais à son côté en son heure la plus sombre. En un jour à nul autre semblable dans la longue histoire de notre race... un jour de duplicité, de terreur et de grande gloire. Oui! De grande gloire. Car ce jour-là Arthur s'acquit le nom qu'il chérissait entre tous : Pendragon.» Dans ce quatrième volet du *Cycle de Pendragon*, Merlin en personne relate les aventures du jeune Arthur et la longue guerre qu'il dut mener, au début de son règne, contre Twrch Trwyth, le Sanglier Noir.

Le Graal (*Le Cycle de Pendragon*, 5)   n° 15356

«Arthur, revenu sur les lieux de sa guérison miraculeuse, a été réveillé au milieu de la nuit par la vision d'un temple où la Coupe du Christ brillait d'un éclat comparable à celui du soleil. Le Pendragon est convaincu que cette vision était un signe du Roi des Cieux lui demandant d'édifier une demeure pour le Graal. La construction du Temple du Graal marquera le début d'une saison de paix et d'abondance qui durera mille générations.» Mais c'était compter sans les sinistres manigances de Morgian : au moment le plus imprévisible, le Graal disparaît et tout laisse penser que le voleur n'est autre que Llenlleawg, le champion du roi, qui, de plus, a enlevé la reine Gwenhwyvar. Pour les retrouver, Arthur et ses fidèles Cymbrogi se lancent sur la piste des fugitifs à travers brouillards maléfiques et forêts ensorcelées.

C. S. Lewis

Un visage pour l'éternité   n° 27009

Le roi de Glome a trois filles. L'aînée, Orual, est fort laide, et porte une affection démesurée à Istra, la benjamine, la plus belle et la plus douce créature de ce royaume barbare. Mais, victime de l'obscurantisme religieux, cette dernière est sacrifiée au dieu de la Montagne grise. Des années plus tard, Orual est devenue reine, une souveraine crainte et respectée. Meurtrie par les regrets et la solitude, elle se souvient de l'enseignement d'un vieil esclave grec ramené par son père lors d'une campagne, et entreprend le récit de son combat contre les dieux.

Megan LINDHOLM (*alias* Robin HOBB)

Le Dieu dans l'ombre   n° 27010

Evelyn a vingt-cinq ans. Un séjour imprévu dans sa belle-famille avec son mari et son fils de cinq ans tourne au cauchemar absolu. Une créature surgie de son enfance l'entraîne alors dans un voyage hallucinant, sensuel et totalement imprévisible, vers les forêts primaires de l'Alaska. Compagnon fantasmatique ou incarnation de Pan, le grand faune lui-même… Qui est le dieu dans l'ombre ?

Alexandre MALAGOLI

La Pierre de Tu-Hadj, 1   n° 27042

Les rois-magiciens de la terre d'Arion ont été les artisans de la Grande Folie qui faillit précipiter le monde à sa perte. Plusieurs siècles ont passé. La lignée d'Arion s'est éteinte, mais les magiciens demeurent depuis ce jour une caste honnie et persécutée. Au cœur d'un Empire en pleine déliquescence, où sévissent guerre et famine, Wilf n'est qu'un gamin des rues luttant pour sa survie quand il croise la route de Cruel-Voit, l'impitoyable maître-tueur qui décide de faire de lui son apprenti… Il quitte alors les bas-fonds de Youbengrad pour entamer son apprentissage au cours d'un long périple au travers des steppes. Sur sa route, le peuple mythique des Tu-Hadji lui dévoilera une partie de son destin…

La Pierre de Tu-Hadj, 2   n° 27043

Le chemin de Lucas, le brillant séminariste, a rejoint celui de Wilf qui poursuit la quête de ses origines et découvre peu à peu les dons magiques de sa lignée. Quelle étrange destinée rassemble les deux garçons que tout semble opposer et que lie pourtant une indéfectible amitié ? Alors que les dernières races libres s'engagent dans une lutte désespérée contre l'armée implacable de la théocratie et les hordes barbares du Roi-Démon, seule la quête de la Lame des Étoiles peut encore permettre à Wilf et Lucas de sauver leur monde… Ils ignorent que le plus dur combat qu'ils auront à livrer sera contre eux-mêmes.

Kai MEYER

La Fille de l'alchimiste   n° 27044

Fin du XIXᵉ siècle. Aura Institoris, une jeune fille au caractère bien
trempé, a grandi dans le labyrinthe de couloirs obscurs du château
de ses ancêtres, bâti sur un récif de la Baltique. Lorsque son père,
l'alchimiste Nestor Nepomuk Institoris, est assassiné sur l'ordre
de son plus vieux rival Lysander, Aura se trouve entraînée malgré
elle au cœur d'un conflit dont les racines remontent au Moyen
Âge. Aux côtés de son frère adoptif, le sombre Christopher, la
jeune fille décide d'affronter le meurtrier de son père qui fomente
ses plans dans les catacombes des palais de Vienne. S'initiant à
son tour aux terribles secrets de l'alchimie, elle va braver les
intrigues et les dangers, croiser l'amour en la personne du mystérieux Gillian, le tueur hermaphrodite, et partir sur la piste du plus
grand mystère de l'humanité : l'immortalité…

Pierre PEVEL

Les Enchantements d'Ambremer   n° 27008

Paris, 1909. La tour Eiffel est en bois blanc, les sirènes se baignent
dans la Seine, des farfadets se promènent dans le bois de Vin-
cennes… et une ligne de métro relie la ville à l'OutreMonde, le
pays des fées, et à sa capitale Ambremer. Louis Denizart Hippo-
lyte Griffont est mage du Cercle Cyan, un club de gentlemen-
magiciens. Chargé d'enquêter sur un trafic d'objets enchantés, il
se retrouve impliqué dans une série de meurtres. L'affaire est épi-
neuse et Griffont doit affronter bien des dangers : un puissant sor-
cier, d'immortelles gargouilles et, par-dessus tout, l'association
forcée avec Isabel de Saint-Gil, une fée renégate que le mage ne
connaît que trop bien…

Jonathan STROUD

L'Amulette de Samarcande
(*La Trilogie de Bartiméus*, 1)   n° 27025

Londres, XXIᵉ siècle. La ville est envahie de magiciens qui font
appel à des génies pour exaucer leurs désirs. Lorsque le célèbre
djinn Bartiméus est appelé par une puissante invocation, il n'en

666

croit pas ses yeux : l'apprenti magicien, Nathaniel, est bien trop jeune pour solliciter l'aide d'un génie aussi brillant que lui ! De plus, cet adolescent surdoué lui ordonne d'aller voler l'Amulette de Samarcande chez le puissant Simon Lovelace. Autant dire qu'il s'agit d'une mission suicide. Mais Bartiméus n'a pas le choix : il doit obéir. Le djinn et le magicien se trouvent alors embarqués dans une dangereuse aventure... Vendue dans vingt pays, achetée par Miramax, *La Trilogie de Bartiméus* a séduit un large public.

L'Œil du Golem (*La Trilogie de Bartiméus*, 2)   n° 27026

Londres, ville des magiciens et des sorciers, au XXIe siècle. Le jeune Nathaniel connaît une ascension fulgurante au sein du gouvernement des magiciens. Sa mission la plus urgente consiste à mettre un terme aux activités de la mystérieuse Résistance, menée par Kitty et ses amis qui ne cessent de lui échapper. Alors que la pression monte, Londres se voit soudain menacée par une série d'attentats terrifiants. Est-ce la Résistance ou un danger encore plus grand ? Chargé de cette enquête périlleuse, Nathaniel est contraint de s'envoler pour Prague et d'invoquer une nouvelle fois l'énigmatique et malicieux djinn Bartiméus...

J. R. R. TOLKIEN

Bilbo le Hobbit   n° 6615

Bilbo, comme tous les hobbits, est un petit être paisible. L'aventure tombe sur lui comme la foudre quand le magicien Gandalf et treize nains barbus viennent lui parler de trésor, d'expédition périlleuse à la Montagne Solitaire gardée par le grand dragon Smaug, car Bilbo partira avec eux ! Il traversera les Terres Saintes et la forêt de Mirkwood dont il ne faut pas quitter le sentier, sera capturé par les trolls qui se repaissent de chair humaine, entraîné par les gobelins dans les entrailles de la terre, contraint à un concours d'énigmes par le sinistre Gollum, englué dans la toile d'une araignée géante... Bilbo échappera cependant à tous les dangers et reviendra chez lui, perdu de réputation dans le monde des hobbits, mais riche et plus sage. Un grand classique de la littérature fantastique moderne.

Elisabeth VONARBURG

La Maison d'oubli (*Reine de mémoire*, 1)   n° 27017

1789, sud-ouest de la France. Dans une vieille maison bourgeoise vivent les jumeaux Senso et Pierrino, âgés de sept ans, et Jiliane, leur sœur cadette qui ne parle pas. Les enfants ont perdu leurs parents dans un tragique accident à la naissance de Jiliane ; c'est leur grand-père Sigismond qui les élève. Un jour, ils découvrent une «fenêtre-de-trop» – visible de l'extérieur, elle ne correspond à rien à l'intérieur – et une carte magique qui les transporte dans un pays parallèle quand ils y plantent un stylet. Les jumeaux décident alors de percer la clé du secret qui entoure leur demeure. Mais Jiliane fait des rêves étranges, et elle semble déjà savoir que la magie fait partie du mystère entourant leur famille et la Maison d'Oubli... Une fantasy aux portes du mystère, récompensée en 2006 par le Prix Boréal.

Gene WOLFE

Le Chevalier (*Le Chevalier-Mage*, 1)   n° 27028

Après s'être égaré dans une forêt, un jeune Américain se retrouve projeté sans raison apparente en Mythgarthr, un monde médiéval aux frontières de notre réalité où cohabitent tant bien que mal humains, ogres, dragons, elfes et autres créatures magiques. Bien vite transféré dans un corps d'adulte par Disiri, la reine des Ælfes, l'adolescent prend le nom d'Able du Grand Cœur et se met en quête de l'épée fabuleuse qui lui a été promise. Mais il devra subir bien des épreuves et relever de nombreux défis pour enfin s'éveiller à sa nature profonde : celle de chevalier.

Le Mage (*Le Chevalier-Mage*, 2)   n° 27029

Projeté contre son gré dans le royaume légendaire du Mythgarthr, où cohabitent tant bien que mal humains et créatures magiques, le jeune Américain qui a pris le nom d'Able du Grand Cœur est devenu un preux chevalier. Au terme de la lutte sans merci qui l'a opposé au dragon Grengarm, il a gagné Éterne, la Mère des Épées, qui commande aux fantômes de ceux qui l'ont portée. Au cours d'un long exil dans le Pays des Morts, Able a acquis d'immenses pouvoirs magiques. Il va devoir apprendre à les utiliser avec discernement et sagesse pour protéger Mythgarthr de l'invasion des Géants du Givre, restaurer l'ordre au sein des Sept Mondes et ainsi mériter le titre de mage.

Marion ZIMMER BRADLEY

La Colline du dernier adieu   n° 13997

À quinze ans, Élane a vu surgir dans les forêts brumeuses de la terre britannique les aigles de l'envahisseur romain. Fille d'un druide farouchement attaché à l'indépendance de son peuple, promise au culte de la déesse Mère, elle n'a jamais douté de son destin. Jusqu'au jour où, grâce à elle, le jeune Romain Gaïus échappe à la mort... et sa vie en sera bouleversée.

Les Dames du Lac   n° 6429

La légende du roi Arthur et des chevaliers de la Table ronde n'avait, depuis longtemps, inspiré un roman d'une telle envergure, d'un pareil souffle. Merlin l'Enchanteur, Arthur et son invincible épée, Lancelot du Lac et ses vaillants compagnons, tous sont présents, mais ce sont ici les femmes qui tiennent les premiers rôles : Viviane, la Dame du Lac, Ygerne, duchesse de Cornouailles et mère d'Arthur, son épouse Guenièvre, Morgane la fée, sœur et amante du grand roi... Cette épopée envoûtante relate la lutte sans merci de deux mondes inconciliables : celui des druides et des anciennes croyances qui défendent désespérément un paradis perdu, et celui de la nouvelle religion chrétienne qui supplante peu à peu les rites et les mystères enracinés au cœur de la Grande-Bretagne avant qu'elle ne devienne l'Angleterre.

Les Brumes d'Avalon (*Les Dames du Lac*, 2)   n° 6430

Grâce à la sagesse du roi Arthur et à Excalibur, son épée toute-puissante, grâce aussi à la bravoure des chevaliers de la Table Ronde, la paix règne enfin sur le royaume de Grande-Bretagne, paix cependant précaire. Une lutte sans merci continue d'opposer les fidèles de l'antique culte druidique de la Dame du Lac aux adeptes de plus en plus nombreux de la nouvelle religion chrétienne, prônée par les Romains. Seule la venue d'un héritier de la couronne pourrait peut-être consolider le trône et assurer l'avenir. Mais Morgane, prêtresse d'Avalon, Gwydion, son fils, né d'amours coupables avec le roi Arthur, Lancelot du Lac, fidèle chevalier de cœur de la reine Guenièvre, ont-ils encore une chance d'accéder aux lumières secrètes de la sagesse et de l'amour? Ne sont-ils pas plutôt sur le point d'entraîner dans l'abîme un roi, un royaume, toute une civilisation lentement broyée par un nouvel ordre du monde? À moins qu'au tout dernier moment ne vienne à leur secours la force éblouissante et mystérieuse du Graal, porteur d'espoir pour tous les hommes de bonne volonté ?

La Princesse de la nuit   n° 14163

En 1791, avec *La Flûte enchantée*, Mozart donne à l'opéra mondial un de ses chefs-d'œuvre. Tamino s'est juré de délivrer la princesse Pamina, fille de la Reine de la Nuit, prisonnière du magicien Sarastro. Très vite, l'amour entre eux est réciproque, mais bien des épreuves attendent les deux jeunes gens avant que ne leur soit révélé le chemin de la Sagesse et de la Lumière... À cette histoire d'amour, l'une des plus belles jamais contées, Marion Zimmer Bradley restitue toute sa poésie et sa profondeur. Au travers de péripéties multiples, dans un climat de légende, nous découvrons un univers de mystères et de symboles, de secrets initiatiques que seule pouvait rendre aussi vivants une très grande dame de la littérature fantastique.

Le Secret d'Avalon (*Les Dames du Lac*, 3)   n° 14506

À la fois *finale* et prologue de cette vaste épopée, ce volume nous ramène aux sources de la légende. En ce temps-là, les légions de Rome prennent pied sur le sol de Grande-Bretagne. Face à elles, un peuple farouche et désuni va se forger une âme commune dans une lutte de plusieurs siècles. Cependant, réfugiés sur l'île sacrée, invisible derrière sa ceinture de brumes, Druides et Prêtresses vont gouverner le cours de cette histoire sanglante. Comment Dierna, Viviane, Caillean vont préparer l'avènement du roi Arthur ; comment la Reine des fées va leur prêter son concours ; quelles paroles prophétiques Merlin prononcera-t-il aux frontières du Pays de l'Été : tels sont les secrets révélés dans cet envoûtant récit, enraciné aux confins de la Magie et de l'Histoire...

Composition réalisée par Chesteroc Ltd.

Achevé d'imprimer en janvier 2008 par
MAURY Imprimeur
45330 Malesherbes
Dépôt légal 1re publication : février 2008
N° d'éditeur : 95056
Librairie Générale Française – 31, rue de Fleurus – 75278 Paris Cedex 06

31/2230/6